Nancy Moser

Der Flug, der alles veränderte
Roman

NANCY MOSER

DER FLUG, DER ALLES VERÄNDERTE

ROMAN

SCHULTE & GERTH

Die amerikanische Originalausgabe erschien im
Verlag Multnomah Publishers Inc., 204 W. Adams Avenue,
P.O. Box 1720, Sisters Oregon 97759 USA
unter dem Titel „The Seat Beside Me".
© 2002 by Nancy Moser
© der deutschen Ausgabe 2004 Gerth Medien GmbH, Asslar
Aus dem Amerikanischen übersetzt von Antje Balters.

All non-English rights are contracted through:
Gospel Literature International, PO Box 4060, Ontario,
CA 91761-1003 USA.

Best.-Nr. 815 875
ISBN 3-89437-875-1
1. Auflage 2004
Umschlaggestaltung: Hanni Plato
Umschlagfotos: getty images
Satz: Die Feder GmbH, Wetzlar
Druck und Verarbeitung: Ebner & Spiegel, Ulm
Printed in Germany

Für Elaine Neumeyer

Eine Leserin mit Flair, unvergleichliche Freundin und ein ganz außergewöhnliches Kind Gottes.

*Wohin soll ich gehen vor deinem Geist,
und wohin soll ich fliehen vor deinem Angesicht?
Führe ich gen Himmel, so bist du da;
bettete ich mich bei den Toten, siehe, so bist du auch da.
Nähme ich Flügel der Morgenröte
und bliebe am äußersten Meer,
so würde auch dort deine Hand mich führen
und deine Rechte mich halten.*
PSALM 139,7–10

EINS

Ich habe beobachtet alle Taten, die unter der Sonne getan wurden.
Das Ergebnis: Das ist alles Windhauch und Luftgespinst.
PREDIGER 1,14

29. JANUAR
0.30 UHR

Ich will nicht fahren.
Dora Roberts warf ihren Schlüsselbund auf den Tresen in der Küche und legte die Tagespost daneben, nachdem sie sie flüchtig durchgesehen hatte. Sie war zu müde, um sich jetzt noch mit Rechnungen und Bergen von Werbung herumzuschlagen. Es eilte nicht, deshalb würde sie sich damit befassen, wenn sie wieder zurück war.
Ich möchte wirklich nicht fahren.
Sie hatte im Grunde gar nichts dagegen, ihre Mutter zu besuchen, die in Phoenix lebte, aber Dora war über Weihnachten dort gewesen und das lag erst etwas über einen Monat zurück. Außerdem sah ihr Kontostand nicht besonders rosig aus, denn die beiden Flüge in so kurzer Zeit – zumal es für den zweiten keinen Frühbucherrabatt gegeben hatte, weil er so kurzfristig zustande gekommen war – hatten dazu geführt, dass in ihrer Kasse Ebbe herrschte.
Aber andererseits – konnte sie es ihrer Mutter wirklich abschlagen zu kommen, wenn die eine Gallenoperation vor sich hatte?
Nach einer schmerzhaften Kolik hatte ihre Mutter sich gründlich untersuchen lassen und der Arzt hatte Gallensteine festgestellt. Er hatte dann auch dafür gesorgt, dass sie umgehend einen Operationstermin bekam. *Wenn das doch nur passiert wäre, als ich über Weihnachten dort war...*
Dora schloss kurz die Augen, um diesen egoistischen Gedanken zu verscheuchen und schüttelte sich ihre Schuhe von den Füßen. Ihre Mutter hatte außer ihr keinen Menschen auf der Welt, denn Doras Vater war gestorben, als sie noch klein gewesen war, und Geschwister hatte sie nicht. Es war ganz einfach ihre Pflicht als Tochter, immer

da zu sein, wenn die Mutter sie brauchte, auch wenn dadurch ihre Finanzen arg strapaziert wurden. Auch wenn sie deshalb fast bis Mitternacht beim *Chronicle* gearbeitet hatte, um vor ihrer Abreise alles zu erledigen, was noch anlag.

Das Telefon klingelte und der Schreck fuhr ihr bis in die Zehenspitzen. Sie schaute auf die Uhr an der Mikrowelle. Es war fast halb eins. Ein Anruf um diese Zeit konnte nichts Gutes bedeuten.

„Roberts", meldete sie sich.

„Du brauchst nicht zu kommen, Dora! Du brauchst nicht zu kommen!"

„Nun mal langsam, Mama, wovon redest du eigentlich?"

„Ich versuche schon die ganze Zeit, dich zu erreichen. Hast du denn meine Nachrichten gar nicht bekommen?"

Dora warf einen kurzen Blick auf den Anrufbeantworter und sah, dass das kleine rote Lämpchen blinkte. „Ich bin gerade erst von der Arbeit zurück und noch nicht dazu gekommen, den Anrufbeantworter abzuhören."

Sie war jetzt ziemlich durcheinander. „Was für eine Nachricht ist es denn?"

„Ich brauche nicht mehr operiert zu werden! Es hat damit angefangen, dass ich gestern verbotenerweise Pizza gegessen habe. Du weißt ja, dass ich bei Pizza einfach nicht widerstehen kann, und deshalb habe ich mittags ein Stück gegessen und dann darauf gewartet, dass die Schmerzen kommen, weil ich davon eigentlich immer Schmerzen bekommen habe, aber es ist nichts passiert. Und das war für mich so ungewohnt, und es ging mir so gut, dass ich meinen Hausarzt überreden konnte, mich noch einmal zu untersuchen. Auf dem Ultraschall konnte er dann nichts mehr feststellen. Ich kann dir gar nicht sagen, wie froh ich bin, dass ich so hartnäckig auf der Untersuchung bestanden habe. Jedenfalls ist alles in Ordnung. Alle Gallengänge frei, keine Gallensteine mehr."

„Aber bei der Ultraschalluntersuchung davor waren doch ..."

„Der Arzt kann es sich auch nicht erklären. Den einen Tag waren Steine da und eine Operation unumgänglich und am nächsten waren die Steine weg und damit eine Operation überflüssig. Er hat dafür zwar keine Erklärung, aber ich habe eine. Wir haben eine."

Doras Gedanken gingen in dieselbe Richtung wie die ihrer Mutter. „Du glaubst also, dass Gott das bewirkt hat, Mama? Du meinst, dass er dich geheilt hat?"

„Was denn sonst? Wie ist denn so etwas anders zu erklären?"

„Vielleicht wurden bei der Untersuchung ganz einfach Fehler gemacht oder die Auswertung war nicht korrekt."
„Sogar ich konnte auf dem Monitor den Unterschied erkennen."
„Vielleicht ..."
„Wieso willst du eigentlich unbedingt das Wunder wegdiskutieren? Du hast doch für mich gebetet, oder?"
„Aber natürlich habe ich das."
„Ich habe auch gebetet und ich weiß, dass viele Leute aus der Gemeinde ebenfalls um Heilung für mich gebetet haben. Es ist ein Wunder, und was auch immer du für Einwände haben magst, nichts kann das Gegenteil beweisen. Das Beste daran ist aber, dass du jetzt nicht schon wieder herzukommen brauchst."
„Das macht mir aber wirklich nichts aus", sagte Dora und hoffte, dass das wenigstens teilweise der Wahrheit entsprach.
„Ich weiß, dass es dir nichts ausmacht, aber ich weiß auch, dass du knapp bei Kasse bist und bei der Zeitung bis zum Hals in Arbeit steckst. Das hast du doch zu Weihnachten selbst gesagt, oder?"
„Ja, aber ..."
„Also – jetzt weißt du, dass du nicht zu kommen brauchst. Spar dein Geld und komm irgendwann im Frühling, wie wir es ursprünglich geplant hatten."
Eine Welle der Erleichterung durchflutete sie. „Bist du ganz sicher?"
„Absolut. Und jetzt geh ins Bett. In ein paar Stunden musst du schon wieder frisch und ausgeschlafen sein."
„Danke, Mama. Ich hab dich lieb."
„Ich dich auch. Und was deinen Dank angeht – ich hab gar nichts getan. Das war Gott. Dank also lieber ihm, ja?"
Dora legte den Hörer auf und tat genau das.

11.30 UHR

„Es ist gut, dass du fährst."
Mary Cavanaugh wunderte sich über diese Feststellung ihres Mannes. „Wirklich?"
Lou bog mit dem Kombi in die Zufahrt zur Abfertigungshalle der *Sun Fun Airlines* ein. Auf der Windschutzscheibe klumpte der heftig fallende Schnee zusammen. „Na klar. Ich weiß doch, wie eng du im College mit Teresa befreundet warst. Wie lange ist es jetzt eigentlich her, seit du sie zum letzten Mal gesehen hast?"

Mary war enttäuscht, dass Lou keine Ahnung hatte, weshalb sie wirklich fuhr. „Sie hat uns doch kurz nach Justins Geburt einmal hier besucht."

„Sie ist immer noch nicht verheiratet, oder?"

„Sie ist Vizepräsidentin in ihrer Firma." Mary sagte das so, als ob zwischen den beiden Fakten ein Zusammenhang bestünde.

„Echt schade – dass sie allein ist, meine ich. Sie beneidet dich bestimmt ..."

Mary zog eine Braue etwas hoch. „Ich glaube nicht, dass ..."

„Sie muss mit ansehen, dass du alles hast, was man sich nur wünschen kann, einen guten Mann, der dich verehrt und einen großartigen kleinen Jungen. Was hat sie schon im Vergleich dazu?" Mary holte Luft, um etwas zu entgegnen, aber Lou war noch nicht fertig. „Sie hat einen stressigen Job und eine leere, einsame Wohnung, wenn sie von der Arbeit nach Hause kommt. Nein, danke, sage ich da nur!"

Nein, danke? Bist du verrückt?

Mary schaute hinüber zum Eingang der *Sun Fun Airlines*, der jetzt zu ihrer Rechten auftauchte. Nur noch wenige Augenblicke und sie war frei. Gleichzeitig hatte sie aber auch den Wunsch, es ihm einmal richtig zu geben, indem sie ihm sagte, wie sie sich wirklich fühlte. Manchmal hatte Lou wirklich keine Ahnung ...

Sie atmete tief durch; ihre Hände packten immer wieder fest die Griffe der Reisetasche auf ihrem Schoß, ließen locker und packten dann wieder zu. Die Wahrheit war so schreckliche bedrohlich.

Lou sah zu ihr hinüber und lächelte. „Du bist so schön. Weißt du das eigentlich?"

Sie klammerte sich an der Tür fest, um so weit wie irgend möglich von seinen Worten entfernt zu sein. Ihr Kampfgeist versiegte nämlich normalerweise in dem Augenblick, in dem er etwas Nettes zu ihr sagte. Vielleicht war es ja wirklich besser, wenn er nicht wusste, wie es tatsächlich in ihr aussah. Nach ihrer Reise, ... nachdem sie Zeit zum Nachdenken gehabt hatte und Gelegenheit, Teresa um Rat zu fragen ... Die Wahrscheinlichkeit war groß, dass er sie gar nicht erst ziehen lassen würde, wenn sie das alles hier und jetzt zur Sprache brächte.

„So, da wären wir." Lou hielt auf der verschneiten Straße vor dem Terminal an und stieg aus, um Marys Koffer aus dem Kofferraum zu holen und ihr zu geben. Sie setzte ihre Kapuze auf, stieg aus, öffnete kurz die hintere Tür auf der Beifahrerseite und umarmte Justin. „Du wirst mir fehlen, mein Süßer." Das war trotz allem die Wahrheit.

„Du mir auch, Mama. Papa sagt, dass er eine Überraschung für mich hat."

„So, sagt er das?"

„Vielleicht gehen wir ja bei MacDonalds frühstücken. Meinst du, das ist die Überraschung?"

„Bestimmt. Ganz bestimmt ist es das." Mary gab ihrem Sohn einen Kuss und schlug die Tür wieder zu, damit es nicht ins Wageninnere hineinschneite. Durchs Fenster winkte sie ihm noch einmal zum Abschied zu.

Jetzt tauchte Lou mit dem Koffer neben ihr auf. Das Wetter verhinderte eine längere Abschiedsszene. Umso besser.

„Gute Reise, Liebling. Ich liebe dich."

Sie ließ sich von ihm küssen und umarmen. „Ich dich auch." Das war zwar die Wahrheit, aber nicht die ganze Wahrheit.

Mary ging schnell zur Abfertigungshalle und zog, sobald sie das Gebäude betreten hatte, den Mantel aus. Sie wischte ein paar Schneeflocken von ihrem Mantel, dann zog sie ihren Koffer zum Abfertigungsschalter, stellte sich dort in die Schlange und atmete erst einmal tief durch. *Ich bin allein. Endlich allein.* Kein Mann, kein Sohn, kein Plan, außer sich zu amüsieren und sich daran zu erinnern, wie das Leben gewesen war, bevor sie durch die Familie gebunden war und Pflichten hatte. 29 war einfach zu jung, um sich dermaßen alt zu fühlen.

Sie kam sich jetzt absolut dekadent vor, auch wenn ein Teil ihrer Begeisterung gedämpft wurde durch die Tatsache, dass Lou unbedingt *gewollt* hatte dass sie fuhr. Er hatte sie förmlich zu der Reise gedrängt. Als von ihrer alten Studienfreundin die Einladung gekommen war, hatte Mary sich zuerst gar nicht getraut, das ihrem Mann gegenüber auch nur zu erwähnen. Aber als sie es dann doch getan hatte, war er geradezu begeistert gewesen und hatte sogar angeboten, etwas von ihren mageren Ersparnissen dafür abzuzweigen.

Zuerst war sie misstrauisch gewesen. *Warum will er unbedingt, dass ich fahre?* Aber sie schob solche lächerlichen Gedanken sofort beiseite. Lou war ein blauäugiger, grundehrlicher, hart arbeitender, freundlicher, großzügiger, loyaler ...

Alles, was sie nicht war.

Aber vielleicht würde sich das ja ändern, wenn sie einmal eine Weile weg war und etwas Abstand bekam. Vielleicht war sie ja über ihr Leben so bedrückt, weil es so ekelhaft normal war – nichts als Routine und Alltagstrott. Vielleicht hatte sie einfach nur Lebenshunger. Waren die Jahre zwischen zwanzig und jetzt so verlaufen, wie sie es sich vorgestellt und gewünscht hatte?

Obwohl sie immer Kinder hatte haben wollen, hatte Mary sich das Muttersein irgendwie ... lohnender vorgestellt. Mehr so wie in der Fernsehwerbung, wo die immer geduldige Mutter ihrem ungezogenen Sohn mit einem liebevollen Lächeln im Haar wuschelt, stets lächelnd und verständnisvoll.

Aber so war das Leben nicht. Obwohl sie ihre Familie liebte, stellte sie in bestimmten Augenblicken immer wieder fest, dass sie kurz davor war, die beiden zu erwürgen – zumindest theoretisch. Zum Beispiel als Justin Wasser in ihren nagelneuen Lidschatten geschüttet und ihn wie Wasserfarben zum Malen benutzt hatte, oder als er mit roten Wachsmalkreiden die Wände verziert hatte. Bei solchen Gelegenheiten hatte Mary auch nicht im entferntesten daran gedacht, ihm verständnisvoll lächelnd im Haar zu wuscheln. Kein einziges Mal.

Und was war mit den Frauen, die die abendliche Heimkehr ihres Mannes den ganzen Tag herbeisehnten, deren Herz ein wenig schneller schlug, wenn sie sein Auto vor dem Haus hörten? Eher häufig als selten war Mary erleichtert, wenn Lou morgens zur Arbeit ging, und sie empfand immer einen leichten Druck auf dem Magen, wenn er abends wieder nach Hause kam. Nicht weil sie ihn nicht liebte, sondern weil er so viel von ihr hielt – ihr ständig sagte, was für eine wundervolle Hausfrau und Mutter sie sei – und sie sich deshalb verpflichtet fühlte, seinen hohen Erwartungen zu entsprechen und ihn nicht zu enttäuschen. Wenn er zu Hause war, befand sie sich ständig in einer Hab-Acht-Haltung und konnte gar nicht sie selbst sein, denn so wie sie war, fand sie sich einfach unzulänglich, nicht gut genug.

Lou hatte etwas Besseres verdient. Und sie verdiente ...

Sie dachte an Teresa und Phoenix und vier Tage Sonne, Spaß und Freiheit.

Über Lautsprecher erfolgte eine Durchsage: „Sehr geehrte Fluggäste, es tut uns Leid, Ihnen mitteilen zu müssen, dass der Flugverkehr aufgrund des starken Schneefalls vorübergehend eingestellt wird. Bitte checken Sie weiter ein und bleiben Sie an den Flugsteigen, bis Sie weitere Anweisungen erhalten. Wir hoffen, bald mit der Abfertigung fortfahren zu können. Vielen Dank für Ihre Geduld."

Mary stimmte in das allgemeine Stöhnen ein. Anscheinend mussten Sonne und Spaß noch warten.

11.45 UHR

Suzy hob den Koffer ihres Vaters aus dem Kofferraum des Wagens. „Der ist aber schwer. Ich dachte du bist nur ein paar Tage fort." George lachte etwas gezwungen. Der einzige Grund, weshalb der Koffer überhaupt etwas wog, war der, dass er keinen Verdacht erregen wollte. In letzter Minute hatte George zwei Schubladen mit Sachen von Irma in den Koffer geleert und dann noch sein gerahmtes Lieblingsfoto von ihr mit hineingepackt. Von den Frauenkleidern, einem Bild und den Tabletten, waren die Tabletten eigentlich das einzige, was er wirklich brauchte.

Suzy klappte den Kofferraumdeckel zu. Sie gab ihm einen Kuss auf die Wange. „Hab eine gute Reise, Papa. Stan und ich finden es wunderbar, dass du fährst. Mama und du, ihr seid so gern gereist. Es ist gut, dass du jetzt damit weitermachst. Sieben Monate sind eine lange Zeit."

Sieben Monate, zwei Tage und sieben Stunden, um genau zu sein. Und er machte mit gar nichts weiter. Seine Lebensuhr lief ab und er hatte ganz und gar nicht die Absicht, sich den Schlüssel zu schnappen und sie wieder aufzuziehen. George umarmte sie länger als sonst. *Das ist meine letzte Umarmung.* Er ließ sich nicht weiter auf diesen Gedanken ein, sondern eilte mit einem letzten Winken in die Abflughalle und stellte sich in der Schlange bei der Abfertigung an.

Er würde einchecken, nach Phoenix fliegen und auschecken – im wahrsten Sinne des Wortes.

George hatte viel vor. Wenn er sich in seiner Lieblingsunterkunft in Sun City eingemietet hatte, wollte er noch einmal einige der Orte aufsuchen, an denen er und Irma besonders gern gewesen waren, und sich verabschieden. Dann würde er die Sache selbst in die Hand nehmen. Spaß, Sonne und Selbstmord. *Bon Voyage, adios, auf Wiedersehen, arrivederci, sayonara.*

Bald Irma, bald.

Aber was kam danach? Was geschah nach dem Tod? Würde er von Engelschören begrüßt werden, weil er in seinem Leben so viel Gutes getan hatte? Oder würde er von einem Geschworenengericht des Teufels für seinen letzten Verzweiflungsakt abgeurteilt werden?

War es wirklich Verzweiflung? Er fühlte sich gar nicht verzweifelt. Nur müde, erschöpft, als wäre selbst die Luft, die ihn umgab, zu schwer, um damit fertig zu werden. Wie sollte er denn weiterleben, wenn selbst das Atmen für ihn zur Last geworden war?

Es war nicht leicht gewesen, seinen Selbstmord zu planen; er hatte wirklich versucht, alles zu bedenken, aber warum hatte ihm in den letzten Tagen jeder Idiot aus seinem Umfeld in die Quere kommen müssen? Als erstes war da der blöde Typ vom Reisebüro gewesen, der ihn auf Touristenklasse gebucht hatte, obwohl er ausdrücklich erste Klasse verlangt hatte. Dann war seine Putzfrau total misstrauisch geworden, als George sie abbestellt hatte, und sie hatte unzählige Fragen gestellt. Dann hatte sein Anwalt ein Riesengetue gemacht, weil er sein Testament hatte ändern wollen. Was war denn daran so ungewöhnlich, dass er die Kirche als Erben streichen wollte? Die Dinge hatten sich verändert. Es war sein Geld, und wenn er wollte, konnte er es auch einfach in die Luft werfen oder irgendwie verschleudern. Die Leute sollten sich doch gefälligst um ihre eigenen Angelegenheiten kümmern.

Das letzte Fiasko hatte sich bei der Bank abgespielt, als er sein gesamtes Bargeld hatte abheben wollen – insgesamt 68.392 Dollar. Sie hatten sich so nervös benommen wie Feuerwehrleute, die aufgefordert worden sind, einen Brand zu legen. Geld abheben? *Oh nein, nein, nein, nein, nein!* Sie hatten ein solches Aufhebens um seinen Wunsch gemacht, dass er sie am Ende beinah aufgefordert hatte, ihm die Summe in Eindollarnoten auszuzahlen. Er hatte es dann aber doch bleiben lassen, weil er nicht wollte, dass der arme Typ an der Kasse einen Herzinfarkt erlitt.

Auf jeden Fall hatte er das Geld bekommen, das er zusammen mit einer Nachricht an seine Tochter in seine Schreibtischschublade gelegt hatte. Jetzt, da Suzy und ihr Mann versorgt waren, konnte George diese letzte Reise antreten – Irma zu Ehren.

12.10 UHR

Als Sonja anstand, um sich eine Tasse Kaffee zu holen, fühlte sie sich – buchstäblich und auch emotional – wie auf Wolken. Allen, Dale und Sonja – auf nach Phoenix. Die drei neuen Auserwählten von *Sanford Industries*.

Dass Sonja den Platz einer anderen Mitarbeiterin namens Geraldine einnahm, weil sie hinter den Kulissen ein wenig geschoben, intrigiert und gemauschelt hatte, war nicht weiter von Belang. *Im Geschäftsleben ist alles erlaubt.*

Oder vielleicht traf hier auch eine anderes Sprichwort zu: Ein loses Mundwerk kann Schiffe versenken. Wenn Geraldine nicht so leichtsinnig gewesen wäre, einer Kollegin zu erzählen, dass sie eigentlich besser nicht zu dem Kongress fahren sollte, weil es große Probleme mit den Zahlen gab, die sie für die anstehende Fusion zusammengestellt hatte, dann hätte Sonja diese Information nicht aufgeschnappt, hätte die Zahlen nicht selbst überprüft und auch nicht ihren Chef darauf aufmerksam gemacht. „*Ich tu das wirklich nicht gern, Allen, aber ich glaube, Sie sollten wissen ...*"

Natürlich war Geraldine wütend gewesen, als ihre Zusage zur Teilnahme an dem Kongress zurückgezogen wurde und statt ihrer Sonja fahren durfte. Und Geraldine hatte Sonja auch als hinterhältig bezeichnet und ihr sogar gedroht: „Warte nur ab, Sonja, ... eines Tages ..."

Und wenn schon.

Sonja bezahlte den Kaffee und zog ihren Koffer zum Flugsteig, wobei ihre Tasche mit dem Laptop über ihrer Schulter baumelte. *Eines Tages was? Werde ich bekommen, was ich verdient habe?* Sie schüttelte den negativen Gedanken ab und konzentrierte sich auf eine andere innere Stimme, die wesentlich freundlicher war: *Du hattest wirklich eine Chance verdient, und jetzt ist sie da. Wenn dein Chef mehr Durchblick hätte und gerechter wäre, dann hätte er schon viel früher deine Möglichkeiten erkannt, statt dich jetzt in diese Situation zu bringen. Es ist deren Fehler.*

Ganz klar deren Fehler.

Hin und her. Auf und ab. Schuldgefühle können so nervtötend sein! So hatte sie sich aber wenige Augenblicke vor dem Abflug zu dem Kongress nicht fühlen wollen. Irgendwie musste sie ihre Siegesgewissheit, vor der sie noch vor wenigen Minuten nur so gestrotzt hatte, zurückgewinnen. Sie musste ... ihre Eltern anrufen.

Sonja kam an ihrem Flugsteig an und nickte Allen und Dale kurz zu, bevor sie sich einen Platz in dem Warteraum suchte, der zumindest ein ganz klein wenig Abgeschiedenheit bot. Sie wählte die Nummer ihrer Eltern. Bestimmt würden sie stolz darauf sein, dass man sie für diese Reise ausgewählt hatte. Durch ihre Teilnahme an dem Kongress würde ihnen endlich klar werden, dass ihre Tochter aus eigener Kraft Erfolg hatte, dass sie nicht mehr die Person war, die nie alles gab und deshalb auch nie ihre Möglichkeiten ganz ausschöpfte, egal wie wunderbar die Chancen waren, die sich ihr boten. *Nach all dem, was wir für dich getan haben, Sonja ...*

Die Stimme aus ihrer Erinnerung passte genau zu der Stimme, die jetzt aus dem Hörer an ihr Ohr drang. „Hallo?"

„Hallo, Mama."
„Sonja, bist du das? Warum rufst du an?"
Sonja merkte, wie sie innerlich auf Rückzug ging. „Einfach so, ohne bestimmten Grund."
„Es gibt immer einen Grund. Also dein Bruder, ... der ruft wirklich ohne Grund an. Er ist so ein guter Junge."
Der besagte *Junge* war 35 Jahre alt und der geliebte einzige Sohn, Sheffield D. Grafton III. Sonja hatte bereits vor langer Zeit begriffen, dass man als einzige Tochter nicht das Maß an Verehrung und Anbetung erlangte wie als einziger Sohn. Ob das wohl etwas mit der römischen Ziffer hinter dem Namen zu tun hatte oder mit seinem Geschlecht oder lag es an ihr?
„Ist Papa zu Hause?"
„Also gibt es doch einen Grund."
„Nein, wirklich nicht. Ich wollte nur ..."
„... lieber mit ihm reden als mit mir."
„Mama, ich fliege gleich nach Phoenix, und das wollte ich bloß erzählen – euch beiden erzählen."
„Ein bisschen die Arbeit schwänzen, was?"
„Natürlich nicht. Ich bin von der Firma ausgewählt worden, an einem Kongress teilzunehmen. Ich bin eine von drei Personen, die fahren – von der gesamten Firma."
Ihre Mutter lachte. „Na, dann besteht die Firma wohl aus vier Personen, was?"
Sonjas Atem ging schneller. Ihre Mutter wusste ganz genau, wie viele Leute bei Stanford Industries arbeiteten, denn sie hatte einmal mit ihr an einer Firmenführung teilgenommen.
„Shef war auf seinem letzten Kongress in Atlantic City. Er hatte dort ein Zimmer mit einer Badewanne aus Marmor in der Mitte und mit zwei Telefonen. Eines davon war im Bad."
„Wir sind in einem sehr schönen Kurhotel in der Wüste untergebracht." Ob das wohl eine Badewanne und zwei Telefone schlagen konnte?
„Ich finde die trockene Luft dort schrecklich. Meine Haut spannt dann immer dermaßen, dass ich das Gefühl habe, sie platzt."
Sonja massierte sich die Stelle direkt über der Nasenwurzel.
„Wusstest du schon, dass Shef gerade eine Sondergratifikation bekommen hat? Er hat gesagt, dass er uns davon was Schönes kaufen will. Letztes Jahr haben Vater und ich neue Uhren von ihm bekommen, wusstest du das eigentlich?"

Sonja verstärkte den Druck ihrer Finger. „Ja, Mutter, das hast du mir erzählt." *Und Shef hat es mir erzählt. Und Papa hat es mir erzählt. Und Tante Dottie hat es mir erzählt.* Es hätte Sonja nicht gewundert, wenn Shef eine ganzseitige Anzeige in der Tageszeitung geschaltet hätte, um seine gute Tat möglichst überall bekannt zu machen. Sonja dachte an das letzte Geschenk, das sie ihren Eltern gemacht hatte, eine tolle Küchenmaschine mit allem Drum und Dran. Als sie während ihres letzten Besuchs bei den Eltern danach gesucht hatte, hatte sie sie nicht finden können und gefragt, wo sie denn sei. Ihre Mutter hatte das Gerät in den Schrank gestellt und gesagt, die Bedienung sei ihr viel zu kompliziert.

Nicht komplizierter als die einer Uhr mit Datumsanzeige.

„Ach ja, und es gibt noch mehr Neuigkeiten. Wusstest du schon, dass Shef ...?"

„Sei bitte still!"

„Was hast du gesagt?"

„Sonja? Hast du gerade gesagt, ich soll ...

Sie drückte den Hörer ganz fest ans Ohr. „Mutter, es tut mir Leid, es tut mir wirklich Leid ..."

„Ich kann einfach nicht glauben, dass du mir sagst ..."

„Das habe ich nicht so gemeint. Ich bin ... Ich bin einfach nervös wegen des Kongresses." *Und wegen der Art, wie ich zur Teilnahme gekommen bin.*

„Mich überrascht es, dass sie dich überhaupt irgendwo mit hinnehmen bei so einer Einstellung. Wenn ich etwas zu sagen hätte, würdest du nicht ..."

„Ja, ich weiß. Das war daneben. Es ist nur, weil du die ganze Zeit von Shef redest und gar nicht zugehört hast, was ich ..."

„Darf ich denn nicht einmal stolz sein auf deinen Bruder? Er hat wirklich etwas ganz Wunderbares aus seinem Leben gemacht."

„Und ich mache auch etwas ganz Wunderbares aus meinem Leben."

Schweigen. „Du sollst nicht in Konkurrenz zu deinem Bruder treten, Sonja. Du weißt, das wäre nicht richtig. Vergleichen ist immer falsch."

Genau! Jetzt kamen ihre Worte wie von selbst: „Aber du und Papa, ihr seid es doch, die vergleichen, die uns ständig gegeneinander ausspielen."

Tiefes Luftholen. „Wir, ... wir vergleichen gar nicht ..."

„Mutter ..."

„Kann ich denn etwas dafür, dass wir stolze Eltern sind?"
Es drängte sich ihr jetzt eine Frage auf und sie lauerte ganz dicht unter der Oberfläche. *Vorsicht, Sonja, leg es nicht darauf an.*
„Stolz auf wen, Mutter?"
Wieder ein kurzes Zögern. Warum fiel es ihren Eltern nur so schwer, ihr etwas Nettes zu sagen? „Ich bin auf meine ganze Familie stolz."
„Auf Shef?"
„Natürlich auf Shef."
„Und ...?"
„Und ... auf dich"
Sonja hatte gedacht, dass dieses Kompliment ihr mehr bedeuten würde. Sie hatte gedacht, dass sie Erleichterung verspüren würde und so etwas wie Stolz. Vielleicht blieb das Kompliment deshalb wirkungslos, weil sie es ihrer Mutter regelrecht hatte abringen müssen.
Sonja sah hinaus in den kalten Schnee. „Ich muss jetzt los, Mutter. Ich rufe an, wenn ich wieder zurück bin. Grüß Papa von mir." Sie drückte auf die Taste und beendete damit die Verbindung. Aber das wäre eigentlich gar nicht nötig gewesen, denn die Verbindung war schon vor Jahren abgebrochen.

12.29 UHR

Alle Mitarbeiter der Fluggesellschaft waren Idioten, da war sich Anthony Thorgood ganz sicher. Er stand am Abfertigungsschalter der ersten Klasse, während die Idiotin von der Fluggesellschaft, die ihn bediente, gerade im Computer seine Buchung prüfte ... und nochmals prüfte.
Sie hörte auf zu tippen, sah zu ihm auf und lächelte ein gönnerhaftes Lächeln, von dem er überzeugt war, dass sie es schon an ihrem ersten Arbeitstag perfekt beherrscht hatte. Aber wenn die glaubte, er würde dieses Lächeln einfach hinnehmen und sich dann schleichen, dann sollte sie sich noch wundern.
„Es tut mir Leid, Mr. Thor ..."
„*Doktor* Thorgood."
„Dr. Thorgood. Der Computer sagt, dass Ihre Reservierung für die Touristenklasse und nicht für die erste Klasse gilt." Sie legte den Ausdruck auf den Tresen, damit er sich selbst überzeugen konnte. „Sehen Sie?"

Sie hatte Recht.
Er suchte augenblicklich in Gedanken nach einem Schuldigen. Candy, seine Empfangssekretärin. Sie hatte den Flug gebucht. Er hatte ihr vertraut und sie hatte es vermasselt. Na, die konnte was erleben, wenn er wieder zurück war.
Er warf jetzt einen Blick auf ihr Namensschildchen. „Na gut. Aber Sie können die Buchung doch bestimmt ändern, Sandy, oder ...?
Doch Sandy war jetzt abgelenkt und schaute in Richtung der Abfertigungsschlange am Schalter der Touristenklasse ein paar Meter entfernt. Eine schäbig gekleidete Frau stand da, die den Tränen nahe war. Ein kleines Mädchen wich ihr nicht von der Seite. Die Frau klatschte mit der Handfläche auf den Tresen, der für sie etwa auf Kinnhöhe war.
„Sagen Sie mir nicht, dass ich mich beruhigen soll. Sie hören mir ja gar nicht zu! Wir können diesen Flug unmöglich antreten."
„Gnädige Frau, der Flugverkehr ist eingestellt, aber bestimmt nur vorübergehend, da bin ich mir ganz sicher. Es müssen nur die Start- und Landebahnen geräumt werden, und das dauert eben etwas. Bald wird alles wieder ganz normal laufen."
„Nein, das wird es nicht. Verstehen Sie mich denn nicht. Irgendetwas wird mit dem Flug passieren."
Die Angestellte von der Fluggesellschaft hob eine Augenbraue. „Und wie kommen Sie darauf?"
Die Frau legte sich ihre geballte Faust auf den Bauch, sah dem Mädchen, das neben ihr stand, ins Gesicht und antwortete: „Ich weiß es einfach. Ich spüre es. Schon als ich heute Morgen aufstand, habe ich gespürt, dass ein Unglück droht, eine Katastrophe, und jetzt, wo der Flugverkehr eingestellt ist wegen ..."
Die Angestellte sah gelangweilt aus. „Haben Sie so ein Gefühl öfter?"
Die Frau presste entschlossen die Kiefer zusammen und baute sich in ihrer gesamten 1.50 Meter Stattlichkeit vor der Angestellten auf. „Jetzt hören Sie mir mal zu. Mir ist es ehrlich gesagt ziemlich egal, ob sie mir glauben oder nicht. Wenn Sie nicht wollen, dass ich jetzt mit all Ihren anderen Passagieren über mein ungutes Gefühl rede, dann schlage ich vor, dass Sie uns unser Geld zurückgeben."
„Aber Sie und Ihre Tochter haben Tickets ohne Rücktrittsmöglichkeit. Sehen Sie hier, das Kleingedruckte?"
Die Frau schnappte der Angestellten die Tickets aus der Hand und stapfte entschlossen von dannen, ihren Koffer hinter sich herziehend.

„Dr. Thorgood?"
Er erinnerte sich wieder, welches Ziel er verfolgte. Einen Platz in der ersten Klasse. Er wandte sich erneut Sandy zu, die ihn nervös anlächelte, und fragte: „Haben Sie viel mit solchen Leuten zu tun?"
„Manchen Leuten bereitet das Fliegen mehr Probleme als anderen." Sie machte eine Pause und lächelte. „Nicht allen fällt es so leicht wie Ihnen beispielsweise."
Er wusste, dass er hier gerade manipuliert wurde, aber statt sofort darauf anzuspringen, bewunderte er ihr Taktgefühl. „Und wie lautet das Urteil?"
„Es gibt in der ersten Klasse keine Plätze mehr. Punkt! Es tut mir Leid. Ich habe allerdings für den Rückflug noch einen Platz erster Klasse aufgetrieben, dafür müssten Sie dann natürlich den Aufpreis noch bezahlen."
Anthony zückte seine Visakarte.

13.00 UHR

Henry Smith saß im Warteraum am Flugsteig und betete. Er hasste das Fliegen und fand es wirklich ironisch, dass Gott ihm ausgerechnet einen Job gegeben hatte, in dem er ständig das tun musste, was er am meisten fürchtete.

Nicht, dass er Angst vorm Sterben hatte. Er würde bereit sein, wenn es so weit war. Das Schwierige am Fliegen war, dass es einen solchen Glaubensvorschuss erforderte, einen solchen Verzicht auf Kontrolle. Selbst wenn er kein gottesfürchtiger Mann wäre, würde das Fliegen immer wieder diese innere Überwindung von ihm erfordern. Henry konnte keinen Grund erkennen, warum ein schweres, plumpes Flugzeug in der Lage sein sollte zu fliegen. Keinen einzigen. Es widersprach einfach jeglicher Logik. Und deshalb musste sich Henry jedes Mal, wenn er erst einmal in der Luft war, den Piloten, Mechanikern und Ingenieuren ganz anvertrauen.

Darüber hinaus hatte er aber auch Vertrauen zu Gott. Wenn ein Flugzeugabsturz zum Plan Gottes gehörte, das war Henry völlig klar, so hatte er definitiv keine Kontrolle über den Ausgang. Mit einer Reisegeschwindigkeit von mehreren Hundert Kilometern pro Stunde in 10.000 Metern Höhe unterwegs zu sein, das machte ihm unmissverständlich klar, wie klein und unbedeutend er war. Nicht dass Gott seine Gebete nicht hörte ... Das tat er bestimmt. Aber es gab ja immer auch das Gesamtbild, das Ganze. Und in den großen Augenblicken seines Lebens wusste Henry, dass Gott eine Menge zu bedenken hatte. Die Gebete eines einzelnen Mannes waren wie Puzzleteile und Gott hatte die Aufgabe, die Einzelteile zu einem Bild zusammenzusetzen, eine Aufgabe, um die er auf keinen Fall zu beneiden war. Henry hatte keinen Einfluss darauf, ob er ein schwierig einzupassendes, einfarbiges Himmelteilchen war, ein bevorzugtes Randteilchen oder das vielgeliebte letzte Puzzleteil.

Seit dem vergangenen Abend hatte Henry jedoch das Gefühl, dass er ein neues Puzzleteil für sein eigenes Leben bekommen hatte – und er hatte keine Ahnung, wohin es gehörte.

Es hatte alles mit einer Versuchung angefangen – mit der Art von Versuchung, die für Handelsreisende allgegenwärtig ist, die Art, die es darauf abgesehen hatte, die Fassade des guten Kerls einzureißen und den wahren Henry Smith ans Licht zu bringen.

Ja, wer war der wirkliche Henry Smith?

Der gestrige Abend war eine heftige und eingehende Prüfung gewesen. Er hatte im Restaurant seines Hotels gegessen, weil er das Gefühl gehabt hatte, sich nach einem großartigen Verkaufstag ein feierliches Steak mit allem Drum und Dran gönnen zu dürfen. *Wenn nur Ellen da gewesen wäre.*

Seine Frau war jedoch nicht da gewesen, wohl aber diese Rothaarige, die nur aus einem strahlenden Lächeln und Kurven zu bestehen schien, und die ihn mit Worten umschmeichelt hatte, die er nur zu gerne hörte. Und dann war ihr Vorschlag gekommen, noch einen Schlummertrunk in seinem Zimmer einzunehmen.

Er hatte seine Zimmertür bereits aufgeschlossen gehabt, als er zur Besinnung gekommen war und zu ihr sagte: „Danke, aber nein, vielen Dank."

Dann hatte er schnell die Tür zugeschoben und von innen abgeschlossen. Er hatte sich mit dem Rücken dagegen gelehnt, und selbst dort noch hatte ihn ein Hauch ihres Parfüms wie eine qualvolle Versuchung umweht. Um sich abzulenken, war er zum Bett gerannt, hatte den Fernseher angeschaltet, eine Weile in den Programmen herumgezappt und hatte versucht, an etwas anderes zu denken als an diese Frau.

Und dann, ohne dass er es bewusst vorgehabt hatte, hatte er die Bibel aus der Nachttischschublade genommen, sie aufgeschlagen, den Kopf gesenkt und sich noch einmal ganz neu auf einen Gott eingelassen, der bisher eher die zweite Geige gespielt hatte.

Sein Gebet war schlicht und einfach gewesen: *Bitte hilf mir da durch.*

Und noch bevor er die Augen wieder geöffnet hatte, hatte er plötzlich einen tiefen inneren Frieden empfunden. Er hatte festgestellt, dass er sogar an die Rothaarige denken konnte, ohne den Wunsch zu verspüren, sofort zu ihr zu gehen.

Er war dankbar für diese umgehende Reaktion von Gott, so dankbar, dass er es gewagt hatte, noch eine weitere Frage zu stellen, die ihn ständig bedrängte: *Zeige mir, was ich mit meinem Leben tun soll.*

Und darauf hatte er – nun schon zum zweiten Mal an diesem Abend – unmittelbar eine Antwort bekommen, als sein Blick auf ein paar Zeilen in der Bibel gelenkt worden war, die jemand mit einem gelben Neonmarker gekennzeichnet hatte. Es war Jesaja 30, 19–21.

Die Verse waren ihm immer noch völlig gegenwärtig ...

Henry strich sich über den Bart, schaute sich kurz um und sagte dann zu sich selbst: „Du wirst nicht weinen! Er wird dir gnädig sein, wenn du rufst. Er wird dir antworten, sobald er's hört. Und der Herr wird euch in Trübsal Brot und in Ängsten Wasser geben, und dein Lehrer wird sich nicht mehr verbergen müssen, sondern deine Augen werden deinen Lehrer sehen. Deine Ohren werden hinter dir das Wort hören: Dies ist der Weg, den geht!"

Die letzte Zeile war die entscheidende. *Dies ist der Weg, den geht.* Henry klammerte sich an diese sechs Worte wie ein Ertrinkender an einen Rettungsring. Sie wurden sein Mantra, seine Hoffnung für die Zukunft, lösten aber gleichzeitig auch große Verwirrung bei ihm aus.

Was war *der Weg*?

Er machte die Augen auf und sah nach draußen in den wirbelnden Schneesturm. In diesem Augenblick wollte er nur seine Arbeit abschließen und nach Hause. Vielleicht wusste ja Ellen, was das alles zu bedeuten hatte. Sie war ziemlich gut, wenn es um die großen Lebensfragen und um Bibelverse ging. Auf dem Gebiet konnte er ihr nicht das Wasser reichen.

Er hatte gehofft, dass der neue Morgen alles klären würde, aber das war nicht der Fall. Er fand es schön, dass er sich immer noch an den Vers erinnerte, aber was all das andere betraf ... Er befand sich auf dem schmalen Grat zwischen Resignation über dieses Leben, das ihm wie ein einziger Trümmerhaufen vorkam, und gespannter Erwartung. Als ob „der Weg" sich in naher Zukunft zeigen würde, was es auch immer konkret sein mochte. Auf jeden Fall würde es besser sein als das, was er jetzt hatte.

Ja, was er jetzt hatte ...
Er holte sein Handy hervor und wählte.
„Hallo, Elly."
„Hi, Schatz. Was gibt's?"
Er lehnte sich zurück und empfand schon allein den Klang ihrer Stimme als tröstlich. Sie war die Konstante in seinem Leben. Der Weg?
„Der Flugverkehr ist vorübergehend eingestellt und ich langweile mich."
„Dann werde ich mein Bestes tun, dich zu unterhalten. Wohin bist du gerade unterwegs?"
„Phoenix."
„Seit wann gehört denn Phoenix zu deinem Bezirk? Ist dort nicht Bill zuständig?"
„Bills Sohn heiratet und er hat doch auch meine Termine übernommen, als damals Joey seinen Schulabschluss gefeiert hat. Jetzt vertrete eben ich ihn."
„Du übernimmst zu viel. Es wird wirklich Zeit, dass du lernst, Nein zu sagen."
„Außer zu dir, oder ?"
„Na, das nenn ich aber einen guten Ehemann."
Er überlegte kurz, ob er ihr von dem Bibelvers erzählen sollte, beschloss dann aber, es ihr lieber persönlich und nicht am Telefon zu sagen. „Was machst du denn gerade?"
„Ich habe mir ein Omelette zum Mittag gemacht."
„Du machst die besten Omelettes der Welt."
„Wirklich?"
Sie schien für das Kompliment dankbar zu sein. Warum sagte er ihr eigentlich nicht öfter etwas Nettes? Er gelobte, sich in dieser Hinsicht zu bessern.
„Pass auf dich auf, Henry. Komm bloß heil nach Hause zurück. Wenn du da bist, verspreche ich dir, dass wir uns ein Omelette teilen, einschließlich der Zubereitung."
„Das machen wir."
Henry sah jetzt wieder hinaus in den Schnee und eine Welle von Angst durchflutete ihn.
„Tschüss Henry, bis dann ..."
„Elly?"
„Ja"?
„Ich liebe dich, das weißt du doch, oder?"

„Ja, das weiß ich, und ich liebe dich auch."
Er beendete das Gespräch und der Gedanke an zu Hause wärmte ihn innerlich.
„Verehrte Fluggäste, der Flugverkehr wird in Kürze wieder aufgenommen. Um so bald wie möglich starten zu können, haben wir beschlossen, dass die Fluggäste sofort an Bord gehen können ..."
Henry stand auf. Zu Hause. Bald würde er dort sein.

13.10 UHR

Tina McKutcheon blickte von ihrem Buch auf. Ihr Sitzplatz befand sich ziemlich weit hinten in der Maschine, und deshalb war ihre Reihe schon längst zum Einsteigen aufgerufen worden. Sie war jedoch zurückgeblieben, weil sie absolut keine Lust hatte, als Erste an Bord zu gehen und dann mitten im Chaos des Einsteigens zu sitzen und eingepfercht auf den Start zu warten. Ruhig, bequem und kontrolliert. Das waren ihre Schlüsselbegriffe für den heutigen Tag. Besonders nach der Bombe, die David am Morgen hatte hochgehen lassen. Heiraten? Darüber wollte sie gar nicht nachdenken. Nicht jetzt jedenfalls. Noch nicht. Und wie er sie gefragt hatte ... So lässig und locker, nachdem er auf dem Weg zur Arbeit kurz bei ihr hereingeschaut hatte. Allerdings hätte auch ein romantisches Abendessen die Entscheidung nicht einfacher gemacht.

Tina schlug ihr Buch zu, verschaffte sich einen Überblick über die anderen Passagiere und fragte sich, wer von ihnen wohl neben ihr sitzen würde. Sie entdeckte alte Leute und Geschäftsreisende und das war für sie völlig in Ordnung. Es gab nur eine Sorte von Menschen, neben denen sie auf keinen Fall sitzen wollte: Teenager. Sie war Englischlehrerin an einer High School und diese Reise war als eine Art Flucht vor ihnen gedacht. Wenn Gott ein guter Gott war, hatte er Erbarmen und würde ihr alle Teenager vom Halse halten.

Tina entdeckte ein einsames junges Mädchen im Teenageralter, das jetzt an Bord ging. Sie hatte schwarzes Haar, das zu unzähligen Zöpfchen geflochten war. Ihre olivfarbene Haut und ihre Gesichtszüge hatten etwas Orientalisches. Um ihren Hals hing ein Kopfhörer, über ihrer Schulter ein Rucksack. Ihre Hose war zu groß, das T-Shirt zu eng. Als Zeichen ihres Widerstandes gegen alles Erwachsene und Spießige trug sie ein Piercing in der Nase.

Jeden – aber bitte nicht sie, Gott. Jeden außer ihr.

Im Warteraum hielten sich jetzt außer ihr nur noch ein Vater und sein kleiner Sohn auf, die erst in letzter Minute eingecheckt hatten. Tina wusste, dass auch sie jetzt an Bord gehen musste. Es wurde Zeit. Sie schnappte hörbar nach Luft, als sie direkt vor sich im Mittelgang des Flugzeugs das bezopfte Mädchen sah. Als sie in der Nähe von zwei freien Plätzen stehen blieb, spürte Tina einen Knoten im Magen, denn ihre Vorahnung schien sich zu bestätigen. Das Mädchen warf seinen Rucksack in die Gepäckablage und rutschte auf den Sitz in der Mitte – den Sitz neben Tinas Platz am Gang. Tina konnte es einfach nicht fassen. Gott hatte wirklich einen seltsamen Humor.

13.12 UHR

Mary blätterte im Werbemagazin der Fluggesellschaft herum, ganz begeistert, dass alle anderen Plätze in ihrer Reihe nicht belegt waren. Das war wirklich *Luxus*. Sie machte nicht nur allein eine Reise, sondern sie hatte auch noch Platz, um sich auszubreiten und zu genießen...

„Mama!"

Marys Kopf schnellte gegen die Rückenlehne ihres Sitzes. Dort im Gang stand Justin! Und Lou!

Ihr Mann strahlte sie an. „Na, jetzt staunst du aber, was?"

Aber das war gar kein Ausdruck.

ZWEI

Aber sei nur stille zu Gott, meine Seele;
denn er ist meine Hoffnung.
Er ist mein Fels, meine Hilfe und mein Schutz,
dass ich nicht fallen werde.
PSALM 62,6.7

13.15 UHR
PLANMAESSIGE ABFLUGZEIT

Mary sah zu, wie Lou dem Kleinen half, sich auf dem Sitz zwischen ihnen einzurichten. Sie beobachtete, wie ihr Mann ihn anschnallte, den Kinderrucksack unter dem Sitz verstaute und Justin zeigte, wie man das Tischchen ausklappte. Sie hörte sich das Geplauder der beiden über die Belüftung, das Licht, die Getränke und das Essen an, bis sie das Gefühl hatte, gleich schreien zu müssen.

Sie starrte zum Fenster hinaus. In den Schnee. In den kalten, schrecklichen Schnee, der ihren inneren Zustand so gut widerspiegelte. Wie konnte Lou ihr das nur antun? Und was noch schlimmer war, weshalb empfand sie das so?

„So", sagte Lou schließlich, „alles klar."

Sie weigerte sich, ihn anzusehen.

„Mary?"

Sie rührte sich nicht.

„Was ist los mit dir, Mama?"

Noch immer rührte sie sich nicht.

„Was ist denn mit Mama los, Papa?"

„Nichts ist mit ihr los, Kumpel. Wir werden bestimmt ganz viel Spaß in ..."

Mit einem Ruck wandte Mary sich ihm jetzt zu und sagte gepresst: „Nicht *wir* sollten in Phoenix Spaß haben, sondern geplant war eigentlich, dass *ich* dort Spaß habe!"

Justin sah sie direkt an und schmiegte sich dann dicht an seinen Vater.

„Papa ..."

Lou legte ihm beruhigend die Hand aufs Bein. „Wir haben Mama so überrascht, dass sie noch nicht genug Zeit hatte, es sacken zu lassen."

Mary lachte und staunte selbst darüber, wie gemein dieses Lachen klang. Sie lehnte sich zu ihm hinüber. „Mama ist nicht überrascht. Mama ist geschockt und entsetzt."

„Aber Mary, ... das kann doch nicht ..."

„Das kann doch nicht wahr sein?" Sie senkte die Stimme, als sich ihr Blick mit dem eines Mannes auf der anderen Seite des Ganges traf. „Du kannst die Wahrheit nicht vertragen."

Justin zog seine Knie bis an die Brust hoch und fing an zu jammern. Mary empfand jetzt eine Spur von Reue, ließ das Gefühl aber vorübergehen, ohne es weiter zu beachten. Schließlich war es Lous Schuld, dass ihr Sohn hier war, und zwischen ihnen und ihrem Streit festsaß. Ach, im Grunde saßen sie ja alle fest, waren, angeschnallt auf ihren Sitzen, gefangen, unfähig, sich zu bewegen oder sich aus ihrer Lage zu befreien. Unfähig wegzulaufen – so wie sie versucht hatte, nach Phoenix zu entfliehen.

Lou schnallte Justin wieder ab. In Sekundenbruchteilen saß der Kleine bei seinem Vater auf dem Schoß und klammerte sich an dessen Hals. „Sch, sch, sch. Ist ja schon gut. Alles in Ordnung. Alles ist gut."

Eine Stewardess kam und tippte Lou auf die Schulter. „Ihr Sohn muss sich jetzt auf seinen Platz setzen und angeschnallt werden."

„Ich weiß. Nur noch einen Augenblick."

„Brauchen Sie noch irgendetwas?"

„Nein, nein, das geht schon."

Sie nickte ihm zu und ging dann weiter. Mary sah Mann und Sohn an, wie sie eng aneinander geschmiegt auf einem Platz saßen, getrennt durch den leeren Platz zwischen ihnen und ihr. Was für ein passendes Bild für ihr gemeinsames Leben. Die beiden gegen sie.

Justin hatte sich jetzt beruhigt und kuschelte sich an Lous Brust. Lou sagte leise zu ihr: „Und was für eine Wahrheit ist das, von der du da gerade geredet hast?"

Jetzt, wo sie Lous volle Aufmerksamkeit hatte und angesichts seiner Aufforderung, konkret die Gründe für ihre Unzufriedenheit zu nennen, wusste Mary plötzlich gar nichts mehr. Und was war denn überhaupt die Wahrheit? Dass sie die beiden hasste? Das war nicht die Wahrheit. Dass sie das gemeinsame Leben mit ihnen hasste? Auch das stimmte nicht.

„Ich weiß, dass du nicht glücklich bist, Mary."

Sie sah ihn ungläubig an. „Seit wann denn das?"

„Ich mag zwar keinen Collegeabschluss haben, aber ich bin trotzdem nicht blöd."

„Und warum hast du dann nichts gesagt oder unternommen?"

Er überlegte einen Augenblick und streichelte dabei die ganze Zeit Justin übers Haar. „Ich hatte Angst – Angst dich zu verlieren."

Offenbar war sie weniger geschickt und Lou feinfühliger als sie gedacht hatte.

„Ich weiß nicht, ob du mich verlierst..."

„Aber warum bist du dann über unsere Überraschung so entsetzt?"

Mary rieb sich mit den Händen heftig das Gesicht. „Ach, ... ich bin so durcheinander."

„Das sehe ich." Lou löste Justin jetzt vorsichtig aus der Umklammerung.

„So Kumpel, es wird Zeit, dass du dich auf deinen Platz setzt und dich anschnallst."

Zögernd rutschte Justin auf den freien Platz und fummelte am Gurt herum.

„Lass mich das machen", sagte Mary.

Justin blickte hoffnungsvoll zu ihr auf. „Dann ist es also in Ordnung, dass wir hier sind, Mama?"

Mary sah erst Lou an und dann ihren Sohn. Sie spürte, dass ihr Kampfeswille wich wie Dampf aus einem Wasserkessel.

Vielleicht bedeutete ihr Rückzug aus dem Gefecht nicht, dass sie den Kampf verlor. Vielleicht handelte es sich plötzlich um eine ganz andere Auseinandersetzung. Vielleicht war diese Reise ja auch eine Chance für sie und Lou, die Grundvoraussetzungen neu zu definieren und durchzubuchstabieren, die erfüllt sein mussten, damit sie sich ganz neu aufeinander einlassen konnten. Vielleicht konnte sich aus dem Schlechten doch noch etwas Gutes entwickeln.

Justin griff nach ihrer Hand. Mary zog sie an ihre Lippen und küsste die winzigen Finger.

Und ihr Zorn wich – fürs Erste jedenfalls.

* * *

Sonja hatte eigentlich erwartet, im Flugzeug neben Allen und Dale zu sitzen. Als sie bemerkte, dass sich ihr Platz etliche Reihen hinter dem der beiden befand, war sie enttäuscht – zunächst. Aber aus ihrer Enttäuschung wurde rasch Erleichterung, als ihr klar wurde, wie viel entspannter der Flug sein würde, wenn sie nicht die ganze Zeit den

Schein der tollen Karrierefrau wahren musste. Außerdem hatte es den Vorteil, nicht zu viele Fragen beantworten zu müssen. Dale hatte schon angedeutet, dass er wusste, wie sie zu der Kongressteilnahme gekommen war. Und Allen war der Mann, zu dem sie mit ihren Informationen über Geraldine gegangen war. Was machte es also aus, ganz hinten im Flugzeug zu sitzen? Eigentlich gab es keinen besseren Platz, um sich zu verstecken.

Sonja empfand ein absurdes Freiheitsgefühl, als sie ihren Laptop in der Gepäckablage verstaute. Wenn sie nicht von Kolleginnen dabei gesehen wurde, hatte sie kein wirkliches Bedürfnis zu arbeiten. Sie nahm ihren Fensterplatz ein und schaute hinaus in den Schnee. Aus dem leisen, stillen Schneefall war ein Schneegestöber geworden. Konnten Flugzeuge eigentlich fliegen, wenn es schneite? Sie schob die Sorge, die sich einschleichen wollte, beiseite und schloss ihre Augen.

Die vergangenen paar Tage hatten auch ihre allerletzten Kraftreserven verbraucht und alles in ihr schrie nach Erholung. Die paar Stunden im Flugzeug waren jetzt ihre einzige Chance, sich auszuruhen und zu sammeln. Wenn sie erst einmal auf dem Kongress war, musste sie wirklich jeden Augenblick vollkommen „da" sein.

Sie öffnete die Augen, als sie spürte, dass sich jemand auf den freien Platz neben ihr setzte. Sie schaute hin und sah einen Afroamerikaner mit kurzem Schnauzbart, im marineblauen Anzug.

Er schaute in ihre Richtung. „Guten Tag."

„Tag." Sonja schloss wieder die Augen in der Hoffnung, damit ein mögliches Gespräch von vornherein zu unterbinden.

„Sie sehen aus, als hätten Sie Sorgen."

Sonja machte die Augen wieder auf. „Wie kommen Sie denn darauf?"

Er deutete auf die Stelle über ihrer Nasenwurzel. „Selbst bei geschlossenen Augen haben Sie dort eine tiefe Sorgenfalte." Er zupfte an seinem Jackett, damit es durch das Anlegen des Gurtes nicht so stark verknitterte. „Ich gehe deshalb davon aus, dass ihre Reise nach Phoenix nicht dem Vergnügen dient."

„Nein, ich bin dienstlich unterwegs, zu einem Kongress."

Er nickte. „Das kenne ich. Ich musste das früher auch." Er schüttelte den Kopf, als kämen ihm dabei unangenehme Erinnerungen.

„Haben Sie etwas gegen Kongresse?"

„Es steht mir nicht zu, den Wert von Kongressen allgemein zu beurteilen, aber eins weiß ich: Auf jedem Kongress, an dem ich teilgenommen habe, waren viele Leute, die viel zu sehr versuchten, jemand zu sein, der sie nicht waren, und Zeugs zu verkaufen, von dem sie nur so taten, als wären sie davon überzeugt."

Bingo. Sie konnte jedoch ihm gegenüber unmöglich eingestehen, wie richtig er mit dieser persönlichen Einschätzung lag. Dann deutete sie auf sein Outfit und sagte: „Sie sehen aber auch nicht gerade so aus, als wären Sie zum Golfspielen unterwegs."

Er rückte seine Krawatte zurecht. „Ich bin auf dem Weg nach Hause."

„In dem Aufzug?"

„Meine Frau holt mich vom Flughafen ab, und sie mag mich im Anzug."

Sonja schüttelte den Kopf. „Sie haben sich für sie fein gemacht?"

„Ich gefalle ihr gern."

Sonja lachte. „Entschuldigung, aber Sie sind einfach zu gut, um wahr zu sein. Hätten Sie nicht vielleicht Interesse an einer Zweitfrau?"

„Nein, vielen Dank. Ich habe meine eine, mein Ein und Alles, und die reicht mir völlig."

Sonja applaudierte. „Wow, und auch noch loyal, ich bin wirklich beeindruckt."

Er deutete eine Verbeugung an. Sie sah gerade aus dem Fenster, als sie die Erschütterung durch das Verladen des Gepäcks im Laderaum unter sich spürte.

„Also, ... nachdem es mir jetzt so wunderbar gelungen ist, Sie zu beeindrucken, kann ich mich eigentlich auch gleich vorstellen." Er streckte ihr seine Hand entgegen. „Roscoe Moore."

„Sonja Grafton."

„Freut mich, Ms. Grafton. Ich schlage vor, dass Sie mir jetzt etwas über die Sorgenfalte auf Ihrer Stirn erzählen, und ich werde Ihnen dann sagen, wie Sie sie ein für alle Mal loswerden können."

„Das muss ich unbedingt hören."

„Gern, aber erst sind Sie dran."

Sonja holte tief Luft. Die Versuchung, sich diesem Fremden anzuvertrauen, brachte sie durcheinander, aber alles an ihm wirkte Vertrauen erweckend ...

„Möchten Sie erst noch darüber nachdenken?", fragte Roscoe.

„Ja, das klingt gut." Wenn sie doch nur ihren Laptop zur Hand hätte.

* * *

Wenigstens habe ich einen Sitzplatz am Gang.
Das war Anthony Thorgoods einziger Trost, nachdem ihm ein Platz in der ersten Klasse versagt geblieben war. Er stellte fest, dass man im hinteren Teil des Flugzeugs das Gefühl hatte, eingeschlossen zu sein, und die Tatsache, dass alle Sitze in seiner Reihe belegt waren und eine Reihe aus drei schmalen statt zwei breiten Sitzen bestand, machte die Sache auch nicht besser. Und dann kam noch der Menschenschlag dazu, zu dem die Person gehörte, die neben ihm saß.

Er entschied, dass sein Wollblazer zu warm war und stand auf, um ihn auszuziehen. Als er ihn vorsichtig zusammenfaltete und über sich in die Gepäckablage legte, hatte er Gelegenheit, einen Blick auf die Frau neben sich zu werfen. Und was er sah, gefiel ihm ganz und gar nicht.

Sie füllte von Armlehne zu Armlehne den gesamten Sitz aus. Die Tatsache, dass sie mit auf dem Schoß gefalteten Händen dasaß, hob noch hervor, wie dick sie war. Der Rest war dann weniger eindrucksvoll. Glattes, strähniges Haar mit Mittelscheitel. Sie war nicht geschminkt und was sie trug, hatte wahrscheinlich nicht so viel gekostet, wie er normalerweise für sein Mittagessen ausgab. Das auffällige Pink ihres Pullovers war viel zu krass für ihren fahlen Teint. Er hatte sie zwar noch nicht reden gehört, aber er ging davon aus, dass es in seinen Ohren vulgär klingen würde, wenn sie es täte.

Typ Prolet eben.

„Habe ich einen Popel an der Nase, oder was?"

Anthony lächelte voller Befriedigung. Er setzte sich und gab sich große Mühe, sie beim Anschnallen nicht anzustoßen. In der ersten Klasse hatte er solche Probleme nie.

Er spürte den Blick der Frau auf sich und schaute zu ihr hin. Sie wich seinem Blick nicht aus.

„Ist was?", fragte er.

„Sie sind ein reicher Pinkel, stimmt's?" Mit ihren kurzen, dicken Fingern deutete sie auf seinen Ring und die Armbanduhr und dann auf seine Kleider.

Er schaute weg und spürte, wie er rot wurde. „Ich ..."

„Sind Sie'n Anwalt? Oder vielleicht Chef von 'ner großen Firma?"

Er holte die eingeschweißten Sicherheitsbestimmungen hervor. „Ich bin Arzt."

Als sie nicht reagierte, riskierte er noch einen Blick. Sie schüttelte den Kopf.

„Stimmt was nicht?"

„Ach nee, nur was für'n Glück ich immer habe."

„Was soll denn das heißen?"
Sie rümpfte die Nase. „Ich hasse Ärzte." Sie sah ihn mit zusammengekniffenen Augen an. „Alle Ärzte."
„Finden Sie das nicht ein bisschen ungerecht?"
Sie lachte kurz auf. „Na, typisch Arzt. Verteidigt schon den ganzen Berufsstand, bevor er weiß, warum ich so denke."
Treffer. Aber in Wirklichkeit wollte er es auch gar nicht wissen. Und ihm war klar, dass sie unbedingt wollte, dass er nachfragte.
„Weil Sie ja anscheinend nicht den Mumm haben, mich zu fragen, sage ich Ihnen auch so, weshalb ich alle Ärzte hasse: Weil mein Vater an Krebs gestorben ist."
„Das kommt vor. Aber warum deshalb alle Ärzte hassen?"
„Als mein Vater zuerst zum Arzt ging, haben sie ihn einfach abgewimmelt. Haben ihm gesagt, es wär nichts. Als sie es dann herausfanden, war es schon zu spät."
Anthony holte Luft, um etwas zu sagen, ließ es aber dann doch. Was sollte er auch sagen?
„Na, da bleibt Ihnen wohl die Spucke weg, was Doktorchen?"
„Das ist wirklich schlimm."
„Ach nee, wirklich ...?"
„Ich bin aber nicht so eine Art von Arzt."
„Sie sind also kein arroganter ...?"
„Ich bin kein Onkologe. Ich behandele keinen Krebs. Ich bin Facharzt für plastische Chirurgie."
„Na hurra, das ist ja ein richtig ruhiger, gemütlicher Job. Dann haben Sie ja gar nichts mit dem Tod zu tun, nicht Doktor?"
„Wie bitte?"
„Ein bisschen Lippenaufspritzen hier, dort ein wenig Fett absaugen, vielleicht ein Lifting hier und eine kleine Nasenkorrektur, und wo wir schon gerade dabei sind, könnten doch auch die Ohren ein wenig angelegt werden."
Er steckte die eingeschweißten Sicherheitsbestimmungen in die Tasche am Vordersitz zurück, nahm stattdessen die Zeitschrift heraus, die dort steckte, und blätterte darin herum. „Das muss ich mir nicht anhören ..."
„Doch, das müssen Sie Doktorchen, denn für die nächsten paar Stunden sitzen wir Hüfte an Hüfte nebeneinander. Sind Sie darüber nicht auch ganz begeistert?"

* * *

Sobald Tina saß, schlug sie ihr Buch auf in der Hoffnung, dadurch jede Möglichkeit auszuschließen, dass dieser – dieser Teenager neben ihr es wagen sollte, sie anzusprechen. Hoffentlich war sie wie alle Teenager, nämlich völlig gefangen genommen von ihrer eigenen kleinen Welt und völlig desinteressiert an allem, was sich außerhalb der unmittelbaren Grenzen von Sicht, Geruch und Klang abspielte.
Klang.
Tina konnte das krächzende Geräusch der Musik durch die Kopfhörer des Mädchens hören. Sie verabscheute es, Musik auf diese Weise mithören zu müssen. Es erinnerte sie immer an ihre erste Wohnung, wo die beiden Typen über ihr ständig bis spät in die Nacht hinein ihre Anlagen aufgedreht hatten und die Bässe zu ihr hinunter dröhnten und an ihren Nerven zerrten wie die chinesische Wassertropfenfolter. Sie hatte den Mietvertrag zwei Monate vor dem vereinbarten Termin gekündigt und sogar den Verlust ihrer Kaution in Kauf genommen als Preis dafür, dieser Hölle zu entrinnen. Mehr noch als Musik aus zweiter Hand hasste sie jedoch die Neigung der Jungendlichen von heute, sich ständig mit irgendwelchen Geräuschen zu berieseln. Ob sie Rasen mähten, Schnee schippten, die Gänge in der Schule entlanggingen – vom ersten Aufwachen am Morgen bis zum letzten Augenblick vor dem Einschlafen dröhnten sie sich mit Hilfe von Ohrstöpseln Musik direkt ins Ohr und erlebten dadurch eine Art Gehirnwäsche, nach der sie dann überzeugt waren, Stille sei etwas Bedrohliches statt etwas Gutes, für das man dankbar sein konnte. Wie konnten sie denn jemals hoffen, einen ganz eigenen Gedanken zu entwickeln, wenn sie sich nie auch nur einen kurzen Augenblick der Stille gönnten? Kopf- und Ohrhörer waren eine neue Art von Beruhigungsnuckel, der allen, die davon Gebrauch machten, das Hirn aufweichte.

Tina warf einen Blick zu dem Mädchen und es schaute zurück. Dann nahm sie zu Tinas großer Überraschung den Kopfhörer ab und schaltete die Musik aus.

„Entschuldigung. Meine Mutter hasst es, wenn sie meine Musik mithören muss, und ich sehe Ihnen an, dass es Ihnen ebenso geht."

Tina zwinkerte und staunte darüber, dass dieses Mädchen ihre Gedanken so zutreffend erfasst hatte. „Vielen Dank."

Das Mädchen verstaute den Kopfhörer in der Tasche seitlich vom Sitz. Mit einem übertriebenen Seufzer ließ sie ihre Hände in den Schoß plumpsen. „Also, worüber wollen wir reden?"

Tina hätte sich fast verschluckt. „Ich ..."

„Was lesen Sie da?"
Tina drehte das Buch zu dem Mädchen und zeigte den Umschlag: *Stolz und Vorurteil*.
„Ist das gut?"
Tina nickte.
„Ich lese auch gern, aber nur ganz langsam. Man hat bei mir vor ein paar Jahren eine Lese- Rechtschreibschwäche festgestellt. Das ist echt nicht witzig, aber ich bin froh, dass man es herausgefunden hat. Ich dachte nämlich schon, ich wäre so dumm, wie alle Welt behauptete."
Na toll. Noch eine Schülerin, die schnell damit bei der Hand war, die Schuld für alles mögliche abzuschieben.
Das Mädchen redete weiter, als hätte Tina Interesse gezeigt. „Aber ich kann meinen Eltern nicht vorwerfen, dass sie so gedacht haben. Sie hatten keine Ahnung von all dem Zeugs, von Legasthenie und so."
Tina blätterte eine Seite um.
„Ich heiße Melly, und Sie?"
Tina klappte das Buch zu, weil ihr klar war, dass es nach dem Austausch der Namen kein Zurück mehr geben würde. „Tina."
„Und was machen Sie so, Tina?"
Die Manieren des Mädchens waren tadellos. Sie passten gar nicht zu ihrem typisch angeschlampten Teenager-Outfit. Tina wappnete sich innerlich für die Reaktion des Mädchens auf ihre Antwort. Ganz bestimmt würde sie nicht begeistert darüber sein, neben einer Lehrerin zu sitzen, genauso wenig wie Tina darüber begeistert war, ausgerechnet neben eine Schülerin geraten zu sein. „Ich bin Lehrerin."
„Echt? Ist ja cool. Was unterrichten Sie denn?"
„Literatur."
Melly lachte. „Kein Wunder, dass Sie gern lesen."
Tina strich über das Buch und wünschte, sie hätte es nicht so schnell zugeschlagen. Das Buch schien die einzige Möglichkeit zu sein, sich *nicht* auf das Mädchen neben ihr zu konzentrieren.
„Ich wohne in Phoenix", sagte Melly. „Montag muss ich wieder zur Schule. Ich habe meinen Großvater besucht. Bei ihm gibt es viel mehr Regeln, als ich es gewohnt bin, aber damit komme ich schon klar." Sie grinste. „Für ein Weilchen jedenfalls."
Ich wünschte, meine Schüler hätten etwas von deiner Einstellung.
„Ich mag Großvater Carpellis Geschichten. Er war im Zweiten Weltkrieg zwei Jahre lang in Europa. Deshalb hat er meinen Vater erst zum ersten Mal gesehen, als er schon 17 Monate alt war." Sie

schüttelte den Kopf. „Können Sie sich das vorstellen? Erst gerade verheiratet zu sein und dann so lange weg zu müssen? Ich habe gehört, dass sie im Vietnamkrieg die Leute nicht länger als ein Jahr dort gelassen haben. Das ist besser, nicht?"
Tina zuckte die Achseln. Darüber hatte sie noch nie nachgedacht.
Melly beugte sich jetzt leicht zu Tina herüber, als ob sie ein vertrauliches Gespräch führten. „Aber wenn man für etwas kämpft, woran man glaubt, dann ist das doch in Ordnung, oder? Zu kämpfen, meine ich. Zu töten. Zu sterben."
Ach du meine Güte, was für eine Frage.
„Soll man denn nicht seinen Standpunkt beziehen und dann für das kämpfen, was richtig ist?"
Ich möchte darüber nicht reden. Das ist viel zu schwer und ich bin dazu nicht in der Stimmung.
„Ich meine, wenn wir wirklich von ganzem Herzen an etwas glauben, sollten wir dann nicht auch bereit und in der Lage sein, dafür zu kämpfen – ganz egal, ob wir ein Kerl sind oder nicht?"
Sie will zur Armee. Tina schloss die Augen und seufzte innerlich.
„Ich störe Sie. Tut mir Leid." Melly rückte in die Mitte ihres Sitzes zurück. „Ich rede zu viel. Mein Vater sagt mir das dauernd. Und in letzter Zeit wird es immer schlimmer. Es ist, als hätte ich plötzlich all diese Gedanken, die ausgesprochen werden müssen."
Mit dieser Aussage bettelte sie förmlich um eine Anschlussfrage. Die Einleitung des Mädchens zu ignorieren, wäre der Gipfel von schlechtem Benehmen gewesen. Tina steckte ihr Buch wieder in die Seitentasche ihres Sitzes. „Und was ist das?"
Melly grinste, offenbar begeistert über die Aufmerksamkeit, die sie jetzt von Tina bekam. „Ich bin, was mein Leben angeht, völlig durcheinander."
Na willkommen im Club. „Du willst zur Armee?"
Melly strich sich die Haare glatt und zupfte an ihren Jeans herum. „Meine Eltern sind dagegen. Sie sind der Meinung, das College ist die einzige Möglichkeit und alles andere bringt nichts." Sie sah Tina an.
„Ich glaube nicht, dass man studieren muss, damit das Leben etwas zählt, glauben Sie das?"
„Ich glaube, ein Studium kann schon recht hilfreich sein."
Melly sah getroffen aus. „Aber ich lerne doch auch im Militärdienst etwas, zum Beispiel übers Dienen. Und geht es darum nicht im Leben, anderen Menschen so gut wie möglich zu dienen?"

Wie konnte sie das bestreiten? „Ja, das stimmt", sagte Tina, „aber mit einem abgeschlossenen Studium hast du bessere Chancen im Beruf und kannst mehr Geld verdienen."

„Aber Geld ist mir total egal!" Melly hob ein wenig die Hände und ließ sie dann wieder in ihren Schoß fallen. Sie sprach etwas leiser weiter. „Davon reden meine Eltern auch dauernd. Geld. Geld. Geld. Das Leben ist doch mehr, als einen Whirlpool zu besitzen und ein schickes Auto zu fahren."

Da gab Tina ihr völlig recht, sagte aber nichts.

„Warum drängen sie mich in etwas hinein, das ich gar nicht will? Ich weiß, ich bin der komische Kauz. Keiner versteht mich, nicht einmal meine Freunde. Manche von ihnen wollen erst einmal ein Jahr lang einfach nur abhängen und gar nichts machen. Für sie ist die Armee nichts als herumbrüllende Vorgesetzte und Hindernisparcours, wie man sie in Fernsehfilmen sieht." Ihre Miene hellte sich jetzt auf. „Aber, wenn Großvater vom Krieg erzählt, dann kann man verstehen, warum Leute kämpfen. Für ihr Land kämpfen, ... etwas verändern wollen. Das reizt mich einfach."

„Du willst also die amerikanische Fahne schwenken und Mama und Papa verteidigen?"

Tina nahm sich wieder zurück. Sie hatte nicht zynisch sein wollen. „Es ist schon ungewöhnlich, wenn ein so junger Mensch wie du so viel Leidenschaft an den Tag legt." Sie fingerte am Verschluss ihrer Handtasche herum. „Ich hatte auch einmal eine solche Leidenschaft."

Einen Augenblick lang herrschte Stille. „Wofür denn?"

Tina zog sich innerlich zurück. Wie waren sie überhaupt auf dieses Thema gekommen?

„Nun kommen Sie schon. Erzählen Sie von Ihrer Leidenschaft."

Eine Flut von Erinnerungen stürmte auf Tina ein. Gute Noten und Auszeichnungen tauchten vor ihrem inneren Auge auf – und von ihren Mitschülern ständig gehänselt zu werden, weil sie klug war, dick und anders. *Tina, die Dicke, ist 'ne alte Zicke ...*

„Ich hasse sie."

„Wen hassen Sie?"

Tina holte geräuschvoll Luft, beschämt über ihr Geständnis. „Vergiss einfach, dass ich das gesagt habe."

„Irgendjemand konnte mit Ihrer Leidenschaft nichts anfangen, stimmt's?"

Tina musste lachen. „Du bist mir ja wirklich ein schlaues Kind."

„Das war doch nicht schwer zu erkennen." Sie zwirbelte einen ihrer vielen Zöpfe um ihren Zeigefinger. „Und es macht Ihnen immer noch was aus?"

Tina schüttelte beschämt den Kopf. „Ich sollte wirklich langsam darüber hinweg sein."

„Nicht, wenn es um Ihre Leidenschaft geht." Melly zog mit einem entnervten Seufzer die Schultern hoch. „Und die Leidenschaft wäre ...?"

Was habe ich denn schon zu verlieren? „Meine Leidenschaft sind Bücher."

Mellys Schultern senkten sich wieder. „Das ist alles?"

„Hast du vielleicht Bauchtanz erwartet?"

„Nein, aber ..."

Tina sah förmlich, wie Melly ihre eher ausgefallenen, exotischen Erwartungen wieder beiseite legte.

„Als ich zur Schule ging, war es absolut nicht cool, gern zu lesen, besonders wenn man auch noch gemütlich und dick war und ein Gesicht voller Mitesser und Pickel hatte ..."

„Dann hat sich ja seit damals nicht besonders viel geändert."

Tina nickte. „Genau. Und das frustriert mich auch so. Ich schaue mich jeden Tag um und sehe Grausamkeit, Intoleranz und Ignoranz. Die uncoolen Kids werden fertig gemacht und ..."

„Und jedes Mal, wenn Sie es mitbekommen, haben Sie das Gefühl, dass Sie selbst es sind, der das noch einmal passiert."

Vor Verblüffung blieb Tina der Mund offen stehen.

„So ist es doch, oder?"

Tina hob ihre Handtasche vom Boden auf und benutzte ihren Lippenstift. Es war eigentlich gar nicht nötig, aber sie tat es trotzdem.

„Hey, ich wollte Sie wirklich nicht aufregen."

Tina warf ihre Handtasche auf den Boden zurück und schob sie mit der Fußspitze wieder unter den Sitz.

„Bitte seien Sie nicht sauer."

Tina schüttelte den Kopf und sie brachte sogar noch ein Lächeln zustande. „Ich bin nicht sauer. Nur erstaunt ... über mich selbst. Warum habe ich gerade so viele von meinen Schwächen und Unzulänglichkeiten offenbart? Warum mache ich mich vor einer Schülerin zum Narren?"

„Vor einer Sitznachbarin".

Tina nahm Mellys Lächeln gern an und störte sich nicht einmal an dem Nasenring. Nicht sehr jedenfalls. „Richtig, vor einer Sitznachbarin."

Melly nickte zustimmend.

„Du bist eine gute Zuhörerin, Melly, für eine ..." Sie machte schnell den Mund zu, damit ihr das Wort nicht herausrutschte.

„Für eine Sitznachbarin."

„Genau."

Sie sahen beide hinaus in den Schneesturm, der nur wenige Meter von ihnen entfernt tobte. Es war fast unwirklich, nur durch die dünne Flugzeughaut aus Metall und Fiberglas von ihm getrennt zu sein und doch irgendwie mittendrin.

Melly wandte sich wieder von dem Anblick des wirbelnden Schnees ab. „Großvater sagt auch, dass ich gut zuhören kann. Er sagt, dass es außer mir niemanden mehr gibt, der seine alten Geschichten hören will. Bei allem, was er durchgemacht hat, bin ich stolz darauf, seine Enkelin zu sein."

Tina spürte, wie ihr Tränen in die Augen schossen. Tränen wegen eines Mädchens? Oder Tränen wegen der „dicken Tina", des Mädchens, das so schrecklich gern auch einmal solche lobenden Worte gehört hätte? Oder waren es Tränen, die der erwachsenen Tina galten, der jungen Frau, die unter ihrer Suche nach Sinn und Angenommensein litt? Sie schaute auf ihren Schoß, bis die Tränen zurückgedrängt waren.

„Du bist schon ein tolles Mädchen, Melly. Deine Familie ist bestimmt mächtig stolz auf dich."

Melly schaute auf die vereiste Fensterscheibe. „Das hoffe ich."

* * *

George wollte sterben und zwar sofort und sich nicht erst in Phoenix das Leben nehmen. Er fragte sich, ob die Stewardess vielleicht ein paar Dutzend Schlaftabletten bei sich hatte. Er hatte den mittleren Sitz in einer Dreierreihe. Am Fenster saß eine Witwe, die offenbar gern mit interessant erscheinenden männlichen Sitznachbarn redete. Es gab keinen Gott.

Wenn die Frau einfach nur eine Plaudertasche gewesen wäre, hätte George es noch aushalten können. Er hätte dann nur hin und wieder im Laufe ihres Monologes zu nicken brauchen, aber die hier war eine Fragerin. In den fünf Minuten, in denen sie jetzt nebeneinander saßen, hatte sie schon gefragt, wo er wohnte, wo in Phoenix er hinwollte, ob er verheiratet war und ob er Kinder oder Enkel hatte. Sie zeigte ihm gerade Fotos von ihrem Enkel Willy (oder war es Milly oder Tilly), als der Mann, der links von im saß, sie unterbrach.

„Entschuldigen Sie, aber kenne ich Sie nicht von irgendwoher?"
George sah den Mann, der um die vierzig war, schwarzhaarig mit Bart, etwas genauer an.
„Ich glaube nicht. Sie kommen mir nicht bekannt vor."
Der Mann nickte der Frau zu und zwinkerte in Georges Richtung. „Doch natürlich komme ich Ihnen bekannt vor. Waren Sie nicht auch im *Lincoln Country Club*?"
George brauchte einen Moment, bis er begriff. „Aber klar, jetzt, wo Sie es sagen." George lehnte sich in Richtung des Mannes und überließ die Frau ihren Familienfotos. Als er sich von ihr abgewandt hatte, flüsterte er seinem Nachbarn zu: „Vielen Dank, Sie waren wirklich meine Rettung."
Der Mann lachte und flüsterte zurück: „Ich musste selbst schon ein paar Mal auf diese Weise gerettet werden."
George wollte nicht einmal einen weiteren kurzen Blick in Richtung der Frau neben sich riskieren. „Ich bin inzwischen ganz sicher, dass alle Witwen über einen Witwer-Radar verfügen. Entweder das, oder jemand hat mir einen Aufkleber mit der Aufschrift ‚allein stehender alter Trottel' auf den Rücken geklebt, ohne dass ich es gemerkt habe."
Der Mann lachte und streckte George seine Hand hin, allerdings so nah am Körper, dass die Frau es nicht sehen konnte. „Henry Smith, stets zu Diensten."
„George Davanos. Ich stehe tief in Ihrer Schuld." Er sah den Mann neben sich an und bemerkte, dass dieser seine Hände verkrampft gegeneinander rieb.
„Sind Sie wegen irgendetwas nervös?"
„Ich mag nicht fliegen. Und ich *muss* in meinem Job ständig fliegen – ich bin Handelsvertreter – aber ich hasse es."
George lehnte sich in seinem Sitz zurück, allerdings nur so weit er es wagen konnte, ohne die Witwe neben sich wieder zur Kontaktaufnahme zu ermutigen. „Mir macht es nichts aus. Meine Frau und ich sind früher viel gereist, bevor ..." Er zuckte die Achseln.
„Wann ist sie gestorben?"
Er entschied sich für die Kurzfassung. „Vor sieben Monaten. An Krebs."
„Es würde ihr bestimmt gefallen, dass Sie weitermachen und auch ohne sie auf Reisen gehen."
George schlug auf die Armlehne zwischen ihnen. „Aber ich mache nicht weiter!"

Henry rückte ein wenig von ihm ab und George zügelte seinen Zorn. „Tut mir Leid. Aber was Sie da sagen ist genau das, wozu meine Tochter mich dauernd zu überreden versucht, und bei dem Gedanken läuft mir die Galle über. Ich will ohne Irma nicht weitermachen. Wir waren 57 Jahre verheiratet und kannten uns noch zwölf Jahre länger. Sie war mein Leben. Und ohne sie gibt es für mich keinen Grund weiterzu ..." *Was rede ich denn da? Halt den Mund, du alter Trottel! Breite dich nicht aus über das, was du vorhast.*
Henrys Stimme war sanft. „So sollten Sie aber nicht reden."
„Ach, wirklich nicht? Wer sagt denn das?"

* * *

Henry sah dem anderen in die Augen. Sein Blick war fest und entschlossen.
Herr, bitte gib mir die richtigen Worte.
George tippte Henry auf den Arm. „Beantworten Sie mir eine Frage. Wer sagt, dass ich nicht das Recht habe, über das Sterben zu reden? Den endgültigen Schritt zu tun, damit ich wieder mit meiner Frau zusammen bin? Ich habe ein langes Leben hinter mir. Ein gutes Leben, auch wenn ich zugeben muss, dass ich vielleicht ein paar Dinge anders machen würde, wenn ich heute darüber zu entscheiden hätte. Niemand außer mir selbst hat das Recht, mir zu sagen, wie ich zu leben und zu sterben habe."
Henry holte Luft und hoffte, dass mit dem Einatmen auch die Weisheit kommen möge.
„Es liegt nicht bei uns, Henry, den Zeitpunkt zu bestimmen, das ist allein Gottes Sache."
George tat das mit einer Handbewegung ab. „Ach ja, Gott. Er und ich haben einfach nicht dieselbe Wellenlänge. Er hat beschlossen, mir Irma wegzunehmen. Wir haben nichts falsch gemacht. Wir haben ein gutes Leben geführt. Es gab absolut keinen Grund, uns so brutal auseinander zu reißen. Aber anscheinend hatte er gerade nichts Besseres zu tun, als sich mit uns zu beschäftigen."
„Warum passieren guten Menschen so schlimme Sachen?"
„Genau das ist die Frage." George kniff ein Auge zu, sodass sich in seinem Außenwinkel ein Krähenfuß tief eingrub. „Wenn Sie darauf eine Antwort haben, Mr. Henry Smith, dann vergesse ich meine Pläne und heirate diese Frau neben mir, die auf der Jagd nach einem Ehemann ist."
Henrys Magen zog sich zusammen. „Ihre *Pläne?*"

George schlug sich mit der Handfläche gegen die Stirn. „Was bin ich doch für ein elender Trottel!" Er deutete auf Henry. „Warum kann ich bloß meinen Mund nicht halten?"

Henry entschied, dass es jetzt Zeit war, direkt zu werden. „Haben Sie wirklich vor, sich das Leben zu nehmen?"

George zwinkerte einmal und hob dann stolz das Kinn, als ob er Henry erzählen wollte, dass er den ersten Preis in einem Wettbewerb gewonnen hatte und sagte: „Klar habe ich das vor."

Nun war es an George zu blinzeln. Am liebsten hätte er verdrängt, was er jetzt wusste. *Und nun?*

Tu das, was du am besten kannst. Verkaufe ihm etwas. Verkaufe ihm das Leben.

Henry schüttelte den Kopf und wünschte, der Gedanke würde wieder verschwinden. Wer war er denn, dass er jemandem das Leben verkaufen wollte, wo er doch, was sein eigenes Leben anging, so völlig in der Luft hing. Es war so eintönig, so unerfüllt.

George klatschte sich aufs Bein und lehnte sich lachend zurück. „Jetzt fällt Ihnen wohl nichts mehr ein, was? Das nennt man Konversationskiller."

„Tun Sie es nicht."

„Na, *das* ist aber mal wirklich ein originelles Argument."

Henry rotierte innerlich und versuchte, ein wirklich grundlegendes Argument zu finden.

„Gott möchte, dass Sie leben."

Mit dieser Äußerung erntete er nur eine verächtlich hochgezogene Augenbraue. „Ach, will er das wirklich?"

„Ja, das möchte er."

„Und woher wissen Sie das so genau?"

„Weil Sie in diesem Augenblick am Leben sind."

George kicherte in sich hinein. „Von Leben kann dabei wohl kaum die Rede sein."

Du hast mich so weit gebracht. „Gott hat gesagt: ‚Du sollst nicht töten.' Das schließt auch Selbstmord ein."

„Ich sag das jetzt nicht gern, Mr. Henry Smith, denn mir ist klar, dass Sie ein gläubiger Mann sind, aber für mein Leben ist nicht Gott verantwortlich, sondern ich selbst."

„Nein, das sind Sie nicht. Wenn Sie es wären, wäre Ihre Frau noch am Leben."

George machte den Mund auf, um etwas zu sagen, schloss ihn wieder und machte ihn wieder auf. „Ich ..."

Jetzt war aus dem Lautsprecher eine männliche Stimme zu hören: „Meine Damen und Herren, ich bitte um Ihre Aufmerksamkeit. Es spricht Ihr Flugkapitän. Wie Sie wahrscheinlich bereits bemerkt haben, hat sich unser Start etwas verzögert. Allem Anschein nach verbessern sich die Wetterverhältnisse nicht. Wir werden Sie weiterhin auf dem Laufenden halten."

George klatschte einmal in die Hände und starrte Henry triumphierend an. „Sehen Sie, niemand hat die Kontrolle. Keiner von uns. Es regiert das Chaos."

Henry sah aus dem Fenster, an dem von außen Schnee klebte. Er konnte kaum noch den Terminal erkennen. Vielleicht hatte George recht. Es herrschte Chaos und zwar außerhalb des Flugzeugs genauso wie darin. Wenn er ganz ehrlich mit sich war, dann würde er sich jetzt am liebsten in einen Winkel verkriechen, wo er sich nicht um schlechtes Wetter, Flugreisen, selbstmordgefährdete Mitpassagiere und seinen eigenen inneren Aufruhr zu kümmern brauchte. Ja ...

Ich muss hier raus und zwar sofort!

Henry schnallte sich ab und stand auf. George zupfte ihm am Ärmel. „Hey. Wo wollen Sie denn hin?"

„Ich muss weg. Ich muss hier raus. Ich habe hier nichts verloren!"

Im Fenster konnte Henry den panischen Blick der Witwe erkennen. Er machte einen Schritt in den Gang und griff nach oben in die Gepäckablage. Eine Stewardess kam heftig gestikulierend auf ihn zu.

„Sie müssen sich hinsetzen. Sofort!"

Er schüttelte den Kopf und in ihm wuchs eine absurde Angst ins Unermessliche. „Ich muss weg. Ich muss aus diesem Flugzeug raus. Ich muss ..."

„Sie müssen Platz nehmen und wie alle anderen Passagiere warten. Solche Verspätungen kommen ständig vor. Deshalb brauchen Sie sich doch keine Sorgen zu machen. Der Kapitän hat alles unter Kontrolle und er ..."

George hob den Finger und unterbrach sie. „Da irren Sie sich aber. Was Henry angeht, so ist er der Meinung, dass es Gott ist, der alles unter Kontrolle hat."

Die Frau sah Henry jetzt mit einem neuen Verständnis im Blick an. *Sie hält mich für einen religiösen Fanatiker.*

Ihre Stimme wurde bevormundend, als ob er ein Irrer wäre, der für sich selbst eine Gefahr darstellte. *Hey, nicht ich bin derjenige, der sich umbringen will; das ist George.*

Sie lächelte und setzte ihren beruhigenden Monolog fort. „Setzen Sie sich bitte. Ich hole Ihnen ein Glas Wasser, dann wird es Ihnen gleich besser gehen. Möchten Sie vielleicht ein Kissen oder eine Decke haben?"

Henry sah sich im Passagierraum um. Alle Blicke waren auf ihn gerichtet. Manche schauten irritiert und fragend drein, so als wären sie sich nicht sicher, ob sie nicht lieber auch aussteigen sollten; andere sahen einfach nur angewidert aus, so als sei es ihnen peinlich, Zeugen der Worte und Taten eines Wahnsinnigen zu sein. Ein paar von ihnen signalisierten auch Mitgefühl. Vielleicht bekamen auch sie jetzt Zweifel an ihrer geistigen Zurechnungsfähigkeit.

Er ließ sich von der Stewardess zu seinem Platz zurückbegleiten, wo George ihn an seine Seite zog.

Die Stewardess blieb neben ihm stehen, bis er seinen Gurt angelegt hatte. *So, und jetzt sei ein guter Junge und zieh dir selbst die Zwangsjacke an.* „So ist es gut. Ich bin gleich wieder da und bringe Ihnen ein Glas Wasser."

Henry sah nach unten auf seinen Schoß statt auf die Menschen, die in seiner unmittelbaren Nähe saßen. Er sah, wie Georges faltige Hand die seine tätschelte. „Na, na, Henry. Es scheint ja so, als wären von uns beiden Sie derjenige, der wirklich Hilfe braucht."

Henry konnte nicht mit ihm streiten. Er verschränkte die Arme vor der Brust, weil ihm plötzlich kalt war. Und mit der Kälte kam das Gefühl, dass Gott ganz weit weg war.

Das erschreckte ihn zu Tode.

DREI

*Höre auf Rat und nimm Zucht an, damit du hernach weise seist.
In eines Mannes Herzen sind viele Pläne;
aber zustande kommt der Ratschluss des Herrn.*

Sprüche 19,20-21

13.55 UHR

Roscoe Moore deutete auf die Sorgenfalte zwischen Sonjas Augen. „Sie ist tiefer geworden."

Sonja lachte nervös und schaute auf ihre Uhr. Der Start hatte sich mittlerweile bereits um 40 Minuten verzögert. „Wahrscheinlich kommt sie daher, dass es all diese Komplikationen mit dem Flug gibt."

Roscoe zuckte die Achseln. „Lassen Sie es los."

„Wie bitte?"

„Machen Sie sich keine Sorgen über Dinge, an denen Sie ohnehin nichts ändern können. Und fest steht, dass weder Sie noch ich etwas an den Problemen mit dem Flugzeug oder am Wetter ändern können."

„Die Frage ist, ob die zuständigen Leute das können."

„Nein, die Frage ist, weshalb Sonja Grafton schon Sorgen hatte, bevor die Probleme mit dem Flug überhaupt aufgetaucht sind."

„Sie lassen wohl nicht so leicht locker, was?"

„Nee."

Sonja sah ihn sich jetzt etwas genauer an. Er sah gut aus; war gepflegt aber nicht protzig, seine Stimme war lebendig, aber nicht aufdringlich, und er würde verstehen – ja ihr vielleicht sogar einen Rat geben können. Und einen Rat konnte sie auf jeden Fall gut gebrauchen.

„Und – habe ich die Musterung bestanden?"

Sie spürte, wie sie errötete und wandte sich ab. „Ich wollte Sie nicht anstarren ... Ich habe nur ..."

„Mich taxiert? Überlegt, ob Sie mir trauen können oder nicht?"

Sie lachte. „Sie sind gut."

„Zuhören ist mein Job."

„Was machen Sie denn beruflich?"

Er machte ein verneinendes Zeichen mit dem Finger. „Nein, nein, zuerst Sie, Ms. Grafton."

„Das ist nicht fair."

„Das ist nur hartnäckig. Spucken Sie's schon aus. Bei der Verspätung haben wir doch alle Zeit der Welt."

Die Chance, dass Roscoe ihr würde helfen können, bewirkte, dass sie innerlich vor Erwartung ganz zittrig wurde. Vielleicht war das ein gutes Zeichen. Vielleicht würde ihre Reise eine richtige Erholung werden. Sie holte tief Luft und begann: „Ich mache mir Sorgen, weil ich mir den Weg in dieses Flugzeug und zu dieser Reise erschlichen habe."

„Erschlichen?" Er zog die rechte Augenbraue ein wenig hoch.

„Ja, das trifft es ziemlich genau."

Er lächelte. „Geht es auch noch ein bisschen konkreter?"

Sie rieb sich die Stirn und verbarg dadurch einen kleinen Moment lang ihre Augen vor seinem Blick. *Er ist wirklich gut.* Sie ließ die Hand wieder sinken. „Wie wäre es mit – durch Intrigen ergattert?"

Er rieb seine Hände aneinander. „Oh, das ist schon deutlicher."

Plötzlich bekam Sonja kalte Füße. Laut einzugestehen, was sie getan hatte ...

„Sie haben das getan, um in Ihrer Firma weiterzukommen, nicht wahr?"

„Woher wissen Sie ..."

Er zuckte die Achseln. „Das ist doch immer der Grund für innerbetriebliche Intrigen, oder? Weiterzukommen, die Nase vorn zu haben und andere hinter sich zu lassen."

„Ich lasse nicht ..." Sie dachte an Geraldine, die jetzt im Büro saß und arbeitete. Sie setzte sich etwas aufrechter hin und entgegnete: „Was ist denn daran auszusetzen, wenn man vorwärts kommen will?"

„Nichts. Ganz und gar nichts. Die Frage ist nur, um welchen Preis?"

„Mich kostet es gar nichts."

Er deutete wieder mit dem Finger auf ihre Stirn. „Außer ein paar Sorgenfalten."

Sie strich mit dem Finger darüber und glättete sie, aber sobald er nicht mehr darauf zeigte, waren sie wieder da. „Sie sind ein Mann. Sie verstehen das sowieso nicht."

„Ich bin ein farbiger Mann. Glauben Sie mir, ich verstehe das."

Daran hatte Sonja noch gar nicht gedacht. „Ja, das könnte wohl sein."

Er legte eine Hand auf ihren Unterarm. „Hören Sie, Ms. Grafton, Sie müssen mir nichts beichten. Ich kenne das alles. Und wahrscheinlich habe ich selbst auch schon so was gemacht."

„Sie haben", jetzt lächelte sie, „intrigiert, um voran zu kommen?"

„Ich war einer der besten Intriganten in Phoenix."

„Und, hat es funktioniert?"

„Ja, ganz toll."

Sie blinzelte erstaunt.

„Das haben Sie wohl nicht von mir erwartet, was?"

„Ehrlich gesagt, nein."

„Intrigen und Gaunereien haben ihren Reiz." Er schüttelte den Kopf, als ob eine schwere Last auf ihm lag. „Aber der Preis, der Preis ist hoch."

„Dann sind Sie wohl erwischt worden, was ...?"

Sein Blick war jetzt eindringlich. „Nein, das bin ich nicht. Ich habe es in der Firma bis ganz noch oben geschafft und bin Chef geworden. Ich hatte einen Bürotrakt wie im Film. Vier Dienstwagen. Ein Haus, das so groß war, dass man sich nicht zu begegnen brauchte, wenn man nicht wollte. Urlaub, wann immer mir danach war."

„Klingt gut!"

„Es war das, was die Welt als gut definiert."

„Und was gibt es sonst noch für Definitionen?"

Er saß eine Weile ganz still da und Sonja konnte beobachten, wie sich eine tiefe Falte in seine Stirn grub. Dann verschwand sie langsam wieder und er blickte auf.

„Es gibt noch die Definition Gottes."

Innerlich seufzte sie jetzt. Eine Predigt konnte sie jetzt wirklich nicht gebrauchen. Sie hatte gedacht, dass Roscoe ihr wirklich würde helfen können.

„Schalten Sie jetzt bitte nicht ab, nur weil ich das Wort mit dem großen G gesagt habe, Ms. Grafton."

„Das tue ich gar nicht."

„Tun Sie wohl." Er deutete auf ihre Augen. „Ich habe Ihre Reaktion beobachtet, und es war, als ob in Ihrem Inneren Rollläden heruntergingen, damit das Licht nicht ganz zu Ihnen vordringen kann."

„Ich habe gar nicht ..."

„Aber er ist das Licht. Sie wollen doch ihn nicht aussperren."

„Ich bin nicht ..."

„Ich beurteile Sie gar nicht. Ich kann nur mich selbst beurteilen und ich weiß, dass ich auf dem Höhepunkt meines Erfolges die inneren Jalousien runtergelassen habe, um alles abzudunkeln. Ich wollte nichts sehen außer dem, was ich mir von der Welt holen konnte. Ich wollte mehr und mehr und mehr. Es war ganz egal, was die Leute sagten, wie eindringlich ich gewarnt wurde. Ich war auf meiner Seite der heruntergelassenen Jalousie zufrieden. Nicht einmal meine Frau konnte zu mir durchdringen, obwohl sie es weiß Gott versucht hat."

„Und wodurch hat sich dann doch etwas geändert?"

„Unser kleiner Junge ist umgekommen."

Sie holte tief Luft, denn etwas so Schreckliches hatte sie nicht erwartet. „Das ist ja furchtbar. Das tut mir Leid."

Er blickte jetzt wieder auf seinen Schoß. „Ja, mir auch."

„Wie ist es denn passiert?"

Roscoe hielt sich die Hand vor den Mund, so als wolle er die Worte verdecken. „Ich habe ihn selbst beim Rückwärtsfahren mit dem Wagen überrollt."

Sonja konnte ihren Schock nicht verbergen. „Was?"

„Eines Abends habe ich kurz zu Hause reingeschaut – ich habe damals meistens nur kurz zu Hause vorbeigeschaut – und ich hatte es eilig, weil ich wieder zurück ins Büro wollte. Eddy fuhr gerade auf der Auffahrt Dreirad." Roscoes Hände schnellten zu seinen Ohren, als ob er sie sich zuhalten wollte. „Ich höre immer noch den dumpfen Aufprall, das Krachen. Dann seinen Schrei."

Sonja legte eine Hand auf seinen Arm. „Das ist ja unvorstellbar."

„Es ist auch besser, wenn Sie sich das nicht vorstellen."

„Es war ein Unfall." Dies war eine wahre, aber unglaublich lahm klingende Feststellung. „Ein Unfall, der hätte verhindert werden können, wenn meine Prioritäten klar gewesen wären, wenn meine Familie mir das Wichtigste gewesen wäre und nicht mein Bankkonto und mein Image als Geschäftsmann." Er machte die Augen wieder auf und sie spürte, wie schwer ihm das Erzählen fiel. „Nachdem Eddy tot war, habe ich mir dann mein Leben etwas genauer angesehen – ich meine wirklich alles – und ich stellte fest, dass darin vieles fehlte. Wofür arbeitete ich denn eigentlich, wenn nicht, um ihm und meiner Frau ein besseres Leben zu bieten?" Er schüttelte den Kopf. „Meine Frau hatte mich gewarnt, aber ich wollte nicht auf sie hören. Sie sollten sie irgendwann mal kennen lernen ... Eine tolle Frau." Er sah Sonja direkt in die Augen. „Und jetzt hören Sie mir einen Augenblick ganz genau zu, Ms. Grafton. Lassen Sie sich durch Ihren Wunsch und Ihre Bemühungen weiterzukommen, nicht dazu zwingen, das zu übergehen, was unmittelbar vor Ihnen liegt."

„Aber ich habe keine Familie. Ich bin allein. Die kleinen Abkürzungen und Schleichwege, die ich benutze, schaden doch niemandem ..."

„Doch, sie schaden *Ihnen*!"

Roscoe sprach jetzt lauter. Sie schauten sich beide um, ob jemand in ihrer Nähe ihnen zugehört hatte. Ein paar Leute sahen in ihre Richtung, wandten den Blick dann aber rasch wieder ab. Roscoe holte tief Luft. Als er wieder sprach, war seine Stimme normal. „Vielleicht werden Sie rein äußerlich und sichtbar Erfolg damit haben, aber was Sie verlieren, Ms. Grafton, ... was Sie verlieren, das ist sehr viel kostbarer. ‚Ein guter Name ist erstrebenswerter als Reichtümer; wertgeschätzt zu werden ist besser als Silber und Gold.'"

Das saß. *Guter Name? Habe ich meinen guten Namen ruiniert? Und wofür? Für ein paar Tage in Phoenix?*

Roscoe klatschte sich mit den Händen auf die Schenkel. „Aber jetzt ist alles anders; *ich* bin anders."

„Haben Sie immer noch die Firma?"

Er schüttelte den Kopf. „Hab' ich verkauft. Ich arbeite jetzt mit sozial benachteiligten Jugendlichen, sorge dafür, dass sie zur Schule gehen und nicht auf die schiefe Bahn geraten. Ich helfe ihnen herauszufinden, wo ihre Begabungen liegen und unterstütze sie bei der Jobsuche. Meine Frau Eden und ich arbeiten zusammen in dem Projekt." Er lachte. „Wir leben von einer Woche zur nächsten. Das große Haus und die Autos haben wir verkauft ..."

„Sie haben das alles aufgegeben?"

„Ich habe ein paar wenige Dinge aufgegeben und dadurch meine Seele gewonnen."

Ein Gedanke platzte aus Sonja heraus, bevor sie richtig überlegt hatte: „Aber nur weil Sie so vieles schon *gehabt haben*, war das bestimmt einfacher für Sie." Sie schaute weg. „Ich meine, Sie haben Reichtum und Erfolg schon gehabt, und deshalb war es für Sie bestimmt einfacher, das alles aufzugeben als für jemanden, der das alles noch nie hatte. Mein Büro ist ungefähr vier Quadratmeter groß und mein Auto wird hauptsächlich von Rost und Staub zusammengehalten."

„Es heißt ‚es ist einfacher für ein Kamel, durch ein Nadelöhr zu kommen als für einen Reichen in den Himmel.'"

„Das versteh' ich nicht."

„Reiche Leute – egal ob sie reich sind an Geld, Talent oder auch Intelligenz – neigen dazu, sich ausschließlich auf sich selbst zu verlassen."

„Und was bitte schön ist daran falsch?"
„Alles."
Sonja schaute jetzt aus dem Flugzeugfenster, an dem von außen Schnee pappte. Roscoe redete wirklich dummes Zeug.
Wieder spürte sie seine Hand auf ihrem Arm. Als sie sich ihm erneut zuwandte, war sein Blick ebenso sanft wie ernst. „Ms. Grafton – Sonja – hören Sie mir jetzt bitte zu. Ich weiß, dass es Ihnen Unbehagen bereitet, von Gott zu reden oder zu hören. Aber Sie müssen wissen, dass Jesus, der Sohn Gottes, für Sie gestorben ist – für uns alle, die wir so vieles vermasseln und allesamt Gauner sind." Er lächelte. „Er hat die Prügel für alles Schlimme eingesteckt, was wir je angestellt haben. Und wenn wir an ihn glauben, werden wir ewig leben. Also für mich hört sich das nach einem guten Handel an. Ein bisschen Glaube, ein bisschen sich Einlassen und dafür den Himmel bekommen."

Also bitte.

Roscoe nickte, so als spüre er ihre Reaktion. Er beugte sich in seinem Sitz ein wenig vor. „Denken Sie einfach mal darüber nach. Ich weiß, dass solche Entscheidungen nicht leicht sind. Ich selbst habe bestimmt hundert Mal gehört, was ich Ihnen gerade gesagt habe. Ich habe es erst innerlich abgelehnt, und wenn nicht Eddys Tod gewesen wäre, säße ich vielleicht immer noch in dem schicken Büro und würde mich durchs Leben gaunern und dabei meine Seele verlieren."

„Aber ich ..."

Er hob die Hand und unterbrach sie. „Ich weiß. Ich kenne jeden Gedanken, den Sie jetzt haben. Und machen Sie auch ruhig weiter, denken Sie diese Gedanken, Sonja. Denken Sie ernsthaft nach, aber warten Sie nicht so lange, bis Gott etwas Drastisches tun muss, damit Sie auf ihn aufmerksam werden. Warten Sie nicht, bis Gott vom Himmel herunterreichen und Sie schütteln muss. Blicken Sie einmal auf, einmal weg von der Welt, einen kleinen Augenblick nur. Dann werden Sie ihn sehen, wie er dort auf Sie wartet." Ihm blieben die Worte jetzt fast im Hals stecken. „Sie werden ihn sehen, das verspreche ich Ihnen." Plötzlich schnallte Roscoe sich ab und stand auf. „Wenn Sie mich jetzt bitte kurz entschuldigen ..."

Er ging in Richtung der Toiletten und überließ Sonja sich selbst.

War sie wirklich sich selbst überlassen? Hatte Roscoe recht? Wartete Gott nur darauf, dass Sie seine Existenz anerkannte und ihn annahm, sich auf ihn einließ? Wartete er darauf, dass sie die Kontrolle an ihn übergab?

Du kannst es schaffen.
Sie war augenblicklich verwirrt. Bedeuteten diese vier Worte, dass sie sich Gott überlassen konnte? Oder war damit gemeint, dass sie ihr Leben auch allein meistern konnte? Als sie aufblickte, sah sie, wie Allen auf dem Mittelgang auf ihren Platz zukam. Sie schob die Entscheidung erst einmal beiseite und lächelte.

„Na, wie geht es Ihnen hier hinten, Sonja?"

„Gut."

„Wirklich Pech, dass wir Verspätung haben. Das bedeutet weniger Zeit in Phoenix."

Sie zuckte resigniert die Achseln.

Er sah sie noch einmal an und sagte dann: „Sie sehen irgendwie aufgebracht aus. Sind Sie nervös?"

Sie schüttelte den Kopf und wünschte, ihre Gefühle würden sich aus ihrem Gesicht verflüchtigen. „Alles in Ordnung. Ich habe alles im Griff."

Er zögerte noch einen Augenblick, bevor er sich wieder umwandte, um zu gehen. „Gut. Wenigstens eine Person, der es so geht. Da bin ich aber wirklich froh."

Sonja sah ihm nach. Hatte sie wirklich alles im Griff?

Sie wischte den Zweifel weg, dachte kurz daran, die Gedanken an Gott wieder aus dem Winkel hervorzuholen, in den sie sie geschoben hatte, entschied sich dann jedoch dagegen. Es ging ihr gut, und es bestand gar kein Grund, ausgerechnet jetzt etwas zu ändern.

14.10 UHR

Die Gespräche der Passagiere wurden plötzlich durch die Stimme des Piloten unterbrochen: „Meine Damen und Herren, wir bitten um Entschuldigung für die Verzögerung, aber das Wetter ist uns heute nicht wohlgesonnen. Wir haben keine Sicht und auf der Startbahn haben sich Schneeverwehungen gebildet. Wir hoffen, dass sich das Wetter bald beruhigt. Vielen Dank für Ihre Geduld."

Mary sah aus dem Fenster und entdeckte Räumfahrzeuge, die in Richtung Startbahn kamen. *Sie müssen die Startbahn räumen?*

Die ganze Sache war eine einzige Katastrophe. Ach, wären sie doch bloß zu Hause, könnten einen ganz normalen Samstag genießen, an dem Justin beim Fernsehen das gesamte Wohnzimmer auf den Kopf stellte, indem er Chips und Salzstangen auf dem Teppich verstreute. Lou würde unten im Hobbykeller herumwerkeln und dabei nichts als Lärm produzieren und sie selbst würde sich um die Wäsche kümmern. Wenn sie nicht wollten, müssten sie den ganzen Tag keinen Fuß vor die Tür setzen, könnten es gemütlich haben in ihrem sicheren Zuhause. Es würde zwar langweilig sein, aber immerhin wären sie dort sicher.

Man vermisst Sicherheit erst dann, wenn man sie nicht mehr hat.

Lou musste gespürt haben, was ihr gerade durch den Kopf ging, denn er griff über Justins Kopf hinweg nach ihrer Schulter und drückte sie leicht. „Mach dir keine Sorgen, Mary. Es wird alles gut. Für die Fluggesellschaften ist das Routine."

Sie wollte ihn fragen, woher er das denn wisse, denn er flog erst zum zweiten Mal. „Mach dir doch nichts vor, Lou, es ist schlimm. Ich habe ja schon davon gehört, dass Flugzeuge nicht starten konnten, aber das hier ..."

„Das ist wegen der schlechten Sicht. Sie müssen doch beim Start was sehen können."

Mary versuchte, das Flugzeug am nächsten Flugsteig zu erkennen, sah aber nur das Orange des Schriftzugs auf dem Rumpf. „Man kann wirklich nichts sehen."

Er lehnte sich zu ihr hinüber, um sich selbst zu überzeugen. Sein Aftershave roch holzig und ein Hauch von dem Duft seines Shampoos wehte ihr um die Nase. Er setzte sich wieder zurück und nahm die Düfte mit sich. „Okay, du hast Recht. Es ist schlimm. Du kannst dir Sorgen machen."

Sie lachte. „Vielen Dank."

„Gern geschehen."

Sie sah Justin zu, wie er in seinem Malbuch ein Bild ausmalte. Es war wirklich mehr als seltsam, dass ihre Familie jetzt hier bei ihr saß auf einer Reise, die sie hatte machen wollen, um Abstand zu bekommen und um sie eine Zeit lang nicht um sich zu haben. Die besten Pläne ...

„Ach ja", fragte Mary jetzt, „wie hast du das alles eigentlich geschafft? Wie lange hast du es schon geplant?"

„Es ist schon erstaunlich, was man um halb sechs Uhr morgens alles schaffen kann."

Mary erinnerte sich dunkel, dass Lou in den Schubladen im Schlafzimmer herumgekramt hatte, während sie noch döste. *„Heute Morgen?"*

„Ich konnte nicht schlafen. Ich habe mir verzweifelt den Kopf darüber zerbrochen, womit ich dir eine Freude machen könnte." Er zuckte die Achseln. „Leider – jedenfalls wenn ich mir deine Reaktion anschaue – habe ich nicht das Richtige getroffen."

Sie war immer noch wütend genug, ihm nicht zu widersprechen, nur damit er sich wieder besser fühlte. Vielleicht hatte sie das viel zu oft getan – ihre Gefühle um des lieben Friedens willen weggedrückt. Vielleicht hatte sie zu oft etwas Passendes gesagt statt der Wahrheit.

Und dennoch ... Sie dachte an einen Vers, den Lou und sie beim Bibellesen auswendig gelernt hatten: „*Was immer wahrhaft, edel, recht, was lauter, liebenswert, ansprechend ist, was Tugend heißt und lobenswert ist, darauf seid bedacht!*" (Philipper 4,8). Aber was war, wenn es bei Mary wenig gab, was wahrhaft war, lauter, liebenswert, ansprechend, oder rein, ganz zu schweigen von edel? War sie ein schlechter Mensch? Was war die Wahrheit? Gute Gedanken oder andere dieser Eigenschaften konnte man doch nicht einfach an- und wieder abschalten wie einen Wasserhahn.

Lou redete immer noch „... ich habe dein Ticket in deiner Handtasche gefunden und dann im Computer nachgeschaut. Ich hätte niemals gedacht, dass die beiden Plätze neben dir noch frei sind."

Na, echt Glück gehabt.

„Eigentlich waren sie es auch gar nicht. Es gab keine Tickets mehr. Aber ich habe mich nicht mit einer Absage abspeisen lassen." Er lächelte, als ob er richtig stolz auf sich selbst wäre. „Also bin ich das Risiko eingegangen, habe zwei Standby-Tickets gekauft und sogar dafür gebetet, dass zwei Personen den Flug nicht antreten können. Ich habe mich aber auch ein bisschen schuldig dabei gefühlt, dafür zu beten, dass andere ihre Pläne über den Haufen werfen müssen, damit wir mitfliegen konnten." Er seufzte. „Und da wären wir jetzt. Gott muss gewollt haben, dass wir auf dieser Reise direkt neben dir sitzen."

Oder vielleicht bist du auch nur ein As darin, Situationen so zu nutzen, dass du kriegst, was du willst.

Das hatte sie schon früher erlebt. Wenn sich Lou einmal etwas in den Kopf gesetzt hatte, dann setzte er das auch durch, und oft mussten sie für die Folgen bezahlen.

„Nachdem ich die Standby-Tickets ausgedruckt hatte, habe ich jedem von uns einen Koffer gepackt und die Koffer schon ins Auto gebracht, bevor du aufgestanden bist."

Mary berührte Justins Arm. „Hast du davon was gewusst?"

„Erst als Papa dich am Flughafen abgesetzt hat. Da hat er mir gesagt, dass wir auch mitfliegen. Er hat sogar daran gedacht, mein Malbuch einzupacken." Dann wandte er sich an seinen Vater. „Aber du hättest es mir auch sagen können, Papa, ich hätte es bestimmt nicht verraten."

Lou sah Justin an. „Erinnerst du dich noch an Mamas Geburtstagsgeschenk?" Justin fing wieder an zu malen. „Ich wollte es doch gar nicht verraten. Es ist mir einfach so rausgerutscht."

Tickets buchen, packen. „Aber woher hast du denn das Geld dafür genommen, Lou? Wir mussten doch schon das Urlaubsgeld anbrechen, um mein Tick ..." In dem Augenblick, in dem sie es gesagt hatte, wurde ihr klar, was er gemacht hatte.

„Ich habe die Urlaubskasse verwendet und den Rest mit der Kreditkarte bezahlt."

Die Kasse für den Familienurlaub war nur etwas früher als vorgesehen für den Familienurlaub verwendet worden. Nicht, wie sie es gedacht hatte. Ganz und gar nicht. Und jetzt hatten sie auch noch Schulden. „Und was ist mit deiner Arbeit?"

Er wand sich auf seinem Sitz.

„Du hast es ihnen doch gesagt, oder?"

Er nahm einen Buntstift und malte eine Blume blau an. „Sie waren nicht gerade begeistert darüber, dass ich ein paar Tage frei haben wollte, aber ich habe ihnen gesagt, es sei wichtig."

„Lou, du hättest niemals deinen Job aufs Spiel setzen dürfen."

Er hörte zu malen auf und schaute ihr in die Augen. „Ich riskiere lieber meinen Job, als dass ich riskiere, dich zu verlieren. Ich würde alles für dich tun, Mary. Weißt du das denn nicht?"

Doch, sicher. Alles, außer mich loszulassen.

14.15 UHR

Tina sah auf ihre Uhr. „Das ist einfach lächerlich. Ich habe diese Auszeit nicht geplant, um dann im Schneesturm auf der Startbahn festzusitzen."

Melly lachte. „Mir ist das Recht. Ich habe keine Eile, wieder zurück in die Schule zu kommen." Dann lachte sie noch einmal und sagte: „Hey, uns geht es genau gleich."

Wohl kaum.

„Sie wollen nicht zur Schule und ich auch nicht. Aber für Sie ist es schlimmer."

„Wieso denn das?"

„Weil Sie Lehrerin sind. Ihnen soll eigentlich dieser ganze Lernkram gefallen. Erinnern Sie sich an Ihre Leidenschaft für Bücher?"
Sie schnaubte verärgert.
„Aber Sie unterrichten nicht gern, nicht wahr?"
Tina spürte, wie ihre Wangen heiß wurden. Es ging dieses Kind absolut nichts an, ob sie gern unterrichtete oder nicht. Es war einfach ihr Job.
„Sie werden mir sowieso nicht die Wahrheit sagen, stimmt's?"
Fast hätte Tina sich verschluckt. „Wie kommst du denn darauf?"
„Sie haben gezögert."
Sie sah das Mädchen an. Wie konnte sich so viel Durchblick hinter einem so absurden Durcheinander von Haar, Schminke und schlampigen Klamotten verstecken? Melly sah aus wie die meisten von Tinas Schülerinnen, benahm sich aber ganz und gar ...
„Bin ich Ihnen zu nahe getreten?"
Tina merkte, dass sie zu lange mit ihrer Antwort gezögert hatte. „Sagen wir einfach, dass es ein bisschen beunruhigend ist, wenn eine Jugendliche meine Gedanken liest."
Melly lachte. „Machen Sie sich keine Gedanken darüber; das lasse ich auch ganz schnell wieder sein, vor allen Dingen, weil ich gar nicht alles verstehe, was Sie sagen." Sie zog an dem Gummi ihres Perlenarmbandes. „Und was ist nun die Wahrheit? Unterrichten Sie gern oder nicht?"
Tina stieß einen tiefen Seufzer aus, bevor sie antwortete: „Eigentlich nicht."
„Und warum nicht?"
Sie lachte. „Das kann ich doch *dir* nicht sagen."
„Na, da haben wir's ja wieder. Sie denken über mich wie über eine Schülerin und nicht wie über eine Sitznachbarin. Schüler sind keine Feinde, wussten Sie das schon?"
„Wetten, dass doch?"
Melly ließ ihr Armband gegen ihren Arm schnellen. „Kein Wunder, dass Sie das Unterrichten so hassen. Sie hassen die Schüler. Uns."
Tina spürte, wie sie rot wurde. Jetzt war sie zu weit gegangen. „Ich hasse ja gar nicht ..."
„Das müssen Sie aber. Sie sind es nämlich, die mit dem „wir" und „die" Gerede angefangen hat. Ich bin aber nicht eine von ihnen. Ich bin ich."
Tina wollte Mellys Arm berühren, zog aber dann doch die Hand wieder zurück. „Tut mir Leid. Das sollte gar nicht so hart klingen. Ich

bin in letzter Zeit einfach nur auf der Suche. Ich versuche herauszufinden, was ich mit meinem Leben anfangen soll."

„Hey, dann geht es Ihnen ja genau wie mir!"

Genau wie dir. Melly fuhr mit dem Finger auf der Armlehne entlang. „Großvater sagt, dass ich darüber beten soll – wegen dem Suchen, meine ich – aber, aber ich kenn mich da nicht so aus." Ihr Blick traf auf Tinas.

„Glauben Sie an Gott?"

„Also, ... na ja, ... ja."

„Beten Sie?"

„Klar."

Melly schüttelte langsam den Kopf. Dann hielt sie inne. Das war jetzt *die* Gelegenheit für Tina, dem Mädchen von Gott zu erzählen. Hatten Sie nicht genau darüber gerade erst in der Gemeinde geredet? *Wenn wir jemanden treffen, der auf der Suche ist, dann sollen wir bereit sein zu reden.* Wie schwer konnte es denn schon sein zu sagen, dass Gott sie liebte, dass Gott einen Plan für ihr Leben hatte und dass Gott wirklich an ihr ganz persönlich etwas lag?

Tina blickte kurz zu Melly. Das Mädchen sah sie erwartungsvoll an und voller Beklommenheit wurde Tina klar, dass Melly wirklich über Gott reden wollte. Tina musste nur aufhören, ein solcher Angsthase zu sein und anfangen zu reden. *Aber wer bin ich denn? Ich habe doch auch nicht auf alles eine Antwort. Was, wenn sie noch mehr Fragen stellt? Was, wenn ...?*

Melly zwirbelte wieder eines ihrer vielen Zöpfchen um ihren Finger. „Weiß Gott davon ...? Interessiert es ihn ...?"

In diesem Augenblick wurden sie durch die Stimme des Piloten unterbrochen. „Der Flughafen ist soeben wieder für den Flugverkehr freigegeben worden. Wir werden in wenigen Augenblicken zur Startbahn rollen, wo es jedoch aufgrund wartender Maschinen, die auf eine Landeerlaubnis warten, zu weiteren Verzögerungen kommen kann. Wir werden Sie über alles Weitere auf dem Laufenden halten. Noch einmal vielen Dank für Ihre Geduld."

Melly seufzte. „Geduld ist nicht gerade meine starke Seite. Und wie ist das bei Ihnen?"

Tina schüttelte den Kopf. Der Augenblick, in dem sie über Gott hätten reden können, war verstrichen. Aber es war auch nicht besonders nett von Gott, sie damit dermaßen zu überrumpeln. Außerdem hätte das Mädchen wahrscheinlich sowieso nicht hören wollen, was sie zu sagen hatte. Es war also ebenso wenig verloren wie gewonnen.

14.30 UHR

Anthony wünschte, er hätte sein Jackett nicht in der Gepäckablage verstaut. Er hatte das Gefühl, sich an etwas Weichem, Warmem festhalten zu müssen, wie ein kleines Kind an seiner Schmusedecke. Er war zwar ein erfahrener Fluggast, aber bei der Verspätung und dem Schnee und dem Wind und ...
Er sah zum Fenster. Sie hatten jetzt ihre Position in der Schlange von Flugzeugen eingenommen, die auf eine Starterlaubnis warteten, aber der Schnee wirbelte um die Tragflächen, als ob ein einfaches Flugzeug ihn nicht daran hindern konnte, von Punkt A nach B zu streben. Vielleicht wäre es am klügsten, für heute alle Flüge abzusagen. Wenn es zu einer Abstimmung gekommen wäre, hätte Anthony fürs Bleiben gestimmt. Aber leider fragte ihn niemand.

„Junge, Junge, Sie haben aber Angst, was Doktor?"

Anthony wandte sich ruckartig seiner Nachbarin zu. „Ich habe keine Angst."

Sie deutete auf seine Hände, die die Armlehnen umklammerten.

Er ließ los und sie lachte.

Anthony spürte, wie sein Gesicht heiß wurde. „Machen Sie sich nicht über meine Angst lustig, Lady."

„Mein Name ist Belinda Miller, wenn's recht ist."

Es war ihm egal, aber er fand es dennoch interessant, denn der Name passte absolut nicht zu ihr. Sie hätte Berta oder Gertrud oder Brunhilde heißen müssen.

Anthony parierte den Angriff: „Und Sie, sind Sie nicht auch ein bisschen nervös?"

„Ich bin vielleicht ein bisschen nervös wegen des Fluges, aber zumindest habe ich keine Angst um mein Leben." Sie wechselte ihre Sitzhaltung. „Meine Art von Angst kann mich retten, aber Ihre Angst wird Sie umbringen."

Sie redet doch Unsinn. „Wovon reden Sie eigentlich?"

„Wollen Sie das wirklich wissen?"

„Also ..."

„Na gut, dann werde ich es Ihnen sagen. Mein Seelenklempner sagt ..."

„Sie sind in Therapie?" *Wieso überrascht mich das denn gar nicht?*

„Ich betrachte es lieber als eine Art Lebensberatung, aber wenn Sie es so wollen: Ich nehme professionelle Hilfe in Anspruch, um mit ein paar Dingen fertig zu werden und sie zu verarbeiten." Sie machte eine ruckartige Bewegung mit dem Kopf. „Also, wie dem auch sei, mein Seelenklempner sagt, dass arrogante Leute – ich überlasse es ganz Ihnen, ob Sie sich dazu zählen oder nicht – oft so sind, weil tief in ihrem Innern eine Angst steckt, von der sie nicht einmal etwas wissen." Er zog seinen Aktenkoffer auf den Schoß. „Ich glaube, das reicht jetzt."

Belinda machte ein schnalzendes Geräusch.

„Hören Sie auf damit!"

Sie hörte auf, aber selbst aus dem Augenwinkel konnte Anthony erkennen, wie sie feixte.

„Sie kennen mich nicht, Lady."

„Aber ich kenne Typen wie Sie."

„Ich bin kein Typ."

„Ich auch nicht."

Treffer.

Sie tippte sich mit ihren kurzen dicken Fingern an die Lippen und betrachtete ihn wie ein Tier in einem Käfig. „Also wenn ich es einschätzen sollte, dann würde ich sagen, sie haben Angst davor, Risiken einzugehen."

„Das ist doch absurd. Wenn ich nicht risikobereit wäre, wäre ich niemals da, wo ich heute bin."

„Nur um Ihre gesamte Zeit damit zu verbringen, Angst davor zu haben, alles wieder zu verlieren?"

Anthony sah den Gang entlang und wünschte, die Stewardess würde vorbeikommen, um ihn zu retten. Dann fiel ihm eine gute Entgegnung ein. „Ich habe jedenfalls etwas von Wert, das ich verlieren kann."

Ihre Augenbrauen zuckten und sie sah weg.

Er hatte sie verletzt. Einen Augenblick lang fühlte er sich schlecht dabei, aber dann verdrängte er das Gefühl, sich schuldig gemacht zu haben. Es geschah ihr ganz recht. Wer war denn zuerst unhöflich gewesen?

Er holte einen Bericht aus dem Aktenkoffer, den er für den Kongress lesen musste. Als die Frau weiter schwieg, entspannte er sich langsam. Vielleicht war es ja ganz gut, dass sie beleidigt war. Wenigstens hatte er so seine Ruhe und ...

„Ich habe ein gutes Leben." Belindas Stimme war ganz leise.

Er riskierte einen Blick. Sie sah ihn nicht an, sondern schaute hinunter auf ihre Hände, die sich immer wieder – als hätten sie heftiges Interesse aneinander – miteinander verhakelten.

„Das haben Sie bestimmt."

„Ich bin eine gute Ehefrau und Mutter, und zweimal die Woche arbeite ich ehrenamtlich in einem Obdachlosenasyl und ..."

„Ich reise in die Dritte Welt und mache kostenlos wiederherstellungschirurgische Eingriffe. Es ist sogar schon in der Zeitung darüber berichtet worden." In dem Augenblick, als er es gesagt hatte, wünschte Anthony bereits, es zurücknehmen zu können. Was machte er da eigentlich? Versuchte er etwa, eine Fremde zu beeindrucken? Eine bemitleidenswerte Fremde?

Sie wandte sich ihm zu und hatte wieder dieses verschlagene Funkeln in den Augen. „Sie sind ein ziemlicher Pharisäer, nicht wahr?"

„Wie bitte?"

Sie lachte. „Sie wissen nicht einmal, was das ist, stimmt's?"

Er überlegte kurz, ob er sie nach den Namen einiger Muskeln fragen sollte, blätterte aber stattdessen in seinem Bericht weiter.

Sie bereitete sich auf ihre nächste Attacke vor, indem sie sich bequem zurechtsetzte und ihre Hände gegen die Armlehnen presste. Er wappnete sich.

„Ich weiß, es wird Sie sicher nicht interessieren, aber ich erzähle es Ihnen trotzdem. Ich finde, Sie schulden mir noch was für den letzten Hieb, den Sie mir verpasst haben. Die Pharisäer waren eine Gruppe von religiösen Führern, die sich selbst für ganz tolle Kerle hielten. Sie taten alles äußerst demonstrativ, sodass auch jeder es mitbekam. Sie machten ein großes Brimborium um ihre Gebete – natürlich in aller Öffentlichkeit – und wenn sie etwas spendeten, dann so, dass auch jeder es mitbekam. Genau wie Sie."

Eigentlich hatte er gar nicht vorgehabt, ihr zu antworten. „Ich habe die Zeitungen nicht über diese Reisen informiert, das haben sie ganz allein herausgefunden.."

Sie nickte. „Das glaube ich Ihnen aufs Wort."

„Wollen Sie mich etwa als Lügner bezeichnen?"

Sie zuckte die Schultern.

„Sie haben doch angefangen, von Ihren guten Taten zu erzählen. Klingt ein bisschen pharisäerhaft, oder?"

Sie wedelte mit der einen Hand und sagte: „Ich beurteile meine Motive und Sie beurteilen Ihre."

„Danke."

„Aber das Mindeste, was Sie tun könnten – wenn Sie schon kostenlos Operationen durchführen – ist doch, es auch für Menschen hier bei uns zu machen."

„Wie meinen Sie denn das nun wieder?"
„Bei Menschen wie meinem Enkel beispielsweise. Er könnte auch so einen Wiederherstellungseingriff gebrauchen, aber wir können es uns nicht leisten. Er könnte auch ein bisschen von Ihrer Philan ..., Philian..."
„Philanthropie?"
„Ja, genau das ... gebrauchen."
Widerstrebend fragte Anthony nach: „Was fehlt ihm denn?"
„Er hat einen Blutschwamm, der sein halbes Gesicht bedeckt. Die anderen Kinder nennen ihn deshalb Narbengesicht." Sie schüttelte wieder den Kopf. „Ronnie benimmt sich zwar, als würde es ihm nichts ausmachen, aber das stimmt nicht. Er ist erst zehn." Sie erschauderte. „Kinder in dem Alter sind manchmal grausam; mir wird jetzt schon ganz komisch, wenn ich daran denke, was er durchmachen muss, wenn er erst mal im Teenageralter ist. Mein Sohn und meine Schwiegertochter versuchen zwar, ihm das Gefühl zu geben, dass er so wie er ist, völlig in Ordnung ist, aber das ist gar nicht so einfach."

Der Junge tat Anthony Leid. Zumal es sich um ein Problem handelte, das relativ einfach zu beheben war. Mit Hilfe der Lasertechnik konnte man das Hämoglobin, durch das die rote Färbung verursacht wurde, absorbieren und ...

„Aber so ist das eben", sagte sie und klatschte sich noch einmal auf ihren stattlichen Oberschenkel. „Ich nehme an, dass Reisen nach Afrika oder Bosnien besser für die Publicity sind als ein Wohltätigkeitsfall in Murfreesboro, Tennessee."

„Ich ..."

„Ach, machen Sie sich mal keine Gedanken, Doktorchen. Belasten Sie doch damit nicht Ihr Gewissen. Wir sind bis jetzt ganz gut ohne Sie klargekommen und wir wollen Sie bestimmt nicht in Ihrem Streben nach Ruhm und Reichtum behindern."

„Sie sind wirklich äußerst grob."

„Wahrscheinlich bin ich das, aber ich bin einfach zu müde, um weiße Handschuhe anzuziehen oder meinen kleinen Finger abzuspreizen." Sie atmete hörbar aus. „Ich nehme an, das bedeutet, dass wir nicht unbedingt beste Freunde werden, oder Doktor?"

„Das nehme ich nicht an."

„Auch gut."

„Auch gut."

Er wandte sich wieder seinem Bericht zu, und las immer und immer wieder denselben Absatz.

14.40 UHR

George Davanos tat so, als ob er ganz in seine Zeitschrift vertieft wäre. Er war erleichtert, dass die Witwe neben ihm den Wink verstanden hatte und ihn in Ruhe ließt. Sie schaute zum Fenster hinaus in das Schneegestöber.

Es war auch eigentlich eher sein anderer Sitznachbar, der ihm Sorgen bereitete. Wieso war Henry dermaßen in Panik geraten? Wieso hatte er sich verhalten, als ob er unbedingt das Flugzeug verlassen müsste und als ginge es dabei um Leben und Tod?

Henry umklammerte den Plastikbecher mit Wasser, den ihm die Stewardess gebracht hatte und drückte dabei so stark mit den Fingern gegen die Becherwand, dass er fast das Wasser auf seinen Schoß verschüttete. Er sah starr nach vorn, schüttelte aber ständig den Kopf, so als sagte er immer wieder nein zu sich selbst. Als sein eines Bein anfing, auf und ab zu wippen, und das Wasser dabei von einer Seite des Bechers zur anderen schwappte, schritt George zur Tat.

„Ich nehme mal an, Ihre Uhr ist stoßfest und wasserdicht?", sagte er und deutete dabei auf Henrys schicke goldene Uhr, die er am rechten Handgelenk trug und der, so wie es eben aussah, ein Vollbad drohte.

Henry kam zu sich wie aus einer Trance. „Ja, das ist sie. Mit vier Zeitzonen. Wieso erwähnen Sie das?"

George klappte seine Zeitschrift zu, legte eine Hand auf Henrys wippendes Bein und rettete den Becher.

„Was machen Sie denn ...?"

George deutete auf Henrys Bein und dann auf das Wasser. „Ich musste das Erdbeben beenden, damit es nicht zu einer Flut kommt."

„Oh, tut mir Leid."

„Ist schon gut."

Henrys Bein fing schon wieder an zu wippen. Sie sahen beide hin. Es hörte wieder auf.

„Kann ich Ihnen irgendwie helfen?", fragte George. „Ihren Therapeuten anrufen, die Nationalgarde benachrichtigen, Ihnen ein Schlaflied singen?"

„Mir geht es gut."

„Das sehe ich."

Zum ersten Mal seit er wieder zu seinem Platz zurückgekommen war, sah Henry ihn an.

„Sie sollten reden."

George zuckte die Schultern. „Na ja, ... also, ... anscheinend sind wir in einer Sackgasse. Ich will sterben und Sie haben Angst davor."
„Habe ich nicht."
George ließ Henrys lächerliche Feststellung im Raum stehen. „Ach, ich verstehe. Sie wollten wahrscheinlich unbedingt aus dem Flugzeug raus, weil Sie was zu Hause vergessen haben ..."
Henrys Schultern entspannten sich.
Jetzt, wo klar war, dass George mit seiner Vermutung richtig lag, war er sich nicht mehr so sicher, was er machen sollte – und ob er überhaupt etwas machen wollte. Mit der Witwe über Nichtigkeiten zu plaudern, kam ihm immer verlockender vor. Als Henry sich dann jedoch eine Hand gegen die Stirn presste, so als hätte er starke Kopfschmerzen, hatte George keine Wahl mehr. „Nun spucken Sie's schon aus, Nachbar. Weshalb sind Sie so aufgewühlt? Es gefällt mir ganz und gar nicht, dass Sie unser gutes Gespräch über meinen Selbstmord durch eine Panikattacke unterbrechen. Und dabei habe ich immer gedacht, ich wäre ein interessanter Gesprächspartner. Es ist Zeit für ein Quidproquo, Henry."
Henry zögerte. „Ich bin mir nicht so sicher, ob *interessant* der richtige Ausdruck ist. Selbstmord ist eine ernsthafte Angelegenheit."
„Keine Frage."
„Ich habe alles, was ich gesagt habe, wirklich so gemeint. Gott will nicht, dass Sie sterben."
„Ach, sind wir jetzt wieder an dem Punkt?"
„Aber es stimmt."
„Das sagen Sie." An ihrer Kopfhaltung konnte George erkennen, dass die Witwe ihnen zuhörte, also setzte er sich so, dass er sie von dem Gespräch ausschloss. *Kümmern Sie sich um Ihre eigenen Angelegenheiten, Lady.* „Nun mal ehrlich Henry, es ist doch nicht meine Situation, die bei Ihnen diesen Adrenalinstoß ausgelöst hat, und die Startverzögerung kann Ihnen doch eigentlich auch nicht dermaßen zusetzen."
„Ach, es ist wirklich kompliziert", entgegnete er.
„Vielleicht versteh ich es ja trotzdem."
Henry saß einen Augenblick schweigend da, deutete dann auf den Plastikbecher mit Wasser und sagte: „Kann ich den wiederhaben?"
„Solange Sie ihn auch leer trinken." George war erstaunt, als Henry das Wasser hinunterstürzte, wie jemand mit großen Problemen einen doppelten Whisky kippt. „Fühlen Sie sich jetzt besser?"

„Eigentlich nicht. Aber ich bin jetzt so weit, es zu erklären." Henry sah George ein wenig verwirrt an. „Vielleicht können Sie mir ja helfen."

„Ich werde tun, was ich kann." Aber eigentlich meinte George das gar nicht. Er wollte nämlich gar nicht helfen. Er hatte selbst genug, worüber er nachdenken musste, und wollte sich im Grunde ganz und gar nicht auch noch um die Probleme eines anderen kümmern.

„Angefangen hat alles gestern Nacht, als ich beinahe einen One-Night-Stand gehabt hätte."

George zog eine Augenbraue hoch. „Das ist ja richtig gut."

„Nein, ist es nicht. Es war schlimm. Richtig schlimm."

Er blickte auf. „Ich habe es aber nicht zu Ende gebracht – ich war wirklich nah dran, aber ich habe gerade noch die Kurve gekriegt."

„Schade."

Henry richtete den Kopf auf und sein prüfender Blick fiel auf George. „Das ist doch nicht Ihr Ernst, oder?"

George schaute nach unten. „Nein, ist es nicht."

„Sind Sie Ihrer Frau in all den Jahren immer treu gewesen?"

„Hey, in diesem Gespräch geht es nicht um mich."

„Aber waren Sie treu?"

Georges Erinnerung sauste zurück in den Sommer 1963. Eine schwarzhaarige Schöne. Ein heißer Tag. Er schüttelte den Gedanken ab. „Ziemlich."

„Sie waren es also nicht."

George deutete mit dem Finger auf ihn. „Gerade Sie sollten mich nicht verurteilen ..."

Henry hob seine Hände in einer Geste der Ergebung. „Tu ich nicht. Glauben Sie mir, das tue ich gar nicht. Ich war ja selbst an diesem Punkt. Zumindest ganz nah dran. Ich verstehe das."

„Gut."

„Ich urteile nicht über Sie."

„Gut."

„Kann ich meine Geschichte jetzt weitererzählen?"

„Gern."

Henry holte tief Luft. „Jedenfalls war ich nah dran, mich von dieser Frau verführen zu lassen. Sie stand schon vor meiner Zimmertür im Hotel, als ich plötzlich einen Anfall von Anstand hatte und ihr die Tür vor der Nase zuschlug."

„Sie bekommen zwar eine eins in Moral, aber in Betragen dafür eine Fünf."

„Obwohl ich das Richtige getan habe, war ich immer noch völlig durcheinander und musste mich mit Fernsehen ablenken."
„Das kann manchmal helfen."
„Hat es aber nicht. Nicht richtig jedenfalls. Beruhigt hat mich dann eigentlich erst dieser Vers."
„Welcher Vers?"
Henry wand sich und George ahnte weshalb. *Er meint einen Bibelvers. Diese Geschichte wird langsam zu einer Beichte mit Halleluja-Schluss. Na toll. Das ist wirklich genau das, was ich jetzt brauche. Vielleicht hat die Witwe ja doch noch Fotos, die sie mir zeigen will.*
„Sie kennen doch die Bibeln, die immer in den Hotels im Nachtschrank liegen."
„Ja, ich benutze sie manchmal als Tablett."
Henry klappte der Unterkiefer herunter.
„Das war nicht ernst gemeint ... Ich kenne die Bibel. Meine Güte, nun seien Sie doch nicht so schrecklich ernst."
„Aber es ist ernst, denn es hat mein Leben verändert. Oder vielleicht besser, ich habe das Gefühl, es könnte mein Leben verändern."
„Also die Bibel im Nachtschrank Ihres Hotels hat Ihr Leben verändert – verstehe ich das richtig?" George schüttelte ungläubig den Kopf. „Das muss ich hören."
„Ich war immer noch ziemlich durcheinander wegen der Sache, die mir da gerade passiert war ..."
„Ich ziehe in dem Fall eine kalte Dusche vor ..."
Henry warf ihm einen kritischen Blick zu. „Jedenfalls ... suchte ich Trost und Orientierung und schlug die Bibel auf. Da sah ich auf der aufgeschlagenen Seite, dass ein Vers unterstrichen war."
„Womit unterstrichen? Vielleicht mit strahlendem himmlischen Licht?"
Zum ersten Mal lächelte Henry. „Nein, mit gelbem Textmarker."
„Meine Version gefällt mir besser. Ist dramatischer. Und was stand da?"
„Es war Jesaja 30,19–21."
George seufzte, denn er war absolut nicht in der Stimmung, sich anpredigen zu lassen.
Henry zögerte einen Augenblick. „Es waren gute Verse darüber, dass Gott einen Plan mit uns hat. Am Schluss hieß es: ‚Dies ist der Weg, den geht.'"
„Was ist der Weg?"

„Genau das ist der Teil, den ich nicht verstanden habe – nicht verstehe. Ich habe gewartet, dass Gott mir Einzelheiten zeigt, was ich als nächstes tun soll. Ich bin unheimlich gespannt, so als ob mir etwas Großartiges unmittelbar bevorsteht." Er sah George an. „Klingt das verrückt ... oder vermessen?"

Ja und nochmals ja. „Das kommt ganz darauf an."

„Worauf?"

„Darauf, was Gott gesagt hat, was Sie tun sollen."

Henry fuhr sich mit den Fingern durchs Haar. „Gar nichts! Sehen Sie denn das nicht? Dieses erwartungsvolle Gefühl ist seither immer stärker geworden, aber ich weiß auch nicht die kleinste Einzelheit. Es ist so, als ob ich an den Rand eines Abgrundes geführt werde und nicht weiß, ob ich dort eine Brücke vorfinden werde oder einen Fallschirm oder ob von mir erwartet wird, dass ich fliege."

„Oder ob Sie hinuntergestoßen werden."

Henry holte hastig Luft und George bedauerte, was er gesagt hatte. „Beachten Sie mich einfach gar nicht weiter. Ich bin selbstmordgefährdet."

„Aber ich bin es nicht!"

George legte ihm eine Hand auf den Arm. „Doch Sie haben Angst ... vorm Tod. Sie glauben offenbar, dass dieser ‚Weg' etwas mit dem Tod zu tun hat."

„Nein, das stimmt nicht." Er sprach jetzt leiser. „Ich glaube, dieser Weg wird etwas damit zu tun haben, wie ich mein Leben leben soll, damit, dass ich etwas tun soll. Ich habe versucht, ein guter Mensch zu sein, versucht, mich von Problemen fern zu halten, habe versucht, ein guter Ehemann und Vater zu sein, aber ich habe keine Ahnung, was ich Großartiges, Denkwürdiges schaffen könnte." Er legte sich eine Faust auf den Bauch. „Und trotzdem ist dieses Gefühl so stark."

„Hey, Henry, keiner von uns hat doch alle Antworten. Keiner kennt die Zukunft."

„Sie schon. Sie packen die Zukunft bei den Hörnern und ..."

„... kehren sie um. Tot."

Henry rieb sich das Gesicht. „Ich hätte es Ihnen nicht sagen sollen. Dieses Gespräch hilft keinem von uns beiden weiter."

„Aber natürlich tut es das. Dieses Gespräch erinnert Sie daran, dass Sie ein ganz bestimmtes Schicksal haben, dass sie leben sollen."

„Aber Gott hat für Ihr Leben ebenso einen Plan."

George schüttelte den Kopf. „Ich sage Schicksal, Sie sagen vielleicht Gott. Gott hat mir nie einen Vers gegeben. Er hat mir nie – und auf keine Weise – gesagt, was ich mit meinem Leben anstellen soll. Führung, selbst wenn sie wirr und unverständlich ist, ist immer noch besser als Schweigen."

„Haben Sie ihn denn um Führung gebeten?"

„Warum sollte ich denn das tun?"

„Sie haben nie gebetet?"

George fingerte an der Zeitschrift in der Sitztasche herum. „Sicher habe ich gebetet. Ich bin mit Gebet aufgewachsen. Und glauben Sie nicht, dass ich nicht unglaublich gebetet habe, als Irma krank wurde – hat aber wenig genützt."

„Gott hat Nein gesagt."

So drastisch hatte er es noch nie gehört. „Das könnte man so sagen. ‚Gott hat gesagt, auf gar keinen Fall, bis später dann. Ruf mich nicht an; ich melde mich bei dir.'"

„Er wird wohl seine Gründe gehabt haben."

George schüttelte den Kopf. „Mir fällt kein einziger ein."

„Manchmal verstehen wir nicht ..."

George lachte. „Das ist aber stark untertrieben." Er zeigte auf Henry. „Und Sie sind ein weiterer Beweis dafür. Gott zeigt Ihnen diese Richtung, hat aber nicht den Anstand, Ihnen auch zu sagen, was es bedeutet."

„Ich bin sicher, dass er das noch tun wird. Wenn es so weit ist. Gott kommt nie zu früh und auch nie zu spät."

„Ich wette, das haben Sie in Kreuzstich über dem Klo hängen, stimmt's?"

„Es ist die Wahrheit."

Jetzt reichte es George. „Die Wahrheit ist, dass Gott Sie völlig durcheinander gebracht hat, indem er Ihnen diese Geheimnistuerei zumutet. Er hat sie so durcheinander gebracht, dass Sie wie ein Wassertropfen in einer Bratpfanne voller Fett sind – springen herum und versuchen, aus dem Flieger zu kommen, ohne zu wissen, warum."

„Ich bin doch geblieben, oder?"

„Ja, weil die Stewardess Sie zurückgezerrt und wieder angeschnallt hat, aber nicht durch irgendetwas Tröstendes von Gott."

Henry starrte in die Luft. Dann wandte er sich an George. „Vielleicht hat er ja Sie geschickt, um mich zu trösten."

George lachte. „Mich? Jetzt machen Sie aber Witze."

Henry atmete zweimal ganz bewusst ein. „Ich bin *jetzt wirklich* ruhig und sehr viel gelassener, was all die vielen Fragen angeht, die ich habe."

„Ich versichere Ihnen, das liegt bestimmt nicht an mir. Da muss was in dem Wasser gewesen sein, das Sie getrunken haben."

* * *

Henry war erleichtert, als George von der Witwe abgelenkt wurde, die ihm wegen der Verzögerung eine Frage stellte – es war inzwischen über eine halbe Stunde her, dass sie vom Gate in Richtung Startbahn weggerollt waren. Es schneite mittlerweile so heftig, dass er das Flughafengebäude nicht mehr erkennen konnte. Durch den Schnee von der Welt abgeschnitten, hatte Henry das Gefühl, dass die Flugpassagiere *zu* allein waren. Zu verletzlich.

Jetzt reg dich bloß nicht schon wieder auf, wo du dich doch erst gerade beruhigt hast.

Er machte die Augen zu und ließ sich ganz bewusst von Frieden einhüllen. Nachdem er mit George geredet hatte, ging es ihm deutlich besser. Darauf musste er sich jetzt einfach konzentrieren. Komisch, wie sehr ihm ein Mann hatte helfen können, der drauf und dran war, Selbstmord zu begehen. Und irgendwie glaubte Henry, dass George sich nicht das Leben nehmen würde, auch wenn es dafür keinerlei Beweise gab.

Danke für George, Herr. Und vergib mir meine Panik. Mich hat diese Ungewissheit einfach umgehauen, aber jetzt geht es mir wieder gut. Und ich bin zu allem bereit, was immer ich für dich tun soll. Gib mir bitte die Kraft, es auch zu tun ...

Die Stimme des Piloten unterbrach sein Gebet. „Meine Damen und Herren, wir können jetzt endlich starten. Flugbegleiter, bereiten Sie bitte alles für den Start vor."

Henry seufzte. Es wurde wirklich Zeit.

VIER

*Und ob ich auch wanderte im finsteren Tal, fürchte ich kein Unglück,
denn du bist mir. Dein Stecken und Stab trösten mich.*
PSALM 23,4

```
14.57 UHR
```

Sonja Grafton sah aus dem Fenster – so gut es eben ging. Ganz feiner Schnee wurde fast horizontal am Flugzeug entlanggeweht. Es war die Art Schneesturm, gegen den man nur in stark gebückter Haltung anlaufen konnte, wenn man hineingeriet.

„Das sieht aber gar nicht gut aus", sagte sie zu Roscoe.

Er lehnte sich zum Fenster hin, um selbst hinauszuschauen. „Es wird schon alles gut gehen. Ein bisschen Schnee und Wind können doch einem Riesenflieger wie diesem nichts anhaben."

„Nein, das sollte man eigentlich nicht meinen."

Eine Weile schauten sie zu, wie der Wind den Schnee um das Flugzeug herumtrieb.

„Ich wollte Ihnen noch sagen, Sonja, dass ich das Gefühl hatte, heute würde etwas Wichtiges passieren, und es ist wirklich eingetroffen."

„Inwiefern denn das?"

Sein Lächeln war gleichzeitig ernst und schelmisch. „Ich habe doch Sie kennen gelernt, oder?"

Sie verdrehte die Augen.

Sein Gesichtsausdruck wurde jetzt ernst. „Ich meine das wirklich ernst. Ich habe eigentlich nur selten so tiefgründige Gespräche mit Leuten, die irgendwo neben mir sitzen. Bei den meisten ist nicht mehr drin als die neuesten Fußballergebnisse. Sie sind anders – Sie haben Tiefgang."

Sonja spürte eine Woge von Stolz in sich aufwallen. Sie kannte diesen Mann kaum und trotzdem bedeuteten ihr seine Worte so viel, als kämen sie von einem guten Freund. „Danke, Roscoe. Ich bin auch froh, dass ich sie kennen gelernt habe. Durch Sie habe ich viel Stoff zum Nachdenken bekommen."

„Na, mehr kann man wohl kaum verlangen." Er hielt ihr die Hand hin, damit sie sie schütteln konnte.

Sie griff aber nicht danach. „Das ist noch kein ‚Auf Wiedersehen'; wir sind schließlich noch nicht in Arizona."

Er zog seine Hand zurück, als hätte sie ihn bei einem faux pas ertappt und lachte. „Wahrscheinlich sitzen wir hier schon so lange fest, dass ich ganz vergessen habe, dass unsere Reise gerade erst begonnen hat."

Sonja lächelte jetzt auch, aber irgendetwas an seinen Worten berührte sie seltsam. Ihr Magen krampfte sich zusammen, und sie sah zum Fenster hinaus in den tosenden Sturm.

14.58.15 UHR

Mary Cavanaugh war so schlecht, dass sie das Gefühl hatte, sich gleich übergeben zu müssen – mitten in dieser nervenaufreibenden Verzögerung, dem schrecklichen Wetter und dem Durcheinander in ihrem Privatleben ... Sie fummelte am Inhalt der Sitztasche herum. Da war ja die Spucktüte.

„Ist alles in Ordnung?"

„Nein, eigentlich nicht."

Lou griff über Justin hinweg nach Marys Hand und zog sie zu sich, um über dem Kopf ihres Sohnes einen Kuss darauf zu drücken. „Ich liebe dich."

Mary zögerte nur eine Sekunde lang. „Ich ..."

Mehr konnte sie nicht sagen, denn die Turbinen gingen an, das Flugzeug setzte sich in Bewegung und nahm Geschwindigkeit auf.

14.58.30 UHR

„Und los geht's!"

Tina McKutcheon bemerkte, wie Melly sich an den Armlehnen festhielt und wie sich ihr ganzer Körper anspannte, so als könnte sie dadurch beim Start mithelfen.

Tina schlug die Beine übereinander und gab sich betont lässig in der Hoffnung, das Mädchen würde sich dadurch sicherer fühlen. Sie würden in jedem Augenblick abheben und dann konnte ihr Urlaub wirklich beginnen. Sie war es leid zu reden, nachzudenken und zu zweifeln.

Ein paar Sekunden später sah Melly eindringlich zu Tina hinüber. „Das dauert so lange. Sollten wir nicht eigentlich längst in der Luft sein?"

Tina bekam ein bisschen Angst. Es dauerte *wirklich sehr lange ...*

Das Flugzeug hob einige Meter ab, schien aber irgendwie zögerlich, als ob es von einer Hand am Boden festgehalten wurde. Es stieg noch ein wenig höher, fühlte sich aber schwer an.

„Was ist los?" Melly packte Tina am Arm. Und Tina hielt sich an Melly fest.

14.58.50 UHR

Anthony Thorgood stemmte seine Füße in den Boden, während das Flugzeug mit Mühe Höhe gewann. Die Nase der Maschine ragte steil nach oben, als ob sie den Himmel berühren wollte. „Das hier ist nicht gut."

Er sah zu Belinda hinüber, die ihre Augen fest geschlossen hatte. Sie fing an, den Kopf zu schütteln und wiederholte irgendein Mantra, das die Wahrheit nachahmte, die durch Anthonys Inneres schoss: „Wir gehen runter, wir gehen runter, wir gehen runter ..."

Anthony schaute aus dem Fenster und sah – viel zu nah – Gebäude vorbeihuschen. *Oh Gott. Nein. Das kann doch nicht wahr sein!*

Aber es war so.

14.59.01 UHR

So viel zum Thema Selbstmord.

Die Nase des Fliegers strebte himmelwärts. Die Maschine kämpfte. Das Flugzeug bebte. Eines der Gepäckfächer ging auf und der gesamte Inhalt fiel heraus. *Wir schaffen es nicht. Wir stürzen ab.*

Menschen fingen an zu schreien. George Davanos sah nach rechts. Die Witwe hatte die Augen geschlossen und ihre Lippen bewegten sich im Gebet. Er sah nach links. Henry verhielt sich genauso.

Er griff nach den Händen seiner Sitznachbarn. Diese öffneten für einen kurzen Augenblick ihre Augen und schlossen sie dann wieder wie zur Bestätigung ihrer Verbindung. Sie packten einander, hielten am Leben fest, sowohl ihre Hände als auch ihre Gebete ineinander verschlungen.

14.59.04 UHR

Henry Smith spürte, wie das Flugzeug absackte. Und er wusste ...
Er holte Luft.
Herr, sei bei uns. Hilf uns!
Das Heck des Flugzeugs schlug auf, sodass ihm seine Beine hart und ruckartig gegen die Brust gedrückt wurden.
Krachen. Knirschen. Bersten. Schreie verschmolzen zu einer vereinten Explosion der Angst. Ein Baby wimmerte. Henrys Mund war weit geöffnet, aber er konnte seinen eigenen Schrei nicht hören, weil das Brüllen des Flugzeuges, das ums Überleben kämpfte, ihn übertönte.
Ein kurzer Augenblick der Erleichterung folgte.
Er holte Luft und schlug ruckartig die Augen auf. *Ich bin am Leben. Das war gar nicht so ...*
Das Knirschen hatte aufgehört. Die Schreie zerstoben, während die Hoffnung einen letzten, tapferen ...
Beißender, kalter Wind schlug ihm entgegen. Er sah *den* Himmel.
Nein! Nein! Wir brechen ausein ...
Das Vorderteil des Flugzeugs brach ab, verschwand und ließ sie zurück. Schnee stach Henry wie Stecknadeln ins Gesicht.
Ist das Wasser?
Der hintere Teil der Maschine schlug auf. Die Wucht des Aufpralls durchfuhr ihn. Das Flugzeug rutschte. Schabendes Metall. Berstende Außenhaut. Eindringendes Wasser.
Brennende Kälte.
Schmerz.
Und grausiges Schweigen, während der Tod lachte.

FÜNF

*So steh nun auf! Denn dir gebührt's zu handeln,
und wir wollen mit dir sein. Sei getrost und tu es.*
ESRA 10,4

14.59.10 UHR

Tinas Freund unterbrach seine Arbeit am Computer gerade lange genug, um kurz auf die Uhr zu schauen. 14.59 Uhr. Wahrscheinlich war sie inzwischen bereits in Arizona gelandet. Es war schon merkwürdig, dass Davids Zukunft zum großen Teil von einer Reise abhing, an der *er* nicht einmal teilnahm. Hätte sie doch heute Morgen nur seinen Heiratsantrag angenommen. Was war bloß mit ihr los? Warum konnte sie die Tatsache nicht annehmen, dass er sie liebte und verehrte. Es war gar nicht so einfach, jemandes Herzensfreund zu sein, wenn die betreffende Person es nicht einmal wusste.

Plötzlich packte ihn ein furchtbares Angstgefühl. Es war, als greife eine Hand aus einem Grab nach ihm. Er beugte sich vor und drückte sich seine zu Fäusten geballten Hände auf den Bauch.

In seinem Kopf befand sich nur ein einziges Wort, groß wie auf einer Anzeigentafel: Tina!

War etwas nicht in Ordnung? War ihr irgendetwas passiert?

David schloss die Augen, um Klarheit zu bekommen. Aber es waren keine Visionen oder Bilder zur Hand, die seine Angst hätten verscheuchen können. Nur so ein Gefühl ...

Er merkte, dass er die ganze Zeit den Atem angehalten hatte und atmete jetzt aus. Danach musste er fast nach Luft schnappen.

Er bebte innerlich und betete. *Bitte Herr, gib, dass sie in Sicherheit ist.*

Er zwang seine Hände zurück auf die Tastatur. Sie zitterten.

14.59.22 UHR

„Flug 1382? Bitte melden?!
Wieder nichts als Stille.
Der Fluglotse hatte das Flugzeug bereits dreimal gerufen und keine Reaktion erhalten. Er schaute auf den Radarschirm. Das Blinken auf dem Schirm, das jeweils für ein Flugzeug stand, war verschwunden, und auch über Funk bekam er keine Reaktion. Das konnte nur eines bedeuten.
„Oh mein ..." Er legte den Schalter um, der ihn automatisch mit dem Notrufsystem verband. „Achtung! Wir haben einen Katastrophenfall, an dem ein Flugzeug beteiligt ist ..."

* * *

Luft!
Das eiskalte Wasser versetzte Henrys Körper augenblicklich in Panik. Er ruderte mit den Armen, um an die Oberfläche zu gelangen, aber mit dem Sinken des Heckteils ging auch er immer weiter unter.
Das war's. Ich bin verloren.
Dann, ganz plötzlich, drehte sich das Heckteil im Wasser und Henry wurde an die Wasseroberfläche geschleudert. Er schnappte nach Luft und wappnete sich für ein weiteres Zerbersten des Flugzeugrumpfes. Aber das völlig verdrehte Flugzeug kam mit einem letzten Ruck, der ihm durch und durch ging, zum Stillstand und blieb im Wasser liegen.
Er machte die Augen auf und hatte Mühe sich zu orientieren. Sein Oberkörper befand sich über der Wasseroberfläche. Er versuchte, seine Beine zu bewegen, aber sie gehorchten ihm nicht. Durch die nassen Schuhe waren sie bleischwer und durch das eiskalte Wasser taub. Kabel und geborstenes Metall hielten ihn fest wie böse Hände, die nicht loslassen wollten.
Mit einem weiteren Ruck bewegte sich das Heckteil in seine endgültige Position. Henry tauchte noch ein wenig tiefer in das Wasser ein. Er hielt sich an der zerklüfteten Kante des Flugzeugrumpfes fest und schloss seine Arme fest um das gezackte Metall, das sich auf Augenhöhe befand. Er schmeckte Blut und riskierte es, mit einer Hand loszulassen und seinen Kopf abzutasten. Als er seine Hand ansah, war sie leuchtend rot.
Herr hilf!
Der Schnee stach ihm ins Gesicht. Er blinzelte und sah einen völlig zerfetzten Tennisschläger an sich vorbeitreiben. Dann einen Kin-

derschuh, beides Symbole für eben noch Lebendiges, die einen erschaudern ließen. *Wer mochte noch am Leben sein?*
Halte durch. Halte nur durch. Du bist am Leben. Halte durch.
Er musste sich irgendwie Orientierung verschaffen und sah sich um. Der Rest des Flugzeugs war untergegangen. Die genaue Stelle war an den aufsteigenden Luftblasen zu erkennen. Die Wasseroberfläche war mit Trümmerteilen übersät, die sich mit den Eisschollen vermischten; Isoliermaterial, Gepäck, eine Zeitsch...
Schreie!
Er versuchte in dem Schneegestöber etwas zu erkennen. Die Schreie kamen nicht vom Wasser. Er sah durch das Schneetreiben hindurch dunkle Bilder. Farbflecke. Bewegung. Waren es Menschen und Autos?
Er erinnerte sich an den ersten Aufprall. Hatte das Flugzeug ein Gebäude gerammt? Innerlich bebte er, während sein Körper immer weniger in der Lage war, noch zu zittern.
„Haltet durch!" riefen die Stimmen.
Das brauchte man ihm nicht zweimal zu sagen.

* * *

Sonja schlug die Augen auf und merkte, dass sie sich unter Wasser befand. So dunkel, so kalt.
Ihre Lunge drohte zu bersten. Sie war noch angeschnallt, und der Sitz war wie ein gepolsterter Anker, der sie unter Wasser festhielt. Sie schaffte es, den Gurt zu öffnen und sich zu befreien. Jetzt musste sie sich für eine Richtung entscheiden und schwamm auf das Licht zu, wobei ihre Schuhe schwer wie Gewichte an ihr hingen, die sie auf den Grund des Flusses zerren wollten. Sie zwang ihre Beine, sich zu bewegen und sie aus der Dunkelheit nach oben zu befördern.
Sie hatte keine Luft mehr. Ihre Lunge zog sich zusammen, denn der letzte Rest Sauerstoff war verbraucht. Plötzlich schoss sie durch die Wasseroberfläche. Sie bemühte sich, etwas zu sehen, aber vor ihren Augen verschwamm alles und sie brannten durch den ausgelaufenen Treibstoff, der auf dem Wasser trieb. Sie rieb sich die Augen. Ihr Unterarm gab dem Druck nach. War er gebrochen?
„Hilfe? Hilfe!" Die Worte kamen in einem Mitleid erregend atemlosen Stöhnen heraus.
„Ich bin hier!"
Sie sah über ihre rechte Schulter nach hinten. Ein bärtiger Mann hielt sich am abgebrochenen Heckteil des Flugzeugwracks fest. Sie

schwamm so gut sie konnte zu ihm hin und er streckte ihr seinen Arm entgegen. Sie hielt sich daran fest und er zog sie unbeholfen heran, sodass ihm Wasser gegen Brust und Gesicht spritzte. Als sie sich an dem Wrackteil festhielt, klebte ihre Hand an dem gefrorenen Metall fest, deshalb zog sie sie wieder zurück.

„Halten Sie sich daran fest!" sagte er zu ihr.

Sie hatte keine Wahl. Sie bekam das Wrackteil wieder zu fassen und spürte, wie ihre Haut mit dem eisigen Metall verschmolz. Ihr eigenes Zähneklappern dröhnte in ihren Ohren wie ein innerer Presslufthammer.

„Sirenen ..."

Sonja wandte sich in die Richtung, aus der eine Frauenstimme zu hören war. Nur knapp einen Meter von ihr entfernt klammerte sich eine Frau in einem leuchtend pinkfarbenen Pullover, deren Kopf kaum vollständig aus dem Wasser ragte, an dem Wrackteil fest. Sie blickte in die Richtung, aus der die Geräusche kamen. In der Ferne heulten Sirenen und Sonja sah, wie Menschen die Flussböschung zum Ufer hinunterrannten. Ihre Stimmen wurden über das Wasser zu ihr hingetragen. Die Silhouette eines Parkhauses war zu sehen, aus dessen oberster Ebene Flammen züngelten. Ein großes Schild warb für eine Autovermietungsfirma. *Sind wir dagegen geprallt?*

„Halten Sie durch!"

„Es kommt bald Hilfe!"

Urplötzlich konnte Sonja einen Funken Hoffnung zulassen, aber als sie die zitternden Menschen in ihrer unmittelbaren Umgebung sah, wusste sie, dass es noch längst nicht vorüber war.

Wenn sie nicht ganz schnell aus dem Wasser herauskamen, würden sie alle sterben.

* * *

Anthony kam unter Wasser zu sich. Es durchfuhr ihn ganz kurz der Gedanke, dass das hier unmöglich wahr sein konnte, aber dann stellte er sich den Tatsachen.

Absturz. Wasser. Atmen.

Aber er konnte nicht atmen. Er zog mit einer Bewegung die Arme an den Körper, um sich nach oben in Richtung des Lichtes zu bewegen. Von unten sah er, wie sich Beine im Wasser bewegten. Leben. Er schwamm darauf zu.

* * *

Selbst während sie schwamm – und sogar als Mary sich daran erinnerte, dass sie gar nicht schwimmen konnte – schob sich ein völlig belangloser Gedanke in den Vordergrund.

Wenn ich wieder zu Hause bin, sollte ich wirklich Schwimmunterricht zusammen mit Jus ...

Justin! Lou!

Plötzlich spürte sie mehr als dass sie es wirklich sah, neben sich im Wasser eine Gestalt. Sie griff danach und ertastete einen Körper. Als sie richtig zupackte, bekam sie einen Arm zu fassen, einen kleinen Arm – es war ein Kinderarm. Plötzlich von einer großen Entschlossenheit und Zielstrebigkeit erfasst, zog sie das Kind hinter sich her. Innerlich schrie sie das Gebet *Bitte lass es Justin sein, bitte ...*

Tief atmete sie die kalte Luft ein und zog den Kopf des Kindes über Wasser. Einen Augenblick lang öffnete Justin die Augen. „Mama, ... hilf mir!" Dann schlossen sich seine Augen wieder. Sie mühte sich ab, sich selbst und auch den Kleinen über Wasser zu halten, aber lange würde sie so nicht durchhalten können. Sie brauchte etwas, woran sie sich festhalten konnte.

Vor ihr ragte das Flugzeugheck mit dem fröhlich orangefarbenen Logo der Fluggesellschaft wie ein unanständiger Farbklecks aus dem Wasser. Es wirkte so unangebracht wie ein Geburtstagskuchen auf einer Beerdigung.

„Halten Sie sich fest!" Die Stimme kam von einer Frau mit kurzem Haar, das wie ein rot-schwarzer Helm an ihrem Kopf klebte. *Blut und Treibstoff?* Sie schrie aus Richtung des ausgezackten Rumpfes und streckte Mary eine Hand hin.

Mary griff danach und ließ sich und Justin zum Wrack hinziehen. Die Frau hielt Justin, während Mary eine Stelle suchte, an der sie sich selbst festhalten konnte. Ihre Hände schmerzten von der eisigen Kälte. Eine Schwimmweste trieb vorbei und Mary schrie der anderen Frau zu: „Halten Sie ihn einen Augenblick!"

Mary griff nach der Schwimmweste und schaffte es mit Hilfe der Frau, sie ihrem Jungen überzustreifen. Ihre Hände waren so steif, dass sie ihr kaum noch gehorchten. Es dauerte eine Weile, aber sie schaffte es, das Ventil zu öffnen, sodass sich die Weste mit Luft füllte. Mary hielt sich jetzt mit einer Hand an dem Wrackteil fest und mit der anderen sorgte sie dafür, dass Justin über Wasser blieb. Sie befahl sich, sich zu entspannen, aber das eisige Wasser ließ es nicht zu. Ihr Körper hatte den unwiderstehlichen Drang, sich zu einer Kugel zusammenzukrümmen, um warm zu werden, so wie Justin, wenn er es sich unter einer Decke gemütlich machte oder wenn er zwischen ihr und Lou im Bett lag. Sie schnappte nach Luft, suchte die Wasseroberfläche ab, wobei sie des Schnees und des Treibstoffs auf dem Wasser, der in den Augen brannte, die Augen zusammenkneifen musste wegen.

„Lou!" Sie musste schwimmen. Ihn finden. *Gott, ich tue alles, aber bitte hilf mir, ihn zu finden!* Sie ließ das Wrackteil los, aber die Frau zog sie zurück. „Sie dürfen nicht loslassen. Halten Sie sich fest. Halten Sie den Jungen fest."

„Aber mein Mann ..."

„Halten Sie sich fest."

Mary sah zum Flugzeugheck hinüber, konnte dort jedoch nur die Frau mit den kurzen Haaren, eine Frau in einem leuchtend pinkfarbenen Pulli, einen gut aussehenden Mann und einen Mann mit schwarzem Haar und Bart ausmachen. *Wo sind die anderen?*

Plötzlich tauchte eine weitere Frau aus dem Wasser auf und schnappte keuchend nach Luft.

* * *

Die kalte Luft entlastete zwar Tinas Lungen, aber sie brannte auch wie Feuer darin. Tina hustete und spuckte Wasser, das sie beim Auftauchen geschluckt hatte.

„Hier herüber!"

Sie drehte sich in die Richtung, aus der die Stimmen kamen und sah sechs Menschen, die sich an das Flugzeugheck geklammert hatten. Aber wo war ...?

„Melly! Wo ist Melly?"

Die Leute ignorierten ihre Frage und beugten sich zu ihr vor. „Kommen Sie. Halten Sie sich fest."

Der gut aussehende Mann bekam sie am Arm zu fassen und zog sie heran. Er verzog dabei das Gesicht, als bereite ihm die Bewegung heftige Schmerzen. Eine Frau im pinkfarbenen Pulli half ebenfalls, bis Tina eine Stelle an dem Wrackteil gefunden hatte, an der sie sich festhalten konnte. In den Haaren der Überlebenden hatten sich Eiszapfen gebildet und ihre Haut hatte einen leicht bläulichen Schimmer. Der kleine Junge in der Schwimmweste schien zu schlafen, wobei sein Kopf schlaff auf dem Rand der Rettungsweste lag.

Waren das etwa alle?

Aber Melly war auf dem Platz neben mir. Tina riss den Kopf herum und suchte noch einmal nach dem Mädchen. „Melly!"

„Sparen Sie lieber Ihre Kräfte, junge Frau. Es kommt bestimmt gleich Hilfe." Sie sah zum Ufer hinüber, wo Leute hin und her hasteten, und alles mögliche aneinander knoteten, um auf diese Weise ein provisorisches Rettungsseil herzustellen. Es war ein erbärmliches Gebilde angesichts der Entfernung zum sicheren Ufer.

Und da wusste Tina es.

„Wir werden sterben", sagte sie.

Was ihr am meisten Angst machte, war die Tatsache, dass niemand ihr widersprach.

* * *

Er kam zu sich und um ihn her war alles kalt und nass.

Ich bin unter Wasser!

Die Kälte drückte Georges Körper zusammen wie ein eisiger Schraubstock, sodass er sich nicht bewegen konnte. Er befand sich noch auf seinem Flugzeugsitz.

Das war's. Einfach hier sitzen. Du wolltest doch sterben, oder?

Er sah zu dem Licht über sich hoch. Seine berstende Lunge machte es dringlich. *Nicht jetzt. Noch nicht.*

Er drückte mit bleiernen Fingern auf den Knopf, mit dem der Gurt gelöst wurde und schwamm nach oben zum Licht, aber es würde nicht einfach werden. Sein linkes Bein hing wie eine leblose Flosse schlaff herunter. Seine Armmuskeln brannten von der Anstrengung. *Fast da ..., beinah ...*

Seine Hände durchstießen die Wasseroberfläche, aber über dem Kopf spürte er Widerstand. Irgendetwas war im Weg. Er kratzte daran und stieß nach Atem ringend mit dem Fuß danach. Die Eisscholle bewegte sich und trieb zur Seite. Jetzt tauchte er auf und holte Luft. Der Schnee stach ihm wie Nadelstiche ins Gesicht und fühlte sich auf seiner erfrorenen Haut an wie Salz.

Verzweifelt tastete er nach etwas, woran er sich festhalten konnte. Ein Koffer trieb in seiner Nähe vorbei, aber als er versuchte danach zu greifen, versank er. Er sah das Flugzeugheck etwa 20 Meter entfernt aus dem Wasser ragen und fing an, Wasser zu treten, nachdem er beschlossen hatte, es bis dorthin zu schaffen. Aber 20 Meter ... ebenso gut hätten es auch 20 Kilometer sein können angesichts der schlaffen Art, in der sich sein Körper bewegte und des Gewichts seines verletzten Beines. Er musste bleiben, wo er war. Als ein Stück des Rumpfes vorbeitrieb, klammerte er sich daran fest.

Seltsam, dass ein Teil genau des Flugzeuges, das ihn in diese schreckliche Lage gebracht hatte, ihm jetzt vielleicht das Leben rettete. War er ein Mann, der hatte sterben wollen, den Gott aber auserwählt hatte zu leben?

15.07 UHR

Bei Schichtbeginn der Rettungswacht gab Floyd Calbert seinem Kollegen einen leichten Klaps auf die Schulter, als er an dessen Platz vorbeikam. „Sieht aus, als ob wir heute am Boden bleiben könnten, was Hugh?"

„Es sei denn, du willst den Nikolaus spielen und Geschenke in Schornsteine werfen. Hey, vielleicht haben wir ja Glück und alles bleibt ruhig."

„Klingt nicht übel ..."

Das rote Telefon klingelte, und Hugh war als erster am Hörer. Floyd beobachtete, wie Hugh aschfahl wurde, den Hörer auflegte und mit derselben Bewegung auch schon auf den Beinen war. Er starrte durch das Fenster in den Schnee hinaus. „Ein Flugzeug ist runtergekommen. Es liegt im Fluss."

„Runter?" Floyd starrte ebenfalls zum Fenster hinaus, denn er wusste, was jetzt von ihnen erwartet wurde. „Aber wir können nicht ..."

„Wir müssen. Sie sagen, dass die Rettungsfahrzeuge nicht durchkommen. Das Flugzeug hat ein Parkhaus gerammt. Auf der Autobahn direkt am Fluss hat sich ein Stau gebildet. Sie tun, was sie können, aber wir müssen es auch versuchen. Es gibt Überlebende, die sich ungefähr in der Mitte des Flusses befinden. Selbst wenn die Rettungsmannschaften Boote hätten, könnten sie die Leute wegen der Eisschollen nicht erreichen. Und dann die Strömung ... Niemand kommt zu ihnen hin."

Floyd schauderte. „Außer uns."

Hugh sah ihn an und sein Gesicht drückte Sorge aus – und Angst. „Außer uns."

***

Die Reporterin Dora Jones betrat gleichzeitig mit dem Anklopfen das Büro des Nachrichtenredakteurs.

Ihr Chef blickte auf. „Hey, ich dachte du wärest in Phoenix."

„Ein Flugzeug ist abgestürzt und hat dabei ein Parkhaus gerammt. Das Flugzeug liegt im Fluss."
„Na dann machen Sie sich mal auf den Weg!"
Sie ging.

15.27 UHR

Wie lange waren sie wohl jetzt schon im Wasser? Henry öffnete ein erfrorenes Augenlid und schaute auf die Uhr. Schon beinahe eine halbe Stunde. Wie lange sie so wohl noch durchhalten konnten?

Der andere männliche Überlebende deutete mit einem Nicken in Richtung des Ufers, wo Dutzende von Menschen herumwimmelten. „Na wenigstens sterben wir vor großem Publikum."

Henry wollte lachen, aber er brachte weder die Kraft noch die Nächstenliebe dazu auf. *Wo blieb nur die Hilfe?*

Die Überlebenden in seiner unmittelbaren Nähe waren immer wieder kurz bei Bewusstsein und wurden dann erneut ohnmächtig. Ihn selbst kostete es unendlich viel Kraft, wach zu bleiben. Aber vielleicht machten sie es ja auch ganz richtig ... indem sie einfach einschliefen und dem Tod das Feld ...

Bleib wach. Er hinterfragte diesen inneren Drang nicht. Henry ließ einen tiefen Atemzug zu und beschloss willentlich zu leben.

Fürs erste jedenfalls.

15.28 UHR

George hörte die Hubschrauberrotoren. Er schaute nach oben und sah einen Helikopter näher kommen, aus dessen Rumpf ein Rettungsseil herausing.

Danke, Gott!

Mit aller Kraft, die ihm noch geblieben war, winkte er dem Hubschrauber zu, wobei er jedes Mal, wenn er eine Hand zum Winken opferte, statt sie zum Überwasserbleiben zu nutzen, ein bisschen weiter sank. Aber der Hubschrauber kam in seine Richtung auf das Heckteil des Flugzeuges zugeflogen.

Sie werden mich gar nicht sehen!

Das geschähe ihm ganz recht.

* * *

Floyd merkte ganz deutlich, dass Hugh Probleme hatte, den Helikopter bei dem Schneesturm unter Kontrolle zu behalten. Ihre Aufgabe als Rettungswacht bestand normalerweise darin, hauptsächlich während des Sommers in Not geratene Freizeitkapitäne zu retten. Noch nie zuvor waren sie bei Schneesturm ausgerückt.

Floyd schrie Hugh von der offenen Tür etwas zu, den Körper weit hinausgelehnt, um in dem Schneesturm überhaupt etwas erkennen zu können: „Ich sehe ein Kind. Steuer das Kind an."

„Roger."

Hugh manövrierte den Helikopter über das Wrackteil und positionierte ihn so, dass der Ausstieg direkt über dem Kind war. Das Rettungsseil fiel jedoch unmittelbar neben einem bärtigen Mann ins Wasser. Er sah erwartungsvoll zu ihnen hinauf, aber statt sich das Seil selbst umzubinden, gab er es an eine blonde Frau weiter, die das Kind hielt. Der Mann stupste die Frau kurz an, woraufhin sie das Seil sofort nahm. Er half ihr, es sich um den Bauch zu legen und dann unter die Achseln hoch zu schieben. Dann presste sie den Jungen fest an sich. Er schien zu sich zu kommen und legte seine Arme um ihren Hals. Der Mann sagte ein paar Worte zu der Frau, worauf sie nickte, dann zu dem Hubschrauber hochschaute und winkte.

„Los! Los!" sagte Floyd.

Hugh nahm Höhe auf, und sie beobachteten, wie der Mann die Frau von dem verbogenen Rumpf weg in die Luft dirigierte. Die Frau und das Kind wirkten wie aneinander geklebt, und Floyd betete, dass es so bleiben möge. Der Hubschrauber raste zum Ufer.

„Haltet durch ihr beiden, wir sind fast da."

Wind und Schnee stachen Floyd ins Gesicht, und er wollte sich erst gar nicht vorstellen, wie kalt den Überlebenden wohl sein mochte. *Sie werden nicht mehr lange Überlebende sein, wenn du dich nicht beeilst und sie da rausholst.*

Als sie sich dem Ufer näherten, war Floyd erleichtert, die vielen Menschen dort zu sehen, die bereit waren, die Frau und das Kind in Empfang zu nehmen und sich um beide zu kümmern. Alle wollten helfen. Aber sie bewegten sich qualvoll langsam in dem rutschigen Schnee und der Kälte. Außerdem war die Zusammenarbeit der vielen Menschen unbeholfen und überhaupt nicht koordiniert.

Floyd benutzte seine Hände als Schalltrichter und rief: „Los, beeilt euch, es sind noch mehr Leute da draußen. Macht das Seil frei!"

Jemand blickte nach oben, bemerkte ihn und machte sich daran, das Seil frei zu bekommen.

„Alles klar."

* * *

George hörte, wie sich der Hubschrauber wieder näherte. Ob er wohl noch eine Chance bekam?

Er winkte mit aller Kraft. *Los, seht mich, na, seht mich schon! Ich bin allein hier draußen.*

Der Helikopter zögerte einen Augenblick auf seinem Weg in Richtung Heckteil und flog dann in Georges Richtung. Sein Herz raste vor Dankbarkeit.

George packte das raue Seil, das ihm in seine aufgeweichte, erfrorene Haut schnitt. Er hielt sich daran fest, aber der Mann oben im Hubschrauber schüttelte den Kopf und winkte mit den Armen. „Nein! Drum herum. Legen Sie sich das Seil um den Bauch."

Ein Hauch von Logik erreichte Georges Hirn und ihm wurde klar, dass er sich die Schlinge des Rettungsseils um den Rumpf legen musste. Als das geschafft war, nickte er zum Zeichen, dass er bereit war.

„Wir haben Sie."

George spürte, wie er hochgezogen wurde und der Fluss von unten an ihm sog, als wolle er ihn festhalten. *Hilf mir, Gott.*

Der Schneesturm toste um ihn her und der Wind dort oben ließ seine Haut augenblicklich gefrieren. Die Schmerzen in seinem Arm und in den Schultern wurden stärker, sodass er in dem unterkühlten Zustand beides nicht benutzen konnte.

Schnell, beeilt euch doch, ich kann nicht mehr!

Er hörte Rufe um sich her, die ihn an seine Zeit als Fußballer erinnerten. Rufe, die ihn zum Durchhalten anfeuerten.

„Sie haben es fast geschafft!"

„Halten Sie durch!"

„Ja, los, Sie schaffen es."

Er versuchte zu erkennen, woher die Anfeuerungsrufe kamen, aber seine Augenlider waren zugefroren. Dann wurden die ermutigenden Worte zu Taten und er spürte, wie zuerst seine Beine und dann sein ganzer Körper von helfenden Armen umschlossen wurde. Schließlich wurde er mit seinem gesamten Gewicht hochgehoben und festgehalten.

„Lassen Sie los. Sie können jetzt loslassen."

Er befahl seinen Händen, das Seil loszulassen, aber sie gehorchten ihm nicht. Jemand befreite ihn von dem Rettungsseil und damit war er auch frei von dem bitterkalten Wind und dem gierigen Wasser.

Seine Retter brachten ihn in aller Eile zu einem Krankenwagen, wobei ihm das Schwanken beim Transport Schmerzschübe durch den Körper jagte. Aber es machte ihm nichts aus. Jetzt konnte er die Schmerzen aushalten.

Stimmen schrien Anweisungen, doch George kümmerte sich nicht darum, er ließ sich stattdessen an einen ruhigeren Ort hinübergleiten. Er brauchte nicht mehr zuzuhören.

Jetzt nicht mehr.

* * *

Drei sind gerettet. Auf ihrem Rückweg zum Wrack hatte Floyd eine Idee. „Ich nehme noch ein zweites Seil dazu."

Hugh warf einen Blick nach hinten. „Aber das Gewicht. Wir sind nur für fünf ausgelegt und das unter normalen Bedingungen, und dann das Gewicht der nassen ..."

„Ich weiß, ich weiß, aber die Zeit rennt uns davon. Wir müssen es einfach versuchen."

Hugh zuckte die Schultern und nickte gleichzeitig. Floyd wusste, dass die Hauptlast der Verantwortung auf seinen Schultern lag. Unter diesen Bedingungen mit zwei Gewichten nach unten zu manövrieren war gefährlich, denn es bestand das Risiko, dabei selbst in den Fluss zu stürzen ...

Floyd schüttelte diese Gedanken jedoch ab. Die Leute waren jetzt schon seit fast einer Stunde im Wasser. Dass sie überhaupt noch am Leben waren, war ein Wunder, und er hoffte, dass Gott noch ein paar Wunder mehr auf Lager hatte.

* * *

Anthony Thorgood reichte es jetzt. Diese Rettungsaktion war einfach lächerlich. So weit er es beurteilen zu können glaubte, gab es nur acht Überlebende. Der Hubschrauber konnte sich sicher etwas mehr beeilen, um sie herauszuholen. Er sah sich im Bereich des Heckteils nach den Überlebenden um – es waren ein Mann und drei Frauen dort, darunter auch die unsägliche Belinda. Sie hatten sich alle in sich selbst zurückgezogen, die Schultern bis in Augenhöhe hochgezogen. Lange würden sie nicht mehr durchhalten, und wer weiß, wahrscheinlich würden sie auch dann nicht überleben, wenn sie noch aus dem Wasser geborgen werden konnten.

Aber er würde überleben. Er würde nicht sterben.

Innerlich nickte er zu diesem Befehl und hatte vor, genau das auch zu tun. Der Helikopter ging über ihnen in Position und ließ das Seil über einem anderen Mann herunter.

Warum lassen Sie es ausgerechnet bei ihm herunter? Aber als der Mann das Seil zu fassen bekommen hatte, gab er es an die Frau mit dem blutigen kurzen Haar weiter.

Dieser Idiot! Das ist doch jetzt wirklich nicht der Zeitpunkt, um ein Dummkopf zu sein.

Die Frau nahm das Rettungsseil und Anthony wurde von einer Woge der Enttäuschung erfasst. Aber dann fiel plötzlich noch ein zweites Seil von oben herab. Der Mann bekam es zu fassen und reichte es wieder weiter an die anderen. Es geriet jedoch in eine Windbö und schwang über ihren Köpfen hin und her, um dann in Belindas Reichweite zu landen. Sie griff danach, aber als sie dann hantierte, um es zu sich zu ziehen und das Seil dabei in Anthonys Reichweite gelangte, schnappte er es ihr weg. Es gab einen Augenblick des Zögerns, als Belinda ihn ansah, die Hand noch ausgestreckt, um das Seil zurückzubekommen, aber Anthony schaute rasch weg und legte sich selbst das Rettungsseil um den Bauch. Er spürte einen Adrenalinstoß. „Los!"

Im Hubschrauber schien ein kurzes Zögern zu herrschen, aber dann spürte Anthony, wie er sich aufwärts bewegte. Er sah nicht zurück nach unten ins Wasser. Er sah nicht hinunter zu Belinda. Er war am Leben und das war es, worauf es ankam.

* * *

Eigentlich sollte ich ihn einfach wieder in den Fluss fallen lassen.

Floyd versuchte seinen Zorn auf den Mann, der der Frau das Rettungsseil weggeschnappt hatte, zu zügeln. Er wusste, dass der Selbsterhaltungstrieb stark war – und das war auch gut so –, aber einen so drastischen Akt von Egoismus aus nächster Nähe mitzuerleben, bewirkte bei ihm, dass sein Herz auf eine Weise schlug, die mit der Hektik und Aufregung des Augenblicks allein nicht zu erklären war.

Du wirst schon noch sehen, was du davon hast, Kumpel. Die Leute haben gesehen, was du getan hast. Sie haben es gesehen.

* * *

Henry schloss seine Augen. Die Kälte verlockte ihn zum Schlafen, aber er durfte jetzt einfach nicht nachgeben, denn das würde dann ein ewiger Schlaf werden, und da waren noch zwei Menschen mehr, die gerettet werden mussten.

Gerettet?

Der Gedanke versetzte Henry einen solchen Schock, dass er abrupt hellwach war. Retten? Auch er musste noch gerettet werden!

Hier ist der Weg, den geht.

Die Worte waren ihm einen Augenblick lang so gegenwärtig, dass er sich fragte, ob er sie nicht tatsächlich gehört hatte. Und dann wusste er es: Es waren keine Worte, die alle hören sollten, sondern Worte nur für ihn. Worte von Gott.

Henry holte Luft und ignorierte die Schmerzen, die es ihm bereitete. In diesem Augenblick war alles völlig klar. *Das hier* war der Zweck. *Das hier* war seine Bestimmung. *Das hier* war der Weg, zu dem Gott ihn hingeführt hatte. Der Weg des Flugzeugabsturzes. Zum Weg des Menschen gegen die Natur hatte er ihn geführt. Auf den Weg Leben gegen Tod. Auf den Weg des Selbstopfers.

Er hatte jedoch immer noch eine Wahl. Gott konnte ihn nicht zwingen, es zu tun. Gott war ganz groß, wenn es um den freien Willen ging. Er vergab Chancen, Größe zu beweisen. Er gab Ermutigung, gut zu sein, aber Gott drängte nie. Er machte lediglich Angebote.

Das ist der Weg ... Willst du ihn gehen?

Es war seltsam, diese Worte als Frage formuliert zu hören. Ein starker Schmerz schoss ihm durch den Arm und zwang ihn, an sich selbst zu denken. *Tu's nicht, Henry. Du hast genauso ein Recht zu leben wie die anderen Leute auch. Du kennst sie doch gar nicht. Du bist ihnen absolut nichts schuldig.*

Das Rotorengeräusch des Hubschraubers drang erneut zu ihm hinunter. Der Luftstrom der Rotoren peitschte Luft und Wasser auf und schüttelte seinen Körper durch, als der Hubschrauber direkt über ihm war. Wieder wurde ein Rettungsseil hinuntergeworfen. Und gleich danach noch eines.

Henry fing das erste auf.

Ich schulde ihnen nichts, aber Ihm schulde ich alles.

Und mit einem Kloß im Hals, sich völlig dessen bewusst, was er tat, gab Henry das Seil ein weiteres Mal ab und zwar an die Frau, die es eigentlich schon beim letzten Mal hätte bekommen sollen; an die Frau, der das Seil weggenommen worden war.

Mit einem völlig verblüfften Gesichtsausdruck nickte sie ihm dankend zu und legte sich das Seil um. Das zweite Rettungsseil streifte Henry beinah, und er hätte ohne weiteres danach greifen und es packen können, aber er ließ es los, schickte es weiter in Richtung der jungen Frau, die immer wieder nach einer Melly rief. Sie war schon sehr geschwächt, hielt aber das Seil fest. Der Helikopter flog erneut weg mit den beiden an den Rettungsseilen hängenden Menschen.

Henry beobachtete, wie der Hubschrauber sich immer weiter von ihm entfernte, bis er schließlich wieder allein war.

Und dennoch nicht allein. Er lächelte. Nie, niemals allein.

* * *

„Nein! Nein!"

Floyd beobachtete, wie eine der Frauen sich nicht mehr halten konnte, abrutschte und über eine Eisscholle geschleift wurde. Er wagte gar nicht sich vorzustellen, welche Schmerzen ihr das bereiten musste. Und er wollte es sich auch lieber gar nicht vorstellen.

„Wir haben eine der Personen verloren!"

Und dann, innerhalb von Sekunden, konnte auch die andere Frau in dem pinkfarbenen Pullover sich nicht mehr halten und fiel zurück ins Wasser. Beide Seile schwangen frei und nutzlos in der Luft.

„Was soll ich tun?" fragte Hugh.

Floyd traf eine Momententscheidung. *Die eine befand sich auf einer Eisscholle; die andere war im Wasser.* „Zurück zu der im Wasser."

Als sie die Frau erreicht hatten, konnte Floyd erkennen, dass sie ihnen keine große Hilfe sein würde. Sie lag wie tot im Wasser und hielt sich nur noch schwach an einem Sitzkissen fest, das vorbeigetrieben war.

„Geh' weiter runter. Ich muss ihr die Schlinge umlegen."

„Umlegen ...?"

„Wir haben keine andere Wahl." Floyd brachte sich an der offenen Ausstiegsluke in Position, wobei er die Füße auf die Hubschrauberkufen stellte. *Bitte, Gott hilf, dass ich sie zu fassen bekomme.*

Als sie sich der Wasseroberfläche näherten, schlug die Frau ihre Augen auf und ihr Blick traf sich mit dem Floyds. Sie nickte, also war sie noch am Leben. Und sie hatte noch Lebenswillen.

Floyd hielt die Schlinge des Rettungsseiles über sie, als ob er sich im Lassowerfen versuchen wollte.

„Sie müssen das hier zu fassen bekommen", schrie er, um den Rotorenlärm zu übertönen. „Stecken Sie Ihre Arme hindurch."

Ihm war, als sähe er Verstehen aufblitzen. Der Hubschrauber befand sich jetzt nur etwa 1.50 Meter über der Wasseroberfläche. Floyd balancierte auf einer der Kufen und schleuderte ihr das Seil zu. Er traf mit der Schlinge genau über ihren Kopf. Unbeholfen schob sie erst den einen und dann den anderen Arm hindurch und schubste das Sitzkissen, an dem sie sich festgehalten hatte, von sich weg. Floyd ließ Seil nach so gut er konnte. Hugh hatte Mühe, die Kontrolle über den Helikopter zu behalten. Die Gleitkufen neigten sich bedrohlich in Richtung Wasser, richteten sich dann aber wieder auf, sodass sie parallel zur Wasseroberfläche standen. Die Frau sah aus, als ob sie bereit wäre, aber ob das wirklich so war ...?

„Okay, Hugh. Los jetzt, aber mach langsam."

Während sie sich durch die eisige Luft fortbewegten, nahm Floyd Blickkontakt mit der Frau auf. „Sehen Sie mich an! Sehen Sie mich an. Wir sind fast da. Halten Sie durch."

Als sie nur noch wenige Meter vom Ufer entfernt waren, konnte sie sich nicht mehr halten und fiel ins Wasser. Retter, die am Ufer bereitstanden, wateten zu ihr hin und zogen sie an Land.

Das hat nicht schön ausgesehen, aber es hat geklappt.

Floyd rief Hugh zu: „Los, jetzt zu der Frau auf der Eisscholle."

Als sie dort ankamen, schien die Frau tot zu sein. Sie lag auf dem Bauch und klammerte sich an dem Eisblock fest wie jemand, der bäuchlings auf einer Matratze liegt.

Ist sie tot? „Hallo, Sie da!" Sie regte sich ein wenig und schaffte es, ihm das Gesicht so weit zuzuwenden, dass sie ihn sehen konnte. „Sie sind an der Reihe. Ich werfe Ihnen die Leine zu." Er war erstaunt, als sie sich wirklich umdrehte, um das Seil entgegenzunehmen, aber ihre steifen Bewegungen ähnelten denen einer uralten Frau. Die Eisscholle schaukelte gefährlich. Floyd warf ihr das Seil zu, und sie fing es auf.

„Ja!"

Nun legte sie sich die Schlinge um den Rumpf und wurde hochgezogen. Die Eisscholle unter ihr zerbrach in zwei Teile. Sie waren knapp zehn Meter vom Ufer entfernt. „Nicht aufgeben, wir sind fast da!"

Vorsichtig flog der Hubschrauber zurück. Als sie nah genug am Ufer waren, um das Manöver erfolgreich zu beenden, ließ Floyd seine Gedanken zurückrasen zu dem letzten Überlebenden, der immer noch bei dem Wrackteil war. Er konnte es kaum erwarten, den Mann kennen zu lernen, der drei Mal das Rettungsseil weitergegeben hatte. Nie zuvor war er einer solchen Selbstlosigkeit begegnet.

Als die Leine wieder frei war, rief er: „Alles klar! Holen wir ihn uns!"

* * *

In einem fernen Winkel seiner Wahrnehmung konnte Henry Stimmen, Sirenen und sogar einen Hubschrauber hören. Aber sie nützten ihm nichts mehr. Sie waren nicht von der Welt, in die er jetzt ging.

Ein kleiner Teil von ihm hielt sich noch an der Hoffnung fest, dass der Hubschrauber vielleicht doch noch rechtzeitig bei ihm sein würde, aber mit dem Verstreichen der Minuten ließ Henry auch diese Hoffnung los. Zögerlich zunächst, aber dann in der friedvollen Freude eines sich völligen Einlassens. Gott liebte ihn. Gott würde für ihn sorgen – auch am Ende.

Henry versuchte seine Position an dem Wrackteil zu korrigieren, aber er rutschte immer mehr ab und konnte sich nicht mehr richtig festhalten. Seine Hände waren wie zwei Backsteine, nicht in der Lage, sich zu bewegen. Außerdem sank das Heckteil des Flugzeuges stetig weiter und seine Lunge wurde um sein Herz herum eng, das so langsam schlug wie ein beinahe abgelaufenes Aufziehspielzeug.

Sein Herz ...

Meine liebste, wunderbare Ellen, ... mein Junge, Joey, ich liebe euch.

Mit diesem letzten Gedanken sackte das Heckteil weiter und Henry Smith wurde in die schwarze Tiefe hinabgezogen.

* * *

Floyd gab sich Mühe, in dem Schneegestöber etwas zu erkennen. Strengte sich an, den vertrauten Kopf und Rumpf auszumachen, die aufrecht an der Wrackwand hingen.

Wo ist er?

Hugh rief von vorn aus dem Cockpit. „Siehst du ihn?"

„Nein. Dreh noch mal eine Runde!"

„Er ist schon so lange drin, zu lange."

„Ich weiß, ich weiß. Mach noch mal eine Runde. Er muss da sein!"

Der Helikopter ging nach unten, flog einen Kreis und drehte einige Achten über dem sinkenden Heck. Floyd suchte das Wasser nach einem Körper ab. Wenn er ihn wenigstens irgendwo treiben sehen würde, dann könnte er ihn hochziehen, wie er es bei der Frau gemacht hatte.

„Los, tauch schon auf. Du musst doch da sein." *Herr, bitte mach, dass er da ist.*

Aber er war nicht da. Der Mann mit dem schwarzen Bart war weg. Der Mann, der alles gegeben hatte, hatte alles verloren.

***

Aber der Tod sollte nicht siegen. In dem letzten Augenblick seines Lebens, in dem er in die Schwärze des Flusses eingetaucht war, hatte Henry Smith, ein ganz gewöhnlicher Mann, dem Tod ins Gesicht gelacht. Und während er das getan hatte, hatte er ein ganz wenig, kaum wahrnehmbar, gelächelt.

Denn Henry kannte ein Geheimnis. Ein Geheimnis, das nur er und Gott kannten: „Eine größere Liebe hat niemand als der, der sein Leben für die Freunde hingibt."

Und als er den letzten Atemzug tat, als der Tod versuchte, sich seiner Seele zu bemächtigen, da schoben die Engel des Herrn ihn bei Seite und sagten: „Diesen Mann kannst du nicht haben. Nicht diesen ganz besonderen Mann." Und sie hoben ihn aus der schwarzen Kälte empor und brachten ihn an einen Ort, wo er von der Wärme des Vaters umfangen war. Dort hörte Henry die Worte, nach denen er sich so sehr gesehnt hatte, die Worte, durch die alles vollkommen wurde.

„Recht so, du tüchtiger und treuer Knecht."

SECHS

*Mein Herz ängstigt sich in meinem Leibe,
und Todesfurcht ist auf mich gefallen.
Furcht und Zittern ist über mich gekommen,
und Grauen hat mich überfallen.
Ich sprach: O hätte ich Flügel wie Tauben,
dass ich wegflöge und Ruhe fände.*
PSALM 55,5–7

Ellen Smith stellte die große Einkaufstüte auf den Küchentresen und schaltete den Fernseher ein. Es lief eine Sondersendung, die ihre Aufmerksamkeit erregte. Mit einer Eierschachtel in der Hand hielt sie inne. Sie hatte nämlich gerade die Zutaten für das beste Omelett besorgt, das Henry je bekommen würde. Nur noch ein paar Tage, und er war wieder zu Hause.

Es wurde ein Reporter gezeigt, der mitten in einem tosenden Schneesturm stand, jedoch die Kapuze seines Parkas nur bis knapp an die Ohren hochgezogen hatte. *Eitelkeit, dein Name sei Fernsehen.* Hinter ihm war ein zugefrorener Fluss zu sehen, aus dem das Heckteil eines Flugzeugs herausragte wie die dürftige Hinterlassenschaft einer Katastrophe. Über dem Wrack kreiste ein Hubschrauber und peitschte durch die Rotoren das Wasser auf. Ellen erschauderte.

„Gott steh ihnen bei."

Während der Reporter berichtete, schwenkte die Kamera über seine Schulter hinweg näher auf das Geschehen. „Sun Fun Flug 1382, mit dem Ziel Phoenix, Arizona, ist kurz vor 15 Uhr abgestürzt. Augenzeugenberichten zu Folge hatte die Maschine mühsam an Höhe gewonnen, dann aber mit dem Heck ein Parkhaus gestreift. Zu diesem Zeitpunkt war das Fahrwerk noch ausgefahren. Die Maschine brach in zwei Teile auseinander und stürzte ins Wasser, wobei der Bug des Rumpfes sofort versank. Die Passagiere waren noch auf den Sitzen angeschnallt. Das Heck fiel ab und landete in der Mitte des Flusses, wo es auch jetzt noch zu sehen ist. Bisher wurden sieben Überlebende mit Hilfe der Rettungsleine eines Helikopters aus dem Fluss geborgen. Es heißt, dass sich noch ein weiterer Überlebender bei dem Wrackteil im

Fluss befindet. Nach Zeugenaussagen handelt es sich um einen Mann Mitte vierzig mit schwarzen Haaren und Bart – der mehrfach die Rettungsleine nicht selbst genommen, sondern an andere Überlebende weitergegeben hat. Jetzt ist endlich er an der Reihe."

Er an der Reihe. Sie erinnerte sich daran, was Henry am Morgen gesagt hatte. *„Bills Sohn heiratet. Er ist für mich eingesprungen, als Joey letztes Jahr seine Abschlussfeier in der Schule hatte. Jetzt bin ich an der Reihe."*

Um die vierzig, schwarze Haare. Bart. Phoenix. Schnee.

Ich bin an der Reihe.

„Nein!"

Ellen schlug sich die Hände vor den Mund. So wie die Eier zerbrachen, als sie zu Boden fielen, zerbrach auch in ihr selbst etwas.

* * *

Ellen hastete im Wohnzimmer zum Sofa vor dem Fernseher und schnappte sich unterwegs das Telefon.

„Die Nummer der *Sun Fun Airlines* bitte." Sie musste an die absurde Erkennungsmelodie der Fluggesellschaft denken. *„Komm flieg mit uns, und du hast Sun und Fun."*

Über eine automatische Ansage bekam sie die Nummer, aber in ihrer Aufregung hatte sie nicht daran gedacht, sich etwas zum Schreiben zurechtzulegen. Sie fand einen Stift und notierte die Nummer auf der Rückseite einer Zeitschrift. Dann legte sie auf und wählte die erfragte Nummer. Besetzt. Sie drückte auf Wahlwiederholung. Immer noch besetzt.

Eine kurze Weile sah sie sich die übrigen Nachrichten im Fernsehen an und schaltete dabei mehrfach auf andere Programme um, immer auf der Suche nach einem Sender, in dem es weitere Nachrichten und schärfere Aufnahmen von dem Wrackteil im Fluss gab. In der Zwischenzeit registrierte sie Einzelheiten des Katastrophenszenarios: die Blaulichter der Rettungsfahrzeuge; den Stau auf der Autobahn; zerstiebenden Schnee; Menschen an beiden Flussufern, die warteten, hofften und etwas tun wollten. Das war bei allen Katastrophen immer wieder furchtbar. Sie war einmal Zeugin bei einem Autounfall gewesen und hatte dieses schreckliche Gefühl der Hilflosigkeit ganz intensiv erlebt. Sie hatte sich so sehr gewünscht, helfen zu können, aber nicht gewusst, wie.

Vielleicht war es ja auch gar nicht Henrys Flug. Er hatte ihr die Flugnummer nicht genannt und es gab täglich Dutzende von Flügen nach Phoenix. Sie wählte die Nummer von Henrys Büro. Vielleicht hatten sie ja dort von ihm gehört. Vielleicht hatte er von Poenix aus angerufen und, zuverlässig wie wer war, seine Nachrichten abgefragt. Diese Zuverlässigkeit war ein Zug, den sie so sehr an ihm liebte.

„Cosgolds. Was kann ich für Sie tun?"

„Hallo Amy, hier ist Ellen Smith, kann ich bitte mit ...?"

„Oh, Mrs. Smith", sagte die Mitarbeiterin vom Empfang. „Haben Sie schon etwas gehört? Wir haben gerade ferngesehen. Einfach schrecklich. Einfach schrecklich. Wir ..."

Sie drückte mit dem Daumen auf die Taste und brach das Gespräch ab, denn sie wollte nicht mehr hören. Das Telefon klingelte, und der Schreck durchfuhr sie. „Amy?"

„Mutter? Hast du gerade die Nachrichten gesehen? Wollte Dad nicht heute nach Phoenix fliegen?"

„Es ist sein Flug."

Einen Augenblick lang herrschte Stille. Dann hörte sie Joey weinen und es schnitt ihr ins Herz.

„Was können wir denn jetzt tun, Mama?"

Sie warf einen Blick auf den Fernseher. Ein Helikopter kreiste jetzt über dem Wrack. „Es gibt noch einen Überlebenden, den sie gerade zu retten versuchen, Joey. Jedenfalls haben sie das so gemeldet. Der Helikopter ist noch einmal rausgeflogen, um ihn zu holen."

„Schwarzes Haar, Bart, ... habe ich gehört. Ich habe sogar Aufnahmen von ihm gesehen, wie er das Rettungsseil an jemand anderen weitergereicht hat."

„War es dein Vater?"

„Glaubst du denn, dass er es sein könnte? Mensch Mama, glaubst du wirklich, dass er ...? Wenn die Aufnahmen nur besser gewesen wären, die Kameras näher herankämen ... Durch den Schnee ist alles total unscharf. Sie sagen, dass er das Seil schon an sechs Überlebende weitergegeben hat. Er hat es bekommen, dann aber weitergegeben. Immer wieder! Mensch, ...wenn er *es wirklich ist* ..."

Ellen ließ sich in den Sessel fallen und plötzlich schoss ihr eine grausige Gewissheit wie Säure durch die Adern. „Er ist es."

„Was ist? Ich hab dich nicht verstanden ..."

Sie räusperte sich und versuchte, die Worte noch einmal herauszubringen. „Es ist dein Vater."

„Woher weißt du das?"

Ja, woher wusste sie es? War ihr Henry der Typ Mann, der das Rettungsseil weitergeben und anderen den Vortritt lassen würde? Ja.

Absolut. Aber würde er es auch dann noch mehrfach so machen, wenn sein eigenes Leben auf dem Spiel stand?

„Tu's nicht, Henry."

„Was?"

Sie musste sich in die Gegenwart zurückholen, indem sie blinzelte. „Wir müssen beten, Joey. Bete, dass der letzte Überlebende – egal, ob es dein Vater ist oder nicht – gerettet wird und zu seiner Familie zurückkehrt."

„Aber wenn er es nicht ist? Mama, ... wenn Papa schon tot ist?"

Alle Lehrsätze ihres Glaubens drängelten sich vor wie eifrige Kinder, die alle aufzeigen, um die Frage des Lehrers zu beantworten. *Der Tod ist nicht das Ende; er ist ein neuer Anfang im Himmel mit Jesus. Gott hat alles im Griff. Henry war gläubig. Es steht fest, wo er die Ewigkeit verbringen wird. Selbst wenn, ... selbst wenn ...*

„Wenn er schon tot ist, dann beten wir für uns, Joey. Dann beten wir für uns."

* * *

David ging durch den Pausenraum in seiner Firma und sah, dass sich vor dem Fernseher eine Menschentraube gebildet hatte.

„Was ist denn los?"

„Wo bist du denn gewesen, David. Ein Flugzeug ist in den Fluss gestürzt. Sie haben mit dem Hubschrauber Überlebende aus dem Wasser gerettet."

Ein Kälteschauer durchfuhr ihn. Er drängte sich zwischen den Leuten hindurch nach vorn bis er den Bildschirm im Blick hatte. Er sah das Heckteil eines Flugzeuges im Wasser. Das *Sun Fun* Logo lachte ihn an.

„Tina!"

Alle drehten sich zu ihm um.

„Welche Flugnummer?", fragte David.

„Wie bitte?"

„Meine Freundin ... Welche Flugnummer hatte der Flug?" Während er die Frage herausbrüllte, griff er in seine Hemdtasche, in der noch der Zettel von Tina steckte ...

„Flug 1382."

Sun Fun Flug 1382. Er starrte auf den Zettel und wollte die Worte aussprechen, aber es kam kein Ton heraus.

„David, ist alles in Ordnung mit dir?"

Er reichte dem Fragenden den Zettel und stürmte dann aus dem Raum.

Während David in Richtung Ausgang rannte, hörte er den Aufruhr hinter sich, der entstand, als seine Kollegen begriffen hatten, was los war.

Und was *war* geschehen?

Das Unmögliche war geschehen. Tinas Flugzeug war abgestürzt.

* * *

„Wo ist er, Bobby? Wo ist der Lebensretter?" Die Reporterin Dora Roberts schrie den Fotografen an, der mit ihr zusammen zur Unfallstelle gefahren war, und deutete auf das sinkende Heckteil.

Bobby richtete seine 35mm Kamera auf den Bereich unter dem Hubschrauber und stellte den Zoom ein. „Wir waren so damit beschäftigt, die Rettung der anderen mitzuverfolgen, dass wir ihn völlig aus den Augen verloren haben."

Dora trat näher ans Wasser und zwar an der Uferseite, von der aus die Rettungsaktion gelenkt wurde. Der kreisende Hubschrauber sagte eigentlich alles. „Sie können ihn nicht finden. Sie sind noch mal rausgeflogen, um ihn zu holen, aber sie finden ihn nicht."

„Nein!"

Der Aufschrei kam von einem Paar, das in ihrer unmittelbaren Nähe stand. Der Kopf des Mannes war hinter seinem hochgeschlagenen Jackenkragen kaum zu sehen. Die Frau verkroch sich unter seinem Arm.

Dora ging näher an die beiden heran. „Haben Sie gesehen, was mit dem Mann im Wasser passiert ist?"

Die Frau schlug sich die behandschuhte Hand vor den Mund. „Ich hätte ihn im Blick behalten sollen, aber ich habe mich darauf konzentriert, wie die anderen herausgeholt wurden. Sie *müssen* ihn einfach finden. Sie müssen! Er hat das Rettungsseil an die anderen weitergegeben. Immer wieder. Das haben wir selbst gesehen."

Dora stimmte jedem Wort zu, das die Frau sagte. *Los, Helikopter, finde den Helden. Bring ihn sicher nach Hause. Wir brauchen ihn in Sicherheit.*

Bobby ging direkt am Wasser entlang. Dora wusste nicht genau, ob er Fotos machte oder nur einfach mit dem Zoom seiner Kamera selbst nach dem Mann suchte. Alle Umstehenden wollten unbedingt helfen und suchten mit den Augen den Fluss ab. Es wurde jetzt dunkel und außerdem war es schwer, in dem Schneegestöber und zwischen den Eisschollen überhaupt etwas zu erkennen. Die weißen Eisblöcke trieben umher wie große Glasflächen. Alles war grau in grau. Die einzige

Spur von Farbe war das Logo der Fluggesellschaft auf der Heckflosse, ein fröhlicher Klecks inmitten all der Verzweiflung.

Ein kalter Schauer durchfuhr Dora, der nichts mit dem Wetter zu tun hatte. Sie musste daran denken, wie diesem mutigen Mann irgendwann klar geworden sein musste, dass er nicht gerettet werden würde ... Ob er wohl resigniert hatte? Ob er Angst gehabt hatte? Ob er wohl gebetet hatte? Oder hatte er sich einfach in die Bewusstlosigkeit des Erfrierens hineingleiten lassen, bis sein Griff sich gelockert hatte und er in die Dunkelheit davongetrieben war ...

Sie schüttelte dieses Bild ab, wusste aber gleichzeitig, dass es sie noch Tage, wenn nicht Jahre, verfolgen würde. Die letzten einsamen Augenblicke eines Mannes, der alles gegeben hatte, damit andere überlebten. *Herr, segne ihn ..., segne ihn ...*

Plötzlich rannte Bobby nach rechts und zeigte hektisch auf eine bestimmte Stelle. Andere rannten zu ihm hin und versuchten ebenfalls, etwas zu erkennen. Der Hubschrauberpilot musste den Aufruhr bemerkt haben, denn er wendete und schwebte dann eine Weile über der Stelle, auf die Bobby und die anderen zeigten. Als aber dann der Rotorenwind das Wasser aufpeitschte, war zu erkennen, dass es sich nur um ein Polster handelte, das sich unter Wasser von einem Sitz gelöst hatte und an die Wasseroberfläche gekommen war.

In der Menge war ein Aufstöhnen zu hören, als der Hubschrauber wieder auf das Wrackteil zuflog, um dort die Suche fortzusetzen. Während es jedoch immer dunkler wurde und die Minuten verstrichen, wurde klar, dass der letzte Überlebende des Absturzes auch das letzte Opfer geworden war.

* * *

Doras Körper fühlte sich bleiern an – zum einen wegen der Kälte, aber auch wegen der Gewissheit, dass der Mann, der alles gegeben hatte, tot war. Sie fühlte sich, als hätte sie einen geliebten Menschen verloren.

Die Frau neben ihr schluchzte und Dora hörte, dass auch der Mann schniefte. Plötzlich fragte sie sich, wer die beiden wohl waren und sie wollte unbedingt ihre Geschichte hören.

„Entschuldigen Sie bitte ... Waren Sie schon da, als das Flugzeug abgestürzt ist? Haben Sie den Absturz gesehen?"

Der Mann nickte und zeigte hoch auf die Flussböschung. „Das blaue Auto da oben gehört uns. Wir sind eingekeilt, konnten nicht weiterfahren. Wir waren auf der Autobahn unterwegs und haben gesehen, wie das Flugzeug Probleme beim Start hatte. Eigentlich kennen wir es ja, dass Flugzeuge ganz niedrig über dem Highway fliegen, aber nicht so niedrig."

In den Augen der Frau war deutlich zu erkennen, dass sie sich ganz genau erinnerte. „Es war so laut, dass wir unser eigenes Schreien nicht hören konnten."

„Und dann schlug es auf!" Der Mann klatschte die Handflächen gegeneinander, wobei seine Finger emporragten wie jetzt das Flugzeugheck aus dem Wasser. „Das Heck der Maschine hat erst das Parkhaus aufgerissen, ist dann auseinander gebrochen und ins Wasser gestürzt. Nur ein paar hundert Meter weiter nördlich, und es wäre genau auf dem Highway aufgeschlagen. Vielleicht wäre es sogar auf uns gestürzt." Er schüttelte den Kopf.

Seine Frau drückte seinen Arm. „Aber es ist ja nicht passiert, mein Schatz. Wir sind in Sicherheit. Aber die Passagiere ... Wir sind sofort auf den Seitenstreifen ausgeschert, ausgestiegen und ans Ufer gerannt, um zu helfen." Sie schlug sich erneut die behandschuhte Hand vor den Mund und schluchzte erneut.

„Wären Sie bereit, mir Ihren Namen zu geben? Ich bin nämlich Reporterin beim *Chronicle*." Sie gaben ihren Namen und die Telefonnummer an. Bonnie und Ted Gable.

Danach berichtete Mrs. Gable weiter. Sie hatte ihre Stimme jetzt wieder unter Kontrolle. „Es war unglaublich laut. Und dann still. Gespenstisch still."

Mr. Gable nickte zustimmend. „Dann waren vom Wasser her Schreie zu hören und das Schlimme war, wir konnten absolut nichts tun. Manche Leute haben Schals, Tücher und Abschleppseile aneinander geknotet, aber bei der Strömung im Fluss ... Selbst wenn es lang genug geworden wäre, hätten wir keine Chance gehabt, das Seilende zu ihnen hinüberzubekommen." Er schüttelte den Kopf. „Das war das Schlimmste. Wir konnten einfach nichts tun. Die meiste Zeit mussten wir einfach tatenlos und ohnmächtig zusehen." Seine Stimme wurde leiser. „Wir konnten einfach nichts tun ..."

„Außer beten."

Er nickte seiner Frau zu.

Dora schaute zu dem Auto des Ehepaares hinüber. Es war unbeschädigt, aber von den Wagen anderer Augenzeugen und Schaulustiger eingekeilt. „Warum warten Sie nicht in Ihrem Auto? Da ist es bestimmt wärmer."

Aber bereits in dem Augenblick, als sie die Frage gestellt hatte, wusste sie bereits die Antwort.

„Wärme ist jetzt nicht wichtig. Nicht, wo da draußen noch Menschen sind. Ihnen war auch kalt. Und wir haben gedacht, dass das Mindeste, was wir tun können, um sie zu unterstützen, darin besteht, nicht in die Wärme zu fliehen, solange sie noch im eisigen Wasser treiben." Er zuckte die Achseln. „Ich weiß, das klingt bestimmt verrückt, aber ..."

„Nein, für mich klingt das gar nicht verrückt. Mir kommt es völlig richtig vor. Ich verstehe das gut, wirklich!" Dora bemerkte, dass die Leute, die direkt am Wasser standen, näher zusammenrückten, so als ob sie unbewusst ihren Willen und ihre Kraft miteinander vereinigten, um dem Mann im Wasser zu helfen. Fremde standen Schulter an Schulter, berührten und umarmten sich, redeten miteinander, weinten und beteten. Ihre Gefühle und der überwältigende Wunsch zu überleben, schlossen sie zusammen. Ohne genau zu verstehen, was sie taten, hatten sie aus dem Leid heraus eine Gemeinschaft gebildet – eine Leidensgemeinschaft.

Mr. Gable sah in den Himmel hinauf und schien erst jetzt zu bemerken, dass es bereits fast dunkel war. „Ich glaube, wir sollten jetzt versuchen, nach Hause zu kommen."

„Ja, das sollten wir wohl", seufzte Mrs. Gable.

Da erregte ein junger Mann ihre Aufmerksamkeit, der die Uferböschung hinunter auf das Wasser zustolperte. Er rutschte auf dem Schnee aus und taumelte die letzten paar Schritte. Ein Polizist versuchte ihn zu bremsen, weil der Mann den Eindruck machte, als wolle er in den Fluss springen, aber der Mann stieß den Polizisten weg. Er kam mit starr auf das Wasser gerichtetem Blick Dora und dem Ehepaar entgegen – und Tränen liefen ihm die Wangen hinunter.

Direkt am Wasser gaben seine Beine unter ihm nach und Dora rannte zu ihm hin, um ihn am Arm zu packen. „Ist alles in Ordnung mit Ihnen?"

Er schüttelte unaufhörlich den Kopf, so als würde er damit nie wieder aufhören.

„Mein Bruder ist da unten ..."

Er deutete auf das schwarze Wasser und schlug die Hände vors Gesicht. Dann fiel er auf die Knie. Die Gables stützten ihn von der anderen Seite und trösteten ihn so gut sie konnten. „Ich muss helfen, muss etwas tun. Er wollte nach Phoenix in die Ferien fahren. Er hatte diesen Urlaub so dringend ..."

Phoenix? Doras Herzschlag setzte einen Augenblick aus. Sie warf einen Blick auf das Heck. *Sun Fun Airlines.* Die Fluggesellschaft, mit der sie zu ihrer Mutter nach Phoenix hatte fliegen wollen.

Sie spürte eine Hand auf ihrem Arm. „Ms. Roberts, geht es Ihnen nicht gut?"

Sun Fun Airlines, ein Nachmittagsflug, Phoenix. Die Bedeutung dieser Information raste ihr durch den Kopf und prallte dann mit voller Wucht gegen die Wand, die ihre Gefühle vor einem solchen Wissen schützte. „Ich ... hätte eigentlich auch in diesem Flugzeug sein sollen."

Die Gables und ein anderer Mann sahen sie völlig entgeistert an und alle vier starrten nun ungläubig vor sich hin.

Dora fand ihre Stimme wieder, als sie mit dem Finger auf das hoch emporragende Wrackteil zeigte und sagte: „Das hätte auch ich sein können, dort in dem Wasser!"

„Oder unter Wasser." Mrs. Gable schlug sich die Hand vor den Mund und sah entschuldigend erst Dora und dann den jungen Mann an, der seinen Bruder verloren hatte. „Tut mir Leid. Das hätte ich nicht ..."

Der Mann starrte Dora an, als ob sie an irgendetwas Schuld war. Vielleicht bestand ihre Schuld ja darin, dass sie noch am Leben, aber der Bruder des Mannes tot war. „Vielleicht ist Ihr Bruder ja unter den Überlebenden."

Er schob entschlossen sein Kinn vor. „Sie meinen, so wie Sie?"

„Ich bin keine Über ..."

„Sie sind doch hier, oder etwa nicht? Eigentlich hätten Sie auch in dem Flieger sein sollen, aber das Schicksal hat Sie davon abgehalten."

„Es tut mir so Leid." Es war dumm, das zu sagen, aber Dora fiel einfach nichts Besseres ein.

Der Mann stürmte die Flussböschung wieder hinauf, als ob Doras Anblick ihm Übelkeit bereitete. Sie wandte sich an die Gables. „Es ist doch nicht meine Schuld, dass ich nicht in dem Flugzeug gesessen habe. Er tut so, als hätte ich etwas falsch gemacht, weil ich nicht auch tot bin."

Mrs. Gable legte ihr die Hand auf die Schulter. „Er ist einfach außer sich. Was er gesagt hat, stimmt ja auch irgendwie. Das Schicksal hat dafür gesorgt, dass Sie nicht an Bord waren. Sie sollten dankbar sein."

Danke Herr, dass du mich verschont hast.

Über das Warum würde sie später nachdenken.

Ohne ein weiteres Wort wandte sich das Ehepaar zum Gehen. Dora folgte ihnen. Es gab nichts mehr zu tun und auch nichts mehr zu sagen, aber viel Stoff zum Nachdenken.

* * *

Wenn es möglich war, fuhr David schneller als erlaubt – aber das war nicht oft der Fall. Der Verkehr war schrecklich und wurde immer dichter, je näher man an die Absturzstelle kam.

Schließlich ging es nur noch im Schritttempo und Stop und Go, und dann kam der Verkehr vollkommen zum Erliegen. Er reckte sich, um vielleicht irgendetwas zu erkennen. Hupen ertönten und auch er hupte mit und schlug mit der Faust aufs Lenkrad. „Los Leute, nun macht schon."

Aber nichts tat sich. Als der Stau nach zehn Minuten immer noch keinen Zentimeter vorangekommen war, wurde ihm klar, dass er festsaß – mental, gefühlsmäßig und jetzt auch noch rein körperlich – in einem Schwebezustand, in dem alles ungewiss war. Nichts war bekannt. Und was noch schlimmer war, es gab nichts, was er tun konnte ..., außer ...

„Gott, hilf ihnen. Oh bitte, Gott, hilf ihnen."

* * *

Wenn Dora noch ein einziges Mal von ihrem Fotografen zu hören bekam: „Ich kann einfach nicht glauben, dass du für den Flug gebucht warst und nicht mitfliegen konntest. Und dass deine Mutter einfach so gesund geworden ist ...", dann würde es im Zusammenhang mit dem Absturz von Flug 1382 noch einen weiteren Zwischenfall geben. Der Typ war wie eine Schallplatte mit Sprung. Dora wusste, dass es schon ein erstaunlicher Zufall war, und sie brauchte Zeit, um das zu verdauen – Zeit für sich allein. Leider konnte sie sich diesen Luxus jetzt nicht leisten und daran würde sich auch fürs Erste nichts ändern. Sie musste ihre Arbeit tun. Es war wirklich Ironie, dass sie bei ihrem ersten Durchbruch als Journalistin mit einer großen Geschichte so unmittelbar persönlich betroffen war.

Als Dora den Fotografen bei der Zeitungsredaktion abgesetzt hatte, damit er seine Aufnahmen entwickeln konnte, war die Eingangshalle des Krankenhauses, in das man die Überlebenden gebracht hatte, bereits völlig überfüllt mit Kamerateams, Reportern und Fotografen, die sich alle um die besten Plätze balgten.

Sie zapfte ihre letzten Adrenalinreserven an und suchte den Raum nach einem freundlichen Gesicht ab, nach einem sympathischen Rivalen, durch den sie vielleicht näher an das Geschehen herankommen konnte. Weiter vorn in der Halle entdeckte sie Jon Cunningham, der als Fernsehreporter arbeitete. Weil ihre Medien keine unmittelbaren Konkurrenten waren, war er für ihr Vorhaben ausgesprochen gut geeignet. Sie winkte ihm zu. „Jon!"

Er sah auf, entdeckte sie und dirigierte sie zu sich herüber. Während sie sich zwischen den vielen Menschen hindurchschlängelte, bekam sie links und rechts von sich immer wieder mit, dass vor allem eine Frage die Gemüter bewegte: Wie ist der Name des Lebensretters?

Sie erreichte Jon und begrüßte ihn mit Handschlag. „Was gibt's Neues?"

Er war nicht beleidigt wegen der Auslassung sonst üblicher Begrüßungs- und Höflichkeitsfloskeln, sondern hielt ihr seinen Notizblock hin, sodass sie seine Aufzeichnungen lesen konnte. Sie kramte Block und Stift aus ihrer Tasche hervor und schrieb mit, was er sagte: „Die ursprünglichen Überlebenden heißen Tina McKutcheon; Belinda Miller; George Davanos; Mary Cavanaugh und ihr Sohn Justin; Sonja Grafton und Anthony Thorgood."

„Sie haben gesagt, die ursprünglichen Überlebenden. Ist inzwischen jemand von ihnen gestorben?"

„Es gibt Gerüchte, dass zwei von ihnen noch nach der Bergung verstorben sind, aber Einzelheiten darüber sind bisher nicht bekannt."

„Was ist denn jetzt unten am Fluss los?"

„Wir haben ein Team da", antwortete Jon. „Die Rettungsmannschaften haben Suchscheinwerfer aufgestellt, aber die Eisdecke um das Wrack herum friert bereits wieder zu. Und die Wahrheit ist, dass es niemanden mehr gibt, nach dem man suchen könnte. Die Suche ist abgebrochen worden." Er tippte noch einmal mit seinem Stift auf die Namensliste. „Das sind alle. Waren alle. Sieben Überlebende, von denen nur noch fünf übrig sind."

„Von wie vielen insgesamt?"

„In dem Flugzeug haben 95 Passagiere gesessen."

„Ist in dem Parkhaus jemand verletzt worden?"

„Nein, niemand. Wahrscheinlich werden manche Leute dort ihren Wagen völlig demoliert vorfinden, aber verletzt worden ist niemand."

„Das ist ja ein Wunder."

Er nickte.

„Und der Name des Lebensretters?"

„Den weiß niemand."

Dora suchte den Raum ab. „Ich muss es herausbekommen. Ich muss einfach. Ich habe ihn nämlich beobachtet ..." Wieder traten ihr Tränen in die Augen, die sie aber ärgerlich wegzwinkerte. „Es ist nur einfach nicht gere ..."

„Hallo, alle mal herhören!"

Die Blicke richteten sich zum Eingangsbereich. Ein älterer Mann in einem Armeeparka zog sich einen Stuhl heran und stellte sich mit Hilfe der Leute, die in seiner unmittelbaren Nähe standen, darauf.

„Was mach der denn da?", flüsterte Jon.

Dora hatte keine Ahnung.

Der Mann streckte seine Arme aus und rief über die Köpfe der Medienleute hinweg: „Weiß irgendjemand die Namen der Überlebenden? Mein Sohn, Cameron Smiley, war in dem Flugzeug und ..." Dann versagten seine Stimme und seine Beine gleichzeitig. Man half ihm wieder von dem Stuhl herunter und er setzte sich darauf, sank in sich zusammen und verbarg das Gesicht in seinen Händen. Andere Menschen umringten ihn und boten ihm ihre Listen mit den Namen der Überlebenden an.

„Der Ärmste ..."

Ein Klagelaut war plötzlich zu hören, als er den Namen seines Sohnes nicht auf der Liste finden konnte. Es war ein Laut, der bei Dora auch den letzten Rest von professionellem Abstand durchbrach. „Oh nein, nicht doch ... Entschuldigung."

Sie rannte weg aus dem Gedränge der Reportermassen und suchte Zuflucht auf der Toilette. Glücklicherweise hielt sich dort gerade niemand auf. Sie betrat eine der Kabinen, knallte die Tür zu und verriegelte sie von innen. Dann lehnte sie sich mit dem Kopf gegen die kühle Kabinenwand. Wie konnte sie Abstand wahren gegenüber dem Schmerz von über 90 Familien, jede mit ihrer ganz eigenen Geschichte von Verlust und Verzweiflung. Wie sollte das gehen?

Die Tür zum Toilettenvorraum ging auf, und Dora hörte, wie dort eine andere Frau, die sich von der Menge abgesetzt hatte und anscheinend allein sein wollte, rumorte. Die Tür zu der Kabine neben der ihren wurde zugeknallt und dann hörte Dora ein Schluchzen, das dem Ihren ziemlich ähnlich war. Sie hatte es mit einer Leidensgenossin zu tun.

Sie berührte die Trennwand zwischen den Kabinen. „Das ist so traurig", setzte Dora an.

„Wie?"

„Über diesen Absturz zu berichten ..., über die Menschen ..., es ist so traurig."

„Ja, es zerreißt einen ja förmlich", sagte die andere Frau.

„Zeuge von einem solchen Schmerz zu sein ..."

„Ja, mich zerreißt es richtiggehend."

„Es tut weh."

Als Antwort darauf war nur noch das Weinen der anderen Frau zu hören und dann weinte Dora einfach mit.

* * *

Als der Verkehr schließlich wieder zu fließen begann, war es bereits dunkel und David hörte im Radio, dass die Suche nach Überlebenden eingestellt worden war. Alle Überlebenden – es waren fünf gemeldet – waren ins Mercy Hospital eingeliefert worden. Ob Tina auch dort war? David wusste es nicht, und in der Rundfunkberichterstattung waren keine Namen genannt worden.

Bei der erstmöglichen Ausfahrt fuhr David von der Autobahn ab und versuchte, über Nebenstraßen das Krankenhaus zu erreichen. Es war von vier Frauen, einem Kind und zwei Männern die Rede gewesen. *Bitte, lass eine davon Tina sein.*

Der Parkplatz des Krankenhauses war völlig überfüllt, sodass David seinen Wagen einfach irgendwo in der zweiten Reihe parkte und in das Gebäude rannte. In der Eingangshalle drängten sich Presse- und Fernsehleute, aber David rannte an ihnen vorbei zum Informationstresen.

„Meine Freundin! Sie war auf Flug 1382. Ich muss wissen, ob sie unter den Überlebenden ist."

Die ältere Dame, die in der Information Dienst hatte, biss sich auf die Lippen und warf einen Blick auf die kurze Liste.

„Wie war ihr Name?"

„Tina McKutcheon."

Plötzlich strahlte sie und hielt ihm die Liste so hin, dass er selbst es sehen konnte: „Sie ist hier. Sie lebt."

Einige der Reporter hatten das Gespräch mitgehört und bombardierten ihn jetzt mit Fragen.

„Kennen Sie eine der Überlebenden?"

„Wer sind Sie? In welcher Beziehung stehen Sie zu ihr?

„Erzählen Sie doch ..."

David beugte sich zu der Dame am Tresen vor. „Kann ich sie sehen?"

„Nein, tut mir Leid. Zur Zeit ist noch gar kein Besuch erlaubt. Es sollen zwar bald die engsten Angehörigen kommen dürfen, aber bisher sind noch keine nahen Angehörigen ..."

„Aber ich bin ihr Verlobter!"

Sie sah ihn an, als sei ihr überaus bewusst, dass er in Bezug auf seinen Status gerade erheblich übertrieb. Sollte sie doch denken, was sie wollte. Er musste Tina unbedingt sehen.

„Ehrlich, sie lassen noch keinen Besuch zu ihnen, aber Sie könnten ja hoch auf die Sechs fahren und dort warten ..."

Das ließ sich David nicht zweimal sagen.

* * *

Im sechsten Stock suchte David sofort das Schwesternzimmer und ihm war auf der Stelle klar, dass er jetzt noch entschlossener auftreten musste, um den Schutzwall zu durchdringen, der um die Überlebenden herum gezogen wurde.

Eine Rothaarige blickte vom Computer auf. „Ja bitte?"

„Ich bin Tina McKutcheons Mann. Sie ist eine der Überle ..."

Die Schwester betrachtete ihn argwöhnisch. „Dann sind Sie also Mr. McKutcheon?"

David hatte zwar schon einmal die Unwahrheit gesagt, aber jemandem dreist ins Gesicht zu lügen, fiel ihm doch etwas schwerer – war allerdings angesichts der Situation auch kein Ding der Unmöglichkeit.

„Ja. Kann ich sie bitte sehen?"

„Leider nein. Es dauert noch ein bisschen, bis sie Besuch haben darf. Wir möchten, dass sich ihr Zustand erst einmal stabilisiert. Wir verabreichen ihr warmen Sauerstoff, um ihre Körpertemperatur nach der starken Unterkühlung wieder zu normalisieren."

„Aber wie geht es ihr? Wird sie wieder ganz gesund?"

Die Schwester tätschelte ihm die Hand. „Ja, das wird sie. Sie hat wirklich unter Beweis gestellt, dass sie eine Überlebenskünstlerin ist." Sie deutete auf das Zimmer genau gegenüber vom Schwesternzimmer. „Wenn Sie möchten, können Sie gern dort warten. Wir haben das Zimmer extra für Angehörige von Patienten eingerichtet."

David ging in das Zimmer hinüber, in dem niemand sonst war, aber ein Fernseher lief. Die Nachrichten über den Flugzeugabsturz stürzten auch dort auf ihn ein. Er schaltete das Gerät aus und setzte sich in die gegenüberliegende Ecke, um zu warten und zu beten und dafür zu danken, dass Tina lebte.

* * *

George schlug die Augen auf.

Ich lebe.

Zwei schlichte Worte für diesen Sachverhalt. *Ich denke, also bin ich.* Ach, wenn es doch so einfach wäre. Es war nämlich so, dass er ja eigentlich gar nicht mehr am Leben hätte sein sollen. Doch nicht er, der

sich eigentlich gewünscht hatte, tot zu sein. Es gab so viele Tote, die am Leben hatten bleiben wollen.
Tut mir Leid, Irma, es wird ein bisschen später werden.
Er schloss die Augen, machte sie aber schnell wieder auf, als seine Erinnerungen an den Unfall die Dunkelheit ausfüllten. Er machte rasch eine Bestandsaufnahme seiner körperlichen Verfassung. Dass er sich fühlte, als wäre er von einem Bus gerammt worden, war eine Ausdrucksweise, der es völlig an Kreativität mangelte. Ein Bus war gar nichts im Vergleich mit einem Flugzeug, das sich ins Eis bohrt. Gar nichts im Vergleich damit, immer noch angeschnallt unter Wasser aufzuwachen. Kein Vergleich damit, in Wasser zu treiben, das so kalt war, dass einem fast das Herz stehen bleibt, weil es so schnell flatterte, wie man zitterte.

Er bewegte seine Arme. Sie taten weh, waren aber in Ordnung. Er bewegte seine Beine und fühlte einen stechenden Schmerz. *Das linke ist gebrochen.* Er erinnerte sich daran, wie er nach der Oberfläche getreten hatte, und gleichzeitig war ihm klar, wie unwesentlich dieses Detail jetzt war. Wen interessierte schon ein gebrochenes Bein, wenn die Lungen aus Mangel an Luft beinah geplatzt waren?

Er gestattete es sich, die schrecklichen Ereignisse noch einmal kurz Revue passieren zu lassen, um so sein Gedächtnis zu testen und festzustellen, wie viel er aushalten konnte. Als das Flugzeug auf der Startbahn Tempo aufgenommen hatte, war es durchgeschüttelt worden, wie eine Kakaotrinkpackung kurz vorm Verzehr. Es hatte sich irgendwie ... schwer angefühlt. Sie waren endlos so weitergerollt, ohne dass das Tempo hoch genug geworden wäre, um abzuheben. Er erinnerte sich daran, dass er überlegt hatte, ob der Pilot möglicherweise in Erwägung gezogen hatte, den Flug noch abzubrechen. Er glaubte, einen ganz kurzen Augenblick des Zögerns verspürt zu haben, vergleichbar mit der Szene in Hitchcocks Film *Vertigo*, in der die Polizisten von Dach zu Dach springen. Sie rennen einfach und verlassen sich völlig auf Glück und Geschwindigkeit. Und dennoch gibt es auch dort immer wieder diesen Augenblick des Zögerns am Rande des Abgrundes, wo sie in Sekundenbruchteilen die Entscheidung treffen müssen, zu bremsen oder zu springen. Dieses Zögern auch nur einen Augenblick zu lange auszudehnen, bedeutete die Gefahr, nicht mehr genug Tempo für den Sprung zu haben, selbst wenn sie es gewagt hätten. So eine Art von Entscheidungsmoment hatte es auch in dem Flugzeug gegeben. „Gehen wir's jetzt an oder brechen wir ab?"

Offensichtlich war in diesem Fall die falsche Entscheidung getroffen worden.

George erinnerte sich daran, wie er Henry und die Witwe bei der Hand gefasst und gebetet hatte, genau in dem Augenblick, als das Heck der Maschine aufgeprallt war. Ihr Gebet war mit dem schrecklichen Geräusch berstenden Metalls beantwortet worden, mit Schreien, Weinen, Knirschen und Brechen.

George drehte seinen Kopf in Richtung des anderen Bettes in dem Zimmer. Es war leer. Hätte das Krankenhaus nach einer solchen Katastrophe nicht völlig überfüllt sein müssen?

Vielleicht bist du der Einzige, George. Vielleicht hat Gott dich am Leben gelassen und die anderen sind alle tot. Wäre das nicht ein brutaler Scherz – dass der Mann, der eigentlich drauf und dran war, sich das Leben zu nehmen, als Einziger überlebt?

George schloss wieder die Augen, um die brennenden Tränen zurückzudrängen. *Nein, Gott. Bitte lass mich nicht der Einzige sein.*

* * *

Macht mir dieses Ding ab. Ich kann nicht atmen. Mary tauchte aus ihrem Traum auf, so als pellte sie sich an einem heißen Tag aus einem viel zu warmen Wollmantel.

In dem Traum hatte sie Justin und Lou zurückgelassen, die mit ausgestreckten Armen nach ihr riefen. Sie waren jedoch zu weit weg gewesen und hatten sie nicht erreichen können ...

Der Traum war so lebendig, dass es eine Weile dauerte, bis sie sich wieder in der Realität zurechtfand. Sie lag im Bett, aber nicht in ihrem eigenen. Hoch oben in einer Ecke des Zimmers war ein Fernseher angebracht. Leises Flüstern drang von außen zu ihr durch.

„... sie weiß es nicht. Und der Arzt ist der Meinung, wir sollten sie nicht ..."

Eine Schwester schaute zur Tür herein und trat ein, als sie sah, dass Mary wach war.

„Also, das ist wirklich gut. Nach all dem, was Sie durchgemacht haben, hatten wir eigentlich erwartet, dass Sie erst einmal schlafen würden."

Was ich durchgemacht habe?

Plötzlich war der Traum ganz real. Mary setzte sich mit einem Ruck auf, wobei ihr Körper wegen der Anstrengung aufschrie.

Die Schwester eilte ihr zur Hilfe. „Hey, langsam, immer langsam."

Mary schüttelte den Kopf und suchte das Zimmer ab. „Justin! Wo ist er? Wie geht es ihm? Und wo ist mein Mann?"

„Nun beruhigen Sie sich doch ..."

„Mein Mann und mein Kleiner – wo sind sie?"

Die Schwester drückte mit einer Hand auf einen Rufknopf, während sie mit der anderen Mary festhielt. „Sie brauchen jetzt Ruhe. Es ist später immer noch Zeit ..."

Mary schob die Hand der Schwester beiseite und kümmerte sich nicht um den heftigen Schmerz, der sie bei der plötzlichen Bewegung durchfuhr. „Wo sind mein Mann und mein Sohn?"

Die Schwester schaute zur Tür, während sie versuchte, Marys Sorge zu zerstreuen, indem sie sie tätschelte. Als Mary jedoch die Panik im Blick der Schwester wahrnahm, wusste sie die Antwort auf ihre Frage. *Nein, das kann nicht sein. Unmöglich.*

Eine weitere Schwester kam ins Zimmer gestürzt und erfasste die Situation mit einem Blick.

„Sie möchte wissen, wo ihr Mann und ihr Sohn sind", sagte die erste Schwester.

Die zweite nickte und legte ihre Hände fest auf Marys Schultern. Sie schaute ihr direkt in die Augen und sagte: „Es tut mir Leid, Mrs Cavanaugh, aber Ihr Mann ist nicht unter den Überlebenden. Und ihr Sohn ... ist leider nicht wieder zu Bewusstsein gelangt. Er ist vor einer halben Stunde gestorben."

Mary starrte die beiden Schwestern an und die Schwestern sie – abwartend.

Dann holte Mary so tief sie konnte Luft, wobei sie ihre allerletzten Kräfte mobilisierte, und stieß einen endlos langen Klagelaut aus.

Die Schwestern schraken zurück, weil sie nicht Zeuginnen des Endes einer Ehefrau und Mutter sein wollten.

✴ ✴ ✴

Sonja hatte den Duft von frisch gestärkter Bettwäsche in der Nase. Sie hatte es schon immer geliebt, wenn ihre Mutter die Betten frisch bezogen hatte. Aber den Musikgeschmack ihrer Mutter konnte sie nicht leiden. Supermarktgedudel.

Sonja schlug die Augen auf und wollte sich mit den Händen den Schlaf aus dem Gesicht reiben, aber einer ihrer Arme steckte in einem Gipsverband.

Was?

Das machte überhaupt keinen Sinn. Das letzte, woran sie sich erinnern konnte, war, dass sie am Flughafen einen Kaffee getrunken, dann ihre Eltern angerufen hatte und ...

Dann wurde sie urplötzlich von Erinnerungsbruchstücken bestürmt, die ihr durch den Kopf schossen. Sie sah den besorgten Blick von Roscoe Moore auf dem Platz neben sich, das Eis an den Tragflächen; sie nahm wahr, wie der Sitz vor ihr vibriert hatte, ähnlich wie in einer altmodischen Achterbahn. Da war der Anblick ihrer eigenen Hand, mit der sie sich am Sitz festgekrallt hatte, als das Flugzeug nicht mehr stieg, sondern sank. Dunkles Wasser. Licht. Das Heckteil. Eis. Ein Mann. Ein Rettungsseil. Das Licht im Krankenwagen. Heulende Sirenen.

Wir sind abgestürzt. Ich bin in Sicherheit. Ich bin am Leben.

Sie zitterte bei diesen Erinnerungen und ihr war wieder völlig gegenwärtig, wie kalt ihr gewesen war. Sie hatte so heftig gezittert, dass dieses Zittern ein ganz eigener Zustand geworden war, der irgendwann normal wurde.

Aber mit dem Flugzeug abzustürzen, war nicht normal. Im eiskalten Wasser zu treiben, war nicht normal. Mit Hilfe eines Helikopters an einem Seil durch die Luft schwebend gerettet zu werden, war nicht normal. Sie schloss die Augen und erinnerte sich an Stimmen, die sich überschnitten, und mehrere Hände, die sie aus der Luft ins Innere des Hubschraubers gezogen hatten, wobei ihr geschundener Körper das bisschen Wärme ihrer Nähe gierig aufgesogen hatte. Die Schmerzen waren zweitrangig gewesen.

Sie erinnerte sich daran, wie sie um Hilfe geschrien hatte und dann irgendwann an eine ruhige Stimme – und den ruhigen Atem, der zu dieser Stimme gehörte – die ihr ins Ohr gesagt hatte: „Sie sind jetzt in Sicherheit. Wir haben Sie."

Das war das Letzte, woran sie sich erinnerte. Bis jetzt jedenfalls.

Aber wo waren die anderen Leute, die mit ihr zusammen im Wasser gewesen waren? Und wo war ihr Sitznachbar? Wo war Roscoe?

Sie erinnerte sich an die Intensität seines Blickes und das kleine Lächeln, während das Flugzeug mühsam himmelwärts gestiegen war. Ein tröstendes Lächeln, das ihr das Gefühl vermittelt hatte, angenommen zu sein, so als würde alles gut, was auch immer geschah. Aber es war eben doch nicht alles gut. Nichts war gut. Sie hatte seine Hand gepackt und gemeinsam hatten sie sich an die Armlehnen geklammert, das Flugzeug angefleht, gedrängt, beschworen, doch aufzusteigen, so als ob sie mit ihrer Muskelkraft etwas zur Kraft des Flugzeuges hätten beitragen können.

Aber ganz plötzlich war Steigen keine Option mehr gewesen, und auch eine Landung war nicht mehr möglich. Wie eine Comicfigur, die über eine Klippe rennt und dann vor dem Fall ein paar Augenblicke in der Luft weiterläuft, hatte das Flugzeug einige Momente zwischen aufwärts und abwärts, Erfolg oder Scheitern gehangen. Dann war der Rumpf der Maschine auseinander gebrochen wie ein rohes Ei und der Bug war abgefallen, sodass man in den offenen Himmel hatte sehen können. Dann war Roscoe von ihr weggestürzt, seine und ihre Hand waren auseinander gerissen worden.

„Nein!"

Eine Schwester schaute ins Zimmer und warf einen Blick auf Sonja. „Ich hole den Arzt."

Roscoe war tot. Dieser gute, gute Mann ... tot.

Sie versuchte sich an die anderen Überlebenden zu erinnern, wie sie sich am Heckteil festgeklammert hatten. Roscoe war nicht dabei gewesen. Wie war es möglich, dass er im einen Augenblick noch direkt neben ihr gesessen hatte und im nächsten einfach verschwunden war? Ihre Sitze waren doch miteinander verbunden gewesen, ihre Hände hatten sich berührt. Sie waren verbunden gewesen und dann auseinander gerissen worden.

Ein weißhaariger Mann klopfte an die Tür. „Darf ich hereinkommen?"

Sonja nickte und benutzte ihre unverletzte Hand, um sich aufzustützen. Der Mann kam an ihr Bett geeilt, um ihr zu helfen. „Lassen Sie mich Ihnen helfen." Er drückte auf einen Knopf am Kopfende des Bettes und das Kopfteil kam hoch, sodass sie aufrecht sitzen konnte.

Sie sah ein Kreuz auf dem Revers seines Anzugs. „Sie sind ja gar kein Arzt."

„Nein, aber der kommt in ein paar Minuten, und bis dahin leiste ich Ihnen Gesellschaft. Ich bin Pastor Rawlins. Und Sie sind Ms.Grafton?" Er streckte ihr seine Hand hin.

„Ich bin Sonja." Sie hob die rechte Hand, um ihm den Gips zu zeigen. Er zog die ausgestreckte Hand zurück und tätschelte dafür ihre Linke.

„Schön, dass Sie noch unter uns sind, Sonja."
„Was ist mit den anderen?"
„Sieben Passagiere, die den Absturz überlebt haben, sind aus dem Fluss geborgen worden."

„Mehr nicht?"

Er schüttelte den Kopf. „Leider nein. Und zwei von ihnen sind noch nach der Bergung gestorben. Belinda Miller und Justin Cavanaugh."

Die Namen sagten ihr nichts. „Wie haben sie denn ausgesehen?"

„Sie müssen sich jetzt ganz darauf konzentrieren, gesund zu werden, darauf ..."

„Wie sahen sie aus?" Sonja blieb unnachgiebig.

Pastor Rawlins schaute zur Decke, dann nach unten. „Ms. Miller war um die Fünfzig und hatte sehr langes Haar."

Sonja überlegte. „Hatte sie einen magentafarbenen Pulli an?"

„Magenta?"

„Ja, das ist so eine Art leuchtendes Pink."

Er nickte. „Ja, genau das ist sie. Sie ist auf dem Weg ins Krankenhaus an einem Herzstillstand gestorben."

„Und der andere?"

„Justin war ein kleiner Junge."

Sonja schloss die Augen und sah die junge Frau, die den Jungen fest an sich gepresst hatte, während sie an dem Rettungsseil unter dem Hubschrauber hing. Sie hatte den Jungen berührt, hatte ihn einen Augenblick lang festgehalten, während seine Mutter ihm die Rettungsweste übergestreift hatte. Und jetzt war er tot.

In Gedanken zählte sie die Überlebenden im Wasser. „Wir waren doch zu acht, aber Sie sagen, dass nur sieben herausgeholt worden sind?"

Wieder nickte der Pastor, aber diesmal standen ihm Tränen in den Augen.

„Wer hat es nicht geschafft?"

„Sein Name ist noch nicht bekannt."

Sie nickte und versuchte logisch zu denken. „Da waren vier Frauen, der Junge, ein alter Mann und etwas abseits von uns ein gut aussehender Mann und der Mann, der mir das Rettungsseil gegeben hat."

Der Pastor nickte.

Die Bedeutung seines Nickens überfiel Sonja wie ein kalter Lufthauch. Sie holte zischend Luft. „*Er?* Der Mann, der mir das Seil weitergegeben hat, statt es selbst zu nehmen – er hat es nicht geschafft?"

Der Pastor legte Sonjas linke Hand in seine. Er musste schlucken und sagte dann: „Der Mann hat das Seil dreimal weitergegeben und die anderen vorgelassen. Als man dann endlich ihn holen wollte, war er nicht mehr zu finden."

Sonja entriss dem Pastor ihre Hand. Sie wollte jetzt keinen Trost. „Warum hat er das wohl getan? Warum hat er es nicht genommen, als er an der Reihe war?"

„Ich weiß ..."

„Ich hätte das Seil doch nicht angenommen, wenn ich gewusst hätte, dass er so etwas Dämliches macht."

„Das war nicht dämlich. Es war eine wunderbare ..."

„Was soll denn daran wunderbar sein?" Sie schüttelte den Kopf, während sie sich noch einmal daran erinnerte, wie er ihr das Seil hingehalten hatte und sein freundlicher, aber entschlossener Gesichtsausdruck sie dazu gedrängt hatte, anzunehmen, was er zu geben gehabt hatte.

„Jetzt werde ich für den Rest meines Lebens mit dem Gefühl leben, dass ich das Seil nicht hätte nehmen sollen. Ich hätte sagen sollen: ‚Sie haben es jetzt gekriegt, also sind Sie auch an der Reihe.'" Sie sah den Pastor an und geriet in Panik. „Ich will nicht mit dieser Schuld leben. Warum hat er nicht selbst das Seil genommen? Er hat im ganzen Gesicht geblutet. Er war verletzt. Warum habe ich ihn nicht vorgelassen?" Und aus all diesen Gedanken ergab sich eine Art Fazit: „Ich hätte das Seil nicht nehmen dürfen!"

„Niemand macht Ihnen Vorwürfe, dass Sie noch am Leben sind, Sonja."

Sie wandte sich von ihm ab und kniff die Augen zusammen.

„Gehen Sie. Raus hier."

„Sonja ..."

„Gehen Sie!"

Er verließ leise das Zimmer, aber seine Worte hingen noch im Raum. *Niemand macht Ihnen Vorwürfe, weil Sie noch am Leben sind, Sonja.* Aber das brauchte auch niemand zu tun, das erledigte sie schon selbst.

***

Tina spürte, dass jemand im Zimmer war und schlug die Augen auf. Ein weißhaariger Mann stand in der Tür, so als sei er unsicher, ob er eintreten solle oder nicht.

„Hallo", sagte er. „Ich bin Pastor Rawlins."

Sie nahm ihre Sauerstoffmaske ab und versuchte zu atmen. „Wo bin ich?"

Er trat näher an ihr Bett. „Sie sind im Krankenhaus und in Sicherheit, aber um Haaresbreite hätten wir Sie verloren. Es heißt, dass Ihre Körpertemperatur extrem niedrig gewesen sei. Ein paar Minuten länger ..."

Tina sah über ihn hinweg in die Luft, wo ihre Erinnerungen eine Projektionsfläche hatten. „Ich erinnere mich, dass ich durchs Wasser gezogen worden bin und versucht habe, mich am Eis festzuhalten." Sie sah ihn an. „Das Seil ist mir weggerutscht. Meine Hände wollten nicht so wie ich."

„Sie haben schwere Erfrierungen."

Sie sah zum Fenster. Die Jalousie war heruntergelassen und es drang kein Licht durch die Ritzen. „Ist es Nacht?"

„Ja."

„Konnten alle herausgeholt werden?"

„Nicht alle."

„Wie viele?"

„Sieben sind geborgen worden."

Tinas Kehle wurde eng. „Aus dem ganzen Flugzeug?"

Er nickte. „Wirklich eine Katastrophe."

„Melly war nicht dabei, nicht wahr?"

Er überlegte einen Augenblick. „Nein, tut mir Leid, eine Melly war nicht dabei. War sie Ihre Tochter?"

Jetzt ließ Tina ihren Tränen freien Lauf. „Nein, sie war eine Schü ..." Sie hielt inne, weil ihre Kehle wieder wie zugeschnürt war, und setzte dann erneut an. „Sie hat neben mir gesessen."

* * *

Anthony schlug die Augen auf und innerhalb von zwei Atemzügen kam er zu der Diagnose: *Ich bin am Leben.* Das war für den Anfang schon mal nicht schlecht.

Er war froh festzustellen, dass er sich in einem Krankenhauszimmer befand – einem Einzelzimmer. Er untersuchte seinen Körper. Seine Verletzungen – zahlreiche Schürfwunden, Prellungen und möglicherweise ein paar gebrochene Rippen – waren nicht lebensgefährlich. Wenn er an sein Krankenblatt herankam, das bestimmt am Fußende des Bettes in einer Halterung steckte, konnte er sich vergewissern. Er schlug auf den Knopf am Bett und es summte.

Er hörte ein leises Klopfen an der Tür.

„Ja?"

„Meine Güte, Sie sind aber wachsam", sagte ein alter Mann in einem Anzug.

„Ein Zustand, den ich beizubehalten gedenke."

Der Mann lächelte und betrat das Zimmer.

Anthony sah das Kreuz am Revers. „Sie sind der Krankenhausseelsorger."

„Schuldig im Sinne der Anklage."

Anthony rückte seine Decke um die Beine herum zurecht. „Nun, mir geht es gut – auf jeden Fall wird es mir wieder gut gehen." Er deutete auf das Fußende des Bettes. „Bitte geben Sie mir doch mein Krankenblatt."

„Das ist nicht für Sie gedacht, sondern für den Arzt ..."

„Ich *bin* Arzt und ich bin durchaus in der Lage, mein Krankenblatt zu lesen."

Der Pastor nickte, aber sein Lächeln war jetzt verschwunden. „Tut mir Leid, es ist nicht da."

„Wann ist Visite?"

„Bald."

„Sagen Sie ihm, dass ich ihn sehen will. Sofort."

„Sie, es ist eine Sie."

„Wie auch immer. Wie viele haben es geschafft?"

„Fünf, einschließlich Ihnen."

Anthony schüttelte den Kopf. „Schade."

Der Mann zuckte mit einer Augenbraue, als wolle er Missfallen signalisieren.

Hey, wollen Sie eine kleine Extravorstellung? Dann gehen Sie doch zum Zirkus. „Ich nehme mal an, Sie sind hier, um mich zu trösten?"

„Brauchen Sie denn Trost?"

„Eigentlich nicht."

„Das habe ich mir gedacht."

Plötzlich wurde Anthony klar, dass es in seinem eigenen Interesse war, sich mit dem Krankenhauspersonal gut zu stellen. „Also, ... wie geht es den anderen? Sie haben bestimmt viel zu tun mit ihnen, oder?"

„Sie haben starke Schuldgefühle."

„Weshalb denn das?"

Der Pastor hob den Kopf ein wenig, so als sei ihm gerade eine ausgesprochen dumme Frage gestellt worden. „Dafür, dass sie leben. Das ist eine ganz normale Reaktion. Schuldgefühle ... und die Frage ‚Warum gerade ich?'"

Anthony berührte seinen Kopfverband. Die Kopfhaut spannte, als ob dort etwas genäht worden war. „In dieser Richtung brauchen Sie bei mir nichts zu befürchten."

„Wieso nicht?"

„Weil ich weiß, warum ich noch lebe."

Wieder hob der Seelsorger die Augenbraue ein wenig. „Und warum leben Sie noch?"

„Weil mein Leben mehr wert ist als das der anderen."

Der Pastor zuckte zusammen, als wäre er geohrfeigt worden.

„Nun schauen Sie mal nicht so schockiert, Vater, Pastor, Hochwürden oder wie auch immer Sie sich nennen. Ich habe die ganze Zeit gewusst, dass ich überleben würde. Ich habe noch viel vor mit meinem Leben."

„Und das war bei denen, die nicht überlebt haben, anders?"

Anthony zuckte die Schultern, was ihm Schmerzen verursachte. „Darüber will ich nicht urteilen ..."

„Aber genau das tun Sie doch. Sie halten Ihr Leben für wertvoller als das der anderen und stellen es darüber." Der Pastor schüttelte den Kopf wie ein Wackelhund im Rückfenster eines Autos.

„Ich weigere mich ganz einfach, mich auf diesen Schuldtrip einzulassen, nur um in Ihre praktische posttraumatische Schublade zu passen. Ich bin Arzt. Ich ..."

„Das sagten Sie bereits..."

Einen Augenblick lang sahen sie sich an. „Sie können jetzt gehen, Eure Heiligkeit. Ich bin sicher, Sie werden woanders dringend gebraucht."

Der Seelsorger ging in Richtung Tür, wandte sich aber dann noch einmal zu Anthony um. „Übrigens, wir kennen immer noch nicht den Namen des Lebensretters."

„Welches Lebensretters?"

„Des Mannes, der Ihnen allen das Rettungsseil weitergegeben hat. Sie haben noch versucht, ihn auch herauszuholen, aber er war verschwunden."

„Ach wirklich ..."

„Man weiß noch nicht, wie er hieß." Er lächelte selbstzufrieden und erinnerte Anthony dabei an seinen ehemaligen Biologielehrer. „Vielleicht können Sie ja helfen, ihn zu identifizieren, damit dem Mann die Ehre und Achtung erwiesen werden kann, die ihm zusteht. Besonders, da Sie doch das Seil genommen haben, als es eigentlich für jemand anderen gedacht war. Das *er* jemand anderem gereicht hatte. Einer Frau."

„Also nun mal langsam, in der Situation war sich jeder Mann – und jede Frau – selbst der Nächste. Außerdem können Sie mir doch nicht ernsthaft zum Vorwurf machen, dass ich das Seil genommen habe, als ich die Chance hatte, es zu bekommen. Sie können sich ja gar nicht vorstellen, wie es ist, in einer solchen Lage zu sein. Da müssen Sie in Bruchteilen von Sekunden Entscheidungen treffen. Sie hat das Seil nicht zu fassen gekriegt, also habe ich es genommen. Da herrscht allein der Selbsterhaltungstrieb."

„Aber bei dem Lebensretter ja offenbar nicht."

„Vielleicht wäre das aber besser für ihn gewesen."

Der Pastor trat einen Schritt zurück und sein Blick hatte jetzt nichts Seelsorgerhaftes mehr. „Nun ja, dann nehme ich mal an, dass Sie angesichts der Tatsache, dass der Lebensretter tot ist, sagen würden, sein Leben war nicht viel wert, oder?"

Anthony wollte gerade zu einer Erwiderung ansetzen, aber bevor er sich auch nur eine Antwort überlegen konnte, war der Geistliche gegangen.

Auch gut.

* * *

Dora klickte auf "Senden" und schickte ihren Artikel an den Chefredakteur. Dann lehnte sie sich in ihrem Schreibtischsessel zurück. Sie war völlig ausgelaugt, und obwohl sie das Gefühl hatte, nicht mehr die Kraft zu haben, auch nur noch ein einziges weiteres Wort zu tippen, war das hier in vielerlei Hinsicht der einfachste Artikel, den sie jemals verfasst hatte. Eigentlich waren es zwei Artikel. Obwohl ihr Chef noch gar nicht sein o.k. gegeben hatte, war es für Dora sehr wichtig gewesen, eine Möglichkeit zu finden, ihren Gefühlen freien Lauf zu lassen. Deshalb hatte sie zusätzlich zu ihrer Geschichte über den Absturz und die Rettungsaktion einen in der ersten Person verfassten Beitrag mit dem Titel „Das hätte auch ich sein können" geschrieben. Sie hoffte, dass er gedruckt werden würde, aber falls nicht, war es auch nicht weiter tragisch.

Ursprünglich hatte sie den Artikel sogar „Das hätte ich sein sollen" überschreiben wollen, aber das „Sollen" hatte auf der Seite pulsiert wie ein schwarzer Punkt auf einem weißen Kleid. Zuerst hatte sie selbst gar nicht gewusst, weshalb dieses eine Wort sie so sehr gestört hatte, aber dann war ihr klar geworden, dass die Wahl ausgerechnet dieses Begriffes in Anbetracht dessen, was passiert war, ein Affront war. Und eine Lüge zudem.

Es stimmte einfach nicht, dass sie in Flug 1382 hätte sein sollen. Die wundersame plötzliche Genesung ihrer Mutter hatte verhindert, dass sie zu ihr geflogen war. Nach dieser Genesung hatte sie nicht einmal mehr in Erwägung gezogen, trotzdem die Reise anzutreten. Aus der Gewichtigkeit der Fakten, die hinter ihrer Entscheidung standen, ging klar hervor, dass Gott nicht gewollt hatte, dass sie flog; er hatte für Umstände gesorgt, die zuverlässig verhinderten, dass sie in diesem Flugzeug saß. Und das wiederum bedeutete – aus welchem Grund auch immer – dass Gott wollte, dass sie am Leben blieb.

Das war schon irgendwie berauschend, aber es waren auch Gedanken, die in dem derzeitigen Durcheinander ihres Gehirns keinen Platz fanden, um sich zu setzen und Wurzeln zu schlagen. Und so wurde das „Sollen" durch ein „Können" ersetzt. Doch selbst die folgenschweren Möglichkeiten dieses „Können" jagten ihr Schauer über den Rücken und sorgten für ein Gedankenchaos. Sie fragte sich, wie lange es wohl dauern würde, bis die Was-wäre-wenn-Gedanken aufhörten.

Was wäre, wenn sie gestorben wäre? Oder vielleicht noch schwerer zu fassen, was, wenn der Held *sie* gerettet hätte? Was wenn ...

Sie schreckte auf, als das Telefon klingelte. „Hallo?"

„Was ist das für ein Essay, den Sie mir da geschickt haben, Dora?"

Es war Clyde, ihr Chef. „Ich weiß, es war nicht abgesprochen und Sie haben nicht damit gerechnet, aber es wäre wirklich schön, wenn Sie es mit reinnehmen ..."

„Hey, von mir werden Sie keinen Protest dagegen hören. Warum haben Sie mir denn nicht gesagt, dass Sie eigentlich auch in dem Flieger hätten sitzen sollen?"

„Ich wusste es ja selbst nicht, bis ich am Unfallort war und den Zielflughafen des Flugzeuges erfahren habe. Und dann ...", sie wechselte den Hörer zum anderen Ohr, „dann musste ich zuerst eine Weile allein damit leben und umgehen, mich an den Gedanken gewöhnen, meine Gefühle zu Papier bringen."

„Es ist gut. Wirklich gut."

Dora wurde warm bei dem Lob. Lob aus dem Munde von Clyde kam etwa so selten vor wie eine totale Sonnenfinsternis. „Eigentlich würde ich als Nächstes gern etwas über den Helden schreiben. Das liegt mir sehr am Herzen. Ich muss dauernd an ihn denken und diese Gedanken müssen unbedingt heraus."

„Gut, dann machen Sie sich an die Arbeit."

„Das geht nicht. Noch nicht."

„Und warum nicht?"

Das war schwer zu erklären. „Ich habe Ihnen einen Artikel geliefert, in dem das hervorgehoben wird, was der Lebensretter getan hat. Sie haben die Fakten. Aber die tiefer liegenden Aspekte eines Mannes, der andere rettet, ... die habe ich noch nicht recherchiert und bearbeitet."

„Die Geschichte ist aber jetzt heiß, Dora. Ich kann nicht warten, bis Sie die ganze Welt einer Psychoanalyse unterzogen haben."

Nicht die Welt, sondern nur einen Mann. „Das weiß ich. Aber bisher wissen wir noch nicht einmal seinen Namen, es ist also noch genügend Zeit, um es rechtzeitig zu bringen."

Einen Augenblick lang herrschte Schweigen zwischen ihnen. „Also ich sag Ihnen was. Sie machen sich auf den Weg zu den Überlebenden und reden mit ihnen. Finden Sie heraus, wie es ihnen damit geht, von dem Typ gerettet worden zu sein, und dann haben Sie ein bisschen Stoff, um mit Ihrer Geschichte weiter zu kommen.

„Aber das Krankenhaus ... Bisher haben sie keine Besuche erlaubt außer unmittelbaren Angehörigen."

„Aber Sie sind doch beinah so etwas wie eine Angehörige."

„Inwiefern denn das?"

„Sie hätten eigentlich mit ihnen im selben Flugzeug sitzen sollen. Das ist doch eine Verbindung, die Sie ausnutzen sollten."

„Aber ich *war nicht* in dem Flugzeug. Vielleicht wollen sie nichts mit mir zu tun haben, weil Gott mich vor der Erfahrung bewahrt hat, die sie durchleben mussten."

„Und Gott hat sie vor dem Tod bewahrt. Das ist ein Anknüpfungspunkt. Nutzen Sie ihn. Seien Sie ihnen eine Freundin."

„Das klingt so kalt. So als ob ich mein eigenes Erleben ausnutze, um an eine Geschichte zu kommen."

„Das ist ja auch so. Na und?"

Auf diese provozierende Bemerkung hatte sie keine Antwort parat.

„Dora? Machen Sie es? Oder soll ich den Auftrag jemand anderem geben?"

Immer langsam. „Ich werd's versuchen."

„Tun Sie das. Bis jetzt haben Sie alles sehr gut gemacht. Lassen Sie jetzt nicht locker, sondern bleiben Sie am Ball."

Sie legte auf, behielt aber das Telefon auf dem Schoß. Sie war nicht sicher, ob sie das schaffen würde. Wie konnte man gleichzeitig eine gute Reporterin sein und ein anständiger Mensch bleiben, der den Überlebenden Achtung entgegenbrachte? Aus welchem Grund auch immer hatte sie *nicht* dasselbe erlebt wie sie. Und nur die Überlebenden wussten, wie es sich anfühlte, selbst am Leben zu sein und zu wissen, dass ihr Retter tot war.

Dora holte einmal tief Luft, dann sah sie das Telefon an und ihr fiel etwas ein, das sie tun konnte, um über die Gefühle hinwegzukommen, die sie herunterzuziehen drohten. Sie wählte eine Nummer, die sie auswendig kannte. Es klingelte und jemand hob ab.

Und dann gestattete Dora es sich, nicht Reporterin zu sein, sondern jemand, der knapp dem Tod entronnen war. Dora Roberts wurde wieder Kind und ließ sich trösten.

„Mama?"

* * *

Hugh und Floyd betraten das warme Büro der Rettungswache. Die Männer von der nächsten Schicht waren schon da und schauten sie erwartungsvoll an.

„Hey ihr beiden, da habt ihr aber einen Flug hin ..."

Floyd wollte es nicht hören, wollte überhaupt keine Gratulationen hören. Wortlos nahm er Kurs auf ein leeres Büro. Hugh kam ihm nach und machte die Tür zu. Sie ließen sich in einen Sessel fallen, ohne auch nur ihre Jacken auszuziehen. Sie starrten einfach in die Luft, und dennoch sah Floyd alles klar vor sich. Er sah das Heckteil. Sah den Mann im Wasser. Sah das Eis und den zerstiebenden Schnee, die schlingernden Rettungsleinen und die erwartungsvollen, verfrorenen Gesichter, die ihm von unten entgegenblickten und Hilfe erwarteten. Leben erwarteten. Und dann sah er nichts mehr. Der Mann war weg. Der Mann, der den anderen auf eine Weise geholfen hatte, zu der sonst niemand fähig gewesen wäre, war in dem treibstoffbedeckten, von Wrackteilen übersäten, finsteren Wasser verschwunden.

Floyd schlug krachend mit der Faust auf den Schreibtisch und freute sich fast darüber, dass es richtig wehtat.

„Für mich kannst du auch noch mal draufschlagen." Hugh saß vornübergebeugt, die Ellbogen auf die Oberschenkel gestützt, da. Seine Hände waren gefaltet, der Blick zu Boden gerichtet. „Ich wollte ihn unbedingt kennen lernen, weißt du? Ich wollte ihm die Hand drücken und ihn fragen, woran er da draußen gedacht hat." Er sah Floyd an. „Weißt du, von so einem Typ kann man bestimmt viel lernen. Lektionen fürs Leben. Tiefgang."

Floyd nickte. „Ich habe noch nie jemanden mit einer solchen Hingabe gesehen. Es war, als ob er ganz in seiner Rolle aufging und sich darauf einlassen konnte, der Retter der anderen zu sein."

„Und er muss es gewusst haben", sagte Hugh. „Irgendwann muss ihm klar gewesen sein, dass es für ihn den Tod bedeutete, das Seil noch ein weiteres Mal abzugeben."

Floyd verspürte einen Kloß im Hals, und er schlug sich eine Hand vors Gesicht, um seine Tränen zu verbergen. Er war froh, dass Hugh ihn in Ruhe und schweigend weinen ließ.

Floyd wischte sich mit dem Ärmel übers Gesicht. „Das geht mir am nächsten. Dieser Aspekt der *Entscheidung*. Ich kann mir eine Menge Leute vorstellen, die vielleicht einmal das Seil weitergegeben hätten. Ich meine das Gesetz der Meere, das besagt ‚Frauen und Kinder zuerst'". Fast blieben ihm die Worte im Hals stecken, und er wartete, bis er wieder schlucken konnte. „Aber auch als er schon gemerkt haben muss, dass die Kälte ihn immer mehr durchdrang, als er wusste, dass die Zeit knapp wurde, hat er es noch weitergereicht."

„Er hat sein Leben gegeben."

Floyd presste seine Finger gegen die Schläfen und machte dann die Augen wieder auf.

„Was mag er wohl gedacht haben, Hugh? Was hat er wohl gedacht, als er uns mit der letzten Ladung zurückfliegen sah und allein bei dem Wrack zurückblieb?" Floyd erschauderte und schlug sich dann mit der Faust auf den Oberschenkel. „Wenn wir doch bloß gleich mit zwei Leinen gearbeitet hätten. Wenn wir doch mehr Ladung hätten aufnehmen dürfen. Wenn sich die Leute doch nur richtig angeleint und festgehalten hätten, und wir nicht noch einmal zu ihnen hätten umkehren müssen."

„Wir haben unser Leben riskiert. Als wir so weit runter gegangen sind, hätte der Treibstoff auf dem Wasser ohne weiteres explodieren können. Es hätten die Kufen vereisen und das ganze Ding destabilisieren können. Wir hätten abstürzen können." Er blinzelte und schaute weg. „Ist ja auch beinah passiert, mehr als einmal."

„Wir haben getan, was wir konnten – aber es hat eben nicht gereicht." Er schüttelte den Kopf und wiederholte noch einmal „Es hat eben nicht gereicht."

Floyd unterbrach die Stille zwischen ihnen nicht. Er hatte eine Frage, aber er war nicht sicher, ob Hugh sie aushalten konnte. Seltsam, wie man mit einem Kumpel zusammenarbeiten konnte – zusammen mit ihm sein Leben riskieren – und trotzdem nur wenig über ihn wissen. Jedenfalls nichts, was irgendwie tiefer ging.

„Du willst mich doch was fragen", sagte Hugh und zeigte auf Floyds Gesicht. „Ich sehe genau, wie es in dir rumort. Raus damit. Glaubst du, dass wir mehr hätten tun können? Ist es das?"

Floyd machte mit der Hand eine verneinende Geste. „Nein, nein, das ist es nicht. Wir haben das ganz gut gemacht, Hugh. Wegen uns sind noch fünf Leute am Leben."

„Was ist es dann?"

Floyd holte tief Luft. „Glaubst du an Gott?"

Hugh setzte sich in seinem Sessel zurück. „Klar. Ich glaube schon. Glaubst du denn an ihn?"

Floyd nickte.

Hugh machte den Reisverschluss seiner Jacke auf und zog sie aus. „Und ja, Katastrophen wie diese bringen mich zum Nachdenken über Gott, falls du das fragen wolltest. Ich frage mich, wieso er so etwas zulässt. Weißt du, wenn Gott Liebe ist und all das ..."

Da stimmte Floyd ihm zu, aber daran hatte er jetzt eigentlich gar nicht gedacht. „Ich habe eher an den heldenhaften Lebensretter gedacht. Da draußen allein, aber trotzdem nicht allein zu sein, weißt du? Ob er wohl gespürt hat, dass Gott bei ihm war, als er da draußen an dem Wrackteil hing? Ob er wohl getröstet war? Hat Gott ihm den Schmerz genommen, ihm die Entscheidung, sich zu opfern, leicht gemacht? Wollte Gott das überhaupt?"

Hugh überlegte einen Augenblick. „Was der Mann getan hat ... ist wirklich etwas, das von Gott kommt."

Floyd nickte. „Das habe ich auch gedacht. Und irgendwie hilft mir der Gedanke, dass er nicht ganz und gar allein war und damit das alles ein bisschen besser aushalten konnte."

„Ja, das kann wohl sein."

Floyd hatte noch eine Frage. „Würdest du so etwas auch tun, Hugh? Ich meine, wir haben unser Leben aufs Spiel gesetzt, um sie zu retten, aber das ist auch unser Job. Er war wahrscheinlich ein ganz normaler Typ. Ein normaler, bedürftiger, unvollkommener Typ. Würdest du die Leine auch weiterreichen?"

Hugh legte sich eine Hand auf den Mund und starrte zum Fenster hinaus, von wo sein Spiegelbild zurückstarrte. „Ich weiß es nicht. Ehrlich – ich weiß es nicht. Und was ist mit dir?"

Die Sprechanlage surrte. „Floyd, deine Frau ist auf Leitung zwei."

Er hob ab und wurde von der Sorge seiner Frau überflutet. „Ja, mein Schatz, ich bin in Ordnung. *Wir* sind in Ordnung." Er tauschte mit seinem Partner einen Blick aus und sie wussten beide, was er bedeutete. Körperlich waren sie vielleicht in Ordnung, aber seelisch?

Hugh verließ den Raum und machte die Tür hinter sich zu und ließ Floyd mit der Antwort auf seine Frage allein.

* * *

Ellen Smith hatte den ganzen Nachmittag förmlich am Bildschirm geklebt, bis der Helikopter die Suche nach dem letzten Mann aufgegeben hatte. Da schaltete sie den Fernseher ab, weil sie einfach nicht mehr hinschauen konnte. Es war, als sei mit dem Tod des Lebensretters ein kleines Stückchen von ihr selbst mitgestorben.

Was, wenn es Henry ist?

Sie versuchte nicht daran zu denken. Sie hatte sich unglaublich angestrengt, den Mann zu erkennen, bei jeder Einstellung auf ihn versucht, ihn genau zu sehen, jedes Mal, wenn er wieder die Leine an jemanden weitergab. Sie hatte zugehört, wie die Kommentatoren ihren Henry beschrieben. Wenn er *wirklich* der Lebensretter war, dann war es eben so. Wenn er es nicht war, was machte es dann schon aus? So oder so war er tot. Joey war unterwegs vom College nach Hause, um bei ihr zu sein.

Sie saß auf dem Sofa und schaute den dunklen Fernseher an. Obwohl sie in der Lage gewesen war, ihn abzuschalten, war es ihr anscheinend nicht möglich, sich davon zu entfernen, denn in diesem Zauberkasten gab es Informationen – Informationen, von denen sie nicht einmal wusste, ob sie sie haben wollte, die sie aber dringend brauchte.

Sie zog sich das Telefon auf den Schoß. Wenn doch nur jemand anriefe. Wenn doch bloß jemand von der Fluggesellschaft anrufen und diese schreckliche Warterei beenden würde.

Sie hatte wiederholt versucht, dort jemanden zu erreichen, hatte aber irgendwann aufgegeben. Sollen die doch mich anrufen. Warum sollte ich es ihnen auch so leicht machen? Sie wollte, dass es richtig schwer für sie war. Schließlich hatten sie ihn umgebracht.

Noch nicht. Erlaube dir, noch ein paar wenige Augenblicke an Wunder zu glauben. Vielleicht ruft Henry ja an und erzählt mir, dass er einen anderen Flug genommen hat. „Tut mir Leid, dass ich so lange gebraucht habe, um dich anzurufen, Elly, aber ich musste rennen, um in letzter Minute das Flugzeug zu erreichen, und es war schon so spät, bis ich ein Taxi zum Hotel gefunden hatte ..."

Das Telefon auf ihrem Schoß klingelte. Ellen hatten bereits den Hörer am Ohr, bevor das Klingeln ganz verklungen war. „Ja?"

„Ist da Mrs. Smith?"

„Ja."

„Es tut mir Leid, Mrs. Smith, aber hier ist *Sun Fun Airlines*. Wir bedauern, Ihnen mitteilen zu müssen, dass wir die Bestätigung erhalten haben, dass ihr Mann heute an Bord von Flug 1382 war und ..."

Sie zwang sich, Atem zu holen. „Versucht man, das Flugzeug zu bergen?"

„Ja, Mrs. Smith, die Bergungsarbeiten sind im Gange."

Die schwierigere Frage. Die dumme Frage. Die Letzte-Hoffnung-Frage. „Glauben Sie, dass noch jemand am Leben sein könnte?"

„Ich ..., es tut mir sehr Leid, aber das weiß ich nicht."

Ellen notierte sich, wohin sie gehen musste, um ihren Mann zu identifizieren – wenn er denn gefunden wurde. Sie nickte immer wieder ins Telefon und fühlte sich völlig verrückt dabei, ein Gespräch über Flugzeiten, Hotels und Taxis zu führen, wo doch Henry tot war.

Sie legte auf und nur ein einziger Gedanke dröhnte in ihrer Seele und klang dort immer wieder nach.

Henry ist tot. Henry ist tot. Henry ist ...

Sie schleuderte das Telefon in den Fernseher und beides ging dabei zu Bruch.

Erschrocken ging sie auf die Knie und fing an, die Scherben und Trümmerteile aufzusammeln und aneinander zu halten, ob sie zusammenpassten.

„Nein, nein, nein ... mach's heil, mach's heil."

Plötzlich wurde ihr klar, wie absurd das war, was sie da tat, und sie ließ die Teile einfach aus ihren Händen auf den Teppich fallen. Sie starrte die zerbrochenen, gezackten Teile an und bemerkte ein kleines Blutrinnsal, das ihren Handballen hinunterlief. Die Zerstörung eines Telefons und eines Fernsehers. Ein bisschen Blut. Belanglose Schäden im Vergleich ...

Laut atmend ließ sie sich auf die Seite fallen und zog ihre Knie an die Brust, wobei die kaputten Teile unter ihr knirschten.

Sie ließ das Schluchzen kommen, spürte, wie ihr das Herz brach. Aber im Unterschied zu Fernseher und Telefon ließ sich ihr Herz nicht reparieren. Niemals. Denn für Henry gab es keinen Ersatz.

SIEBEN

Tut nichts aus Eigennutz oder um eitler Ehre willen,
sondern in Demut achte einer den andern höher als sich selbst,
und jeder sehe nicht das Seine, sondern auch auf das,
was dem andern dient.
PHILIPPER 2,3–4

Am nächsten Morgen war Dora schon früh auf den Beinen. Die Fluggesellschaft hatte für neun Uhr eine offizielle Stellungnahme angekündigt, und Dora wollte dabei in der ersten Reihe sitzen. Es stellte sich jedoch heraus, dass es ihr gar nichts genützt hatte, so früh aufzustehen. Als sie ankam, war der Konferenzraum bereits mit Journalisten, die auf eine offizielle Stellungnahme warteten, völlig überfüllt. Dora musste mit einem Platz etwa in der Mitte vorlieb nehmen.

„Habe ich etwas verpasst?"

In der Nähe des Podiums ging eine Tür auf, und drei Männer betraten den Raum. Es wurde ruhig. Der älteste der Männer bog das Mikrofon zu sich hin. „Guten Morgen. Ich bin Malcolm Evers, Sprecher der *Sun Fun Airlines*, und die beiden Herren an meiner Seite sind Simon Wallin vom Nationalen Verkehrssicherheitsausschuss sowie Chad Reese von der Bundesluftfahrtbehörde. Ich möchte eine kurze Erklärung abgeben, bevor wir dann zu Ihren Fragen kommen."

Er räusperte sich, kramte seine Lesebrille hervor und nahm eine Karteikarte zur Hand. „Wir von *Sun Fun* möchten unser aufrichtiges Mitgefühl bekunden ..."

Dora schüttelte den Kopf über diesen Faux pas. Wenn er nicht in der Lage war, auch ohne Spickzettel sein aufrichtiges, tief empfundenes Mitgefühl zu äußern, dann hatte er ein Problem. Sie legte sich Block und Stift für die *wirklichen* Neuigkeiten bereit.

„Bisher können wir noch nicht mit Bestimmtheit sagen, wodurch der gestrige Absturz verursacht wurde, und ich will mich nicht auf Spekulationen einlassen. Bestimmt war jedoch das Wetter ein möglicher Faktor."

Ach.
Er wandte sich an den Mann von der Bundesluftfahrtbehörde. „Mr. Reese?"

Sie tauschten die Plätze. „Wir haben zwar keine Kontrolle über das Wetter, aber jeder Pilot hat die Entscheidungsfreiheit zu starten oder nicht."

„Wollen Sie damit sagen, dass der Pilot einen Fehler gemacht hat?", fragte ein Reporter.

Es folgte ein unbehagliches Schweigen. „Möglicherweise."

Es entstand ein Aufruhr, Fragen wurden quer durch den Raum gerufen. Dora tat der Mann Leid, der von einer Frage zur nächsten gehetzt wurde und nicht wusste, was er tun sollte.

„... Pilotenfehler?"

Reese machte eine beschwichtigende Geste mit den Händen und die Fragen hörten auf. Die Hauptfrage war angekommen. *War es ein Pilotenfehler?*

„Wir wissen es nicht", sagte Reese, „aber ein Pilot hat immer so lange die Option, einen Start abzubrechen, bis er den sogenannten ‚point of no return' erreicht hat."

„Hatte Flug 1382 diesen Punkt erreicht?"

„Allem Anschein nach ja."

Mr. Wallin trat nun ans Mikrofon und benutzte es gemeinsam mit Mr. Reese. „Wie Sie wissen, hat der Flugverkehr gestern wegen des Wetters fast anderthalb Stunden lang geruht."

„Haben Sie schon die Black Box gefunden? "

„Nein, noch nicht. Auch der Flugschreiber konnte bisher noch nicht geborgen werden. Beide werden darüber Aufschluss geben, was mit dem Flugzeug geschehen ist und was unmittelbar vor dem Absturz im Cockpit gesprochen wurde. Erste Untersuchungen über den Funkverkehr zwischen Tower und dem Cockpit haben jedoch bereits ergeben, dass scheinbar alles normal war. Es gab weder eine Störungsmeldung noch einen Notruf."

Mr. Wallin holte tief Luft. „Natürlich ist unsere oberste Priorität die Bergung der Opfer, damit sie identifiziert werden können. Zur Zeit treffen gerade die ersten Angehörigen ein und werden in nahe gelegenen Hotels untergebracht."

Dora widerstand dem Impuls, einfach aus dem Raum zu rennen und sich auf den Weg in die umliegenden Hotels zu machen.

Zuerst Ursache des Absturzes, dann die Reaktion auf den Absturz.

„Bitte bedenken Sie, dass viele Faktoren eine Rolle gespielt haben können und deshalb in Betracht gezogen werden müssen. Die Untersuchungen erfordern daher Zeit."

„Welche Faktoren zum Beispiel?"

Wallin zählte sie an den Fingern auf. „Zustand der Startbahn; Gewicht des Flugzeugs; Zustand der Triebwerke; technisches Versagen, denn anscheinend konnte das Flugzeug nicht die für den Start notwendige Geschwindigkeit erreichen; Pilotenfehler und natürlich auch das Wetter. Beim Start des Flugzeugs war die Sicht minimal."

„Noch eine Frage, Mr. Wallin. Warum ist das Flugzeug im Fluss so schnell versunken? Sind Flugzeuge nicht so konstruiert, dass sie erst eine Weile auf dem Wasser treiben, damit Insassen geborgen werden können?"

Wallin setzte zu einer Antwort an, machte dann aber den Mund wieder zu. Er schaute Hilfe suchend zu Reese und Evers, die aber nicht reagierten. Dann sprach er wieder ins Mikrofon.

„Eine Zeit lang treiben sie auch auf dem Wasser, es sei denn, der Rumpf ist beschädigt und es dringt Wasser ein."

Das war alles sehr interessant, aber niemand stellte die Frage, auf die Dora unbedingt eine Antwort haben wollte. Sie machte einen Versuch und stand auf.

„Was ist mit dem Helden?"

Stille. Dann Gemurmel. *Ja, was ist mit dem Helden?"*

„Wir alle haben das aufopferungsvolle Verhalten der achten Person im Wasser miterlebt und waren tief bewegt. Es finden derzeit Bemühungen statt, den Mann zu identifizieren und ihn angemessen zu ehren. Wir können jedoch zur Zeit nur abwarten und hoffen, dass er identifiziert wird." Mr. Wallin sah zu den anderen beiden Männern. Das war ein guter Schluss. „Lassen Sie uns wieder an die Arbeit gehen."

* * *

George wachte auf, als eine Schwester gerade seinen Blutdruck maß. Das Aufreißen des Klettbandes der Armmanschette zerrte ihn endgültig aus seinen letzten Schlafresten heraus.

„Guten Morgen, Mr. Davanos."

Morgen? Noch völlig benommen schaute er hinüber zur Jalousie.

„Möchten Sie, dass ich sie öffne?"

Egal. Er protestierte nicht, als sie es einfach tat, ohne seine Antwort abzuwarten und seine Augen sich an das Licht gewöhnen mussten. Er warf einen schnellen Blick auf das andere Bett im Zimmer.

Ich bin der einzige Überlebende.

Er hätte gern um mehr Schmerz- und Schlafmittel gebeten. Was man ihm letzte Nacht gegen die Schmerzen verabreicht hatte, war wunderbar gewesen und hatte einen stundenlangen, traumlosen Schlaf bewirkt, aber jetzt holte ihn die Realität *seines* Lebens und des Todes *der anderen* ein und weckte ihn unbarmherzig auf.

Die Schwester nahm seinen Wasserkrug und füllte ihn am Waschbecken auf, wobei sie pausenlos plauderte. „Wir sind so froh, dass Sie die letzte Nacht gut geschlafen haben. Ein paar von den anderen hatten echte Probleme mit dem Schlafen.

Er richtete sich auf. „Andere?"

Sie stellte den Krug auf das Tablett seines Nachttisches und schob es in seine Richtung. „Ja, die anderen Überlebenden."

Er schob das Tablett mitsamt dem Krug von sich weg und setzte sich auf. „Überlebende? Die Menschen, die im Wasser waren, leben also alle noch? Wie viele sind es?"

„Moment mal, Mr. Davanos, immer langsam." Sie schob ihm den Nachttisch und das Tablett mit dem Krug erneut hin, als ob durch ein Glas kaltes Wasser alles besser werden würde.

Vielen Dank, aber mein Bedarf an kaltem Wasser ist fürs Erste gedeckt.

„Meine Güte, nun reden Sie schon, Frau!"

Sie zog missbilligend beide Augenbrauen hoch und warf ihm einen kurzen zornigen Blick zu, bevor sie wieder in der Lage war, die fröhliche Krankenschwestermiene aufzusetzen. „Ursprünglich gab es acht Überlebende; sieben davon sind mit dem Hubschrauber geborgen worden, aber zwei der Geborgenen sind danach noch gestorben." Sie steckte an der einen Seite seines Bettes das Laken fest. „Und natürlich der eine Mann im Wasser, der es nicht geschafft hat. Der Mann, der immer wieder das Rettungsseil an die anderen weitergegeben hat."

„Wovon reden Sie eigentlich?"

Sie zögerte und dann erhellte sich ihr Gesicht wie in einem Aha-Erlebnis. „Stimmt ja, sie waren ja gar nicht bei dem Heck. Sie haben das nicht mitbekommen, weil Sie gar nicht da waren." Sie erzählte ihm von dem Lebensretter und dem Opfer, das er gebracht hatte.

„Jetzt hätte ich gern ein Glas Wasser."

Sie schenkte ihm das Glas voll und er leerte es in einem Zug.

„Ist wirklich alles in Ordnung, Mr. Davanos? Ich wollte sie nicht aufregen."

Er schüttelte den Kopf. Als sie schon gehen wollte, rief er sie noch einmal zurück, aber es war schon zu spät. Seine nächste Frage stellte er in das leere Zimmer hinein: „Was ist mit der Witwe und mit Henry? Waren sie bei den Fünfen?"

Das Telefon klingelte und er nahm den Hörer ab. Suzys Stimme kam wie ein Lebenselixier durch die Leitung. „Bist du das, Papa? Geht es dir gut?"

Fürs erste. Zumindest fürs Erste.

* * *

„Aber Sie müssen etwas essen, Mrs. Cavanaugh. Ihr Körper braucht Nahrung, um gesund zu werden."

Mit einer einzigen Handbewegung fegte Mary das Tablett von sich weg zu Boden. *„Kapieren* Sie nicht, Lady? Ich *will* nicht gesund werden. Meine Familie ist tot! Ich will nicht gesund werden."

Die Schwesternhelferin sammelte die verstreuten Gegenstände und das Tablett auf und verließ fluchtartig das Zimmer.

Die wäre ich fürs Erste los.

Mary starrte auf das Durcheinander auf dem Boden. Da war ein zerlaufener Fleck Wackelpudding, ein Stück Fleisch lag tot in der dazugehörigen Soße, darauf verstreut kleine Möhren wie kühne Striche mit einem orangefarbenen Stift, der eine Botschaft nur für sie geschrieben hatte.

Hier ist die Botschaft, Mary: Deine Familie ist tot. Was hättest du denn gern zum Nachtisch?

Mary ließ sich in die Kissen zurückfallen, obwohl der Duft des Essens sie eigentlich dazu verlockte, aus dem Bett zu steigen und zu essen. Sie drehte sich von dem Anblick und dem Duft weg. Wie konnte sie auch nur an die Befriedigung ihrer eigenen Bedürfnisse denken, wenn ihre Familie nie wieder einen Wunsch oder ein Bedürfnis haben würde? Wenn sie die anderen lebenserhaltenden Grundbedürfnisse ihres Körpers – Sauerstoff, Wasser, Schlaf – ausschalten könnte, sie würde es tun. Sie würde einfach nur daliegen und sich von der Zeit verschlucken lassen, so als hätte es sie nie gegeben.

Sie sah das Licht durch die Jalousie fallen. Wie konnte die Sonne es wagen zu scheinen? Und Blumen … ihr Zimmer war voller Blumen und Karten. Wer tat so etwas? Sie durfte sich nicht mehr an der Schönheit oder dem Duft von Blumen erfreuen oder an der Wärme der Sonne. Das alles war jetzt verboten. Sie schaute hinüber zu dem gerahmten Bild an der gegenüberliegenden Zimmerwand. Es war ein Wüstenmotiv mit einer Reihe großer Kakteen auf pfirsichfarbenem Hintergrund. Ein blau- und rosafarbener Sonnenuntergang hob die Silhouette einer niedrigen Hügelkette hervor. Eine Wüste. Phoenix. Eigentlich hätte sie jetzt in Phoenix sein und ihren Kurzurlaub genießen sollen.

Geschieht dir ganz recht, Mary. Du wolltest vor deiner Familie und deinem Leben davonlaufen? Jetzt ist dir dein Leben ein für alle Mal entrissen worden.

Mary schaute einen Augenblick lang das Bild an und lachte dann. Warum hatte sie nicht ein Zimmer mit einem Gebirgsbild bekommen können oder mit der Darstellung eines französischen Marktplatzes? Oder es hätte doch auch ein Stillleben mit einem perfekt arrangierten Blumenstrauß sein können. Warum hatte Gott sie ausgerechnet in einem Zimmer unterbringen lassen, in dem ein Wüstengemälde hing – ein Bild von ihrem Ziel, zu dem Gott eine Abkürzung gewählt hatte?

Sie sah sich verzweifelt nach etwas Werfbarem in unmittelbarer Nähe ihres Bettes um, mit dessen Hilfe sie das Bild aus ihrem Blickfeld und ihrem Bewusstsein verbannen konnte. Es war aber nichts Passendes mehr zur Hand, denn sie hatte bereits alles zusammen mit ihrem Essenstablett zu Boden befördert.

Sie hatte es nicht anders verdient. Sie saß hier mit diesem Bild fest, das sie verhöhnte und verdammte. Und so sah sie es an und ließ es seine Wirkung tun. Wenn es bewirkte, dass sie sich schlecht fühlte, auch gut.

Sie verdiente das Schlimmste.

* * *

Mary hörte einen Aufruhr vor ihrem Zimmer. Sie presste ihren Körper noch enger an das Kissen und wünschte alle, die da draußen waren, weit weg. *Wussten die Leute denn eigentlich gar nicht, was sich gehörte? War ihnen denn nicht klar, dass Krankenhäuser ein Ort waren, wo Ruhe herrschen sollte und ...*

Mary öffnete abrupt die Augen, als sie die Stimme ihrer Mutter hörte. Genau in dem Augenblick, als sie zur Tür schaute, ging diese weit auf und ein Strom von Verwandten drängte in ihr Zimmer. Ihre Schwiegermutter, zwei Schwägerinnen mit ihren Männern, Onkel Jerry und ...

Ihre Mutter kam auf ihr Bett zu, das Gesicht eine in Falten gelegte Maske des Mitgefühls.

„Oh meine Kleine, meine arme Kleine."

Bevor Mary ihre Verletzungen vor dem Ansturm von Anna Keegans Umarmungen schützen konnte, hatten sich bereits zwei pummelige Arme um ihren Oberkörper geschlungen.

„Autsch!"

Ihre Mutter schreckte zurück. „Ach, es tut mir ja so Leid, mein Schatz."

Mary drückte den Knopf am Bett, mit dem sich das Kopfende hochstellen ließ, sodass sie etwas aufrechter saß. Sie überblickte die Gesichter ihrer Angehörigen und ihr war klar, dass sie keine Ahnung hatten, was sie sagen sollten. Aber ihr ging es auch nicht anders, besonders als Mary in Richtung ihrer Schwiegermutter schaute. Was um alles in der Welt sollte sie zu Mabel Cavanaugh sagen, die ebenso viel Schmerz zu ertragen hatte wie sie selbst?

Mabels Augenbrauen zitterten, weil sie sich so große Mühe gab, die Fassung zu bewahren, aber es war ein verlorener Kampf. Innerhalb von Sekunden war sie auf der anderen Seite von Marys Bett und stand Marys Mutter gegenüber, wobei sie so heftig verneinend den Kopf schüttelte, dass Mary sich fragte, ob sie damit ohne das Eingreifen Gottes wohl je wieder würde aufhören können.

„Ach, Mary, ... mein Junge, mein Junge. Und mein kleiner Justin."

Auf der anderen Seite des Bettes fiel Anna jetzt in ihren eigenen, anderen Kopfschüttelrhythmus ein. „Nein, ach nein, ich kann gar nicht daran denken. Mary lebt. Sie ist nur eine von fünf, die über..."

„Aber mein Junge ist tot. Mein Enkel ist tot."

„Er ist auch mein Enkel."

„Aber deine Tochter ist am Leben."

Marys Mutter beugte sich vor bis zur Mitte des Bettes. „Willst du damit etwa sagen, dass es besser gewesen wäre, wenn Mary auch gestorben wäre?"

Auch Mabel beugte sich vor und die Gesichter der beiden Frauen waren nur wenige Zentimeter voneinander entfernt.

„Ganz bestimmt nicht, aber du kannst doch nicht im Ernst behaupten, dass deine Trauer tiefer ist als meine. Ich habe ein gebrochenes Herz ..."

„Ich etwa nicht?

„Nicht so wie ..."

Die anderen Verwandten griffen ein und zerrten die beiden Frauen aus der Kampfzone direkt über Marys Bett.

Plötzlich erschien eine Schwester, erfasste die Situation mit einem Blick und befahl: „Alle raus hier und zwar augenblicklich!"

Als ihre Stimmen auf dem Gang verklangen, atmete Mary heftig aus und holte danach tief Luft, denn sie merkte, dass sie die ganze Zeit die Luft angehalten hatte. *So viel also zum Thema Verwandtschaft.*

Dann drehte sie sich auf die andere Seite und zog sich wieder das Kissen fest an die Brust. Mehr Trost konnte sie sich im Augenblick nicht zugestehen.

* * *

Sonja hatte nicht gut geschlafen. Sie empfand es als Ironie, dass Krankenhäuser Orte der Ruhe sein sollten, wo es doch so gut wie unmöglich war, eben diese dort zu bekommen, wenn ständig Schwestern mit klappernden Rollwagen oder Tabletts ein und aus gingen.

Sie hatte gefrühstückt und döste jetzt vor sich hin, während sie auf die Visite wartete. Der Zustand des Halbschlafes war am schwersten zu ertragen, weil dann in ihren Gedanken ein Film von den Ereignissen des Absturzes und der Rettungsaktion ablief. Wenn sie doch nur irgendwie die Tiefschlafphase erreichen könnte. Selbst mit dem Nichts eines durch Schlafmittel herbeigeführten Tiefschlafes hätte sie sich zufrieden gegeben. Alles war besser als dieser Endlosfilm der Ereignisse.

Plötzlich war sie hellwach und schlug die Augen auf, weil wieder eine neue Erinnerung kam. *Dale! Allen!*

Sie legte sich eine Hand auf die Brust, damit sich ihr Atem beruhigte. Sie waren beide tot. Sie lagen auf dem Grund des Flusses, kalt, verwundet und tot. Sie hatte bisher nicht an die beiden gedacht – warum *hatte sie eigentlich bisher nicht* an die beiden gedacht? Sie wollte gar nicht wissen, welcher Charakterzug durch diese Auslassung bei ihr offenbart wurde. Und Geraldine ... Geraldine würde sich inzwischen bestimmt kaputtlachen. Ihre Rache war in trockenen Tüchern, Sonja dagegen hatte durch ihre Intrigen nichts erreicht, als dass sie traumatisiert und innerlich zerbrochen war.

Dann hörte sie noch einmal Geraldines Worte, so klar und deutlich, als wäre sie im Zimmer.

„*Warte nur ab, Sonja ..., eines Tages ...*"

Und *eines Tages* war wirklich gekommen.

Sonja erinnerte sich, wie Allen während des Wartens auf den Start im Flugzeug noch einmal zu ihr nach hinten gekommen war, um nach ihr zu sehen. Was hatte sie zu ihm gesagt? „*Mir geht es gut. Ich habe alles im Griff.*"

Was für ein Witz! Wenn durch den Absturz etwas bewiesen worden war, dann, dass sie absolut *nichts* im Griff hatte. Gar nichts. Es war das Gewalttätigste, Unkontollierteste, Drastischste, was sie je erlebt hatte.

Vor ihrem inneren Auge sah sie jetzt Roscoe und hörte seine Stimme. *„Lassen Sie Gott nicht erst etwas Drastisches tun müssen, damit er Ihre Aufmerksamkeit bekommt. Lassen Sie nicht zu, dass er sich herabneigen und Sie schütteln muss. Blicken Sie einmal – nur für einen Augenblick – weg von der Welt und auf zu ihm. Dann werden Sie ihn sehen, wie er auf Sie wartet."*

Hatte Gott das Flugzeug abstürzen lassen, damit sie ihm ihre Aufmerksamkeit schenkte?

Sie zitterte und schüttelte heftig den Kopf. Er würde doch niemals Dutzende von Menschen sterben lassen, damit sie sich ihm vielleicht doch noch zuwandte, oder?

Blicken Sie einmal auf – weg von der Welt ...

Zögernd richtete Sonja ihren Blick aufwärts, aber als sie feststellte, dass dort nichts weiter zu sehen war als die wasserfleckige Decke ihres Krankenzimmers, schaute sie wieder weg.

Roscoe mochte ja ein netter Mensch gewesen sein, aber wenn es um Gott ging, war er ihr doch etwas abgedreht vorgekommen. Nichts von alledem war passiert, weil Gott an Sonja dachte und wollte, dass sie sich ihm zuwandte. Niemals. So etwas konnte sie sich nicht einmal vorstellen. Das würde nämlich bedeuten, dass es einen Grund dafür gab, dass sie noch lebte – und andere Menschen tot waren.

Sie presste die Augen ganz fest zu und zwang sich zu schlafen, wobei sie sich bewusst dafür entschied, lieber die Störung durch ihre Träume in Kauf zu nehmen als ihre seelische Verstörtheit.

* * *

Tina ließ den warmen Tee durch ihren Körper strömen. Nie wieder würde sie Wärme als etwas Selbstverständliches betrachten. Unbeholfen stellte sie den Becher ab. Ihre Finger waren wegen der Erfrierungen immer noch steif und ziemlich unbeweglich.

Sie hörte ein zögerndes Klopfen an der Tür. Es war Pastor Rawlins. „Darf ich reinkommen?"

„Aber sicher."

Er holte hinter seinem Rücken eine Vase mit einer einzelnen gelben Rose hervor.

„Die ist für Sie."

„Wie nett von Ihnen."

Er lachte. „Die ist nicht von mir. Ich bin nur der Überbringer." Er überreichte ihr eine Karte.

„Könnten Sie sie bitte aus dem Umschlag ziehen? Meine Hände sind noch völlig gefühllos." Dann las sie: *Sie haben mich nicht zu dir gelassen. Ich mache heute früher bei der Arbeit Schluss und versuche es dann noch einmal. Ich liebe dich. David.*

Der Pastor steckte die Karte wieder in den Umschlag. „Von jemandem, dem Sie etwas bedeuten?"

„Von meinem Freund."

„Ihrem Freund?"

„Na, so merkwürdig ist es doch nun auch wieder nicht, dass ich einen Freund habe, oder?"

„Nein, natürlich nicht", sagte der Pastor und schaute zur Tür. „Ich habe ihn vorhin kennen gelernt. Er hat die ganze Nacht im Wartezimmer für Angehörige gewartet, aber er musste vor der Arbeit noch nach Hause, um sich umzuziehen. Er hat gesagt, er wäre Ihr Mann."

„Auf gar keinen Fall!" Sie war selbst geschockt darüber, wie heftig dies aus ihr herausbrach.

„Dann habe ich da wohl etwas missverstanden."

Plötzlich dämmerte es ihr. Natürlich, die Krankenhausregeln. David hatte sich bestimmt selbst zu einem nahen Angehörigen *ernannt*, damit er sie besuchen durfte. „Nein, Sie haben nichts missverstanden. Aber er ist nicht mein Mann. Er hat nur ein bisschen Druck gemacht, damit er mich sehen ..."

„Sie klingen aber nicht gerade so, als ob Ihnen das gefallen würde."

„Er ist eine Komplikation."

„Das ist aber eine seltsame Bezeichnung."

„Er möchte heiraten."

„Und Sie wollen nicht."

Sie zuckte die Achseln und ihr war dabei bewusst, dass es eine unvollständige Geste war. Ihre Gefühle waren vielschichtiger, als sie es ausdrücken konnte. Und sie war nicht fair. Davids Versuche sie zu sehen, waren etwas Gutes. Er war besorgt und das war ganz normal. „Sie müssen verzeihen. Ich bin durcheinander; im Augenblick weiß ich gar nichts, nicht einmal was ich selbst denke."

Er legte seine Hand auf ihren Arm. „Wenn man eine solche Katastrophe durchlebt, wird alles komplizierter. Meinen Sie das vielleicht?" Er schaute sie hoffnungsvoll an.

War es das, was sie mit ihren groben Kommentaren über David gemeint hatte? „Vorher gab es viel zu überlegen – jetzt viel weniger."

Sie schüttelte den Kopf und wünschte, eine Zeit lang einmal gar nichts denken zu können.

Das Telefon klingelte, und der Pastor reichte ihr den Hörer.

„Tina! Meine Kleine. Bist du in Ordnung?"

Beim Klang der Stimme fing Tina an zu weinen. Sie war plötzlich wieder Kind, ein Kind, das nur eine einzige Stimme hören will, wenn ihm etwas wehtut oder es Angst hat.

„Oh, Mama ..."

Pastor Rawlins nickte verständnisvoll, gab ihr ein Taschentuch und verließ leise das Zimmer.

„Wir haben dich lieb, mein Schatz."

„Ich euch auch."

Tina sank in die Kissen und barg sich darin wie in einer Umarmung ihrer Eltern.

* * *

Nachdem sie mit ihren Eltern gesprochen hatte, saß Tina schweigend da und schwelgte noch eine Weile in ihrer Fürsorge. Sie hatten sich dafür entschuldigt, dass sie nicht gekommen waren, aber sie waren nicht bei guter Gesundheit und auch finanziell waren sie nicht besonders gut gestellt. Sie verstand und ihre Stimmen waren ihr Trost genug. Sie hatte sich immer auf die beiden verlassen können.

Aber etwas, das ihr Vater gesagt hatte, ging ihr nicht aus dem Kopf. Er hatte gefragt, ob sie schon die anderen Überlebenden oder die Hubschrauberpiloten kennen gelernt hätte. Das war nicht der Fall und ihr Problem war, dass sie auch nicht wusste, ob sie es fertig bringen würde, Kontakt mit ihnen aufzunehmen. War es gut, eine solche Krise noch einmal zu durchleben? Sie wollte wirklich gern ‚Hallo' und ‚Danke' sagen, aber sie war einfach noch nicht so weit. Offenbar musste sie erst noch etwas gesünder werden, und sie fürchtete, dass in diesem Genesungsprozess die Tage im Krankenhaus nur der Anfang sein würden. Der Körper heilt schneller als schreckliche Erinnerungen.

Als Tina ihre Augen zufallen ließ, versöhnte sie sich mit der Tatsache, dass es nur einen Mann gab, den sie wirklich kennen lernen wollte – und der war tot.

Vielleicht war es besser, von allen anderen Männern die Finger zu lassen.

* * *

Tina spürte, wie jemand ihr über den Kopf strich. *Die Schwestern überschlagen sich ja förmlich, was persönliche Aufmerksam...*

„Ich liebe dich, Tina."

Was?

Tina schlug die Augen auf und David lächelte zu ihr herunter. „Hallo, du da."

Sie rückte ihre Schultern auf dem Kissen zurecht. „Soso..., ich habe gehört, wir sind verheiratet. Du hättest nicht sagen sollen, dass du mein Mann bist."

Er trat einen Schritt zurück. „Ich freue mich auch, dich zu sehen."

Er drückte ihr eine Vase mit 11 gelben Rosen in den Arm. „Hier sind die anderen elf." Er deutete mit dem Finger auf die Vase mit der einzelnen Rosenknospe, die auf der Fensterbank stand. „Wie ich sehe, hast du die eine ja bekommen, die ich dir durch den Pastor habe schicken lassen." Er warf einen Blick auf all die anderen riesigen Blumengestecke und Karten, die von völlig fremden Menschen geschickt worden waren. „Habe ich Konkurrenz?"

„Vielleicht."

Er wandte sich jetzt, um zu gehen. „Bis spä..."

Tina seufzte. „Komm zurück, David. Es tut mir Leid. Die Blumen sind von meinen Eltern, von Freunden, Kollegen und Menschen, die ich gar nicht kenne. Es gibt keinen Konkurrenten."

Nach einem kurzen Zögern kam er noch einmal ans Bett zurück und Tina sah ihm an, dass er ihr verziehen hatte. Das war typisch für ihn. Er konnte nie lange böse sein. Im Unterschied zu manch anderen Leuten, die sie kannte ...

Sie streckte ihm die Hand hin und er nahm sie, während er gleichzeitig ihren Körper etwas genauer betrachtete.

„Du hast ein Bein gebrochen?"

Sie nickte.

„Ich war auf der Arbeit und habe irgendwann gemerkt, dass alle wie gebannt im Fernsehen die Nachrichten verfolgten. Dann habe ich das Wrack mit dem Logo der Fluggesellschaft erkannt, und als ich dann hörte, dass es sich um Flugnummer ..." Seine Stirn wurde ganz kraus. „Ach Tina, es ist ein solches Wunder, dass du überlebt hast."

„Ich weiß."

„Ich habe gestern Abend und dann heute Morgen versucht, zu dir vorzudringen, aber man hat mich nicht gelassen."

„Pastor Rawlins hat gesagt, mein Mann sei da."

Er wurde rot. „Tut mir Leid, aber ohne diese Lüge hätte ich keine Chance gehabt."

„Du sollst nicht falsch Zeugnis reden."

„Auch wenn ich hoffe, dass es eines Tages wahr sein wird."

„David ..."

Er nickte. „Ich weiß. Das ist jetzt nicht der richtige Zeitpunkt. Du musst dich ganz darauf konzentrieren, gesund zu werden und hier herauszukommen."

„Der Arzt hat gesagt, bald, aber ich möchte jetzt sofort nach Hause." Sie reichte ihm die Vase mit den Blumen, und er stellte sie auf dem Nachtschrank ab.

„Du bist so sachlich und nüchtern bei all dem, Tina. Solltest du nicht eigentlich irgendeinen posttraumatischen Stress oder so was durchmachen?"

Aus irgendeinem Grund machte sie diese Aussage wütend. „Keiner hat das Recht, mir zu erzählen, was ich fühlen sollte und was nicht. *Ich bin* diejenige, die das durchgemacht hat. *Ich bin* diejenige, die versucht, so gut es eben geht, damit fertig zu werden. *Ich bin* ..."

Plötzlich wurde ihr die eigentliche Ursache ihres Zorns bewusst. Es hatte gar nichts mit David, einer eventuellen Verlobung oder auch nur mit ihrem körperlichen Zustand zu tun. *Ich bin diejenige, die die Chance hatte, einem Mädchen, das auf der Suche war, von Gott zu erzählen, und ich habe diese Chance ungenutzt verstreichen lassen. Und jetzt ist sie tot. Es gibt keine Chance mehr. Keine Chance mehr.*

Sie bedeckte ihr Gesicht mit den Händen.

„Was ist los? Es tut mir Leid. Ich wollte dich nicht aufregen."

Sie schüttelte abwehrend den Kopf. Es war nicht seine Schuld. Sie war es, die nicht mit sich im Reinen war. Was war los mit ihr? Sie benahm sich nicht wie jemand, der knapp dem Tod entronnen war. Sie benahm sich so unbekümmert wie jemand, der sich ein Bein gebrochen hat, weil er einem abgefahrenen Zug hinterhergerannt ist.

Dieser Zug ist definitiv abgefahren, Tina. Du hast deine Chance gehabt, und du hast sie vertan. Sie presste Unter- und Oberkiefer fest aufeinander. Es war an der Zeit, dieser Tatsache ins Auge zu sehen, so oder so.

„Ich möchte dich bitten, etwas für mich zu tun, David."

„Was immer du willst."

„Du musst für mich die Eltern des Mädchens finden, neben dem ich im Flugzeug gesessen habe. Mit Vornamen hieß sie Melly. Ihren Nachnamen weiß ich nicht, aber sie hat einen Großvater namens

Carpello, Carpelli oder so. Er lebt hier in der Stadt. Sie kam aus Phoenix."

„Aber wie soll ich sie finden?"

„Ich bin sicher, dass ihre Eltern in der Stadt sind, um sie zu identifizieren."

Er strich ihr das Haar aus dem Gesicht. „Warum musst du sie unbedingt finden? Und was soll ich ihnen sagen, wenn ich sie gefunden habe?"

So weit hatte sie noch gar nicht gedacht. Was wollte sie der Familie eines toten Mädchens sagen, das sie nur wenige Stunden gekannt hatte? Welchen Trost konnte sie ihnen schon geben?

Welchen Trost können sie mir geben?

Der Egoismus dieses Gedankens traf sie wie ein elektrischer Schlag.

„Jetzt guckst du wieder so ..."

Sie wollte sich abwenden, ließ es dann aber doch. Sie musste sich dem stellen – und zwar allem. Die Wahrheit war, dass sie gar nicht mit Mellys Eltern sprechen wollte, um sie zu trösten oder ihnen von den letzten Stunden des Mädchens zu berichten. Tina wollte die Bestätigung, dass das, was sie unterlassen hatte – was sie nicht gesagt hatte –, nicht so wichtig gewesen war.

Sie griff nach ihrem Wasserglas, aber David hatte es bereits in der Hand, bevor sie die Bewegung auch nur zu Ende bringen konnte. *Ich habe ihn gar nicht verdient.*

Er zog seinen Stuhl näher ans Bett heran und sah sie mit sorgenvollem Blick an.

„Du kannst es mir sagen, Tina. Du kannst mir wirklich alles sagen, egal, was es ist."

Sie fragte sich, ob das wohl stimmte. Würde er ihr auch dann noch seine Liebe gestehen, wenn er herausfand, was für eine sie war – ein Schlaffi, wenn es um Gott ging? Ein Feigling? Eine überhebliche, egoistische Frau, die nur an sich selbst dachte und an das eher geringfügige Unbehagen bei dem Gedanken, dass Melly ablehnen könnte, was sie zu sagen hatte? Ihr Gedankengang wurde durch noch einen weiteren Gedanken unterbrochen. „Ich habe nur von mir selbst geredet."

„Bitte?"

Sie spielte in Gedanken ihr Gespräch mit Melly noch einmal durch. Das Mädchen hatte über sich selbst gesprochen, aber nicht, weil Tina sich interessiert gezeigt hätte. Der Großteil des Gespräches hatte sich um Tina gedreht – Tinas Gedanken, was Tina hasste und Tinas Bedürfnisse. Selbst wenn Melly geredet hatte, war es Tina gelungen, das Gespräch so zu wenden, dass es doch wieder um sie selbst ging. Es war erbärmlich. Es war ekelhaft.

„Ich bin der egoistischste, überheblichste, unsicherste, unduldsamste, egoistischste ..."

„*Egoistisch* hast du zweimal gesagt."

„Halt mich bloß nicht auf, ich bin gerade gut in Schwung."

Er setzte sich auf seinem Stuhl zurück, verschränkte die Arme und grinste.

„Und lach gefälligst nicht über mich! Das ist eine ernste Angelegenheit."

Er ließ das Grinsen und berührte zart ihren Arm. „Ich lache nicht, aber das alles habe ich schon mal irgendwo gehört."

„Nein, hast du nicht. Ich habe mich nämlich noch nie so gefühlt."

„Doch, das hast du wohl. Erinnerst du dich noch daran, wie du dich vor einem halben Jahr für ein Gemeindeamt beworben und dich dann deshalb so mies gefühlt hast? Damals hast du eine ähnliche Aufzählung abgespult. Allerdings war damals, glaube ich, auch noch *stolz* dabei."

Sie schloss die Augen und hasste die Erinnerung an die besagte Demütigung. Sie hatte während der Wahl ihre Bewerbung zurückgezogen, allerdings mehr aus Angst, keine Stimmen zu bekommen als aus Zerknirschung, obwohl sie auch diese äußerst heftig empfunden hatte. Hatte sie sich nicht damals mit all diesen hässlichen Charakterzügen ernsthaft auseinander gesetzt? Warum musste sie sich dann jetzt schon wieder damit befassen?

„Hast du eigentlich auch Schwächen, die dir zu schaffen machen, David?"

„Sag du's mir."

„Das ist nicht fair. Ich habe meine Liste aufgesagt, jetzt bist du an der Reihe."

Er brauchte nur einen kurzen Augenblick zum Überlegen. „Ich bin zu passiv, stelle mich Fehlern nicht; schiebe auf und träume zu viel, und ich mag keine Überraschungen."

„Das ist erbärmlich."

Er ließ den Kopf hängen. „Ich weiß ..."

„Nein, ich meine deine Liste ist erbärmlich. Tut mir Leid, aber Aspekte wie Tagträumen und nicht gern streiten kann doch Charakterzügen wie Gleichgültigkeit und Egoismus nicht das Wasser reichen."

„Tut mir Leid," sagte er, „ich werde daran arbeiten."
„Tu das."

Er fuhr mit seinem Zeigefinger um eine Abschürfung an ihrem Unterarm. „Du hast mir immer noch nicht gesagt, weshalb du Mellys Eltern ausfindig machen willst. Ich nehme mal an, es hat mit dieser Tirade gegen dich selbst zu tun?"

Sie nickte und gemeinsam beobachteten sie, wie er seine Linien zog. Es fühlte sich gut an und Tina wusste, dass sie einfach einschlafen konnte, wenn sie sich ein bisschen Mühe gab. Sich keine Gedanken mehr machen, sich nicht mehr auseinander setzen, einfach entfliehen.

Nein. Sie zog ihren Arm weg und hob entschlossen das Kinn. „Hast du schon mal irgendjemandem Zeugnis gegeben, David? Jemandem von Gott erzählt?"

„Nicht so oft wie ich es eigentlich hätte tun sollen."

„Aber du hast es schon getan?"

„Klar."

Er sagte das so locker, als ob es ganz einfach wäre, mit jemand völlig Fremdem über Gott zu reden. Vielleicht war das ja auch wirklich so. Vielleicht war das ja die Wurzel des Problems. Wenn sie eine gottesfürchtigere Frau wäre, dann würde ihr das Reden über Gott vielleicht ganz leicht fallen.

„Hast du mit Melly über Jesus geredet?"

Tränen folgten und dann das Wort *Nein!* Sie griff nach einem Papiertaschentuch.

„Nein, habe ich nicht. Begreifst du denn nicht? Melly – dieses süße, offene Mädchen – hat mich nach Gott gefragt, und ich habe ihr keine Antwort gegeben."

„Warum nicht?"

„Weil ich nicht wusste, wie ich das Richtige sagen sollte, weil mir nicht danach war, das Richtige herauszufinden, und im Grunde, weil ich Angst hatte, dass sie meine Überzeugung und was ich zu sagen hatte, ablehnen würde."

Sie schniefte laut. „Ach David, ich hatte die Chance, dabei zu helfen, dass ein Mensch die Ewigkeit bei Gott verbringen kann, und ich hab's vermasselt. Jetzt ist sie tot. Wer hätte gedacht, dass Gott einmal so auf mich zählen würde? Ich meine, ausgerechnet auf *mich*."

„Und weshalb möchtest du ihre Eltern kennen lernen?"

„Weil ich herausfinden möchte, ob sie Jesus schon gekannt hat; vielleicht wollte sie nur mehr über ihn erfahren. Vielleicht hing ihr Seelenheil ja gar nicht von dieser einen Frage ab."

„Von welcher Frage?"

Tina sah ihn an, und ihr schmerzender Körper war gar nichts im Vergleich zu ihren seelischen Schmerzen. „Sie hat mich gefragt – und zwar wörtlich: ‚Weiß Gott, dass ... interessiert er sich für ...?'"

„Sie?"

„Sie. Sie war auf der Suche. Sie wollte wissen, ob er sie liebte. Ob er sich für ihre Pläne interessierte. Sie wollte wissen, ob sie ihm wichtig war. Und das habe ich ihr nicht gesagt." Tina schluchzte und schüttelte den Kopf. *Schuldig im Sinne der Anklage.*

David nahm sie in die Arme. „Ich werde sie ausfindig machen, Tina. Ich finde Mellys Eltern."

* * *

Anthony zappte wahllos durch die Fernsehprogramme und führte sich genussvoll die Berichte über den Absturz zu Gemüte. Und während ein ums andere Mal in kurzen Filmabschnitten die Rettungsaktion gezeigt wurde, fragte er sich immer wieder: *Und das habe ich überlebt?*

Es war ein Wunder. *Sein* Wunder. Er war eine Berühmt ...

Ein stechender Schmerz schoss ihm durch den Oberkörper und blieb einen Augenblick, sodass es ihm die Tränen in die Augen trieb. Zufällig kam gerade eine Schwester herein und eilte an sein Bett.

„Ist alles in Ordnung?"

Er nickte und sah wieder auf den Bildschirm. Ein Reporter berichtete über den Helden und die Nachforschungen über seine Identität.

Die Schwester nickte verständnisvoll. „Ah, jetzt verstehe ich, aber sie sollten sich deshalb nicht schlecht fühlen."

Als der Schmerz nachließ, konnte Anthony endlich ausatmen.

„Weshalb sollte ich mich denn schlecht fühlen?"

Sie nickte in Richtung Fernseher. „Weil sie noch am Leben sind... und er ... na ja, ... sie sollten sich deshalb jedenfalls nicht schlecht fühlen."

Er musste wegen der Absurdität dieses Gedankens blinzeln. „Daran verschwende ich wirklich keinen Gedanken."

Sie starrte ihn ungläubig an und hatte dabei verblüffende Ähnlichkeit mit einem Kabeljau. Warum konnte er eigentlich nicht von einer hübschen Krankenschwester betreut und gepflegt werden?

Sie zeigte auf den Bildschirm. „Aber der Lebensretter ..."

„... ist gestorben, ich weiß. Die Medien sind ja voll davon. Er ist das Bäuerchen des neuesten Medienbabys. Er ist tot und das ist wirklich zu schade, aber fünf von uns sind noch am Leben. Ich habe noch kein einziges Interview mit einem von uns gesehen. Wir haben schließlich auch eine Geschichte zu erzählen."

„Das Krankenhaus wird nicht erlauben ..."

Das war es also. „Das Krankenhaus hat die Reporter weggeschickt? Weshalb um alles in der Welt?"

„Damit Sie Ruhe haben, sich erholen und gesund werden können. Und damit Sie vergessen."

Er ließ sich zurück in die Kissen sinken und nickte. „Bestimmt haben die Anwälte der Fluggesellschaft die Krankenhausverwaltung dazu gebracht. Die wollen doch, dass wir schlafen – oder vielleicht warten sie ja nur darauf, dass wir auch noch sterben – damit es den einen oder anderen Prozess weniger gibt, einen Bericht weniger über menschliches Versagen, technische Mängel oder Fahrlässigkeit. Ich bin Arzt, ich weiß, wie solche Prozesse laufen. Ich kenne die Psyche von Anwälten und Tätern."

Die Schwester sah jetzt sehr entschlossen drein. Sie schaute ihn wütend an. „Das glaube ich Ihnen aufs Wort."

„Was soll denn das heißen?"

Sie sah kurz zur Tür, als wolle sie sich vergewissern, ob sie auch wirklich allein waren.

„Ich kann mir eigentlich gar nicht vorstellen, dass Sie unbedingt mit Reportern zu tun haben wollen."

„Wie um alles in der Welt kommen Sie denn darauf?"

Sie nickte in Richtung des Fernsehers. „Sie waren heute *sehr wohl* schon in den Nachrichten. Haben Sie es nicht gesehen?"

Anthony setzte sich ein wenig aufrechter hin. „Wovon reden Sie eigentlich?"

Die Schwester zögerte kurz. „Es wurde ein Video von der Rettungsaktion gezeigt."

Mit ihr zu reden war, als ob man sich einen Splitter aus dem Finger pulen musste.

„Und?"

„Die Menschen haben gesehen, was Sie getan haben ..., was Sie getan haben, um das Rettungsseil zu bekommen."

Anthony verdrehte entnervt die Augen im Kopf.

„Also wirklich, nicht das schon wieder."

Die Schwester sah ihn nur völlig entgeistert an und sagte dann: „*Das* – war der Frau das Seil wegzuschnappen, als Sie gar nicht an der Reihe waren."

„Ich habe überhaupt nichts weggeschnappt. Die Frau neben mir ..."

„Belinda Miller."

„Wie auch immer sie hieß. Sie konnte sich jedenfalls nicht an dem Seil halten. Dann ist es zu mir hingeschwungen. Ich habe es ihr nicht aus den Händen gerissen. Außerdem hatte ich kaum Zeit für ein höfliches ‚Nein, bitte nach Ihnen'."

„Sie ist gestorben."

Er hielt kurz inne.

„Haben Sie darauf gar nichts zu entgegnen?"

„Das ist schade."

„Sie haben das Seil an Ihrer Stelle genommen. Vielleicht wäre sie noch am Leben, wenn sie vor Ihnen herausgekommen wäre."

Jetzt reichte es Anthony aber wirklich. „Wenn Sie darauf warten, dass ich mich schlecht fühle, weil ich noch am Leben bin, dann nehmen Sie Platz und machen Sie es sich bequem, denn das könnte dauern."

Die Schwester schüttelte nur den Kopf. „Sie sind hoffnungslos, nicht wahr?"

„Ganz und gar nicht. Ich bin voller Hoffnung. Ich lebe noch, weil ich leben soll. Und deshalb bestehe ich auch darauf, dass ein Reporter zu mir vorgelassen wird, und zwar sofort. Ich will meine Geschichte erzählen."

„Ich weiß nicht, ob das geht, Mr. Thorgood."

„*Doktor* Thorgood."

Sie korrigierte sich nicht.

„Ich bin sicher, dass es ganz bestimmt möglich ist. Wie heißt denn der zuständige Mitarbeiter in der Klinik?"

„Ich möchte ihn nicht behelligen, Mr. ..."

„Es ist sein Job, von Leuten behelligt zu werden. Wie heißt er?"

Sie nannte den Namen und Anthony rief ihn an. Nicht einmal eine Minute später wurde Anthony von einem äußerst zuvorkommenden Verwaltungsmitarbeiter versichert, dass die zurückgehaltenen Medienleute natürlich umgehend vorgelassen würden.

Er konnte es kaum erwarten. Es war an der Zeit, dass die Welt von Dr. Anthony Thorgood erfuhr.

ACHT

Hilf, Herr! Die Heiligen haben abgenommen,
und gläubig sind wenige unter den Menschenkindern.
PSALM 12,1

Dora konnte ihr Glück kaum fassen. Nachdem sie an der Pressekonferenz der Fluggesellschaft teilgenommen hatte, schaute sie noch schnell beim Krankenhaus vorbei, wider alle Vernunft hoffend, dass die Interviewsperre mit den Überlebenden des Absturzes inzwischen aufgehoben war und sie jetzt die Anweisungen ihres Chefs befolgen konnte. Sie war gerade zur Tür hereingekommen, als die Aufregung losging. Eine Horde von Reportern umschwärmte einen Mann im Anzug, der durch einen Ausweis an seinem Revers als Mitarbeiter der Klinik ausgewiesen war. Sie zeigten auf wie Schüler im Unterricht, die unbedingt etwas Tolles machen wollen. *Hier! Ich! Nehmen Sie mich dran!*

Dora rannte vor auf der Suche nach einem geeigneten Posten. Der Verwaltungsmann des Krankenhauses hob beschwichtigend eine Hand, um den Aufruhr etwas zu dämpfen. „Einer vom Fernsehen, einer von einer Zeitung."

„Das ist alles?"

„Das ist nicht gerecht."

„Entweder so oder gar nicht", sagte er. „Nur ein einziger Patient hat Interesse bekundet, mit der Presse zu reden, und auch wenn er zugestimmt hat, müssen wir daran denken und im Blick behalten, was er gerade durchgemacht hat." Er schaute direkt zu Dora hinüber. Sie hatte ihn einmal für einen Artikel über die neue Traumatologie-Abteilung interviewt. Er war eine Art Assistent des Verwaltungschefs ... Aaron? Arnold? Arnie – ja, das war es. Sie lächelte ihn an, wedelte ein bisschen mit den Fingerspitzen und murmelte lautlos vor sich hin: „Bitte, Arnie."

Er lächelte zurück. „Dora? Nehmen wir doch Sie und ..." Er schaute herum und sah dann einen Fernsehreporter an. „Und Sie. Gehen wir."

Er scheuchte die beiden Reporter und einen Kameramann durch die Menge in Richtung der Aufzüge.

„Und wann sind wir mal an der Reihe?", rief einer der nicht so Glücklichen hinter ihnen her.

Arnie rief über seine Schulter hinweg: „Wenn ich es sage." Sie stiegen in den Aufzug, und als sich die Türen schlossen, lachte er. „Das wollte ich schon mein ganzes Leben lang einmal sagen."

Dora und die anderen lachten pflichtschuldig. Sie streckte ihm die Hand hin. „Ich bin Dora Roberts. Wir haben vor ein paar Monaten schon einmal ..."

Er sah sie charmant an, als er sagte: „Ich erinnere mich."

Und dabei sah er ihr einen Moment zu lange in die Augen, so lange, bis sie wegschauen musste, weil sich der Fernsehreporter vorstellte.

„Stephen Brady, von WDIU. Und das ist Wayne." Der Kameramann nickte, offenbar nicht beleidigt darüber, dass sein Nachname einfach unterschlagen wurde. „Mit wem werden wir sprechen können?"

„Anthony Thorgood – *Doktor* Anthony Thorgood, wie Sie sicher schnell feststellen werden, wenn Sie ihn anders nennen."

„Wow", sagte Stephen, „das kann ja interessant werden."

„Ich glaube, davon können Sie ausgehen."

„Was ist mit den anderen Überlebenden?", fragte Dora.

„Bald."

„Sind sie schwer verletzt?"

„Nicht schlimmer als ..."

„Warum ist er dann ...?"

Er zwinkerte ihnen lächelnd zu. „Das herauszufinden, überlasse ich Ihnen."

Sie traten aus dem Aufzug und Arnie führte sie zu Dr. Thorgoods Zimmer. Er klopfte an. „Dürfen wir?"

„Sie dürfen eintreten."

Dora und Stephen wechselten einen Blick. *Sehr wohl, eure Majestät.*

Dr. Thorgood saß in seinem blauen Krankenhausnachthemd im Bett. Der obere Rand seines Brustverbandes war zu sehen. Er hatte die Hände in seinem Schoß gefaltet und thronte hoch erhobenen Hauptes im Bett, während er sie taxierte.

„Wer ist wer?" sagte er schließlich.

Dora und Stephen stellten sich vor.

„Hmmm."

War das nun ein positives oder ein negatives ‚Hmmm'?

Wayne baute die Kamera auf und nickte Stephen zu, als er fertig war. Stephen räusperte sich und sprach dann ins Mikrofon: „Und, Mr. – Dr. – Thorgood, wie geht es Ihnen?"

„Wie es mir geht?" Thorgood lachte. „Also, das ist wirklich die geistloseste Frage, die mir je gestellt worden ist." Er deutete auf Arnie. „Wenn das die besten Reporter sein sollen ..."

Stephen unterbrach ihn. „Ich meinte, wie es ihnen damit geht, einer von fünf Überlebenden zu sein aus einem Flugzeug in dem fast hundert Passagiere saßen?"

Dora hatte damit gerechnet, Worte wie *glücklich* oder *beschenkt* zu hören, stattdessen war seine Antwort: „Bestätigt."

Das hatte sie nicht erwartet. Ihre spontane innere Reaktion darauf war nicht gerade freundlich und Stephen war von der Antwort dermaßen überrascht, dass ihm die Worte fehlten. Dora griff ein. „Würde es Ihnen etwas ausmachen, uns das ein wenig genauer zu erklären, Doktor?"

„Natürlich nicht." Thoorgood atmete einmal tief durch. „Die Tatsache, dass ich ja offensichtlich auserwählt worden bin weiterzuleben, beweist doch, dass es in meinem Leben noch etwas gibt, das ich erreichen soll. Mein Überleben ist die Bestätigung, dass mein Leben etwas wert ist."

Stephen stürzte sich sofort auf diese Äußerung. „All die anderen Leute, die gestorben sind ... Wollen Sie damit sagen, dass deren Leben es *nicht* wert war, fortgesetzt zu werden? Sind sie demnach umgekommen, weil sie nichts mehr – wie Sie es ausdrücken – ‚erreichen' konnten in ihrem Leben?"

Thorgood überlegte kurz und zuckte dann mit den Schultern. „Die Tatsachen sprechen doch für sich."

„Aber ..."

Mit einer Handbewegung fegte er die Frage vom Tisch. „Aber der Grund, weshalb ich Sie herbestellt habe, ist der, dass ich mich dafür verantwortlich fühle, Licht in die abstoßende Missachtung des Lebens seitens der Fluggesellschaft *Sun Fun Airlines* zu bringen. Das Flugzeug hätte bei dermaßen katastrophalen Witterungsbedingungen niemals starten dürfen. Dadurch, dass es dennoch geschah, wurde das Schicksal von ..." Er schaute zu Stephen. „Wie viele Tote gibt es?"

„Fünfundneunzig."

„...von 95 Menschen besiegelt, ganz zu schweigen von dem immensen Leid und den großen Schmerzen, die uns Überlebenden zugefügt wurden. Ich für meine Person werde die Fluggesellschaft verklagen, und wenn es nach mir geht, wird *Sun Fun Airlines* nie wieder die Sonne sehen."

Dora befand sich in einer Art Schockzustand. Eine solche Arroganz war ihr noch nie untergekommen. Sie beschloss, offensiv vorzugehen und die Fragen zu stellen, die sie aus Rücksicht auf das, was die Überlebenden durchgemacht hatten, erst einmal zurückgestellt hatte. *Dieser Mann hat kein Mitgefühl verdient.* „Noch einmal zurück zu der Rettungsaktion, Dr. Thorgood. Die ganze Welt hat gesehen, wie Sie der später verstorbenen Belinda Miller das Rettungsseil weggenommen haben. Wie erklären Sie Ihr...?"

Er warf seine Hände gen Himmel. „Zum x-ten Mal, ich habe gar nichts weggenommen. Es ist mir förmlich in die Hände gefallen. Ich habe das Seil nur genommen und festgehalten, so wie jeder andere es auch getan hätte."

„Nicht jeder", sagte Dora.

„Ja, ja, der Lebensretter. Wenn er hier wäre, würde ich mich bei ihm bedanken. Aber ich wette, dass seine Familie ihn nicht auf einen Sockel stellt, wie ihr Journalisten es macht. Sie hätten ihn lieber lebendig als heilig gesprochen."

„Aber *wenn* er noch am Leben wäre, dann wären Sie es vielleicht nicht mehr", warf Stephen ein.

„Ach, ich hätte überlebt, so oder so."

Thorgoods letzter Satz sagte alles. Dora spürte, wie alle weiteren Fragen in ihr erstarben. Stephen und Wayne ging es anscheinend ebenso. Denn mit nur einem kurzen Blick verständigten sich die beiden miteinander und Wayne schaltete die Kamera ab, während Stephen das Mikrophon aus der Hand legte. Dora war damit absolut einverstanden. Die drei machten sich für den Aufbruch bereit.

„Hey! Was ist denn nun mit meiner Geschichte?"

Sie wollten zwar dringend eine Geschichte, aber so dringend nun auch wieder nicht. *Such dir andere Schachfiguren, Freundchen.*

* * *

Anthony spürte, wie sein Blutdruck stieg. Wie konnten die es wagen, einfach so zu gehen? Sie hatten ja keine Ahnung.

Der Verwaltungsmensch – Arnie Wasweißich – kam wieder in sein Zimmer und trat ein, ohne anzuklopfen.

„Sie haben echt ein Händchen dafür, Versager auszusuchen", sagte Anthony. „Wie haben Sie das gemacht, eine Umfrage gestartet nach den unfähigsten Journalisten?"

Arnie machte langsam die Tür zu und Anthony beschlich das dumpfe Gefühl, dass er gleich Prügel beziehen würde. *Versuch's nur, Meister, wo wir schon gerade beim Verklagen sind ...*

Aber der Verwaltungsmann schlug ihn nicht. Er lehnte sich nur ruhig und lässig gegen die Türklinke, wobei er mit den Händen seinen Steiß abpolsterte. Er blickte zu Boden und schwieg, was noch beunruhigender war.

„Haben Sie Ihre Zunge verschluckt?"

Arnie blickte auf und lächelte. Das letzte Mal, als Anthony ein solches Lächeln untergekommen war, hatte ihm ein übereifriger Polizist einen Strafzettel für zu schnelles Fahren überreicht.

Anthony seufzte. „Jetzt sagen Sie endlich etwas oder lassen Sie mich in Ruhe."

„Ich möchte Ihnen nur noch eines sagen, Mr. Thorgood. Und wenn Sie das irgendeinem Menschen gegenüber wiederholen, werde ich es leugnen."

„Ooh, das klingt aber gut."

Arnie gab ein schnaubendes Lachen von sich. „Es *ist* gut. Aber Sie sind es nicht, Mr. Thorgood. Gut meine ich."

„Sie wissen ganz genau, dass ich Doktor Thorgood heiße, und Sie haben nicht das Recht ..."

Arnie hob eine Hand und nickte. „Ich schweife ab. Lassen Sie mich sagen, was ich zu sagen habe, und dann überlasse ich Sie sich selbst."

Anthony verschränkte die Arme, den Schmerz seiner Rippen um der Wirkung dieser Geste willen ignorierend. „Das klingt ja richtig viel versprechend."

„Vielleicht bin ich kein außergewöhnlicher Mann oder würdig oder weise, aber ich habe eine Meinung, die auch etwas zählt."

Anthony verdrehte die Augen im Kopf. Das dauerte ja ewig. „Und?"

Der kleine Mann stand sehr aufrecht, die Schultern nach hinten gezogen. „Sie sind zwar einer der fünf Auserwählten, die gerettet worden sind. Und dennoch, alles in allem glaube ich, dass Gott damit einen Fehler gemacht hat."

Mit diesen Worten ging er und machte die Tür fest hinter sich zu.

* * *

Nachdem sie mit dem Aufzug in die Eingangshalle zurückgefahren war, entschuldigte sich Dora bei dem Fernsehteam und schlüpfte zu den Toiletten. Ihr Herz schlug doppelt so schnell wie normal. Obwohl ihr Interview mit Thorgood ein Fehlschlag gewesen war, hatte es ihren Appetit auf Gespräche mit den anderen Überlebenden angeregt.

Super. Sie musste wieder dort hinauf und jetzt, da sie wusste, wo die Überlebenden lagen ... *Sie werden mich aufhalten. Sie wissen, dass ich keine Angehörige bin.*

Es war egal, sie musste es einfach versuchen. Sie warf noch einmal einen Blick in den Spiegel und bemühte sich, mögliche Spuren von Hektik aus ihrem Gesicht zu entfernen und es ruhig und gelassen wirken zu lassen, aber sie bekam einfach dieses Feuer nicht aus ihrem Blick. Na gut, dann musste es eben so gehen.

Dora verließ die Toilette, umging den Pulk von Journalisten, die sich immer noch in der Eingangshalle drängten, und marschierte geradewegs auf einen langen Korridor zu. Etwas abseits fand sie ein Treppenhaus.

Sechs Etagen lagen vor ihr. Ein gutes Fitnesstraining.

* * *

Im Treppenhaus vor dem Eingang zur sechsten Etage hielt sie inne, um wieder zu Atem zu kommen. Jetzt kam der schwierige Teil. Wenn sie sich doch nur lange genug unsichtbar machen könnte, um in die Zimmer der Überlebenden zu gelangen.

Sie kaute auf dem Rand ihres Notizblocks herum und dachte nach. Dann hatte sie eine Idee. Sie steckte den Block in ihre Handtasche und betrat die Station im sechsten Stock.

Wie erwartet, kam eine Schwester vorbei und machte eine doppeldeutige Bemerkung: „Ich dachte, Sie wären fertig mit Dr. Thorgood."

Dora ging einfach weiter und hoffte sehr, dass sie selbstsicherer und unschuldiger aussah, als sie sich fühlte. „Ich habe meinen Notizblock in seinem Zimmer liegen gelassen. Ich bin sofort wieder weg." Sie hatte ein ganz kleines Schuldgefühl bei dieser Lüge.

Die Schwester nickte Dora auf eine Weise zu, die besagte, dass sie gut daran täte, die Wahrheit zu sagen.

Dora beschleunigte ihren Schritt.

* * *

Sonja hörte auf dem Gang Besucher miteinander reden. Sie raffte sich auf und zog die Decke über ihrem Schoß zurecht. Wie wundervoll es doch wäre, wenn Leute aus der Firma sie besuchen kämen. Sogar ein Besuch von Geraldine wäre ihr lieber, als dieses anklagende Schweigen.

Ihre Mutter und ihr Vater hatten angerufen, um mitzuteilen, dass sie am nächsten Tag kommen würden, um sie aus dem Krankenhaus abzuholen. Und sie hatten einen wunderschönen Philodendron geschickt, den Sonja bei ihrem nicht vorhandenen Talent für die Pflege von Pflanzen bestimmt innerhalb von wenigen Wochen totgepflegt haben würde. Sie versuchte, sich über die Geste zu freuen und trotzdem ... Ihre Mutter wusste, dass sie kein Händchen für Zimmerpflanzen hatte, warum hatte sie also nicht einen Blumenstrauß geschickt, der auf jeden Fall verwelken würde, sondern stattdessen eine Topfpflanze zum Umbringen, durch die ihr noch eine weitere Unzulänglichkeit vor Augen geführt werden würde.

Sonja schloss ihre Augen und dachte an etwas Schönes. Sie war einfach zu sensibel. Sie hatte einen Flugzeugabsturz überlebt und damit war eine Zeit zweiter Chancen angebrochen. Deshalb war es falsch, auf Kränkungen aus der Vergangenheit herumzureiten – oder neue zu befürchten. Und außerdem waren da Besucher auf dem Gang. Bestimmt wollten einige davon auch zu ihr.

Aber die Besucher gingen an ihrer Zimmertür vorbei. Kein Besuch für Sonja. Kein Besuch für eine Intrigantin, die sich vor dem Absturz auch nicht für die Gefühle anderer Menschen interessiert hatte. Nein, sie hatte auf gar keinen Fall Besuch verdient. Sie verdiente es nicht einmal, noch am Leben zu sein, doch nicht, wo so viele gute Menschen hatten sterben müssen.

„Entschuldigen Sie ..." Eine Frau stand plötzlich in der Tür.

„Ja?"

Die Frau trat einen Schritt ins Zimmer hinein. Sie war eher gut aussehend als hübsch und trug eine Aura freundlicher Selbstsicherheit wie einen häufig getragenen klassischen Mantel.

„Ich heiße Dora Roberts und bin Reporterin beim *Chronicle*." Sie warf noch einen Blick nach draußen auf den Gang, so als fürchte sie, dass irgendein Verwaltungsmensch sie wieder fortzerren oder wegschicken könnte. „Ich weiß, ich hätte mich anmelden sollen, aber bei dem Medienaufgebot da unten ...", sie zuckte die Achseln. „Ich habe mich einfach hier eingeschlichen."

„Sie wollen mit *mir* reden?"

„Nur wenn Ihnen danach ist."

Ich würde sogar mit meiner Bettpfanne reden, wenn das bedeuten würde, Gesellschaft zu haben.

„Kommen Sie herein."

Dora ging zu einem Stuhl. „Darf ich?"

„Klar."

Dora ließ sich nieder und zog ihren Notizblock aus der Handtasche. „Wir können das Ganze so lang oder kurz machen, wie Sie wollen. Sie sind der Boss. Ich möchte Sie nicht überanstrengen."

Sonja strich ihre Decke glatt. „Ich möchte reden. Ich könnte schon ein offenes, freundliches Ohr gebrauchen."

„Komisch, dass Sie *freundl...* Mein Chef ..." Dora schüttelte den Kopf, als hätte sie das eigentlich gar nicht laut sagen wollen. „Vielleicht können wir uns ja gegenseitig helfen", sagte sie. „Das meine ich ganz ernst."

Sonja sah Dora mit ganz neuen Augen. Die Frau hier war mehr als nur eine Reporterin; sie schien ein *echt* netter Mensch zu sein. Sonja hatte in ihrem Leben so wenig *nette* Leute kennen gelernt.

„Gibt es etwas, worüber *Sie* gern reden würden?", fragte Dora.

Sonja dachte an ihren Journalistik-Kurs an der Highschool. *Wann, wo, wer, warum und wie.* Merkwürdig, dass bisher nur zwei von den fünf Fragen beantwortet waren.

„Ja, ich möchte gern wissen, warum."

„Warum es passiert ist? Was falsch gelaufen ist? Welche Art von ...?"

Sonja schüttelte den Kopf und verharrte bei dem Wort. „*Warum?*"

Anerkennenswerter Weise zögerte Dora nur einen kurzen Augenblick. „Sie meinen das tiefgründigere, philosophische, Sinn-des-Lebens-Warum?"

„Genau."

„Ich weiß es nicht."

Die Ehrlichkeit dieser Antwort entlockte Sonja ein Lächeln. Es fühlte sich gut an zu lächeln. „Wahrscheinlich würden Sie den Pulitzerpreis oder so gewinnen, wenn Sie die beantworten könnten, was?"

„Mindestens." Dora drückte die Mine ihres Kugelschreibers heraus, herein und wieder heraus.

„Mich interessieren die Warum-Fragen auch, weil sie etwas sind, das wir anderen – die wir *nicht* an dem Absturz beteiligt waren – nicht vollständig fassen können." Sie schaute zu Boden, als ob sie erst einmal ihre Gefühle unter Kontrolle bringen müsse. „Ich hätte nämlich eigentlich auch in diesem Flugzeug sitzen sollen. Ihr Schicksal hätte also auch mich treffen können."

Sonja hob eine Braue. „Was ist denn dazwischengekommen?"

„Gott."

Jetzt machte Sonja eine skeptische Miene. „Und da sind Sie sich so sicher?"

„Absolut. Meine Mutter lebt in Phoenix. Sie hätte sich eigentlich einer Operation unterziehen sollen, die dann aber plötzlich nicht mehr nötig war."

„Das kann doch auch an guten Medikamenten gelegen haben."

Dora schüttelte den Kopf. „Es war Gott. Er wollte nicht, dass ich in dieses Flugzeug steige."

„Folgt daraus dann auch, dass er *mich* darin haben wollte?"

Dora holte erschrocken Luft. „Ach du meine Güte ... Das tut mir jetzt Leid. Ich wollte damit gar nicht sagen ..."

Aber mit einer Geste tat Sonja die Sorge ab. Das machte alles Sinn. Es ist genauso, wie Roscoe gesagt hat. Sie hatte in dem Flugzeug gesessen, weil Gott sie auf sich aufmerksam machen wollte.

Dora hielt jetzt wieder ganz geschäftsmäßig ihren Stift schreibbereit auf dem Block. „Aber nun noch einmal zu Ihnen. Wie gehen Sie, Sonja Grafton, mit der Warum-Frage um?"

„Ich weiß es nicht."

Dora lachte. „Es scheint so, als wären wir gleich weit mit unseren Antworten auf die Warum-Fragen."

Sonja rieb sich das Gesicht, wobei sie sich bemühte, die Stellen mit den Schnittwunden zu meiden. „Ich habe zwei Kollegen verloren, die auch mit im Flugzeug waren. Sie saßen weiter vorn. Ich hatte einen Platz allein weiter hinten und nur ich bin davongekommen. War das Glück? Oder war es Schicksal?"

Doras Miene signalisierte Missfallen. „Sie glauben doch nicht, dass Sie es mehr verdient haben zu leben als ..."

„Oh nein, nein, nein. Das glaube ich absolut nicht."

Dora atmete erleichtert auf. „Gut."

„Aber selbst noch am Leben zu sein, wo so viele andere gestorben sind, bringt mich zum Staunen." Sie schüttelte den Kopf. „Es ist schwer zu erklären, und ich kann mich nicht besonders gut ausdrücken."

„Sie machen das sehr gut."

Sonja dachte an die eigentliche Frage, auf die sie so gern eine Antwort gehabt hätte, aber es war eine Frage, die sie niemandem stellen konnte – und ganz besonders nicht einer Reporterin, die es möglicherweise gegen sie verwenden würde.

„Gibt es irgendetwas, das Sie bereuen, das Ihnen Leid tut?"

Sonja starrte sie an – ungläubig, dass zwei völlig fremde Menschen – Dora und Roscoe – ihr Unbehagen gespürt hatten. War sie so leicht zu durchschauen?"

„Sie haben ein gutes Gespür."
„Das gehört zu meinem Job."
„Ich habe das Gefühl, dass es mehr ist als nur das, vielleicht etwas, das über den Job hinausgeht?"
„Vielleicht. Ich würde gern glauben, dass es so ist."
Das hoffe ich doch sehr, denn eine Reporterin kann ich im Augenblick wirklich nicht gebrauchen.

Als erspüre sie Sonjas Gedanken erneut, legte Dora ihren Stift weg. Sie schlug die Beine übereinander und widmete Sonja ihre ganze Aufmerksamkeit. „Was setzt Ihnen so sehr zu, Ms. Grafton? Jetzt mal ganz inoffiziell und nicht zum Mitschreiben. Mir ist klar, dass Sie mich gar nicht kennen, und wenn es Ihnen unbehaglich ist, mir etwas anzuvertrauen, dann lassen Sie es. Ich will Sie auf keinen Fall unter Druck setzen. Aber ich weiß, dass wenn ich das durchgemacht hätte, was Sie durchgemacht haben, ich jemanden zum Reden bräuchte." Sie schaute sich in dem Zimmer um. „Und weil ich offensichtlich im Augenblick die einzige Person in Ihrer Nähe bin, können Sie reden."

Sonja wünschte sich nichts so sehr, wie diese Last loszuwerden, aber sie gehörte auch nicht zu den Menschen, die das Herz auf der Zunge tragen. Normalerweise jedenfalls nicht. Roscoe gegenüber hatte sie sich in dem Flugzeug aber sehr wohl offenbart. Vielleicht war Dora ja ebenfalls vertrauenswürdig.

Dora wartete geduldig ab und zeichnete mit einem ihrer Füße Achten in die Luft.

Warum nicht? Sonja atmete noch einmal tief durch. „Ich bin nicht gerade ein guter Mensch – und lebe trotzdem noch."

„Da übertreiben Sie doch bestimmt ein bisschen, oder?"

„Nein, das tue ich nicht. Ich bin überehrgeizig, intrigant und egoistisch. Ich bin im Berufleben nur so weit gekommen – weil ich mir Vorteile verschafft habe, manche verdient und zu recht, andere auf unlautere Weise."

„Ah – *so eine* sind Sie also."

Die Aussage versetze Sonjas Zuversicht einen leichten Stich.

Dora machte eine beschwichtigende Geste mit der Hand. „Entschuldigung, das habe ich gar nicht wertend gemeint, sondern ich will damit nur sagen, dass ich genau verstehe, was Sie meinen. Und ich kann Ihnen versichern, dass wahrscheinlich alle erfolgreichen Leute ein bisschen von all dem gemacht haben ... was auch immer Sie getan haben."

„Aber ich habe sehr viel davon getan."

Dora lächelte. „Also, das macht es ja wirklich interessant."

„Wollen Sie die ganze Geschichte hören?"

„Wenn Sie sie mir erzählen möchten."

Und genau das tat Sonja. Als sie fertig war, wartete sie eine Reaktion der Journalistin ab.

„Also, ..." Dora machte eine kurze Pause, um die Beine anders übereinander zu legen.

„Wissen Sie, was ich an Ihrer Stelle tun würde?"

„Was denn?"

„Ich würde glauben, dass ich noch eine zweite Chance bekommen hätte. Die Tatsache, dass Sie den Fehler in Ihrer Vergangenheit erkennen, ist sehr wichtig. Ich kenne da einige ..." Sie schaute wieder zum Gang. „Einige, bei denen sich durch diese Katastrophe absolut nichts geändert zu haben scheint. Aber lassen Sie es an sich heran. Lassen Sie sich dadurch die Augen öffnen."

Aufgeregt sagte Sonja: „Genau das hat der Mann, der neben mir saß, auch gesagt! Roscoe hat gesagt, dass Gott manchmal etwas Drastisches tut, um unsere Aufmerksamkeit zu erlangen."

„Und das hat er ja anscheinend auch geschafft." Sonja nickte und Dora legte eine Hand auf ihre. „Ich lasse Sie jetzt allein, damit Sie sich ausruhen können." Sie holte eine Visitenkarte aus ihrer Handtasche hervor und kritzelte eine Telefonnummer auf die Rückseite. „Das ist meine Karte mit der Nummer in der Redaktion und auch mit meiner Privatnummer. Sie dürfen mich jederzeit anrufen, wenn Sie noch mehr reden möchten. Egal worüber, egal ob offiziell zur Veröffentlichung oder Privates."

Plötzlich wurde Sonja etwas klar. „Aber Sie haben gar nichts von mir bekommen, was Sie für einen Artikel verwenden könnten. Ich ..."

Dora schüttelte den Kopf. „Das macht nichts. Manchmal muss der Artikel hinter der Aufgabe zurücktreten, einfach für jemanden da zu sein. Ich mag Sie, Sonja. Wir können reden, wann immer Sie möchten."

Sonja sah sich die Visitenkarte genau an und merkte, dass sie dabei lächelte. Jetzt sah alles schon viel besser aus.

* * *

„Es ist immer noch nicht bekannt, wer der Lebensretter ist. In den Nachrichten von Channel 5 sind die Bilder vom Lebensretter, wie er sich an das Wrackteil klammert, noch einmal gezeigt worden, aber wegen des Schneegestöbers und der einsetzenden Dämmerung ist sein Gesicht nicht klar zu erkennen. Von dem Mann, der etwa um die vierzig sein muss, ist als einziges sein schwarzes Haar, sein schwarzer Bart sowie die goldene Uhr an seinem rechten Handgelenk zu erkennen."

Die Gabel voller grüner Bohnen machte auf halbem Weg zu Georges Mund plötzlich halt. *Henry hatte eine goldene Uhr.*

George schob sich die Bohnen in den Mund und kaute. Na und? Die meisten Menschen trugen eine Uhr. Allein die Tatsache, dass der Mann eine Uhr trug, bedeutet nicht, dass es sich dabei um Henry Smith handelte. *Aber die meisten Leute tragen sie nicht am rechten Handgelenk.*

Schwarzes Haar. Bart. In den Vierzigern. Vier Merkmale, die allesamt auch auf Henry Smith zutrafen.

George kniff die Augen zusammen und schaute angestrengt das Bild aus den Nachrichten an. Konnte diese unscharfe Gestalt sein Sitznachbar sein? Oder, was noch wichtiger war, schätzte er Henry Smith als jemanden ein, der sein Leben für andere geopfert hätte? George hatte Henry nicht gut genug gekannt, um das mit Bestimmtheit sagen zu können. Aber vielleicht war das ja auch nichts, was man bei einer anderen Person abschätzen konnte, vielleicht nicht einmal bei sich selbst. Wer weiß, welche Kraftreserven in kritischen Situationen freigesetzt werden? Manche Menschen offenbarten dann Feigheit oder Egoismus – warum andere dann nicht auch Heldenhaftigkeit?

Eine Frau mit wunderschönen Augen klopfte und betrat sein Zimmer.

„Entschuldigen Sie bitte, Mr. Davanos. Mein Name ist Dora ..."

Auf eine solche Zuhörerin hatte George gerade gewartet. Er zeigte mit seiner Gabel auf den Fernseher und sagte: „Ich glaube, ich kenne den Mann!"

Die Frau schaute auf den Fernseher. „Den Mann da?"

Der Filmbeitrag über den Lebensretter und Helden war zu Ende und die Kamera schwenkte gerade auf einen Reporter. „Nein, nicht ihn, sondern den Lebensretter. Die achte Person im Wasser."

Die Frau trat ans Fußende seines Bettes. „Wirklich? Alle sprechen von ihm und darüber, was er getan hat, aber keiner weiß, wer er ist."

„Aber ich weiß es vielleicht." Seine Finger zur Hilfe nehmend zählte George auf: „Der Mann, neben dem ich im Flugzeug gesessen habe, war etwa vierzig, hatte einen Bart, schwarze Haare und trug eine goldene Uhr am rechten Handgelenk."

„Wissen Sie, wie er hieß?"

„Henry Smith."

Die Frau schüttelte den Kopf. „Das klingt einfach zu normal."

George war klar, dass eine so törichte Bemerkung doch auf eine merkwürdige Art Sinn ergab. Hießen Helden nicht eher Alexander, Konstantin oder sonst irgendetwas Großartiges? Doch nicht Henry. Und erst recht nicht Smith, normaler ging es ja schon gar nicht mehr.

Die Frau riss George aus seinen Gedanken. „Haben Sie das schon irgendjemandem gesagt?"

„Bitte?"

„Ob Sie schon mit jemandem darüber gesprochen haben, dass Sie wissen, wer der Held ist?"

„Nein, noch nicht."

„Das sollten Sie aber tun."

„Ja, das sollte ich wohl."

Die Frau blickte kurz zu Boden und schaute dann auf, so als hätte sie gerade einen Entschluss gefasst. „Ich muss mich noch vollständig vorstellen. Mein Name ist Dora Roberts und ich bin Reporterin beim *Chronicle*."

George presste die Lippen fest zusammen. *Ach du meine Güte.* „Na, dann nehme ich an, dass Sie jetzt sehr zufrieden sind. Schließlich habe ich Ihnen gerade die Meldung des Jahrhunderts geliefert."

„Es ist erst eine Meldung, wenn es eine erwiesene Tatsache ist. Möchten Sie, dass ich Ihnen eine Telefonnummer besorge, damit Sie jemanden anrufen können, dem Sie diese Information weitergeben möchten?"

Dass sie sich nicht wie ein hungriger Piranha verhielt, bewirkte, dass George seine Meinung über sie revidierte. „Ich bin ja gar nicht sicher. Es ist nur so ein Gefühl."

„Aber wenn es stimmt, dann müssen sie es erfahren. Die Familie muss es erfahren. Und ist es für *Sie* selbst nicht auch wichtig, es zu wissen?"

„Mir hat er nicht das Rettungsseil weitergegeben. Ich war getrennt von den ..."

Sie nickte.

„Ich habe den Lebensretter nicht gesehen, weil ich nicht bei der Gruppe war."

„Aber Sie haben vielleicht neben ihm gesessen, mit ihm geredet, ihn kennen gelernt. Denken Sie doch einmal daran."

Einen Augenblicklang herrschte Schweigen zwischen ihnen, während George daran dachte, wie anders alles gekommen wäre, wenn er mit den anderen zusammen an dem Heckteil gewesen wäre. Wenn er Henry erkannt und gesehen hätte, was er tat ...

Er legte eine Hand auf seine Brust.

„Was fehlt Ihnen?" fragte Dora.

George starrte vor sich hin und versuchte, den Gedanken noch einmal zusammenzubringen, der ihn fast umgehauen hätte.

„Mr. Davanos, ist alles in Ordnung mit Ihnen?"

Schließlich war George so weit, dass er reden konnte. Vielleicht bewirkte ja das Aussprechen seiner Gedanken eine Sicht der Dinge, die weniger schwer zu ertragen war. „Wenn ich ebenfalls an dem Heckteil gehangen hätte, und wenn der Held und Lebensretter *wirklich* Henry Smith ist ..." Er schlug sich die Hand vor den Mund. „Sie dürfen davon nichts schreiben, nicht bevor wir ganz sicher sind."

„Das ist in Ordnung", sagte sie. „Reden Sie doch weiter. Es interessiert mich wirklich, was Ihnen durch den Kopf geht."

„Wenn ich gesehen hätte, wie Henry das Seil immer wieder weitergab ... Ich habe zuvor mit ihm gesprochen, habe ihn kennen gelernt ..." George blickte Trost suchend auf. „Hätte ich es ihm dann ausgeredet? Hätte ich dann gesagt: ‚Komm, sei nicht dumm Henry, nimm endlich selbst das Seil?'"

Dora nickte. Offensichtlich konnte sie seinem Gedankengang folgen, denn sie antwortete: „Dann hätte er das Seil vielleicht nicht an die anderen weitergegeben. Dann hätte er es vielleicht gleich selbst benutzt. Und dann wäre alles anders gekommen."

„Wir hätten trotzdem überleben können ..."

„Aber vielleicht nicht alle von Ihnen." Dora legte einen Finger auf ihren Mund und dachte angestrengt nach. „Wenn Sie mit ihm gestritten hätten, wäre dadurch kostbare Zeit verloren gegangen. Es war aber keine Zeit für Diskussionen, sondern die Zeit reichte gerade eben dazu, dass der Lebensretter eine Entscheidung treffen und sich entsprechend verhalten konnte."

„Vielleicht haben Sie Recht." All die Was-wäre-wenn-Fragen waren nur kompliziert und unsicher.

Dora berührte Georges Arm. „Vielleicht wusste Gott genau, was er tat, als Sie als einziger von den anderen Passagieren aus dem Heckteil getrennt wurden."

George legte sich eine Hand auf die Stirn, tief in Gedanken versunken.

Dora fuhr fort: „Nur indem der Lebensretter – ein Fremder – anderen Fremden half, konnte der Plan gelingen."

George war plötzlich wie aus seinen Gedanken gerissen: „Plan? Wie kann denn hinter so etwas Furchtbarem ein Plan stehen. Einmal abgesehen von der offensichtlichen Rettung von sieben – inzwischen nur noch fünf – Leben, was könnte denn da an Henrys Heldenhaftigkeit gut sein? Wie kann denn der Tod von jemandem Teil eines ...?" Er brach ab. *Du hast auch geplant zu sterben, George. Das war dein Plan. Du bist am Leben und Henry ist tot. Offenbar hatte Gott andere ...*

George lachte leise. „Das Leben ist das, was passiert, während man Pläne macht."

„Wie bitte?"

Er hatte Doras Anwesenheit völlig vergessen. „Nichts. Nur eine Beobachtung."

***

Völlig entmutigt verließ Dora Georges Zimmer. Drei Fehlschläge. Sie hatte drei der fünf Überlebenden interviewt, verfügte aber dennoch über keinerlei brauchbares Material für einen Artikel. Dr.Thorgoods Geschichte *wollte* sie ganz bestimmt nicht schreiben, Sonjas Geschichte *konnte* sie nicht schreiben und Georges jetzt auch nicht. Clyde würde das ganz und gar nicht gefallen.

Es gab aber noch Hoffnung. Drei Personen hatte sie befragt, blieben also immer noch zwei.

Im Zickzack schlich sie sich zu Tina McKutcheons Zimmer und trat leise ein.

Tina hatte ein Bein in Gips.

„Wer sind Sie?"

Dora merkte, wie sie rot wurde. „Entschuldigen Sie bitte. Eigentlich wollte ich gar nicht in James-Bond-Manier hereinkommen."

„Wenn Sean Connery draußen auf dem Gang steht, dann holen Sie ihn doch bitte auch herein."

Sie lachten. Dora trat einen Schritt auf das Bett zu. „Ich bin Dora Roberts, Ms. McKutcheon. Ich bin Reporterin beim ..."

Tinas Gesichtsausdruck verfinsterte sich. „Ich bin mir nicht sicher, ob ich mit Ihnen reden soll."

Dora zog ihre ausgestreckte Hand wieder zurück. „Warum denn nicht?"

„Haben die anderen Überlebenden etwas gesagt?"

„Manche." Dora schüttelte den Kopf. „Um ehrlich zu sein – ich kann das, was sie gesagt haben, nicht verwenden."

Tina legte den Kopf schräg. „Das hört sich aber interessant an. Würde es Ihnen etwas ausmachen, das etwas genauer zu erklären?"

„Wenn Sie möchten, rede ich gern."

Tina lächelte, aber in ihren Augen war auch Traurigkeit und Unzufriedenheit zu erkennen. „Wie könnte ich da Nein sagen. Setzen Sie sich doch."

Dora hatte keine Zeit, sich in ihrem Glück zu sonnen. Sie war am Zug. Vielleicht würde ja dieses Gespräch anders verlaufen.

Vielleicht würde sie ja etwas bekommen, das sie wirklich verwenden konnte.

**

Tina war selbst überrascht, dass ihr danach zu Mute war, mit einer völlig Fremden zu reden. Bis jetzt war David ihr einziger Besucher gewesen. Aber die Tatsache, dass sich die Reporterin hereingeschlichen hatte, gab ihr ein Gefühl von Abenteuer.

Sie stellte das Kopfteil ihres Bettes höher, um etwas aufrechter zu sitzen.

„Brauchen Sie Hilfe, vielleicht ein Kissen oder sonst etwas?", fragte Dora.

„Nein, so ist es gut." Sie strich die Bettdecke glatt und faltete die Hände in ihrem Schoß. „Also, was möchten Sie wissen?"

Die Journalistin schien überrascht. Tina hatte erwartet, dass sie ein Notizbuch mit Fragen zücken würde, aber stattdessen saß Dora auf ihren Händen.

„Was empfinden Sie Dr. Thorgood gegenüber?"

„Wem?"

„Doktor Anthony Thorgood."

"Mein Arzt heißt gar nicht Anthony Thorgood."

Dora schüttelte den Kopf. „Er ist einer der Überlebenden und zwar derjenige, der der anderen Frau das Rettungsseil weggeschnappt und sie damit gezwungen hat zu warten. Sie ist noch gestorben, nachdem sie schon geborgen war."

Tina hatte keine Ahnung, wovon Dora sprach.

„Erinnern Sie sich nicht mehr? Der Lebensretter hat das Seil an sie weitergegeben, es ist ihr aus den Händen geglitten, und dann hat Thorgood es sich geschnappt und wurde hochgezogen, obwohl eigentlich sie an der Reihe gewesen wäre."

Tina legte sich eine Hand an den Kopf und langsam kam die Erinnerung.

„Haben Sie denn nicht die Berichte im Fernsehen gesehen? Die Rettungsaktion wurde doch bestimmt hundertmal gezeigt."

Tina schüttelte den Kopf. „Ich wollte nichts sehen. Es ist immer noch so frisch."

„Sie erinnern sich nicht mehr daran, dass er das Seil genommen hat, das eigentlich für die Frau gedacht war?"

Tina gefiel die Richtung gar nicht, die das Gespräch nahm. „Ms. Roberts, wollen Sie versuchen, etwas zu schüren? Wollen Sie von mir hören, dass ich diesen Thorgood hasse, vielleicht, weil die Frau, von der Sie gesprochen haben, es selbst nicht mehr kann?"

Dora bedeckte mit der Hand ihre Augen und seufzte. „Ach du meine Güte, was tue ich hier eigentlich?"

„Vielleicht sich wie eine Schmierenjournalistin benehmen?"

„Autsch. Das hatte ich verdient."

„Ja, das haben Sie verdient."

Dora nagte an ihrer Unterlippe. „Gibt es denn etwas, das Sie mir über *Ihre* Qualen erzählen möchten?"

Tina überlegte kurz, ob sie über Melly sprechen sollte, entschied sich aber dann dagegen.

„Nein, eigentlich nichts. Jedenfalls noch nicht."

Dora nickte und stand auf. „Dann lasse ich Sie jetzt in Ruhe. Tut mir Leid, dass ich Sie belästigt habe, Ms. McKutcheon. Mein Chef wollte eine Interviewserie mit den Überlebenden und bis jetzt wurden meine Anfragen alle abschlägig beschieden."

„Ach ja, darüber wollten Sie mir doch noch etwas erzählen, über die Interviews, die Sie geführt haben, aber nicht verwenden können. Was haben denn die Leute Ihnen erzählt, dass Sie es nicht wiederholen können?"

„Persönliche Dinge. Wir sind eigentlich immer irgendwann bei Gott gelandet. Mein Chef ist kein übler Kerl, aber ich arbeite für eine säkulare Zeitung und ich bin ziemlich sicher, dass darin kein Platz für Gott ist."

„Man kann nie wissen. Es geschehen immer wieder Zeichen und Wunder."

Dora lachte. „Nicht bei meinem Chef."

„Aber sie geschehen wirklich. Wir fünf Überlebenden sind doch der lebende Beweis dafür."

Dora nickte. „Ja, das sind Sie." Sie wandte sich zur Tür und dann wieder an Tina. „Es tut mir Leid, dass ich versucht habe, Sie auf

Doktor Thorgood wütend zu machen, obwohl Sie es gar nicht waren."

Tina zuckte die Achseln. „Ich nehme an, es wäre wirklich nett, wenn er sich um der betroffenen Familie willen entschuldigen würde, aber wer weiß, was ich an seiner Stelle getan hätte?"

„Wir wissen wohl beide die Antwort auf diese Frage, oder?"

Tinas Kehle war plötzlich wie zugeschnürt. „Danke, das habe ich gebraucht."

„Nichts zu danken. Vielleicht reden wir ja ein andermal."

„Vielleicht kommen Sie ja doch noch dazu, Ihre Artikel zu schreiben, und zwar alle."

„Das kann man nur hoffen."

Dora grüßte noch kurz mit einer Handbewegung und ging dann. Es tat Tina Leid, dass sie schon ging.

* * *

Nur noch einer ...

Dora stand vor dem Krankenzimmer von Mary Cavanaugh. Sie wollte klopfen, eintreten und das letzte Interview hinter sich bringen, aber dann hörte sie jemanden weinen. Sie war hin- und hergerissen, entweder vor den Tränen wegzulaufen oder hineinzugehen, um die Frau zu trösten.

„Kann ich Ihnen helfen?"

Doras Herz setzte fast aus, als sie in das Gesicht einer streng dreinblickenden Schwester schaute. „Ich ... sie weint."

„Gehören Sie zur Familie?"

Dora schüttelte den Kopf. *Bitte fragen Sie jetzt nicht weiter, wer ich bin; bitte frag nicht.* „Sollte nicht jemand bei ihr sein?"

„Manchmal ist es am besten, sie in Ruhe zu lassen. Sie würden auch weinen, wenn Ihre Familie umgekommen wäre, besonders wenn ihr kleiner Junge ursprünglich unter den Überlebenden war."

Dora nickte. Sie fürchtete, sie würde mehr tun als nur weinen. Sie würde schreien und mit Gegenständen werfen und ...

Die Schwester hob herausfordernd den Kopf und fragte: „Wenn Sie nicht zur Familie gehören, wer sind Sie dann?"

Dora wandte sich zum Gehen. „Ich komme lieber später noch einmal, wenn es ihr besser geht."

„Aber ..."

Dora eilte davon und betrat erneut das Treppenhaus. Die Tür schlug hinter ihr zu und hallte in ihren Ohren wider. Sie ließ sich auf die oberste Treppenstufe sinken und versuchte sich vorzustellen, wie qualvoll es für Mary sein musste, körperlich wieder gesund zu werden, aber mit gebrochenem Herzen weiterleben zu müssen.

Dora blinzelte eine Träne fort. Eine schöne Reporterin war sie. Ein weinerliches, schwaches Etwas.

Es hätte auch mich treffen können.

Warum bloß ließ dieser Gedanke sie nicht mehr los?

Sie rannte die Treppen hinunter, um der Wahrheit zu entkommen.

* * *

Der Pathologe Conrad Tills war erschöpft. Er und sein Team hatten Überstunden gemacht, um die Autopsien der geborgenen Leichen von Flug 1382 vorzunehmen. Trauernde Familien warteten, Polizisten, die die Untersuchung leiteten, mussten beruhigt und vertröstet werden, und es gab Fragen, die beantwortet werden mussten. Bis jetzt war das Prozedere schon allein durch die bloße Menge überwältigend und kräftezehrend gewesen, aber dann auch wieder Routine. Todesursache? Stumpfe Gewalteinwirkung. Immer und immer wieder, bis ...

„Sally, kommen Sie doch mal kurz her." Seine Assistentin kam auf die andere Seite des Seziertisches. „Schauen Sie sich das mal an." Dr. Tills breitete die Lunge aus.

Sally sah hin und schaute ihn dann an. „Wasser."

„Genau."

„Er ist ertrunken."

„Genau."

„Keiner von den anderen ist ertrunken."

„Genau."

„Er hat noch eine Weile gelebt."

„Genau."

Dr. Tills wandte sich jetzt den Händen des Toten zu. „Sehen Sie sich seine Fingerspitzen an."

„Erfroren." Sallys Augenbrauen kräuselten sich und Dr. Tills beobachtete, wie die Erkenntnis der Wahrheit auf ihrem Gesicht erkennbar wurde. „Das ist *er*? Das ist der Lebensretter?"

Dr. Tills legte behutsam die Hände des Mannes wieder an seine Seite und zögerte einen Augenblick – warme Hand an kalter. „Sehen Sie sich sein Gesicht an, Sal. Sehen Sie sich das Gesicht des Mannes an."

„Er sieht nicht aus wie ein Held."

Dr. Tills nickte. „Dann besteht vielleicht noch Hoffnung für uns alle."

NEUN

*Denn du hast mich vom Tode errettet, meine Füße vom Gleiten,
dass ich wandeln kann vor Gott im Licht der Lebendigen.*
PSALM 56,14

„Aber Sie müssen mir zuhören! Ich habe in dem Flugzeug neben dem Mann gesessen. Ich glaube der Lebensretter heißt Henry Smith."

George fuhr sich mit einer Hand durchs schüttere Haar und hörte zu, wie die Frau am anderen Ende der Leitung ihm sagte, dass sie aber ganz sicher sein müsse und bla-bla-bla. George hatte bereits an drei Stellen versucht, seine Information loszuwerden. Er fühlte sich, als würde er bei einem Rennen immer wieder in die Startbox zurückgeschickt. Auf jeden Fall kam er nicht an sein Ziel. Kein einziges Mal bekam er zu hören: „Das ist ja wunderbar, Mr. Davanos! Vielen Dank, dass Sie sich mit uns in Verbindung gesetzt haben."

Jetzt reichte es! Die Frau redete wie ein Wasserfall.

„Hallo! Entschuldigen Sie, aber ..."

Endlich Schweigen.

George riss sich zusammen, um sie nicht anzuschreien und setzte stattdessen seinen höflichsten, schmeichelndsten, süßlichsten Ton ein, um die bestmögliche Wirkung zu erzielen. „Wie ich Ihnen ja bereits gesagt habe, bin ich einer der fünf Überlebenden des Flugzeugabsturzes. Ich bin schwer verletzt und befinde mich immer noch im Krankenhaus. Ich habe Ihre Telefonnummer gestern von einer guten Freundin bekommen. Von Dora Roberts vom *Chronicle*." Wenn die Frau diese Information als bedrohlich empfand, dann sei's drum. „Wenn Sie also bitte so freundlich sein könnten, meine Information an die zuständige Stelle oder Person weiterzuleiten, wäre ich Ihnen ewig dankbar."

Die Frau gab merklich nervös noch ein paar Allgemeinplätze von sich und versicherte dann, dass sie tun würde, worum George sie gebeten hatte. Dann legte sie auf.

„Hirnlose Person!"

„Na, na, so ein kleiner Flugzeugabsturz wird doch wohl nicht dazu geführt haben, dass deine Manieren schlecht werden, oder Papa?"

George blickte auf. „Suzy."

Seine Tochter kam an sein Bett und küsste ihn auf die Wange. „Was war denn das gerade?"

George stellte das Telefon weg. „Ich glaube, ich weiß, wer der Mann ist, der die anderen Passagiere gerettet hat, indem er das Rettungsseil immer wieder weiterreichte, und ich habe gerade versucht, diese Information bei der Fluggesellschaft loszuwerden."

„Wollten die nicht hören, was du zu sagen hast?"

„Die halten mich für verrückt."

„Und dabei bist du nur schlecht drauf."

„Sehr witzig."

„Wie heißt er also? Der Lebensretter, meine ich – und wie hast du herausgefunden, was andere offenbar nicht in Erfahrung bringen können?"

George machte eine ungeduldige Handbewegung. „Die Einzelheiten erzähle ich dir später. Jetzt hol mich erst mal hier raus."

„Du darfst nach Hause?"

„Der Arzt hat heute Morgen meiner Entlassung zugestimmt."

Suzy sah sich in dem Zimmer um. „Ich nehme an, du hast nicht viel mitzunehmen, oder?"

„Nur die paar Sachen, die ich hier bekommen habe als Ersatz für das Zeug, das ich bei dem Absturz anhatte. Ich glaube, es ist ziemlich schwer, heutzutage eine anständige Reinigung zu finden, und Flugzeugtreibstoff macht wirklich hartnäckige Flecken." Er schwang das unverletzte Bein aus dem Bett. „Und jetzt hilf mir bitte beim Anziehen."

**

Als sie die fremde Hand an ihrem Handgelenk spürte, drehte Mary sich so, dass die Schwester problemlos ihren Puls messen konnte. Sie war der Meinung, dass die Schwester ihre Pflicht auch tun konnte, ohne dass sie dazu die Augen öffnen musste. Sie brauchte nicht geistig anwesend zu sein, damit das Personal überprüfen konnte, ob sich ihr körperlicher Zustand verbesserte. Ihr Körper würde heilen.

Verräter.

„Es geht Ihnen jetzt schon viel besser, Mrs. Cavanaugh."

Mary erkannte die Stimme nicht. Offenbar war dieser Schwester nicht klar, dass geschlossene Augen die nonverbale Aufforderung waren, zu schweigen – zumindest aber ein absolutes Smalltalk-Verbot signalisierten.

„Der Arzt kommt gleich noch zu Ihnen und wir hoffen alle, dass Sie noch heute entlassen werden können."

Mary riss die Augen weit auf. „Entlassen?"

Die Schwester sah irritiert aus. „Also, ja ... Sie sollten eigentlich froh sein, dass Sie sich so schnell erholt haben."

Mary schnaubte. „Froh sein. Sie möchten, dass ich mich darüber freue, gesund genug zu sein, um wieder nach Hause zu können? Nach Hause wohin bitte? In ein leeres Haus?"

„Ich ..."

„Sie Mitarbeiter hier mit Ihrer Fröhlichkeit und Ihrem Dauerlächeln, Sie machen mich ganz krank. Es gibt nichts – absolut nichts –, worüber ich fröhlich sein könnte."

Die Schwester legte sich eine Hand auf die Brust. „Aber, Sie sind am Leben."

„Und meine Familie ist tot! Kapieren Sie denn das nicht? Mein Mann und mein Kind sind tot. Mein Junge, den ich in den Armen gehalten habe. Ich konnte nichts tun, um ihn am Leben zu erhalten. Ich habe kein Leben mehr. Ich habe kein Zuhause, wohin ich gehen könnte. Alles, was ich habe, ist ein Haus. *Die beiden* waren mein Zuhause."

Die Schwester streckte in einer als Trost gemeinten Geste die Hand aus. Ihre Lippen fingen an ein Wort zu bilden, von dem Mary wusste, dass sie nicht ertragen würde, es zu hören.

„Schwester, wenn Sie jetzt irgendetwas sagen, um mich zu beschwichtigen, dann sorge ich dafür, dass Sie gefeuert werden."

Die Schwester kniff ihre Lippen fest zusammen.

„So ist es schon besser – und wir werden jetzt *nicht* reden."

Die Schwester floh zur Tür. „Ich schicke den Doktor, sobald er da ist."

„Tun Sie das."

Mary verschränkte ihre Arme und verzerrte das Gesicht, als sich die Schmerzen mit ihrem Zorn vermischten. Sie sah auf die Uhr. Noch eine Stunde bis sie wieder Medikamente bekommen würde.

Meine Güte, bin ich doppelzüngig. Im einen Augenblick beklage ich die Tatsache, dass mein Körper wieder heilen wird, und in der nächsten möchte ich mehr Schmerzmittel, um mir das Leben zu erleichtern.

Heuchlerin.

Es war nicht das erste Mal, dass sie sich diesen Charakterzug zuschrieb. War es nicht der Inbegriff von Heuchelei, eine Reise anzutreten, um einmal für ein paar Tage die Familie los zu sein und dann über die Tatsache zu trauern, dass Gott ihr eben diese Familie endgültig weggenommen hatte? *Sei vorsichtig, was du dir wünschst.*

Der Arzt, der sie behandelte, kam zur Tür herein, ein besorgtes Lächeln auf dem Gesicht. Offenbar hatte die Schwester gequatscht. Er kam an ihr Bett. Sie sah, dass er ein Namensschild trug, aber sie schaute absichtlich weg. Sie wollte den Namen des Mannes nicht wissen, der sie vom Abgrund des Todes zurückgeholt hatte. Sie konnte ihm nur verzeihen, wenn sie so tat, als wäre er ein anonymer Fremder, der es nicht besser gewusst und einfach nur seine Arbeit getan hatte.

Der Arzt las ihr Krankenblatt. „Sind Sie soweit, nach Hause zu gehen? Von uns aus stünde einer Entlassung jedenfalls nichts entgegen. Haben Sie das Gefühl, dass Sie schon so weit sind?"

„Auf welche Frage wollen Sie eine Antwort?"

Er legte den Kopf ein wenig schräg. „Ist das nicht alles ein und dieselbe Frage?"

„Ganz und gar nicht", sagte Mary. „Bin ich bereit, nach Hause zu gehen? Nein. Ich möchte nie wieder nach Hause gehen. Habe ich das Gefühl, dass ich schon so weit bin? Nein. Und wenn ich mich selbst so anschaue und beobachte, habe ich meine Zweifel daran, ob ich jemals wieder für irgendetwas so weit bin."

Er räusperte sich und vermied es, ihr in die Augen zu sehen. „Vielleicht sollten wir Dr. Gillespe bitten, sich noch einmal mit Ihnen zu unterhalten."

„Und warum sollten *wir* das tun?

„Dr. Gillespe ist dafür ausgebildet, Patienten zu helfen, mit dem fertig zu werden ..."

„Also ein Seelenklempner."

„Psychologe."

Mary tippte sich an den Kopf. „Nein danke, Doktor. Was hier drin vorgeht, ist ganz allein meine Sache."

„Aber bestimmt ist doch gerade jetzt alles sehr verwirrend, und ..."

Sie musste lachen. „Verwirrend? Verwirrend hat mit Ungewissheit zu tun. Ich bin am Leben. Meine Familie ist tot. Ich kann daran absolut nichts Ungewisses oder Verwirrendes feststellen."

„Ja, das stimmt schon, aber leider ist da noch etwas. Ich wollte es Ihnen eigentlich nicht sagen, aber ..."

„Noch mehr als der Tod? Du meine Güte, was haben Sie denn sonst noch für Nachrichten, um mir meinen Tag zu erhellen? Nur immer heraus damit, Doktor. Ich kann mir nicht vorstellen, dass Sie mir etwas Schlimmeres mitteilen können als das, was ich schon weiß."

Er zögerte und Marys Magen krampfte sich zusammen. Vielleicht war es das Beste, wenn sie es nicht erfuhr, aber sie schob ihre eigenen Bedenken einfach beiseite. Sie hatte diese Sache angefangen, und jetzt war es Zeit, sie zu Ende zu bringen. Sie hob das Kinn. „Nur heraus damit. Geben Sie mir Ihre beste Spritze."

Der Arzt legte ihre Patientenkarte zurück in die Halterung am Fußende und sah sie direkt an. „Der Leichnam Ihres Ehemannes ist aus dem Wrack geborgen worden."

Alles Atmen hörte auf. Mary befand sich in einer Art Schwebezustand, bis ihr Körper zu Notmaßnahmen griff und wieder ansprang, indem er einatmete.

„Sie haben ihn gestern gefunden. Ihre Mutter hat ihn identifiziert, ebenso wie Ihren Sohn, der ja mit Ihnen zusammen hier eingeliefert worden ist."

Nur um zu sterben. Eine schöne Mutter bin ich gewesen. Ich konnte ihn nicht retten. Ich konnte ihn nicht warm halten. Ich konnte ihn nicht in Sicherheit bringen. Und die bildliche Vorstellung, wie ihre Mutter die leblosen Körper von Lou und Justin anschaute. Kalter Lou. Kalter Justin. Nass von der Tiefe des Flusses, Lou und Justin.

Mary warf ihren Kopf hin und her und weigerte sich zuzulassen, dass so ein Bild Realität sein sollte. Ihre Lippen waren fest zusammengepresst, das Kinn ganz hart.

„Es tut mir Leid, Mrs. Cavanaugh. Ich weiß, dass das hart ist."

Hart? Das Wort stand absolut nicht dafür, wie sie sich fühlte. Vom Himmel zu fallen war hart. Unter Wasser aufzuwachen war hart. Sich an dem Metall des Wrackteils festzuhalten war hart. Justin festzuhalten, als sie durch die Luft flogen, war hart. Aber die bildliche Vorstellung, dass ihre Mutter die beiden Menschen tot sah, die für sie, Mary, ihr Leben gewesen waren? Das war nicht hart.

Ob es eine Hölle gab?

Absolut.

* * *

„Mrs. Cavanaugh?"

Mary hörte auf, sich die Haare zu bürsten. Ein Mann im Anzug stand in ihrer Zimmertür. „Ja?"

Er kam mit ausgestreckter Hand auf sie zu. „Ich bin Dr. Gillespe, der Psychologe hier im Haus. Ihr behandelnder Arzt hat mich gebeten, bei Ihnen vorbeizuschauen."

Weder antwortete Mary, noch gab sie ihm die Hand. Das Letzte, was sie wollte, war, sich von einem Seelenklempner ausfragen und vollquatschen zu lassen.

„Wie ich höre, sind Sie sehr erregt."

Eine idiotischere Untertreibung war Mary noch nie im Leben untergekommen. Und dieser Kerl bezeichnete sich als Arzt? Sie fing wieder an, sich das Haar zu bürsten. „Nein, kein bisschen."

Er zwinkerte zweimal und seine Verwirrung gab Mary neue Kraft.

Vielleicht lässt er mich ja in Ruhe, wenn ich mich so benehme, als ob alles in Ordnung wäre. Sie schlug sich mit der Rückseite der Bürste in die Handfläche. „Ist sonst noch etwas, Doktor? Ich würde mich sonst gerne weiter fertig machen, damit ich gleich gehen kann."

„Sie wollen gar nicht reden?"

Sie hob den Kopf. „Also, lassen Sie mich überlegen, weil ich mich nicht für Basketball interessiere und die Baseballsaison noch nicht angefangen hat, nein. Ich glaube nicht."

Er lächelte. „Ihr Humor ist ein gutes Zeichen."

„Schön zu hören. Wenn Sie warten möchten, wette ich, dass mir auch noch ein Ärztewitz einfällt."

Er verschränkte seine Hände vor dem Körper. „Eine schöne Mauer, die sie da um sich herum errichten, Mrs. Cavanaugh. Um das alles verarbeiten zu können, werden Sie die aber wieder umreißen müssen."

„Ich weiß nichts von einer Mauer, aber wissen Sie, was zu meinem Wohlbefinden erheblich beitragen könnte?"

„Was denn?"

„*Sie* umzuhauen."

Sie beobachtete, wie er sein duldsames, tolerantes Gesicht aufsetzte. „Es besteht kein Grund, gewalttätig zu werden."

„Kein Grund?" Ihre Stimmer überschlug sich beinahe und war ganz schrill. „Kein *Grund*?"

Er warf einen raschen Blick zur Tür. „Ich glaube, es ist am besten für Sie, wenn Sie sich beruhigen. Wenn Sie gern eine Beruhigungstablette hätten, damit es Ihnen leichter ..."

„Nein!" Das letzte, was sie jetzt wollte, war durch Drogen aus ihrem Schmerz herausgeholt zu werden. Was sie *wirklich wollte*, war, diesen Mann loszuwerden.

Dann verhalte dich ruhig. Sag ihm, was er hören will.

Mary fuhr sich mit der Hand übers Gesicht, als wollte sie ihren Verstand zurechtrücken.

Als sie die Hände wieder fortnahm, war die Panik weg – zumindest in ihrem äußeren Erscheinungsbild. Sie schaffte es sogar zu lächeln. „Na, das war ja ein richtiger Ausbruch, den ich da hatte, was?"

Der Arzt zwinkerte ein paar Mal und taxierte ihre neue Persönlichkeit. „Das ist doch verständlich."

Worauf sie sich verlassen können, Doktor.

„Ich möchte mich dafür entschuldigen." Sie seufzte um der Wirkung willen. „Ich möchte einfach nur nach Hause, damit ich anfangen kann, meinen Verlust zu verarbeiten."

„Aber Ihr Arzt hat gesagt, dass Sie gar nicht nach Hause wollen."

Ertappt. Sie zwang sich zu einem entschuldigenden Lächeln. „Das war vorhin, jetzt ist jetzt." Sie faltete die Hände in ihrem Schoß wie die Lieblingsschülerin eines Lehrers, die ihren Willen bekommen möchte. „Darf ich jetzt bitte nach Hause gehen?"

Der Doktor betrachtete eindringlich ihr Gesicht, und unter seinem Blick hätte sie fast die Kontrolle über ihre Gesichtszüge verloren. Sie spürte, wie ihre rechte Wange vor Anstrengung zuckte, aber glücklicherweise schaute der Arzt gerade nicht hin und bemerkte es deshalb nicht.

Er zog eine Visitenkarte aus seiner Brusttasche. „Wenn Sie reden möchten ..." Er nickte ihr noch einmal zu und ging dann.

Mary starrte auf die Karte. *Das war einfach – und typisch.* Ein paar kluge, witzige Bemerkungen, eine selbstsichere Fassade, und die Leute ließen sie in Ruhe. Der Arzt hatte nur zu bereitwillig lieber ihre normale Art als ihre Panik akzeptiert.

Wirklich interessant.

Aber vielleicht machte es ja auch Sinn. Trotz ihrer guten Absichten wollten Menschen nicht über schlimme Dinge reden, an schlimme Dinge erinnert werden oder mit Leuten zusammen sein, die gerade Schlimmes durchlitten.

Vielleicht, weil *sie* selbst sich dann schlecht, verletzlich und hilflos fühlten.

Wenn Mary in ihrer Trauer und ihrem Schmerz in Ruhe gelassen werden wollte, dann bestand die beste Strategie darin, so zu tun, als ginge es ihr gut. Sie musste Stärke zeigen. Sie musste so aussehen und wirken, als akzeptiere sie das, was passiert war, und um der Wirkung willen sollte es möglichst mit einem bedauernden Erröten gefärbt sein. Die Menschen wären dann darüber erleichtert, dass sie auch dem geringsten Schatten dessen entkamen, was sie durchgemacht hatte. Denn in Wirklichkeit wollten sie gar nicht wissen, wie es ihr ging. Und schon gar nicht wollten sie es aus nächster Nähe miterleben. Ignoranz war ein echter Segen.

Aber wenn sie das hier durchziehen wollte ... Mary hielt sich einen Spiegel vors Gesicht. Sie sah schrecklich aus. Ihr Gesicht war übersät mit Schnittwunden, Prellungen und den Spuren der Erfrierungen. Bei dem Arzt eben hatte sie Glück gehabt. Ihre erweiterte Familie hinters Licht zu führen, würde schon schwieriger und anstrengender werden. Sie hob das Kinn und bemerkte auf der Stelle eine Veränderung zum Positiven. Mit großer Mühe entspannte sie ihre Stirn, bis die Falten weg waren, und presste dann einen Finger auf die Furche zwischen den Brauen, bis sie geglättet war und ebenfalls verschwand.

An ihrem Lächeln musste sie noch arbeiten. Und das Problem dabei war weniger ihr Mund als die Augen. Denn selbst wenn sich ihre Lippen in die richtige Richtung bewegten, verrieten ihre Augen, dass sie eine Maske trug.

Mit einem tiefen Seufzer warf Mary einen letzten langen Blick auf das Spiegelbild ihrer Fassade. Es war machbar. Sie musste nur daran arbeiten.

* * *

„Bitte warten Sie hier, Mrs. Cavanaugh. Ihre Mutter hat angerufen und gesagt, dass Sie jeden Augenblick hier sein wird, um Sie abzuholen und nach Hause zu bringen."

Die Schwester ließ Mary in dem Rollstuhl in ihrem Zimmer allein zurück. Es gab nichts, was sie mit nach Hause zu nehmen hatte. Sie war völlig neu eingekleidet worden, ein Geschenk vom Krankenhaus oder der Fluggesellschaft oder sonst einem barmherzigen Samariter. Sie hatte keine Handtasche, kein Geld, kein Garnichts. Und ihr war das nur recht.

Wenn sie doch einfach ihr Leben fortsetzen könnte ohne seine Behinderungen. Es gab keine Wiederaufnahme ihres Lebens dort, wo es aufgehört hatte, weder was ihre Aktivitäten betraf, noch ihren Besitz, noch ihr Zuhause. Wenn Sie hart an ihrem „Mir-geht-es-gut-Gesicht" arbeitete, würde sie ihre Mutter vielleicht überreden können, sie irgendwo einfach abzusetzen und weiterzufahren und sie wäre dann sich selbst überlassen und hätte ihre Ruhe. Wenn dazu gehören sollte, sich in eine Ecke in der Wildnis zu verkriechen und zusammenzurollen wie ein waidwundes Tier, dann sei es drum.

Sie manövrierte den Rollstuhl zur Tür und sah den Gang entlang, den sie bisher gemieden hatte, trotz der zahlreichen Versuche der Schwestern, sie zu einem kurzen Spaziergang zu motivieren. All der Lärm und das Durcheinander störten sie, und sie ließ sich auch jetzt wieder ein Stückchen zurückrollen, so weit, dass sie mit Sicherheit nicht in den Korridor hinausragte. Ihr Reich seit dem Absturz war so klein gewesen. Sicher. Isoliert. Sich in die Welt hinaus zu wagen ...

Ein alter Mann im Rollstuhl wurde vorbeigeschoben. „Vorsicht. Zurück, Mädchen."

Sein Rollstuhl tauchte wieder in ihrem Blickfeld auf und er sah sie an. „Gehören Sie auch zu den Fünfen?"

„Den Fünfen?"

„Den fünf Überlebenden. Sind Sie eine von uns?"

Es gab noch andere? Warum habe ich mich nie gefragt, ob es noch andere gab? „Ja, das bin ich wohl."

„Ich auch." Er streckte eine Hand aus, machte dann aber einen Salut daraus, als die Tür und ihre Rollstühle ein Händeschütteln und näheren Kontakt verhinderten. „George Davanos. Und Sie sind ... Sonja?"

„Mary. Mary Cavanaugh."

"Stimmt. Als erste herausgeholt."

„Woher wissen Sie das?"

„Ich habe die Berichte in den Nachrichten gesehen. Haben Sie sie denn nicht verfolgt?"

Mary schüttelte den Kopf. Es war ihr keinen Augenblick in den Sinn gekommen, die Berichterstattung über den Absturz anzuschauen. Warum sollte jemand den Wunsch haben, sich so etwas immer wieder anzuschauen und ...

„Sie sollten sich das irgendwann mal ansehen. Eine merkwürdige Erfahrung, sich selbst da im Wasser zu sehen und gerettet zu werden. Offenbar war ich zu dem Zeitpunkt ziemlich konzentriert und hatte keine Ahnung, was um mich herum vor sich ging. War das bei Ihnen auch so?"

Sie schüttelte wieder den Kopf. Er sah sie einen Augenblick lang genau an und erinnerte Mary dabei an den fragenden Blick, mit dem ihr Vater sie immer angesehen hatte, wenn sie ihm etwas verschwieg. George war bestimmt auch ein Vater.

„Schade, dass wir keine Gelegenheit hatten uns auszutauschen, Miss Mary, aber das Krankenhaus war ziemlich streng, was die Besuchsregelung angeht. Beschützend wie eine Mutterhenne, die auf ihrer Brut gluckt." Er rückte noch etwas näher.

„Wahrscheinlich haben sie gedacht, dass wir noch stärker traumatisiert werden, wenn wir uns kennen lernen und austauschen. Oder vielleicht haben sie auch einfach Angst vor Prozessen." Er zwinkerte ihr zu. „Oder vielleicht stecken sie auch mit der Fluggesellschaft unter einer Decke. Jedenfalls gibt es eine Gesellschaft, die *uns* lieber nicht wieder sehen möchte."

Er holte tief Luft. „Vielleicht können wir uns ja mal treffen, wenn wir wieder in Ordnung sind. Was meinen Sie?"

Sie antwortete nicht. Das Letzte, was sie wollte, war die Vernichtung ihrer Familie mit völlig fremden Leuten durchzukauen.

Er berührte kurz den Arm der Frau, die den Rollstuhl schob. „Also dann, es ist wohl am besten, wenn wir jetzt gehen, Suzy." Er sah zu Mary. „Das ist meine Tochter Suzy. Haben Sie auch Familie, die Sie abholen kommt?"

Erwähne bloß nicht meine Familie, Alter. Aber in dem Augenblick, als Mary ihren Zorn spürte, erinnerte sie sich an ihren neuen Entschluss und probierte ihre glückliche Maske aus. Es kostete ein wenig Anstrengung, aber ... *Ja, da war es.* Sie lächelte einen Moment und ließ die einzelnen Muskeln den richtigen Platz finden.

„Natürlich werde ich abgeholt", sagte sie. Ihre Stimme brach dabei fast, aber sie hoffte, er würde es nicht bemerken.

Aber er bemerkte es. „Oh Mist ... Sie sind diejenige, die ihren Mann und ihren Sohn verloren hat, nicht wahr? Es tut mir so Leid. Ich wollte nicht alles wieder aufwühlen. Ich bin ein alter Trottel, der es eigentlich besser wissen müsste."

Jetzt sprach die Tochter. „Aber Sie haben doch eine Möglichkeit, nach Hause zu kommen, Mrs. Cavanaugh, oder?"

So viel also zu meinen schauspielerischen Fähigkeiten. Mary nickte. „Meine Mutter kommt mich abholen."

„Na, das ist jedenfalls gut", sagte George.

Mary zuckte die Schultern, aber George sah sie weiter an. Innerlich wand sie sich unter seinem Blick. *Ist mein Gesicht grün oder was?*

Schließlich wandte er seinen Blick ab. „Auf nach Hause, Suzy."

Während er weiterfuhr, drehte Mary ihren Rollstuhl mit dem Rücken zum Gang. Warum hatte ihre Tarnung bei George nicht funktioniert? Sie war sich so sicher gewesen, dass diese Maske die perfekte Lösung für den Umgang mit anderen Menschen war. Aber vielleicht funktionierte sie ja deshalb nicht, weil er nicht wie alle anderen ein

Außenstehender war. George und Mary hatten etwas gemeinsam und das machte die Maske unnötig – machte sie sogar fast zu einem Akt schlechten Benehmens.

Und dennoch, so nett George auch war, Mary wollte keinen der anderen Überlebenden kennen lernen. Obwohl sie diese gemeinsame Erfahrung gemacht hatten, würde sie sich auf gar keinen Fall auf einen Kontakt untereinander einlassen. Sie waren nicht gleich. Die anderen hatten überlebt und wollten jetzt ihr Leben unbedingt fortsetzen.

Mary hatte überlebt, nur um jetzt sterben zu wollen.

***

Während sie am Aufzug warteten, blickte George über seine Schulter zurück zu Marys Zimmer.

„Was ist?", fragte Suzy.

„Ich mache mir Sorgen um das Mädchen."

„Du kennst sie doch nicht einmal."

Suzy hatte Recht. Es gab keinen Grund dafür, dass George sich Sorgen um eine Frau machte, die er nur 30 Sekunden lang gesehen hatte, eine Frau, die nicht einmal ein Dutzend Worte gesagt hatte. Und trotzdem war da etwas in Marys Augen, etwas an ihrem Achselzucken, als George erwähnt hatte, wie gut es sei, dass ihre Mutter sie abholte. So als sei ihre Mutter nicht genug, als ob das, was sie zu Hause erwartete, es nicht Wert war, das Krankenhaus zu verlassen.

Sie hat gerade ihren Mann und ihr Kind verloren. Du hast Irma verloren. Du weißt, wie sich das anfühlt. Du weißt ...

George warf seinen Arm zurück und stieß Suzy an.

„Geh zurück!"

„Was?"

„Geh noch mal zurück zu Marys Zimmer. Ich muss mit ihr reden. Irgendetwas stimmt da nicht." Er versuchte, den Rollstuhl selbst zu wenden, aber seine Hände trafen auf den festen Widerstand seiner Tochter.

„Es reicht jetzt, Vater! Lass die Frau in Ruhe! Es war doch deutlich zu merken, dass sie nicht reden wollte ..."

„Aber genau das ist es ja. Sie ist depressiv. Ich habe es gesehen. Und ich kann ihr helfen."

„Wie kannst du denn helfen?"

„Ich, ich weiß ..."

„Wahrscheinlich ist sie bloß müde und leidet unter ihrem Verlust. Du weißt doch, wie du dich gefühlt hast, als Mama gestorben ist. Sie möchte nicht, dass ein völlig Fremder sich ihr aufdrängt."

„Aber ..."

Es ertönte die Klingel, die das Kommen des Aufzugs ankündigte. „Wir lassen uns ihre Telefonnummer geben und dann kannst du sie später anrufen, ja?"

George wurde in den Aufzug hineingeschoben. Sein Magen krampfte sich zusammen, als sich die Tür zwischen ihm und Mary Cavanaugh schloss.

* * *

Die Ärztin, die neben ihrem Bett stand, hatte die absolute Macht über ihre unmittelbare Zukunft. In diesem Wissen zeigte sich Sonja von ihrer besten Seite. Sie zwang sich mit *Willenskraft,* für gesund erklärt zu werden.

„Wie lautet das Urteil, Doktor? Kann ich nach Hause?"

Die Ärztin warf noch einen Blick auf ihr Krankenblatt. „Möchten Sie denn nach Hause?"

„Wo ist die Tür?"

„Ich sehe keinen Grund ..."

„Super." Sonja schlug die Decke zurück.

Die Ärztin hielt sie auf. „Ich möchte nicht, dass Sie Auto fahren. Kann jemand kommen und Sie abholen?"

„Ich kann mir ein Taxi nehmen."

„Das könnten Sie, aber ich möchte, dass auch zu Hause jemand bei Ihnen ist." Sie tätschelte Sonjas Hand. „Sie haben es verdient, ein bisschen verwöhnt zu werden, Ms. Grafton. Es kommt ja im Leben nicht so besonders häufig vor, dass man verwöhnt und umsorgt wird. Wenn ich Sie wäre, würde ich es genießen."

Sonja war sich nicht so sicher, ob ihre Eltern die Verhätschel-Typen waren. Obwohl sie sich ein wenig Aufmerksamkeit wünschte, wirkte der Gedanke, sie unmittelbar um sich zu haben, dazu noch in ihrer eigenen Wohnung, nicht gerade beruhigend auf sie. Besonders auch deshalb, weil sie weder aufgeräumt noch geputzt hatte, bevor sie zu ihrer Reise aufgebrochen war. Ihre Küche stand voll mit schmutzigem Geschirr, es gab bergeweise schmutzige Wäsche, die gewaschen werden musste und über den ganzen Fußboden verstreut lagen Zeitungen.

„Ich sage dann den Schwestern, dass Sie gehen, sobald Ihre Eltern hier sind, in Ordnung?"

Habe ich denn eine Wahl? „In Ordnung."

Die Ärztin rückte das Stethoskop zurecht, das um ihren Hals hing. „Ein schönes Leben wünsche ich Ihnen noch, Ms. Grafton. Sie haben sehr viel Glück gehabt."

„Ich weiß."

In dem Augenblick kam der Wagen mit Süßigkeiten und Zeitungen an die Zimmertür. Die Ärztin nickte noch einmal und ließ das Mädchen mit dem Wagen herein.

„Möchten Sie etwas zu lesen?"

Sonja schaute auf die Uhr. Noch zwei Stunden, bis die Eltern am Flughafen ankommen würden. „Ja, geben Sie mir bitte eine Zeitung." Sie musste an ihre neue Freundin Dora denken. „Den *Chronicle*, wenn Sie ihn da haben."

Sonjas Interesse richtete sich sofort auf das Foto auf der Titelseite. Darauf war zu sehen, wie ein riesiger Kran ein völlig zerfetztes Wrackteil des Flugzeugs aus dem Fluss zog. Es war eine grausige Erinnerung. Wirklich ein Wunder, dass überhaupt jemand überlebt hatte. Wenn durch den Absturz schon Metallteile dermaßen hatten zugerichtet werden können, welche Chance hatten dann empfindliche Menschenkörper gehabt?

Sie fand eine Geschichte über Floyd Calbert und Hugh Johnson von der Rettungswacht, die mit ihrem Hubschrauber die Überlebenden geborgen hatten. Es war ein wunderbar geschriebener Artikel, aber darüber hinaus konnte Sonja auch so nicht den Blick von den beiden Männern abwenden – ihren Rettern. Es waren zwei Männer, die durch Umstände, welche völlig außerhalb ihrer Kontrolle lagen, in die Rolle als Lebensretter hineingeraten waren. *Alle Logik hat ihnen gesagt, dass sie nicht losfliegen sollten, aber sie haben es trotzdem getan. Sie haben uns gerettet, mich gerettet.*

Sonja presste die Zeitung an ihre Brust und schloss die Augen. *Wenn ich dir das bis jetzt noch nicht gesagt habe – und mir ist ja klar, dass wir nicht so besonders viel miteinander geredet haben, dann sage ich jetzt danke, Gott. Danke, dass du mir eine zweite Chance gibst. Danke für Männer wie Floyd und Hugh.*

Als das Gebet zu Ende war, fühlte sie sich besser – und sie war mehr als nur ein bisschen geschockt darüber, dass ein paar wenige an Gott gerichtete Worte eine so unmittelbare Wirkung bei ihr zeigten. Vielleicht war diese ganze Geschichte mit Gott ja doch gar nicht so übel.

Sie blätterte um auf Seite zwei. Eine Schlagzeile erregte ihre Aufmerksamkeit:

Beerdigung der Absturzopfer von Sanford Industries ausgerichtet. Sie zog die Seite näher an ihre Augen. Allen und Dale sollten also morgen beigesetzt werden. Gar nicht auszudenken, was passiert wäre, wenn sie diesen Termin verpasst hätte. Wenn sie darüber nicht in der Zeitung gelesen hätte ...

Wodurch ihr wiederum etwas ins Bewusstsein gerückt wurde, was ihr Stunde um Stunde mehr zusetzte: Warum hatte sich bisher niemand aus der Firma gemeldet? Nicht nur, um ihr den Termin der Beisetzung mitzuteilen, sondern auch einfach, um sich nach ihr zu erkundigen. Im Flugzeug hatte Roscoe von ihrem Ruf gesprochen. Anscheinend stand es schlimmer um den ihren als sie angenommen hatte. Hatten die Leute in der Firma etwas gegen sie, weil sie noch am Leben war und Allen und Dale umgekommen waren? Dachten sie, dass sie etwas Gerissenes getan hatte, um ihren Tod herbeizuführen?

Das ist doch absurd.

Vielleicht. Aber warum hatte niemand angerufen? Warum wurde sie wie eine persona non grata behandelt? Wurde sie dafür bestraft, dass sie noch am Leben war? Mit einem plötzlichen Energieschub zerknüllte Sonja die Zeitung zu einem Ball und warf sie in den Papierkorb. Sie warf nicht weit genug.

Willkommen im Club.

* * *

Wenn Sonja nicht alles so wehgetan hätte, wäre sie auf und ab gegangen. Wo blieben nur ihre Eltern und wieso brauchten sie so lange? Sie hatten vom Flughafen aus angerufen, um ihr zu sagen, dass sie angekommen wären und jetzt ein Auto mieten würden. Aber vielleicht gefiel ihrem Vater ja der Wagen nicht, den man ihnen geben wollte und jetzt stritt er darüber, dass er einen anderen wollte – während seine Tochter in einem Krankenhauszimmer fast verrückt wurde, weil sie unbedingt nach Hause wollte.

Sie hatte schon oft erlebt, dass er sich so verhielt. Es gab keine einfachen und unkomplizierten Transaktionen, wenn Sheffield D. Grafton daran beteiligt war. In Restaurants ließ er das Essen zurückgehen, akzeptierte Hotelzimmer nicht, die er bekam, und auch wenn er einen Strafzettel für falsches Parken bekam, diskutierte er darüber bis zum Umfallen. Als sie noch zu Hause gewohnt hatte, hatte Sonja es sich zur Gewohnheit gemacht, die Toilette aufzusuchen, wenn sich solche Diskussionen anbahnten. Und es war noch nicht einmal so, dass er die Macht des Geldes auf seiner Seite hatte. Nein, ihre Eltern waren eindeutig Mittelschicht, aber der Name ihres Vaters *klang* nach Geld, also spielte er diese Rolle.

Es tröstete Sonja zu wissen, dass sie nicht so war wie er. Auf jeden Fall nicht in dieser Hinsicht. Oder war sie es vielleicht doch?

Sie hörte Unruhe auf dem Gang vor ihrem Zimmer. Der dröhnende Bass ihres Vaters forderte die volle Aufmerksamkeit, als er fragte, in welchem Zimmer seine Tochter läge.

Sonja legte sich eine Hand auf die Brust. Warum änderte sich urplötzlich ihr Herzrhythmus von einem lebbaren Foxtrott zu einem Polkarhythmus?

Sie sind gekommen, um dir zu helfen, Sonja. Du brauchst dich für nichts zu entschuldigen und dich auch nicht wegen irgendetwas schlecht zu fühlen. Du bist das Opfer.

Ihre Eltern kamen ins Zimmer gerauscht, der Vater voran. Er nahm die Machtposition am Fußende des Bettes ein. „Na, da bist du ja."

Was hattest du denn erwartet, wo ich sein würde? Unten in der Eingangshalle, auf euch wartend, damit ihr euch nicht die Mühe zu machen braucht, einen Parkplatz zu suchen?

Ihre Mutter kam direkt an die Seite ihres Bettes und begutachtete sie so genau, als wolle sie den Schaden aufnehmen. Sie hob eine Hand, um den Stirnverband zu berühren, zog sie aber dann doch schnell wieder zurück, bevor sie sich mit der Unvollkommenheit einer Wunde verunreinigen konnte. „Meine Güte, du siehst ja noch schlimmer aus, als ich es mir vorgestellt habe, Liebes."

„Ich habe gerade einen Flugzeugabsturz hinter mir, Mutter."

Die Frau richtete den Kopf auf und fuhr mit ihrer Schadensaufnahme fort.

„Du brauchst gar nicht grob zu werden. Ist das da am Hals ein Bluterguss? Und deine Haut ..."

Sonja legte ihre Hand auf den schwarzblauen Bluterguss, der die rechte Seite ihres Halses zierte. Und ihre Haut – sie wusste, dass ihre Wangen noch immer von den Folgen der Erfrierungen gezeichnet waren. „Was für ein schlimmer, schlimmer Absturz. Wir werden prozessieren müssen,"

Ihr Vater nickte. „Ich habe schon alles in die Wege geleitet."

Sonja schüttelte ungläubig den Kopf. „Ich habe nur einen Scherz gemacht, Vater."

„Schadensersatz für eine solche gewaltige Fehleinschätzung zu verlangen, ist nichts, worüber man Scherze machen sollte. Für so etwas müssen die verantwortlichen Leute bezahlen."

Sonja wusste, dass er wahrscheinlich Recht hatte. Ein Prozess seitens der Angehörigen der Opfer war unvermeidlich. „Aber ich lebe. Mir geht es gut!"

Er deutete mit seiner Hand einmal an ihrem Körper entlang, als ob er ihn anekelte und sagte dann: „Dir geht es nicht gut. Du hast Knochenbrüche, Prellungen, Blutergüsse und ..."

„Bin ich dadurch beschädigte Ware?"

„Werd nicht frech. Du weißt ganz genau, was ich meine."

Ganz sicher weiß ich das.

Ihre Mutter musterte sie noch einmal von oben bis unten. „Wo hast du denn *diese* Kleider her, Liebes? Die sind ja abscheulich."

„*Meine* Kleider waren hinüber und stanken nach Kerosin. Diese hier sind ein Geschenk der Klinik." Sie sah an sich selbst herunter. Obwohl sie sich die Sachen wahrscheinlich selbst so nicht ausgesucht hätte, waren sie nett – für jeden, außer für ihre Mutter. „Vielleicht hättest du ihnen anbieten sollen, sie zu besorgen oder ihnen zumindest die Läden sagen sollen, in denen es annehmbare Kleidung gibt."

Ihr Vater holte sein Handy hervor und schaute nach, ob er irgendwelche Mitteilungen bekommen hatte. Als das nicht der Fall war, steckte er es wieder ein. „Es war eine einfache Frage, Sonja. Kein Grund, deine Mutter unfreundlich zu behandeln. Sie ... *wir* wollen doch nur das Beste für dich."

Sonja war plötzlich erschöpft und wünschte sich nichts mehr, als dass sie endlich gingen und sie selbst sich unter die Decke kuscheln und ein Nickerchen halten konnte, bis die Schwester kam, um den Blutdruck zu messen. Alles war besser als dieses hartnäckige Bohren und Drängen, eine Spezialität ihrer Eltern.

Sie raffte all ihre noch verbliebene Energie zusammen und versuchte sich auf das Ziel für heute zu konzentrieren. „Bitte bringt mich jetzt nach Hause."

„Natürlich, Liebes."

Als ihr Vater ein paar Schwestern herumkommandierte, gefälligst seiner Tochter in den Rollstuhl zu helfen, wurde Sonja plötzlich klar, dass sie wirklich ein Opfer war – und das schon seit 26 Jahren.

***

Tina hörte das Surren von Rädern auf dem Gang und ein dumpfes, klopfendes Geräusch. Ihre Neugier wurde befriedigt, als David einen mit Luftballons geschmückten Rollstuhl ins Zimmer schob. Die Ballons brauchten einen Augenblick, um sich der Vollbremsung anzupassen.

„Ta-da!"

„David, was machst du da?"

Er stellte die Bremsen fest und antwortete: „Ich bin gekommen, um dich nach Hause zu bringen."

„Darf ich denn schon gehen?"

„Die Ärzte haben gesagt, dass du startklar bist." Plötzlich schlug er sich die Hände vor den Mund. „Ups – tut mir Leid. Das war wohl leicht daneben, was?"

Sie verwarf mit einer Geste seine Bedenken. „Wenn du glaubst, dass ich jedes Mal zusammenbreche, wenn vom Fliegen die Rede ist, dann irrst du dich aber gewaltig. Für wie schwach hältst du mich eigentlich?"

„Das wäre doch kein Zeichen von Schwäche, Tina, sondern es wäre absolut verständlich."

„Aber für mich nicht." Sie warf die Bettdecke von ihren Beinen und manövrierte vorsichtig ihr Gipsbein zu Boden. David eilte ihr zur Hilfe, aber sie schüttelte den Kopf. „Das kann ich allein. Das *muss* ich allein können."

„Eigentlich *musst* du das nicht. Die Welt wird dich schon nicht entmündigen, wenn du einmal zugibst, dass du Hilfe brauchst."

Sie rückte ihre Krücke zurecht und humpelte zu dem Schrank, in den die Schwester ihre neuen, für den Heimweg gespendeten Kleider gehängt hatte. „Das ist ja alles ganz toll, aber ich werde nichts zugeben, was nicht stimmt. Ich bin sehr ..."

„Grob."

Sie drehte sich um und sah ihn an. Auf seinen Wangen zeichneten sich rote Flecke ab. „Ich wollte damit nur sagen, dass ich sehr wohl in der Lage bin, meine eigenen Angelegenheiten selbst zu regeln."

„Das mag ja sein, aber du bist auch ziemlich grob. Ist dir schon mal in den Sinn gekommen, dass es Menschen gibt, denen es Spaß macht, anderen zu helfen? Dass du, indem du so ekelhaft selbstgenügsam bist, anderen Menschen – auch mir – das Gefühl vorenthältst, etwas wert zu sein und durch ihr Tun und Handeln etwas Positives zu bewirken?"

Sie reichte ihm den Kleiderbügel, damit sie den Schrank wieder schließen konnte. „Ich soll mich also schwach und überfordert verhalten, damit du dich stark und männlich fühlen kannst?" Er sah sie an, ohne etwas zu sagen. „David, sieh mich nicht so an."

Er streckte seinen Arm aus und ließ die Kleider zu Boden fallen. „Dein Wunsch ist mir Befehl." Er verließ das Zimmer und seine Schritte entfernten sich rasch.

Was habe ich getan? Warum trug sie eigentlich diesen ständigen Kampf zwischen Gedanken und Mund aus? Was Tina dachte, das sagte sie auch – ob es richtig war oder falsch, ob es liebevoll war oder nichts als Schaden anrichtete.

Sie erinnerte sich an einen Vers aus den Sprüchen. „Auch ein Tor, wenn er schwiege, würde für weise gehalten und für verständig, wenn er den Mund hielte." Sie musste in sich hineinlachen, als sie sich an ein Zitat erinnerte, das sie einmal gelesen hatte: „Es ist besser, deinen Mund zu halten und die Menschen glauben zu lassen, dass du ein Narr bist, als ihn aufzumachen und jeden Zweifel daran zu beseitigen." Zwei Zitate von zwei großen Männern: König Salomo, dem weisesten Mann, der je auf der Erde gelebt hatte und Mark Twain, dem geistreichsten. Solchen Weisheiten hatte sie nichts entgegenzusetzen.

Es bestand kein Zweifel – sie war wirklich eine Närrin. Dass David nicht mehr im Zimmer war, war der Beweis dafür.

Herr, bitte hilf mir, nur Dinge zu sagen, die du gut heißt.

Das war bestimmt zu viel verlangt.

* * *

Weil David gegangen war, musste Tina sich jetzt ganz allein anziehen und in den Rollstuhl setzen. Ein herzförmiger Luftballon mit der Aufschrift „I love you" berührte sachte ihren Kopf. David liebte sie.

In der Vergangenheitsform?

Sie konnte ihm keinen Vorwurf machen, wenn es so war. Wie konnte sie nur so grob sein und den Menschen vor den Kopf stoßen, der ihr in dieser schweren Zeit zur Seite stand – und auch schon bei allem, was zuvor passiert war?

Und bei allem, das noch kommen würde? Das war schon nicht mehr so sicher.

Sie schaute auf ihre Uhr. Es waren 25 Minuten vergangen, seit David gegangen war, nachdem er ihre Kleider hatte zu Boden fallen lassen. Während sie sich angezogen hatte – und sie hätte dabei *sehr wohl* Hilfe gebrauchen können – hatte sie die ganze Zeit darauf gewartet, dass er an die Tür klopfte. Er würde hereinkommen und sich dafür entschuldigen, dass er einfach weggelaufen war. *Er* würde sich entschuldigen, und weil er so bereitwillig sein Bedauern äußerte, würde sie sich dann auch entschuldigen. Danach würde dann alles wieder ganz normal laufen, bis David ihr das nächste Mal in die Quere kam in ihrem Privatkrieg gegen die Dämonen der Unsicherheit und des Stolzes.

Es war schon beunruhigend, dass die meisten Streitigkeiten zwischen ihnen beiden eigentlich Konflikte zwischen Tina und Tina waren, und er als unschuldiger Zeuge es leider abbekam. Wie konnte er ihr noch seine Liebe gestehen, wo sie ihn doch immer wieder ihrem eigenen inneren Aufruhr aussetzte? Das war jenseits ...

„Hi." David stand in der Tür, die Hände in den Hosentaschen.

Bei seinem Anblick hätte Tina fast angefangen zu weinen. Sie vermied es, ihn direkt anzusehen, streckte ihm aber eine Hand hin. Er beugte sich vor, um sie zu küssen. Dann trat er hinter den Rollstuhl.

„Also, bringen wir dich erst mal nach Hause."

* * *

Anthony sah sich die Nachrichten im Fernsehen mit einem Notizblock in der Hand an. Es musste jemanden geben, der Schuld hatte, und er hatte die Absicht, immer auf dem Laufenden darüber zu sein, wer es sein könnte.

Er hatte bereits seinen Anwalt angerufen und dessen höfliche und besorgte Nachfragen einfach übergangen. Was zählte, war die Frage: „Wie viel können wir bekommen?"

Anthony hatte darauf eine recht zufrieden stellende Antwort erhalten und war zu dem Schluss gelangt, dass es vielleicht sinnvoll wäre, für einen solchen Prozess einen auf Schadensersatzklagen spezialisierten Anwalt zu engagieren. Oder vielleicht sollte er auch eine Sammelklage anstreben, gemeinsam mit den anderen Überlebenden sowie den Hinterbliebenen der Opfer.

Er würde jedenfalls nicht locker lassen. Es war seine Pflicht und seine Verantwortung, dafür zu sorgen, dass Leute für ihre Fehler bezahlten, und nach dem, was er bisher in den Nachrichten gehört hatte, waren etliche menschliche Kardinalfehler begangen worden. Der Grundtenor in allen Berichten lautete, dass Flug 1382 niemals hätte starten dürfen. Und wer wusste schon, welche Fehler zu dieser fatalen Fehleinschätzung beim Start geführt hatten.

Anthony hörte Unruhe auf dem Gang und drehte den Fernseher lauter, um den Lärm zu übertönen. Er sah, wie eine Horde von Menschen vorbeiging, die offensichtlich nach einer bestimmten Zimmernummer suchten. Verdammte Besucher. Wahrscheinlich Verwandte von einem der anderen Überlebenden, die gekommen waren, um zu umarmen und zu weinen und sich die Geschichten von Rettung und Angst anzuhören.

Ihre Liebe und Fürsorge zu zeigen.

Anthony schüttelte solche durch Schwäche entstandenen Interpretationen ab. Es stimmte zwar, dass von seiner Praxis niemand gekommen war, um ihn im Krankenhaus zu besuchen, aber immerhin hatten sie ihm einen Blumenstrauß geschickt. Und im Übrigen stand sein Zimmer voll mit Blumen und Genesungswünschen von völlig fremden Menschen.

Er hatte keine Familie. Zwar vermutete er, dass er einige entfernte Cousins hatte, aber jede Kontaktaufnahme würde jetzt als Zeichen seines desolaten Zustandes ausgelegt werden oder dem Wunsch entspringen, an seiner traurigen Berühmtheit teilzuhaben.

Und er würde auch keine Enttäuschung darüber zulassen, dass keine seiner engeren Freundinnen – Sarah, Bridget oder besonders die langbeinige Marta mit ihrem betörenden Duft – vorbeigeschaut hatten, um nach ihm zu sehen und seine Wunden zu küssen. Marta hatte ihn angerufen und ihm gesagt, dass sie grundsätzlich kein Krankenhaus beträte. So viel zu ihr. Er brauchte kein Bedauern. Er brauchte Taten. Juristische Schritte.

Der Wagen mit Süßigkeiten und Zeitungen kam vorbei, und die junge Frau, die ihn schob, schaute kurz zur Tür herein, sah dann aber rasch wieder weg, als sich ihre Blicke begegneten. Er wartete einen Augenblick ab, dass sie ganz hereinkam, was sie jedoch nicht tat.

„Kommen sie rein, Mädchen! Haben Sie meine Zeitung?"

Sie erschien mit der Zeitung in der Hand. „Tut mir Leid, dass sie warten mussten, Dr. Thorgood, aber ich bin zu spät zur Arbeit gekommen, weil mein Wecker ..."

Anthony hob seine eine Hand. „Ich akzeptiere solche Entschuldigungen nicht von den Mitarbeitern in meiner Praxis, und ich werde sie auch hier nicht akzeptieren."

„Jawohl." Sie blieb viel zu weit vom Bett entfernt stehen, wodurch sie gezwungen war, sich unbeholfen vorzubeugen, um ihm die Zeitung geben zu können.

Er griff nach der Zeitung, nahm sie sich und sagte: „Ich beiße nicht."

Sie errötete, kam aber nicht näher.

Er machte eine Handbewegung, als wolle er sie aus seinem Blickfeld verscheuchen, und sie floh nach draußen auf den Gang. Warum war es eigentlich unmöglich, anständige Hilfskräfte zu bekommen? Entweder benahmen sie sich wie verängstigte Bauern oder sie waren so hochnäsig, dass Disziplinierungsmaßnahmen sie erst gar nicht erreichten.

Anthony entfernte den Anzeigenteil aus dem *Chronicle* und konzentrierte sich auf die richtigen Nachrichten. Er überflog die ersten paar Seiten schnell, um etwas über den Absturz und dessen Auswirkungen und Folgen zu finden. Es gab noch weitere Artikel von Dora Roberts über die Fortschritte bei den Bergungsarbeiten, aber der, nach dem er suchte, war nicht dabei. Nämlich der über seine Person.

Er blätterte zurück zur Titelseite und überflog sie noch einmal. *Es ist nicht drin!* Er zerknüllte die Zeitung und warf sie auf den Boden. Dann griff er nach dem Telefon und wählte die Null.

„Verbinden Sie mich mit dem *Chronicle*."

„Mit wem?"

„Dem *Chronicle*, der Zeitung."

„Einen Augenblick bitte."

Während Anthony wartete, sah er fern. Zwanzig weitere Leichen waren geborgen worden. Es war zum Verzweifeln, wie langsam die Bergung der Toten voranging. Die Spezialisten wiederum konnten nicht mit der Bergung des Wracks beginnen, bevor nicht alle Toten geborgen waren. Und die Bergung des Wracks war zwingend notwendig, um festzustellen, wer Schuld an dem Unglück hatte.

„Der *Chronicle*. Was kann ich für Sie tun?"

„Dora Roberts."

„Einen Augenblick bitte."

Es war wieder die Stimme der Telefonistin zu hören. „Tut mir Leid, aber sie ist außer Haus. Soll ich Ihnen ihre Handynummer geben?"

Perfekt. „Tun Sie das."

Er merkte sich die Nummer und wählte sie sofort.

„Roberts."

„Hier ist Dr. Anthony Thorgood ..."

„Ja, Dr. Thorgood. Was kann ich für Sie tun?"

Ihre Stimme war nüchtern und sachlich und Anthony bemerkte eine leichte Hervorhebung seines Titels. „Was Sie für mich tun können? Sie können den Artikel schreiben, den Sie mir versprochen haben. Den Artikel, den Sie aus dem Interview machen wollten. Ich habe gerade die Zeitung bekommen und er ist nicht drin."

„Und das wird er auch nicht."

„Wie bitte?"

Sie räusperte sich. „Ich weiß, dass Sie einer der Überlebenden sind, Dr. Thorgood, und ich weiß, dass Sie Schreckliches durchgemacht haben."

„Da können Sie sicher sein."

„Aber ehrlich gesagt, ich bin an Ihrer Geschichte einfach nicht interessiert."

„Und warum nicht?"

Es folgte eine Pause. „Weil es bessere Geschichten gibt."

„Sie meinen Geschichten von den anderen Überlebenden?"

„Das geht Sie zwar eigentlich nichts an, aber wahr ist, dass die anderen Überlebenden tatsächlich interessante Geschichten zu erzählen haben. Außerdem sind da die Geschichten der Rettungsleute, der Angestellten der Fluggesellschaft und der Helfer, die an der Bergung des Wracks beteiligt sind ..."

„Und meine Geschichte wollen Sie nicht?"

Wieder eine Pause. „Nein, Ihre nicht."

„Sie sortieren mich aus?"

„Ich sortiere Sie aus."

„Warum?"

Sie reagierte nicht.

Anthony schaltete den Ton des Fernsehers aus. „Ich habe Ihre Antwort nicht gehört."

„Ich habe Ihnen auch keine gegeben."

„Und weshalb nicht?"

„Weil meine Mutter mich gelehrt hat, höflich zu sein."

„Dora ..."

„*Ms.* Roberts."

Touché. „*Ms.* Roberts. Ich habe wirklich keine Zeit, Spielchen zu spielen. Ich bin ein Mann der Fakten, also nennen Sie mir die Fakten. Ich bestehe darauf."

Sie lachte kurz auf. „Also gut, wenn Sie darauf bestehen."

„Das tue ich."

„Die Wahrheit ist, Mr. Thorgood, dass ich mich entschieden habe, nicht über Sie zu schreiben, weil sie ein arroganter, egoistischer Mensch mit verzerrter Selbstwahrnehmung und einem ebenso verzerrten Bild ihrer Stellung in der Welt sind."

„Sie haben nicht das Recht, zu beurteilen ..."

„Aber Sie sind es doch, der all die Leute, die bei dem Absturz umgekommen sind, beurteilt hat. Sie haben gesagt, dass Sie noch am Leben sind, weil Sie besser sind als die anderen es waren, weil Ihr

Leben mehr Sinn hätte, weil Sie wichtiger wären. Und weil Sie davon so überzeugt waren, haben Sie jemandem das Rettungsseil weggenommen."

Und was wollen Sie damit sagen?

Anthony musste zugeben, dass seine Philosophie des „ich habe es verdient" aus dem Munde eines anderen Menschen ziemlich überheblich klang. Und obwohl er noch immer glaubte, dass sie stimmte, hatte er plötzlich einen Geistesblitz. An eine bestimmte Wahrheit zu glauben, war eine Sache, aber eine solche Wahrheit anderen Menschen mitzuteilen, die sie gar nicht begreifen konnten, war einfach dumm. Besonders wenn die ausgesprochene Wahrheit ein Beweis ihrer eigenen Mittelmäßigkeit war. Er musste einfach vorsichtiger sein.

„Ist sonst noch etwas, Doktor?"

Anthony schüttelte den Kopf, aber dann wurde ihm bewusst, dass die Journalistin ihn durchs Telefon nicht sehen konnte. „Nein, ich würde sagen, dass ich genug von Ihnen habe."

„Mein lieber Doktor, dieses Gefühl beruht definitiv auf Gegenseitigkeit."

✳ ✳ ✳

Anthony drückte noch zweimal mehr auf die Klingel an seinem Bett. Wieso brauchten die bloß so lange?

Schließlich tauchte eine Schwester auf, obwohl sie eigentlich schon allein wegen der Lässigkeit Ihres Auftretens gefeuert gehört hätte.

„Wo bleiben Sie denn. Ich habe geklingelt und ..."

Sie schien völlig unbeeindruckt. „Was können wir für Sie tun, Dr. Thorgood?"

„*Wir* können uns ein bisschen mit dem Papierkram beeilen, damit ich nach Hause kann wie die anderen auch."

Ihr entglitt ein Grinsen. „Tut mir Leid, aber der Doktor hat entschieden, dass Sie im Unterschied zu den anderen Überlebenden noch einen Tag länger bleiben müssen."

„Ich soll was?"

„Sie haben erhöhte Temperatur – was, wie Sie ja sicher wissen, *Herr Doktor*, ein Zeichen für eine Infektion ist. Solange Ihre Temperatur sich nicht normalisiert, können Sie nicht nach Hause."

Das ist unglaublich.

„Kann ich sonst noch irgendetwas für Sie tun?"

„Alle anderen gehen nach Hause und ich muss hier bleiben?"
Sie reagierte nicht.
„Das macht Ihnen richtig Spaß, nicht wahr?"
Ihr schnippischer Blick verschwand und ihre Augenbrauen senkten sich langsam wieder. „Ich versichere Ihnen, dass wir nichts lieber täten, als Sie zu entlassen."
„Gefällt es Ihnen, Schwester, dieses Spielchen mit den Doppelbotschaften?"
Sie machte auf dem Absatz kehrt und sagte dann beim Hinausgehen über ihre Schulter hinweg: „Also, Doktor, ich habe wirklich keine Ahnung, wovon Sie reden."

* * *

„Wie meinen Sie das, dass Sie diese Artikel nicht machen können?"
Als Dora so vor ihrem Chef stand, wünschte sie sich, sie hätte ihm die schlechten Nachrichten telefonisch mitgeteilt. Aber das wäre der feige Ausweg gewesen. Da Clyde ihr die Artikel über die Überlebenden anvertraut hatte, war das mindeste, was er verdient hatte, sie von Angesicht zu Angesicht anbrüllen zu können.
„Ich habe vier der fünf interviewt und ..."
„Wer von ihnen wollte Ihnen denn kein Interview geben?"
„Von nicht wollen kann keine Rede sein", sagte Dora. „An Mary Cavanaugh, die Frau, die ihren Mann und das Kind verloren hat, bin ich gar nicht herangetreten, weil ich sie nicht noch zusätzlich belasten wollte. Sie zu interviewen wäre meines Erachtens geschmacklos gewesen."
Er starrte sie ungläubig an. Die Adern auf seiner Nase schwollen an, sodass sie aussahen wie die Landkarte eines Flussdeltas. „Ich würde mich jederzeit für Geschmacklosigkeit entscheiden, wenn die Alternative wäre, in einer anderen Zeitung von ihrem furchtbaren Schicksal zu lesen."
Doras Magen krampfte sich zusammen. „Haben Sie denn irgendwo etwas gefunden?"
„Nein, aber wenn ich etwas finde ..." Er schüttelte den Kopf. „Das wäre also die Erklärung für einen der Überlebenden. Was ist mit den anderen vier, die Sie bekommen haben?"
„Sie haben mich als Freundin betrachtet, genauso wie Sie es wollten."
„Gut. Dann schreiben Sie die ..."
„Sie haben vieles gesagt, was nicht für die Öffentlichkeit bestimmt ist. Sie haben sich mir anvertraut und dieses Vertrauen kann und will ich nicht missbrauchen."

„Was ist denn so schwierig daran, ein paar Zeilen hinzubekommen wie ‚Ich war wie gelähmt' oder ‚Ich dachte, ich würde sterben'?"

Dora war verdutzt, dass sie den Überlebenden keine Frage gestellt hatte, auf die ein solches Zitat die Antwort hätte sein können.

„Über so etwas haben wir gar nicht geredet."

Clyde kicherte ungläubig. „Sie haben gar nicht? Worüber haben Sie denn dann gesprochen? Über Ihre Lieblingsnachspeise oder das letzte Formel-1-Rennen?"

Was jetzt kam, würde ihm gar nicht gefallen. „Wir haben hauptsächlich über Gott geredet."

Clyde verdrehte seine Augen. „Ich bin bisher ziemlich geduldig und tolerant gewesen, wenn es um Ihr Gerede über Gott ging, Dora. Hey, ich glaube doch auch an ihn. Aber Sie übertreiben es. Wenn Ihr Glaube anfängt, Sie bei Ihrer Arbeit zu behindern ..."

„Aber es ist doch ganz normal, dass Menschen, die mit dem Tod konfrontiert waren, an Gott denken und anfangen über ihn zu reden."

„Es ist aber nicht normal für eine säkulare Tageszeitung, Ergüsse über Glaubenserfahrungen abzudrucken, und es klingt ganz so, als hätten Sie nichts anderes bekommen."

Was konnte Sie dagegen sagen? „Tut mir Leid, Clyde."

„Ja? Also mir auch." Er wendete sich wieder dem Bildschirm seines Computers zu. Es war offensichtlich, dass für ihn das Gespräch beendet war und sie gehen konnte. „Warum reden Sie nicht mal mit Jean? Vielleicht hat sie ja eine Hundeausstellung, über die Sie berichten können oder einen Handarbeitskreis. Das scheint mir eher Ihre Kragenweite zu sein."

„Das ist ungerecht."

„Das Leben ist ungerecht. Aber wenn Sie mir keine Nachrichten liefern, die sich für den Druck eignen, dann bleibt mir doch gar keine andere Wahl, oder?"

„Ich arbeite an einem Artikel über den Lebensretter."

„Ach wirklich? Das glaube ich erst, wenn ich ihn sehe." Er machte eine Handbewegung, als wolle er sie wegscheuchen. „Und nun gehen Sie endlich. Ich habe zu tun."

* * *

Floyd und Hugh näherten sich dem Gebäude, in dem die Leichen der Absturzopfer aufgebahrt waren. Sie gingen Schulter an Schulter, die Hände tief in den Hosentaschen vergraben, den Blick auf den Boden geheftet.

„Ich will da nicht rein", sagte Floyd.

„So schlimm wird's schon nicht werden", entgegnete Hugh. „Heutzutage werden bei der Identifizierung Videokameras benutzt. Es ist nicht mehr wie früher, dass sie ein weißes Laken zurückschlagen und man hinsehen muss."

„Aber was haben wir damit zu tun? Wenn sie glauben, dass sie den Helden gefunden haben, dann müssen sie doch ihre eigenen Hinweise dafür haben. Außerdem bin ich gar nicht so sicher, ob wir ihnen helfen können. Während der Rettungsaktion waren wir doch ständig beschäftigt und die Bedingungen waren lausig. Es wäre einfach schrecklich, den falschen Mann zu identifizieren."

„Wir tun einfach, was wir können, Floyd. Wenn wir nicht sicher sind, sind wir eben nicht sicher, einverstanden?"

„Einverstanden."

Sie erreichten die Eingangstür und gingen weiter zur Anmeldung. Von dort aus wurden sie in einen kleinen Raum geführt, in dem hoch oben unter der Decke ein Monitor angebracht war. Ein Mann im weißen Kittel begleitete sie.

„Vielen Dank, dass Sie gekommen sind, meine Herren. Es wird nicht lange dauern. Wenn Sie bitte einfach nur auf den Bildschirm schauen würden."

Ein Gesicht erschien. Aschfahl, mit einer Schnittwunde an der Stirn, ansonsten aber unverletzt und wie schlafend. Floyd wurde die Kehle eng und das Schlucken fiel ihm schwer. Wie oft hatte er dem Lebensretter in die Augen gesehen, wenn der Mann erwartungsvoll in Richtung des Helikopters geschaut hatte. Waren das diese Augen – nur jetzt geschlossen? War das der Mann, der bewusst entschieden hatte, selbst zu sterben, um anderen das Leben zu retten?

„Er ist es", sagte Hugh. „Das Haar. Der Bart. So weit ich es sagen kann, ist er es."

Der Techniker wandte sich jetzt an Floyd. „Stimmen Sie zu?"

Floyd wurde die Kehle noch enger, sodass er nur nicken konnte. Er konnte den Blick nicht von dem Gesicht des Lebensretters abwenden. Er spürte die Blicke des Technikers und Hughs auf sich, aber es war ihm egal. Er räusperte sich.

„Wie heißt er?"

„Henry Smith."

Schön, Sie kennen zu lernen, Henry. Sie können es nicht wissen, aber Sie haben mein Leben ein für alle Mal verändert.

„Also dann nochmals vielen Dank, dass Sie vorbeigekommen sind."

Der Techniker verließ den Raum und kurz darauf wurde der Monitor schwarz.

„Einfach so ist er wieder weg", sagte Floyd. „Endlich sehen wir ihn und schon ist er wieder weg."

Hugh legte Floyd eine Hand auf die Schulter. „Hey, nimm es dir nicht so zu Herzen."

Jetzt ließ Floyd seinen Tränen freien Lauf. „Ich wollte ihn unbedingt kennen lernen, weißt du? Ich wollte ihm die Hand drücken und ihm sagen, wie erstaunlich ich sein Handeln finde." Seine Stimme brach. „Glaubst du, er wusste, dass die Leute stolz auf ihn sein würden? Oder ist er wohl einfach im Wasser untergegangen mit dem Gefühl, versagt zu haben?"

„Floyd ..."

„*Wir* sind es, die versagt haben, Hugh. Wir sind es, die nicht rechtzeitig genug wieder bei ihm waren."

Hugh drückte seine Schulter und nickte. „Ich weiß. Ich weiß es ja."

„Uns nennen sie auch Helden. Aber was sind das für Helden, die einen Mann wie ihn umkommen lassen?"

Der schwarze Bildschirm war die einzige Antwort, die sie erhielten.

ZEHN

Das ist mein Trost in meinem Elend,
dass dein Wort mich erquickt.
PSALM 119,50

„Wir landen in wenigen Minuten. Bitte schnallen Sie sich jetzt wieder an."

Ellen Smith machte keine Anstalten ihren Gurt anzulegen, den Klapptisch wegzuklappen oder ihren Sitz in eine aufrechte Position zu bringen. Seit dem Start vor zwei Stunden hatte sie sich nicht gerührt. Sie hatte weder eine Zeitschrift gelesen, noch geschlafen, noch gegessen, noch mit ihrem Sitznachbarn gesprochen. Sie war erleichtert gewesen, dass der Mann neben ihr offenbar nicht zu den redseligen Typen gehörte. Er wirkte eher wie ein Geschäftsmann, der bei der ersten sich bietenden Gelegenheit seinen Laptop auspackt und den gesamten Flug über arbeitet – und genauso war es auch gewesen.

Bis jetzt jedenfalls. Nachdem er seinen Computer verstaut hatte, gab es plötzlich nichts mehr für ihn zu tun, und er sprach Ellen an. „Ich war gar nicht so scharf darauf, mit dieser Fluggesellschaft zu fliegen nach dem Absturz – und dann auch noch zum selben Flughafen, wo es passiert ist. Wie geht es denn Ihnen damit?"

Ellen überlegte erst kurz, ob sie schweigen sollte. Warum sollte sie jetzt mit der Zombie-Nummer aufhören? Aber dann trafen ihre Wut und ihre Frustration irgendwo in ihrer Magengrube aufeinander, und sie spürte, wie Worte an die Oberfläche drängten. Sie wandte ihm ganz langsam das Gesicht zu, wartete ab, bis sie Blickkontakt hatten und sagte dann: „Mein Mann ist bei dem Absturz ums Leben gekommen. Ich bin unterwegs, um ihn zu identifizieren."

Der Geschäftsmann schnappte mit weit aufgerissenen Augen nach Luft. „Oh, das tut mir aber Leid. Das ist sicher schrecklich für Sie. Ich kann mir ein solches ..."

„Sie Glücklicher."

Nachdem er noch kurz etwas zu stammeln versuchte, hielt er dann doch klugerweise den Mund und sah zum Fenster hinaus.

Diesen Satz musste Ellen sich merken. Offenbar ein hervorragender Konversationskiller. Und im Grunde war es auch verständlich. Was sollte man auf diese drastische Erinnerung daran, wie viel Glück man hatte, denn auch entgegnen?

Ellen machte die Augen zu und spürte, wie die Maschinen langsamer wurden. Wie seltsam, dass sie ausgerechnet mit einem *Sun Fun* Flug zur Identifizierung des Leichnams ihres Mannes geflogen wurde, der beim Absturz eines *Sun Fun* Fluges ums Leben gekommen war. Und dann noch erster Klasse. Sie war noch nie erster Klasse geflogen, obwohl Henry und sie schon einmal darüber gesprochen hatten es zu tun, um zu protzen. Er bekam immer Bonusmeilen, weil er so viel flog, aber in den kurzen Zeiten, die Henry frei hatte, wollte er alles andere als fliegen. Normalerweise endete es damit, dass er seine Bonusmeilen an Kollegen abtrat. Aber jetzt – ohne ihn – lebte sie wie die Reichen und Berühmten.

Sieh doch mal Henry! Ich reise erster Klasse. Bin ich nicht etwas ganz Besonderes?

Etwas Besonderes? Aber nicht auf die Weise, wie Ellen es sich wünschte, etwas Besonderes zu sein. Und nicht einmal auf eine einzigartige Art, denn 95 weitere Familien waren auf diese ganz besondere Reise gegangen, um sich der ganz besonderen Aufgabe zu stellen, die Leichen ihrer ganz besonders geliebten Angehörigen zu identifizieren.

Es war noch nicht einmal endgültig geklärt, ob Henrys Leiche überhaupt schon gefunden worden war. Man hatte Ellen allerdings versichert, dass es oberste Priorität der *Sun Fun* Fluggesellschaft sei, die Opfer zu bergen. *Wie wäre es mit sicheren Flugzeugen? Sollte das nicht eure oberste Priorität sein?* Es war so, als ob eine Horde von Teenagern bei einer Party das Haus verwüstet hätte und dann den Eltern reumütig versicherte, dass es jetzt oberste Priorität für sie sei, die Scherben des teuren Kristalls aufzusammeln, das sie zerstört hatten. Die Maßnahme war ebenso unzureichend wie zu spät.

Ellens schlimmste Angst war, dass die Leiche ihres Mannes nie gefunden würde. Das Flugzeug war in einen Fluss gestürzt und in jedem Fluss herrschte eine Strömung. Was, wenn Henry den Fluss hinuntergetrieben worden war und verschollen blieb? Was, wenn sie wartete und wartete, Tag für Tag, und dann irgendwann jemand zu ihr sagen würde: „Es tut uns Leid, Mrs. Smith, aber wir können ihn nicht finden." Das wäre dann wirklich eine ganz besondere Situation.

Sie können ihn nicht finden? Können den Mann nicht finden, mit dem ich seit 20 Jahren verheiratet bin? Können den Mann nicht finden, der mich ebenso zum Lachen bringen wie wahnsinnig machen konnte? Der mir Erfüllung für meine Seele geschenkt hat wie sonst niemand auf der Welt? Ist es nicht schon schlimm genug, dass er durch Sie sein Leben verloren hat? Wie können Sie es wagen, auch noch seinen Leichnam zu verlieren!

Aber vielleicht bedeutete verloren ja auch wirklich ganz verloren. Ellen wusste, dass das, was Henry ausgemacht hatte, was er gewesen war, nicht mehr in seinem Körper war. Die Seele von Henry, sein Wesen, war bei Gott. Das wusste Ellen und das tröstete sie. Sie fragte sich, ob Henry wohl zu ihr herabschaute, jetzt, wo er von der Herrlichkeit des Himmels umgeben war. Lächelnd, lachend und den Frieden Gottes und wahres Glück ausstrahlend, flüsterte er ihr vielleicht zu: „Lass gut sein, Ellen, mir geht es gut. Wirklich. Du solltest mal sehen, wie es hier oben ist. Ich hab wirklich Glück. Und ich warte hier auf dich, Ellen. Wenn deine Zeit gekommen ist, werde ich das zweite Gesicht sein, das du hier zu sehen bekommen wirst."

Wenn deine Zeit gekommen ist.

Was für ein seltsamer Ausdruck. Die Menschen warfen damit besonders in Zeiten des Todes um sich, versuchten dadurch zu erreichen, dass sie selbst und die Menschen in ihrem Umfeld sich besser fühlten. *Seine Zeit war gekommen.*

Ellen stellte nicht die Frage: „Wer sagt denn das?" Sie wusste, dass Gott zuständig war und es war seine Entscheidung – auch wenn ein solches Ende bestimmt auch von vielen anderen Dingen abhing. Menschen besiegelten ihr Schicksal häufig durch ihre eigene Dummheit und Gott ließ es zu. Was die Entscheidungsfreiheit anging, darin war er ganz groß – und zwar sowohl in Bezug auf den Segen *als auch* auf den Fluch.

Nein, die Frage, auf die Ellen eine Antwort wollte, lautete nicht: „Wer sagt denn das?", sondern „Wieso?" Warum musste Henry sterben? Warum waren 95 unschuldige Menschen in Sekundenbruchteilen umgekommen, in denen alles, was sonst klappte, schief gegangen war?

Aber dann war da auch wieder ihr eigener Einwand: Was hätte sie von einer Antwort auf die Warum-Frage? Wenn sie ihr heute sagen könnten, dass das Flugzeug abgestürzt war, weil es zu kalt gewesen war oder weil der Treibstoff ausgegangen war oder weil Freitag war, was hätte das schon geändert? Henry war tot. Würde das Wissen, dass er beim Nichtauftreten bestimmter Fehler noch am Leben wäre, irgendetwas besser machen? Oder anders? Wäre es für sie einfacher, wenn sie jemanden hätte, dem sie die Schuld geben konnte?

Ellen hörte, wie das Fahrwerk ausgefahren wurde. Es war Zeit, Henry zu finden.

※ ※ ※

Eine Stewardess kam den Gang entlang und blieb neben Ellens Reihe stehen. Ellen blickte erwartungsvoll auf. Sie würden jeden Augenblick landen. Aber die Frau hatte Tränen in den Augen. Was konnte da nur ...?

„Sind Sie Mrs. Smith? Die Frau von Henry Smith?"

„Ja."

Das Kinn der Stewardess bebte. „Ich habe gerade vom Boden eine Nachricht bekommen. Es ist mitgeteilt worden, dass Ihr Mann ..." Ihre Stimme versagte.

Was konnte da nur passiert sein?

„Nun reden Sie schon", sagte der Mann neben Ellen. „Sie quälen die arme Frau doch."

Die Stewardess holte tief Luft. „Ihr Mann war der Lebensretter, der Held von Flug 1382."

Ellen spürte, wie in ihr ein Beben einsetze. Sie atmete etwas zittrig ein und fragte: „Henry?"

„Ja."

„Ach, du meine Güte ..., du meine Güte ..." Ellen schloss die Augen und lehnte den Kopf nach hinten gegen die Kopfstütze. *Ich wusste es. Ich wusste, dass er es ist.*

Sie hörte Geflüster in ihrer unmittelbaren Umgebung und dann lauteres Reden. Dann folgte Applaus. Sie sah die Stewardess an, die tränenüberströmt im Mittelgang stand und ein bittersüßes Lächeln auf dem Gesicht hatte. Sie deutete mit der Hand auf den Rest des Flugzeuges und der Passagiere und fing dann ebenfalls an zu klatschen.

„Das ist für ihn", flüsterte sie Ellen zu.

„Das ist für Henry."

Es dauerte eine Weile, bis Ellen begriff, was der Beifall zu bedeuten hatte. Die Menschen waren stolz auf Henry. Sie applaudierten seiner letzten Tat. Sie ...

Die Stewardess legte ihr eine Hand auf den Arm. „Würden Sie bitte kurz aufstehen, Mrs. Smith, zum Zeichen, dass Sie den Beifall entgegennehmen?"

Irgendwie kam es Ellen nicht richtig vor, diese Verbeugung vor der Tat ihres Mannes entgegenzunehmen. Und dennoch ...

Ihr Sitznachbar lehnte sich in ihre Richtung. „Tun Sie es für Ihren Mann, Mrs. Smith. Er kann nicht hier sein, aber Sie können es an seiner Stelle."

Und so schnallte sich Ellen mit der Hilfe der Stewardess ab und stand auf. Der Beifall schwoll an. Sie schaute zurück in den hinteren Teil des Flugzeuges und sah in Gesichter, die Ehrfurcht, Mitgefühl und eine Mischung aus Kummer und Freude ausdrückten. Und sie hätte am liebsten mit applaudiert.

Bravo, Henry. Bravo, mein lieber Mann.

***

„So."

David stand über Tina gebeugt und deckte sie zu. Sie saß in ihrer Wohnung in eine Decke eingekuschelt in ihrem Lieblingssessel, die Füße hochgelegt, eine Decke auch über den Beinen. Auf dem Tisch zu ihrer Rechten stand eine Tasse heißer Kakao, und auf ihrem Schoß lagen drei neue Bücher, die nur darauf warteten, gelesen zu werden.

„Hast du es gemütlich und bequem?"

„Wenn ich es noch gemütlicher hätte, würde ich hier überwintern. Ich hoffe inständig, dass ich nicht so bald zur Toilette muss. Ich müsste dann nämlich dein Deckengesamtkunstwerk zerstören."

„Dann halte gefälligst ein."

„Ich werde mir Mühe geben." Sie bemerkte, dass David zum dritten Mal auf die Uhr sah. „Musst du wieder zur Arbeit?"

„Nein. Ich habe mir heute freigenommen." Er ging in Richtung Eingangstür und schaute dort aus dem Fenster. Irgendetwas bahnte sich da an. Er würde doch wohl nicht noch mehr Luftballons und Blumen schicken lassen?

„David, was ist hier los? Du bist total nervös und benimmst dich wie ein Wachposten."

„Irgendwie, ich ..." Er schaute wieder aus dem Fenster und klatschte dann in die Hände. „Sie sind da!"

„Wer ist da?"

„Deine Überraschung."

Tina spürte, wie sich ihr Magen verknotete. Sie konnte sich nicht vorstellen, wen David wohl eingeladen hatte, vorbeizuschauen. Lehrerkollegen? Unwahrscheinlich. Schüler? Auf gar keinen Fall.

Es klingelte an der Tür. David griff zum Türknauf und fragte: „Bist du bereit?"

„Wie kann ich denn bereit sein, wenn ich nicht weiß, wer ...?"

Er machte die Tür auf und dort stand ein Ehepaar Schulter an Schulter, so als wollten sie auf gar keinen Fall getrennt werden. Der Mann war sehr schlank und die Frau hatte die wunderschöne glatte Haut der Orientalen. Im nächsten Augenblick wusste Tina, wer sie waren.

Mellys Eltern.

Tina nutzte ihre unbewegte Position auf dem Sessel und die Zeit, die David brauchte, um die beiden hereinzubitten, um ihre Fassung wiederzugewinnen. Sie hatte David gebeten, die beiden ausfindig zu machen, und das hatte er getan. Als Überraschung, um ihr eine Freude zu machen. Aber jetzt standen sie ihr gegenüber. Was sollte sie sagen? Sie schloss die Augen. *Herr, bitte hilf mir.*

David übernahm die Vorstellung. „Mr. und Mrs. Carpelli, das ist Tina McKutcheon. Tina, Mr. und Mrs. Carpelli."

Tina streckte die Hand aus und Mr. Carpelli schüttelte sie. Mrs. Carpelli nickte ihr zu. Sie lächelten beide nicht – was allerdings auch nicht weiter verwunderlich war. Und dennoch ...

„Setzen Sie sich doch bitte", sagte David und deutete auf das Sofa, das gegenüber von Tinas Sessel stand. „Ich habe heißen Kakao gemacht. Möchten Sie auch eine Tasse?"

„Wir werden nicht lange bleiben", sagte Mr. Carpelli. Seine Frau schüttelte den Kopf.

Tina fiel das *werden* in seiner Aussage auf. Nicht „wir können nicht lange bleiben", sondern „wir werden nicht". Vielleicht war das Ganze doch keine so gute Idee gewesen.

Mr. Carpelli setzte sich richtig ins Sofa, während seine Frau auf dem äußersten Rand sitzen blieb, so als wolle sie jederzeit fluchtbereit sein. *Vor ihrem Mann oder aus meiner Wohnung?* Er durchbohrte Tina mit seinem Blick. „Wir wollten eigentlich gar nicht kommen."

Tina hielt den Atem an. Sie und David tauschten einen Blick aus. Schließlich brachte sie ein paar Worte heraus. „Und warum haben Sie sich dann trotzdem dafür entschieden?"

„Weil uns schien, dass es richtig wäre."

Tina konnte sich nicht erinnern, jemals ein so gutes Beispiel dafür erlebt zu haben, das Richtige auf die falsche Art zu tun. „Wenn Sie lieber wieder gehen möchten ..."

Mr. Carpelli sah kurz zu seiner Frau. „Vielleicht sollten wir das."

Aber da mischte sich David ein. „Nein, nein, bleiben Sie doch bitte. Ich weiß, dass das für uns alle schwierig ist, aber Tina hat Ihre Tochter in dem Flugzeug kennen gelernt und war sehr beeindruckt von ihr. Deshalb wollte sie Sie gerne kennen lernen."

„Um sich daran zu weiden?"

Tina stieß ein fassungsloses „Wie bitte?" aus.

Mr. Carpelli griff nach der Hand seiner Frau. „Sie sind am Leben. Unsere Tochter ist tot. Sie sind Lehrerin. Sie sollen doch eigentlich Kindern helfen und sie beschützen, wenn ihre Eltern nicht in der Nähe sind. Warum haben Sie unsere Tochter nicht gerettet?"

David kam jetzt an Tinas Seite. „Mr. Carpelli, ich finde das ungerecht. Tina ..."

Tina gebot ihm mit einer Handbewegung Einhalt. Sie würde damit fertig werden. Sie *musste* damit allein zurechtkommen. „Mr. und Mrs. Carpelli, bestimmt kann ich nicht den Schmerz nachempfinden, den Sie gerade durchmachen, und deshalb vergebe ich Ihnen diesen gefühllosen Angriff. Die meisten Menschen auf dieser Welt – und das galt bis zu diesem Erlebnis auch für mich – haben keine Vorstellung, wie es ist und welche Kräfte wirken, wenn ein Flugzeug abstürzt." Sie setzte sich noch einmal in ihrem Sessel zurecht, um ihren Standpunkt deutlich zu machen und verzog bei der Bewegung vor Schmerz das Gesicht.

„Wenn Sie es genau wissen wollen, ich habe *sehr wohl* Mellys Hand gehalten, als wir merkten, dass irgendetwas nicht stimmte. Aber ich hätte sie auf keinen Fall retten können, als das Flugzeug auseinander brach. Wenn es mir möglich gewesen wäre, hätte ich es bestimmt getan. Vielleicht bezieht sich Ihr Vorwurf auf die Frage, ob ich mein Leben hingegeben hätte, um Sie zu retten – so wie der Lebensretter es für uns Überlebende getan hat." Sie schüttelte wie in Gedanken den Kopf. „Und die Antwort darauf lautet: Ich weiß es nicht. Ich glaube, niemand weiß genau, inwieweit er bereit ist, sich zu opfern, bevor er nicht in der konkreten Lage ist."

Tina spürte heiße Tränen in sich aufsteigen und fühlte sich gestärkt durch Davids Hand auf ihrer Schulter. „Und wo wir gerade beim Lebensretter sind, hätte ich des Rettungsseil nicht von ihm annehmen sollen? Hätte ich darauf bestehen sollen, dass er es zuerst nimmt?"

Sie schniefte laut, weil dies genau die Frage war, von der sie wie von ihrem eigenen Schatten verfolgt wurde. Sie hob ihr Kinn und sammelte Kraft für den nächsten Atemzug. „Selbst wenn Sie mich auch dafür verurteilen, werde ich mir das nicht gefallen lassen, denn das ist eine Angelegenheit allein zwischen mir und Gott."

Sie sah Tränen in Mrs. Carpellis Augen. Ihr Mann starrte stur vor sich hin, aber Tina konnte sehen, wie die Sehnen in seinem Hals sich spannten, als er versuchte, die Fassung zu bewahren.

Plötzlich erinnerte sich Tina wieder daran, warum sie die beiden überhaupt hatte kennen lernen wollen. Hatte ihre Weigerung, Melly von Jesus zu erzählen, ewige Folgen? Was jetzt kam, war sehr heikel. Wie konnte sie umschwenken von dem Bedürfnis, Mellys Eltern anzuschreien, hin zu der Frage, welche Beziehung sie zu Gott hatten?

Tina beschloss, dass Positive hervorzuheben. „Melly war ein interessantes Mädchen, Mr. und Mrs. Carpelli. Wie Sie ja schon erwähnt haben, bin ich Lehrerin und weiß deshalb, welche Typen von Jugendlichen es gibt. Um ehrlich zu sein, ich leide ziemlich darunter, Teenager zu unterrichten. Aber Ihre Tochter ..."

Tina erinnerte sich wieder an das angeregte Gespräch im Flugzeug. Es war ein außergewöhnliches Gespräch gewesen. Wenn ihr das doch nur dort schon klar gewesen wäre! „Melly hat erwähnt, dass sie zur Armee wollte."

„Eine Schnapsidee", sagte Mr. Carpelli.

Konnte dieser Mann eigentlich *gar nichts* Positives sagen? „Ich glaube nicht, dass der Wunsch, dem eigenen Land zu dienen, dumm sein kann. Sie war durch ihren Großvater Carpelli sehr inspiriert."

„Mein Vater hat dem Mädchen nur Flausen in den Kopf gesetzt."

Mrs. Carpelli drückte das Knie ihres Mannes zum Zeichen, dass sie an dieser Stelle nicht so streng dachte. *Kann die Frau eigentlich nicht reden?*

„Nach dem, was ich erfahren habe, hatte Ihr Vater einen sehr positiven Einfluss auf Melly. Er hat ihr Interesse für Geschichte geweckt, für Ehre und ...", *jetzt kommt's,* „und für Gott."

Mr. Carpelli stand auf und zog auch seine Frau mit sich hoch. „Wagen Sie es ja nicht, dieses Wort noch einmal in meinem Beisein auszusprechen. Es war Gott, der zugelassen hat, dass ich meinen Job verloren habe. Es war Gott, der zugelassen hat, dass meine Frau an Krebs erkrankt ist und ihre Brust verloren hat, und es war auch Gott, der uns unser einziges Kind genommen hat. Die Meinung meines Vaters, dass es einen liebenden Gott gibt, steht gegen all das Schlimme, was uns zugestoßen ist. Wenn Melly ein so gutes Mädchen war, wo war dann Gott als sie ihn gebraucht hätte?"

„Ich ..."

Er zog seine Frau hinter sich her zur Tür. „Danke für gar nichts, Miss McKutcheon. Ich hoffe, dass Sie das Leben genießen, das unsere Tochter *nicht* leben wird."

Das Zuknallen der Tür hallte noch nach. Tina starrte ungläubig vor sich hin. „Was war denn das gerade?"

David kniete neben ihr. „Sie haben es nicht so gemeint, Tina. Nichts von all dem. Sie sind einfach aufgewühlt und durcheinander. Du darfst dich nicht für Mellys Tod verantwortlich fühlen."

„Das tue ich auch nicht", sagte sie. „Ich weiß, dass ich absolut nichts hätte anders machen können. Jedenfalls nicht, um ihr das Leben zu retten. Aber die Sache mit Gott, David ... Wenn das, was sie dazu gesagt haben, einen Hinweis darauf liefert, dann wusste Melly nichts über Gott oder Jesus oder über den Himmel oder sonst was. Als sie mir Fragen über Gott gestellt hat, geschah das aus dem ernsthaften Bedürfnis, etwas darüber zu erfahren – einem ernsthaften Bedürfnis, dieser Anti-Gott-Haltung, die sie ihr Leben lang erfahren hat, etwas entgegensetzen zu können. Und ich habe ihr nichts gesagt. Ich habe meine Chance vertan und eine andere gibt es nicht mehr."

David schlang seine Arme um sie, aber ihr war sehr bewusst, dass er nichts Tröstendes sagte.

Weil es nichts Tröstendes gab.

* * *

Tina hatte darauf bestanden, dass David nach Hause ging. Zum ersten Mal seit dem Absturz war sie völlig allein. Allein mit ihren Gedanken, ihrem Schmerz und ihren Schuldgefühlen.

Ihre Wohnung überfiel sie mit einem Mantel aus Normalität. Reihenweise voll gestopfte Bücherregale standen an den Wänden, gerahmte Fotos von Orten, die sie irgendwann zu bereisen hoffte: Rom, die Alpen, Paris. Ein Stapel Vanille-Duftkerzen stand da, um der Wohnung selbst bei der schlimmsten Kälte einen heimeligen Duft zu verleihen. Ein großes Glas mit Bonbons der verschiedensten Sorten, von Pfefferminz über Karamell bis hin zu Fruchtdrops stand da. Ihre Wohnung war ein Ort der Behaglichkeit, Fülle und Hoffnung auf die Zukunft, und dennoch fühlte sie sich plötzlich wie eine Fremde darin. Wie konnte sie ein Buch vom Regal nehmen und es lesen? Wie konnte sie von fernen Orten träumen oder eine Kerze anzünden, nur weil es dann so köstlich duftete?

Und wie konnte sie sich die Süßigkeiten, auf die sie Lust hatte, je nach Stimmung aussuchen und genießen?

Melly Carpelli war tot. Wenn ihre Seele im Himmel war, hatte Tina wirklich Glück gehabt. Aber wenn ihre Seele in der Hölle war ...

Es gab eine Hölle, um dafür zu bezahlen.

* * *

Mary beobachtete, wie ihre Mutter Messlöffel voller Kaffee in den Filter zählte, das Kaffeepulver aber dann wieder zurück in die Dose schüttete, um den Vorgang des Zählens jetzt bereits ein drittes Mal zu wiederholen.

„Was ist los, Mutter?"

Ihre Mutter errötete. „Anscheinend kann ich mich nicht konzentrieren. Ich kann nicht zählen."

„Soll ich das machen?"

„Mach dich nicht lächerlich. Du solltest gar nichts tun müssen."

„Es ist aber doch nur Kaffee, Mama."

Und dennoch wusste Mary, dass es mehr war. Kaffeekochen, Geschirrspülen, die Post hereinholen, das waren die Kleinigkeiten des Lebens. Wie viele Tausende dieser alltäglichen Handlungen vollbrachte ein Mensch im Laufe eines Tages, ohne dabei zu denken? Und was war die Summe all dieser Kleinigkeiten? War es die bloße Existenz oder hatte das alles wirklich einen Sinn?

Ihre Mutter schaltete die Kaffeemaschine ein. Sie seufzte, als ob sie gerade etwas sehr Schwieriges bewältigt hätte. „So, das wäre erledigt."

Juhu. Sollen wir das feiern?

Mary legte sich eine Hand an den Kopf, wie um weitere sarkastische Gedanken abzuwehren. Ihre Mutter versuchte doch nur, ihr zu helfen.

„Möchtest du, dass ich dir dein dunkelblaues Kleid aufbügele, meine Kleine"

Mary war ganz in Gedanken. „Was?"

„Dein dunkelblaues Kleid – ob du möchtest, dass ich es bügele für die ... du weißt schon?"

Die Beerdigung! Die Beerdigung war morgen. Der Gedanke daran, dass sie Justin und Lou in ihren Särgen sehen würde und seelisch völlig nackt vor Hunderten von Angehörigen und Freunden zu stehen, machte ihr Angst. Lieber würde sie den Flugzeugabsturz noch einmal durchmachen, als sich dem auszusetzen. „Ich kann da nicht hingehen."

Die Augen ihrer Mutter wurden ganz groß und verrieten, wie geschockt sie war. Mary wappnete sich gegen die obligatorische Umarmung, von der sie bald verschlungen werden würde.

„Na, na. Ich weiß, dass es schwer ist – es wird für uns alle schwer werden. Aber die Beerdigung ist ein wichtiger Teil des Trauerprozesses. Sie hilft uns loszulassen. Als dein Vater starb, habe ich ..."

„Das ist nicht dasselbe, Mutter. Vater war alt. Er ist an Lungenkrebs gestorben, weil er unbedingt rauchen wollte."

Bei diesen Worten trat ihre Mutter einen Schritt von ihr weg. „Willst du damit etwa sagen, dass dein Vater es nicht besser verdient hatte?"

Was redete sie da eigentlich? „Er ist gestorben wegen seiner Entscheidung zu rauchen, einer schlechten Entscheidung. Kannst du mir sagen, was Lou und Justin jemals falsch gemacht haben?"

Ihre Mutter schaute zur Kaffeemaschine, als ob sie sich wünschte, dass der Kaffee schnell durchlaufen möge, damit sie wieder beschäftigt war. „Stell mir keine so schweren Fragen, Mary."

„Wen soll ich denn dann fragen? Vater lebt nicht mehr. Lou lebt nicht mehr. Du bist die einzige, die ich noch habe."

Ihre Mutter saß jetzt auf dem Sofa und nahm eine Zeitschrift zur Hand. Mary starrte sie an. „Ist das alles? Wo bleiben tröstende Worte, Mutter? Der Satz: ‚Ich werde immer für dich da sein, Mary'?"

Anna Keegan hielt bei einer Werbeseite für Valentinskarten inne, in der Zeitschrift zu blättern. Mary registrierte gedanklich kurz die Tatsache, dass es in ihrem Leben nie mehr Valentinskarten geben würde.

Ihre Mutter blickte auf. „Ich trauere auch, meine Kleine."

Ich hätte es wissen müssen. Mary ließ sich wie besiegt in den Sessel fallen.

„Warum hat Gott das zugelassen?"

„Stell mir bloß keine Fragen über Gott. Du weißt doch, dass ich noch nie viel Ahnung von diesen Dingen hatte."

Mary lachte bitter und dachte an ihre Kindheit, in der Gott nicht vorgekommen war. „Nein, da hast du Recht. Gott war eher Lous Abteilung. Alles, was ich über Gott weiß, habe ich von ihm erfahren."

Ihre Mutter hob den Arm und ließ ihn dann wieder sinken, als ob das Thema damit erschöpfend behandelt wäre. „Na, wenn das so ist ..."

„Wenn was so ist, Mutter?"

„Wenn Lou dir alles über Gott beigebracht hat ..."

Das war eine lächerliche Aussage. Jetzt, wo Lou nicht mehr am Leben war, wurde ihr klar, wie wenig sie wusste. Sie erinnerte sich sogar daran, dass sie Lou manchmal einfach ausgeblendet hatte. Wie oft hatte sie Sonntagmorgens so getan, als ginge es ihr nicht gut, damit sie ausschlafen konnte, statt mit ihm in die Kirche zu gehen. Wie oft war sie in Gedanken ganz woanders gewesen, wenn Lou ihre Hand genommen und mit ihr gebetet hatte, während Mary – in ihrer egoistischen Sturheit – sich dafür entschieden hatte, lieber ein frommer Zuschauer zu sein als selbst beteiligt? Warum hatte sie nicht besser aufgepasst? Warum hatte sie nicht Lous Glauben beim Schopf gepackt und zu ihrem eigenen gemacht?

„Es wird schon alles gut werden, Kleines. Das ist immer so."

Mary schüttelte den Kopf. Das war alles, was sie tun konnte? Ihre Mutter hatte ja keine Ahnung. Und ihre gleichgültige Haltung bestätigte nur Marys bereits getroffene Entscheidung, ihrer Mutter nicht davon zu erzählen, wie innerlich unzufrieden sie vor dem Absturz gewesen war. Wenn sie jedoch mit ihr darüber gesprochen hätte, wären sie, ihr Mann und ihr Kind vielleicht gar nicht in Flug 1382 gewesen.

Nein. Denk das nicht.

Bei ihrer Mutter in der Küche zu sitzen und sie mit ihrem persönlichen Durcheinander von Problemen zu überschütten, war keine Möglichkeit. Mary hatte sich Anna Keegan noch nie anvertrauen können. Sie hatte vor ihr immer die Fassade der perfekten Tochter aufrechterhalten müssen. *Sind alle glücklich?* Und so hatte Mary ihre Rastlosigkeit und Unruhe für sich behalten, weil sie keine Belehrung darüber wollte, dass man das Leben eben so nehmen müsse, wie es komme.

Komisch, das Leiden, das sie damals empfunden hatte, war gar nichts im Vergleich zu dem, was sie jetzt erlebte. Es war wie ein Kratzer im Vergleich mit einer klaffenden Wunde.

Mary legte sich die Hände auf den Bauch und spürte, wie ihre geprellten Muskeln schmerzten. Es war wieder Zeit für eine Schmerztablette. Vielleicht würde diese andere Art von Schmerz dadurch ja ebenfalls nachlassen.

„Ich bin müde, Mama. Ich muss ein bisschen schlafen."

Glücklicherweise war Anna keine Frau, die richtig aufdringlich wurde. Obwohl sie angeboten hatte, bei Anna zu bleiben, statt nach Hause zu gehen, hatte Mary das Angebot abgelehnt. Sie konnte nur ein begrenztes Maß an Bemutterung ertragen.

„Dann werde ich mal gehen", sagte Anna. „Aber mir ist etwas über Gott eingefallen."

Ach du meine Güte. „Ich bin wirklich müde, Mutter."

„Nein, du hast mich nach diesem Gott-Zeugs gefragt und gerade ist mir klar geworden, dass ich etwas weiß, das ich weitersagen könnte."

„Mutter ..."

Sie sah aus wie ein schmollendes Kind, dass nicht erzählen darf, was es in der Schule gelernt hat.

Alles, nur damit sie endlich geht. „Also gut, schieß los."

Die ältere Frau richtete sich gerade auf und sagte: „All das muss der Wille Gottes sein." Sie lächelte ihre Tochter zögerlich an.

Mary hätte am liebsten geschrieen. *Gottes Wille? Der Tod meiner Familie soll Gottes Wille sein?*

„Und, ist dir das eine Hilfe?"

Lass mich einfach in Ruhe. Bitte. Geh doch endlich. „Sicher, Mutter. Danke."

Offenbar befriedigt darüber, dass sie ihre Pflicht getan hatte, suchte Anna ihre Siebensachen zusammen und ging.

Mary floh in ihr Zimmer und saß dort auf der Bettkante. Ihre Mutter war erstaunlich oder bedauernswert – sie war sich nicht sicher, was von beidem.

Ohne Vorwarnung rief Mary laut in den leeren Raum, wobei sie ihre Fäuste in Richtung Zimmerdecke ballte: „Lou! Wie konntest du es wagen, mich zu verlassen! Sag mir, was ich tun soll. Sag mir, warum!"

Ihre Worte verklangen und die Stille des leeren Hauses legte sich bedrückend auf sie. Sie sah die beiden Medikamentenröhrchen, die sie verschrieben bekommen hatte, auf dem Tischchen am Bett stehen. Beide waren gegen Schmerzen, aber von dem einen wurde sie auch müde und schlief ein.

Schlaf – das war es.

Sie nahm zwei Tabletten, hüllte sich in den Duft von Lous Kissen und betete um Vergessen.

* * *

George ließ sich von Suzy die Haustür aufschließen und öffnen.

„Vater? Komm rein, es ist kalt draußen."

George fror dort draußen auf dem Bürgersteig, aber dass ihm kalt war, hatte nichts mit dem eisigen Wetter zu tun. Der Anblick seines Zuhauses berührte ihn auf eine Weise, wie er es nicht erwartet hatte.

Das Zuhause, das er ein paar Tage zuvor verlassen hatte. Er hatte nicht erwartet, noch einmal dorthin zurückzukehren. Nie wieder.

„Vater? Was ist los? Brauchst du Hilfe mit den Krücken?"

Jetzt vermassel es bloß nicht, George. Lass deine Tochter nicht erfahren, was du eigentlich vorhattest. Er zwang sich weiterzugehen und humpelte zur Tür herein. Der Anblick und der Geruch fegten über ihn hinweg wie eine Windbö. Ein ganz eigener Geruch nach Eiche und Rasierwasser – und Mikrowellengerichten. War das *sein ganz eigener*, persönlicher Geruch? Warum hatte er ihn noch nie zuvor bemerkt?

Weil du noch nie dein Leben verloren hast, um es dann doch wiederzubekommen.

Suzy ging in Richtung Küche. „Möchtest du einen Kaffee? Ich mache einen."

Sie kam aus der Küche, einen Stoß Papiere in der Hand. „Was machen denn die hier? Dein Testament, Versicherungspolicen, deine ..."

George dachte nach und versuchte, möglichst locker zu wirken. Er manövrierte sich auf Krücken nah an seine Tochter heran, balancierte auf einer der beiden, nahm ihr die Papiere aus der Hand und warf sie auf einen Stuhl. „Deine Mutter und ich haben das immer so gemacht, wenn wir verreist sind. Wir haben immer die wichtigsten Papiere herausgelegt, falls uns etwas zustoßen sollte."

„Ich kann mich nicht erinnern, sie jemals gesehen zu haben, wenn ich zum Blumengießen hier war."

„Deine Mutter hat sie eigentlich immer ordentlich in der Schreibtischschublade deponiert. Ich war in Eile, deshalb bin ich nicht mehr dazu gekommen. Was ist jetzt mit dem Kaffee?"

Suzy befüllte die Kaffeemaschine, während George sich auf dem Sofa niederließ. Er war jetzt froh, dass er die 68.392 Dollar, die er von seinem aufgelösten Konto abgehoben hatte, ordentlich in der Schreibtischschublade verstaut hatte und sie nicht offen herumlagen. So viel Geld, das wäre nicht so einfach zu erklären gewesen.

„Wie wär's mit einem kleinen Happen zu essen, Vater? Hast du Cracker und Käse im Haus?"

„Ich weiß nicht, da wirst du schon selbst nach ..." Dann erinnerte er sich. Er hatte die meisten Nahrungsmittel als Vorbereitung auf seine Selbstmordreise verbraucht.

„Eigentlich habe ich gar keinen Hunger, Suzy. Ich möchte nicht ..."

George hörte, wie der Kühlschrank geöffnet wurde und wappnete sich.

199

Suzy tauchte in der Tür auf. „Wo ist denn all dein Essen, Vater? Der Kühlschrank ist praktisch leer."

„Ich esse ziemlich viel außer Haus."

„Jetzt fühle ich mich aber wirklich schlecht. Wenn wir gewusst hätten, dass du nicht anständig isst, hätten Stan und ich dich öfter mal zum Essen abgeholt."

„Ich habe gut gegessen. Ich wollte es so und es ist meine Sache. Ich bin nämlich kein hilfloser alter Mann, weißt du? Ich mache einen ganz tollen Hackbraten."

„Ich weiß, dass du einen ganz tollen Hackbraten machen kannst, aber tust du es auch?"

Eigentlich nicht. Was sollte das auch? Nur für eine Person zu kochen war einfach langweilig. George schaffte es, sich die Fernbedienung vom Couchtisch zu angeln. Er schaltete den Fernseher ein, gerade rechtzeitig zum Beginn eines Sonderberichtes.

Ein Reporter blickte sehr ernst in die Kamera. „Wir haben gerade die Nachricht erhalten, dass der Lebensretter aus Flug 1382 inzwischen identifiziert wurde. Der vierzigjährige Henry Smith war der Mann, der mehrfach das Rettungsseil weitergereicht hat."

„Suzy, komm mal schnell her! Das ist er. Das ist Henry. Das ist mein Sitznachbar. Ich hatte Recht."

Suzy kam aus der Küche gerannt. „Sie haben bestätigt ...?"

„Pssst."

„Henry Smith wurde von den beiden Piloten des Rettungshubschraubers Floyd Calbert und Hugh Johnson eindeutig identifiziert. Zusätzlich zu dieser Identifizierung geht aus dem Autopsiebericht hervor, dass nur ein einziges Opfer des Absturzes von Flug 1382 ertrunken ist. Alle anderen Fluggäste sind an Verletzungen gestorben, die durch die Wucht des Aufpralls der Maschine in den Fluss hervorgerufen wurden." Der Reporter schaute über seine eigene Schulter nach hinten und wandte sich dann wieder aufgeregt der Kamera zu. „Wir sind hier am Flughafen, um die Frau von Henry Smith zu begrüßen, die soeben eingetroffen ist. Erst vor wenigen Minuten hat sie erfahren, dass der mutige Mann, der sein Leben für andere geopfert hat, ihr Ehemann war."

Eine von Kummer gezeichnete Frau erschien auf dem Bildschirm. Ihr standen Tränen in den Augen. Sie war von Reportern umschwärmt.

„Sieh dir diese Geier an", sagte George. „Die arme Frau kommt her, um ihren Mann zu identifizieren, und wird überfallen von diesen ..."

„Aber sie sollte glücklich sein. Er ist zwar tot, aber er ist als Held gestorben."

George drehte sich abrupt zu seiner Tochter. „Er hat den Absturz überlebt, Suzy. Er hatte dieselbe Chance wie wir, aber er hat sie verschenkt. Ich bin sicher, sie ist hin- und hergerissen zwischen Stolz und Wut.

„So habe ich das gar nicht gesehen."

„Das solltest du aber."

George kannte sich aus mit gemischten Gefühlen.

* * *

Sonja fühlte sich wie ein Gast in ihrem eigenen Wohnzimmer. Sie saß in einem Sessel, während ihre Eltern auf dem Zweisitzer die beiden anderen Ecken eines Dreiecks bildeten. Obwohl Sonja eigentlich sofort hatte zu Bett gehen wollen – aus zahlreichen Gründen –, hatte ihr Vater ihr das bereits drei Sekunden nach Betreten der Wohnung unmöglich gemacht.

„Setzen wir uns", sagte er.

Also saßen sie jetzt da. Und so begann das Gespräch, oder besser gesagt zwei Monologe, mit einem gemeinsamen Tenor. Ihre Eltern sprachen nicht *mit*einander oder auch nur übereinander. Sie sprachen über sich selbst und ihre eigenen Belange, ganz selbstverständlich davon ausgehend, dass der Rest der Welt von diesem Thema ebenso fasziniert war wie sie selbst.

Die erste Viertelstunde war Sonja höflich – schließlich waren ihre Eltern den weiten Weg gekommen, um sie nach Hause zu bringen –, aber nachdem ihre Mutter eine herumliegende Zeitung an den Rand des Zweisitzers geschoben hatte, als ob es ein besudeltes Objekt wäre, hatte Sonja genug vom Höflichsein. Das hier war *ihre* Wohnung und sie musste wieder die Kontrolle darüber bekommen. Während sie das Geschimpfe ihrer Mutter über den J. C. Pennys Innenausstatter, der es gewagt hatte vorzuschlagen, das neue Esszimmer burgunderfarben zu gestalten, innerlich ausfilterte, plante sie ihr weiteres Vorgehen.

Es gab drei Methoden, mit den alten Graftons fertig zu werden. Die einfachste bestand darin, sie zu ignorieren. Diese Methode hatte Sonja bereits ausprobiert, allerdings nur mit dem Erfolg, dass die beiden noch intensiver um sich selbst kreisten.

Die zweite Methode bestand darin zu streiten. Sonja war sich jedoch nicht sicher, ob sie dazu bereits in der Lage war.

Blieb also nur noch die dritte Methode, und es war auch diejenige, die Sonja am häufigsten einsetzte: Sie würde ihnen schmeicheln und um den Bart gehen – zumindest würde sie es versuchen.

Sie unterbrach den Monolog ihres Vaters. „Papa, hättest du gern eine Tasse Tee? Oder vielleicht könnte ich auch schnell zum Supermarkt laufen und eine Flasche von dem Weinbrand holen, den du so magst."

„Nein danke, Liebes. Das ist nicht nötig."

Ein Lachen stieg in ihr auf, aber sie hielt sich rasch eine Hand vor den Mund, damit es nicht herauskonnte. Waren sie wirklich so ahnungslos, was die Frage betraf, wer hier für wen Besorgungen zu machen hatte?

Anscheinend hatte Sonjas Erwähnung von Getränken ihre Mutter dazu veranlasst, an die Küche zu denken, weil sie sich bis an den Rand des Linoleums vorwagte und von dort einen Blick hinein warf. „Ach du meine Güte."

„Tut mir Leid, Mama, aber ich habe nicht erwartet, dass jemand in die Wohnung kommt."

„Na, offensichtlich nicht."

Sonjas Mutter ging weiter zu der Tür, die zu Sonjas Schlafzimmer führte. Diverse Kleidungsstücke, die sie für die Reise nach Phoenix verworfen hatte, waren über Bett und Fußboden verstreut. „Sonja, du weißt doch, dass es nicht mehr Zeit kostet, die Sachen auf den Bügel zu hängen ..."

So viel also zum Thema schmeicheln und um den Bart gehen. Sonja drückte sich mit ihrem unverletzten Arm aus dem Sessel hoch.

„So, das war's." Sie wimmerte, als ihr der Schmerz durch den ganzen Körper schoss.

„Ist alles in Ordnung mit dir ...?"

Sonja zeigte mit dem Finger auf ihre Mutter. „Tu doch nicht plötzlich so, als ob es dich interessiert, wie es mir geht, Mutter. Es ist jetzt über eine Stunde vergangen, seit wir das Krankenhaus verlassen haben, und Papa und du, ihr habt mich bis jetzt kein einziges Mal gefragt, wie das mit dem Absturz war oder wie es für mich ist, dass ich überlebt habe."

„Aber, aber, ... meine Liebe."

Sonjas Stimme brach. „Hast du eine Ahnung, wie es ist, vom Himmel zu fallen? Den Augenblick zu erleben, in dem man weiß, dass all die Gedanken daran, dass so etwas immer nur anderen passiert, eine Lüge sind? Wisst ihr, wie es ist, wenn um einen herum alle Menschen schreien und man dann plötzlich merkt, dass man selbst auch schreit?"

Ihre Mutter kam auf sie zu, aber mit einer Handbewegung scheuchte sie sie fort. „Geh bloß weg!"

„Sonja, ich lasse nicht zu, dass du so mit deiner Mutter ..."

„Halt den Mund, Papa!"

Er schreckte zurück und legte sich eine Hand auf seine Brust, als ob er überfallen worden wäre. Es war ihr egal – und diese Erkenntnis fand sie ebenso erschreckend wie befreiend.

Sie atmete tief ein, was sie etwas beruhigte, aber Sonja hatte immer noch das Gefühl, jetzt sagen zu müssen und auch zu können, was ihr auf der Seele lag. „Das Flugzeug ist unter uns in zwei Teile zerbrochen. Versteht ihr das eigentlich? Ich habe mich an der Hand des Mannes festgehalten, der neben mir saß, und dann war er plötzlich weg. Alle waren weg! Und ich dachte, dass ich auch weg wäre!" Sie schüttelte den Kopf und starrte dabei zu Boden. Auf den stabilen, teppichbelegten, neutralen Boden. Wie konnte man ein so wichtiges Element des Lebens als Selbstverständlichkeit betrachten?

Als sie aufblickte, hatte ihre Mutter Schutz im Arm ihres Vaters gesucht. Zwei gegen eine. Sei's drum.

„Diejenigen von uns, die nicht in den Fluss gefallen sind und nicht beim Aufprall des Flugzeugs auf dem Wasser zerquetscht wurden, sind herausgeschleudert worden – durch das Eis hindurch. Stellt euch die schlimmste Kälte vor, die ihr jemals erlebt habt und verdreifacht sie. Vervierfacht sie." Sie schüttelte den Kopf, unfähig, einen treffenden Vergleich zu finden. „Wir sind ins Wasser gefallen, *ohne* vorher noch einmal tief einatmen und die Luft anhalten zu können. Wir sind eingetaucht nur mit der Luft in den Lungen, die uns unser Instinkt einzuatmen befohlen hat. Und dann Schmerzen, ... solche Schmerzen."

Sie konnte nicht verhindern, dass ihre Hände zitterten.

„Der Aufprall tat weh, die Knochenbrüche und Schnittwunden taten mir weh, und die Kälte tat mir weh. Aber ich hatte keine Zeit an irgendetwas davon zu denken. Ich musste es entweder an die Wasseroberfläche schaffen oder sterben, aber ich war immer noch an meinem Sitz festgeschnallt, wie eine Gefangene auf dem Grund des Flusses gefesselt. Ich musste meinen Körper dazu bringen, sich zu bewegen und nach oben zu gelangen – oder auf der Stelle sterben. Irgendwie konnte ich mich befreien und bin aufgetaucht. Ich habe nur eingeatmet. Es war kalt und es schneite. Auf dem Wasser war überall Kerosin und es schmeckte furchtbar und brannte in den Augen ..."

„Liebling ..."

Sie schüttelte den Kopf, einmal nach links, einmal nach rechts. „Lass mich das jetzt zu Ende bringen."

Sie war selbst überrascht zu hören, wie ruhig ihre Stimme geworden war. Seltsam ruhig. „Aber das Auftauchen aus dem Wasser war nur der Anfang. Ich fand mich selbst bei dem Teil des Flugzeugs wieder, in dem ich noch wenige Augenblicke zuvor gesessen hatte. Es war jetzt völlig zerfetzt und das Heck ragte aus dem Wasser." Sie lachte leise bei dieser fast surrealen Erinnerung. „Und da war ein Mann – *der* Mann. Der Lebensretter, auch wenn wir bis jetzt noch nicht einmal seinen Namen kennen." Sie musste schwer schlucken. „Er hat mich zu sich hinübergerufen und mir gesagt, dass ich mich an dem Wrackteil festhalten soll, obwohl allein schon die Berührung mit dem kalten Metall an den Händen wehtat und meine Haut zerriss."

„Aber dann warst du gerettet", sagte ihr Vater.

Sonja holte Luft und lachte dann über seine knappe Zusammenfassung. „Ja, so war es wohl. Und dann war ich gerettet. Schließlich geht für die Graftons doch immer alles gut aus, nicht wahr, Papa? Das Leben würde doch niemanden von uns aufs Kreuz legen, oder? Es sollte sich lieber davor hüten, wenn es nicht den Zorn der Graftons zu spüren bekommen will."

„Sei nicht so sarkastisch, meine Liebe."

Sonja sah zu ihren Eltern hinüber, wie sie da eng beieinander saßen in ihrer unaussprechlichen Ignoranz. „Willst du mal was echt Sarkastisches hören, Mutter? Ich hätte eigentlich gar nicht in dem Flugzeug sitzen sollen. Nach echter Grafton-Manier habe ich nämlich meinem Weiterkommen im Beruf etwas nachgeholfen. Und ebenso nach Grafton-Manier bin ich nicht gestorben. Begreift ihr die Ironie? Ich hätte eigentlich gar nicht da sein dürfen und bin trotzdem eine der fünf Personen, die mit dem Leben davongekommen sind. Musste Sonja Grafton die Folgen dafür tragen, dass sie wirklich alles getan hatte, um zu bekommen, was sie wollte? Aber natürlich nicht! Auf gar keinen Fall. Sonja hat überlebt! Sonja war sogar die vierte, die gerettet wurde – direkt nach einer Mutter mit ihrem Kind und einem alten Mann." Sie zeigte auf ihren Vater. „Selbst du würdest doch zugeben, dass im Falle einer Rettung ein Grafton Mütter, Kinder und alte Menschen vorlassen sollte, nicht wahr, Papa?"

Er räusperte sich.

„Du solltest stolz auf mich sein, dass ich ihnen den Vortritt gelassen habe. Aber dann, als der Lebensretter mir das Seil gab – *sein Seil* – da habe ich die Tatsache anerkannt, dass ich es wert war, gerettet zu werden, und habe das Seil genommen."

„Du willst doch damit hoffentlich nicht sagen, dass du lieber hättest sterben sollen?"

„Um Himmels Willen, nein. Dazu ist mein Ego zu mächtig." Sie sah ihren Eltern direkt in die Augen. „Aber nur weil ich es nicht zugeben will, heißt das noch lange nicht, dass es nicht so ist."

Sonja merkte plötzlich, dass sie keine Kraft mehr hatte. Ihre Reserven waren aufgebraucht. Sie nickte in Richtung Tür. „Ich möchte, dass ihr jetzt geht."

„Wie bitte?"

„Wir sind gekommen, um dir zu helfen."

Sonja schüttelte den Kopf. „Ihr seid gekommen, um eure Pflicht zu tun, damit ihr euch später nicht mit Schuldgefühlen herumzuplagen braucht. Das ist jetzt erledigt. Ihr habt die arme Sonja sicher nach Hause gebracht. Aber die arme Sonja ist müde und möchte allein sein, damit sie vielleicht, möglicherweise, aber wahrscheinlich doch eher nicht, mit all dem fertig werden kann."

„Du möchtest, dass wir wieder nach Hause fahren? Wir sind doch gerade erst gekommen."

„Es ist mir egal, wohin ihr geht – in ein Hotel oder nach Hause. Tut mir nur einen Gefallen: Geht einfach."

Sie wandte ihnen den Rücken zu und war erleichtert, als sie hörte, wie die beiden ihre Mäntel aus der Garderobe holten und in Richtung Wohnungstür gingen.

„Ruf an, wenn du uns brauchst, Liebes."

Dazu war es zu spät.

* * *

Anthony wusste nicht, ob seine Temperatur gesunken war, weil es ihm wirklich besser ging oder aus reiner Willenskraft, und eigentlich war es ihm auch egal. Einzig wichtig war, dass er entlassen worden war. Weil es schon spät am Tag war, hatte man ihm gesagt, er könne bis zum nächsten Morgen bleiben, aber davon wollte Anthony nichts wissen. Er wollte nach Hause und zwar sofort.

Er steckte sich das Hemd in die Hose, wobei er auf seine schmerzenden Rippen achtete. Das Hemd, das sie ihm gekauft hatten, war sehr glatt – Polyester. Und die Hose saß überhaupt nicht. Aber was konnte er auch von den Leuten hier erwarten?

Er drehte sich um, weil er das Geräusch eines Rollstuhls hörte und sah Lisa in der Tür stehen. „Die Kutsche ist bereit, eure Hoheit."

Er war alarmiert, als er sich dabei ertappte, dass er beim Anblick seiner ersten Praxishelferin vor echter Freude lächelte. Schnell verwies er das Lächeln an seinen angemessenen Platz. „Lisa. Endlich Besuch."

„Ja? Also ich habe ein paar Tage lang im Stau gesteckt."

„Aber ich werde gerade entlassen."

Sie schob den Rollstuhl ein paar Zentimeter vor. „Genau. Ich habe angerufen, um mich nach Ihrem Befinden zu erkundigen, und genau das haben sie mir gesagt. Deshalb bin ich ja hier. Ich wollte nicht, dass Sie sich ein Taxi nach Hause nehmen müssen." Sie grinste. „Deshalb bin ich in meinem 67er Impala mit den Leopardenfellsitzen gekommen."

Er starrte sie an. Gar kein schlechter Geschmack. Sie lachte über seinen Gesichtsausdruck. „Nur die Ruhe, Doktor. Ich mache nur Spaß. Wie wäre es mit einem bienengelben VW-Käfer?"

Er zog eine Augenbraue hoch.

Sie ließ den Rollstuhl los. „Hey, ich lasse mir mein Fortbewegungsmittel nicht mies machen und schon gar nicht von jemandem, dessen letztes Fortbewegungsmittel ihn beinahe umgebracht hätte."

„Treffer."

Sie platzierte den Rollstuhl so vor ihm, dass er sich hineinsetzen konnte. Er setzte sich und sie stellte gekonnt die Fußstützen richtig ein. „Möchten Sie sich gern anschnallen, Doktor?"

„Das lasse ich diesmal. Ich lebe gern gefährlich."

„Daran werde ich Sie erinnern."

Sie schob ihn auf den Gang hinaus. Anthony sah sich nach den Schwestern um, die ihn versorgt hatten. Er erinnerte sich an das Geplauder und die guten Wünsche und Abschiedgrüße, die die anderen Überlebenden bei der Entlassung vom Personal mit auf den Weg bekommen hatten. Schwester Doppelbotschaft blickte nur kurz von ihrer Büroarbeit im Schwesternzimmer auf und sagte: „Wiedersehen, Doktor." Dann beugte sie sich wieder über ihre Arbeit.

Ist das alles?

Die Fahrstuhltür ging sofort auf, Lisa schob ihn hinein und drückte auf Erdgeschoss. Sie hatten den Fahrstuhl ganz für sich.

„Bei denen haben Sie wohl eher Befremden ausgelöst, was?"

Er versuchte ihr Gesicht zu sehen, aber da sie hinter ihm stand, ging das nicht. „Wie meinen Sie das?"

„Wissen Sie, was ich für Sie tun werde, Doktor? Sobald Sie völlig wiederhergestellt sind, werde ich Sie für einen Dale-Carnegie-Kurs anmelden: Wie man Freunde gewinnt und Einfluss auf Menschen bekommt."

Er gab seine Versuche auf, sie sehen zu wollen. Jetzt war sie wirklich respektlos.

„Ich habe großen Einfluss auf Menschen."

„Ja klar, aber welche Art von Einfluss? Und was ist mit dem Freundschaften-Schließen?"

Die Fahrstuhltür öffnete sich genau im richtigen Augenblick.

* * *

„Sie sind so ruhig", sagte Lisa, als sie sich seinem Haus näherten.

Anthony zuckte die Schultern. Was gab es da zu sagen? Nichts lief so, wie er es sich vorgestellt hatte. Beim Verlassen des Krankenhauses hatte er einen Fanfarenstoß erwartet. Und was hatte er bekommen? Kaum ein Nicken. Und was Lisa anging, so war sie anscheinend auch noch der Meinung, dass er daran selbst Schuld war. Vielleicht war der Grund der, dass er die Reporter zu sich ins Krankenhaus bestellt hatte. Rückblickend war das sicher ein Fehler gewesen. Und vielleicht hätte er nicht so offen sein sollen hinsichtlich seiner Gedanken über die Tatsache, dass er noch am Leben war, wo so viele Menschen umgekommen waren. Definitiv eine Fehleinschätzung. Und die Presse ritt auf der Tatsache herum, dass er sich das Rettungsseil genommen hatte und verbreitete diesen „Du-warst-gar-nicht-an-der-Reihe"-Unsinn. Aber damit konnte er fertig werden. Das war für ihn in Ordnung.

Allerdings absolut keine Anerkennung und Aufmerksamkeit zu bekommen, völlig unerkannt und unbemerkt aus dem Krankenhaus zu schleichen und zurück in sein Haus – in diesem absurden gelben tropfenförmigen Auto zu fahren. Was hatte er getan, dass er eine solche Behandlung verdiente?

Sie näherten sich seiner Wohngegend und er sah zweimal hin, als das Auto eines Fernsehsenders vorbeifuhr. Vielleicht hatten sie ja erfahren, dass er nach Hause entlassen worden war und warteten schon in seinem Garten auf seine Ankunft. Vielleicht ...

„Na, was hat Sie denn so urplötzlich aufgeheitert?", fragte Lisa. „Sie sehen definitiv hoffnungsvoll aus. Erinnern Sie sich gerade an irgendeine Tischdame, die vielleicht heute Abend zum Essen frei sein könnte?"

Er war absolut nicht in der Stimmung für Scherze über sein Liebesleben. „Das ist ein Thema, das sich bei Ihnen häufig wiederholt, Lisa. Was ist so schlimm daran, mit unterschiedlichen Frauen auszugehen?"

„Nichts. Gar nichts. Ich gehe selbst häufig aus."

Er fing an zu lachen, sammelte sich dann aber wieder. „Entschuldigung."

Sie schaute ihn beim Fahren von der Seite an. „Glauben Sie, dass Sie der einzige passable allein stehende Mann auf diesem Planeten sind?"

„Boxer, gehen Sie in Ihre Ecke!"

Sie schüttelte den Kopf. „Sie machen mich wütend."

„Das merke ich."

„Ich bin gekommen, um Sie nach Hause zu bringen, weil ich dachte, dass Sie vielleicht ein bisschen Mitgefühl, eine selbstgekochte Mahlzeit und ein wenig Pflege brauchen könnten." Sie sah zu ihm hinüber. „Ich bin nämlich eine ziemlich gute Pflegerin, wissen Sie?"

„Ich weiß."

„Wirklich?" Sie ertappte sich selbst und kehrte wieder zu ihrem selbstbewussten Auftreten zurück. „Das ist mir aber neu."

„Ein Versehen, für das ich mich reumütig entschuldige."

Sie kicherte.

„Was soll denn das Geräusch bedeuten?"

„Der große Dr. Thorgood entschuldigt sich? Sie kosten mich gerade 10 Dollar."

„Wie bitte?"

„Ich habe mit Candy gewettet, dass Sie sich niemals bei irgendjemandem für irgendetwas entschuldigen würden."

Frechheit. „Candy hat auf *mich* gewettet?" *Ich muss netter sein zu dem Mädchen.*

„Na ja, ... also, ... sie ist neu. Und nicht besonders helle."

Er lachte. „Sie sind mir ein schönes Stück Arbeit, Schwester Conklin."

„Wird auch Zeit, dass Sie das endlich merken."

Sie bog in seine Straße ein und er konnte bereits sein Haus sehen. Die Straße war leer. So viel zu den Reportern. Aber vielleicht war es ja auch ganz gut so.

Sie bog in seine Auffahrt ein und eine Frage drängte sich ihm auf. „Woher wissen Sie eigentlich, wo ich wohne?"

Sie zuckte die Achseln. „Es wird langsam Zeit, dass Ihnen klar wird, dass ich alles weiß."

* * *

Anthony schloss die Augen und genoss das Aroma der Spaghettisoße mit allen Sinnen. Es war seltsam, Geräusche einer anderen Person in seiner Küche zu hören – besonders von einer Person, die bei der Arbeit sang. Er erkannte die Melodie nicht, aber in dem Text des Liedes ging es um Liebe. Erschrocken fragte er sich, ob all diese Aufmerksamkeit Teil eines romantischen Plans war.

Bestimmt nicht. Schwester Conklin? Verliebt? Der Gedanke war absurd. Er war Filet Mignon, sie Brathähnchen. Er war Armani, sie Wal-Mart. Er war Oper, sie ... Er hörte sich ihren Gesang an und wusste nicht, wie er ihn einordnen oder benennen sollte.

„Was ist das für ein Lied?", fragte er schließlich.

Sie steckte den Kopf kurz zur Tür herein. „Gefällt es Ihnen?"

„Das habe ich nicht gesagt. Es war nur anders als alle Liebeslieder, die ich bis jetzt gehört habe."

„Das liegt daran, dass es ein Liebeslied für Gott und nicht für einen Menschen ist." Sie deutete mit einem Kochlöffel auf ihn und wechselte zu einem Lied, das er kannte – „You're so Vain."

Er merkte, wie er rot wurde. „Süß."

„Absolut. Aber der springende Punkt ist, ob Sie gedacht haben, dass es in meinem vorigen Lied um Sie ging."

„Nun schmeicheln Sie sich mal nicht selbst."

„Wenn ich es nicht tue, wer dann?" Einen Augenblick lang betrachtete sie ihn. „Hätten Sie nicht Lust? Freiwillige vor."

„Das hört sich ja ... gefährlich an. Ist das ein angemessenes Wort?"

Sie machte auf dem Absatz kehrt. „Sie haben gesagt, dass Sie gern gefährlich leben." Sie drehte sich wieder um. „Oder wollen Sie es mit der Gefahr vielleicht doch lieber erst einmal etwas langsamer angehen lassen?"

Der Absturz hatte ihn mit genug Gefahr für sein gesamtes Leben versorgt, aber das konnte er ihr unmöglich sagen. „Ich möchte jetzt nichts weiter, als wieder arbeiten."

„Merken Sie sich, was Sie sagen wollten. Sie können mir beim Essen erzählen, was Sie vorhaben."

Sie verschwand in der Küche und kam mit zwei Tellern voller Pasta zurück. Sie stellte sie auf den Esstisch, auf dem schon Salat und Brot bereitgestellt waren.

Sie rückte ihm seinen Stuhl zurecht. „Vielen Dank. Das sieht gut aus."

„Es *ist* auch gut. Mein Nachname mag zwar Conklin sein, aber meine Mutter hieß Figatoro. Meine erste Soße habe ich mit fünf gekocht."

„Sie sind nicht verheiratet?"

Sie machte ein entnervtes Gesicht. „Wissen Sie, es würde Ihnen gar nicht schaden, mal ein paar von uns kennen zu lernen. Nein, ich bin nicht verheiratet. Wie lange arbeite ich jetzt schon für Sie?"

Er hatte keine Ahnung. „Eine ganze Weile."

„Sechs Jahre. Sechs *lange* Jahre."

Er legte sich seine Serviette auf den Schoß und griff nach seiner Gabel. Sie unterbrach seine Bewegung, indem sie seine Hand nahm.

Sie neigte den Kopf und bevor er reagieren konnte, begann sie zu beten: „Segne dieses Essen, Herr. Danke, dass du Dr. Thorgood sicher nach Hause gebracht hast. Hilf ihm, seine zweite Chance zu nutzen, um für dich Gutes zu tun. Amen." Sie blickte auf.

„So, wird das Essen dadurch nicht noch besser?"

„Wenn Sie es sagen ..."

Sie streute Parmesan über ihre Soße. „Meine Güte, glaubt der große Doktor etwa nicht an den Allmächtigen?"

„Ehrlich gesagt, hat sich der gute Doktor darüber noch nie großartig Gedanken gemacht."

Sie starrte ihn fassungslos an. „Wie kann man denn darüber nicht nachdenken? Sie haben ein Talent, das Gott Ihnen gegeben hat; sie verhelfen Menschen zu einem besseren Selbstwertgefühl; Sie helfen Menschen mit schlimmen Verletzungen, sich wieder im Leben zurechtzufinden. Diese Gabe hat Gott Ihnen geschenkt. Er hat Sie eingeweiht in medizinische Wahrheiten, wodurch das, was Sie tun, überhaupt erst möglich wird. Er ist ..."

„Was ich weiß, habe ich im Studium und aus medizinischen Fachbüchern gelernt, nicht von irgendeinem Gott."

„Wir reden hier aber gar nicht von *irgendeinem* Gott, sondern von dem einen und einzigen."

Anthony drehte seine Spaghetti auf die Gabel. „Wie auch immer."

Sie ließ mit lautem Geklapper ihre Gabel fallen. „Ich wusste ja schon, dass Sie großspurig und selbstgefällig sind, aber für blind habe ich Sie bisher nicht gehalten."

Das hier brauchte er auf gar keinen Fall, selbstgekochtes Essen hin oder her. „Ich glaube, dass Sie jetzt Ihre Grenze überschreiten, Schwester Conklin."

„Vielleicht habe ich fahrlässig gehandelt, indem ich nicht eindeutig genug war in Bezug auf den Einen, der für mich die oberste Autorität ist." Sie zog eine Braue hoch. „Und nur damit das ganz klar ist, Doktor, damit meine ich nicht Sie."

„Wenn Sie sich dazu verleiten lassen möchten, an Märchen zu glauben statt an wissenschaftliche Fakten, dann nur zu, aber bringen Sie mir Ihre beschränkten Ansichten nicht auch noch in mein Haus. Ich habe genug durchgemacht. Ich ..."

Sie legte ihre Serviette auf den Tisch neben ihren Teller. „Vielleicht haben Sie ja noch nicht genug durchgemacht."

„Was wollen Sie denn damit sagen?"

„Im allgemeinen ist es eine lebensverändernde Erfahrung für Menschen, wenn sie eine Katastrophe erleben. Aus gutem Grund ist das so. Die Menschen benutzen so ein Ereignis als Anstoß, ihr Leben genauer anzuschauen und sich zu verändern – zum Besseren. Offenbar sehen Sie nicht die Notwendigkeit für eine solche Veränderung."

„Absolut nicht."

Sie schüttelte den Kopf. „Haben Sie vor, genauso weiterzuleben wie vorher, ohne Ihre Einstellung zu verändern, Ihre Ziele oder Ihre Entwicklung?"

Jetzt hatte er verstanden. Und das Wissen um ihre Absichten machte ihn wütend. „Ach, deshalb haben Sie sich hier als Wohltäterin aufgeführt? Sie wollten Zeugin einer Halleluja-Veränderung sein und halten sich deshalb in meiner Nähe auf?"

Sie verschränkte die Arme. „Eine Frau kann doch hoffen, oder?"

„Aufgrund Ihres Vorgehens gehe ich mal davon aus, dass es in meinem Leben etwas gibt, das Sie nicht billigen. Etwas, womit Sie nicht einverstanden sind, das Ihnen missfällt?

„Da würden mir schon ein, zwei Dinge einfallen."

„Würde es Ihnen etwas ausmachen, das etwas zu spezifizieren?"

„Würden Sie mir denn zuhören?"

Er war sich nicht ganz sicher.

Sie nahm sein Zögern als Nein. „Das habe ich mir gedacht."

Jetzt war es an ihm, seine Serviette auf den Tisch zu knallen. Mit Mühe stand er auf. „Ich glaube es ist besser, wenn Sie jetzt gehen, Schwester Conklin."

Sie schob ihren Stuhl zurück. „Ich glaube, da haben Sie Recht." Sie holte ihren Mantel und schob ihre Arme in die Ärmel wie Patronen in eine Revolvertrommel. Dann warf sie sich ihre Handtasche über die Schulter.

Er setzte sich in seinem Stuhl zurück. „Ich nehme mal an, es macht Ihnen nichts, wenn ich Sie nicht zur Tür bringe?"

„Das würde ich nicht im Traum erwarten, Doktor". Sie knallte die Tür hinter sich zu.

* * *

Die Plackerei, ins Bett zu kommen, war wirklich heftig, aber Anthony bezog Trost aus der Tatsache, dass er Schwester Conklin auch dann nicht um Hilfe gebeten hätte, wenn sie noch da gewesen wäre. Er brauchte keine Pflegerin – auch nicht als moralisches Gewissen.

Er saß auf der Bettkante und bemerkte jetzt zum ersten Mal seinen Anrufbeantworter. Er drückte auf den Knopf, um die Nachrichten abzuhören. Die mechanische Stimme meldete jedoch: „Sie haben keine neuen Nachrichten."

Das konnte doch nicht wahr sein. Er war tagelang weg gewesen, sein Name war immer wieder in den Nachrichten erwähnt worden, und er hatte *keine einzige* Nachricht?

Egal. Wer braucht schon Nachrichten?

Er knipste die Nachttischlampe aus, hielt sich die Rippen, streckte sich lang aus und zog sich die Decke bis ans Kinn, wobei er vor Anstrengung wimmerte. Eigentlich wollte er am nächsten Tag zur Arbeit gehen, aber mit solchen Schmerzen würde das nicht einfach werden.

Du musst ja nicht gehen. Es ist deine eigene Praxis.

Dann dachte er an Lisas harte Worte und wusste, dass er gehen musste als Demonstration seiner Stärke – wenn schon nicht körperlich, dann doch wenigstens mental. Wie konnte sie es wagen so zu tun, als wüsste sie, wie er auf den Absturz reagieren würde. Es stimmte zwar, dass die meisten Menschen solche Ereignisse als lebensverändernd betrachteten, aber er war eben nicht wie die meisten Leute. Es war bestimmt nichts falsch daran, die Sicht vom Leben, die man vorher gehabt hatte, bestätigt zu finden. Er war wichtig. Sein Leben war wichtig. Er hatte das vorher gewusst und er wusste es auch jetzt.

Er schloss die Augen und versuchte, alle Gedanken an Lisa aus seinem Bewusstsein zu verscheuchen.

* * *

Dora warf die Fernbedienung des Fernsehers aufs Sofa. Sie fand es schrecklich, wie das Fernsehen ihre Geschichte über die Identität des Lebensretters präsentierte. Aber es war nicht zu ändern. Sie hatte George ihr Wort gegeben.

Henry Smith.

Wie sie schon zu George gesagte hatte, war das ein überaus gewöhnlicher Name. Aber war er auch ein gewöhnlicher Mann gewesen?

Wie gern sie doch Mrs. Smith kennen gelernt hätte. Aber der Anblick des kummervollen Gesichts seiner Witwe in den Nachrichten hatte jeden Gedanken an ein Interview mit ihr im Keim erstickt. Aber wie konnte Dora schreiben, was sie schreiben wollte, *ohne* mit ihr zu sprechen?

Wie kann ich meine eigene Grenze der Anständigkeit verraten?

Sie lehnte den Kopf an die Kissen der Couch und seufzte.

Aber mein Herz, Herr ... Ich möchte über diesen Mann schreiben. Ich möchte, dass die Welt ihm das gibt, was ihm zusteht, nicht nur einen Bericht über seine Taten, sondern ich möchte ergründen, was für dich an seinem Opfer wichtig ist. Irgendwie möchte ich die Frage danach beantworten, warum du ausgerechnet ihn dazu ausgesucht hast.

Ihre Gedanken wirbelten wild durcheinander und standen nie lange genug still, dass sie zu einer Lösung kommen konnte. Aber vielleicht konnte sie auch einfach keinen klaren Gedanken fassen, weil es keine Lösung gab.

Würde es jemals eine geben?

ELF

Der Herr erlöst das Leben seiner Knechte, und alle,
die auf ihn trauen, werden frei von Schuld.
PSALM 34,23

Tina saß allein in ihrem Klassenraum und wartete auf das Läuten zur ersten Stunde. Ihre Kollegen hatten sie bei ihrer Rückkehr in die Schule erwartet und ihre Fürsorge und ihr Mitgefühl zum Ausdruck gebracht, aber sie hatte schon rasch das Bedürfnis verspürt, noch ein paar Minuten Zeit für sich allein zu haben, bevor sie wieder auf ihre Schüler und Schülerinnen traf.

In ihrem Leben war plötzlich so vieles anders geworden. Und dennoch, hatte sich auch hinsichtlich ihrer Einstellung zum Unterrichten *wirklich* etwas verändert? Wollte sie eigentlich hier sein? War sie Lehrerin aus Leidenschaft? Sie schloss die Augen und wartete darauf, eine grundlegende Veränderung zu verspüren, durch die sie dazu angespornt werden würde, eine so gute Lehrerin zu sein wie irgend möglich.

Nichts geschah.

Sie schaute die Notizen ihrer Vertretung durch, aber dann merkte sie plötzlich, dass sie alles immer wieder durchlas, ohne auch nur das Geringste davon zu erfassen. Es war Mellys Schuld. Durch unschuldige und hellwache Erkenntnisse hatte das Mädchen dafür gesorgt, dass Tina eines klar geworden war: Sie war als Lehrerein absolut mittelmäßig. Und im Gegenzug? Tina hatte bei dem Mädchen ihre Chance verpasst. Traf das auch auf alle anderen Schüler zu, die sie jemals zu unterrichten versucht hatte?

Ich kann es nicht. Ich bin schon ein Flop, bevor ich überhaupt angefangen habe ...

Das Läuten der Schulglocke bewirkte, dass ihre Muskeln vibrierten und ihr Herz doppelt so schnell schlug wie normal. Innerhalb von Sekunden näherten sich Geräusche und Stimmen, und das Knallen der Schließfachtüren auf dem Gang sowie laute Schritte rissen sie aus ihren Gedanken.

Ihr Magen überschlug sich förmlich. *Sie* kamen und es gab absolut nichts, was sie aufhalten konnte.

Kein einziger ihrer Schüler bat sie darum, etwas auf ihren Gips schreiben zu dürfen. Sie verstand gar nicht, wieso ihr das so viel ausmachte, aber es war so. Als ihr Kollege Tom Merit sich einmal den Arm gebrochen hatte, war sein Gips mit Unterschriften, witzigen Zeichnungen und Bildern fast vollständig bedeckt gewesen. Ja, Tom hatte den Gips sogar auf einem Bücherregal in seiner Klasse wie eine Trophäe ausgestellt, nachdem er entfernt worden war, als Ausdruck der Zuneigung und des Respekts. Tina spürte, wie die alten Vorurteile und Neidpunkte wieder in ihr hochkamen. Vielleicht waren sie ja niemals totzukriegen. Sie fragte sich, wie lange Gott ihr noch auf diese Weise zeigen würde, wie sie wirklich war, aber im Grunde wusste sie die Antwort auch so:

Es würde so bleiben, bis sie es endlich kapierte. Aber es war dennoch ein mühseliger Kampf und im Augenblick fühlte sie sich dem einfach nicht gewachsen.

Tu einfach deine Arbeit und geh dann wieder nach Hause. Vergiss es, Tina, du wirst nie eine beliebte Lehrerin sein.

„Ms. McKutcheon?"

Tina blickte von ihrem Exemplar des Romans „Der scharlachrote Buchstabe" auf, das offen vor ihr auf dem Tisch lag. Ashley meldete sich, den Ellenbogen mit der anderen Hand abstützend. Wie lange sie wohl schon versucht hatte, Tinas Aufmerksamkeit zu bekommen?

„Ja, Ashley?"

„Können wir nicht einmal über etwas anderes als über das Buch sprechen?" Ashley schaute sich im Klassenzimmer um auf der Suche nach Unterstützung. „Darüber können wir doch immer noch reden. Wir möchten lieber etwas über den Flugzeugabsturz wissen."

Einhellige Zustimmung. Tina wurde das Herz leichter. Sie waren also doch interessiert. An *ihr!* Vielleicht hatte sich ja *doch* etwas geändert.

Sie schlug das Buch zu und erntete dafür Begeisterungsrufe. Sie sah in die Klasse und fragte: „Was wollt ihr denn wissen?"

Mack hob den Finger und Tina war so überrascht darüber, dass sie ihn sofort drannahm. „Haben Sie auch Leichen gesehen?"

Völlig geschockt schwieg Tina einen Augenblick lang. „Nein, das habe ich nicht. Die einzigen Menschen, die ich gesehen habe, waren am Leben und wie ich im Wasser."

Mack sah enttäuscht aus. „Ich dachte, es wäre überall Blut und so Zeugs, wenn ein Flugzeug abstürzt."

Jon tippte Mack von hinten an. „Das ist doch nur so, wenn ein Flugzeug auf den Boden stürzt, nicht, wenn es ins Wasser fällt. All die Leute waren im Wasser und sind so reingerutscht", dabei machte er eine gleitende Geste zur Veranschaulichung.

„Haben Sie die Bilder von den Autos in dem Parkhaus gesehen?", fragte Duncan. „Total platt ..." Der Junge trank den letzten Schluck Cola aus einer Büchse und zerdrückte sie dann. *„Wam!"*

Manche lachten, andere stöhnten auf.

Die Jugendlichen wandten sich einander zu und setzten das Gespräch fort.

„Habt ihr gesehen, wie sie die Wrackteile aus dem Fluss gezogen haben? Und die Reihe mit Leichen am Ufer?"

„Ein Freund von meinem Vater arbeitet beim Leichenbeschauer, und er hat da jede Menge Tote gesehen."

Jetzt reichte es Tina. Sie wurde in diesem Gespräch nicht gebraucht. Sie hatten sie nicht gebeten, den Unterrichtsstoff zu unterbrechen, weil sie daran interessiert waren, was *sie* erlebt hatte. Sie war ihnen im Grunde völlig egal. Sie interessierten sich nur für Explosionen und den Absturz und die Action der Katastrophe als solche. Sie interessierten sich für das, was in den Schlagzeilen stand, nicht für die seelischen Auswirkungen bei ihr als Überlebender des Absturzes. Dieses Gespräch war eine Beleidigung des Andenkens an Melly, an den Lebensretter und all die anderen, die umgekommen waren.

Sie stand auf und sortierte ihre Krücken. Ein paar Schüler schauten in ihre Richtung, allerdings ohne sich dabei auch nur das kleinste Bisschen des Gespräches entgehen zu lassen. Sobald sie sicher auf den Füßen stand, griff sie nach der Lehrerausgabe des Romans von Hawthorne – sie fühlte sich gut und schwer an.

Und dann, ohne weiter zu überlegen, schleuderte sie das Buch mit einer solchen Wucht über ihre Köpfe hinweg, dass es gegen die hintere Wand des Klassenraums prallte und dort zu Boden fiel. Alles Reden brach abrupt ab. Endlich waren alle Blicke auf sie gerichtet. Sie wollte ihre Aufmerksamkeit? Jetzt hatte sie sie.

„Guter Wurf, Ms. McKutcheon."

Nervöses Gelächter. Tinas Herz schlug so leicht, wie sie es seit dem Absturz nicht mehr erlebt hatte. Wenn sie noch ein weiteres Buch zur Hand gehabt hätte, sie hätte auch das noch geworfen – und diesmal nicht so hoch. Sie kam zu Atem und zeigte mit dem Finger auf ihre Schüler. „Ihr interessiert euch doch für absolut nichts außer euch selbst. Ich interessiere euch nicht, das Lernen interessiert euch nicht, und ihr habt gerade drastisch unter Beweis gestellt, dass ihr euch einen Dreck dafür interessiert, wenigstens ein bisschen Respekt vor den Toten an den Tag zu legen. Und weil ihr euch so toll um euch selbst kümmern könnt, braucht ihr mich ganz bestimmt nicht. Ich gehe."

Sie verließ den Raum und knallte die Tür so heftig hinter sich zu, dass es auf dem Gang nachhallte.

Ich habe gerade meinen Job geschmissen. Ich habe gekündigt.

Sie zitterte am ganzen Körper. Tina schaute noch einmal zurück zu ihrem Klassenraum und hörte Stimmen. Sie diskutierten jetzt bestimmt über ihre durchgeknallte Lehrerin. Oder vielleicht auch nicht. Vielleicht waren sie auch schon zum nächsten Gesprächsthema übergegangen. Und schon allein der Gedanke an diese Möglichkeit besiegelte ihre Entscheidung endgültig.

Sie ging den Korridor entlang in Richtung Ausgang.

Eine Tür ging auf, und Ashleys Stimme rief zu ihr hinaus: „Ms. McKutcheon, wo wollen Sie denn hin?"

Sie hatte nicht die leiseste Ahnung. Tina drehte sich nicht noch einmal um, sondern setzte den Weg fort, den sie gewählt hatte. Gott helfe ihr.

* * *

Anthony fuhr zur Arbeit und fühlte sich unschlagbar. Vielleicht hatte Lisa ja teilweise Recht gehabt. Den Absturz zu überleben, hatte ihm *wirklich* die Chance für einen Neubeginn gegeben. Wenn sein Leben vorher schon gut gewesen war, so konnte es jetzt noch besser werden.

Er drückte das Gaspedal seiner roten Corvette voll durch und genoss die frei werdende Kraft. Er fuhr eine Kurve, als wären er und das Auto miteinander verschmolzen. Ein paar Minuten später bog er auf den Parkplatz mit dem Schild „Dr. Thorgood" ein. Er war wieder da. Das Leben war gut.

Er war aber auch dankbar, dass niemand auf den Parkplatz war, um zu beobachten, wie er umständlich und ungelenk aus dem Wagen stieg. Ein Sportwagen war großartig, um Kurven zu nehmen – und junge Frauen zu beeindrucken –, aber ein echtes Hindernis, wenn man verletzt war und Schmerzen hatte. Er schlug die Tür zu und hielt einen Augenblick inne, um zu Atem zu gelangen und die Schmerzen in den Griff zu bekommen. Er hatte kurz in Erwägung gezogen, seine Verletzung zu seinem Vorteil auszunutzen, einen solchen Plan aber dann doch verworfen, weil das ihm nur am Rande die Aufmerksamkeit gebracht hätte, die er verdiente. Außerdem wäre ein solches Vorgehen ein Zeichen von Schwäche gewesen. Er hatte sich stattdessen lieber dafür entschieden, ein Bollwerk der Stärke zu sein, ein echter Überlebender, der seines Status, zum Leben erwählt worden zu sein, während andere sterben mussten, würdig war.

Er zog seinen Kamelhaarmantel über den Schultern zurecht und ging in Richtung Eingang. Bei jedem Schritt erinnerten ihn seine geprellten Rippen an ihre Existenz. Durch die Glastüren entdeckte er einige bunte, schillernde Farben in der Eingangshalle. Luftballons? Und war das dort an der Wand ein Spruchband?

Das wird ja toll.

Er hob das Kinn ein bisschen, betrat das Gebäude und gestattete es sich sogar um der Wirkung Willen, ein bisschen zu humpeln.

Candy sah ihn als Erste und eilte ihm zur Seite. „Dr. Thorgood. Sie sind wieder da! Schön, dass Sie wieder da sind!"

Ihr Ausruf sorgte dafür, dass auch die anderen aus dem Hintergrund hervortraten: die Helferinnen Sandy und Emma sowie drei weitere Frauen, die allesamt in den Genuss seiner chirurgischen Fähigkeiten gekommen waren: Eine Bauchstraffung, ein Lifting und eine Nasenkorrektur. Die Frauen applaudierten und er verbeugte sich, so tief es seine Rippen erlaubten. Emma zeigte auf das Spruchband mit der Aufschrift: „Willkommen zurück, Doktor."

Sandy griff zu einem Esstisch, der voller Ballons war. Sie hob eine Torte hoch, sodass er die Glasur sehen konnte. Es war ein Flugzeug darauf, das in den blauem Himmel aufstieg. „Sehen Sie? Die haben wir für Sie machen lassen. Und dort ist Punsch und noch ein paar Süßigkeiten, die von der Hochzeit meiner Tochter übrig geblieben sind."

Anthony war sich nicht so sicher, dass die Flugzeugtorte wirklich von gutem Geschmack zeugte, und auch die übrig gebliebenen Süßigkeiten sprachen ihn nicht unbedingt an, aber er akzeptierte die gute Absicht dahinter. „Vielen Dank, meine Damen. Ich fühle mich wirklich geehrt."

Candy zeigte daraufhin genau die Reaktion, auf die er gehofft hatte. „Oh, wir sind es, die sich geehrt fühlen, Doktor. Nach allem, was Sie durchgemacht haben."

Ihre Augen überflogen rasch seinen Oberkörper. Er hatte gar nicht gemerkt, dass er sich eine Hand auf die Rippen gelegt hatte und nahm sie jetzt dort weg.

„Aber was machen wir denn? Stehen hier wie angewurzelt herum, wo Sie doch eigentlich sitzen müssten." Sie rannte zu einem Stuhl und holte ihn herbei.

In dem Augenblick, als sein Po das Sitzpolster berührte, hatte Sandy ihm bereits ein Stück von der Torte geholt, während das Lifting ihm ein Glas Punsch einschenkte. Die rosafarbene Flüssigkeit sah so süß aus, dass ihm schon beim bloßen Anblick fast übel wurde.

Das Lifting zwinkerte ihm zu. „Wir sind *so* froh, Sie wieder bei uns zu haben, Doktor."

Er merkte, dass er ihren Namen nicht mehr wusste. Und waren sie darüber hinaus nicht auch mehr als nur Arzt und Patientin gewesen? Sie hielt ihr Punschglas einen Augenblick zu lange hoch, so, als wartete sie auf irgendeine Form der besonderen Beachtung. „Danke."

„April, jetzt hör auf, dem Doktor schöne Augen zu machen", sagte die Bauchstraffung. „Du musst ihn schon mit uns teilen."

April. Da war ich ja schon nah dran. Ich hatte an June gedacht.

Während seine Fans um ihn herumscharwenzelten, bemerkte Anthony Lisa, die am Rande im Wartezimmer stand. Allein. Sie stand da, mit verschränkten Armen an die Wand gelehnt. Warum war sie nicht hier bei den anderen?

Er lächelte sie an, aber statt zurückzulächeln, schüttelte sie nur den Kopf, als ob sie von ihm enttäuscht wäre. *Wie kann sie es wagen, mir meine triumphale Rückkehr zu ruinieren.*

Candy zog einen Stuhl näher heran, wobei ihr billiges Parfüm seine Nase beleidigte. „Oh, Dr. Thorgood, Sie müssen uns alles darüber erzählen. Erzählen Sie uns von dem Absturz."

Die anderen rückten ebenfalls näher, bis er vom Kreis seiner Bewunderinnen eingeschlossen war.

Jedenfalls war überhaupt jemand interessiert. Er blickte auf, um Lisa ein siegreiches Lächeln zuzuwerfen, stellte aber fest, dass sie verschwunden war.

Er tat die darauf folgende Woge des Bedauerns als lächerlich ab und wandte sich wieder seinem dankbaren Publikum zu.

* * *

Anthony ließ sich in seinem Büro in den Ledersessel fallen. Obwohl seine Mitarbeiterin nicht so viele Termine gemacht hatte wie üblich, war er erschöpft – und dabei war es erst Mittag. Das würde er sich aber nicht anmerken lassen. Für sie war er ein Gott, der aus den eisigen Wassern der Zerstörung entstanden war. Und Götter wurden nicht müde.

Es klopfte an seiner Tür. Er blickte auf und schob seine Erschöpfung beiseite. Lisa trat ein und betrachtete ihn viel zu wissend. „Sie sehen völlig fertig aus, Doktor. Es ist schwer, Herr des Universums zu sein, nicht wahr?"

„Was geht Sie das an?" Schon in dem Augenblick, als er es sagte, bereute er es. Er hörte sich an wie ein beleidigter Teenager.

Einen Augenblick lang schwiegen sie beide.

„Kann ich Ihnen irgendwie helfen?", fragte sie. Ihre Stimme klang überraschend freundlich.

Mit einer solchen Barmherzigkeit konfrontiert, wusste Anthony nicht, wie er reagieren sollte.

„Wir haben uns gerade Sandwichs für die Mittagspause bestellt. Möchten Sie auch etwas? Sie haben Rufbereitschaft im Krankenhaus ab eins, aber bis dahin können Sie die Tür zumachen und wenigstens in Ruhe etwas essen und sich kurz hinlegen. Was halten Sie davon?"

Anthony holte Luft, im Begriff, seine Rolle der Allmacht zu verteidigen, aber der ernsthafte Blick von Lisa verhinderte das. Vielleicht war es ja schön, einen Menschen zu haben, bei dem man ganz man selbst sein konnte, egal ob man gerade schwach oder stark war. „Das wäre großartig."

Sie lächelte. „Truthahn oder Salami?"

„Salami mit ganz viel scharfem Senf."

„Sie leben *wirklich* gern gefährlich."

* * *

Sonja schloss den obersten Knopf ihres schwarzen Kleides und strich es über den Hüften glatt. Klassisch und schlicht. Einfach perfekt.

Sie hatte über eine Stunde zum Anziehen gebraucht und ihr gebrochener Arm war nur zum Teil der Grund dafür gewesen. Sie wollte bei der Beerdigung von Allen und Dale perfekt aussehen – und auch später, wenn sie sofort danach wieder zur Arbeit gehen würde. Aber auch nicht zu perfekt. Zunächst gelang es ihr gut, die Blutergüsse und Schnittwunden im Gesicht zu überschminken, aber dann überlegte sie es sich doch anders. Ihre Verletzungen waren eine Art Auszeichnung, die ruhig alle sehen durften. Also wieder herunter mit dem Make-up. Schwarz und blau standen ihr gut.

Und dennoch war sie sich nicht ganz sicher, weshalb sie das alles auf sich nahm. War der Grund dafür, dass sie Schuldgefühle hatte, weil sie noch am Leben war und die anderen alle tot? War es ihre Art der Sühne für die Schuld der erschlichenen Reise? War die Teilnahme an der Beerdigung eine Form der Buße? Das war doch alles völlig egal. Worauf es ankam, war, dort gesehen zu werden.

Sie hielt inne, um zu schauen, wo ihr anderer goldener Ohrring war. *Habe ich das gerade eben wirklich gedacht? Bin ich dermaßen abgebrüht?*

Sie wartete, dass dieses Bedürfnis, gesehen zu werden, abnähme oder wenigstens beiseite gedrängt werden würde durch einen Charakterzug wie beispielsweise Mitgefühl oder echten Kummer, aber das geschah nicht. Das war das Problem mit den meisten Wahrheiten. Sie rührten sich keinen Millimeter vom Fleck. *Du kannst wegrennen, aber du kannst dich nicht verstecken.*

Sie bewegte ihren Gipsarm hin und her, um zu testen, ob sie damit würde Auto fahren können. Das allerletzte, was sie wollte, war, jemanden aus der Firma anrufen zu müssen, um sich abholen zu lassen. Zum einen konnte sie sich niemanden aus der Firma vorstellen, mit dem sie auch nur kurze Zeit hätte allein sein wollen, und zum anderen wollte sie auch nicht die Wirkung ihres Auftritts abschwächen, indem sie in Begleitung kam.

Sie konnte ein Taxi rufen, aber auf diese Weise zu einer Beerdigung zu gelangen, war ebenfalls etwas seltsam. Sie wollte das Taxi nicht während des Gottesdienstes warten lassen (und für die Wartezeit bezahlen), um dann auch nach der Trauerfeier zum Friedhof zu kommen oder sich für den zweiten Weg noch einmal ein Taxi bestellen müssen. Und es war ganz wichtig, bis zum Schluss dabei zu sein, um das ganze Ausmaß ihres Kummers und ihrer persönlichen traumatischen Erfahrung öffentlich zum Ausdruck zu bringen.

Es wurmte sie immer noch, dass niemand bei ihr angerufen hatte, um ihr den genauen Termin der Trauerfeier mitzuteilen.

Nein, sie würde selbst fahren müssen. Vielleicht lag auch in dem Überraschungsmoment eine noch größere Wirkung. Sie hoffte es jedenfalls. An der Trauerfeier teilzunehmen, gehörte auch zu ihrem Job – PR in ihrer ausgeprägtesten Form. Sie war allein in diese Sache hineingeraten, sie würde auch allein wieder herauskommen. Sie schaute in den Spiegel. „Richtig?"

Als ob sie eine Wahl hatte.

* * *

Sie war spät dran. Weil Allen kein Mitglied einer Kirche gewesen war, hatte sich seine Familie bereiterklärt, seine Trauerfeier mit der von Dale zusammenzulegen, und zwar in dessen Kirche. Das war bestimmt am praktischsten so.

Sonja wappnete sich innerlich, als sie die Stufen zum Kirchenportal hinaufging. Ihr tat immer noch alles weh, aber sie gab sich große Mühe, es nicht zu zeigen. Schließlich musste sie etwas beweisen. Zwei Männer aus ihrer Firma waren gestorben. Sie als einzige Frau hatte überlebt. Frauen, das starke Geschlecht!

Sie holte noch einmal tief Luft, bevor sie die Kirche betrat und bereitete sich innerlich auf die Aufmerksamkeit vor, die ihr bestimmt zuteil werden würde – gepaart mit Mitgefühl, Besorgtheit, Tränen und Umarmungen.

Am Ende des Mittelganges standen zwei Särge, und einen kurzen Augenblick lang fand sie den Anblick seltsam erschreckend. Ihr Magen rumorte und sie musste sich an einer Kirchenbank festhalten. *Sie sind wirklich tot. Sie sind da vorne drin. Als ich sie das letzte Mal gesehen habe, waren sie im Flugzeug und ...*

Ein paar Köpfe drehten sich in ihre Richtung. Nach den erforderlichen Blicken auf ihre sichtbaren Blessuren richteten sich die Blicke der Leute, die sie nicht kannten, wieder nach vorn. Aber die aus der Firma, ... die Blicke ihrer Kollegen, ... ruhten ein bisschen zu lange auf ihr. Und nicht einer von ihnen lächelte oder signalisierte Mitgefühl. Nicht einer stand auf, um ihr zur Hilfe zu kommen. Und es rutschte auch niemand in der Bank auf, damit sie sich setzen konnte.

Und dann setzte Geflüster ein, Hände wurden gehoben, durchdringende Blicke wurden ihr zugeworfen, Köpfe nickten.

Was ist denn hier los?

Sie entdeckte Geraldine und Geraldine sie. Der Blick, den die Kollegin auf sie abfeuerte, hätte gereicht, um Sonja an die Wand zu nageln. Geraldine verdrehte die Augen, schüttelte den Kopf und verzog voller Verachtung, ja mehr als das – voller Hass – die Lippen. Keine Spur von Mitgefühl. Nicht einmal kühle Kollegialität. Nein, nichts als blanker Hass.

Ein Mann am Ende der Kirchenbank zupfte sie am Ärmel. „Möchten Sie sich setzen?"

Sonja schüttelte den Kopf. Sie hatte nicht erwartet, wie eine siegreiche Heldin behandelt zu werden, aber dass man sie dermaßen ausgrenzen würde, damit hatte sie auch nicht gerechnet.

„Ist mit Ihnen alles in Ordnung?"

Nichts war in Ordnung. Absolut gar nichts. Weiß war schwarz und schwarz war weiß.

Sonja wandte sich von der Menge ab, von der sie verdammt wurde und verließ die Kirche, so schnell es ihre Verletzungen zuließen. Sie erreichte ihr Auto, stieg ein und schlug die Tür zu.
Dann weinte Sonja.

* * *

George sah die Meldung in der Zeitung. Louis Grange Cavanaugh und Justin James Cavanaugh. Gottesdienst um 13.00 Uhr. Ehefrau und Mutter, Mary.

Er schlug den Anzeigenteil zu. *Ich sollte hingehen. Um des Mädchens willen, um Marys willen.*

Und dennoch wollte er nicht gehen. Seit Irmas Tod war er auf keiner Beerdigung gewesen. Er hasste Beerdigungen.

Er lachte über die Absurdität seines Gedankens. „Niemand mag Beerdigungen, George. Es ist auch nichts, was man mögen kann, sondern etwas, woran man teilnimmt, um jemandem die letzte Ehre zu erweisen."

Er nickte über sein eigenes Argument. Obwohl er eigentlich beschlossen hatte, dass die nächste Beerdigung, an der er teilnehmen würde, seine eigene sein sollte, würde er hier eine Ausnahme machen müssen. Für Mary.

* * *

Mary ging bei ihrer Mutter eingehakt durch die Doppeltür des Beerdigungsinstitutes, an den übertrieben eifrigen Worten eines Empfangsmitarbeiters vorbei in den Raum, wo ihr Mann und ihr Sohn aufgebahrt waren. Sie hatten die Möglichkeit, ganz allein und persönlich von ihren Lieben Abschied zu nehmen, nur sie und ihre Mutter, nachdem Lous Mutter ebenfalls eine Stunde zuvor ganz für sich allein hatte Abschied nehmen können. Mary straffte sich, machte einen geraden Rücken und tat so, als ließe sie sich nur ungern von ihrer Mutter trösten. In Wirklichkeit brauchte sie jedoch dringend deren Unterstützung. Bis jetzt war alles nur eine Probe gewesen. Das hier war nun der Ernstfall.

Mary sah vor sich zu ihrer Linken eine offene Tür. Nur noch wenige Schritte und sie würde ihrem Mann und ihrem Sohn von Angesicht zu Angesicht gegenüberstehen. Obwohl sie mit jeder Faser ihres Körpers die beiden sehen wollte, war an diesen Wunsch eine kleine Bedingung geknüpft, nämlich, dass sie die beiden lebendig sah, und genau das war nicht möglich.

Sie wusste, dass ihre stummen Gesichter sie verdammen würden. Selbst in den friedlich zurechtgeschminkten Gesichtern würde sie erkennen, wie die beiden ihr gegenüber wirklich empfanden: Ihre Enttäuschung, ihre Anklagen, ihre Wut.

Wenn du nicht wärest, wären wir noch am Leben. Deutlicher kann man es wohl nicht sagen.

Der Duft von Blumen wehte zu ihr herüber, lockte sie an. *Siehst du? Es ist alles in Ordnung. Es sind schöne Blumen hier. Du liebst doch Blumen. Komm, riech daran. Komm näher und sieh die schönen ...*

Es war ein Trick. Er schrecklicher Trick.

Mary blieb stehen und drückte sich an ihre Mutter.

„Mary? Komm schon ... Du weißt doch, dass es dazugehört. Wir müssen da hineingehen. Du musst sie sehen ..."

Ihr Schleier der Stärke zerriss und ließ sie entblößt zurück. „Nein, das muss ich nicht. Ich muss sie nicht sehen. Ich kann sie nicht sehen. Ich kann nicht!"

Verstärkung tauchte auf, Menschen, die sie berührten, bedrängten. „Es ist wichtig, Mrs. Cavanaugh, es ist ein Teil des Trauerprozesses."

„Es ist eine Gelegenheit für Sie, noch einmal Lebewohl zu sagen."

„Sie werden sich hinterher bestimmt besser fühlen."

Mary wandte sich an die Person, die es gewagt hatte, dieses letzte Argument zu äußern. Es handelte sich um einen dunkel gekleideten Fremden. Einen Mitarbeiter des Bestattungsunternehmens. „Die Leichen meiner Familie zu sehen soll bewirken, dass es mir besser geht? Werden Sie dafür bezahlt, einen solchen Schwachsinn zu erzählen?"

„Aber, aber, Liebling. Lass es bitte nicht an Mr. Patterson aus. Er ist mir bei der Organisation der Beerdigung eine große Hilfe gewesen, besonders, da du ja nicht gerade ..., da es dir ja nicht gut genug ging."

Nun muss ich auch noch die Schuld dafür auf mich nehmen, dass ich nicht in der Lage bin, die Beerdigung meiner beiden Lieben zu organisieren? Darf es vielleicht sonst noch etwas sein?

Vielleicht werden mir die Verwandten auch noch vorwerfen, dass sie sich von der Arbeit ein paar Stunden frei nehmen mussten und dass sie Reisekosten hatten, um zur Trauerfeier zu kommen. Ja, es ist wirklich alles Marys Schuld.

Plötzlich verließ sie all ihre Beherrschung. Ihr Becher der Schuld lief über, aber diese Flut verschaffte ihr auch ein wenig Erleichterung. *Na, werft mir doch ruhig noch etwas vor. Darauf kommt es jetzt auch nicht mehr an.*

Sie genoss die plötzliche Erkenntnis, dass ihr egal war, was irgendjemand an diesem Tag über sie dachte. Was sie ihr vorzuwerfen hatten, konnte nicht schlimmer sein als das, was sie sich selbst vorwarf. Sie hatte also drei verschiedene Möglichkeiten. Sie konnte wieder versuchen, die Starke zu spielen. Sie konnte sich wie ein Zombie durch den Tag führen lassen – eine Möglichkeit, die sehr wohl auch ihre Vorteile hatte. Oder sie konnte das Ganze einfach über sich ergehen lassen und fühlen, was sie zu fühlen hatte, sagen, was sie zu sagen hatte und tun, was sie zu tun hatte.

Sie entschied sich für Letzteres.

Mit einer heftigen Armbewegung befreite sie sich von den aufdringlichen Händen ihrer Tröster. „Geht alle weg von mir!"

Sie traten zurück, als wären sie von ihr angespuckt worden. Und sie hatte tatsächlich daran gedacht.

Ihre Mutter streckte die eine Hand aus. „ Mary, mein Kind, wir versuchen doch nur, dir zu helfen."

„Kapierst du es denn nicht, Mutter? Ich will nicht, dass ihr mir helft. Ein Teil von mir möchte aus diesem schrecklichen Traum aufwachen, während ein anderer Teil sich daran weiden will, darin wühlen, sich in dem schmutzigen Durcheinander wälzen und nie wieder aufstehen. Leider komme ich zu dem Schluss, dass weder das eine noch das andere bewirkt, dass meine Trauer davon verschwindet. Und deshalb werde ich mich der Realität stellen und, wie du mir ja immer wieder sagst, weitermachen."

Sie merkte, wie sich ihre Lippe kräuselte. „Ich habe noch nie eine so lächerliche Aussage gehört. Weitermachen womit? Wohin gehen? Ich habe kein Ziel mehr. Ich habe keinen Job mehr, denn ich war Hausfrau und Mutter. Ich habe keinen Zweck mehr!" Sie krallte sich am Ausschnitt ihres Kleides fest und schrie den Rest dessen, was sie zu sagen hatte, aus sich heraus. „Ich war Ehefrau und Mutter!"

Sie spürte, wie ihr Herz zerbrach. Ein klar definierbarer Schmerz. Ein Riss, der nie wieder heilen würde. Das machte ihr Angst, tröstete und verdammte sie gleichzeitig.

Mary hatte keine Worte mehr. Sie sah sich in der Eingangshalle um. Sie war umzingelt. Ihre Mutter weinte mit vor den Mund geschlagenen Händen. Zwei Mitarbeiter des Bestattungsunternehmens bildeten die anderen beiden Ecken des Dreiecks und tauschten wortlos Strategien aus, wie man ihre Flucht verhindern konnte. Und in ihrem Rücken – sie stand mit dem Rücken zur Wand, oder besser gesagt, zu dem offenen Aufbahrungsraum.

Sie konnte jetzt entweder die sterbliche Barrikade durchbrechen oder ins Land der Toten entfliehen. Unangebrachte Worte, störende Hände und ignorantes Denken oder Verurteilung und gerechte Strafe?

Sie machte auf dem Absatz kehrt und floh in den Aufbahrungsraum. Sie zog die Tür hinter sich zu und schloss ab.

Innerhalb von Sekunden wurde von draußen dagegen geklopft.

„Mary! Lass uns rein. Du kannst nicht allein da drinnen bleiben."

Mary musste lachen. Sie legte ihre Stirn an die Tür und streichelte die Barriere, die sie vor einem solchen Schwachsinn rettete.

„Du wolltest, dass ich hier reingehe, Mutter, und jetzt bin ich hier. Jetzt lass mich einfach in Ruhe."

Eine andere Stimme war zu hören: „Mrs. Cavanaugh. Natürlich sind wir dafür, dass Sie mit Ihrem Mann und Ihrem Sohn Zeit verbringen, aber wir fänden es besser, wenn Sie die Tür wieder aufschließen würden."

„Nein!"

„Aber was, was machst du denn da drinnen, mein Kind?"

Mary starrte auf die Tür, die nur ein paar Zentimeter entfernt war. Ja, was wollte sie eigentlich hier drinnen machen? Was befürchteten die da draußen? Dass sie sich neben Lou kuscheln und den Sargdeckel zuknallen würde?

Also, das wäre vielleicht gar keine so schlechte ...

Mary filterte das Flehen und Klopfen jetzt innerlich aus und drehte sich langsam um. Ihr Mann und ihr Sohn lagen vor ihr in weißen Särgen – einem großen und einem kleinen. Rote Rosen waren auf Lous Sargdeckel gestreut und weiße auf Justins.

Lou mochte keine Rosen! Er hatte immer gesagt, sie wären reine Geldverschwendung, weil sie sich nicht hielten. Er mochte lieber Nelken, die hielten sich noch wochenlang, wenn Rosen schon längst verwelkt waren.

Wer hat das entschieden?

Mit einer einzigen fließenden Bewegung trat Mary an Lous Sarg und schob die daraufgestreuten Rosen zurück, sodass sie vom Sargdeckel hinunter zu Boden rutschten. Sie sah sich seitlich in dem Raum um. Auf mehrstöckigen Ständern waren Dutzende frischer Blumengestecke und Pflanzen arrangiert. Auch Nelken waren dabei. Sie riss sie aus der Vase, trat wieder an den Sarg und legte die Nelken darauf. Wassertropfen perlten von dem glatten, weißlackierten Holz ab und rannen zu Boden.

Sie lächelte. „So, das ist schon besser."

Dann trat sie an Justins Sarg, um sich auch dort die Blumen genauer anzuschauen, und sie hatte schon angesetzt, sie ebenfalls wegzufegen, brachte es dann jedoch einfach nicht fertig. Das Weiß der Unschuld. Sie berührte ein zartes Blütenblatt.

Da, und erst da, gestattete Mary es sich, die Menschen, die sie am meisten liebte, ihre Familie, anzusehen. Justin sah so gut aus in seiner Cordhose, der Weste mit dem Rentier darauf, die er zu Weihnachten getragen hatte, und mit der kleinen roten Krawatte. Mary erinnerte sich, dass er sich wie ein kleiner Gentleman verbeugt hatte, als er die Sachen zum ersten Mal zum Kirchgang angehabt und dann gesagt hatte: „Könntest du nicht meine Freundin sein und mit mir ausgehen, Mama?"

Du wirst immer mein kleiner Mann sein, mein Süßer.

Justins blonde Locken umspielten sein Gesicht wie ein goldener Heiligenschein, aber seine Haut ... Sie sah wächsern aus. Der rosige Schimmer der vollkommenen Haut ihres Sohnes war weg, dieses Leuchten, das von ganz innen kam. Aber vielleicht war es auch nur unmöglich, sich dieses Strahlen noch vorzustellen, nachdem das Leben, das dahintergestanden hatte, aus dem Körper gewichen war.

Deinetwegen, Mary. Deinetwegen.

Mary legte einen Finger auf die kleine Krawattennadel, die die Form des Kreuzes hatte, und versuchte sich zu erinnern, wie sie in diesem Symbol des Glaubens immer den Inbegriff von Trost gefunden hatte. Aber jetzt war nicht der Augenblick für Trost. In diesem Moment war das kleine Kreuz eher Inbegriff von Qual und allein schon das zu wissen, war tröstlich.

Schlimmer als das hier kann es nicht werden.

Mary küsste ihren Sohn auf die Stirn und wandte dann unter Aufwendung aller Kraft den Blick von ihm ab. Dann ging sie wieder zu ihrem Mann. Lou hatte seinen besten grauen Anzug an und trug die dunkelrote Krawatte, die sie ihm zum Geburtstag geschenkt hatte. Seine Hände waren über dem Bauch gefaltet, seinen Ehering trug er noch als ewige Erinnerung an ihren Bund. *Ein Ring. Ohne Anfang und Ende. Mit diesem Ring nehme ich dich zur Frau.*

Er hatte sein Eheversprechen sehr ernst genommen. *In guten wie in schlechten Zeiten.* Sie hatte in letzter Zeit wohl eher für schlechte Zeiten gesorgt. Warum hatte sie das bloß getan? Warum hatte sie das Gute beiseite geschoben und es sich selbst erlaubt, nach dem Schlechten zu greifen, es wie ein anstößiges Banner vor sich her getragen, auf das sie auch noch stolz gewesen war? Wieso hatte sie erst gemerkt, was sie alles hatte, als alles weg war?

Sie legte ihre Hand auf seine, zog sie aber wieder weg, als sie die Kälte spürte. Seine Hände, seine wundervollen Hände, die sie liebkost hatten, die geholfen, ausgehalten und hart gearbeitet hatten – genau die Hände, nach denen sie gegriffen hatte, als das Flugzeug abgestürzt war.

„Es tut mir Leid, Lou. Es tut mir so Leid."

Mary hörte, wie draußen an der Tür Schlüssel klirrten und sie wusste, dass ihr nicht mehr viel Zeit blieb. Sie küsste ihren Mann noch einmal auf die Lippen und ging dann in Richtung Tür. Sie straffte sich und richtete sich gerade auf gegen die Eindringlinge, die sie bald wieder gefangen nehmen würden.

Die Tür ging auf und ihre Mutter stürzte herein. Ihre Augen überflogen den Raum und Mary begriff, dass die Leute irgendeine Form von Schändung erwartet hatten.

Tut mir Leid, dass ich dich enttäuschen muss, Mutter.

Ohne ein weiteres Wort ging Mary an ihrer Mutter und an den Angestellten des Bestattungsunternehmens vorbei und zur Tür hinaus. Sollten sie sich doch beeilen, um hinterherzukommen. Sie jedenfalls musste zu einer Beerdigung.

Mary sah den alten Mann aus dem Krankenhaus in der letzten Reihe der Trauergäste stehen. Ihre Blicke begegneten sich und er grüßte mit einem kurzen Salut. Wie hieß er noch gleich? Joe? Nein, George. Ein Überlebender wie sie selbst.

Komisch, sie fühlte sich gar nicht wie eine Überlebende, aber jedem, der sie sah, bot sie eine großartige Vorstellung. Oscarreif.

Nominiert als beste Schauspielerin in einem spielfilmlangen Leben ...

Marys Sinne rangen um Aufmerksamkeit. Das Meer von Schwarz gegen den weißen Schnee und die grünen Tannen auf dem Friedhof. Das eintönige Geräusch der Worte des Geistlichen, wie das Summen einer Biene zur falschen Jahreszeit. Der Geruch des Parfüms ihrer Mutter und Mabel Cavanaughs, die jeweils auf einer Seite von ihr standen – Moschus und Magnolie. Das zerknüllte Taschentuch, das ihre Handinnenfläche aufscheuerte. Und der beißende Geschmack der Trauer, der ihr die Kehle abzuschnüren drohte, sodass auch sie sterben würde.

Diese Starke-Frau-Nummer war wirklich anstrengend. Sie sah wieder zu George hinüber. Er war im Krankenhaus so aufgekratzt gewesen, als sie ihn mit seiner Tochter gesehen hatte. Voller Hoffnung. Dankbar. Verjüngt.

Als Mary sah, wie die Särge in das Grab gelassen wurden, empfand sie nichts von alledem – und sie hatte Zweifel, ob es jemals wieder der Fall sein würde.

ZWÖLF

*Denn die Torheit Gottes ist weiser, als die Menschen sind,
und die Schwachheit Gottes ist stärker als die Menschen sind.*
1. KORINTHER 1,25

Sonja sah in ihrem Auto auf die Uhr. Eine Stunde lang war sie einfach in der Gegend herumgefahren. Die Beerdigung war jetzt bestimmt zu Ende. Sicher waren die Leute wieder unterwegs zur Arbeit. Sie sollte sich ihnen anschließen.

Geraldines Gesicht ging ihr nicht aus dem Kopf. War sie immer noch wütend auf sie, weil sie ihr die Teilnahme an der Reise abgeluchst hatte? Wenn überhaupt etwas, dann sollte sie doch dankbar sein. Sie hätte auch umkommen können, so wie Dale und Allen.

Und was machte Sonjas Intrige schon noch aus? Fest stand, dass Allen, ihr Chef, tot war. Bestimmt war damit die gesamte Fusion mit Barston erst einmal auf Eis gelegt, bis *Sanford Industries* Ersatz für Allen und Dale gefunden hatte. Geraldine war die einzige, die wusste, was vorgefallen war.

Vielleicht reagierte Sonja auch einfach über und nahm das wahr, das gar nicht existierte. Die Doppeltrauerfeier war bestimmt für niemanden ein emotionaler Spaziergang und wohl für jeden schwer auszuhalten. Das Gefühl der Ablehnung, das Sonja empfunden hatte, war vielleicht nur die Folge ihrer eigenen Nervosität und Unsicherheit, und ja, sogar ihres Kummers, gewesen. Das war doch nur menschlich.

Sonja konzentrierte sich auf die Verkehrsschilder, um sich wieder zu sammeln. Sie konnte sich nicht ewig verstecken. Sie hatte einen Job zu verteidigen. Schließlich hatte sie doch unter Beweis gestellt, dass sie ein Überlebenstyp war.

Oder etwa nicht?

* * *

Sonja stieg noch mit in den bereits vollen Aufzug ein und drückte den Knopf für die Etage von *Sanford Industries*. Der Mann zu ihrer Rechten sah auf ihren Gips und ihr Gesicht.

„Meine Güte, was haben Sie denn gemacht?"
„Flugzeugabsturz."
Der Mann bekam große Augen und Sonja lächelte – innerlich. Irgendwie machte es auch Spaß, Leute zu schocken.
Es dauerte einen Augenblick, aber dann schlug sich der Mann eine Hand vor den Mund. „Sie sind eine der Überlebenden! Sie waren in Flug 1382."
„Ja, das war ich."
„Ich habe von Ihnen gehört."
Die anderen Leute im Aufzug fingen sofort an zu reden, bekundeten ihr Mitgefühl, nahmen Anteil an ihrem Schock und erzählten, wo sie gerade gewesen waren, als es passierte. Als Präsident Kennedy ermordet worden war, hatten ihre Eltern auch darüber gesprochen, was sie gerade getan hatten, als es passiert war. Wow. Sie war in die Geschichte eingegangen.
Die Fahrstuhltür ging in Sonjas Etage auf, aber sie zögerte noch, ihre Bewunderer zu verlassen, besonders weil das, was vor ihr lag, so ungewiss war. Ihr Magen testete seine Grenzen. Sie war dankbar, dass sie noch kurz durch die freundliche Aufmerksamkeit im Fahrstuhl abgelenkt worden war, aber jetzt ...
„Wiedersehen."
„Viel Glück."
Die Tür schloss sich hinter ihr und Sonja war mit der Realität konfrontiert. Die Empfangsdame setzte ihr dienstliches Lächeln auf, bevor sie überhaupt aufgeblickt hatte. Als aber in ihren Augen ein Erkennen deutlich wurde, schwand das Lächeln sofort und kehrte erst nach einem kurzen Moment zurück, diesmal allerdings war es ein falsches Lächeln. „Ms. Grafton, wie schön, dass Sie wieder da sind."
„Danke." Sonja ging in Richtung ihres Büros, kehrte aber noch einmal zum Empfangstresen zurück. „Sind Nachrichten für mich gekommen?"
Das Mädchen sah nach. „Tut mir Leid, keine."
Sonja nickte. *Keine Panik. Irgendjemand musste dich ja vertreten, während du nicht da warst. Das heißt nicht ...*
„Sind Sie Ms. Grafton?"
Mr. Wilson stand am Rand des Flurs. Sie hatte ihn noch nicht persönlich kennen gelernt, ihn aber schon häufig durchs Büro gehen sehen, normalerweise mit Allen oder anderen Vorgesetzten ins Gespräch vertieft. Er war der Vizepräsident der Firma und im Augenblick sah er nicht besonders glücklich aus.

Aber er kannte ihren Namen. Das war doch ein gutes Zeichen. Oder etwa nicht?

„Hallo, Mr. Wilson."

Er ging auf sie zu. „Ich dachte mir, dass Sie das vielleicht sind." Er zeigte auf ihren Gips. „Heilt es gut?"

„Ja."

„Schreckliche Sache, ganz schrecklich."

„Ja."

Er sah auf die Uhr. „Ich habe gerade ein paar Minuten Zeit. Wir können das auch eigentlich gleich ..." Er räusperte sich. „Ich möchte gern mit Ihnen sprechen."

„Jetzt?"

„Ja, bitte."

Sonja sah zur Empfangsdame. Das Mädchen biss sich auf die Lippe. Als ihre Blicke sich kurz begegneten, schaute sie weg.

Das war nicht gut. Das war gar nicht gut.

Mr. Wilson ging weiter den Gang entlang zu seinem Büro. Sonja folgte ihm. Keiner von ihnen sagte etwas. Sie war ein wenig besorgt, weil er nicht einmal ansatzweise zu plaudern versuchte, aber sie war gleichzeitig auch darüber erleichtert. Innerlich war sie so angespannt, dass sie fürchtete, sich übergeben zu müssen, wenn er ihr auch nur eine Frage stellte, die eine etwas ausführlichere Antwort erforderte. Das wäre doch echt eindrucksvoll an ihrem ersten Arbeitstag.

Mr. Wilsons Büro war luxuriös und europäisch eingerichtet. Die Farbe dunkelblau und braunes Leder bekundeten seinen Status als einer der Wichtigen und ganz Großen.

Er trat hinter den Schreibtisch. „Setzen Sie sich."

Sonja nahm Platz. Und wartete. *Vielleicht will er mir die Unterstützung der Firma bei meiner völligen Genesung anbieten. Vielleicht will er mir sagen, dass ich mir so lange frei nehmen kann, wie ich es brauche? Vielleicht ...*

Er räusperte sich und nahm einen Stift zur Hand, obwohl sie sehen konnte, dass er ihn offensichtlich nicht benutzen wollte. „Also, Ms. Grafton, wir hatten Sie noch gar nicht so schnell zurückerwartet."

„Ich war auf der Beerdigung." *Wurde aber verscheucht.*

„Ach, wirklich? Das ist gut. Ich meine es ist gut, dass Sie dort waren, um Abschied zu nehmen."

Sie nickte. Jetzt wäre eigentlich der passende Moment gewesen, sie nach ihren Verletzungen zu fragen und sich zu erkundigen, wie sie den Schrecken des Erlebten verarbeitete. Oder er hätte ihr erzählen können, wo er gerade gewesen war, als er davon erfuhr ...

„Es tut mir Leid, Ms. Grafton, aber es sieht ganz so aus, als hätten wir ein Problem."

In diesem Augenblick wusste sie, dass es sich hier nicht um ein Höflichkeitstreffen handelte. Die Art, wie sich Mr. Wilsons Augenbrauen senkten und sein Kinn sich vorschob, als ob er versuchte, sich selbst zu bestärken. Sich worin zu bestärken?

Irgendwie schaffte Sonja es, ihre Stimme wieder zu finden, oder besser gesagt *eine* Stimme, denn die Worte, die herauskamen, klangen seltsam fremd. „Und welches Problem, bitte?"

Er sah ihr direkt in die Augen. „Das Problem einer Täuschung."

Sonjas erster Gedanke hatte fast etwas Komisches. Statt sich gedanklich auf den Sinn von Mr. Wilsons Worten einzustellen, staunte sie über seine elegante Ausdrucksweise. Nicht „Sie lügen" oder „Sie betrügen", nicht einmal ihr favorisiertes Wort „Sie intrigieren", sondern „das Problem einer Täuschung." Wirklich sehr vornehm.

Sie beschloss zu lügen. „Ich verstehe nicht ..."

Über diese absurde Bemerkung hob er nur ein wenig seine linke Augenbraue. „Ich glaube, das tun Sie sehr wohl. Wir bei *Sanford Industries* wissen, was Sie getan haben, um sich die Teilnahme an der Reise nach Phoenix zu sichern."

„Ich habe nichts ..."

Er hob eine Hand, um ihr Leugnen zu beenden. „Es stimmt zwar, dass Sie nichts Illegales getan haben, ja noch nicht einmal etwas besonders Drastisches, wie beispielsweise Zahlen in einem Bericht zu manipulieren, aber Sie haben dennoch *sehr wohl* etwas getan, das bei *Sanford Industries* nicht geduldet wird. Sie haben unser Prinzip der Teamarbeit missachtet. Sie haben sich selbst in den Vordergrund gespielt als Ich-Spielerin, statt als Wir-Spielerin."

Jetzt lagen die Karten offen auf dem Tisch. „Ich habe nur versucht, dafür zu sorgen, dass die Arbeit richtig gemacht wurde."

„Das war dabei wirklich Ihre einzige Überlegung?"

Sonja spürte, wie sie rot wurde, und antwortete: „Ich weiß nicht, was daran falsch sein soll, auf einen Fehler hinzuweisen, der die Firma Zehntausende von Dollar hätte kosten können."

Er nickte und legte seine Finger unter sein Kinn. „Aha. Ihre erste Sorge galt also den Firmeninteressen."

Obwohl sie es gern getan hätte, brachte Sonja es einfach nicht fertig, drastisch zu lügen. Jetzt nicht mehr. „Es war *eine* Sorge."

„Und was waren die anderen Sorgen?"

Dass ich nach Phoenix reisen konnte statt Geraldine, dass sie bloßgestellt wurde, dass ich endlich in dieser stinkenden Firma auch ein bisschen Anerkennung bekomme. Dass meine Eltern endlich stolz ...
„Ms. Grafton?"
Sie holte Luft. „Die anderen Sorgen waren eher persönlicher Natur."
„Ich verstehe."
Sie schaute auf ihren Schoß und legte eine Hand unter den Gips, als ob ihr der Arm wehtäte. Schmerzen waren allerdings im Augenblick wirklich ihre geringste Sorge. Aber vielleicht bekam sie ja einen Mitleidsbonus.
„Wir werden Sie freisetzen müssen."
In Sonja erstarrte alles. „Freisetzen?"
„Sie sind gefeuert!"
An diesen Worten war so ganz und gar nichts Vornehmes mehr. Sie schüttelte den Kopf über das Unmögliche. „Aber das ist nicht gerecht. Ich habe gerade einen Flugzeugabsturz hinter mir. Ich bin beinahe gestorben. Ich ..." Sie wusste, dass nichts von dem, was sie erwähnte, irgendetwas mit ihrer Arbeitshaltung zu tun hatte. Dafür gab es weder eine Erklärung noch eine Entschuldigung, die sie jetzt und hier hätte vorbringen können.
„Ich weiß, dass Sie etwas Furchtbares erlebt haben, und es tut mir wirklich Leid für Sie, aber offensichtlich sind Sie ja ein Stehaufmännchen, Ms.Grafton. Sie haben echte Fähigkeiten bewiesen, für sich selbst zu sorgen."
Die Art, wie er das sagte, war definitiv nicht als Kompliment gemeint, und sein Ton ärgerte sie beinahe noch mehr als die Kündigung selbst. In diesem Augenblick hörte sie auf, etwas vorzutäuschen. Sie erinnerte sich noch daran, wie befreiend es gewesen war, mit ihren Eltern Klartext zu reden und das wollte sie jetzt wiederholen. Sie hatte nichts zu verlieren.
Sie setzte sich sehr aufrecht hin. „Mal ehrlich, Mr. Wilson. Der Absturz ist Ihnen doch völlig egal. Sie interessiert einzig und allein diese Firma. Welche Ironie, dass ich dafür bestraft werde, dass ich offensiv vorgehe, dafür, dass ich hier dieselben Methoden anwende, die tagtäglich von Männern angewendet werden – auch von Allen, wenn Sie es genau wissen wollen. Seine Weste war alles andere als weiß."
„Das wissen wir und wenn er den Absturz überlebt hätte, wäre auch er mit seinem ganz persönlichen Waterloo konfrontiert gewesen. Irgendwann."

Sie lachte. „Soll das etwa ein Trost sein?"

Mr. Wilson zuckte die Achseln. „So haarscharf dem Tod zu entrinnen, ist doch *die* Chance für einen Neubeginn, Ms. Grafton. Bedenken Sie, welche negativen Gefühle Sie hier hinter sich lassen, vielleicht können Sie die Sache ja auch positiv sehen – als einen Neubeginn. Als eine Chance, es jetzt richtig zu machen."

Sonja stand auf und trat vor, bis ihre Oberschenkel seine Schreibtischkante berührten. Es gefiel ihr, dass er zurückwich, um mehr Distanz zwischen ihnen zu schaffen. „In dem Fall bedanke ich mich allerdings ganz herzlich dafür, dass sie mich meinem Schicksal überlassen."

* * *

Mich meinem Schicksal überlassen? Was war denn das? Hört sich an wie der Klappentext von einem Selbsthilfebuch.

Sonja fuhr nach Hause, wobei sich ihr Fahrtempo steigerte und verringerte, je nachdem, welches Gefühl gerade dominierte. Sie hatte bereits Wut durchlebt, war an Ungläubigkeit vorbeigeschrammt und jetzt auf Kollisionskurs mit dem Annehmen der Situation – etwas, das sie eigentlich unbedingt vermeiden wollte.

Kämpfe oder scheitere. Akzeptieren war das Ende allen Kämpfens. Akzeptieren war dasselbe wie versagen.

Sonja hielt an einer Kreuzung und legte ihren Kopf aufs Lenkrad. Sie war schon weit über ihren toten Punkt hinaus – einfach nur noch fertig. Wenn sie doch bloß nach Hause fahren und eine Woche lang schlafen könnte. Sie wusste, dass sie Pläne machen und sich eine Strategie für den Rest ihres Leben überlegen musste.

Sie blickte wieder auf, um auf die Ampel zu schauen und bemerkte, dass sie sich direkt vor dem Gebäude des *Chronicle* befand. Dort arbeitete Dora Roberts, die freundliche Journalistin. Sie brauchte eine Freundin.

* * *

Clyde schaute über die Trennwand ihrer Kabine in dem Großraumbüro. „Los Dora, hopp, hopp! Es ist eine Frau hier, die Sie sehen möchte."

„Wer denn?"

„Eine der Überlebenden." Er zeigte mit seinem Stift auf sie. „Das ist Ihre Chance, sich zu rehabilitieren." Er klopfte mit dem Stift gegen die Trennwand. „Holen Sie sich die Geschichte und zwar sofort."

Sie rief ihm noch nach: „Aber wer ..."
Über die Schulter rief er ihr zu: „Sonja irgendwas."
Sonja? Dora rannte los, um sie zu begrüßen. Ob sie wohl jetzt bereit war, auch zum Mitschreiben zu reden? Das wäre in der Tat ein Knüller.

Aber als Dora Sonja dann sah, gebot sie sich Einhalt. Sonja war tadellos gekleidet, aber ihr Gesicht sah noch schlimmer aus als im Krankenhaus, und das lag nicht nur an den Verletzungen. Dora konnte erkennen, dass Sonja unter einer anderen Art von Schmerzen litt und zwar schlimmeren.

Sie streckte ihre Hand aus. „Sonja. Wie schön, Sie zu sehen. Lassen Sie uns ins Besprechungszimmer gehen." Sie führte sie in den Raum und schloss die Tür hinter sich. „Möchten Sie einen Kaffee oder Tee?"

„Nein, nichts, danke." Sonja saß nicht nur einfach in dem Sessel, sondern ließ sich von den Polstern förmlich verschlucken. „Ich habe mich ans Krankenhaus erinnert, ... Sie ... Sie waren so nett zu mir. Sie haben zugehört."

Es würde also immer noch kein Interview geben. Dora schob ihre Enttäuschung beiseite. „Was ist denn los? Wie läuft alles so für Sie? Schön, dass Sie schon entlassen worden sind."

Sonja reagierte nur mit einem bitteren Auflachen.

„Oh – so schlimm?"

„Heute war ... ein schlimmer Tag. Ich habe versucht, zur Beerdigung meiner Kollegen zu gehen und ..."

„Ach du liebe Zeit."

„Ich habe eigentlich versucht zu gehen, habe aber in der Kirche von den Menschen dort eine so schreckliche Ablehnung und Ausgrenzung zu spüren bekommen, dass ich wieder gegangen bin." Sie fuhr mit dem Finger am Rand des Besprechungstisches entlang.

„Und wieso das alles?"

Sonja blickte auf. „Sie hassen mich. Sie geben mir die Schuld. Sie ..."

„Sie können Sie doch nicht hassen oder Ihnen die Schuld am Tod ihrer Freunde geben. Es war doch nicht Ihre Schuld, dass das Flugzeug ..."

„Nein, nein, das ist es nicht. Jedenfalls nicht so direkt. Aber erinnern Sie sich noch, dass ich Ihnen erzählt habe, wieso ich überhaupt in diesem Flugzeug gesessen habe? Die Täuschung und das Intrigieren?"

„Oh ja, daran erinnere ich mich."

„Sie haben es herausbekommen und ich bin gefeuert worden."

Dora ließ sich in ihren Sessel sinken. „Das klingt ziemlich grausam, wenn man bedenkt, was Sie gerade hinter sich haben."

Sonjas Achselzucken zeugte von einer schlimmen Niederlage und Resignation. „Alles in allem würde ich sagen, dass ich es nicht besser verdient habe. Seit dem Absturz ist, wenn ich jetzt zurückblicke, alles irgendwie besudelt."

Sie holte tief Luft, schien dadurch aber anscheinend nicht mehr Kraft zu bekommen. „Außerdem habe ich bereits die Zornes- und die Leugnungsphase hinter mir. Im Augenblick versuche ich herauszufinden, was ich als nächstes tun soll. Wie Sie mir ja schon im Krankenhaus gesagt haben, ist das hier auch die Chance für einen Neubeginn." Sie lachte. „Keine der Krisen wäre eine, die ich mir freiwillig ausgesucht hätte, aber Gott hat mich nicht gefragt."

Dora spürte eine Woge der Hoffnung in sich aufsteigen. Obwohl sie Gott bei ihrer ersten Begegnung erwähnt hatten, wurde alles dadurch leichter, dass Sonja ihn jetzt selbst wieder ins Spiel brachte. Das war gut.

„Sie haben ihren Sitznachbarn im Flugzeug erwähnt. Roscoe hieß er doch, oder? Er hat mit Ihnen über Gott gesprochen und Sie haben ihm zugehört?"

„Ja, das hat er, und ich habe es nicht vergessen. Er sagte, dass er selbst etwas Ähnliches erlebt hat – keinen Flugzeugabsturz, sondern ein anderes tragisches Ereignis, durch das er dazu gezwungen wurde, die Dinge neu zu bewerten." Sonja blickte zu Boden und dann wieder auf. „Er hat seinen kleinen Sohn überfahren und getötet."

„Oh, mein Gott. Das ist ja furchtbar."

Sonja seufzte. „Ja, man kann es sich gar nicht vorstellen."

„Aber er hat danach sein Leben umgekrempelt?"

„Völlig. Bis dahin ging er ganz und gar in seiner Arbeit auf, aber danach legte er seine Position als Firmenchef nieder und arbeitete zusammen mit seiner Frau mit Jugendlichen aus sozial schwachen Familien."

„Wow. Ich bewundere Menschen, die das können – ihre Prioritäten richtig setzen *und* mit Jugendlichen arbeiten, von denen sie gebraucht werden."

„Er hat gesagt, dass er das ausschließlich seiner Frau zu verdanken hätte. Sie hatte nämlich schon jahrelang versucht, ihn dazu zu bringen, sich sein Leben einmal realistisch anzusehen, aber er hatte ihr nie zugehört. Bis zum Tod ihres Sohnes."

„Das scheint ja eine tolle Frau zu sein."

„Er wollte, dass ich sie irgendwann kennen lerne."

Ein Gedanke schoss Dora durch den Kopf. „Dann sollten Sie das tun. Treffen Sie sich mit ihr. Machen Sie sie ausfindig."

„Wie bitte?"

Dora war über die Intensität des Gedanken selbst überrascht. „Sie haben gesagt, dass Roscoe Ihnen geholfen hat und dass ihm wiederum seine Frau geholfen hat. Er wollte, dass Sie beide sich kennen lernen."

„Aber ich weiß ja noch nicht einmal, wo sie wohnt."

„Hat er nicht gesagt, dass er mit Flug 1382 unterwegs nach Hause sei?"

Sonjas Gesicht erhellte sich. „Ja, das hat er."

Dora stand auf. „Dann lassen Sie uns gleich mit der Suche beginnen."

* * *

Sonja saß in ihrem Wohnzimmer, das Telefon auf dem Schoß. Sie starrte auf die Adresse und Telefonnummer von Eden Moore. Ob Roscoes Witwe wohl von ihr würde hören wollen? Oder würde der Gedanke, dass die Frau, die neben ihrem Mann gesessen hatte, überlebt hatte während er umgekommen war, sie eher aufregen?

Es gab nur eine Möglichkeit, das herauszufinden. Sonja holte tief Luft und wählte dann die Nummer.

Eine Frau mit Altstimme meldete sich. „Moore."

„Hallo, hier ist Sonja Grafton. Wir kennen uns nicht, aber ich bin die Frau, die im Flugzeug neben Ihrem Mann gesessen hat, und ..."

„Sie haben neben Roscoe gesessen?"

„Ja."

„In Flug 1382?"

„Ja."

„Und Sie haben überlebt?"

Sonja wappnete sich innerlich. „Ja."

„Preis dem Herrn!"

„Wie bitte?"

„Ich wollte so gern wissen, was genau passiert ist; ich habe mir so sehr gewünscht zu erfahren, was Roscoe durchgemacht hat, und jetzt ruft mich ausgerechnet die Person an, die neben ihm gesessen und mit ihm gesprochen hat. Ich möchte Sie gern kennen lernen, Sonja Grafton!"

Da hatte sie nun Wut erwartet und ihr wurde Begeisterung entgegengebracht. Sonjas Stimme war belegt, aber es gelang ihr zu sagen: „Ich würde mich auch gern mit Ihnen treffen."

„Ich kann hier zur Zeit nicht weg, war schon viel zu lange nicht da, aber ..."

„Ich komme zu Ihnen", sagte Sonja und war über ihr Angebot selber völlig überrascht.

„Das würden Sie tun?"

„Ich kann morgen fliegen."

„Und es macht Ihnen nichts aus, schon wieder in ein Flugzeug zu steigen?"

Daran hatte Sonja noch gar nicht gedacht. „Das werde ich schon schaffen. Ich komme auf jeden Fall."

„Gott segne Sie. Sie sind wirklich ein Geschenk Gottes."

Merkwürdig, so fühlte sie sich ganz und gar nicht.

* * *

Anthonys Piepser ging. Er schaute auf die Nummer. 110. Der Code bedeutete, dass er in der Notaufnahme gebraucht wurde. Das musste ja so kommen. Wenn er doch nur den Superdoktor hätte stecken lassen und noch einen Tag länger zu Hause geblieben wäre. Aber jetzt war es zu spät. Er konnte sich nicht weigern.

Er griff also nach dem Telefon und rief zurück. „Hier ist Dr. Thorgood."

„Hallo, Doktor, wir haben hier eine Handverletzung. Eine Kneipenschlägerei. Der Patient ist ziemlich übel zugerichtet, und außerdem steckt noch Glas ..."

Ja, ja nun rede nicht lange herum. „Ich bin gleich da." Anthony legte auf und schloss entnervt seine Augen. Das war einer der Gründe, weshalb er sich von der Wiederherstellungschirurgie mehr der Schönheitschirurgie zugewandt hatte. Er hasste den Umgang mit solchen Loosertypen, die sich Verletzungen zuzogen, weil sie sich betrunkenen Fahrern, häuslicher Gewalt oder schlichter Dummheit aussetzten. Er mochte den Umgang mit Menschen, die sich bewusst für eine Operation als Weg zur Verbesserung ihrer Lebensqualität entschieden.

Die Wahrheit war, dass manche Leute eben genau das bekamen, was sie verdienten.

* * *

Anthony fand den Patienten schlafend vor, oder weggetreten durch den Alkohol, dessen Dunst ihm aus allen Poren zu strömen schien. Sein Hemd war voller Blut. Mehrere Schnittwunden im Gesicht waren bereits versorgt worden. *Das muss ein ziemlich heftiger Streit gewesen sein.*

Der Mann wurde kurz klar, sah Anthony und war sehr aufgebracht. „Meine Hand! Sie müssen Sie wieder in Ordnung bringen! Ich muss doch spielen."

In dem Augenblick kam die Dienst habende Ärztin Dr. Andrea Margalis herein und eilte dem Patienten zur Seite. „Schschsch, Mr. Harper. Beruhigen Sie sich. Es kommt bestimmt alles wieder in Ordnung. Wir haben wegen Ihrer Hand einen Spezialisten hinzugezogen."

Der Mann sah Anthony an, aber dann war der Wachzustand anscheinend doch zu viel für ihn, und er legte sich hin, murmelte noch ein paar Mal etwas über seine Hand, und war dann wieder still.

Also dann. Anthony zog sich Handschuhe an und hob die Hand des Patienten, um sich die Verletzung genauer anzuschauen. Andrea trat näher heran. Ihr Parfüm war köstlich. Sie wartete geduldig, bis er mit der Untersuchung fertig war. „Können Sie erkennen, weshalb wir Sie hinzugezogen haben?"

Anthony legte die Hand wieder ab. „Eigentlich nicht. Das hier ist ganz einfach eine Sache zum Nähen, schlicht und einfach."

Ihre Augenbrauen kräuselten sich, was ihrer Schönheit jedoch absolut keinen Abbruch tat. Anthony schaute bewusst auf ihre linke Hand, als sie sich ebenfalls Handschuhe überstreifte. Er sah keinen Ring, was bedeutete, dass es keinen Ehemann gab – normalerweise jedenfalls. Auch wenn ein solches Detail für ihn nicht unbedingt ein Problem darstellte.

„Ich möchte Ihnen ja nicht widersprechen, Dr. Thorgood, aber sehen Sie sich das hier einmal an." Dr. Margalis drehte die Hand um und zeigte auf eine deutlich erkennbare Bissspur. „Es könnten vielleicht doch schwerere Schädigungen vorhanden sein. Ich dachte, dass Sie sich das vielleicht doch etwas genauer anschauen, um ganz sicher zu gehen."

Um sie zu beruhigen, sah Anthony noch einmal ganz genau hin. Möglicherweise hatte sie Recht, aber es war doch eher unwahrscheinlich. Schließlich war er der Fachmann. Sie war schnelle Lösungen gewohnt, nicht die Raffinesse in der Arbeit, die sein Markenzeichen war.

Der Mann stöhnte.

Andrea legte ihm beruhigend die Hand auf den Arm. „Armer Kerl. Als die Polizei ihn herbrachte ..."

Anthony nickte. Sein Urteil über den Patienten stand bereits fest. „Die Prügelei ist von der Polizei beendet worden?"

„Ja, aber Mr. Harper war nur ..."

„Dann ist er kein armer Kerl, sondern ein ausgemachter Dummkopf."

Andrea warf ihm einen wütenden Blick zu. „Das ist völlig unangebracht."

Anthony zuckte die Achseln und fühlte, wie eine Welle der Müdigkeit bedrohlich in ihm aufstieg. Seine Rippen taten weh. Er beugte sich vor, um sich auf den Schmerz einzustellen.

„Ist alles in Ordnung, Doktor? Wenn man bedenkt, was Sie gerade erst hinter sich haben... Also ich war doch ziemlich überrascht, dass Sie heute schon wieder im Dienst sind und Rufbereitschaft haben. Wenn Sie möchten, kann ich auch Dr. Burrows rufen."

„Nein, das ist nicht nötig." Anthony verachtete Dr. Burrows. Im Vergleich zu ihm selbst war Burrows ein als Facharzt für plastische Chirurgie getarnter Metzger. Aber in diesem Augenblick war das fachliche Urteil über seinen Kollegen nicht der Punkt. Entscheidend war vielmehr, dass Dr. Margalis Anthonys Diagnose in Frage stellte. „Letztlich ist doch die Frage, die am Ende bleibt, Andrea, ob Sie mir vertrauen oder nicht. Oder haben Sie mich an meinem ersten Arbeitstag hinzugezogen, um sich über meine Diagnose hinwegzusetzen?"

Sie wurde rot und Anthony fand, dass sie richtig niedlich aussah, wenn sie errötete. Sobald er wieder dazu in der Lage wäre, würde er sie einladen, mit ihm auszugehen. „Natürlich nicht, Doktor. Ich füge mich natürlich Ihrem Urteil, aber würde es denn schaden, noch ein bisschen genauer zu untersuchen, vielleicht sogar hineinzuschauen? Ich persönlich habe noch nie eine solche Schädigung gesehen."

„Also ich schon. Nähen Sie ihn, und dann schicken Sie diesen Rowdy wieder weg."

Andrea beugte sich erneut über die Hand und sah genau hin. „Aber diese Stelle hier ..."

Anthony stieß einen tiefen Seufzer aus. „Nun kommen Sie schon, Andrea, das ist doch keine Sache, bei der es um Leben oder Tod geht. Flicken Sie den Kerl einfach zusammen, und schicken Sie ihn nach Hause, damit er seinen Rausch ausschlafen kann. Entweder Sie tun es jetzt oder ich mache es. Also, entscheiden Sie sich."

Nach einem letzten Blick legte Andrea die Hand vorsichtig wieder ab. „Wie schon gesagt, ich beuge mich Ihrer Erfahrung – und Ihrer Fachkenntnis."

* * *

Tina rannte vom Auto zu ihrer Haustür so schnell es die Krücken zuließen. Seit sie der Schule den Rücken gekehrt hatte – und ihrem Job – hatte sie ihre Gefühle gezügelt, weil sie sich nicht getraut hatte, ihnen beim Autofahren freien Lauf zu lassen, aber jetzt wurde sie beinah davon überwältigt.

Sie steckte umständlich den Schlüssel ins Schloss. „Komm schon. Komm schon."

Endlich tat der Schlüssel, was er sollte und sie betrat ihre Wohnung. Sie machte die Tür hinter sich zu und holte tief Luft. Und dann ...

Sie warf ihre Schlüssel in die Luft wie Konfetti. „Juhu!!" Wenn sie zwei gesunde Beine gehabt hätte, hätte sie ihre Hacken aneinander geschlagen wie Gene Kelly in *Singing in the Rain*.

Als der Schlüsselbund zu Boden fiel und ihr Jubelruf verklungen war, lachte Tina. Es war ein wundervoller, fremder Klang. Wie lange war es her, dass sie eine solche Freude empfunden hatte? Auf der Suche nach einer Antwort musste sie weit zurückblicken in eine Zeit lange vor dem Absturz.

Sie zog ihren Mantel aus und warf ihn aufs Sofa, wobei sie sich über den merkwürdigen Bogen freute, den das Kleidungsstück dabei machte. Dann ließ sie sich mit einem wohligen Seufzer in die Polster fallen. Sie konnte nicht aufhören zu lächeln.

Als sie sich so niedergelassen hatte, gestattete sie es sich, die Worte zu sagen, die in ihr immer mehr Gestalt angenommen hatten, seit sie die Schule verlassen hatte. „Ich brauche keine Lehrerin zu sein. Ich *muss* nicht Lehrerin sein."

Tina hatte sich in ihrem Leben noch nie so frei gefühlt. Es war, als wären Zentnerlasten von ihrer Seele gewichen. Es war, als flöge sie mit ausgebreiteten Armen durch die Luft, als renne sie durch ein Feld und der Wind wehte ihr durch ...

Das Telefon klingelte und sie nahm ab. „Hallo?"

„Ms McKutcheon?"

Es war die Stimme ihres Schuldirektors. Sie ignorierte das kurze Ziehen in ihrem Magen. Was war das Schlimmste, was er ihr antun konnte? Sie wieder einstellen? Sie ließ die Freude in ihrer Stimme durchklingen. „Ach Hallo, Mr. Dall. Wie geht es Ihnen?"

„Wie es mir geht? Ms. McKutcheon, warum sind Sie nicht in Ihrer Klasse? Ein paar von Ihren Schülern sind zu mir gekommen und haben mir erzählt, dass Sie gekündigt hätten und einfach gegangen wären. Sie waren besorgt. Wir alle sind besorgt. Das sieht Ihnen so gar nicht ähnlich."

Ja, das stimmte wohl. Bis jetzt. Aber jetzt war alles anders. Sie war eine Schulschwänzerin, eine, die vor der Pflicht floh. Eine Pädagogikflüchtige.

Frei.

„Ms. McKutcheon, was haben Sie zu Ihrer Entschuldigung vorzubringen. Wir wissen, dass Sie eine Menge durchgemacht haben, aber diese Art von Verhalten ist inakzeptabel."

„Da stimme ich Ihnen zu."

„Sie ..."

„Es ist in der Tat unannehmbar. Schüler sollten Lehrer haben, die sie bewundern können. Nicht Lehrer, von denen sie nur so eben gerade geduldet werden; nicht jemanden, der das Axiom: ‚Tu, was ich sage und nicht, was ich tue', verkörpert."

„Sie hören also wirklich auf?"

„Ja, das tue ich wirklich." Wie lange war es her, dass sie irgendetwas so ernst gemeint hatte?

„Gehen Sie an eine andere Schule?"

Daran hatte Tina bis zu diesem Augenblick noch gar nicht gedacht. „Nein."

„Sie geben den Lehrerberuf also ganz und gar und endgültig auf?"

„Ja."

„Aber Ihre Karriere: Sie sind Beamtin, das können Sie doch nicht einfach so wegwerfen."

Tina empfand ein leichtes inneres Flattern, als ihr die volle Konsequenz ihres Handelns bewusst wurde. War sie ganz sicher? War es die richtige Entscheidung? *Herr, bitte hilf mir, es zu erkennen.* „Sie bringen uns wirklich in Verlegenheit, Ms. McKutcheon. Ich nehme an, Mr. Merit kann eine Ihrer Klassen übernehmen, aber die anderen ..."

Tina lächelte. Tom Merit. Superlehrer. Er war die perfekte Person, um ihre Schüler zu übernehmen und zur Entfaltung zu bringen. Unterrichten war seine Berufung.

Aber deine ist es nicht.

Tinas Seele wurde von dieser Wahrheit angezogen wie ein Magnet, der mit Metall in Berührung kommt. Sie war sich in ihrem ganzen Leben noch niemals einer Sache so sicher gewesen. Sie hatte um

Gottes Hilfe gebeten und er hatte wirklich geholfen – innerhalb von Sekunden nach ihrer Bitte. Diese fünf Worte waren wirklich das Wasser ihres Lebens. Diese Worte machten alles möglich. *„Was für Menschen unmöglich ist, ist bei Gott möglich."*

Das ist mein Problem. Ich habe mich auf mich selbst verlassen und nicht auf ihn.

Sie nahm diese andere Wahrheit mit einem Lächeln an und verscheuchte alles Zittern und Zagen. Dann teilte sie ihre endgültige Entscheidung mit. „Es tut mir Leid, dass ich Ihnen Unannehmlichkeiten bereite, Mr. Dall, aber meine Entscheidung ist endgültig. Ich soll keine Lehrerin sein."

„Sie sollen nicht?"

„In diesem Punkt müssen Sie mir schon vertrauen."

„Also dann, viel Glück, Ms. McKutcheon. Ich fürchte, das werden Sie brauchen."

Sie lachte und legte auf. Er konnte sich gar nicht stärker irren. Tina würde kein Glück brauchen. Diese Art von Glück hatte sie auch nicht vor dem Absturz bewahren können. Es war nicht Glück, das sie zwang, ihren Job aufzugeben. Es war nicht Glück, das ihr das Gefühl gab, ihr stünde plötzlich die ganze Welt offen.

Glück war eine Phantasievorstellung, aber Gott war real.

* * *

Tina wippte auf dem Sofa herum, während sie darauf wartete, dass David den Hörer abnahm. *Los, nun komm schon.*

„Calloway."

„David, mein Schatz. Es tut mir Leid, dass ich dich auf der Arbeit störe, aber du musst unbedingt heute Abend zu mir zum Essen kommen."

„Was ist los, Tina? Du klingst so ... merkwürdig."

Sie lachte. „Merkwürdig glücklich. Ich weiß, dass in Bezug auf meine Person Emotionen bisher etwas höchst Seltenes waren, aber das ist Vergangenheit."

„Was ist denn los?"

„Nicht am Telefon. Komm zum Abendessen und ich werde dir mehr darüber erzählen."

„Du willst kochen?"

Sie lachte erneut. „Eigentlich hatte ich eher an eine Bestellung beim Chinesen gedacht. Ist Hähnchen süßsauer in Ordnung?"

„Wenn noch Krabbenragout dazu kommt, bin ich dabei."

* * *

David kam ein paar Minuten, nachdem das Essen geliefert worden war. Tina begrüßte ihn mit einem Kuss an der Tür und trat dann zurück. Es dauerte einen Moment, bis er seine Augen öffnete.
„Wow, jetzt bin ich aber wirklich neugierig. Du küsst *mich?*"
Sie küsste ihn noch einmal ausführlich und ging dann zum Esstisch. „Komm und iss und dann erzähle ich dir alles."
Er griff nach ihrer Hand und unterbrach sie. „Bevor du mir jetzt alles erzählst, möchte ich, dass du weißt, dass du mich unendlich glücklich machst."
„Wie denn das?"
„Indem du selbst glücklich bist. Was es also auch immer sein mag, ich bin sehr dafür."
Sie berührte seine Wange und liebkoste seine blauen Augen mit ihren braunen. „Du bist zu gut, David Calloway. Ich habe dich absolut nicht verdient. Wenn es etwas gibt, das ich für dich tun kann ..."
Er küsste sie auf die Nase. „Gib mir was zu essen. Ich habe Hunger – nach Essen *und auch* nach deinen Neuigkeiten."
Sie setzten sich an den Esstisch und Tina ließ David das Essen auffüllen. Als alles bereit war, nahm sie seine Hand zum Gebet, bevor er ihre nehmen konnte. Und zum ersten Mal sprach sie das Tischgebet. „Herr, danke für dieses Essen und danke für die Gelegenheit, zusammen zu sein. Und am meisten danke ich dir, dass du mir einen ersten Blick gewährst auf den Plan, den du für mein Leben hast. Amen."
„Aha, langsam nähern wir uns dem Thema."
Tina nahm einen Bissen Hühnchen auf die Gabel. „Ich habe meinen Job hingeworfen."
David schaffte es nicht, seinen ersten Bissen bis zum Mund zu führen, sondern ließ ihn auf sein sauberes Hemd fallen. Sie reichte ihm die Serviette.
„Du hast gekündigt? Aber weshalb denn?"
Sie erzählte ihm davon, wie die Schüler nur an der morbiden Seite des Flugzeugabsturzes interessiert gewesen waren, und dass ihr dabei klar geworden sei, dass es zwischen ihr und ihnen eigentlich keine Beziehung gab. „Aber auch, wenn dieses mangelnde Interesse nicht so offensichtlich geworden wäre, war es ein verkappter Segen. Es hat mich nämlich dazu gezwungen, etwas zu tun, das ich schon lange hätte tun sollen. Ich habe mein Leben völlig neutral gelebt, David, und meinen Glauben auch."
„Aber dein Abschluss, deine Lehrbefähigung, deine Verbeamtung."

Sie war ein bisschen enttäuscht, dass er anscheinend nur an die praktische Seite der Angelegenheit dachte. „Und was ist mit meinem Glauben und der Aufgabe, meine wahre Berufung zu erkennen?"

Er errötete. „Du hast Recht. Natürlich hast du Recht, aber du musst zugeben, dass eine Kündigung schon eine ziemlich drastische Maßnahme ist. Und du hast ja eigentlich in jüngster Zeit schon zur Genüge Drastisches durchgemacht, oder?"

Sie schob ihren Teller beiseite und legte ihre Hände flach auf den Tisch.

„Hast du auch schon mal daran gedacht, dass all das vielleicht passiert ist, *damit* ich mein Leben ändere und auf die richtige Spur komme? Denk doch mal nach. Ich war unterwegs nach Phoenix, um eine Entscheidung zu treffen. Ich saß neben einer Schülerin, die allein unterwegs war. Wie hoch ist wohl die Wahrscheinlichkeit, dass das alles Zufall war? Und dann war es außerdem nicht irgendeine Schülerin, sondern ein brillantes, nettes Mädchen, das darüber gesprochen hat, wie gern es den Sinn seines Lebens erkennen würde, während es mir im Grunde genauso ging und ich auch herauszufinden versucht habe, was ich mit meinem Leben tun soll."

„Willst du damit sagen, dass der Sinn ihres Lebens zumindest zum Teil darin bestanden hat, dir den deinen deutlich zu machen?"

Wie er es sagte, klang es so kalt. „Ich weiß es nicht, David. Und es gibt auch keine Möglichkeit, es jemals zu erfahren. Jedenfalls nicht mit letzter Sicherheit. Der springende Punkt an der Geschichte ist jedenfalls, dass Melly eine entscheidende Rolle dabei gespielt hat, mir zu helfen, das Licht am Ende des Tunnels zu sehen." Sie runzelte die Stirn. „Und das, obwohl ich es versäumt hab, ihr dabei zu helfen, *das* Licht zu sehen."

„Und was willst du jetzt tun?"

„Ich habe keine Ahnung."

„Aber das scheint dir nicht besonders viel auszumachen."

„Nein, das macht es auch nicht. Die Ungewissheit macht mir zwar ein bisschen Angst, aber gleichzeitig finde ich sie auch ziemlich spannend. Und dann ist da ja auch noch der Glaube. Vergiss nicht den Glauben, David. Gott wird mir zeigen, was ich als nächstes tun soll."

Er nickte und küsste dann ihre Hand. „Natürlich wird er das."

Das Telefon klingelte und Tina verkrampfte sich innerlich. „Ich möchte mit niemandem sprechen. Wahrscheinlich ist es einer der Lehrer aus meiner Schule. Ich will mich nicht verteidigen oder rechtfertigen. Nicht heute Abend. Heute Abend wird gefeiert."

David nickte und ging ans Telefon. Er redete eine Weile und hielt Tina den Hörer hin. Die Muschel mit einer Hand zuhaltend sagte er: „Das Gespräch hier musst du annehmen. Du wirst nicht glauben, wer das ist."

„Wer denn?"

„Vincent Carpelli, Mellys Großvater. Er möchte sich mit dir treffen, um dich kennen zu lernen."

„Wie hat er denn meine ..."

David gab ihr den Hörer. „Mr. Carpelli? Hier ist Tina McKutcheon. Sie möchten sich mit mir treffen?"

„Ja, das würde ich wirklich gern, Miss. Ich habe von meinem Sohn erfahren, dass Sie die Letzte waren, die mit meiner Melly geredet hat. Und ich ..." Seine Stimme brach. „Ich muss mit Ihnen reden, etwas über ihre letzten Augenblicke erfahren. Ich dachte, dass wir uns vielleicht morgen früh in Johnnys Diner zum Frühstücken treffen könnten. Wir könnten uns ja schon ganz früh verabreden, damit Sie hinterher noch rechtzeitig zur Arbeit kommen."

Tina musste lächeln. „Ganz früh ist nicht nötig. Ich werde um acht Uhr da sein."

* * *

Die Tür schloss sich hinter dem letzten Trauergast und Mary lehnte sich von innen dagegen. Gerade noch rechtzeitig. Sie hatte noch für etwa zehn Minuten Höflichkeit und Haltung übrig. Den ganzen Tag über war es ihr hervorragend gelungen, ihre Fassade aufrechtzuerhalten. Nachdem sie den Aufbahrungsraum verlassen hatte, hatte sie sich in einen Umhang aus vorgetäuschter Stärke gehüllt. Es war kein sehr schwerer Umhang und er hatte ihr mehr als einmal im Laufe des Tages von den Schultern zu gleiten gedroht. Nur mit Hilfe purer Willenskraft, was unglaublich anstrengend gewesen war, hatte sie sich bedeckt gehalten, damit niemand das schreckliche, schwache, wertlose Geschöpf erkannte, das sich darunter verbarg. Die Leute hatten ihr sogar Komplimente dafür gemacht, dass sie so stark war.

Ja, sie war mit den Hunderten von Trauergästen, die ihr gute Wünsche gesagt hatten, so diplomatisch und geschickt umgegangen, wie ein Prominenter, der Geld für wohltätige Zwecke sammelt. Händeschütteln, ein Nicken, Lächeln und sich bedanken. Dann Umarmungen. Unzählige Umarmungen. *Wenn ich doch nie wieder jemanden umarmen müsste ...*

Aber hinterher waren dann alle noch mit zu ihr nach Hause gekommen, um zu essen und zu plaudern. Und als dann der Zeitpunkt der Verabschiedung näher gerückt war, hatte es statt der Beileidsbekundungen auch zahlreiche besorgte Nachfragen gegeben. Die Gäste machten sich offenbar Gedanken um sie.

„Kommst du auch zurecht?"

„Wenn du etwas brauchst, *egal was es ist*, melde dich einfach."

Sie wusste, dass diese Angebote wirklich ernst gemeint waren, und ihr wurde klar, dass es bei solchen Anlässen auch nicht mehr als etwa zehn passende Sätze gab, die man sagen konnte. Aber als sie diese zehn Sätze alle etwa ein Dutzend Mal gehört hatte, fing der Umhang an, sie zu ersticken, und sie hatte den verzweifelten Wunsch, ihn abzustreifen und zu Boden gleiten zu lassen. Sie sehnte sich nach Stille und nach allem, was Stille mit sich bringen würde. Die Stärke sterben und die Schwäche Oberhand gewinnen zu lassen, war ein weiterer Schritt in dem Prozess, und diesen Schritt wollte sie hinter sich bringen.

Jetzt war sie allein.

Mary warf einen Blick in ihre Küche. Die Arbeitsflächen standen voll mit Auflaufformen und Kuchenblechen mit Brownies und Apfelkuchen, und im Kühlschrank standen unzählige Behälter mit Lasagne, Salaten und Fleischgerichten. Sie hätte leicht einen Monat von den Resten leben können.

Sie zwang sich, ihre Rückenstütze in Form der Tür zu verlassen und ins Wohnzimmer zu gehen. Alles war aufgeräumt worden, und es stand auch kein Geschirr mehr herum, das übersehen worden war. Es gab aber auch kein herumliegendes Spielzeug, oder Lous Arbeitsschuhe, oder Justins Handschuhe, oder ...

Ihr wurde plötzlich etwas klar. Ohne einen Sohn oder einen Mann im Haus, würde es kaum unordentlich werden. Mary gehörte zu der Sorte von Menschen, die geradezu besessen davon waren, es immer aufgeräumt zu haben. Vielleicht war das so gewesen, weil sie die Unordentlichkeit von Mann und Sohn irgendwie ausgleichen wollte. Aber als sie sich jetzt in dem perfekt aufgeräumten Zimmer umsah, war die Realität, dass sie es nie wieder würde sauber machen müssen, dass sie nie wieder eine Mahlzeit für die ganze Familie würde zubereiten müssen, dass sie nie wieder die nassen Handtücher vom Badezimmerfußboden würde aufsammeln müssen, oder Sand vom Teppich aufsaugen oder Hemden bügeln, einfach zu viel für sie. Zu stark. Ein zu hoher Preis für ihr Überleben.

Du bist nichts mehr. Du hast keinen Zweck, keinen Sinn mehr, keinen Nutzen. Du bist wertlos.

Sie legte eine Hand an ihre Schläfe, schockiert über die Wucht der Selbstanklagen.

Du hast deine Pflicht getan. Du hast deinen Mann und deinen Sohn unter die Erde gebracht. Jetzt ist es Zeit, sich ihnen anzuschließen. Tu das, was richtig ist, Mary. Zahle den Preis für deine Fehler. Lass die beiden nicht allein dafür bezahlen.

Sie nickte. Das war völlig klar und folgerichtig. Dass sie überlebt hatte, bedeutete eine zweite Chance für sie – eine zweite Chance zu sterben.

Sie war nicht gestorben, als ihr Mann und ihr Kind umgekommen waren, weil sie es nicht verdient hatte, gemeinsam mit ihnen zu sterben. Die beiden waren im Tod vereint, wie sie es auch im Leben gewesen waren. Jetzt, da sie schrecklich gelitten hatte, jetzt, da sie die Schuld ihrer Sünde wirklich gespürt hatte, *jetzt* war es für sie an der Zeit, das Richtige zu tun.

Sie ging ganz ruhig zu ihrer Handtasche und holte ihre Tablettendose heraus. Sie schüttelte sie und hielt sie gegen das Licht. Oh gesegnete, gesegnete Pillen. Es waren noch viele übrig. Genug, um das zu Ende zu bringen, was mit dem Absturz begonnen hatte.

* * *

George machte sich gerade eine Büchse Chili heiß. Er wusste, dass es eigentlich für ihn zu spät für eine solche Mahlzeit war und dass er in der Nacht dafür würde büßen müssen. Aber zu den angenehmen Dingen, die es mit sich brachte, allein zu leben, gehörte auch, dass er essen konnte, was und wann er wollte.

Das Chili fing an zu köcheln und er rührte es um. Dann schaltete er den Fernseher ein. Werbung. Er schüttelte den Kopf, als ein Lokalsender einen Weihnachtswerbespot zeigte. Ob die dort niemanden hatten, der auf solche Dinge achtete?

Und als es dann „ Merry, Merry Christmas hieß", dachte er nur: *Mary.*

Er hörte auf zu rühren. Ihr Name kam ihm wieder ins Bewusstsein.

Mary. Ruf Mary an!

Das Gefühl war extrem stark, doch er stand zunächst noch über den Topf gebeugt und wartete. Vielleicht würde es ja wieder weggehen.

Ruf sie an!

Er schüttelte den Kopf und verstand nicht, was los war, aber er war auch nicht bereit, es einfach zu ignorieren. Er schaltete den Herd aus und drehte den Fernseher leiser. Dann holte er das Telefonbuch hervor und fand ihre Nummer. Er wählte und es klingelte.

Es klingelte und klingelte und klingelte.

Und plötzlich wusste er es. Irgendetwas stimmte da nicht. Er riss die Seite aus dem Telefonbuch heraus, schnappte sich seinen Mantel und seine Schlüssel und verließ das Haus.

* * *

George bearbeitete Marys Türklingel, bis ihm die Finger schmerzten. Geklopft und gerufen hatte er auch schon.

Sie ist nicht zu Hause.

Das war in einer solchen Situation sicher eine praktische Antwort, aber sein Bauch sagte ihm, dass es nicht stimmte. Sie *war* zu Hause. Und sie schlief auch nicht nur. George hatte genug Aufruhr gemacht, um die ganze Nachbarschaft ...

Es reicht. Ich muss da hinein.

Er suchte auf dem Türsims, unter der Fußmatte und in der Nähe des Eingangs nach einem Ersatzschlüssel. Nichts.

Wenn er doch nur Suzys Rat befolgt hätte, sich ein Handy zu besorgen. Wenn er doch nur die 110 angerufen hätte, als er das Gefühl bekommen hatte, dass irgendetwas nicht stimmte. Aber ob sie sein Gefühl dort ernst genommen hätten?

Es musste eine Hintertür geben. Ob die wohl offen war? Menschen waren oft nachlässig bei den Hintertüren.

George betrachtete erschöpft den Schnee. Auf zwei gesunden Beinen ums Haus herum zu gelangen, wäre bereits eine knifflige Angelegenheit gewesen, aber auf Krücken? Er war kein junger Mann mehr. Er war nicht einmal mehr in den mittleren Jahren. Er war ein alter Mann und ein verletzter zudem. Er hatte nicht das Recht, weitere Verletzungen zu riskieren wegen irgendetwas, das noch nicht einmal sicher war.

Aber der Gedanke, *nicht* alles versucht zu haben, um hineinzukommen, machte ihn unruhig. Was, wenn sie verletzt war? Vielleicht war er ihre einzige Chance. Er wandte sich in Richtung des Schnees. „Und los."

Die Krücken erwiesen sich im Schnee als hilfreich, weil er dadurch etwas hatte, woran er sich festhalten und anlehnen konnte, um nicht das Gleichgewicht zu verlieren. Schnee rutschte in eines seiner

Hosenbeine und auch in seine Schuhe. Die kalte Nässe brannte außerdem auf seiner nackten Haut über seinen Socken und an den bloßen Zehen des Gipsbeins und brachte schlimme Erinnerungen zurück.

Er blieb stehen, um sich einen Augenblick lang auszuruhen. Was ist, wenn die Hintertür auch verschlossen ist? *Dann hast du das alles für nichts und wieder nichts riskiert, und du musst auch noch denselben Weg zurückgehen, den du gekommen bist.*

Daran mochte er gar nicht denken.

Rette sie!

Er wurde von der Heftigkeit der inneren Stimme förmlich überrumpelt.

Die Pause war zu Ende. Sofort.

Er bog um die letzte Hausecke und entdeckte einen Innenhof. Weil dort niemand Schnee geschippt hatte, waren Fußspuren zu sehen. Weggeworfene Zigarettenkippen lagen wie hingestreut im Schnee. Wenigstens hatte sie Gesellschaft gehabt. Eine Zeit lang jedenfalls. Aber jetzt ging niemand an die Tür. Waren etwa alle gegangen und hatten sie allein gelassen?

Alleinsein ist nicht gut, wenn man depressiv ist, George. Das weißt du aus eigener Erfahrung.

Er eilte zu der Glasschiebetür. *Bitte, lass sie offen sein.*

Sie war es.

Er schob die Tür zur Seite und trat ein, nachdem er sich den Schnee abgeklopft hatte. Der Geruch von italienischem Essen hing in der Luft und die offenen Räume wurden vom Licht einer Lampe beleuchtet. Er sah die abgedeckten Speisen auf den Arbeitsplatten in der Küche. Das typische *Beerdigungsessen*. Jetzt erinnerte er sich. Familienangehörige und Freunde, die etwas zu essen bringen als ebenso willkommenen wie verzweifelten Versuch, wenigstens *irgendetwas* zu tun.

George sah Wachsmalbilder am Kühlschrank. Familienfotos hingen an der Wand über dem Küchentisch. Vater, Mutter, Kind. Drei, jetzt auf eins reduziert. Sein Herz machte einen Satz und er spürte eine Welle vertrauter Depression zurückkehren, und dennoch wusste er, dass deren Heftigkeit in eine sehr viel niedrigere Liga gehörte als Marys. *Ich habe gegen Ende meines Lebens meine Frau verloren. Mary hat auf dem Höhepunkt ihres Lebens ihre gesamte Familie verloren.*

„Mary? Mary, sind Sie da?"

Als sein Rufen ohne Antwort blieb, wurde ihm klar, dass sie, wenn sie auf sein Klingeln nicht reagiert hatte, ganz bestimmt auch nicht auf fremde Rufe in ihrem eigenen Haus reagieren würde. Er musste sie also suchen.

Es gab nur einen Korridor, der vom Wohnzimmer aus in den Schlafbereich führte. Er machte dort das Licht an und warf einen Blick in ein abgedunkeltes Kinderzimmer, in dem ein Teddybär auf dem Bett saß. Daneben lag ein Bad und dann noch ein weiterer Raum.

Die Tür war angelehnt. Das Licht der Nachttischlampe leuchtete warm. George schob die Tür mit einer seiner Krücken auf. Sie öffnete sich und gab den Blick frei auf eine Frau, die auf dem Bett lag. Neben ihrer Hand lag das Tablettenröhrchen.

Er wartete nicht mehr, sondern rief sofort den Rettungswagen.

George fühlte an Marys Hals nach ihrem Puls. Er war sehr schwach, aber noch vorhanden. Jedenfalls war Hilfe unterwegs.

Ihm fiel wieder ein, dass die Haustür verschlossen war, und er ging, um sie zu öffnen, damit die Rettungssanitäter möglicht schnell hereinkommen konnten. Dann ging er zurück zu Mary und hob ihren Oberkörper an, sodass ihr Arm über seiner Schulter lag. Er schüttelte sie leicht.

„Los, Mary, Mädchen. Es ist noch nicht Zeit, uns zu verlassen. Wach auf. Wach auf. Es ist Morgen. Du kommst zu spät. Frühstück, Mary."

Er wusste, dass sein Geplapper falsch und sinnlos war, aber wer wusste schon, was bei Menschen, die im Koma lagen, eine Reaktion auslösen konnte? George klatschte ihr mit der Hand sachte auf die Wangen und wollte unbedingt, dass sie die Augen aufschlug und ihr schlaff herunterhängender Unterkiefer plötzlich zum Leben kommen und Worte bilden würde. Er merkte, dass er sie sachte wiegte. „Bitte, Gott. Hilf ihr zu leben. Hilf ihr zu leben."

***

George hörte Schritte. Dann einen Ruf: „Rettungssanitäter!"

Endlich. „Hier hinten, im Schlafzimmer!"

Ein Mann und eine Frau erschienen mit einem Notfallkoffer in der Tür. Sie erfassten die Situation sofort und nahmen ihm Mary aus den Armen, um sie zu versorgen. George trat einen Schritt zurück und beobachtete das Ganze.

„Wie heißt sie?", fragte einer.

„Mary. Mary Cavanaugh."

Die Sanitäterin sprach mit ihr, während ihr Kollege ihr einen Tropf legte. „Hey, Mary. Wir wollen, dass Sie sofort zu uns zurückkommen."

Sie lasen den Beipackzettel des Medikamentes, das sie genommen hatte. Dann sprachen sie zuerst miteinander und dann mit dem Krankenhaus.

Endlich flatterten Marys Lider. „Jawohl, Mädchen, Mary, Sie schaffen es."

Die Frau blieb zurück, während der andere Sanitäter nach draußen ging. Er kam mit einer fahrbaren Trage zurück, die er im Flur abstellte. Er trug Mary so mühelos dorthin, als ob sie ein Kind wäre. Sie deckten sie mit einer Decke zu und schnallten sie fest.

„Sind Sie ein Angehöriger?", fragte er George. „Möchten Sie mitfahren?"

„Auf jeden Fall."

DREIZEHN

Der Herr wird meine Sache hinausführen.
Psalm 138,8

Als Tina Johnny's Diner betrat, erkannte sie Vincent Carpelli sofort. Jetzt wusste sie, woher Melly ihre wunderschöne olivfarbene Haut hatte. Der Mann war gebürtiger Italiener mit einem buschigen weißen Schnurrbart und entsprechenden Augenbrauen. Als sie auf ihn zuging, stand er auf.

„Mr. Carpelli?"

Er lächelte übers ganze Gesicht. „Miss McKutcheon. Es ist so freundlich von Ihnen, dass Sie gekommen sind." Er rückte ihr einen Stuhl zurecht und stellte ihre Krücken in eine Ecke. Dann hielt er ihr die Kaffeekanne hin. „Möchten Sie?"

„Ja, gern."

Eine Kellnerin kam mit den Speisekarten, aber Mr. Carpelli winkte mit der Hand ab, bevor sie sie verteilen konnte. „Mögen Sie Zimtschnecken, Miss McKutcheon? Bei Johnny's gibt es nämlich die besten Zimtschnecken überhaupt, tellergroß mit einer Glasur, die aussieht wie Neuschnee in den Bergen."

Tina war hingerissen von der Leichtigkeit in der Ausdrucksweise des Mannes. Ein echter Gegensatz zur Redeweise des anderen Carpelli, den sie in ihrem Wohnzimmer kennen gelernt hatte.

„Das klingt gut. Ich bin dabei."

Nachdem die Kellnerin gegangen war, gab es einen kurzen Augenblick der Befangenheit, in dem sie sich gegenseitig anschauten, aber versuchten, nicht so auszusehen, als schauten sie sich gegenseitig an. Schließlich überbrückte Mr. Carpellis Hand den Raum, der sie trennte, allerdings ohne sie zu berühren. „Erzählen Sie mir von meiner Melly. Wenn ich doch nur nicht darauf bestanden hätte, dass sie mich besuchen kommt ..." Er zog seine Hand weg und wandte seinen Blick ab.

„Oh nein, das dürfen Sie nicht sagen. Ich meine, es ist ganz normal, dass Sie bedauern, dass Ihre Enkelin in dem Flugzeug gesessen hat, aber was den Besuch angeht ... Sie haben einen starken Einfluss auf ihr Leben gehabt."

„Hat Sie mit Ihnen über mich geredet?"
„Sie waren Thema Nr. 1."
Sein Blick wurde weich, und die Furchen in seinem Gesicht entspannten sich. „Sie war ein gutes Mädchen. Sie hat sich so sehr bemüht, das Richtige zu tun. Sie war so sehr auf der Suche."
„Das hat sie mir auch erzählt. Sie hat mir von Ihren Geschichten aus dem Krieg erzählt und wie sie dadurch auf die Idee gekommen ist, selbst in der Armee Dienst zu tun."
„Tja – also, ..."
Tina war überrascht über den Zweifel in seiner Stimme. „Ich dachte, Sie hätten sie in dieser Richtung unterstützt."
„Ich war mir da nicht so sicher. Ich habe zwar während meines Militärdienstes ein gutes Leben gehabt, aber obwohl Melly ganz bestimmt die richtige Einstellung für den Dienst für ihr Land hatte, war ich mir trotzdem nicht so sicher, ob es das Richtige für sie war."
„So wie sie es geschildert hat, klang es, als ob Sie einverstanden gewesen wären – und zwar als einziger."
Er zuckte die Achseln. „Ich habe mich nicht negativ dazu geäußert, aber an Mellys Bereitschaft, sich zu opfern und zu dienen war mehr, als das Militär hätte ..." Er suchte nach dem richtigen Wort. „... hätte fördern und kultivieren können. Sie hat so viel zu ge..." Seine Hand ging zum Mund. „Hatte. Sie *hatte* so viel zu geben." Die Hand zitterte und sein Gesicht verzog sich.
Die Kellnerin kam mit den Zimtschnecken und zögerte kurz, als sie den Schmerz des Mannes bemerkte. „Geht es Ihnen gut, Sir?"
Er nickte, atmete tief durch die Nase ein, was ihn zu beruhigen schien. Dann tupfte er sich mit seinem Taschentuch, das er aus seiner Hosentasche zog, die Augen ab. „Ich weiß, dass man sich gewöhnlich entschuldigt, wenn man in der Öffentlichkeit seinen Kummer zeigt, aber ich werde nicht sagen, dass es mir Leid tut, Schmerz über ihren Tod zu empfinden – und ihn auch zu zeigen. Gott erlaubt uns zu weinen. Herr, Gott, mein Heiland, ich schreie Tag und Nacht zu dir, neige deine Ohren zu meinem Schreien."
Das ist ein Bibelvers!
Ohne es zu wissen, hatte Vincent Carpelli für die perfekte Überleitung zu einem Thema gesorgt, das Tina am allermeisten unter den Nägeln brannte. Sie löste den äußeren Ring ihrer Zimtschnecke ab, so als versuche sie, den äußersten Ring ihrer Gedanken zu lösen.

„Ihr Schweigen deutet auf eine Frage hin, Miss McKutcheon. Hat es Sie befremdet oder vielleicht sogar verletzt, dass ich Gott erwähnt habe?"

„Nein, ganz und gar nicht!"

Er lächelte über ihren Eifer. „Das freut mich zu hören."

Tina spürte, wie ihre Anspannung ein wenig wich. Mr. Carpelli hatte eine so interessante Art, Dinge auszudrücken. Kein Wunder, dass Melly sich so sehr mit ihm verbunden gefühlt hatte. „Ich glaube nicht, dass es Gott etwas ausmacht, dass ich dieses Problem habe – jedenfalls nicht, wenn es mir wirklich ernst damit ist, es zu lösen."

„Und wie heißt das Problem?"

Tina trank einen Schluck Kaffee in der Hoffnung, dass das Koffein sie anregen würde. „In dem Flugzeug hat Melly mich nach Gott gefragt."

Mr. Carpelli fiel das Schlucken schwer. Er räusperte sich. „Das hat sie getan? Was genau hat sie denn gefragt?"

„Sie hat gefragt, ob ich an Gott glaube und ob ich bete."

„Und was haben Sie geantwortet?"

„Ich habe Ja gesagt."

Seine Schultern entspannten sich. „Gut, das ist sehr gut. Und was noch?"

Tina schloss die Augen. Sie hatte schon unzählige Male versucht, sich das Gespräch wieder in Erinnerung zu rufen. Es war jetzt wichtiger als je zuvor, dass sie alles wieder richtig zusammenbekam, und zwar um des alten Herrn Willen. „Sie hat mir erzählt, dass sie versuchte, den Sinn und Zweck ihres Lebens herauszufinden, und sie hat erwähnt, dass Sie gesagt hätten, sie solle dafür beten."

„Das stimmt. Aber sie fand es schwer. Ihre Eltern ..." Er schüttelte den Kopf. „Ich habe mich zwar darum gekümmert, dass mein Sohn als Kind Gott kennen gelernt hat, und er ist mit dem Glauben an Gott aufgewachsen, aber als er dann selbstständig wurde, hat er sich gegen diesen Glauben entschieden. Weil seine Frau aus dem Orient stammt und eher an die Kraft des Selbst als an die Macht Gottes glaubt, hat sich an seiner Haltung auch nichts geändert. Als sie dann ein paar Schicksalsschläge hinnehmen mussten, hat er Gott die Schuld daran gegeben, statt zu sehen, dass auch seine eigenen Entscheidungen etwas damit zu tun hatten, und er weigert sich hartnäckig zu sehen, dass sich aus Unglück oft Gutes entwickelt."

„Er hat erwähnt, dass er seine Arbeit verloren hat und seine Frau Brustkrebs hatte."

Mr. Carpelli nickte. „Zuerst hat Gerald seinen Glauben benutzt, als wäre er eine Art Versicherung. So lange er seine Ave Marias aufsagte, wusste, wann er in der Messe knien musste und regelmäßig zur Beichte ging, war er überzeugt, dass ihm nichts Schlimmes zustoßen konnte. Aber so ist Gott eben nicht."

Tina nickte und verstand völlig. „Menschen können sich so sehr an der Innenausstattung der Kirche und an den Ritualen festklammern, dass sie nie zu einer Beziehung zu Gott kommen. Und was ist mit den schweren Zeiten? Obwohl ich sie auch nicht lieber mag als jeder andere, weiß ich, dass die Kämpfe, die ich durchgestanden habe, mich stärker gemacht haben, denn ich war dadurch gezwungen, mich an Gott zu halten. ‚Denn wenn ich schwach bin, bin ich stark.'"

Er applaudierte leise. „Bravo, Miss McKutcheon. Es ist gut zu wissen, dass Melly neben einer Frau gesessen hat, die die Bibel kennt."

Tina hielt mitten im Kauen inne. *Jetzt geht es los ...*

„Habe ich etwas Falsches gesagt?"

Es fiel ihr schwer zu schlucken. „Darf ich ganz ehrlich sein, Mr. Carpelli?"

„Das würde ich auf jeden Fall vorziehen."

Tina schob ihren Teller beiseite und legte die Hände übereinander auf den Tisch. Sie sah auf sie hinunter, weil sie ihm nicht in die Augen schauen wollte. „Ich habe etwas zu bekennen. Als Melly mich nach Gott gefragt hat, habe ich, obwohl es der perfekte Augenblick war, um mit ihr über den Glauben zu sprechen, obwohl ich wusste, dass es meine Pflicht war, ich, ... ich ..."

„Sie haben gekniffen?"

Sie blickte auf. „Ja."

Er nickte verstehend, und sie wartete auf ein paar tröstende Worte, die sie jetzt dringend brauchte. Bestimmt würde es diesem netten älteren Herrn gelingen, dafür zu sorgen, dass sie sich besser fühlte. Sie hatte nicht erwartet ...

„Schämen Sie sich denn für Gott?"

Tina zwinkerte. „Nein, natürlich nicht."

„Warum haben Sie ihr dann nichts gesagt?"

Sie hatte gedacht, dass ihr auf der Stelle eine Antwort über die Lippen kommen würde, aber da hatte sie sich getäuscht.

Ja, warum hatte sie es eigentlich nicht getan?

Zum zweiten Mal überbrückte seine Hand die Kluft zwischen ihnen und diesmal berührte er sie auch. „Vergeben Sie mir, Miss McKutcheon, ich wollte Sie nicht angreifen. Die Wahrheit ist, dass ich mich auch schon so verhalten habe wie Sie. Mir ist diese Reue, die Beschämung über meine eigene Feigheit, durchaus nicht fremd." Plötzlich standen ihm Tränen in den Augen. „Jetzt rede ich darüber."

„Jetzt?"

Er zog seine Hand wieder zurück und fingerte kopfschüttelnd am Henkel seiner Kaffeetasse herum. „Wir sind wirklich ein paar schöne Christen, Sie und ich. Gott hat uns die Chance gegeben, sein wunderbares Kind Melly zu erreichen, und wir haben uns beide gedrückt."

Nein! Tinas schüttelte jetzt, genau wie er, den Kopf. „Sie hat Sie auch gefragt?"

Er hielt im Kopfschütteln inne. „Ja, das hat sie. Als sie diesmal zu Besuch war, war die Zeit reif, ihr alles zu sagen und auch zu erklären – und ich habe das gewusst, aber kaum etwas gesagt. Klar, ich habe ihr geraten, um Gottes Führung zu beten – na ja, Sie wissen schon. Aber das ist ja auch nichts, wobei man sich die Finger verbrennen kann – geistliche Babynahrung eben. Aber ich habe ihr nicht von Jesus, vom Himmel und von der Hölle erzählt; ich habe ihr nicht gesagt, dass es für sie lebenswichtig sei, sich für ihn und ein Leben mit ihm zu entscheiden. Ich dachte, sie hätte ja noch so viel Zeit. Außerdem ...", er blickte abwesend auf, „... wollte ich sie nicht abschrecken. Es war ein so wunderbarer Besuch. Sie war so offen. Wir hatten großartige Gespräche. Ich wollte einfach nicht, dass sie sich wieder verschloss und mich für einen Fanatiker hielt."

„Oder dass sie alles ablehnte – und damit auch mich."

Er lachte auf. „Und da hätten wir sie also wieder, die Gründe Nr. 1 und 2 dafür, warum Menschen nicht das Evangelium an andere weitergeben."

Tina war erstaunt über seine Wortwahl. „Sie haben gesagt: ‚das Evangelium weitergeben.' Und es gibt eine Menge Leute, die gar nicht wissen, was das bedeutet. Es gibt so viele Ausdrücke, die wir als gläubige Christen ständig benutzen, und andere hören sie und machen zu, weil sie gar nicht wissen, was damit gemeint ist."

„Und wir sind auch nicht gerade gut darin, solche Begriffe zu erklären, nicht wahr? Wir mögen unsere Insidersprache, unsere Ausdrücke wie ‚wieder geboren', ‚Jesus rettet' und ‚Buße tun'. Es ist so, als würde ein Physiker versuchen, in seiner Fachsprache einem Laien etwas über Erdanziehung zu erzählen, obwohl alles, was er sagen müsste – alles, was die meisten Leute über die Erdanziehungskraft hören möchten, um an die Erdanziehungskraft zu glauben – wäre, dass die Erdanziehungskraft dafür sorgt, dass wir am Boden bleiben und nicht ins Weltall entschweben."

Irgendwie verstand sie auf einmal. „Also ist das, was die Menschen über Gott und den Glauben hören möchten das, was sie unmittelbar betrifft?"

„Genau. Und zwar in einer Sprache, die sie verstehen. Und das wollte auch Melly."

Wie er es sagte, klang es so einfach. „Was hätten wir also sagen sollen, ohne in einen christlichen Insider-Jargon zu verfallen?"

Mr. Carpelli nahm tief in Gedanken versunken einen Bissen von seiner Zimtschnecke. „Ich glaube, letztlich beschränkt es sich auf die Fakten."

„Und die wären?"

„Es gibt einen Gott und er liebt uns."

Tina erinnerte sich an Mellys letzte Frage. „Melly hat sich genau das gefragt. Sie hat gefragt, ob Gott von ihr wisse und sich für sie interessiere."

„Und was haben Sie ihr geantwortet?"

„Nichts. Wir wurden vom Piloten unterbrochen. Wir sind dann gestartet. Wir ..." Sie konnte den Satz nicht beenden.

Mr. Carpelli ließ die Schultern hängen. „Alles, was sie bekommen hat, ist allgemeines Gerede über Gott. Sie wusste nichts über Jesus. Und jetzt ..."

Tina spürte ihr eigenes Gewicht. „Warum ist es nur so schwierig, dieses Wort mit ‚J' auszusprechen? Gott kann ich jederzeit und überall sagen, aber Jesus? Sein Name bleibt mir immer wieder im Hals stecken."

„Das ist so, weil wir ganz klar einen Standpunkt beziehen, wenn wir seinen Namen aussprechen. Nur einfach ‚Gott' zu sagen, ist sicherlich gut, aber wie gesagt, es ist auch einfach." Er blickte auf. „Ich habe gehört, dass über 96 Prozent der Weltbevölkerung an einen Gott glaubt. Es ist kein Risiko, es dabei zu belassen."

„Aber wie sollen wir erklären, dass Jesus Gottes Sohn ist, und dass er zu dem einzigen Zweck geboren wurde, an einem Kreuz für die Sünden zu sterben, die wir immer wieder begehen? Es ist die grausigste Art zu sterben. Es fällt den Menschen schwer, so ein Opfer zu verstehen."

„Weil sie nicht daran denken wollen, so etwas vielleicht selbst zu tun."

Plötzlich dachte Tina an Henry Smith. „Der Mann im Wasser, der uns gerettet hat und sich dabei geopfert ..."

„Vielleicht hat er in seiner letzten Tat ein wenig Vollkommenheit erreicht?"

„Das würde ich gern glauben."

„Ich bin sicher, dass Gott und die Engel das gefeiert haben."

„Und Jesus."

Er lächelte. „Und Jesus." Sie gossen sich frischen heißen Kaffee aus der Kanne nach. „Alles, was Sie gerade über Jesus gesagt haben, war gut. Es war so einfach und direkt. Aber Sie können ihn doch nicht da an dem Kreuz hängen lassen! Sie müssen auch den Teil über seinen Sieg erzählen."

„Ostern."

„Auferstehung. Auferstehen vom Tod. Lebendig werden, so wie wir im Himmel lebendig werden."

„Wenn wir an Jesus glauben." Tina tippte mit dem Finger auf den Tisch. „Das ist ja das Schwierige daran. Zu sagen, dass Jesus *der* Weg in den Himmel ist. Nicht *ein* Weg, sondern der *einzige* Weg in den Himmel." Sie dachte an einen der Bibelverse, die sie auswendig konnte. „In Johannes 14,6 sagt Jesus: ‚Ich bin der Weg und die Wahrheit und das Leben. Keiner kommt zum Vater außer durch mich.'"

„Ganz schön drastisch. Ganz schön eindeutig."

„Schwer."

„Lebenswichtig."

Da konnte sie nicht widersprechen.

Mr. Carpelli sah durch sie hindurch und sie konnte förmlich sehen, wie hinter seinen Augenbrauen ein Gedanke Gestalt annahm. „Wir sagen Menschen wie meiner Melly also nicht, was Sache ist, weil wir uns vor ihrer Reaktion fürchten?"

„Wie bitte?"

Er sah sie jetzt direkt an. „Wenn ein Komiker vor Publikum einen Witz erzählt, lässt er dann die Pointe lieber weg, aus Angst, das Publikum könnte vielleicht nicht lachen? Nein. Er geht das Risiko ein. Wenn sie lachen – gut. Wenn nicht – dann war es eben nichts, aber auch keine besonders große Mühe."

Tina gefiel dieses Bild und sie verstand sofort, was er meinte.

„Und die Errettung eines Menschen – das ewige Leben im Himmel – ist nichts zum Lachen. Kein Witz."

„Und nur weil die Möglichkeit besteht, dass Menschen nicht so reagieren, wie wir es gern hätten, heißt das doch nicht, dass wir es dann nicht sagen sollen. Also gehen wir doch das Risiko ein!"

Tina stimmte zu. Aber da war immer noch ein kleiner Haken. „Die Gefahr besteht ja hauptsächlich darin, zu schnell zu viel zu sagen. Sie und ich wissen, dass man nie auslernt. Menschen verstehen das meistens auch unterschiedlich gut und umfassend, und wie gut sie es verstehen, hat in der Regel nichts mit dem Lebensalter zu tun. Ein Mensch kann achtzig sein, in der Schule des Glaubens jedoch noch ein Kindergartenkind, und dann gibt es Zehnjährige, die das Wesentliche, das, was wir gerade gesagt haben, schon begreifen. Wir müssen also auch darauf achten, wie weit der Mensch ist, mit dem wir es zu tun haben, und wie viel wir ihm zumuten können. Man versucht ja auch nicht, Erstklässlern die Relativitätstheorie zu vermitteln."

„Das habe ich verstanden. Und man nimmt es auch nicht persönlich, wenn sie nicht zu unseren Füßen knien und auf der Stelle mit uns beten wollen", er hob die Hände in einer gespielten Hallelujah-Haltung, „um ihr Leben dem Herrn zu übergeben."

„Na ja, das ist ja Insiderjargon in Reinkultur", sagte Tina. „Aber das ist ein gutes Argument. Der freie Wille bleibt. Es muss uns klar werden, dass wir nur die Saat in den Boden bringen sollen. Für das Gießen und Düngen ist dann vielleicht wieder ganz jemand anders zuständig."

„Oder fürs Ernten. Alle sind gleich wichtig."

„Zumindest wissen wir, dass wir das Richtige getan haben."

„Das wir unser Bestes getan haben."

„Aber selbst wenn unsere Hände und unsere Stimme zittern, während wir holprig zu reden versuchen, auch wenn wir es nicht zum bestmöglichen Zeitpunkt tun, kann Gott das, was wir einbringen, benutzen. Wenn wir aber gar nichts sagen, kann er auch *gar nichts* wirken."

Mr. Carpelli sah sie an. Dann lächelte er. „Das ist sehr wichtig, was Sie da sagen, Miss McKutcheon. Damit haben Sie den Nagel auf den Kopf getroffen."

Eine Weile schwiegen sie beide und atmeten tief durch. Ihr Gespräch und die gemeinsame Zeit waren sehr intensiv gewesen. Und dann, als hätten sie sich abgesprochen, traten sie miteinander in Verbindung und gestanden das einander auch durch einen Blick ein.

„Aber Melly ...", sagte Tina.

„Haben wir bei ihr versagt?"

„Hat sie sich für Jesus entschieden?"

„Ist sie im Himmel?"

Wieder schwiegen sie, und in diesem Schweigen war die Antwort auf ihre Fragen enthalten. Sie wussten es nicht, sondern nur Gott allein wusste es.

* * *

Tina umarmte Vincent Carpelli auf dem Parkplatz. Sie mochten sich beide nicht so recht voneinander trennen.

Nachdem sie sich verabschiedet hatten, sah er betroffen drein. „Mir wird gerade klar, dass wir gar nicht über den Absturz geredet haben, über das Furchtbare, das Sie gerade erst durchgemacht haben. Und ich weiß auch gar nichts über Sie. Sind Sie verheiratet? Haben Sie Kinder? Womit verdienen Sie Ihren Lebensunterhalt?"

Tina lachte. „Wir haben das Gegenteil von dem getan, was die meisten Menschen tun, Mr. Carpelli. Wir haben den Smalltalk übersprungen und sind gleich zum Wesentlichen gekommen."

„Ja, das stimmt wirklich, aber ich würde trotzdem gern mehr erfahren." Dann zögerte er einen kurzen Augenblick. „Ich würde gern Ihr Freund sein, Miss McKutcheon."

Sie drückte seine Hand. „Meine Freunde nennen mich Tina."

* * *

Mary spürte, wie sie langsam zu sich kam, als tauche sie an der Wasseroberfläche auf. *Da ist das Licht. Schwimme zum Licht.* Sie war fast oben an der Luft. Nur noch ein paar Meter ...

Sie öffnete die Augen und das Wasser in ihrer inneren Vorstellung wich. Sie fand sich in einem Krankenhausbett wieder. Kahle Wände. Ein Fernseher oben unter der Decke. Aber das Bild an der Wand ... es war ganz falsch. *Ich habe eine Wüstenszene, nicht diese Scheune und die Wiese. Warum haben sie es ausgetauscht?*

Dann erinnerte sie sich. Sie war auf der Beerdigung gewesen. Sie war nach Hause gegangen. Sie hatte es nicht mehr ausgehalten, die Fassade zu leben. Sie hatte versucht, sich das Leben zu nehmen.

Ein alter Mann mit schütterem Haar schaute zur Tür herein und sagte: „Hey, Sie sind ja wach."

Ein Name tauchte in ihrem Gedächtnis auf. „George?" Jetzt war sie wirklich durcheinander. War er nicht auch entlassen worden? Natürlich war er das. Sie hatte ihn doch im Krankenhaus getroffen, nachdem er gerade entlassen worden war und abgeholt wurde, und danach hatte sie ihn auch noch auf der Beerdigung gesehen.

Er kam an ihr Bett. „Das war knapp."

Er *weiß* es. Sie schaute weg. Sie wollte nicht, dass er sie so sah. Schwach, Mitleid erregend. Nicht, wo er selbst so stark und gefasst schien.

Er nahm ihre Hand und legte sie zwischen seine Hände. „Schauen Sie nicht weg, Miss Mary. Ich verurteile Sie gar nicht. Ich bin froh, dass ich Sie gefunden habe."

Es dauerte eine Weile, bis sie begriff. „*Sie* haben mich gefunden?"

Er nickte und ließ ihre Hand wieder los, denn er brauchte beide Hände, wenn er redete. „Also, wenn das nicht merkwürdig war. Ich habe mir gerade eine Dose Chili aufgewärmt, da kam im Fernsehen ein Weihnachtswerbespot."

„Aber Weihnachten ist doch längst vorbei."

„Ich weiß. Genau das hat mich ja aufmerksam gemacht. Und als sie ‚Merry Christmas' sagten, da musste ich an Sie denken – Mary. Und dann hatte ich irgendwie ein merkwürdiges Gefühl im Bauch – dabei hatte ich noch nicht einmal mein Chili gegessen – und ich wusste, dass irgendetwas nicht stimmte. Deshalb habe ich dann im Telefonbuch nachgeschaut, wo Sie wohnen und habe nach Ihnen gesehen. Als ich Sie zum ersten Mal gesehen habe, im Krankenhaus an dem Tag, an dem wir beide entlassen wurden, sahen Sie nicht besonders gut aus. Sie haben allen etwas vorgespielt."

„Habe ich das?"

„Etwa nicht?"

Er war klug. „Doch, es stimmt."

„Das dachte ich mir."

Sie zerknüllte den Rand ihrer Bettdecke. „Ich dachte, wenn ich so tue, als ob ..."

Es war wirklich schwer zu erklären.

„Dass der Schmerz weggehen würde? Oder die Leute weggehen würden? Oder die Schuldgefühle weggehen würden?"

Sie blickte auf. „Woher wissen Sie das alles?"

Er zögerte und sah dann zur Tür. „Ich war auch schon an dem Punkt, an dem Sie sind."

Sie verstand nicht, was er meinte.

Er stieß einen tiefen Seufzer aus. „Um ehrlich zu sein, ich war auf Flug 1382 nach Phoenix, weil ich mich dort umbringen wollte." Er seufzte noch einmal. „So, jetzt ist es heraus."

Haufenweise Fragen kamen ihr in den Sinn. Unentschlossen, welche sie zuerst stellen sollte, entschied sich Mary zunächst für eine Feststellung. „Aber Sie sind am Leben."

Er lachte. „Mir kann keiner mehr erzählen, dass Gott keinen Humor hat."

Ihr nächster Vorstoß war schwierig. „Wollen Sie immer noch ... Sie wissen schon ...?

„Ob ich noch sterben will?"

Mary nickte.

„Nein. Und Sie auch nicht."

Sie schüttelte den Kopf. „Da mutmaßen Sie zu viel."

Er zuckte die Achseln und wandte sich in Richtung Tür. „Wie Sie wollen."

„Wie bitte?"

Er hielt inne und sah sie direkt an. „Sie haben mich genau verstanden. Wenn Sie daran festhalten, sich selbst umzubringen, dann bin ich fertig mit Ihnen. Ich habe meine gute Tat für heute getan und Sie hierher gebracht – einmal. Ich habe nicht vor, herumzustehen und mit anzusehen, wie Sie es noch einmal tun."

Mary setzte sich im Bett auf. Ihr Kopf schien mit leichter Verzögerung dem Rest ihres Körpers zu folgen. „Das ist aber ziemlich hart."

„Ach ja? Nun denn. Ich nehme an, dass ich mir den Luxus von Direktheit leisten kann, weil ich auch schon in Ihrer Haut gesteckt habe, und zwar in mehr als nur einer Hinsicht."

Da hatte er wirklich Recht. Wer sonst auf der Welt konnte die Tragweite ihrer persönlichen Katastrophe – des Absturzes und des Selbstmordversuches – besser verstehen als er?

„Was ist denn in Ihrem Leben vorgefallen, dass Sie nicht mehr leben wollten?"

„Meine Frau ist gestorben."

„Das tut mir Leid." Sein Verlust erinnerte sie an ihren eigenen. Tränen stiegen in ihr auf und traten ihr in die Augen. Sie war erleichtert, dass er es nicht bemerkte – oder es ihm nichts ausmachte.

„Mir tut es auch Leid. Irma und ich waren wie Erdbeeren mit Sahne, Pommes und Currywurst, Spaghetti mit Tomatensoße, Cornflakes und Milch."

„Ich verstehe, was Sie meinen."

„Wahrscheinlich. Unser gemeinsames Leben war wie der leckerste Nachtisch, den man sich vorstellen kann."

Trotz ihres Schmerzes musste sie lächeln. „Das ist aber ziemlich romantisch, George."

Er räusperte sich. „Ach ja? Also, auch wenn ich meine Macken habe. Hatte. Mit Irma das war wirklich unübertroffen. Ohne sie, also ich habe mich so trocken gefühlt wie ein Brötchen ohne Butter."

„Sie haben sich so gefühlt? Wodurch hat sich denn das geändert?"

„Dadurch, dass ich überlebt habe, während so viele andere umgekommen sind." Er deutete auf eine Träne, die auf ihrer Wange festsaß. „Weinen Sie nicht um mich, Miss Mary. Ich weiß, dass Ihre Situation zwar völlig anders ist – sie haben Ihren Mann und Ihren Jungen verloren –, aber in gewisser Weise ähnelt sie auch meiner." Er kam wieder an ihr Bett zurück. „Wir leben, Sie und ich, wir sind zwei der fünf Überlebenden und das muss doch einen Grund haben."

„Ich kann mir nicht vorstellen, worin der bestehen sollte."

Er sah an ihr vorbei. „Also, wenn Sie einmal darüber nachdenken, ... ich glaube, ich habe überlebt, damit ich *Sie* retten konnte. Wie könnte ich das Gott so einfach wieder vor die Füße werfen?"

„Und warum sollte ich dann am Leben bleiben?"

Er sah zur Decke. „Vielleicht um meine Freundin zu sein?" Er breitete die Arme aus, als ob er sich selbst als Geschenk anbot.

Sie musste lächeln. „Danke, George. Danke, dass Sie für mich da sind. Aber ich weiß nicht so genau, was für eine Art von Freundin ich Ihnen sein werde."

„Darüber machen Sie sich mal keine Gedanken. Wir werden daran arbeiten. Alles, was ich weiß, ist, dass wir ein Geschenk, das Gott uns gemacht hat, nicht einfach so wegwerfen dürfen. Das wäre wirklich unhöflich."

„Ich habe noch nie gehört, dass jemand Selbstmord als Akt der Unhöflichkeit bezeichnet hat."

Er sah sie entschlossen an und antwortete: „Bis jetzt."

„Bis jetzt."

Er zog einen Stuhl heran und stützte seine Arme auf die Knie. „Aber die Sache ist die, dass es noch einen Grund gibt, weshalb Sie weiterleben müssen."

„Und der wäre?"

„Henry Smith."

„Wer?"

„Henry Smith, der Mann, der Sie gerettet hat."

„Der Mann im Hubschrauber?"

„Nein, der Mann im Wasser, ein Flugpassagier wie wir. Der Mann, der das Rettungsseil weitergereicht hat."

Sie erinnerte sich vage an das Gesicht eines bärtigen Mannes, der sich am Heck des Flugzeugs festgeklammert hatte. Hatte sie das Seil von ihm bekommen? Sie hatte ein inneres Bild, in dem sie die Bewegung seiner Hand registrierte, die ihr das Seil reichte. Das schreckliche Dröhnen der Rotoren über ihr, die schneidende Kälte, ...

„Sein Opfer ist etwas, wofür man dankbar sein sollte."

„Opfer?" Mary schüttelte den Kopf in dem Versuch, ihre Gedanken zu ordnen. „Ich bin immer noch etwas benommen; ich verstehe das nicht."

George stand auf und hielt sich am Fußende des Bettes fest, als brauche er eine Stütze. „Henry hat das Seil weitergegeben, aber es hat dann für ihn selbst zu lange gedauert. Als der Hubschrauber ihn holen wollte, war er weg. Er ist ertrunken."

Sie legte sich die Hand auf den Mund. Zu erfahren, dass ein anderer Passagier sein Leben für sie eingesetzt hatte ...

„Oh, oh", sagte George und machte eine drohende Geste mit dem Zeigefinger. „Jetzt machen Sie es ja schon wieder. Lassen Sie es. Und auch keine Schuldgefühle."

„Diese Männer im Hubschrauber, ... dieser Henry, ... sie hätten, ..."

„... Sie nicht retten sollen? Sie können natürlich den Rest Ihres Lebens damit verbringen, sich schuldig und wertlos zu fühlen, aber ich persönlich würde das für die Verschwendung eines Helden halten." Georges Stimme brach, und Mary beobachte, wie sein Gesicht in sich zusammenfiel. „Henry Smith ist gestorben, damit Sie am Leben bleiben und nicht, damit Sie sich selbst umbringen und auch nicht, damit Sie in Selbstmitleid schwelgen und damit die Zeit vertun, die Ihnen auf dieser Welt noch bleibt." Er warf den Kopf zurück und schniefte. „Möchten Sie, dass er für nichts und wieder nichts gestorben ist?"

„Nein, natürlich nicht."

Seine Augen blitzten. „Dann kommen Sie jetzt da raus! Mir ist klar, dass es den Ärzten wahrscheinlich nicht gefallen würde, dass ich so mit Ihnen rede. Die möchten Sie aufpäppeln und wollen, dass Sie stundenlang darüber reden, weshalb Sie sich umbringen wollten. Aber ich bin einfach zu dumm und zu starrsinnig, um mich mit solchem Quatsch aufzuhalten. Und wenn ich Sie anschreie, dann schreie ich damit auch mich selbst an. Es erfordert Mut, glücklich zu sein. Wir beide wollten uns umbringen, weil wir Feiglinge waren. Das ist eine nicht zu leugnende Tatsache, aber genauso wenig können wir leugnen, dass ein Mann für uns den Inbegriff von Mut an den Tag gelegt hat." Er schaute kurz weg, aber dann wieder zu ihr hin. „Wissen Sie, was Henry Smith zu mir gesagt hat, kurz bevor wir abgestürzt sind?"

„Nein."

„Er hat zwei Dinge gesagt, an die ich immer denken werde. Erstens, dass Gott nicht will, dass ich mir das Leben nehme. Und zweitens, dass er das Gefühl hatte, einen Bibelvers für sich ganz persönlich bekommen zu haben, der sein Handeln leitete. Ihm war aber zu dem Zeitpunkt noch nicht klar, in welcher Weise." Georges Blick hellte sich auf. „Da war es ihm noch nicht klar, aber jetzt ... Der Vers ist perfekt."

„Welcher Vers ist es denn?"

„Jesaja irgendwas, aber der Vers lautete: ‚Dies ist der Weg, auf ihm sollt ihr gehen.'"

„Welcher Weg?"

George packte Marys Arm. „Verstehen Sie denn nicht? Gott hat Henry gesagt, dass der Vers eine Art Herausforderung an ihn sei. Der Vers sollte ihn beflügeln, über sich selbst hinaus an größere Dinge zu denken. Dann ist das Flugzeug abgestürzt und Henry hat sich an den Vers gehalten. Gott hat ihm *einen Weg* gezeigt, und er hat Ja dazu gesagt und ist ihn *gegangen*."

„Wow."

George nickte und als seine Augen sich mit Tränen füllten, reagierte sie ebenso. „Die Menschen wissen gar nicht, dass sie Helden sind, bis Gott ihnen eine Chance gibt und sie dazu Ja sagen. Helden werden nicht gezwungen, Helden zu sein, sondern sie *entscheiden sich* dafür."

Mary erschauderte. George schob entschlossen das Kinn vor. „Wenn man all das bedenkt und wenn man weiß, was wir wissen, weigere ich mich zuzulassen, dass jemand von uns die *Wahl*, die Henry Smith getroffen hat, abwertet. Hören Sie mich, Mary? Verstehen Sie, was ich meine?"

Plötzlich war Marys Lunge ganz leer. Sie holte hörbar Luft und schluchzte dann laut auf. Alles, was er sagte, stimmte. *Sie* musste eine Wahl treffen. *Dies ist der Weg. Darauf sollst du gehen.* Sie streckte eine Hand aus. George nahm sie und drückte sie. „Helfen Sie mir, hier herauszukommen. Helfen Sie mir, das durchzustehen." Sie atmete heftig aus. „Helfen Sie mir, nach Hause zu kommen."

* * *

Auf Marys Auffahrt stand bereits ein Auto, also hielt George an der Straße. Eine Frau stieg aus dem Auto auf der Auffahrt aus, als sie sie erblickt hatte und eilte dann zu Marys Tür.

„Wo warst du denn, meine Kleine!? Ich sitze hier jetzt schon seit zwanzig Minuten. Ich habe geklopft und gerufen und ich habe mir schon Sorgen gemacht." Jetzt sah sie zum ersten Mal George an. „Wer ist denn das?"

Mary stieg aus dem Auto aus und antwortete: „Das ist George Davanos, Mutter. Er ist auch ein Überlebender des Flugzeugabsturzes. George, das ist meine Mutter, Anna Keenan."

Die Frau sah ihn misstrauisch an, so als genüge ihr die Erklärung ihrer Tochter nicht. Mary sah nervös zu George, und er konnte ihre Gedanken lesen: *Gib mir Rückendeckung, George.*

Er wählte seine Worte sorgfältig, als er sagte: „Ich habe Mary zum Mittagessen abgeholt, Mrs. Keenan."

Jetzt richtete sich der Ärger der Frau gegen ihre Tochter. „Du nimmst einen Tag, nachdem du deinen Mann und dein Kind begraben hast, eine Einladung zum Essen an?"

Mary schlug den Weg zur Haustür ein. „Ja, genau das, Mutter. Ich muss nämlich hin und wieder etwas essen, weißt du?"

Gut so, Miss Mary.

Mary hielt an der Treppe inne und drehte sich zu George um. „Möchten Sie noch mit hereinkommen?"

Nachdem er einen Blick auf das immer noch missbilligende Gesicht von Anna Keenan geworfen hatte, wusste George, dass es das Vernünftigste gewesen wäre zu gehen, aber er war gerade nicht in vernünftiger Stimmung.

„Sehr gern."

Mary wartete an der Tür auf ihn und nahm dann seinen Arm. „Kommst du, Mutter?"

Der Blick der Frau wechselte von Missfallen zu dem Ausdruck eines traurigen Kindes, das zu einer Geburtstagsfeier eingeladen wird, die schon in vollem Gange ist. „Nein, nein danke. Ich gehe wohl besser nach Hause. Ich habe noch viel zu tun. Bei dir scheint ja so weit alles in Ordnung zu sein."

„Mir geht es gut. Oder wenigstens empfinde ich die Möglichkeit, dass es mir gut gehen könnte. Vielleicht. Eines Tages."

Zum ersten Mal, seit er sie kennen gelernt hatte, glaubte George, dass das stimmte.

* * *

Sonja zögerte kurz vor dem Metalldetektor am Gate. Bis hierher zu kommen, war ein reiner Willensakt gewesen, aber plötzlich, als sie in das Flugzeug einsteigen sollte, scheute sie wie ein Vollblut vor dem Gatter. *Wie kann ich nur schon wieder fliegen?*

„Hallo, gnädige Frau? Entweder Sie kommen jetzt und gehen durch die Absperrung, oder Sie treten beiseite. Sie halten den Verkehr auf."

Sonja trat zur Seite, sich der irritierten Blicke der anderen Flugpassagiere bewusst, ebenso wie der argwöhnischen Begutachtung durch die Sicherheitskräfte, die wahrscheinlich dachten, dass sie zögerte, weil sie einen Revolver in ihrem Gipsverband versteckt hatte und ihre Narben im Gesicht für Zeichen eines misslungenen Terroranschlages hielten.

Das ist lächerlich. Millionen von Menschen fliegen tagtäglich ohne Zwischenfälle. Die Wahrscheinlichkeit, mit dem Flugzeug abzustürzen, ist astronomisch gering.

Aber ich bin abgestürzt.

Was wiederum bedeutet, dass ich es hinter mir habe. Ich bin damit durch. Statistisch gesehen ist es so gut wie unmöglich, so etwas zweimal zu erleben.

Sie sah eine gut aussehende Afroamerikanerin durch die Sperre gehen. Die Frau entsprach der Vorstellung, die Sonja von Roscoes Frau hatte. Eden Moore würde sie am Flughafen erwarten. Diese Frau wollte, dass sie kam. Sie hatte sie als Geschenk Gottes bezeichnet. Sonja holte tief Luft und straffte ihre Schultern. Sie musste es tun. Für Roscoe, für Eden.

Und für sich selbst.

* * *

Anthonys zweiter Arbeitstag nach dem Absturz war ein bisschen einfacher. Er hatte in der Nacht gut geschlafen, nicht zuletzt auch aufgrund der Nachricht, dass die Blackbox des abgestürzten Flugzeugs gefunden worden war. Schon bald würde man wissen, wer an dem Unglück Schuld war, und dann konnte die fällige Klage in die Wege geleitet werden.

Für den heutigen Tag hatte er sogar eine Operation angesetzt, und er fühlte sich dazu auch absolut bereit und in der Lage. Mrs. Wanda Saperstein bekam ein Facelifting. Er hatte schon zuvor an ihr gearbeitet und gemeinsam erneuerten sie nun nach und nach ihren gesamten Körper. Dank seines Könnens – und ihrer Zig-Tausenden von Dollar – sah sie 15 Jahre jünger aus als ihr tatsächliches Alter. Um ehrlich zu sein, fand Anthony es ein bisschen gruselig, wenn Großmütter versuchten, so auszusehen wie ihre eigenen Enkelinnen, aber wer war denn er, darüber zu streiten? Die Eitelkeit seiner Patientinnen sorgte mit dafür, dass er seine Rechnungen bezahlen konnte.

Anthony hatte seine Arbeit an Mrs. Saperstein in dem OP, der zu seinem Bürotrakt gehörte, gerade beendet, aber er hatte noch ein paar Minuten Zeit bis zum Beginn seiner Visite und den anschließenden Terminen in seiner Praxis. Er ließ sich auf das Sofa in seinem Büro sinken, aber die Hoffnung auf Linderung erfüllte sich dadurch nicht. Er stöhnte. Sein ganzer Körper tat ihm weh und er war erschöpft, und zwar ebenso von dem psychischen Stress, seine Fassade der Unbesiegbarkeit aufrechtzuerhalten, wie von den körperlichen Folgen des Absturzes.

Er hatte gerade seine Augen geschlossen, als die interne Sprechanlage summte. Candys Stimme erfüllte den Raum. „Dr. Thorgood, sind Sie da?"

„Können Sie mich nicht einmal ein paar Minuten in Ruhe lassen? Das kann doch bestimmt eine der Helferinnen ..."

„Tut mir Leid, aber es ist dringend. Eine Ärztin aus dem Krankenhaus versucht schon die ganze Zeit, Sie zu erreichen. Sie sagt, dass sie Sie schon mehrfach angepiepst hat und Sie auch ausrufen ließ. Ich habe ihr erklärt, dass Sie im OP waren, aber sie hat darauf bestanden, dass Sie sofort zurückrufen. Eine Dr. Margalis oder so."

Die süße Andrea. „Gut."

Anthony stöhnte bei der Anstrengung, die es ihn kostete, zu seinem Schreibtisch zu gelangen. Als er die Nummer der Station wählte, krampfte sich kaum merklich sein Magen zusammen. Der einzige Fall, an dem er mit der schönen Ärztin zusammengearbeitet hatte, war die Kneipenschlägerei vom Vortag. War es möglich, dass der eigentliche Grund ihres Anrufes der dringende Wunsch war, *ihn* zu sehen? Nein. Selbst sein gut gepolstertes Ego konnte nicht so vermessen sein, das anzunehmen.

Er erreichte sie sofort. „Hier ist Dr. Thorgood. Was gibt's?"

„Wir haben ein Problem mit dem Handpatienten aus der Notaufnahme von gestern. Er hat heute Morgen seinen Hausarzt aufgesucht und der hat ihn sofort zu einem anderen Spezialisten überwiesen."

Anthonys Stolz meldete sich zu Wort. „Einem anderen ... Das war aber ziemlich unprofessionell."

„Könnten Sie einmal kurz Ihren Stolz beiseite lassen, Doktor? Möchten Sie denn gar nicht wissen, warum?"

„Warum denn?"

„Weil Patrick Harper Konzertpianist ist. Und als er heute Morgen wieder ganz bei sich war – und bei dem Versuch, seine Hand zu bewegen, starke Schmerzen hatte –, sind er und sein Manager sofort zu seinem Hausarzt gegangen, damit er sich die Sache ansieht. Der Arzt hat dann hier angerufen, um herauszufinden, wer seinen Patienten behandelt hat."

„Und wann kommt er wieder zur Behandlung?"

„Gar nicht. Er ist absichtlich zu einem anderen Spezialisten gegangen. Und der ..."

„Wer? Zu wem ist er gegangen?"

„Zu Dr. Burrows. Jedenfalls hat Dr. Burrows seine Hand aufgemacht und ..."

„Der kann doch nicht meinen Patienten behandeln!"

„Das kann er sehr wohl, wenn der Patient darauf besteht und wenn es für die Überzeugung einen Grund gibt, dass der ursprüngliche Arzt fahrlässig gehandelt hat, indem er eine Hand einfach zunähte, die eigentlich hätte ..."

Anthonys Magen krampfte sich jetzt heftig und schmerzhaft zusammen. „Sie haben ihn zu Burrows geschickt? Sie haben das über meinen Kopf hinweg entschieden? Ist Ihnen eigentlich klar, wie beleidigend das ist?"

„Ich habe ihn nirgends hingeschickt. Als er mich nach dem Namen eines anderen Chirurgen gefragt hat, war ich verpflichtet, ihm einen zu nennen. Und was die Beleidigung angeht – es geht hier nicht darum, wer wen beleidigt hat oder wer beleidigt ist. Die oberste Sorge hat dem Patienten und seinem Wohl zu gelten!"

„Kommen Sie mir bloß nicht so. Wir wissen doch beide, dass Ed Burrows die Seele seiner Mutter verkaufen würde, um an meine Patienten heranzukommen. Das ist absolut unmora..."

„Dr. Burrows hat sich des verzweifelten Patienten angenommen aus Sorge um ihn, nicht um sein Ego aufzupäppeln und auch nicht, um Ihres zu beleidigen."

„Sie machen sich etwas vor."

„Und Sie sind einfach überheblich."

Was? Anthony bemerkte, dass er die Luft anhielt. Er atmete aus und antwortete: „Das war völlig unangebracht."

„Ich würde ja sagen, dass es mir Leid tut, aber ich bin einfach zu erschöpft, um zu lügen."

Dann gehe ich wahrscheinlich recht in der Annahme, dass sich ein eventuelles Rendezvous damit erledigt hat?

„Gehen Sie doch einfach wieder zu Ihren Bauchstraffungen und Brustimplantaten, Doktor. Vielleicht ist es besser, wenn Sie die wirklich wichtigen Sachen den echten Ärzten überlassen."

„Andrea!"

„Aber seien Sie vorgewarnt. Es könnten Schadensersatzforderungen auf Sie zukommen."

„Wovon reden Sie überhaupt?"

„Wenn Mr. Harper seine Hand auf Grund Ihrer Fehldiagnose, Ihrer Ungeduld und dem Wunsch, nicht belästigt zu werden und der daraus folgenden schnellen Lösung mit dem einfach Zunähen nicht mehr richtig gebrauchen kann – wovor ich Sie gestern ausdrücklich gewarnt habe –, dann nehme ich an, dass er Sie verklagen wird."

„Warum sollte er das tun?"

„Wegen seines Berufes. Haben Sie eigentlich gar nicht zugehört? Der Mann ist Konzertpianist."

„Aber er hat sich die Verletzung in einer Bar ..."

„Ja, in einer Bar, als er sich bei einer Schlägerei verteidigt hat. Es war eine Schlägerei, die er nicht angefangen hatte – weil er das angesichts seines Berufes wohl auch nie gewagt hätte."

„Das hier wird langsam ermüdend, Andrea."

„Ihr Mangel an Einfühlungsvermögen erstaunt mich immer mehr." Ihr Seufzen war schwer. „Sie sollten lieber für ein Wunder beten, Dr. Thorgood, damit Sie nicht auch noch Ihren Beruf verlieren."

Dann war die Leitung tot. Anthony erstarrte.

Das kann doch nicht wahr sein.

VIERZEHN

Jede Züchtigung aber, wenn sie da ist,
scheint uns nicht Freude, sondern Leid zu sein;
danach aber bringt sie als Frucht denen,
die dadurch geübt sind, Frieden und Gerechtigkeit.
HEBRÄER 12,11

Tina fuhr zu schnell, beflügelt von ihrer Freude über das Treffen mit Vincent Carpelli. Noch nie hatte sie ein so aufbauendes Gespräch geführt, nicht einmal in ihrem Bibelkreis. Ihr war nach Feiern zu Mute und die beste Art zu feiern bestand für sie darin, ihrer großen Leidenschaft nachzugehen. Sie brauchte eine Buchhandlung und zwar schnell.

Zu ihrer Rechten entdeckte sie eine christliche Buchhandlung. Perfekt.

Das war Tinas Lieblingsplatz, der Himmel auf Erden. Es war ein riesiger Laden mit einer Kaffeebar und einer großen Geschenkabteilung. Im Hintergrund spielte Popmusik, in deren Texten es um eine andere Art von Liebe ging, als in den meisten anderen Popsongs. Dann gab es noch eine Ecke, in der sich Jugendliche Videos ansehen konnten und natürlich Bücher ... es war definitiv ein Leserattenparadies. Biografien gab es da, Bilderbücher, Selbsthilfebücher, Bibeln, Andachtsbücher und dann Tinas Lieblingsgenre: Christliche Romane – Regale voller wunderschön präsentierter, geistlich wertvoller Romane.

Die nächste halbe Stunde verbrachte Tina damit, sich fünf Romane auszusuchen. Es fühlte sich an wie Weihnachten. Vielleicht war es ja Weihnachten, denn in gewisser Weise war ja heute der Tag, an dem Christus in ihr wieder geboren worden war – dank Mr. Carpelli.

Sie ging zur Kasse, um zu bezahlen. Hinter der Angestellten entdeckte sie ein Schild mit der Aufschrift: *Mitarbeiter(in) gesucht.* Tinas Herz machte einen Satz. *Los, tu es.*

Ohne weiter zu überlegen, hörte sie sich sagen: „Ich möchte mich gern um die Stelle bewerben."

Die Angestellte lächelte. „Ihr Timing ist wirklich perfekt. Die Geschäftsführerin ist gerade da. Möchten Sie gleich ein Bewerbungsformular ausfüllen und mit ihr reden?"
Die Angestellte hatte Recht. Das Timing war wirklich perfekt.

* * *

Wie soll ich sie eigentlich erkennen?
Als sie aus dem Flugzeug stieg, wurde Sonja klar, wie unzureichend sie auf diese Reise vorbereitet war. Sie hatte zwar eine Vorstellung davon, wie Eden aussehen *sollte*, hatte aber keinerlei konkrete Personenbeschreibung. Und sie hatten bei ihrem Telefongespräch auch kein Erkennungszeichen vereinbart wie beispielsweise: *Ich habe eine rote Nelke in der Hand.*
Vor ihr lag der Ausgang zur Ankunftshalle. Sonja legte ihren Wintermantel über den Gipsarm und rückte ihre Schultertasche auf der anderen Schulter zurecht. Sie hatte nicht viel mitgenommen. All die Kleider, die sie so sorgfältig für ihre Reise ins sonnige Phoenix ausgewählt hatte, waren weg. Roscoes Witwe musste Sonja eben nehmen wie sie war. Vor ihr ging die Tür zur Ankunftshalle auf, und sie war von dem Lärm dort draußen wie betäubt. Sie überblickte die Gesichter der wartenden Menschen, aber niemand sah zu ihr hin, niemand warf ihr fragende Blicke zu. Dann entdeckte sie eine Frau, die einen Nelkenstrauß in der Hand hielt mit einer Karte daran, auf der *Sonja* stand. Eden Moore war noch hübscher, als Sonja es sich vorgestellt hatte.
„Sonja?"
Bevor sie ihren Satz beendet hatte, umarmte die Frau sie. „Ich bin so froh, Sie kennen zu lernen. Wie war Ihr Flug? War es schwierig, wieder in einem Flugzeug zu sitzen? Ist das alles, was Sie an Gepäck dabeihaben?"
Sonja lachte über diesen Redeschwall und antwortete: „Gut, ja und ja."
Mrs. Moore zögerte einen Augenblick, um die Antworten den Fragen zuzuordnen. „Entschuldigen Sie bitte. Wenn ich aufgeregt bin, rede ich immer zu viel." Dann erinnerte sie sich an die Blumen. „Die sind für Sie."
Sonja hielt sie dicht an ihr Gesicht und atmete ein. „Wie lieb von Ihnen."
„Ich wollte einfach, dass Sie sich willkommen fühlen. Und lassen Sie mich das hier nehmen." Eden griff mit einer Hand nach ihrer Umhängetasche.

„Sie brauchen aber nicht ..."

„Schschsch."

Sonja sagte nichts mehr und ihr wurde klar, dass es angesichts Edens unanfechtbarer Autorität wahrscheinlich das Beste war, zu tun, was sie sagte. Also gab Sonja die Tasche her und sie gingen los. Eden hakte sich bei ihr ein, was Sonja ein wenig irritierte, aber sie ließ es dennoch zu.

Plötzlich sah Sonja das Schild mit der Aufschrift: ‚Willkommen in Phoenix' und stockte kurz.

Eden bemerkte es. „Was ist los?"

„Das hier ist der Flughafen, auf dem ich zu dem Kongress gelandet wäre, die Reise, auf der ich war, als das Flugzeug abgestürzt ist. Wenn ich jetzt dieses Schild sehe ..."

Eden tätschelte ihren Arm. „Daran habe ich auch gedacht, als ich hergefahren bin, um Sie abzuholen. Wie schwer das für Sie sein muss. Für mich war es auch nicht ganz einfach, weil ich daran denken musste, dass ich eigentlich Roscoe hier hätte abholen sollen."

Sonja erschrak. Sie hielt inne und sah Mrs. Moore direkt an. „Es tut mir so Leid. Wie egoistisch von mir, nur an mich und mein Problem zu denken, wo schließlich Sie es sind, die ihren Mann verloren haben. Wahrscheinlich halten Sie mich für eine egoistische, ausschließlich um sich selbst kreisende ..."

„Unsinn." Eden ging jetzt weiter. Sonja war erstaunt, wie kraftvoll sie voranschritt, und es blieb ihr nichts anderes übrig als mitzuhalten. „Wenn wir nicht ehrlich miteinander sein können, dann könnten Sie genauso gut wieder ins nächste Flugzeug steigen und nach Hause fliegen. Entweder ehrlich oder gar nicht, das ist meine Bedingung. Sind Sie damit einverstanden?"

Sonja spürte die Blicke der Frau auf sich, während sie gingen. Sie riskierte ebenfalls einen Blick. „Ich bin einverstanden."

„Gut, dann lassen Sie uns nach Hause fahren."

* * *

Eden Moores Oldsmobile war riesig, uralt und blitzsauber. Ein Schiff auf Rädern. Eden handhabte ihn mit der Lockerheit einer routinierten Fahrerin. Sie war geschickt darin, beim Fahren zu reden, wobei eine ihrer Hände ständig in Bewegung war.

„Erzählen Sie mir, wie Sie die Katastrophe erlebt haben. Es muss ja wirklich furchtbar für Sie gewesen sein. Erschreckend. Wie geht es Ihnen jetzt? Kann ich Ihnen irgendwie helfen?"

Sonja hatte eigentlich erwartet, dass Edens erste Frage ihrem Mann gelten würde. „Sollte nicht eigentlich ich es sein, die Sie tröstet, Mrs. Moore?"

„Nennen Sie mich doch bitte Eden, und auch wenn es ziemlich nett von Ihnen ist, meine Liebe, bin ich, was Trost angeht, ziemlich gut versorgt. Ich weiß, dass für mich alles gut wird."

Sonja schüttelte ungläubig den Kopf. „Ihr Mann hat gesagt, Sie wären eine starke Frau, aber ..."

Sie lachte. „Das hat er über mich gesagt? Alles Unsinn. Er war der Starke. Obwohl wir ehrlich gesagt auch gemeinsam stärker geworden sind. Ich fühle mich beschenkt, wenn ich sehe, wie Jesus unsere Kämpfe und Mühen auf so positive Weise nutzt."

Sonja hielt fast den Atem an. *Sie bezeichnete den Verlust eines Sohnes und ihres Mannes als ‚Kämpfe und Mühen'?*

Eden sah zu ihr herüber. „Oh, Ihr Seufzer hat aber mehr gesagt als tausend Worte. Was ist das Problem?"

Sonja hatte ihre Gefühle eigentlich gar nicht so deutlich zeigen wollen. „Es war nichts."

„Es war also nichts. Und wie war das noch mal mit der Ehrlichkeit? Erinnern Sie sich?"

Sonja sah durch das Autofenster die Landschaft um Phoenix vorbeihuschen – Kakteen und Wüste im Wechsel mit üppigen Rasenflächen und Palmen. Diese Frau ließ ihr wirklich gar nichts durchgehen. Sonja war es nicht gewohnt, ehrlich zu sein – im Gegenteil. In Wirklichkeit gestaltete sie ihr Leben um ihre Fähigkeit herum, *un*ehrlich zu sein.

„Ich war nur erstaunt über Ihre Wortwahl", sagte sie. „Sie haben Ihre Kämpfe und Mühen erwähnt. Ich weiß von Ihrem Jungen ... und jetzt auch noch Ihr Mann. Das sind doch keine Kämpfe und Mühen, das sind Katastrophen, lebenserschütternde Katastrophen, Tragödien, die eines Shakespeares würdig waren."

Eden überlegte einen Augenblick und spielte dabei mit einem ihrer Türkisohrringe. „Da gebe ich Ihnen Recht. Und wenn ich mir erlaube, mich nur auf den Verlust zu konzentrieren, dann verliere ich wirklich alles. Das ist das Problem mit Trauer. Sie ist kannibalisch. Sie bewirkt, dass man sich so lange ausschließlich auf sich selbst konzentriert, bis man am Ende am eigenen Fuß nagt, um den Hunger zu vertreiben."

„Aber muss man sich nicht auch auf sich selbst konzentrieren, damit man es verarbeiten und damit fertig werden kann?"

„Oh, das habe ich getan, Sonja. Und ich tue es immer noch. Ich bin kein selbstloser Mensch. Aber als Eddie starb und jetzt mein Roscoe

... Wenn ich mich auf meinen Verlust konzentriere, dann verpasse ich die Freude, die es mir bereitet, an das zu denken, was sie *gewonnen* haben."

„Gewonnen? Sie sind tot!" Sonja hatte nicht laut werden wollen. „Tut mir Leid."

„Schreien Sie ruhig, wenn Sie müssen ... Moment mal, ich kann das hier nicht beim Fahren besprechen." Sie bog auf den Parkplatz einer Tankstelle ein, hielt an, kurbelte die Fenster herunter und ließ die trockene, warme Luft herein. Dann stellte sie den Motor aus, schnallte sich ab und sah Sonja direkt an. „So. Das ist schon besser. Roscoe hat mich immer geneckt, indem er sagte, dass ich, wenn ich beim Reden meine Hände nicht benutzen könne, explodieren würde. Das gilt auch für den Augenkontakt mit dem Menschen, mit dem ich rede. So, wo waren wir stehen geblieben?"

„Ihr Verlust und der Gewinn von Eddy und Roscoe."

„Genau. Natürlich vermisse ich sie. Natürlich wünschte ich, sie wären hier. Und an manchen Tagen weine ich wahre Sturzbäche. Ich habe auch immer wieder Phasen, in denen ich mächtig wütend darüber bin. In den ersten paar Tagen habe ich Gott ziemlich heftig die Meinung gesagt."

„Sie haben Gott angeschrieen? Kann man das denn einfach so?"

Eden lachte. „Ob man das kann? Da können Sie aber sicher sein. Ob man es tun *sollte*? Ich glaube nicht, dass Gott es übel nimmt. Er will uns ganz, mit allem Drum und Dran, und das schließt auch die nicht so netten Anteile ein, ja, sogar die richtig schlechten."

Die paar Mal, die Sonja über Gott nachgedacht hatte, hatte sie sich ihn als strengen Schuldirektor vorgestellt, der mit einem Lineal bewaffnet war und bereit, jedem damit auf die Finger zu schlagen, der ihm missfiel. Und wer würde auch nur wagen, daran zu denken, einen Schuldirektor anzuschreien?

„Sie sehen geschockt aus."

Sonja hatte eigentlich ihre Bedenken gar nicht so deutlich zeigen wollen. „Ich habe ein anderes Bild von Gott."

Eden nickte. „Sie möchten, dass er stolz auf Sie ist, nicht wahr?"

„Ja, das ist wohl so."

„Genauso, wie Sie auch gern möchten, dass Ihre Eltern stolz auf Sie sind, oder?"

Also *das* kam der Sache schon ziemlich nah. Zu nah. „Sie haben also Gott angeschrieen. Aber das erklärt noch nicht die Sache mit dem Verlieren und Gewinnen."

„Ja, das war der Anfang. Zuerst habe ich nur an mich selbst gedacht, an meinen Verlust und die Jahre, die wir nun *nicht* mehr gemeinsam verbringen werden. Dann habe ich daran gedacht, was für Schmerzen die beiden durchlitten haben müssen." Sie legte eine Hand auf ihre Brust und drückte ganz fest. „Das ist auch immer noch eine Sache, die mir schwer zu schaffen macht." Sie stieß Luft aus, so als wolle sie damit das Bild in ihrem Innern loswerden. „Aber dann habe ich mich an das Versprechen erinnert."

„Welches Versprechen?"

„Gottes Versprechen, dass wir nach unserem Tod in den Himmel kommen und für immer bei ihm und wieder beieinander sind, vorausgesetzt, wir glauben an seinen Sohn." Sie schloss die Augen, streckte ihr Gesicht dem Himmel entgegen und lächelte. „,Er wird ihnen alle Tränen abwischen. Es wird kein Tod mehr sein, noch Weinen, noch Schmerzen, denn das Alte ist vergangen.'"

Sonja war völlig durcheinander. „Kein Tod mehr? Wovon reden Sie eigentlich?"

Eden öffnete die Augen wieder. „Eines Tages, wenn Jesus wiederkommt."

„Wiederkommt? Da komme ich aber jetzt nicht mit."

Eden sah Sonja kurz sehr eindringlich an, aber der Blick war nicht verurteilend, sondern eher taxierend. Schließlich nickte sie. „Erzählen Sie mir von sich, Sonja. Welchen Hintergrund haben Sie? Woher kommen Sie?"

Obwohl Sonja eigentlich nicht über ihre Eltern reden mochte, war das wenigstens ein Thema, bei dem sie sich auskannte. „Ich bin die einzige Tochter und zweites Kind von Mr. und Mrs. Sheffield D. Grafton II. Und das allein schon ist keine leichte Aufgabe." Sie lachte. „Ich habe keine Ahnung, warum ich das jetzt gerade gesagt habe."

„Weil wir darüber reden, Gott stolz zu machen. Leider stört die Beziehung eines Menschen zum leiblichen, irdischen Vater häufig die Beziehung zum himmlischen."

„Das habe ich noch nie so gesehen."

„Stimmt es denn?"

Ein Schuldirektor mit einem Lineal. Sonja war schockiert über den Vergleich. „Ja, ich glaube es stimmt."

„Ist Ihr Vater sehr fordernd?"

Sonja musste lachen. „Das könnte man so sagen, *ja*."

„Ist er stolz auf Sie?"

„Das wiederum könnte man *wohl eher nicht* sagen."

Eden tätschelte ihren Arm. „Das tut mir Leid."

Sonja war erleichtert, dass Eden nicht nach einem Beispiel oder einem Beweis fragte. Die paar Mal in ihrem Leben, die sie sich einer Freundin anvertraut hatte, was die Probleme mit ihren Eltern anging, war sie über deren schnelle Antworten traurig und enttäuscht gewesen. „Ach, da irrst du dich bestimmt. Wahrscheinlich sind sie doch sehr stolz auf dich." Woher wollten sie das wissen? Dass Eden Sonjas Wahrnehmung nicht anzweifelte oder hinterfragte, sondern einfach so annahm, das war eine echte Erleichterung.

„Gott möchte stolz auf Sie sein, und in die Richtung sollten Sie arbeiten. Aber im Unterschied zu den Vätern aus Fleisch und Blut vergibt er – und das auch noch gern."

„Da ist er dann wirklich *ganz* anders als mein Vater", sagte Sonja. „Wenn ich ihm die Wahrheit sagen würde über das, was gerade mit meinem Job passiert ist ..." Sie hielt inne und lachte. „Sie haben einen schlechten Einfluss, Eden. Ich kenne Sie erst seit einer halben Stunde und breite gleich alles vor Ihnen aus."

„Unsinn. Packen Sie nur weiter aus. Dazu bin ich ja hier. Also, was ist diese Wahrheit, die Sie Ihrem Vater nicht erzählen wollen?"

Mach schon. Darauf kommt es doch jetzt auch nicht mehr an. „Ich bin gefeuert worden."

„Und warum?"

„Wegen Täuschung und Hinterhältigkeit, und weil ich nicht zimperlich mit meinen Methoden war, wenn es darum ging, die Karriereleiter weiter nach oben zu klettern."

Eden schloss kurz die Augen und öffnete sie dann wieder, so als ob sie nach innen schaute auf eine bestimmte Erinnerung.

„Roscoe, ... wir haben das auch durchgemacht. Alles zu tun ..."

Sonja erinnerte sich. „Er hat mir davon erzählt, wie er zu Erfolg gelangt ist, sich dabei aber nicht um Sie und Eddy gekümmert hat. Er hat mir erzählt, wie durch Eddys Tod dann alles anders geworden ist – dass *Sie* das alles geändert haben."

„Ich?"

Ihr ganzes Gesicht strahlte eine unbändige Hoffnung aus. *Wusste sie das denn nicht?* „Er hat gesagt, dass Sie ihm eine Inspiration waren, dass Sie lange versucht haben, ihn dazu zu bringen, die Wahrheit zu sehen, Ihnen das aber nie gelungen ist. Es war erst Eddys Tod notwendig, um ihn zu erreichen und seine Aufmerksamkeit zu bekommen."

„Damit er kapitulierte und sich einließ."

Sonja rückte ein Stück von ihr ab und meinte: „Ich mag solche Ausdrücke nicht."

Eden lächelte, so als hätte sie ein Geheimnis. „Aber es sind ganz wunderbare Ausdrücke – wenn sie im richtigen Zusammenhang stehen."

„Und der wäre?"

Eden schnallte sich wieder an. „Ich muss Ihnen etwas zeigen."

* * *

Sie bogen auf den Parkplatz eines alten Einkaufszentrums ein, das an einer belebten Kreuzung lag. An einer anderen Ecke der Kreuzung befand sich eine Tankstelle, an der dritten Ecke war ein Schnapsladen und an der vierten eine Grundschule. Zu dem Einkaufszentrum gehörte ein Frisörsalon für Herren, ein Münzwaschsalon, eine Pfandleihe und ein Büro, auf dessen Firmenschild „Talentbörse" stand. Eden parkte vor dem Büro und stieg aus.

„Das ist der Ort. Der Beweis für unsere Kapitulation, für unser Einlassen."

Das ist die Firma der Moores? Als Roscoe ihr erzählt hatte, dass er und Eden ein Leben in Reichtum aufgegeben und sich für einen einfacheren Lebensstil entschieden hatten, hatte sie sich ein hübsches Büro in einem Bürozentrum vorgestellt, aber doch nicht so etwas.

Bevor Sonja diese ganz andere Realität ein wenig auf sich wirken lassen konnte, sah sie einen Teenager aus dem Büro kommen. Er winkte mit einem Zettel. „Mrs. Moore! Ich habe gerade einen Anruf von der Druckerei Tinnon bekommen. Sie haben einen Job für mich. Zuerst wollten sie mich als Auslieferungsfahrer anstellen, aber als ihnen dann klar wurde, dass ich von Ihnen komme, und nachdem sie sich meine Kunstmappe angesehen haben, die Sie dort hingeschickt haben, habe ich einen richtigen Job in der Druckerei bekommen. Sie wollen mich dort einarbeiten und mir zeigen, wie man Entwürfe macht."

Eden umarmte den Jungen, dann legte sie ihm eine Hand auf die Wange und sah ihm eindringlich in die Augen. „Ich hab doch gesagt, dass du es schaffst, Jose. Ich habe es doch gesagt." Sie stupste ihm mit dem Finger auf die Nasenspitze. „Aber du kennst ja die Regeln. Du gehst jeden Tag, für den du eingeteilt bist, zur Arbeit – und zwar pünktlich. Du hörst auf deine Vorgesetzten und gibst keine Widerworte. Und wag es bloß nicht, so zu reden, als ob du alles wüsstest, denn das wird nie der Fall sein. Behandle die Leute dort mit Respekt und sie werden dich genauso behandeln. Verstanden?"

„Verstanden." Der Junge sah jetzt zum ersten Mal Sonja an. Sein Ausdruck veränderte sich von Freude in Misstrauen. „Wer ist sie?"

Eden zog Sonja näher heran. „Das ist Sonja Grafton. Sie hat in dem Flugzeug neben Roscoe gesessen. Sie ist eine der Überlebenden, Gott sei Dank."

Der Blick des Jungen wurde traurig. „Ich vermisse ihn."

Eden legte eine Hand unter sein Kinn. „Ja. Aber weil wir ihn gekannt haben, werden wir weitermachen und noch härter arbeiten, nicht wahr?"

Der Junge nickte, allerdings ohne erkennbare Begeisterung. Er verabschiedete sich und ging. Sie betraten das Gebäude. Der Raum war mit Schreibtischen und Bürostühlen möbliert, die nicht zueinander passten, und in einer Ecke stand ein Sofa. Die Wände waren bunt gestrichen, vollgepflastert mit Postern, auf denen Sinnsprüche abgedruckt waren. Beispielsweise war da eine Ballerina abgebildet, die Spitze tanzte und darunter der Satz: „Es ist wichtig, auf den Punkt zu kommen." Oder ein Poster mit der Aufschrift: „Folge deinem Traum". Und da gab es das Bild eines Schülers, der inmitten von zerknüllten Zetteln saß und darunter der Satz: „Gott findet Hartnäckigkeit unwiderstehlich."

Ein Mädchen im Teenageralter, das geduckt hinter einem Computer saß, richtete sich plötzlich auf, als es Eden sah. „Kann ich mal mit Ihnen reden, Mrs. Moore?"

„Aber sicher, Maria." Eden schaute sich um. Außer dem Mädchen war niemand da. „Passt du hier für mich auf den Laden auf?"

„Bobby musste weg und Kopierpapier kaufen. Er ist gleich zurück."

Eden nickte. „Das ist ja nett von dir, aber hast du heute nicht bis zur siebenten Stunde Schule?"

„Mr. Bates hat mich früher gehen lassen, weil ich ihm gesagt habe, dass ich mit Ihnen reden wollte."

„Netter Versuch, junge Dame", sagte Eden und nahm hinter einem der Schreibtische Platz, „aber nächstes Mal bleibst du in der Schule, bis der Unterricht zu Ende ist. Du weißt, dass ich immer für dich da bin, aber dass die Schule an erster Stelle steht."

„Ja, geht in Ordnung."

„Jetzt setz dich." Dann wandte sie sich an Sonja und fragte: „Hätten Sie Lust, auch herüberzukommen?"

Sonja zog sich einen Stuhl an die Seite des Schreibtisches, an der auch das Mädchen saß. Das Radio lief. Eden schaltete es aus und widmete Maria ihre ganz Aufmerksamkeit. „Was hast du auf dem Herzen?"

Maria sah zu Sonja. „Ich kann nicht reden, wenn sie ..."

Eden tippte sich mit der Hand an die Stirn. „Wo habe ich bloß meine Manieren gelassen?" Sie machte die beiden miteinander bekannt und Maria nickte wie zur Bestätigung, dass eine Freundin von Eden in Ordnung sei. Sie schien völlig unbeeindruckt von der Tatsache, dass Sonja einen Flugzeugabsturz überlebt hatte. Vielleicht hatte Maria ja auch schon einige „persönliche Abstürze" überstanden.

Das Mädchen wickelte eine Haarsträhne um seinen Finger und offenbarte dabei ein Ohr mit vier Piercings. „Ich würde gern aufs College gehen und studieren. Sie haben doch gesagt, dass ich das tun soll."

„Solltest und auch könntest – je nach deinen Noten. Wie sind die denn so? Strengst du dich an? Du hast doch nicht immer noch Probleme in Geschichte, oder?"

Maria holte tief Luft, so als wäre sie sich nicht sicher, welche der Fragen sie zuerst beantworten sollte.

Sonja unterbrach die Stille. „Man braucht wirklich einen Notizblock, um all die Fragen zu behalten, nicht?"

Maria lachte. Eden täuschte Verärgerung vor, indem sie empört eine Hand in die Hüfte stemmte.

„Zwei gegen eine, das ist unfair."

„Entschuldigen Sie, Mrs. Moore. Glücklicherweise ist die Antwort auf jede dieser Fragen dieselbe. Ich komme in der Schule gut klar. Ich bin richtig gut. Dass Mr. Moore mich immer all die Daten und Namen abgefragt hat, hat echt geholfen." Erschrocken blickte sie jetzt auf. „Oh, tut mir Leid. Ich hätte ihn nicht erwähnen ..."

„Natürlich sollst du Roscoe erwähnen, meine Liebe. Ich möchte, dass du ihn oft und gern erwähnst. Verstanden?"

„Ja."

„Wenn deine Noten gut sind, wo liegt dann das Problem?"

Das Mädchen druckste einen Augenblick herum und rutschte unruhig auf dem Stuhl hin und her. Dann sagte sie: „Mama sagt, dass ich nicht aufs College zu gehen brauche; daran sollte ich lieber keinen Gedanken verschwenden. Sie sagt, dass es egal ist, ob ich gut in Mathe bin. Sie versteht nicht, wieso ich Differentialrechnung können soll. Sie sagt, solchen Müll braucht doch kein Mensch. Sie sagt, das einzige, was man in Mathe braucht, ist Addieren und Subtrahieren. Der Rest wär' für vornehme Snobs."

Wieder musste Sonja sich einmischen. „Du magst wirklich Differentialrechnung?"

„Bis jetzt hatte ich nur die Grundlagen, aber es macht mir total Spaß."

Sonja setzte sich in ihrem Stuhl zurück. „Ich bewundere dich."

Das Mädchen sah sie verdutzt an. „Mich?"

„Absolut. Ich gehöre zu den Menschen, die nicht einmal in der Lage sind, ihr Konto gut zu führen. Du dagegen gehörst zu denen, die einen Menschen zum Mars schicken, eine Maschine erfinden, in einen Körper hineinsehen oder einen Tunnel unter dem Ärmelkanal hindurch konstruieren können oder ... viele andere Sachen."

„Mit einem Abschluss in Mathe könnte ich all das machen?"

„Natürlich kannst du ..." Sonja wurde plötzlich klar, dass sie das Gespräch an sich gerissen hatte. Sie sah Eden an. „Tut mir Leid; ich sollte hier eigentlich eher stille Beobachterin sein, nicht wahr?"

Eden lächelte. „Wer sagt denn das?"

„Aber ich bin doch nur zu Besuch."

„Wirklich?"

„Wie bitte?"

Eden zwinkerte Maria zu und wandte sich dann an Sonja. „Es scheint fast so, als hätten Sie, Sonja Grafton, ein Talent dazu, Kids zu motivieren, *ihre* Talente zu erkennen und in die richtigen Bahnen zu lenken."

„Wie bitte?"

Eden lachte. „Sie hatten keine Ahnung, dass Sie diese Fähigkeit haben, stimmt's?"

Sonja war völlig durcheinander. „Ich soll motivierend sein?"

Maria lächelte. „Ja, Ms. Grafton, Sie. Bis jetzt habe ich mir noch nie so recht Gedanken darüber gemacht, was ich mit einem Abschluss in Mathe *tun* könnte. Mir haben immer alle gesagt, was ich machen könnte – Sie wissen schon, Lehrerin oder Buchhalterin oder Wissenschaftlerin. Ich habe meiner Mutter von diesen Berufen erzählt und sie hat mich dann immer angeschaut, als ob sie nur Bahnhof verstand. Aber wenn ich ihr erzähle, dass ich in der Raumfahrt oder im medizinischen Bereich arbeiten könnte oder einen Tunnel planen ..." Sie rutschte ganz weit vor, sodass sie nur noch auf der Stuhlkante saß, und ihre Augen blitzten, „das würde sie verstehen. Und wenn ich so etwas dann wirklich machen würde, dann würde sie ..." Ihre Stimme brach. „Dann wäre sie bestimmt schrecklich stolz auf mich." Sie sah zu Eden und Sonja auf. „Ich möchte doch nur, dass sie stolz auf mich ist."

Sonja spürte, wie sie vor Mitgefühl innerlich dahinschmolz. Den Eltern gefallen zu wollen, ihre Zustimmung zu bekommen – das wollte doch eigentlich jeder.

Maria stand auf, beugte sich zu Sonja vor, umarmte sie und überrumpelte sie damit völlig. „Vielen Dank, Ms. Grafton. Sie haben mir unwahrscheinlich geholfen."

Das kam aber wirklich unerwartet. „Gern geschehen."

Dann umarmte sie noch Eden und ging. Eden wippte mit ihrem Bein und grinste.

„Was hat denn dieser Blick zu bedeuten?"

„Der ist für Sie, Sonja, und es ist ein Blick reiner Freude beim Betrachten des Wirkens Gottes."

„Worüber reden Sie eigentlich?"

Eden hörte auf zu wippen und drückte den Zeigefinger fest auf die Tischplatte, als wolle sie damit hervorheben, was sie zu sagen hatte. „Gott hat Sie hierher gebracht. Zu mir. Zu Maria. Er hat Ihnen die Chance gegeben, Ihr Wissen weiterzuvermitteln. Sie haben diese Chance genutzt und dadurch ein junges Mädchen sehr, sehr glücklich gemacht."

„Aber ich habe gar kein *Wissen* weitervermittelt."

„Aber sicher haben Sie das. Sie verfügen über ein gutes analytisches und systematisches Denkvermögen, mit Hilfe dessen Sie ein Problem durchdenken und dann zu einer praktischen Lösung gelangen können. Sie sind direkt, ehrlich und motivierend."

Wirklich? Sonja fragte sich, was Eden wohl von ihrem „ehrlichen" Umgang mit Geraldine halten würde. „Ich danke Ihnen für die Ermutigung, aber ich bin eher nicht der motivierende Typ. *Ehrlich.*"

„Aber natürlich sind Sie das. Sie waren nur zu sehr mit anderen Dingen beschäftigt, um das zu erkennen. Unsere Aufgabe hier bei der Talentbörse ist eine zweifache: zum einen wollen wir den Jugendlichen helfen, die Talente zu erkennen, die Gott ihnen geschenkt hat, und zum anderen wollen wir ihnen praktische Anleitung geben, wie sie diese Gaben nutzen können. Sie zuerst Gott anbefehlen und sie dann auf die Welt loslassen, um diese Welt zu verbessern." Sie rollte auf ihrem Stuhl zu Sonja hin und hielt erst an, als sich ihre Knie beinah berührten. Sie nahm Sonjas Hände in ihre. „Sie sollten in Phoenix bleiben, Sonja. Das spüre ich. Sie sollten hier bleiben und mit mir zusammenarbeiten."

Sonja zog ihre Hände weg. „Ich kann doch nicht ... Ich ..."

„Haben Sie denn andere Pläne?"

Zu Hause erwartete sie die Arbeitslosigkeit und zudem die demütigende Schande. Hier bestand die Chance, noch einmal ganz neu anzufangen. Aber die Idee war verrückt, völlig verwegen, absolut indiskutabel. Außerdem ... Sonja sah sich in dem dürftig eingerichteten Büro um. Eden folgte ihrem Blick.

„Ich weiß, es ist nicht viel – noch nicht. Aber Roscoe und ich hatten große Pläne. Es stand für uns fest, dass wir hier in dieser Gegend bleiben, wir aber trotzdem unsere Arbeit und unsere Angebote noch weiter ausbauen wollten. Wir wollten beispielsweise „Talenttage" an Schulen veranstalten und dort auch einige Kurse anbieten für Fertigkeiten und Kenntnisse, die man braucht, um einen Ausbildungsplatz zu finden. Alles Talent der Welt nützt diesen Kids gar nichts, wenn sie nicht wissen, wie man einen Bewerbungsbogen ausfüllt, ein Anschreiben aufsetzt oder wie man sich in einem Vorstellungsgespräch verhält."

„Aber zu Hause, ... meine Wohnung, mein ..." Sie zögerte, erinnerte sich dann aber an Edens Versprechen, ehrlich zu sein. „Wie könnten Sie mir denn genug bezahlen?"

Eden nickte. „Da kommen wir zum Knackpunkt, der Frage nämlich – was eigentlich genug ist."

„Ich hatte Pläne, große Pläne."

„Ich verstehe. Pläne befördert zu werden und mehr zu verdienen und dann eine größere Wohnung und vielleicht sogar ein Haus?"

„Ist das denn schlimm?"

Eden zuckte die Achseln. „Es war einmal ein reicher Mann, der zu Jesus kam und ihn fragte, was er tun müsse, um in den Himmel zu kommen. Er war immer ein guter Mensch gewesen und hatte sich an die Gebote Gottes gehalten. Aber Jesus sagte ihm, dass, wenn er ihm nachfolgen wolle, er alles verkaufen müsse, was er habe und es den Armen geben. Dann würde er einen Schatz im Himmel haben."

„Das ist aber wirklich eine harte Forderung."

„Das war keine Forderung, sondern eine Gelegenheit, eine echte Chance."

„Und was hat der reiche Mann getan?"

„Er konnte es nicht. Er ging traurig fort, denn er war sehr reich."

Sonja stützte mit der freien Hand ihren Gips. „Das haben Sie und Roscoe gemacht, nicht wahr? Das haben Sie mit Kapitulation und sich Einlassen gemeint. Sie haben es aufgegeben und sind ihm nachgefolgt."

„Ja."

„Bereuen Sie es?"
„Niemals."
„Würde ich es bereuen?"
„Man kann das nie wissen, wenn man es nicht ausprobiert. Wollen Sie das – kapitulieren und sich einlassen?"
„Aber ich kenne Jesus doch gar nicht."
Eden lächelte. „Oh, Sie werden ihn kennen lernen. Treffen Sie eine solche Entscheidung, und Sie werden ihn kennen lernen."

* * *

Anthony machte schon früh Feierabend und erklärte dies seinen Angestellten damit, dass ihm die Nachwirkungen des Absturzes noch zu schaffen machten – wobei er ihnen allerdings nicht anvertraute, dass seine Unfähigkeit zu arbeiten eher daran lag, dass er schlicht und einfach vor einer Klage des Konzertpianisten Angst hatte. Aber selbst das war nur die halbe Wahrheit, denn an seinem Körper und auch seinem Denken nagte noch etwas ganz anderes, etwas, das ihm eigentlich völlig fremd war: Schuldgefühle.
Habe ich einen Fehler gemacht?
Menschen machen ständig Fehler. Aber doch nicht ich.
Aber was, wenn ich doch einen gemacht habe?
Unmöglich.
Aber was, wenn doch?
Der Wagen hinter ihm hupte. Die Ampel war auf grün gesprungen.
Jetzt aber Schluss damit. Dein Stolz ist verletzt worden, weil der Patient zu Burrows gegangen ist. Ist es dir denn nicht lieber, dass ein anderer Arzt eingreift, als dass die Hand des Patienten ein für alle Mal zerstört ist?
„Eigentlich nicht."
Anthony war schockiert, als er seine eigene Stimme hörte. Er hatte von Menschen gehört, die mit sich selbst reden – aber sich selbst dermaßen arrogante Antworten zu geben ...
Er musste an Andreas Worte denken. *„Sie sind arrogant"*, hatte sie gesagt.
War er das wirklich? Hatte sich der Charakterzug, den er seinem Selbstvertrauen und seiner Entschlossenheit zuschrieb, in Arroganz verwandelt? Oder war es schon immer Arroganz gewesen, die er nur zu gern als diese eher bewundernswerten Eigenschaften maskiert hatte?
Der Mann ist Konzertpianist.
Wenn er das doch nur gewusst hätte!

Nein. So ging das auch nicht. Als Arzt war er verpflichtet, alle Patienten gleich zu behandeln. Was auch immer passierte. Egal, ob es ein wohlhabender, gesellschaftlich angesehener Mensch war oder jemand, der sich bei einer Kneipenschlägerei verletzt hatte.

Anthony war jetzt in der Gegend, in der er wohnte. Er wollte nur nach Hause, die Tür hinter sich schließen und seine Ruhe haben. Er wusste, das Beste, was er tun konnte, war, Patrick Harper anzurufen und sich besorgt zu zeigen, also Schadensbegrenzung zu betreiben.

Aber diesen Gedanken wies er weit von sich.

Warum war es nur so schwer, das Richtige zu tun? Es war, als ob eine Mauer zwischen ihm und dem stand, was richtig war, und er konnte diese Mauer einfach nicht überwinden. Als ob sich vor ihm ein Weg auftat, aber seine Schuhe am Boden wie festgenagelt waren. Er war tief verwurzelt in seinem Selbstbild, das er so akribisch geschaffen hatte. Sich davon zu trennen würde so schmerzhaft sein, wie sich selbst einen Körperteil zu amputieren. Und zu bleiben wie er war, würde zu einer Art inneren Erstickungstod führen. Brauchte er etwa seine Arroganz wie die Luft zum Atmen?

Er war mit dieser inneren Auseinandersetzung so beschäftigt, dass er kaum weiter sah als die Stoßstange seines eigenen Autos. Als er schließlich beim Einbiegen auf sein Grundstück aufblickte, war er völlig geschockt, denn dort standen in seinem Vorgarten Reporter, Fernsehkameras, Autos, Mikrofone und Übertragungswagen.

„Da ist er!"

Bevor er auch nur daran denken konnte anzuhalten, geschweige denn den Rückwärtsgang einzulegen und zu wenden, war Anthony von genau dem Medieninteresse umringt, das er so heiß herbeigesehnt hatte. Er verriegelte von innen die Türen, aber das änderte nichts daran, dass er hören konnte, was draußen gesagt wurde.

„Wie reagieren Sie auf die Klage von Patrick Harper?"

„Stimmt es, dass Sie sich geweigert haben, die Operation durchzuführen, die seine Hand hätte retten können?"

„Was sagen Sie zu den Äußerungen von Dr. Burrows über Ihre Fahrlässigkeit?"

„Stimmt es, dass Sie nach Ihrer Rettung nach dem Absturz von Flug 1382 gesagt haben, sie hätten es eher verdient, gerettet zu werden als die Todesopfer? Ist das der wirkliche Grund, weshalb Sie das Rettungsseil ergriffen haben, das eigentlich gar nicht für Sie bestimmt gewesen war?"

Anthony hatte das Gefühl, sich jeden Augenblick übergeben zu müssen. Er trat aufs Gaspedal und zwang dadurch die Journalisten, ihm Platz zu machen. Er fuhr in seine Garage und schloss das Tor, noch bevor er den Motor abstellte. Er floh ins Haus, verschloss die Türen und ließ die Rollläden herunter. Dann ließ er sich in seinen Ledersessel mit passender Fußbank fallen, der neben seiner Skulptur von Remington und dem Druck von Andrew Wyeth stand. Er schaltete nicht das Licht an. Vielleicht würde er nie wieder das Licht anschalten.

Kein Kommentar. Kein Kommentar.

* * *

David kam ein weiteres Mal zum Abendessen und Tina wollte alles perfekt gestalten. Sie hatten viel zu feiern. Mehr als sie sich je hätte träumen lassen.

Er hatte sie angerufen, um nachzufragen, wie ihr Treffen mit Großvater Carpelli verlaufen war, und sie hatte ihm alles erzählt – aber nur über dieses Gespräch. Vom Rest des Vormittags hatte sie noch nichts gesagt. Und auch nichts über die andere Entscheidung, die sich im Laufe des Tages ergeben hatte. Diese beiden Überraschungen wollte sie sich für das Abendessen aufheben.

Es fiel Tina schwer, sich von einem der beiden neuen Bücher loszureißen, um zu kochen. Ja, sie hatte es sogar mit in die Küche genommen und schlug es auf, sobald das Kochen ihr dazu Zeit ließ. Sie *liebte* Bücher und jetzt, mit dem neuen Job, würde ein großer Teil ihres Lebens aus Büchern bestehen.

Tina rückte ihre Krücke zurecht, um das Gleichgewicht zu halten, während sie im Backofen nach dem Kirschstrudel schaute. Der Duft des Kuchens durchströmte den Raum. *Perfekt*. Sie nahm ihn heraus und schaute dann nach dem Braten, den Möhren und den Kartoffeln im Römertopf. Ebenfalls alles bestens.

Es klopfte an ihrer Wohnungstür.

„Liebling, ich bin wieder da!"

Normalerweise ärgerte sie sich über diese Art von Andeutungen auf eheliche Häuslichkeit. Aber nicht an diesem Abend, ja eigentlich gar nicht mehr.

Sie humpelte ihm entgenen, um ihn zu begrüßen und schlang ihm die Arme um den Hals, wobei sie das Gleichgewicht verlor und beinah beide zu Boden riss.

„Du liebe Güte, Tina!", sagte David, während er sich von ihrem Kuss erholte. „Du solltest öfter mit italienischen Großvätern frühstücken gehen."

Sie spürte, wie sie rot wurde. „Das habe ich auch vor. Ich mag ihn nämlich. Wir werden uns wieder sehen."

David warf seinen Mantel über die Sofalehne. „Sollte ich eifersüchtig sein?" Sie küsste ihn erneut, diesmal sanfter. „Ich glaube nicht."

„Das ist auch besser so."

Er griff nach ihrer Hand. „Bitte beachte, dass ich mich nicht beschwere, aber ich bin *sehr wohl* neugierig, was in dich gefahren ist. Du hast etwas von einer Überraschung und einer Entscheidung gesagt? Das müssen ja wirklich Knüller sein."

„Sind es auch."

„Und?"

Sie warf einen Blick in die Küche. Alles war unter Kontrolle. Warum sollte sie es ihm nicht jetzt schon sagen? Sie lehnte sich an ihn. „Ich habe heute Nachmittag einen Job gefunden."

Er zwinkerte verdutzt. „So schnell? Wo denn?"

„In einer christlichen Buchhandlung."

„Nicht mehr als Lehrerin?"

„Nein, nicht mehr als Lehrerin."

Er sah sie an und musste diese Information erst einmal auf sich wirken lassen. „Du liest ja wirklich viel. Mehr als alle Leute, die ich kenne. Du liebst Bücher. Aber wieso hast du dich so schnell und ausgerechnet dort beworben?"

„Ich bin gar nicht mit der Absicht hineingegangen, mich dort zu bewerben. Ich wollte mir nur ein paar neue Bücher kaufen, um mein Frühstück mit Vincent zu feiern, und kam zufällig gerade an diesem Laden vorbei. Ich habe mir ein paar Bücher ausgesucht und dann ein Schild gesehen, auf dem stand, dass dort jemand gesucht würde. Ich hatte gleich ein Vorstellungsgespräch bei der Geschäftsführerin und habe den Job bekommen. Assistentin der Geschäftsleitung."

Er lachte. „Assistentin? Wie hast du denn das geschafft?"

„Ich würde ja sagen, es waren meine hervorragenden Referenzen, aber das war es eben nicht. Ich glaube einfach, dass Gott das gemacht hat. Ich glaube, genau das ist es, was ich tun soll."

„Und nicht mehr unterrichten? Nie mehr?"

„Ich kann zwar nicht sagen nie, aber ich kann auch die Tatsache nicht außer Acht lassen, dass es sich genauso, so wie es jetzt ist, richtig anfühlt. Mit den Mitarbeitern im Laden meine Leidenschaft zu teilen – für Gott *und* Bücher."

„Das hört sich ja an, als ob dein Leben jetzt beinahe perfekt wäre."

„Ist es auch, fast." Sie sah von ihm fort und sammelte Kraft. *Will ich das wirklich? Jetzt habe ich noch die Chance, einen Rückzieher zu machen ...*

Sie blickte auf und bemerkte, dass er sie beobachtete. Sie nahm seine Hände in ihre und sagte geradeheraus: „Ich liebe dich, David. Willst du mich heiraten?"

Sie wünschte, sie hätte eine Kamera gehabt. Sein Gesichtsausdruck – seine Augen wurden vor Verblüffung riesengroß, sein Kinn fiel herunter und er atmete einmal heftig ein und aus. Erst wollte sie einen Witz machen, hielt sich aber dann lieber zurück. Dies war ein Augenblick, an den sie sich beide ihr Leben lang erinnern würden.

„Meinst du das ernst?"

„Völlig."

„Wie bist du denn darauf gekommen?"

Es war schwer zu erklären, aber sie musste es versuchen. „Ich habe mich gegen den Gedanken, dich zu heiraten – überhaupt jemanden zu heiraten –, gewehrt, weil ich mir meiner nicht sicher war. Ich bin mit Menschen aufgewachsen, die sich über mich lustig gemacht haben, weil ich dick war, weil ich klug war und weil ich Bücher liebte. Ich glaube, dass ich aus Trotz Lehrerin geworden bin, um mich an all den Teenagern zu rächen, die mir meine Kinder- und Jugendzeit so schwer gemacht haben und an all den Lehrern, die nicht für mich eingetreten sind und mich nicht verteidigt haben."

„Unterrichten sollte keine Form der Rache sein."

„Genau. Das ist ja auch der Grund, weshalb ich darin nicht gut war. Und wie bei allen Arten und Formen von Rache, ist sie am allermeisten auf mich selbst zurückgefallen. Und je mehr ich die Arbeit gehasst habe, desto mehr habe ich auch mich selbst gehasst und desto weniger liebenswert habe ich mich gefühlt." Sie berührte sein Knie. „Ehrlich gesagt, war ich mir nicht sicher, ob ich von dir geliebt sein könnte – so als wäre ich nicht gut genug für dich."

„Sag doch nicht so ..."

Sie unterbrach ihn. „Und ich war wirklich nicht gut genug. In erster Linie, weil ich dich nicht zurücklieben konnte. Aber durch Melly hat sich das alles verändert. Ihr echtes Interesse an mir, dann der Absturz und diese viel umfassendere Art von Liebe, die diese Leute von der Rettungswacht und der Lebensretter mir erwiesen haben ..."

Sie wischte sich eine Träne ab. „Von Vincent habe ich heute Morgen gelernt, dass Gott uns erlaubt zu versagen. Er liebt uns, auch wenn wir versagen. Er liebt uns so sehr, dass ich glaube, *er* hat mich zu der Buchhandlung geführt, und *er* hat das Timing so arrangiert, dass ich den Job dort bekommen habe. Wenn ich gestern nicht meine Arbeit hingeworfen hätte, David ..." Sie schüttelte den Kopf über all die möglichen Konsequenzen. „Es ist alles genauso gekommen, wie es kommen sollte – so wie Gott es haben wollte." Sie lächelte über seinen fragenden Gesichtsausdruck. „Ach David, und du bist das letzte Teil in dem Puzzle, da bin ich mir jetzt ganz sicher. Ich bin zwar mit Fehlern behaftet, aber endlich bereit, es zu versuchen. Willst du mich?"

Er sagte Ja, ohne ein Wort zu sagen.

* * *

„Ich habe noch nie Popkorn zum Abendessen gegessen", sagte Mary.

George reichte ihr eine volle Schüssel. „Da haben Sie aber einen der Höhepunkte des Lebens verpasst." Er saß am anderen Ende ihrer Couch. „Ich habe extra viel Butter hineingetan. Sie könnten etwas mehr Fleisch auf den Rippen vertragen."

Mary wusste, dass sie abgenommen hatte. Ihre Küche stand immer noch voller Essen, das Nachbarn und Freunde vorbeigebracht hatten, aber ihr war absolut nicht nach Essen zu Mute. Der Geruch des frischen Popkorns ließ ihr jedoch das Wasser im Mund zusammenlaufen.

Sie aß eine Handvoll und seufzte genussvoll.

„Das ist ein Volltreffer, nicht wahr?"

„Ich habe Schuldgefühle, weil ich nicht all die Sachen esse, die die Leute gebracht haben."

„Einiges davon hält sich, einen Teil können Sie einfrieren, und den Rest werfen Sie einfach weg oder Sie laden sich ein paar Freunde zum Essen ein.

Mary schaute weg. „Ich habe nicht viele Freunde."

„Warum denn nicht?"

„Die meisten von ihnen habe ich vergrault."

Er sah sie von der Seite an. „Darf ich fragen wieso?"

Das war eine gute Frage. Mary versuchte, einen Fuß unter sich zu schieben, aber ihre schmerzenden Muskeln ließen es nicht zu. „Sie haben mich geärgert."

„Alle?"

Es gefiel ihr, wie George den Dingen auf den Grund ging. „Ja, so ziemlich alle."

„Hatten sie größere Häuser, niedlichere Kinder, romantischere Ehemänner?"

„Eigentlich ... Nein. Sie hatten genau das, was ich auch hatte. Und genau das hat mich geärgert."

George warf ein Stück Popkorn in die Luft und fing es mit dem Mund auf.

„Sie können mir nicht folgen, stimmt's?"

Mary nagte an ihrer Lippe und dachte darüber nach, wie sie es verständlicher formulieren sollte. „Wir leben doch alle den American Dream. Ein Haus, eine Familie und eine Hollywood-Schaukel im Garten."

„Aber?"

Ihr Herz begann heftig zu pochen, so als stünde sie am Rand eines Abgrundes und wäre aufgefordert worden zu springen. „Aber, ... aber die anderen waren zufrieden und ich war es nicht." Sie atmete aus lauter Erleichterung, dass es jetzt heraus war, tief durch. „Sie schwelgten förmlich in ihrem Leben; sie waren glücklich. Sie dachten, das wäre genug. Mich machte ihre ... Fröhlichkeit und Lebhaftigkeit so krank, dass ich sie manchmal am liebsten geohrfeigt hätte. Merkten sie denn gar nicht, was ihnen fehlte?"

„Was fehlte ihnen denn?"

„Das wirkliche Leben. Die Realität. Im Fernsehen arbeiten Frauen in schicken Büros und Menschen hängen an ihren Lippen. Sie sind wichtig. Sie haben etwas beizutragen."

George nickte. „Ach so, ich verstehe. Sie nehmen das Fernsehen als Grundlage dafür, was Realität ist? Hallo – aufwachen! Also wirklich, ... so naiv können Sie doch nicht sein, oder?"

„Nicht nur im Fernsehen; auch im wirklichen Leben ist es so. Ich weiß, dass es so ist. Meine Freundin Teresa, die ich in Phoenix besuchen wollte, hat die Freiheit, Geld auszugeben für was auch immer sie möchte, sie kann gehen, wohin sie will und wann sie will. Sie kann feiern und ausgehen bis morgens um zwei, wenn sie möchte."

George gab nur ein mitleidiges ‚ts,ts,ts' von sich. „Selbst auf die Gefahr hin, dass ich mich wie ein Vater anhöre, ich muss jetzt darauf hinweisen, dass sich das, was Sie als das ideale Leben Ihrer Freundin beschreiben, wie die Sehnsucht eines Teenagers anhört, der von zu Hause ausreißen will. Partys, spät nach Hause kommen, konsumieren, einmal richtig über die Stränge schlagen. Lag Ihre Unzufriedenheit wirklich daran, dass sie das alles nicht hatten?"

Es klang so schal. „Ich ..."

George legte eine Hand auf ihren Arm. „Jetzt hören Sie mir mal zu, Miss Mary. Hören Sie auf den Rat von einem, der in einem schicken Büro gearbeitet hat und Menschen um sich hatte, die an seinen Lippen hingen – und von jemandem, der sich zu seiner Zeit sogar ein wenig wichtig vorkam. Was uns die Fernsehsendungen und sogar die Gesellschaft im Großen und Ganzen nicht sagt, ist, dass die meisten der erfolgreichen Managertypen alles dafür geben würden, wenn sie zu Hause sein könnten, und wenn es ihre *Kinder* wären, die an ihren Lippen hingen und wenn sie dort zu Hause das Gefühl haben könnten, wichtig zu sein. Aber das können sie nicht. Ich jedenfalls konnte es nicht. Als Mann im Haus lag es in meiner Verantwortung, für das Einkommen zu sorgen und meine Familie finanziell zu versorgen. Ihr Frauen habt es gut."

„Wie bitte?"

„Nun seien Sie nicht gleich eingeschnappt. Lassen Sie mich doch ausreden. Viele Frauen haben die Wahl, berufstätig zu sein oder zu Hause bei den Kindern zu bleiben oder auch beides miteinander zu verbinden. Die meisten Männer haben eine solche Wahl gar nicht. Wir sind es, die eigentlich mit ihrem Leben unzufrieden sein sollten. Vielleicht haben Sie dieses Gefühl der Unzufriedenheit gehabt, weil Ihnen einfach zu viele Möglichkeiten offen gestanden haben. Vielleicht war es verwirrend, besonders in einer Welt, die versucht, Ihnen einzureden, dass es etwas Minderwertiges sei, zu Hause zu bleiben. Vielleicht empfanden Sie Ihren Freundinnen gegenüber Ablehnung, weil Sie wirklich das liebten, was sie sich nicht trauten, nämlich Hausfrau und Mutter zu sein."

Er hatte Recht und zwar hundertprozentig. „Jetzt bin ich weder das eine noch das andere." Sie stellte mit Schwung die Popkornschüssel auf den Tisch zurück, sodass eine ganze Menge von dem Popkorn auf die auf dem Tisch verstreuten Zeitschriften fiel. „Oh George, jetzt bin ich gar nichts mehr."

Er rückte näher an sie heran, um sie zu trösten.

* * *

George wünschte sich, er hätte irgendetwas für Mary tun können. Popkorn und die Bereitschaft zuzuhören schienen so wirkungslos, wie das Pusten auf eine große Brandwunde. Es war gut, dass ihr die Ursache für ihre Unzufriedenheit klar geworden war, aber er fürchtete, dass diese neue Erkenntnis zu viel für sie sein könnte. Sie hatte anfänglich so stark gewirkt, aber war sie das wirklich?

Sie war ins Bad gegangen, um sich nach dem Weinen das Gesicht zu waschen und sich frisch zu machen. Er hörte gedämpft, wie sie sich sie Nase schnäuzte.

Das Telefon läutete und George nahm ab. „Hallo?"

„Wer ist da?"

George gefiel der Tonfall des Anrufers nicht. „Wen hätten Sie denn gern?"

„Bin ich richtig bei Familie Cavanaugh?"

„Ja."

„Ist Mary Cavanaugh da?"

„Sie kann jetzt nicht ans Telefon ..."

„Können Sie bestätigen, dass sie gestern Nacht ins Krankenhaus eingeliefert wurde, weil sie einen Selbstmordversuch unternommen hat?"

„Wer ist denn da?"

„Dan Craven von der Zeitschrift *Probe*."

„Wir haben nichts zu sagen."

„Wir? Sie sind doch nicht etwa George Davanos, oder?"

„Wie?"

„Wir haben gehört, dass Sie es waren, der Ms. Cavanaugh gefunden hat. Sie haben ihr das Leben gerettet. Und jetzt sind Sie bei ihr zu Hause ... Läuft da zwischen Ihnen beiden etwas?"

George war so schockiert, dass er den Hörer auf die Gabel fallen ließ, als wäre er heiß.

Er war überhaupt nicht auf die Idee gekommen, dass die Presse etwas davon erfahren könnte. Aber es hätte ihn auch nicht überraschen dürfen. Er bekam immer noch Anrufe mit Interviewanfragen, und er hatte sogar mehrere Autos von Fernsehstationen in seiner Wohngegend gesehen, als ob es eine Nachricht wert wäre, was er tat, wann er kam und ging.

Mary kam mit frisch gewaschenem Gesicht aus dem Bad zurück.

„Habe ich eben das Telefon gehört?"

Eine solche neue Komplikation in ihrem Leben konnte sie wirklich nicht gebrauchen. „Falsch verbunden."

Er stand auf. „Ich gehe jetzt wohl besser."

Mary nickte. „Wir wollen doch nicht, dass die Leute jetzt reden, oder?"

Sie wusste gar nicht, wie Recht sie damit hatte.

***

George sah sich um, als er zu seinem Auto ging. Hätte er doch nur eine Straße weiter geparkt.

Jetzt mach aber mal halblang. Du hast nichts Falsches getan.

Er entdeckte ein blaues Auto, das zwei Häuser weiter auf der Straße geparkt war. Ein Mann stieg aus und kam auf ihn zu. Um seinen Hals hing eine Kamera. Sein aggressiver Gang sprach Bände.

George schaute zu Marys Haus hinüber. Er wollte auf gar keinen Fall, dass sie merkte, wie dicht ihr die Revolverpresse schon auf den Fersen war, und er konnte nicht zulassen, dass diese Geier sie belästigten. Er musste das hier beenden, und zwar auf der Stelle.

Er humpelte dem Mann entgegen und versuchte trotz seiner Krücken ebenfalls aggressiv zu wirken. Belohnt wurde das durch einen erstaunten Ausdruck auf dem Gesicht des Mannes. Anscheinend war es dieser Reporter nicht gewohnt, sich in der Defensive zu befinden.

„Was wollen Sie?", fragte George, als sie sich an der Grenze von Marys Grundstück trafen.

„Sie sind George Davanos."

„Beantworten Sie bitte meine Frage."

Das Grinsen des Mannes offenbarte seine schmierigen Hintergedanken. „Sie sind doch Witwer, nicht wahr? Und Mrs. Cavanaugh ist jetzt Witwe. Ich habe schon oft von alten Kerlen wie Ihnen gehört, die hinter solchen jungen Dingern her waren, aber ..."

George drängte den Mann zurück, sodass er in eine Schneewehe fiel. Mit der Krücke zeigte er hinunter auf ihn. „Jetzt hören Sie mir mal gut zu, Sie Schmierfink. Lassen Sie sie in Ruhe. Lassen Sie *uns* in Ruhe."

Der Mann hob seine Kamera hoch. „Bitte lächeln." Dann drückte er auf den Auslöser. George griff nach der Kamera, aber der Mann entwischte ihm und rannte zu seinem Wagen. „Danke für das Interview, Davanos."

Er raste davon. Ach du liebe Güte, die Lage wurde langsam heikel.

* * *

Sonja und Eden saßen auf Liegestühlen vor dem Haus der Moores, einem ebenerdig gebauten, gelb gestrichenen Flachdachbau mit Kakteen im Garten. Andere Nachbarn saßen ebenfalls beim Sonnenuntergang in ihren Gärten vor dem Haus und beobachteten, wie die Kinder auf der ruhigen Straße Fahrrad fuhren oder Fußball spielten. Es war ein angenehm kühler Abend.

„Das hier ist so anders", sagte Sonja.

„Und ist anders schlecht?"

„Ich weiß es nicht. Ich weiß nicht, was ich in Bezug auf ... na, auf alles machen soll. Sie bieten mir an, bei Ihnen zu arbeiten ..." Sie schüttelte den Kopf über die Ungeheuerlichkeit dieser Entscheidung.

„Vielleicht müssen Sie zulassen, dass Gott Sie aus Ihrer Schublade herausdrängt, Sonja. Hören Sie auf, ein Leben zu führen, von dem Sie glaubten, es führen zu müssen, und leben Sie das Leben, das Gott sich von Ihnen wünscht. Kapitulieren Sie und lassen Sie ihn wirken."

„Meine Eltern würden das niemals billigen."

Eden nickte. „Das ist bedauerlich. Aber wollen Sie sich dadurch aufhalten lassen?"

„Sollte ich das?"

Eden verscheuchte eine Fliege aus ihrem Gesicht. „Wir sollen Vater und Mutter ehren, aber mehr noch sollen wir unseren himmlischen Vater ehren."

„Und Sie glauben, dass er es richtig finden würde, wenn ich hierher ziehe?"

„Ja, *ich* glaube das, aber viel wichtiger ist doch, was Sie für sich richtig finden. Sie sollten darüber beten. Bitten Sie um Weisheit." Sie strahlte. „Wussten Sie eigentlich, dass Weisheit das eine ist, was Gott uns immer gewährt, wenn wir ihn darum bitten?"

„Wirklich?"

„Jede Wette. Kapitel 1 des Jakobusbriefes ist seit Jahren eine meiner Lieblingsstellen in der Bibel. Dort steht: ‚Mangelt es jemandem an Weisheit, dann soll er sie von Gott erbitten; Gott wird sie ihm geben, denn er gibt gern und macht niemand einen Vorwurf.'" Sie hob warnend den Zeigefinger und fuhr fort: „‚Wer bittet, soll aber voll Glauben bitten und nicht zweifeln; denn wer zweifelt, ist wie eine Welle, die vom Wind im Meer hin und her getrieben wird.'"

„Ich bin ganz schön hin und her getrieben worden."

„Wir werden wohl alle hin und wieder einmal ziemlich durchgeschüttelt."

„Aber Sie doch bestimmt nicht."

„Dass ich Gott und ein paar Bibelverse kenne, bedeutet noch lange nicht, dass ich auch nur annähernd perfekt bin."

Sonja lächelte. „Nicht?"

Eden zuckte die Schultern. „Na ja, beinah." Sie legte eine Hand auf Sonjas Arm. „Sie müssen sich ja nicht sofort entscheiden. Fahren Sie morgen erst einmal wieder nach Hause, denken Sie über alles nach – und beten Sie darüber, ja?"

„Okay."

Sonja war zwar bereit zu beten, aber sie war sich keineswegs sicher, ob Gott sie auch erhören würde. Warum sollte er auch?

FÜNFZEHN

Sondern was töricht ist vor der Welt, das hat Gott erwählt,
damit er die Weisen zuschanden mache;
und was schwach ist vor der Welt, das hat Gott erwählt,
damit er zuschanden mache, was stark ist;
... Damit sich kein Mensch vor Gott rühme.
1. KORINTHER 1,27.29

Anthony wurde von einem Klopfen an seiner Haustür wach. Innerhalb von Sekunden erinnerte er sich wieder an die Reporter. Er packte einen Stuhl bei den Armlehnen und wappnete sich so gegen mögliche Eindringlinge.

Dann bemerkte er, dass am Rand der Jalousien Licht ins Zimmer drang – Tageslicht. Er schaute auf seine Uhr: 9.32 Uhr?

„Dr. Thorgood? Sind Sie da?"

Es war Lisas Stimme. Er erhob sich aus dem Sessel, wobei sein immer noch schmerzender Körper gegen die verkrampfte Haltung rebellierte, in der er geschlafen hatte. Er schaute zum Seitenfenster hinaus. Die Journalisten waren weg. Er machte auf und Lisa kam zusammen mit einem Schwall kalter frischer Luft herein.

„Was ist denn los mit Ihnen?", fragte sie. „Wir haben Sie angepiepst; wir haben angerufen, Sie sind nicht im Büro erschienen." Sie musterte ihn von oben bis unten. „Sie sehen ja furchtbar aus."

„Wie nett von Ihnen." Er ging in Richtung Küche, denn er brauchte jetzt unbedingt erst mal einen Kaffee.

Sie ging hinter ihm her. „Haben Sie die Nachrichten im Fernsehen gesehen?"

Er fuhr herum. „Es ist in den Nachrichten?"

„Gestern Abend und heute Morgen. Es steht auch in den Zeitungen. Die Geschichte mit Patrick Harper und die Sache mit Belinda Miller."

„Belinda?"

„Ihre Familie verklagt Sie, weil Sie das Rettungsseil genommen haben und dadurch für ihren Tod mitverantwortlich sind."

„Das ist unmöglich zu beweisen."

Sie zuckte die Achseln.

Vor seinen Augen verschwamm alles und er torkelte wie ein Betrunkener, der auf einer geraden Linie gehen soll. Sie half ihm zu einem der Küchenstühle und fragte: „Was ist denn mit Patrick Harper passiert? Stimmt es, was gemunkelt wird?"

Sein erster Gedanke war, alles zu leugnen und ihr sogar mangelnde Loyalität und fehlendes Vertrauen in seine Fähigkeiten vorzuwerfen. Aber was hätte das genützt? Sie kannte ihn viel zu gut. Er fuhr sich mit den Händen durchs Gesicht. „Ob es stimmt? Ja – so ziemlich."

Sie ließ sich auf den Stuhl neben ihm sinken. „Warum haben Sie ihn nicht operiert, wenn es nötig war?"

„Ich möchte nicht darüber ..."

„Anthony, reden Sie mit mir."

Es entging ihm nicht, dass sie ihn mit dem Vornamen angeredet hatte. Ob er wohl mit ihr ein Gespräch führen konnte, einfach unter Freunden? So wie er sich fühlte, musste er es riskieren. „Ich war in Eile. Ich war müde. Mir war einfach nicht danach. Ich dachte, er bräuchte – verdiente – keine besondere Aufmerksamkeit, weil er sich die Hand bei einer Schlägerei in einer Bar verletzt hatte. Ich habe ihn für einen primitiven Raufbold gehalten."

Ihre Blicke trafen sich. „Zufrieden?"

Er wartete auf ihr vernichtendes Urteil, das jedoch nicht erfolgte. Stattdessen reichte sie über den Tisch und berührte seine Hand. „Das tut mir wirklich Leid."

Ihre Worte passten irgendwie nicht. Er fühlte sich so, als wäre er erst mitten im Film ins Kino gekommen. „Leid? Ich tue Ihnen Leid?"

Sie nickte. „Es hat sich doch eigentlich schon seit langem angebahnt."

„Was hat sich schon seit langem angebahnt?"

„Der Tag des Gerichts."

Er zog seine Hand weg. Das brauchte er sich nun wirklich nicht von ihr sagen zu lassen.

„Ah-ah, hören Sie lieber gleich wieder damit auf, Anthony. Ziehen Sie nicht schon wieder Ihre Mauer um sich. Nicht, nachdem erst so viel passieren musste, um sie zum Einstürzen zu bringen."

„Ich habe keine Ahnung, wovon Sie eigentlich reden." Aber das stimmte nicht. Er wusste sehr genau, was sie meinte.

Sie fuhr mit dem Finger am Rand des Tischsets entlang, das vor ihr lag. „Es gibt im Leben jedes Menschen solche Augenblicke. Es geht nicht nur Ihnen allein so. Wir alle sind auf der falschen Straße unterwegs und fahren dabei so schnell, dass wir glauben, nichts könne uns aufhalten. Wir sind der Meinung, dass alles ganz toll ist. Ja, vielleicht ist uns sogar klar, dass wir irgendwann unweigerlich von der Fahrbahn abkommen, aber wir rasen trotzdem weiter, stur geradeaus und auch durchaus bereit, die Folgen unseres Handelns jederzeit auf uns zu nehmen, allerdings nur, solange das irgendwann später geschieht und nicht gerade jetzt."

Er schaute zur Haustür und wünschte, sie würde hindurchgehen, und zwar nach draußen. „Ich rase gar nicht ..."

„Das tun Sie wohl. Die Frage ist, wovor Sie davonrasen? Oder wohin Sie so schnell rasen wollen."

Er verschränkte die Arme. „Wenn Sie so viel wissen, warum sagen Sie es mir dann nicht?"

Sie schnitt eine Grimasse. „Warum machen Sie das dauernd? Warum lassen Sie sich von mir Dinge sagen, statt sie selbst herauszufinden? Warum muss ich der Buhmann sein?"

„Vielleicht, weil Sie darin besonders gut sind?"

„Lassen Sie diese unterschwelligen Schmeicheleien!"

„Oder vielleicht macht es Ihnen ja auch einfach Spaß?"

Als sie die Lippen fest zusammenpresste, bedauerte er, was er gesagt hatte. Obwohl er wusste, dass dieses Gespräch durchaus das Potenzial hatte, schmerzhaft für ihn zu werden, war er dennoch in der Stimmung, sich darauf einzulassen. Er musste hören, was sie zu sagen hatte.

„Tut mir Leid", sagte er.

Erst lächelte sie nur, aber das Lächeln entwickelte sich zu einem lauten Lachen. „Seit dem Absturz haben Sie sich nun schon zwei Mal bei mir entschuldigt. Vielleicht hat es Ihnen ja doch ganz gut getan, einmal richtig in der Tinte zu sitzen."

„Ich kann wirklich nicht erkennen, inwiefern ein Flugzeugabsturz für mich etwas Positives haben sollte."

Sie ballte ihre Hände zu Fäusten und stöhnte. „Sie sind so ... Sie mögen ja vielleicht brillant sein, aber Sie sind so undurchdringlich und dicht wie Novembernebel."

„Ah, langsam kommen wir der Sache also näher. Fahren Sie fort."

„Sie sind unerträglich."

Er zählte an den Fingern ab. „Dicht und unerträglich. Das sind schon zwei."

„Arrogant."

Er streckte einen dritten Finger hoch. „Wird auch immer wieder gern genommen."

Sie presste Unter- und Oberkiefer fest zusammen. „Wenn Sie einen Witz machen wollen aus dieser ..."

Er ließ seine Hand fallen. „Schön. Dann sagen Sie es mir doch ganz direkt. Lassen Sie uns zu der Raserei auf der Straße zurückkommen."

Sie sah ihn eine Weile schweigend an, und er versuchte derweil, so ernsthaft auszusehen, wie es ihm möglich war. Er war jedoch furchtbar außer Übung.

Deshalb kaufte sie es ihm auch nicht ab. „Das hier ist reine Zeitverschwendung. Ich dachte, dass Sie zwischen dem Absturz und dem jetzigen Schlamassel auf dem Boden aufgeschlagen wären, aber anscheinend muss ja noch mehr passieren, bevor es dazu kommen kann."

Sein Mund wurde ganz trocken. *Noch mehr?* Er war sich nicht sicher, ob er noch mehr würde aushalten können.

Plötzlich lächelte sie und zeigte auf sein Gesicht. „Ja, was haben wir denn da? Sehe ich da etwa Panik im Blick des großen Doktors? Panik bei der Aussicht, noch mehr aushalten zu müssen? Könnte es vielleicht sogar sein, dass Sie bereits auf dem Boden aufgeschlagen sind und nur zu stolz es zuzugeben?"

Anthony wandte sich ab und hasste sie dafür, dass sie ihn durchschaut hatte. Er war regelrecht angewidert von sich selbst, als er spürte, dass Tränen in ihm aufstiegen. *Das ist einfach lächerlich. Anscheinend bin ich noch erschöpfter, als ich gedacht habe.* Sie ging zu ihrem Platz zurück und er spürte ihren Blick auf sich.

„Anthony, ... lassen Sie los. Hören Sie auf so zu tun, als hätten Sie alles im Griff. Es wird Sie umbringen – wenn nicht körperlich, dann auf jeden Fall seelisch und geistlich. Jeder Mensch hat Entscheidungsmöglichkeiten, aber keiner hat die letztgültige Kontrolle über die Dinge. Die hat nur Gott. Und er übt sie aus, wenn wir ihn dazu zwingen."

Er hob das Kinn und nahm eine so heftige Empfindung wahr, wie schon seit Jahren nicht mehr.

„Erzählen Sie mir nichts von Gott. Ich bin als Kind und Jugendlicher jeden Sonntag in die Kirche gegangen, in Sonntagsklamotten vom Feinsten. Und alles, was ich von meinen Eltern je über Gott gehört habe – die einzige Antwort, die ich jemals auf eine meiner Fragen zu diesem höheren Wesen, von dem alle redeten, bekam, war die Aufforderung meines Vaters, mit dem Unsinn aufzuhören. Gott war in seinen Augen etwas für die Armen und Schwachen, aber doch nicht für uns. Mein Vater hat damals gesagt, dass er sich seinen Erfolg aus eigener Kraft erarbeitet habe, und dass ich das auch könne. Und genau das habe ich dann auch getan. Ich habe wirklich die Kontrolle über mein Leben. Ich habe mein Leben im Griff."

Sie schüttelte den Kopf und war sogar so verwegen zu lächeln. „Ach, ja?"

„Ja."

„Sie wollten also, dass das Flugzeug abstürzt?"

„Natürlich nicht."

„Aber Sie haben doch alles im Griff. Sie haben doch Ihr Leben unter Kontrolle."

„Da nicht. Das war etwas anderes."

„Warum?"

„Weil, ... weil daran auch andere Leute beteiligt waren. Ich war ein Opfer ihrer Fehler."

Aus ihrem Lächeln wurde ein breites Grinsen. „Ach so, ... genauso wie Patrick Harper ein Opfer Ihres Fehlers geworden ist?"

Sie verdrehte alles.

Sie rückte mit ihrem Stuhl näher heran, wobei die Stuhlbeine auf dem Fliesenboden ein kreischendes Geräusch machten. „Wir alle haben Entscheidungsmöglichkeiten, Anthony. Die gibt uns Gott, obwohl ich manchmal denke, dass es sehr viel einfacher wäre, wenn er einfach das Kommando übernehmen würde. Grundsätzlich gilt jedenfalls, dass wir alles vermasseln, wenn unser Augenmerk nicht auf ihn gerichtet ist."

Anthony verdrehte die Augen. „Also bitte ..."

Ihr Blick ruhte eine Weile auf dem Kühlschrank, bevor sie sich ihm wieder mit neuem Zündstoff zuwandte. „Haben Sie eigentlich schon die Neuigkeit gehört, dass der Absturz in erster Linie auf einen Pilotenfehler zurückgeführt wird?"

Er richtete sich etwas auf. „Wann haben Sie denn das erfahren?"

„Gestern Abend. Die Piloten hatten die Landeklappen nicht richtig eingestellt. Dadurch konnte nicht genug Höhe gewonnen werden. Weil der Start auf Grund der vielen wartenden Maschinen schnell gehen musste, sind die Piloten die Checkliste nicht sorgfältig genug durchgegangen."

„Das sind ja gute Nachrichten. Jetzt hat meine Klage wenigstens einen Aufhänger."

Nach kurzem Zögern schob sie ihren Stuhl wieder ein Stückchen von seinem weg. Er kippelte, blieb aber stehen. „Sie erbärmlicher Mensch! Sie sehen wirklich nichts, was über Ihre eigenen unmittelbaren Anliegen hinausgeht. Verstehen Sie denn gar nicht, weshalb ich Ihnen von den Piloten erzählt habe?"

„Weil sie sich schuldig gemacht haben ..."

„Nein, weil sie das Wohl aller einfach übergangen haben, indem sie so stolz waren zu glauben, dass sie es nicht nötig hätten, sich an die vorgeschriebenen Abläufe zu halten oder so ungeduldig, weil sie keine weitere Verspätung verursachen wollten – und das hat zum Tod von 95 Menschen geführt und für unzählige andere Menschen zu furchtbarem Leid und unsagbarem Schmerz. Genauso wie ihre Selbstbezogenheit wahrscheinlich den Tod einer Pianistenkarriere verursacht hat, ... das Ende eines Traumes, ... und unzähligen anderen dadurch die Möglichkeit vorenthalten wird, die Schönheit seines Talents zu hören." Sie kniete zu seinen Füßen.

„Begreifen Sie denn nicht? Je heftiger wir festhalten, desto schwieriger ist es für Gott, unsere Hände zu lösen. Aber er wird es versuchen, Anthony. Immer wieder. Er wird es versuchen in der Hoffnung, dass Sie irgendwann auf die Kontrolle verzichten, loslassen und ihn das machen lassen, was er am besten kann."

„Und das wäre?"

„Gott sein."

„Häh?"

„Sie sind nicht Gott, Anthony."

Er lächelte. „Nicht?"

Ihr Blick verwandelte sich. Die Wärme der Leidenschaft wich innerhalb von Sekunden feurigem Zorn. Sie stand auf, um zu gehen. „Tschüss, Doktor."

Kein ‚Anthony' mehr? „Ich habe doch nur einen Scherz gemacht!"

An der Tür blieb sie noch einmal stehen. „Ach wirklich?"

Dann ließ sie ihn in seiner ganzen Göttlichkeit allein.

* * *

George wachte mit Heißhunger nach einem Schokoladen-Donut auf – also fuhr er zu dem kleinen Supermarkt ein paar Straßen weiter und kaufte sich welche – außerdem noch einen großen Kaffee. Beim Bezahlen an der Kasse entdeckte er die Zeitschrift *Probe*. Eine Schlagzeile erregte seine Aufmerksamkeit: „Absturzüberlebende begeht Selbstmordversuch." Er riss die Zeitung aus dem Ständer.

„Möchten Sie die Zeitung auch noch?"

Er nickte und schob einen weiteren Dollar über den Tresen. Es waren zwei Fotos zu sehen. Eines von Mary mit Eis in den Haaren, wie sie nach ihrer Rettung ans Flussufer gezogen wurde und eines von ihm selbst, wie er am vergangenen Abend den Reporter mit seiner Krücke bedrohte. Die Bildunterschrift lautete: „Aufgebrachter George Davanos greift Reporter an, nachdem er im Haus des Absturzopfers Mary Cavanaugh ausgemacht wurde".

Diese Kretins.

„Hallo Mister? Sind das nicht Sie da auf dem Foto?"

George faltete die Zeitung zusammen, schnappte sich sein Essen und ging.

* * *

Die Tatsachen stimmten ja, aber es war die Art, wie sie präsentiert wurden. Ja, George und Mary waren beide verwitwet. Ja, sie hatte versucht, sich das Leben zu nehmen. Und ja, sie hatten Zeit miteinander verbracht, aber dass in der Zeitschrift angedeutet wurde, sie wären mehr als Freunde oder schlimmer noch, dass George Mary hatte rechtzeitig finden können, weil er in ihrem Haus war ...

Er schnipste einen Donut-Krümel von der Zeitung. Es war kaum tröstlich für ihn, dass sie nicht die einzigen Überlebenden des Fluges 1382 waren, die mit fragwürdigen Schlagzeilen bedacht wurden. „Überlebender Arzt wegen Fahrlässigkeit verklagt." „Überlebende wegen Fehlverhalten am Arbeitsplatz gefeuert." „Überlebende schmeißt Job hin."

Nicht ein glücklicher Zeitgenosse in der ganzen Horde. Er wünschte, er könnte mit den anderen reden, sich darüber austauschen, was sie erlebt hatten, sich vielleicht sogar gegenseitig helfen.

Er knallte seine flache Hand auf den Küchentisch. Genau das war es! Sie mussten sich gegenseitig helfen. Aber das konnten sie nicht über die ganze Stadt verstreut tun. Sie mussten sich treffen.

George nickte, während seine Idee langsam Gestalt annahm. Wir werden ein Treffen veranstalten, eine Art Wiedersehensfeier. Wir haben noch nie miteinander geredet. Sollten wir das nicht dringend tun?

Natürlich, das war's! Mary und er hatten doch auch davon profitiert, dass sie sich kennen gelernt hatten. Er schnappte sich das Telefonbuch, einen Notizblock und einen Stift. Dann suchte er sich die Namen der Überlebenden aus den Zeitungsartikeln heraus und fing an, die entsprechenden Telefonnummern zu suchen.

Er wurde dadurch unterbrochen, dass noch eine viel bessere Idee hinzukam. Die Sahne auf dem Kuchen sozusagen. Die Krönung des Wiedersehens.

Er lachte laut auf und wählte dann die Vermittlung für Ferngespräche an.

* * *

Mary warf einen Blick auf all das übrig gebliebene Essen von der Beerdigung, das noch in ihrer Küche stand. Zum Frühstück konnte sie entweder Wackelpudding, Schokoladenkuchen oder Lasagne essen. Sie warf einen Blick unter einige der Deckel von Schüsseln und Auflaufformen und entdeckte dabei einen Kuchen, von dem nur ein einziges Stück fehlte. Es war Schokoladentorte. Justins Lieblingsessen.

Eine Woge von Kummer überrollte sie. In ihr war so etwas wie ein blinkendes Schild, mit der Aufschrift: Tot. Tot. Tot.

Sie sind tot.

Sie drehte sich von dem Kuchen weg und floh in die hinterste Ecke des Wohnzimmers – das immer noch so sauber, ordentlich und still war wie vor zwei Tagen, als sie versucht hatte, sich umzubringen.

Stirb, Mary. Stirb genau wie die beiden. Du hast es verdient zu ...

Plötzlich von Panik erfasst, machte Mary einen Satz zur Stereoanlage und drehte sie auf volle Lautstärke, um die Stimme, die ihr das einredete, zu übertönen. Ein Countrysong überfiel sie – eines von Lous Lieblingsliedern, eines von denen, bei denen sie immer gestöhnt und gemeckert hatte, wenn er es pausenlos spielte.

Wie passend. Musik, bei der man zerspringen, zerbrechen, sterben konnte. Aber wenn sie schon unterging, dann sollte all das hier mit ihr zusammen untergehen.

Sie stand vom Couchtisch auf und fegte mit der Hand einmal darüber hinweg, sodass Zeitschriften und ein Kerzenhalter auf den Teppich fielen. Sie packte die Rückenpolster des Sofas und schleuderte sie gegen die Jalousien, dass es rasselte und die Lamellen kreuz und quer standen.

Während die Musik dröhnte, schaute sie sich schwer atmend nach mehr potenziellen Objekten um, an denen sie sich abreagieren konnte. Justins Spielzeugkiste stand in der Ecke und machte sich über sie lustig. Sie stürzte sich darauf, riss den Deckel hoch und schleuderte das Spielzeug hinter sich, ohne darauf zu achten, wo es landete. Das Geräusch der zerbrechenden Lampe löste ein hysterisches Lachen aus.

Keine Ordnung mehr. Schluss damit, dass alles an seinen Platz gehört. Keine Beherrschung, kein Nicken und auch keine Versuche mehr, zu lächeln oder mich selbst davon zu überzeugen, dass alles gut wird.

Als nächstes war das eingebaute Wandregal dran. Mit einem Finger schnippste sie die Bücher aus dem Regal, sodass sie polternd zu Boden fielen. Einen Porzellanvogel warf sie einfach nach hinten über ihre Schulter. Mary schaute gar nicht hin, wo er landete, sondern fühlte sich nur durch das Geräusch splitternden Porzellans angefeuert.

Aus der Stereoanlage dröhnte Lous Lied, sodass sie das Gerät aus dem Schrank hob und zum Fernseher hinschleppte. Sie stöhnte dabei vor Anstrengung. Die Kabel waren nicht sehr lang und wurden immer straffer, sodass die Anlage zurückschnellte in das Regal, und dann nach einem Sekundenbruchteil durch das Gewicht aus der Wand gerissen wurde und in plötzlichem tödlichen Schweigen zu Boden krachte.

Mary hielt inne und begutachtete, was sie geschafft hatte. *Ja. Ja. Genau das habe ich verdient.*

Aber es gab noch mehr zu tun ...

Ihr Blick fiel auf den Wandschrank im Flur, und sie dachte an den Inhalt. Sie rannte hin, wobei sie unterwegs über alle möglichen Trümmer stolperte. „Ihr meint wohl, ihr seid da drinnen sicher, was? Aber vor mir könnt ihr euch nicht verstecken!"

Sie riss die Schranktür auf. Der Schrank war voll gestopft mit Hinweisen auf ihre Familie. Lous Jackett lachte sie an; Justins rote Schneestiefel machten sich über sie lustig. Handschuhe winkten ihrem ehemaligen Leben Lebewohl. *Lebewohl, Mary. Mach dir nichts vor. Es wird nie wieder so sein, wie es war.* Sie packte Lous Handschuhe, die extradicken, die er immer beim Schneeschippen getragen hatte. Sie zog sie an und klatschte dann in die Hände in der Hoffnung, so die verurteilenden Worte zum Verstummen zu bringen, weil das gedämpfte Klopfen in ihr vibrierte.

Es klingelte an der Tür.

Mary atmete tief ein und erstarrte. Sie zog die behandschuhten Hände an die Brust. Ihr Herzschlag ließ sie pulsieren. Sie schaute durch den Spion und sah Polly Frederick, ihre nächste Nachbarin, vor der Tür stehen. *Vielleicht geht sie ja wieder nach Hause, wenn ich mich ruhig verhalte.*

Plötzlich sah sie Pollys Gesicht an das kleine Seitenfenster gedrückt. Ihre Blicke begegneten sich. Dann registrierte Polly Lous übergroße Handschuhe an Marys Händen, einen herumliegenden

Kleiderbügel sowie einen Stiefel auf dem Boden zu Marys Füßen. „Mary?", rief sie durch das Fenster. „Ist alles in Ordnung?"

Mary drückte Lous Handschuhe wie zwei riesige Spinnen gegen das Fenster. „Geh nach Hause, Polly."

Pollys Augen wurden groß. „Lass mich herein. Ich habe die Zeitungen gesehen ... Ich will dir doch nur helfen."

Zeitungen? Worüber redet denn die? Mary trat einen Schritt zurück, faltete die beiden behandschuhten Hände und wünschte sich, Lous starke Hände würden darin stecken. Die würden wissen, was jetzt zu tun war. Irgendwie würden sie es schaffen, dass Polly wegging. Sie würden dafür sorgen, dass alles wegging.

„Ich weiß, wo der Ersatzschlüssel versteckt ist, Mary."

Mary erstarrte. Jetzt war sie besiegt. Irgendwie würde sich ihre Nachbarin Zutritt verschaffen. Sie bewegte ihre Schultern und merkte, dass sie unglaublich verspannt waren. Sie atmete tief durch und öffnete die Tür einen Spaltbreit.

Polly versuchte einen Blick über sie hinweg in das Haus zu werfen. Sie sah sehr besorgt aus. „Mary. Wie geht es dir?"

Was glaubst du wohl, wie es mir geht? „Den Umständen entsprechend." Sie bemerkte, dass sie immer noch Lous Handschuhe anhatte, und es wurde ihr erst jetzt klar, wie seltsam das aussehen musste. Sie versuchte, sie hinter dem Rücken zu verstecken, aber indem sie das tat, ließ sie den Türknauf los.

Polly war schnell. Sie schob die Tür ganz auf und überblickte den Schaden. „Was um alles in der Welt ..."

„Ich habe sauber gemacht." Das kam eher wie eine Frage als wie eine Feststellung heraus.

Polly trat ein. „Das kannst du mir nicht weismachen." Während sie die Tür hinter sich zuschob, entdeckte sie auch die Zerstörung im Wohnzimmer und sah Mary an. „Was ist los?"

Plötzlich sah Mary das Durcheinander mit anderen Augen. *Hab' das alles ich angerichtet? Was habe ich mir dabei nur gedacht? Polly muss glauben, dass ich verrückt geworden bin.*

Bin ich vielleicht wirklich verrückt?

Polly ging auf das Durcheinander zu. Sie versuchte, die zerbrochene Lampe wieder aufzustellen, aber der Ständer war nicht mehr zu gebrauchen. Sie sah Mary an und wiederholte die immer noch unbeantwortete Frage. „Was ist los, Mary?"

Mary klatschte einmal ihre Hände zusammen, fand das gedämpfte Geräusch aber dermaßen irritierend, dass sie Lous Handschuhe auszog und ordentlich auf die Sofalehne legte. „Du willst also wissen, was los ist? Ich verliere den Verstand." Und als diese Worte einmal heraus waren, spürte Mary, wie sich in dem Augenblick, in dem Wahrheit und Realität aufeinander prallten, die Schleusen öffneten. Die Tränen flossen, ihre Muskeln versagten ihren Dienst und ihre Beine gaben unter ihr nach. Polly war in dem Augenblick bei ihr, als ihre Knie auf dem Boden aufschlugen.

Mary saß auf dem Fußboden im Flur und Polly hielt sie einfach nur in den Armen. Sie sagte nicht „Schschsch" oder dieses schreckliche „Alles wird wieder gut." Sie zog sie nur ganz nah an sich und wiegte sie wie ein kleines Kind, und das tat so gut.

Schließlich setzte Mary sich auf und wischte sich die Augen mit dem Ärmel, bis Polly ein Papiertaschentuch aus der Tasche kramte. „Allzeit bereit", sagte sie. Ihr Lächeln war wehmütig.

Mary schnäuzte sich die Nase und atmete, wenn auch noch etwas zittrig, tief ein. Sie war erleichtert, dass ihre Gedanken klar waren – zumindest klarer. „Ich habe mich geirrt, Polly. Ich hatte alles und habe es nicht einmal gewusst." Sie breitete die Arme aus und umfasste mit dieser Geste den ganzen Raum. „Ich dachte, dass ich ein ordentliches und aufgeräumtes Leben wollte. Aber das will ich gar nicht. Und jetzt ist es zu spät."

Mary spürte, wie Polly sie von hinten an den Schultern berührte. „Was willst du jetzt tun?"

Mary schüttelte den Kopf. Sie nahm wahr, dass ihr Antworten über die Lippen kamen, aber sie war sich nicht sicher, ob sie der Wahrheit entsprachen oder ob es einfach nur die richtigen Worte waren. „Atmen. Schlafen. Essen. Und versuchen, mich zu sortieren und irgendwie zurecht zu kommen."

„Beten."

Mary sah ihre Nachbarin an. Sie hatte ganz vergessen, dass Polly eine tiefgläubige Frau war. Und in dem Augenblick wusste Mary, was sie sagen sollte, was von ihr erwartet wurde. Sie sollte Polly sagen, dass sie beten würde. Aber das konnte sie nicht. Ihr Kopf ging hin und her wie eine leere Schaukel. Wenn doch nur diese Schaukel aufhören würde, hin- und herzuschwingen.

„Möchtest du nicht mit mir beten, Mary?"

Das ist wirklich das Allerletzte, was ich möchte. Mary rappelte sich auf. „Wage es bloß nicht, jetzt Gott ins Spiel zu bringen, der mir das alles angetan hat. Gott bestraft mich und da erwartest du, dass ich zu ihm bete?"

Polly stand auf und streckte eine Hand aus, um zu trösten. „Mary, sag doch nicht so etwas."

Mary wand sich aus Pollys Reichweite und öffnete die Haustür. „Du kannst jetzt gehen, Polly. Mir geht es gut. Mir geht es wirklich gut."

„Aber es geht dir gar nicht gut. Du brauchst ..."

Mary zerrte ihre Nachbarin zur Tür und schob sie dann hinaus, sodass diese dabei fast zu Fall gekommen wäre. „Ich muss allein sein. Anscheinend will Gott doch auch, dass ich allein bin, oder?"

Pollys Gesicht war im Schock wie erstarrt. „Aber Mary, ..."

Sie schlug ihr die Tür vor der Nase zu und genoss das Machtgefühl, das dieser Akt ihr verschaffte.

Das Telefon klingelte. Sie schlenderte in die Küche wie Napoleon, der sich seinen Gegnern stellt. „Was ist?", schnauzte sie in den Hörer.

„Mary?"

Es war Georges Stimme. Noch ein ungebetener Wohltäter. Sie war nicht in der Stimmung. „Was wollen Sie, George?"

„Was ist denn los? Sie klingen so wütend."

„Ich bin wütend."

„Ich komme kurz vorbei."

„Nein, Sie werden nicht vorbeikommen. Sie sind nicht mein Aufpasser, George." *Aber er war dein Aufpasser. Er hat dir das Leben gerettet.* Sie zwang sich, ihre Stimme zu dämpfen. „Ich, ... ich habe heute nur einen schlechten Tag. Das vergeht auch wieder." Vielleicht.

„Es macht mir gar keine Umstände, kurz vorbeizuschauen."

„Es geht mir gut." Sie betonte das letzte Wort ein wenig zu heftig. „Warum rufen Sie eigentlich an?"

„Ich habe beschlossen, ein Treffen aller Überlebender zu arrangieren, und zwar morgen Abend, bei mir zu Hause."

Auf gar keinen Fall.

„Mary? Ich glaube, dass würde uns allen gut tun. Würde das Ganze irgendwie zu einem Abschluss bringen."

Abschluss. Ein Beerdigungswort. Sie überblickte die Zerstörung in ihrer Wohnung. Sie hatte es mit ihrer eigenen Art von Abschluss versucht.

„Ich kann kommen und Sie abholen, wenn Sie möchten."

Mary seufzte. Sie wusste, dass wenn Sie nicht aus eigenem Antrieb käme, George kommen und sie dort hinzerren würde. Er gehörte jetzt irgendwie zu ihrem Leben. Er hatte ihr das Leben zurückgegeben. Ob sich das als gut oder schlecht erweisen würde, musste sie erst noch herausfinden. Aber sie schuldete ihm etwas. Wenigstens so viel.

„Ich komme." Sie sah den Schokoladenkuchen auf dem Küchentresen und war überrascht, dass dieser Anblick sie nicht zum Weinen brachte. „Ich werde sogar einen Nachtisch mitbringen, außerdem habe ich auch noch Lasagne eingefroren."

„Super. Also erwarte ich Sie um sechs."

Mary legte auf und schüttelte den Kopf. In der einen Minute war sie völlig aufgedreht und in der nächsten ganz ruhig. Beides fühlte sich in dem betreffenden Augenblick völlig normal an. Das war beängstigend.

Sie schnitt sich ein Stück Kuchen ab und versuchte, nicht darüber nachzudenken.

***

Tina war auf dem Weg zur Tür, im Begriff, ihren ersten Arbeitstag in der Buchhandlung anzutreten, als das Telefon klingelte. Es war Carla aus ihrem Bibelkreis.

„Ich rufe nur an, um mal kurz zu fragen, wie es dir geht. Wir haben heute Morgen die Zeitung gesehen und ... stimmt es? Hast du wirklich deine Arbeit als Lehrerin hingeworfen?"

Tina hatte die Nachricht auch im Lokalsender im Fernsehen gesehen. „Ja, das stimmt."

„Aber wieso denn?"

Tina schaute auf die Uhr. „Wie wäre es, wenn ich nächste Woche wieder zum Bibelkreis komme und euch dann alles in allen Einzelheiten erzähle?"

„Bist du denn schon so weit?"

„Worauf du dich verlassen kannst."

Ein kurzes Zögern am anderen Ende der Leitung. „Du klingst irgendwie so anders."

„Na ja, ich habe schließlich einen Flugzeugabsturz hinter mir, meinen Job hingeworfen, mich verlobt ..."

„Hey, das wurde auch Zeit, aber ..."

„Aber was?"

„Aber es ist mehr als nur das. Du klingst, als ob du echt ... im Reinen mit dir wärst. Das hatte ich nicht erwartet. Nicht nach diesem Zeitungsartikel. Ich rufe an, weil ich dachte, dass du vielleicht deprimiert wärst und uns bräuchtest."

„Ich brauche euch auch. Aber ich habe einen inneren Frieden, wie ich ihn noch nie zuvor erlebt habe."
„Ist es wegen David?"
„Nein, wegen Gott."
„Wow. Du klingst aber sicher."
„Ich bin auch sicher. Also, dann bis nächste Woche."
Tina legte auf und erinnerte sich an die Zeiten, in denen sie nur am Rande an dem Bibelkreis teilgenommen hatte, der einmal wöchentlich früh morgens stattfand. Das würde jetzt anders werden. Sie würde an nichts mehr einfach nur passiv teilnehmen.
Sie griff jetzt nach ihrer Handtasche und in dem Augenblick klingelte das Telefon erneut. Sie überlegte erst kurz, ob sie den Anruf dem Anrufbeantworter überlassen sollte, dachte dann aber auch an die Möglichkeit, dass es David mit einem „Ich-liebe-dich-Anruf" vor Arbeitsbeginn sein könnte. „Hallo?"
„Ist da Tina McKutcheon?"
„Wenn Sie Journalist sind, ich bin nicht ..."
„Nein, nein, ... hier ist George Davanos. Ich bin einer der Überlebenden des Flugzeugabsturzes."
Sie hatte morgens in den Nachrichten einen Bericht über ihn gesehen. Er hatte eine Affäre mit der jungen Mutter. „Wie geht es Ihnen, George? Ganz schön viel Publicity, mit der wir bedacht werden, was? Ich hatte eigentlich gedacht, dass sich alles wieder langsam beruhigen würde."
„Deshalb rufe ich ja an. Ich glaube, es wird Zeit, dass wir mal zusammenkommen, und zwar diesmal nicht in eiskaltem Wasser. Sind Sie dafür zu haben?"
Vor noch nicht allzu langer Zeit war sie es nicht gewesen, aber das war jetzt anders. Das sah nach einer wunderbaren Möglichkeit aus, die ganze Sache zu einem Abschluss zu bringen. „Ich bin dabei. Wann?"
„Morgen Abend zum Abendessen um sechs bei mir zu Hause." Er gab ihr seine Adresse. „Und Tina, ich habe für jeden eine Überraschung."
„Was denn für eine Überraschung?"
„Das wird nicht verraten. Also, bis morgen dann."

* * *

Tina konnte sich nicht erinnern, wann sie sich das letzte Mal so hatte konzentrieren können wie jetzt, als ihre neue Chefin Shelly sie in der

Buchhandlung herumführte und ihr alles erklärte. Was eigentlich überwältigend und verwirrend hätte sein müssen, war ganz klar und fühlte sich ausgesprochen vertraut an – so, als wären die Informationen irgendwo auf Abruf gespeichert gewesen und hätten nur auf diesen Augenblick gewartet.

„Sie lächeln dieses Buch an, als wäre es ein neugeborenes Baby", sagte Shelly. „Kitzeln sie es doch mal unter dem Titel, dann gurrt es Sie vielleicht an."

Tina merkte, dass sie ein Buch wiegte und den Umschlag streichelte. „Entschuldigung." Sie stellte es ins Regal zurück und rückte ihre Krücken zurecht.

„Macht doch nichts. Bei Bücherjunkies ist das eine ganz normale Reaktion."

Tina lächelte. „Jetzt ist mein Geheimnis raus."

„Das ist gar kein Geheimnis. Was glauben Sie denn, warum wir Sie eingestellt haben?" Shelley sah sich in dem Laden um, stets aufmerksam, ob Kunden da waren, die vielleicht ihre Hilfe brauchten, aber dann war sie auch immer wieder voll und ganz bei Tina. „Können Sie erkennen, ob der Mann, der da drüben auf dem Sofa sitzt, Hilfe braucht? Irgendwie sieht er verloren aus."

Tina warf einen verstohlenen Blick hinüber. Der Mann, der dort saß, hatte beide Füße fest auf den Boden gestellt und die Arme vor der Brust verschränkt. „Der sieht nicht verloren aus, sondern hungrig – aber nicht nach Lernen oder einer Pizza. Er sieht aus, als ob er hilfsbereite Angestellte gern zum Abendessen verspeisen würde. Vielleicht ist er ja im falschen Laden." Tina konnte sich kaum einen Kunden vorstellen, der widerstrebender dreingeschaut hätte.

Shelly stupste sie an. „Wahrscheinlich ist es der Mann einer Kundin, der gegen seinen Willen in den Laden geschleppt worden ist und unbedingt etwas kaufen soll. Die meisten von ihnen sind ziemlich zahm, obwohl der da doch ..."

„... eher angriffslustig wirkt?"

Shelley lachte. „Auf in den Kampf, Tina. Ich gebe Ihnen Feuerschutz."

„Wirklich nett von Ihnen, Verwundete in die Schlacht zu schicken." Tina atmete tief durch und überprüfte noch einmal ihre Nerven. Sie kam sich etwas töricht vor, weil sie schon Angst hatte, die einfachen Worte: „Kann ich Ihnen helfen?" auszusprechen. Sie ging zu dem Sofa hin, setzte ihr hilfsbereitestes Lächeln auf und blieb im Blickfeld des Kunden stehen.

Er blickte auf und starrte sie wütend an. „Was ist? Kann ich hier nicht mal sitzen?"

Tina brauchte einen Augenblick, um sich von dem Anpfiff zu erholen. „Das kommt ganz darauf an. Haben Sie genügend Geld in die Parkuhr gesteckt?"

„Ob ich was habe?"

Also gut, mit Humor funktioniert es also nicht. „Warten Sie auf Ihre Frau?"

„Ist das erlaubt?"

„Nur dienstags." Sie reichte ihm eine Zeitschrift. „Vielleicht haben Sie ja Lust, etwas zu lesen, so lange Sie warten."

Er schaute kurz auf den Umschlag und warf dann die Zeitschrift auf den niedrigen Couchtisch, von wo aus sie zu Boden fiel. „Nein danke. Ich habe mit diesem Glaubens-Kram nichts am Hut."

Tina fühlte sich, als wäre sie geohrfeigt worden. Unbeholfen hob sie die Zeitschrift wieder auf – was wegen der Krücken nicht ganz einfach war. Der Mann bot ihr keine Hilfe an, sondern beobachtete jede ihrer Bewegungen wie ein Kind, das die Reaktion seiner Eltern auf schlechtes Benehmen beobachtet und auf seine Strafe wartet. *Spiele nicht sein Spiel mit, sondern dein eigenes.*

Sie blickte auf und lächelte. „Lesen Sie nicht gerne?"

„Nicht solchen Müll."

„Mögen Sie lieber Sachbücher oder Romane?"

Er grinste provozierend. „Was glauben Sie?"

Ich glaube, du brauchst jedes nur denkbare Selbsthilfebuch, das derzeit auf dem Markt ist. Sie registrierte, dass er Cowboystiefel und eine Bomberjacke trug. „Ich halte Sie für einen Western-Fan."

Seine Augen leuchteten erfreut auf, aber nur ganz kurz, bevor sie wieder den ablehnenden Ausdruck annahmen. „Ich habe früher so einige gelesen."

„Wir haben ein paar sehr gute da. Hätten Sie Lust, sie sich anzusehen?"

Er kicherte. „Sie haben Western? Christliche Western?" Er lachte. „Jetzt erzählen Sie mir bloß noch, dass Jesus ein Cowboy ist."

„Nein." Tina machte einen Schritt in Richtung der Romanabteilung. Sie war völlig verblüfft, als er tatsächlich aufstand und hinter ihr herkam. Während sie zu dem entsprechenden Regal gingen, wünschte sich Tina, sie wüsste mehr Einzelheiten über christliche Western, aber dann erinnerte sie sich, dass sie jemanden kannte, der sich damit auskannte. *Bitte, Herr, zeige du ihm das richtige Buch.*

Mit einer raumgreifenden Geste deutete sie auf die Romane. Pferde, Cowboys und hohe Berge zierten die Umschläge. Die Hand des Mannes zögerte erst, erlag aber dann anscheinend doch der Versuchung und zog ein Buch heraus. Er fing an, den Klappentext zu lesen.

„Interessant?"

Er blickte nicht auf. „Egal."

„Dann lass' ich Sie jetzt mal in Ruhe stöbern." Tina ließ ihn mit einem absurd triumphalen Gefühl zurück. Ihr war, als hätte sie soeben einen Sieg errungen. Nein, sie hatte keinen Menschen zu Jesus geführt oder irgendeinen Bibelvers oder eine biblische Wahrheit weitergegeben. Aber als sie noch einmal zu dem Mann hinübersah, der jetzt das Buch bei der ersten Seite aufschlug, da wusste sie, dass sie ihn zu etwas noch Besserem geführt hatte. Wenn er eines von diesen Büchern las, würde er etwas über Gott erfahren, und zwar ganz gemütlich zwischen grasendem Vieh, bei Lagerfeuergesprächen, und genau danach sehnte er sich offenbar. Das reichte. Ihren Teil der Arbeit hatte sie getan.

Sie ging mit federndem Schritt auf den nächsten Kunden zu. Melly und Großvater Carpelli würden stolz auf sie sein. Und Gott auch.

* * *

Anthony hörte das Telefon klingeln, machte aber keinerlei Anstalten abzuheben. Er wollte weder mit dem Krankenhaus, noch mit einem Journalisten, ja noch nicht einmal mit Lisa reden.

Er musste nachdenken. In den vergangenen 24 Stunden war so viel passiert. Er war durch seine eigene Überheblichkeit degradiert und von einem Gott in Frage gestellt worden, den er kaum kannte. Umgehauen und wieder aufgerichtet. Ein ziemlicher Kraftakt.

Er bekam mit, wie sich der Anrufbeantworter einschaltete und hörte die Nachricht: „Hier ist George Davanos. Ich bin einer der Überlebenden des Flugzeugabsturzes. Ich hielte es für an der Zeit, dass wir uns alle einmal unter vernünftigen Bedingungen treffen. Kommen Sie doch morgen Abend zu mir nach Hause zu einem Abendessen und einer Überraschung. Ich hoffe, Sie sind dabei." George nannte dann noch seine Adresse und der Anrufbeantworter schaltete sich wieder ab. Anthony hatte noch nie daran gedacht, die anderen Überlebenden kennen zu lernen. Was sollte das bringen?

Aber was kann es schaden?

Er würde darüber nachdenken.

* * *

Alles war erledigt. Obwohl es gar nicht so einfach gewesen war, hatte George seinen Überraschungsgast doch erreichen können, er hatte mit Mary und Tina gesprochen sowie eine Nachricht für Sonja Grafton und Anthony Thorgood hinterlassen. Laut Informationen der Presse hatten die drei letzteren Probleme mit ihren Jobs. Das war bestimmt kein Spaß, nachdem man gerade einen Flugzeugabsturz hinter sich hatte. Oder waren ihre Probleme erst durch den Absturz entstanden? Überlebender zu sein, war wirklich ein hartes Stück Arbeit.

Es klingelte an der Tür, und obwohl George wusste, dass es durchaus auch ein Journalist sein konnte, war ihm nicht danach, erst seine Krücken zu sortieren und zur Tür zu gehen, um durch den Spion festzustellen, wer es war. „Kommen Sie einfach herein, aber auf eigene Gefahr!"

Suzy steckte den Kopf zur Tür herein. „Machst du immer die Tür so auf?"

„Beschwer dich nicht." Er bemerkte, dass sie einen Koffer trug. Einen ausgefärbten, völlig demolierten ... „Hey, das ist ja meiner. Woher hast du denn den?"

„Ich bin gerade vorbeigekommen, um nach dir zu sehen und habe ihn vorn auf der Veranda gefunden. Es ist ein Zettel dran von der Fluggesellschaft. Sie müssen ihn vorbeigebracht haben." Suzy setzte sich auf einen der Küchenstühle. „Sieht ganz so aus, als ob du dich besser gehalten hättest als dein Gepäck."

„Ich habe ja auch eine längere Garantiezeit."

„Lass uns nachsehen, wie es um den Inhalt steht."

Sie fing an, den Koffer zu öffnen, und erst da erinnerte George sich. Deshalb rief er schnell: „Mach ihn nicht auf!"

Zu spät. Suzy starrte auf das Durcheinander von Kleidung. Alles Irmas Sachen. Irmas Unterwäsche. Sie war voller Flecken und Schimmel, aber man konnte sie noch erkennen. Suzy sah ihren Vater an. „Was ist denn das?"

George griff nach einer Zeitung und versteckte sich dahinter. „Für mich sieht das wie Klamotten aus."

„Frauenkleidung."

George warf einen kurzen Blick über den Rand der Zeitung. „Na, dann wird's wohl so sein."

Suzy überprüfte noch einmal den Anhänger am Griff des Koffers. „Das ist deiner, Papa. Das hast du ja auch bestätigt. Aber warum ist er voller Frauenkleidung? Sind das Sachen von Mama?" Vorsichtig betrachtete sie die Kleidungsstücke genauer. „Und hier ist das Foto von Mama. Es ist beschädigt, aber ..."

George war im Nu aus dem Sessel gesprungen und schnappte sich das Bild, noch bevor er gemerkt hatte, dass er ohne Krücken aufgesprungen war. „Gib das sofort her!" Das Glas war zerbrochen und Irmas Gesicht war wellig und voller Flecken. *Mein Lieblingsfoto. Ruiniert.*

Zu seinem Schrecken holte Suzy die Medikamentendose zwischen den schmutzigen Kleidern hervor.

„Hey, das nehme ich ..."

Sie zog sie aus seiner Reichweite und versuchte mühsam, das Etikett zu entziffern. Aber Georges Hoffnung, dass es inzwischen unleserlich geworden war, wurde zunichte gemacht, als sie sagte: „Sind das Schlaftabletten? Was ist eigentlich los, Papa?"

George drückte das Foto von Irma fest an seine Brust und ging wieder zu seinem Sessel zurück. Es war an der Zeit, die Wahrheit zu sagen. „Ich wollte gar nicht nach Phoenix, um dort Urlaub zu machen."

„Aber das erklärt nicht, wieso du keine Kleider dabei hattest oder ..."

„Der Koffer sollte sich einfach nur voll anfühlen."

„Warum?"

„Damit du keinen Verdacht schöpftest."

Suzy schluckte und spielte mit der Pillendose.

„Was meinst du mit Verdacht, Papa?"

George stellte das Foto von Irma auf den Tisch und sah seine Tochter direkt an. „Damit du nicht Verdacht schöpftest, dass ich nach Phönix fahren wollte, um mir dort das Leben zu nehmen."

Suzy hätte sich beinah neben den Stuhl gesetzt. „Was? Warum denn das?"

George betrachtete das Bild von Irma. „Sie fehlt mir so sehr."

„Mir auch, aber ..."

„Sie war meine Frau."

„Sie war meine Mutter."

„Das ist etwas anderes."

George war froh, dass Suzy dieses Argument nicht hinterfragte. Sie schaute zu Boden. „Aber Phoenix ... Warum ausgerechnet Phoenix?"

George zuckte die Schultern. „Warum nicht Phoenix? Ich wollte es nicht hier tun in dem Haus, in dem wir zusammen gelebt haben. Ich wollte nicht, dass du mich findest."

Suzy sprang von ihrem Stuhl auf und bohrte die Pillendose in das Durcheinender der Kleider ihrer Mutter. „Aber du warst sehr wohl bereit, mich ohne dich weiterleben zu lassen?"

„Das war eben nicht zu ändern." *Ziemlich lahm, George, sehr ...*

Suzy fing an, auf und ab zu gehen. „Wie konntest nur überhaupt auf den Gedanken kommen, mir das anzutun? Mutter habe ich schon verloren und du hast dir absolut nichts dabei gedacht, dass ich so auch dich noch verlieren würde?"

„Du bist eine starke Frau."

Suzy hörte auf zu wandern, und ihr Finger zeigte auf Georges Gesicht. „Das ist eine völlig unakzeptable Antwort."

Das stimmte, und George wusste es auch.

„Du hast nur an dich gedacht."

„Wahrscheinlich."

„Du ..." Plötzlich erkannte er an ihrem Blick, dass sie begriff. „Deshalb lagen auch dein Testament und die Versicherungspapiere offen herum. Damit ich sie finden sollte, nachdem ..."

Sie schüttelte den Kopf. „An solche Einzelheiten hast du gedacht, aber nicht an meine Gefühle? Meinen Schmerz?"

George hatte nichts zu seiner Verteidigung vorzubringen. Wie hatte ihm dieser Schritt seinerzeit nur so folgerichtig vorkommen können? Wie hatte er ihn nur für das einzig Richtige halten können? „Ich weiß nicht, ..."

Suzy fing an zu weinen. Das Zittern ihres Kinns erinnerte ihn an seine Suzy, als sie noch ein kleines Mädchen gewesen war. „Wie, ... wie konntest du unserem Kind den Großvater vorenthalten?"

„Wie bitte?"

Suzys Kinn hörte auf zu zittern. „Ich bin schwanger. Stan und ich bekommen ein Baby."

Gorge holte tief Luft und musste dann noch einmal einatmen, weil die Luft immer noch nicht ausreichte. „Ein Enkelkind?"

Suzy nickte. „... das einen Opa braucht."

George streckte eine Hand aus und nutzte dann die Stärke seiner Tochter, um sich hochzuziehen. Sie umarmten sich fest. „Es tut mir so Leid, Suzy. So Leid."

Suzy trat zurück, um ihrem Vater ins Gesicht zu sehen. „Du denkst doch nicht immer noch ...?"

„Nein, nein. Jetzt nicht mehr. Gott hat mich aus einem bestimmten Grund gerettet. Ich muss nur herausfinden ..." Er legte sich eine Hand auf den Mund.

„... was es ist? Jetzt weißt du es."
George lachte und küsste seiner Tochter auf die Stirn. „Ja, jetzt weiß ich es."
„Opa George."
Das war Musik in seinen Ohren.

* * *

George stellte das beschädigte Bild von Irma auf seinen Nachttisch, wo es hingehörte. Er musste sich ein anderes heraussuchen, aber fürs erste würde auch dieses es tun. Er saß auf der Bettkante und sah sie an.
„Wir werden Großeltern, Liebchen. Wie findest du das?"
Sie antwortete nicht. Und sie würde auch nie mehr antworten. Sie würde nie ihr Enkelkind in den Armen halten oder Plätzchen für es backen oder mit ihm auf den Spielplatz gehen.
Aber daran konnte er jetzt nicht denken, denn er war sehr wohl da. Er war am Leben, und er konnte all das tun, außer vielleicht der Sache mit den Plätzchen. Aber selbst wenn er nie in seinem Leben irgendetwas backen würde, würde er ihm doch ganz bestimmt Plätzchen kaufen können und Popcorn im Kino und Hot Dogs bei den Fußballspielen und Süßigkeiten im Zirkus.
„Ich tue das für uns beide, Irma. Ich werde der beste Opa sein. Aber du musst dich da oben noch ein bisschen gedulden, bis ich komme. Es scheint so, als ob Gott noch nicht will, dass ich bei dir bin, und diesmal werde ich auch nicht versuchen, die Sache zu beschleunigen." Ihr verblichenes Lächeln schien das gut zu heißen.
Und dann wusste er es. Es würde gut werden. Alles würde gut werden.

* * *

Dora Roberts wählte Sonjas Nummer – zum dritten Mal mittlerweile.
Sie muss einfach erfahren, dass ich nichts damit zu tun habe, dass ihre Probleme mit dem Job an die Öffentlichkeit gelangt sind. Sie muss wissen, dass ich alles, was sie gesagt hat, vertraulich behandelt habe. Sie muss wissen, dass ich ihre Fr...
Wieder war nur der Anrufbeantworter dran. Dora zögerte. Sie wollte es ihr eigentlich persönlich sagen, aber Sonja war offensichtlich nicht zu Hause. Oder sie ging nicht ans Telefon.
Wie könnte ich es ihr verübeln?
Der Piepton erklang. Diesmal legte Dora nicht auf, sondern hinterließ eine Nachricht.

Im Augenblick war das alles, was sie tun konnte.

Aber war es das wirklich?

Sie saß einfach da mit dem Hörer in der Hand. Die armen Überlebenden hatten wirklich viel durchgemacht. Und jetzt machte sich die Welt auch noch darüber lustig und nagte an dem Kummer dieser Menschen wie Piranhas an frischem Fleisch.

Und was hatte sie denn unternommen, um den Leuten zu helfen? Ein paar kurze Minuten zuzuhören? Nicken und in einem Nebensatz Gott erwähnen? Bei ihrem Überleben und der Art und Weise, wie es dazu gekommen war, ging es um so viel mehr als um Atmen und Weitermachen. Es ging dabei um Entscheidungen, Konsequenzen und auch Chancen.

Entscheidungsmöglichkeiten? Nein, das stimmte nicht ganz. Obwohl jeder von ihnen jetzt die Wahl zwischen verschiedenen Möglichkeiten hatte – während der Nachwehen des Absturzes –, hatte keiner der Überlebenden die Entscheidung getroffen, zu leben oder zu sterben. Nur einer von ihnen hatte diese Wahl gehabt. Ein einziger.

Dora sah auf ihren Computer, der sie quer durch den Raum zu rufen schien. Es war Zeit. Es war Zeit, etwas über den Lebensretter zu schreiben.

* * *

Sonja schloss ihre Wohnungstür auf und stellte fest, dass ihr jemand ein Exemplar des *Probe* unter die Fußmatte geschoben hatte. Sie hatte dieses Revolverblatt nicht abonniert. Wer konnte das …

Sie schlug die Zeitschrift auf und sah die Schlagzeilen auf der Titelseite: „Absturzopfer begeht Selbstmordversuch." Schon beim Hineingehen fing sie an zu lesen und ließ ihre Siebensachen einfach im Flur auf den Boden fallen. Mit dem Fuß gab sie der Wohnungstür einen Stoß, sodass sie zufiel.

Dann saß sie am Küchentisch und las den Artikel. Arme Frau.

Dann entdeckte sie jedoch noch einen weiteren Artikel: „Überlebende wegen Fehlverhalten gefeuert."

Ihr Magen drohte etwas sehr Ungezogenes zu tun. *Nein, das kann nicht über mich sein. Unmöglich.*

Aber es war so.

Sonja stürzte aus der Küche und zum Telefon. Wie hatte sie nur glauben können, dass Dora Roberts eine Freundin war?

Das Lämpchen am Anrufbeantworter blinkte. Sie hatte zwei Nachrichten. Die erste war von einem George Davanos, der sie zu einem Treffen der Überlebenden einlud. Sie wusste nicht, was sie da tun sollte. Zusammenzukommen, um gemeinsam zu jammern? Aber die zweite Nachricht erregte ihre Aufmerksamkeit. Sie war von Dora, die ihr versicherte, dass die Geschichte über Sonjas Entlassung nicht von ihr stammte.

Aber wer hatte dann die Presse informiert? Und wer hatte die Zeitung unter ihre Fußmatte gelegt, sodass sie sie auch bestimmt ...

Geraldine!

Sonja warf die Zeitung in den Müll. Phoenix erschien ihr zunehmend reizvoller.

SECHZEHN

Seid getrost und unverzagt alle, die ihr des Herrn harret.
PSALM 31,25

Dora schaltete voller Genugtuung den Drucker ihres Computers ein. Zufrieden wie schon seit Monaten nicht mehr – vielleicht sogar seit Jahren –, schaute sie auf den Bildschirm. Sie hatte gerade ihren Beitrag über den Lebensretter fertig gestellt. Er bestand nicht überwiegend aus Fakten über Henry Smith oder über den Absturz, sondern es ging vielmehr um die Helden dieser Welt – ganz gewöhnliche Leute wie Henry, die unter extremen Bedingungen ganz außergewöhnlich handelten und so zu etwas Besonderem wurden. Der Beitrag war sehr, sehr gut geworden.

Sie hatte den vergangenen Abend und den gesamten Tag daran gearbeitet und zwar immer zwischen den Auftragsarbeiten für den *Chronicle,* zwischen all dem blöden Zeugs über neue Buslinien oder den Streik im Baugewerbe. Und selbst wenn sie an diesen anderen Sachen gearbeitet hatte, war sie mit ihren Gedanken ständig bei Henry Smith gewesen.

Doch jetzt hatte sie das plötzliche Bedürfnis, jemanden den Beitrag lesen zu lassen, aber nicht ihren Chef. Es war höchst unwahrscheinlich, dass Clyde ihn überhaupt drucken würde und sie wollte nicht, dass in diesem Augenblick die Realität ihre Begeisterung abwürgte. Nein, sie brauchte die Reaktion eines Menschen, der verstehen würde. Dem etwas daran lag, der ...

George Davanos. Henrys Sitznachbar.

Sie griff nach einem Telefonbuch und schrieb sich seine Adresse heraus. Dann zog sie die Seiten aus dem Drucker.

* * *

George hatte den Tag damit verbracht, für das Treffen sein Haus zu putzen. Obwohl er eine Putzfrau hatte, die alle vierzehn Tage kam, hatte er sie nicht bestellt, aus Angst, sie könnte etwas über die Zusammenkunft der Überlebenden ausplaudern. Wenn die Medien hinterher oder sogar während des Treffens davon erfuhren, dann war es eben so. Er würde es jedem einzelnen überlassen, darüber zu reden oder auch nicht.

Es waren aber nicht die Mit-Überlebenden, deretwegen er die Medien auf Distanz hielt, sondern sein Überraschungsgast. Er hatte sogar Suzy zu dem Hotel geschickt, in dem Ellen wohnte, um sie abzuholen, weil er wusste, dass seine Anwesenheit dort Aufmerksamkeit erregen würde. Ihm war inzwischen klar, dass ein Leben in Anonymität der Vergangenheit angehörte – so lange jedenfalls, bis die nächste Schlagzeile in die Aufmerksamkeit der Massen rückte.

Suzy war spät dran. Die anderen Gäste würden jeden Augenblick eintreffen. George schaute nach der Kaffeemaschine – alles fertig. Er hatte Geflügelsalat und frisches Weißbrot kommen lassen und sogar Irmas gutes Porzellan und das Silberbesteck herausgekramt. Mary hatte zugesagt, eine Lasagne und einen Kuchen zum Nachtisch mitzubringen. Außerdem gab es eine Zwei-Liter-Flasche Limonade für diejenigen, die keinen Kaffee tranken sowie Servietten und Milch und Zucker für den Kaffee.

Irma wäre stolz auf ihn gewesen.

Er hörte ein Auto auf der Auffahrt und humpelte zum Fenster. Eine hübsche Frau stieg aus. Er hatte das Gesicht schon einmal irgendwo gesehen und versuchte, sich zu erinnern ...

Die Journalistin! Was wollte denn die jetzt?

Er eilte zur Tür, um sie abzuwimmeln, bevor die anderen eintrafen und öffnete die Tür, als sie gerade die Klingel drücken wollte.

„Mr. Davanos?"

„Wenn Sie sich heute die Nachrichten angeschaut haben, werden Sie verstehen, dass ich kein Interesse an einem Gespräch mit der Presse habe ... obwohl auch das Sie nicht gehindert hat, Lügen zu verbreiten."

„Ich habe gar nichts gedruckt, Mr. Davanos. Sie haben mir den Namen des Lebensretters schon lange genannt, bevor er veröffentlicht wurde, und ich habe nichts gesagt und nichts darüber geschrieben. Der *Probe* ist Ihr Problem, nicht ich. Ich bin nicht eine von jenen ... anderen."

Sie sagte die Wahrheit und er überlegte. Vielleicht war er ungerecht gewesen. Er schaute die Straße hinunter. Es waren keine unbekannten Autos zu sehen.

„Darf ich hereinkommen? Es ist kalt hier draußen."

Es war dumm, sich zwischen Tür und Angel zu unterhalten. „Wenn es sein muss, aber ich habe nur ein paar Minuten Zeit."

Ob sie nun eine gute Journalistin war oder zu den schlechten gehörte, er wagte nicht, ihr zu sagen, dass er gerade die anderen Überlebenden erwartete – und deren besonderen Gast.

Sie trat ein und er schloss die Tür, aber er bot ihr nicht an, näher zu treten und Platz zu nehmen. „Was gibt es also? Weshalb kommen Sie hier zu mir nach Hause?"

Sie reichte ihm einige Papiere. „Ich wollte Sie einfach nur bitten, das hier durchzulesen."

„Was ist es denn?"

„Etwas, das ich über Henry Smith geschrieben habe – eigentlich über Sie alle."

George las die erste Zeile: „Niemand plant, ein Held zu werden." Gar nicht schlecht. Er las den ersten Abschnitt und konnte dann nicht mehr aufhören, so gefesselt war er von dem, was er da las. Er blickte zwischendurch einmal auf und sah sie an.

„Das hier ist wundervoll."

Sie wurde rot. „Danke."

Er las weiter, wobei seine Augen über das Geschriebene flogen. Er benahm sich wie ein hungernder Mensch, der endlich zu essen bekam. Seine Augen füllten sich mit Tränen, und er spürte, wie ihm ein Schluchzen in der Kehle aufstieg. „Wow."

Auch ihr standen Tränen in den Augen und sie nickte. „Genauso empfinde ich."

„Dann sind sie wirklich keine von denen."

Sie schüttelte den Kopf.

Er traf spontan eine Entscheidung. „Kommen Sie, setzen Sie sich." Er sah sich das erste der Blätter noch einmal an, auf dem ihr Name stand. „Willkommen, Dora Roberts. Ich habe eine Überraschung für Sie."

* * *

Dora hörte George zu. Sie konnte kaum glauben, was für ein Glück sie hatte. Dass sie ihn ausgerechnet an dem Tag und zu dem Zeitpunkt bei ihm zu Hause aufgesucht hatte, als er auf die Ankunft der Überlebenden des Flugzeugabsturzes bei sich zu Hause wartete ... Und was es wohl mit der Überraschung auf sich hatte? Aber dann wurde ihr klar, dass das Ganze zu großartig war, um einfach nur Glück zu sein. Das hier war Gottes Handeln.

„Es ist mir wirklich eine ganz besondere Ehre, dass ich bleiben darf."

„Kein Problem", sagte George und ging zu dem Fenster, das nach vorn zur Straße ging. Er zog die Vorhänge zurück. „Sie haben es sich verdient. Ich möchte, dass alle hören, was Sie geschrieben haben."

„Hören?"

„Ich möchte, dass Sie es ihnen nachher vorlesen."

Doras Magen zog sich zusammen. Schreiben, das war eine Sache, aber etwas Selbstgeschriebenes vorzutragen, war doch etwas ganz anderes. „Ich weiß nicht, ob ich das kann ..."

„Natürlich können Sie das. Und die anderen müssen es hören. Basta."

Sie hörte ein Auto.

„Sie sind da." George eilte zur Tür und öffnete sie, bevor geklingelt wurde, genauso, wie er es auch bei ihr gemacht hatte. Zuerst kam eine junge Frau herein, die ihm auf die Wange küsste. Gefolgt wurde sie von dem Ehrengast.

Dora stand auf, um sie zu begrüßen.

„Willkommen", sagte George.

Ellen Smith lächelte und schüttelte ihm die Hand. „Schön, Sie kennen zu lernen, Mr. Davanos." George bat sie, einzutreten.

„Nennen Sie mich doch bitte George."

„Und ich bin Ellen."

Sie sah sich in dem Raum um und entdeckte Dora. George machte die beiden Frauen miteinander bekannt. „Ellen, das ist Dora Roberts, eine, ... eine Freundin. Dora, das ist Ellen Smith, Henrys Frau."

Dora gab der Frau die Hand und erkannte sie wieder, weil sie im Fernsehen einen Bericht über ihre Ankunft am Flughafen gesehen hatte. Es war ihr peinlich, dass sie erwartet hatte, Ellen würde ein bisschen einzigartiger aussehen. Die Frau hatte eine angenehme äußere Erscheinung, war aber kein Mensch, der zwischen anderen besonders auffiel. Sollte die Frau eines Helden nicht irgendwie strahlen oder sonst etwas Besonderes an sich haben?

George warf Suzy einen Blick zu. „Was hat euch so lange aufgehalten?"

Die Tochter zuckte die Achseln. „Der Verkehr."

Das Geräusch von mehreren Autos ließ George seine Krücken sortieren.

„So, jetzt geht es los. Die anderen kommen." Er wandte sich an Ellen und dann an Dora, dann wieder an Ellen. „Ellen, Sie müssen, ... verstecken Sie sich bitte im Arbeitszimmer."

Ellen lächelte. „Ich weiß, Suzy hat es mir schon gesagt."

Suzy zeigte ihr den Weg zum Arbeitszimmer. Dora stellte sich zu George ans Fenster. „Möchten Sie, dass ich mich auch verstecke?"

Er schüttelte den Kopf. „Nein, nur Ellen. Am besten halten Sie sich ein wenig im Hintergrund, denn ehrlich gesagt, möchte ich Ellens Erscheinen nicht dadurch abschwächen, dass sie die Aufmerksamkeit mit jemandem teilen muss."

„Hab schon verstanden."

Zwei Autos bogen ein und dann noch eines. Dora erkannte Sonja und Tina. Die dritte Frau musste demnach Mary sein. Die drei Frauen stiegen aus, stellten sich einander vor, umarmten sich kurz und kamen dann plaudernd zur Tür. Blieb also noch ein weiterer Gast. Der gute Doktor. Darauf freute Dora sich ganz und gar nicht. George machte die Tür weit auf. „Willkommen, meine wunderschönen Damen."

An die anderen beiden gewandt sagte Mary: „Ich habe Ihnen ja gesagt, dass er ein Charmeur ist."

Er verbeugte sich und lächelte, aber Dora bemerkte, wie er Marys Gesicht besorgt musterte. Sie reagierte darauf mit einem angedeuteten Nicken, was ihn zu beruhigen schien. Suzy nahm Mary die Speisen ab, die sie mitgebracht hatte.

Eine nach der anderen bemerkten sie Dora. Als erste Sonja.

„Dora!" Sonja umarmte sie etwas unbeholfen, weil der Gipsverband sie immer noch behinderte.

„Was machen Sie denn hier?"

„Dazu kommen wir noch", sagte George. Er leitete das gegenseitige Vorstellen ein und Dora war erstaunt, dass die einzigen Überlebenden, die sich schon persönlich begegnet waren, anscheinend George und Mary waren. Suzy nahm ihnen die Mäntel ab und führte die Gäste ins Wohnzimmer.

„Wir sind erst vier. Wo ist denn Nummer 5? Der Doktor fehlt doch noch, oder?"

„Anthony Thorgood", sagte George. „Ich habe nichts von ihm gehört, aber ich hoffe …"

Ich hoffe, dass er nicht kommt. Dora fühlte sich mies bei den Gedanken, die sie in Verbindung mit dem Doktor hatte. Sollten sie nicht eigentlich diejenigen lieben, die nicht so liebenswert waren? Nach allem, was sie erlebt und gesehen hatte, gehörte Dr. Thorgood nämlich auf jeden Fall in diese Kategorie.

„Vielleicht ist er absichtlich verhindert", meinte Sonja. „Die Schlagzeilen … Ich glaube, er hat am meisten abgekriegt." Sie schnappte nach Luft und sah Mary an. „Außer Ihnen, Mary. In der Zeitung stand, ... natürlich wissen wir alle, dass das nicht wahr ist, aber ..."

Mary richtete sich auf. „Aber es stimmt. Ich habe versucht, mich umzubringen."

Unbehagliche Blicke wurden gewechselt und Dora war sehr froh, dass sie Mary nicht zu einem Interview gedrängt hatte.

„Ist jetzt alles so weit in Ordnung?", fragte Tina. „Natürlich kann nicht alles in Ordnung sein, wenn man seine Familie verliert, aber ..." Sie legte sich eine Hand auf die Stirn. „Es tut mir Leid. Ich wollte nicht aufdringlich sein."

„Ach, das ist schon in Ordnung", antwortete Mary, aber Dora bemerkte sehr wohl, dass ihre Stimme angespannt klang. „Wir leiden ja alle."

„Aber Sie sind die einzige, die Angehörige verloren hat und mit dem Schmerz und der Trauer darüber weiterleben muss."

Die Wahrheit dieser Aussage sorgte dafür, dass es in dem Raum ganz still wurde; eine simple Tatsache, die neonfarben im Raum stand.

„Ja, das ist wohl so", sagte Mary. Und plötzlich schien dieser Gedanke Wurzeln zu schlagen und zu wachsen. Sie sah George mit fast panischem Blick an. „George, ich bin allein. All die anderen, die zusammen mit ihrer Familie unterwegs waren, sind umgekommen. Ich bin die einzige, die überlebt hat."

Es läutete wieder an der Tür. Alle zögerten, weil sie zwar Mary helfen wollten, aber auch weitermachen mussten. George drückte ihr fest die Hand, während Suzy zur Tür ging, um zu öffnen. Dora wappnete sich. Es würde ihm genauso wenig gefallen, sie hier zu finden, wie es ihr gefiel, noch einmal mit ihm zusammenzutreffen.

„Ich wollte zu George ..."

Zögernd ließ George Mary zurück und ging zur Tür.

„Kommen Sie herein, Anthony."

Dora registrierte, dass Anthony Suzy seinen Mantel reichte, ohne sie auch nur eines Blickes zu würdigen, so als wäre Georges Tochter das Dienstmädchen. *Er hat sich kein bisschen geändert.* Dann machte der Mann seine Begrüßungsrunde und gab zuerst den Damen die Hand. Er hatte Dora noch nicht bemerkt, und sie hatte sich wohlweislich auch etwas im Hintergrund gehalten, einfach, um noch ein wenig länger alles zu beobachten.

Sie staunte, wie verbissen er dafür sorgte, dass auch wirklich alle erfuhren, dass er Arzt war. *Ein Arzt mit Problemen, wenn die Nach-*

richten stimmten. Und Dora ärgerte sich darüber, dass er jedes Mal, wenn er sich vorstellte, sagte: „Ich weiß eigentlich nicht, weshalb ich gekommen bin." Der einzige Patzer in seiner Alles-ist-ganz-normal-Nummer war ein kurzes Unbehagen, als sich ihre Blicke trafen.

Na, vielleicht doch ein Hauch von Schuldgefühl, Doktor?

Dora hielt den Atem an und wartete auf eine Entschuldigung, aber es kam keine.

„Hallo, Doktor."

Anthony wandte sich an George. „Was macht denn *die* hier?" Seine Stimme klang angewidert und Dora ärgerte sich darüber. Sie mochte ihn auch nicht besonders, aber diese Reaktion von ihm war völlig überzogen.

Dora nahm George aus der Schusslinie. „Ich wollte George besuchen, und er war so freundlich, mich ebenfalls einzuladen."

Anthony wandte sich nun an Suzy. „Wo ist mein Mantel? Wenn das so ist, bleibe ich auf gar keinen Fall."

„Was ist denn los, Dora?", fragte Sonja.

„Ich habe ihn interviewt. Er war grob und arrogant und deshalb habe ich die Geschichte nicht geschrieben. Darüber ist er wütend."

„Da können Sie aber sicher sein, dass ich wütend bin. Sie haben mich verurteilt. Sie haben mich erst mein Herz ausschütten lassen, und dann haben Sie mich beleidigt, indem ..."

Dora lachte. „Ihr Herz? Sie machen wohl Witze. Sie haben kein Herz, Doktor."

In dem Augenblick, als sie es ausgesprochen hatte, wusste Dora, dass sie zu weit gegangen war. *Vergib mir bitte, Herr.* Sie sah die anderen an. Ihre Gesichter waren verschlossen und besorgt. Sie ruinierte, was eigentlich ein Wiedersehen hatte werden sollen. Sie wandte sich an Anthony. „Es tut mir Leid. Das hätte ich nicht sagen sollen." Sie setzte sich. „Bitte vergeben Sie mir. Ich bitte Sie alle, mir zu vergeben."

Sie sah nicht zu Anthony hin, sondern suchte Blickkontakt mit George.

Er nickte zum Zeichen, dass er ihre Entschuldigung angenommen hatte und übernahm dann die Leitung.

„Also dann. Es gibt doch nichts, was eine Zusammenkunft interessanter machen könnte, als ein zünftiges kleines Feuerwerk. Anthony? Setzen Sie sich doch bitte. So weit wären wir also schon einmal ..."

Anthony zögerte zunächst kurz, setzte sich dann aber doch, wenn auch so weit wie möglich von Dora entfernt.

George atmete tief durch und stand dann am Rand des Kreises, den seine Gäste bildeten. „Ich freue mich, dass Sie alle gekommen sind. Nachdem ich mir gestern die Nachrichten angeschaut hatte, kam mir der Gedanke, dass wir vielleicht alle etwas Stärkung und Aufmunterung gebrauchen könnten, und wer könnte dafür besser sorgen als andere Menschen, die dasselbe erlebt haben wie wir. Wir sind einmalig. Eine Gruppe von fünf ..." er schaute zum Arbeitszimmer. „Plus eins. Wie Sie sich alle bestimmt erinnern, waren wir nach dem Absturz zu acht im Wasser. Und nur wegen des Einen, der heute nicht unter uns sein kann, sind wir überhaupt noch am Leben und hier versammelt. Aber in gewisser Weise ist Henry Smith ebenfalls hier, denn ich habe eine Überraschung für Sie."

Suzy öffnete die Tür zum Arbeitszimmer und Ellen trat heraus.

„Bitte begrüßen Sie mit mir Ellen Smith, Henrys Frau."

Einen Moment lang herrschte Stille. Dora beobachtete die Gesichter der Anwesenden Überlebenden. Es war, als würde ihnen erst jetzt beim Anblick seiner Frau klar, dass es ihren Lebensretter wirklich gegeben hatte, dass er real existiert hatte. Henry hatte vor dem Absturz ein ganz normales Leben geführt; er war kein Produkt ihrer Fantasie oder ein Engel, der zu ihrer Rettung gesandt worden war. Er war ein Mensch aus Fleisch und Blut, der mit dieser Frau verheiratet gewesen war.

Tina stand auf, um Ellen zu begrüßen. „Für mich ist es ganz schlimm, dass ich mich nicht bei Henry bedanken kann, deshalb tue ich das jetzt stattdessen bei Ihnen, denn unseretwegen ist ja in gewisser Weise auch Ihr Leben mit geopfert worden." Aus dem Händedruck wurde eine Umarmung. „Danke."

Nun öffneten sich die Schleusen der Gefühle und die Frauen umringten Ellen, weinten, umarmten einander und sprachen miteinander. Dora bemerkte, dass Anthony sich den anderen nicht anschloss, sondern Abstand hielt. Ihm schien dieser emotionale Ausbruch Unbehagen zu bereiten. *Los, komm schon Mann, nun mach schon.*

Die Frauen setzten sich wieder und machten auf dem Sofa Platz für Ellen. Als sie unerwartet befangen so dasaßen, stand Anthony schließlich auf. Sie sahen ihn erwartungsvoll an. An seinem Gesicht war zu erkennen, wie er mit sich selber kämpfte.

„Ist alles in Ordnung, Anthony?", fragte George.

Der schüttelte den Kopf und seine Stirn legte sich vor Stress in Falten wie ein Waschbrett. Es war verwirrend – und dennoch seltsam ermutigend –, mit anzusehen, wie der Panzer der Stärke dieses Mannes

Risse bekam, und dennoch hoffte Dora, dass nicht ihr kleiner Wortwechsel der Auslöser dafür gewesen war. „Ich nehme an, Sie haben in der Zeitung gelesen, dass ich gedacht habe, ich sei am Leben geblieben, weil ich es verdient hätte?"

„Wir wissen, dass Sie es nicht so gemeint haben", sagte Sonja.

Er warf ihr einen Blick zu. „Ich habe es sehr wohl so gemeint." Er fuhr sich mit der Hand durchs Haar. „Zu dem Zeitpunkt." Er schaute zu Dora und dann weg. Er stöhnte. „Ich wusste, dass ich nicht hätte kommen sollen."

„Sie haben etwas zu sagen, Anthony, und jetzt haben Sie die Gelegenheit, es zu tun", sagte George.

Dora staunte über das Ausmaß an Emotionen, die in Anthonys Gesicht zu erkennen waren und einander in großer Geschwindigkeit ablösten. Schließlich blieb nur Kummer zurück und er blickte zu Boden. „Ich bin einer der Überlebenden eine Entschuldigung schuldig, aber sie ist nicht hier."

Tina sprach den Namen aus. „Belinda Miller."

Anthony nickte. „Ich habe das Seil genommen, als eigentlich sie an der Reihe gewesen wäre. Das tut mir Leid. Ich habe versucht, mein Verhalten zu rechtfertigen – und zwar ziemlich lange –, aber Lisa, eine Freundin von mir, hat mir geholfen zu erkennen ...", er versuchte zu lächeln, „dass ich auf einem Irrweg war."

Dann wandte er sich an Ellen. „Und meine Bemerkungen darüber, dass ich es verdient habe zu leben ... es ist nicht so, dass ich nicht dankbar bin für das Opfer, das Ihr Mann gebracht hat. Das war ich und ich bin es auch immer noch. Aber ich habe da völlig falsch gelegen. Mein Denken war wohl ziemlich verdreht. Aber dann kam diese Sache im Krankenhaus und die gerichtlichen Klagen gegen mich ..."

Dora war vor Verblüffung sprachlos. Eine Entschuldigung von Mister Arroganz persönlich? Sie fühlte sich schlecht.

„Stimmt es", fragte George, „dass Sie eine Operation vermasselt haben?"

„Nicht ganz, aber ich habe eine Operation nicht durchgeführt, obwohl sie zwingend nötig gewesen wäre. Der Patient war Konzertpianist – mit Betonung auf war."

„Haben Sie fahrlässig gehandelt auf Grund der Nachwirkungen des Absturzes?", fragte Sonja.

„Ich würde darauf wirklich gern mit Ja antworten, aber das wäre nicht wahr. Wahrscheinlich hätte ich denselben oder einen ähnlichen Fehler irgendwann auch so gemacht. Der Absturz hat meine

Arroganz nicht verursacht, aber sie ist dadurch heftig auf die Probe gestellt worden."

„Ich kann einfach nicht glauben, dass Sie das gesagt haben", meinte Sonja. „Ich habe dasselbe durchgemacht wie Sie. Ich war auch überheblich und unglaublich ehrgeizig. So sehr, dass ich deshalb meinen Job verloren habe."

„Ihren Job? Was wollen Sie denn jetzt machen?", fragte Mary.

Sonja lächelte und sah zu Dora. „Ich komme gerade aus Phoenix zurück, wo ich mich gestern mit der Frau des Mannes getroffen habe, neben dem ich im Flugzeug gesessen habe. Er hieß Roscoe Moore und war ein großartiger Mann, der sich wirklich für mich als Person interessiert hat, während wir auf den Start warteten. Er hat immer wieder betont, wie wichtig es für mich sei, mehr aus meinem Leben zu machen." Sie sah aus, als hätte sie diesen Gedanken gern noch etwas weiter ausgeführt, fühlte sich dabei aber dann doch etwas unbehaglich. „Jedenfalls hat Mrs. Moore mir angeboten, in Phoenix bei ihr zu arbeiten – mit Jugendlichen, bei denen die Gefahr besteht, dass sie auf die schiefe Bahn geraten."

„Sie ziehen um?", fragte Dora.

Sonja schaute in die Luft, dann wieder zu ihnen. „Ich habe mich noch nicht endgültig entschieden, aber warum nicht? Durch den Absturz habe ich eine zweite Chance bekommen. Ich muss ohnehin noch einmal völlig von vorn anfangen. Und was habe ich schon zu verlieren?" Sie schaute zu Dora hinüber und formte schweigend mit den Lippen ein ‚Danke'.

Tina gab ein Handzeichen, dass sie etwas sagen wollte. „In den Zeitungsartikeln ging es auch um mich. Ich habe meinen Beruf als Lehrerin aufgegeben. Ich habe in dem Flugzeug neben einem wunderbaren Mädchen namens Melly Carpelli gesessen, einer Schülerin, die mir geholfen hat zu erkennen, dass ich im falschen Beruf tätig war." Sie lächelte. „Aber ich habe schon eine neue Arbeit gefunden, in einer christlichen Buchhandlung, und es gefällt mir dort sehr gut."

„Neben mir hat Henry gesessen", sagte George.

Einen Augenblick lang herrschte Schweigen.

„Sie haben ihn kennen gelernt?", fragte Tina.

George nickte. „Er war ein interessanter Mann." Er lächelte Ellen zu. „Und das Nächste, was ich jetzt erzähle, wollte ich Ellen schon die ganze Zeit sagen." Er legte eine Hand an seinen Hals und wandte sich Suzy zu. „Kann ich bitte etwas Wasser haben?" Suzy brachte ihm ein volles Glas und er trank einen Schluck.

Doras Magen krampfte sich zusammen. Sie hatte mehr über den Lebensretter erfahren wollen und jetzt ...

„Was ist es denn, George?", fragte Ellen. „Erzählen Sie mir von Henry."

Er stellte sein Glas ab und senkte den Kopf, als wollte er noch ein Stoßgebet sprechen, bevor er anfing zu reden. Sein Blick und Ellens trafen sich. „Henry war einfach ein ganz normaler Mann – und ich sage das mit allem Respekt. Aber in seinem Leben ist etwas geschehen, das zu dem Tag mit dem Absturz hingeführt hat. Er beschrieb es als eine Art Erwartung, so als ob er etwas Bestimmtes tun sollte, aber noch nicht wusste, was es war." George sah sich in dem Raum um. „Überlegen Sie doch mal! Henry hatte das Gefühl, dass er etwas Bestimmtes schaffen sollte."

Mary schnappte nach Luft. „Er sollte uns retten?"

„Ja, das glaube ich. Henry hatte sogar eine Panikattacke an Bord. Er wollte unbedingt raus, und zwar so heftig, dass eine Stewardess kommen und ihn beruhigen musste."

Tina schlug sich eine Hand vor den Mund. „Als ob er es gewusst hätte ...?"

Ellen klammerte sich an der Knopfleiste ihrer Bluse fest. „Er wusste es?"

George hob seine Hände. „Das weiß ich nicht, aber er schien sehr konzentriert und ausgerichtet auf diesen Auftrag, von dem er herauszufinden versuchte, was es war. Er hat mir einen Bibelvers gesagt, den er am Abend zuvor gelesen hatte. Der Teil, den er zitierte, lautete: ‚Dies ist der Weg, ...'"

„‚... darauf gehe'", beendete Ellen ihn. „Ich kenne den Vers."

„Er war auf der Suche nach ‚dem Weg'."

Anthony schüttelte den Kopf. „Einem Weg."

Sonja zeigte mit dem Finger auf ihn. „Sagen Sie das nicht. Wegen dieses Weges sind wir überhaupt noch am Leben."

Tina zupfte an ihrer Unterlippe. „Ich nehme an, dadurch ist bewiesen, dass der Absturz für Gott nicht überraschend kam."

„Wir haben so ein Glück gehabt", sagte Sonja.

Tina schüttelte heftig den Kopf. „So etwas wie diese Art von Glück gibt es nicht. Gott ist mit allen Einzelheiten unseres Lebens vertraut. Er kennt jedes Haar auf unserem Kopf. Er weiß, wie lange wir leben und er hat einen Plan mit uns. Wenn man an Gott glaubt, kann man nicht an glückliche Zufälle glauben." Sie sah sich im Raum um und schaute jeden kurz an. „Finden Sie das nicht auch?"

Anthony setzte sich auf dem Sofa zurecht. „Wollen Sie damit die Frage stellen, ob wir an Gott glauben?"

Es folgte ein kurzes Zögern, dann ein Nicken. „Ja, das will ich. Glauben Sie an Gott?"

Anthony schaute zu Boden. „Ich weiß es nicht. Bisher habe ich nicht an Gott geglaubt, sondern nur an mich selbst."

„Und jetzt?"

Anthony schüttelte den Kopf, offenbar noch immer unsicher. Dora hatte Mitgefühl mit ihm. Wenn er nicht einmal Gott anerkannte, dann war es ja kein Wunder ...

Sonja zupfte am Polster der Armlehne ihres Sessels herum. „Ich habe auch so über Gott gedacht. Unsicher war ich. Aber jetzt glaube ich an ihn. Der Absturz ... Gott hat mich dadurch auf sich aufmerksam gemacht."

„Er hat die Aufmerksamkeit aller bekommen", sagte Tina. Sie wandte sich an Anthony und Mary. „Wir haben jetzt von all den Menschen gehört, die neben uns gesessen haben. Wer hat denn neben Ihnen gesessen? Und inwieweit hatte das einen Einfluss auf Sie? Anthony? Wollen Sie anfangen?"

Er reagierte auf die Frage mit einem bitteren Lachen. „Ich hatte mit Sicherheit keinen Menschen neben mir, der hätte Einfluss haben können. Ich habe nämlich neben Belinda Miller gesessen."

„Was? Sie haben Ihrer Sitznachbarin das Rettungsseil weggeschnappt?" Aus Sonjas Tonfall ging hervor, dass sie diesen Umstand als ungeheuerlich empfand.

„Sie war wirklich eine überaus lästige Person. Sie hasste Ärzte und ich hatte das Gefühl, dass sie total auf dem Holzweg war."

„Aber war sie das denn wirklich?", fragte Dora.

Er warf ihr einen wütenden Blick zu.

Sie spürte, wie sie errötete. „Entschuldigung."

Er zuckte die Achseln. „Sie hatte große Vorurteile und war der Meinung, sie hätte mich durchschaut."

„Inwiefern denn das?", fragte Sonja.

Anthony rutschte unruhig hin und her und Dora hatte das Gefühl, dass das bei ihm nicht oft vorkam. Wer auch immer Belinda gewesen sein mochte, was auch immer sie gesagt hatte, offenbar hatte es ihn an einer empfindlichen Stelle getroffen.

„Sie hat behauptet, ich hätte Angst, Risiken einzugehen und Angst davor, alles zu verlieren."

„Und?"

„Was und ..."

„Stimmt das?", fragte George.

Anthony schaute über sie hinweg in die Luft. „Also ich, ... ich denke, ... wahrscheinlich irgendwie schon." Er schaute zu Dora. „Es ist durchaus möglich, dass ich so sehr damit beschäftigt war, das festzuhalten, was ich hatte, dass ich darüber ganz vergessen habe, was ich bin: ... ein guter Arzt."

Tina applaudierte. „Bravo."

Anthony zuckte die Achseln, als ob das nicht der Rede wert wäre, aber Dora bemerkte, dass er rot geworden war und hatte ein gutes Gefühl dabei. Zumindest gab der Typ sich Mühe.

Tina wandte sich jetzt an Mary. „Sie sind die Letzte. Wer hat denn neben Ihnen gesessen?"

Mary traten Tränen in die Augen. „Mein Mann und mein kleiner Sohn."

Tina holte erschrocken Luft. „Ja klar, oh, es tut mir so Leid."

Mary schniefte und es löste sich eine Träne, die ihr die Wange hinunterlief. Sie nahm sich einen Augenblick, um sich zu sammeln und holte ein Papiertaschentuch aus ihrer Handtasche. „Lou hat mich damit überrascht, dass er plötzlich im Flugzeug auftauchte. Ich war unterwegs nach Phoenix, um mit einer unverheirateten Freundin einen drauf zu machen und richtig zu feiern." Sie schüttelte den Kopf. „Ich dachte, dass Teresa alles hätte, und dabei war ich es, die alles hatte. Und alles verloren hat."

„Nicht alles", warf George ein.

Mary stieß einen tiefen Seufzer aus. „Ich fürchte, darüber beraten die Geschworenen noch."

Sie und George wechselten einen Blick und in seinem Gesicht blitzte Panik auf. Mary schaute weg. Plötzlich trat Georges Tochter Suzy in den Kreis. „Ich weiß, dass ich hier die einzige Außenstehende bin, und ich finde es faszinierend, wie Ihre Sitznachbarn und der Absturz Ihr Leben beeinflusst und Sie zum Besseren verändert haben. Aber es ist eine Person hier im Raum, um die ich mir Sorgen mache; jemanden, der sein Leben noch nicht klar hat." Sie sah zu ihrem Vater hinüber.

George machte unbeholfen einen Schritt auf sie zu. „Hey Suzy, es ist wirklich nicht nötig, das noch einmal hervorzukramen." Er sah besorgt aus, so als hätte er Angst, sie könnte möglicherweise ein Familiengeheimnis ausplaudern.

Aber dann stand Ellen auf, in einer langsamen, geschmeidigen Bewegung, so als ob ein Puppenspieler eine Marionette vom Sessel aufstehen ließ, indem er an einem der Fäden zog. „Ich hätte gern, dass Sie etwas für mich tun, George, und zwar Henry zuliebe."

Er schien erleichtert über die Ablenkung. „Was immer Sie wollen." Er setzte sich hin und Suzy nahm neben ihm Platz.

Ellen traten Tränen in die Augen, und Dora konnte sehen, wie sie ihre ganze Kraft benötigte, um sie zurückzuhalten. „Ich vermisse meinen Henry mit einem Sehnen, von dem ich mir nicht vorstellen kann, dass es jemals weniger werden könnte, aber nachdem ich mit Ihnen allen gesprochen habe, weiß ich, dass sein Tod nicht vergebens war. Sein Tod war das Wesentliche dieses Weges, nach dem er gesucht und gefragt hat, und ich danke Gott dafür, dass er ein Mann war, der diesen Weg auch gehen konnte. Henry hat mir nicht von dem Vers erzählt, aber es überrascht mich nicht, dass Gott ihn gerade auf diesen Vers aufmerksam gemacht hat. Henry war offen. Es war eines der Dinge, die ich so sehr an ihm geliebt habe." Sie sah jede Person im Raum direkt an. „Der Punkt ist, dass Henry zu Gott auch hätte Nein sagen können. Ist Ihnen allen das klar? Drei Mal hat Gott ihm das Rettungsseil in die Hand gegeben und hat gesagt: ‚Henry, weißt du, was ich gern möchte, dass du tust? Wirst du es tun?' Und vier Mal hat mein Henry sich hintenan gestellt und Ja gesagt." Sie zeigte auf Sonja, auf Mary, auf Anthony und auf Tina. „Ja, ja, ja, ja."

Sie weinten jetzt alle. Selbst Anthonys Augen schimmerten feucht. Aber Ellen war noch nicht fertig.

„Wissen Sie, was ich gern möchte, was die Leute über meinen Henry verstehen? Ich wünsche mir, dass ihnen klar ist, dass er nur ein ganz normaler Mann war, dem die außergewöhnliche Chance zuteil geworden ist, mit Vollkommenheit in Berührung zu kommen. Mit dem Angesicht Gottes in Berührung zu kommen. Ob er gewusst hat, in welchem Ausmaß diese Fähigkeit in ihm vorhanden war?" Sie schüttelte den Kopf. „Ich glaube es nicht. Und das macht die Sache für uns andere umso hoffnungsvoller. Wenn wir keine Ahnung haben, dass in uns die Fähigkeit schlummert, Großartiges zu tun, dann besteht vielleicht die Chance, dass wir es wirklich tun können. Wenn wir die Chance bekommen, wenn wir das Herz bekommen, wenn wir den Mut bekommen, Ja zu sagen. Der Schlüssel dazu liegt darin, bereit zu sein für den Augenblick. Henry war bereit, Ja zu sagen. Sind wir es auch?"

„Oh Ellen, das haben Sie wunderschön ausgedrückt", sagte Mary.

„Es ist mehr als wunderschön", meinte Sonja, „es ist etwas, das jeder hören sollte."

„Genau", sagte Ellen. „Womit ich bei meiner ..."

George stand auf, und Dora war klar, was er gleich tun würde. Es war Zeit, Henry die letzte Ehre zu erweisen. Er ging zu Ellen und legte einen Arm um ihre Schultern. „Entschuldigen Sie, Ellen, dass ich Sie unterbreche. Ihre Worte haben uns tief berührt, aber ich glaube, das hier ist auch der perfekte Augenblick für uns alle, uns etwas anzuhören, das Dora über Henry geschrieben hat – und über den Rest von uns. Deshalb ist sie heute überhaupt hergekommen. Sie wollte, dass ich es lese. Und jetzt möchte ich, dass sie es Ihnen allen vorliest. Dora?"

Während George und Ellen sich hinsetzten, holte Dora ihren Artikel aus ihrer Tasche und stand auf. „Ich möchte nur sagen, dass Sie alle mich außerordentlich inspiriert haben und ..."

George unterbrach sie. „Lesen Sie es doch einfach vor, Dora."

Sie nickte und fing an. „Es ist überschrieben mit: ‚Ganz gewöhnliche Helden.'" Sie räusperte sich und fing an zu lesen. „Niemand plant im Voraus, ein Held zu werden. Es steht bei niemandem auf der Liste der langfristigen Ziele oder auf der To-do-Liste für den Tag. Und wenn man Menschen fragen würde, ob sie das Zeug zum Helden hätten, würden die meisten von ihnen das wahrscheinlich verneinen.

Aber das stimmt nicht. Wir alle sind potenzielle Helden, wir alle haben das Zeug dazu, oder vielleicht besser ausgedrückt, wir alle haben diesen von Gott in uns hineingelegten Funken dazu in uns. Doch wie bei allen anderen Möglichkeiten, die es in unserem Leben gibt, liegt es ganz bei uns, ob wir Helden werden. Die Entscheidung liegt bei uns. Gott drängt uns nicht dazu – auch wenn er uns vielleicht in eine Situation hineinkatapultiert, die von uns erfordert, eine Wahl zu treffen. So wie er es bei Henry Smith und dem Absturz von Flug 1382 gemacht hat."

Dora blickte auf und war erleichtert festzustellen, dass alle noch aufmerksam zuhörten. Sie las weiter: „Ich habe Henry Smith nie persönlich kennen gelernt und ich weiß auch keine Einzelheiten aus seinem Leben. Zuerst hat mir das etwas ausgemacht, und ich habe das Schreiben dieses Artikels aufgeschoben, weil ich dachte, ich müsste erst mehr über ihn erfahren, seine Frau kennen lernen und mit Freunden von ihm sprechen. Aber dann wurde mir klar, dass genau das das Besondere an Helden wie Henry ist. Es gibt wenig in ihrer Vor-Heldenzeit, das auf ihr Schicksal hindeuten würde – auf ihre Chance, mit wahrer Größe in Berührung zu kommen. So etwas wie eine Ausbildung zum Helden gibt es nicht. Keine Zulassungsvoraussetzungen in Bezug auf die Ausbildung und auch keine Erfahrungen im Heldsein sind vonnöten. Familiäre Herkunft, ethnische Zugehörigkeit, Alter und Geschlecht sind unwichtig; Heldentum ist ein Beschäftigungszweig, in dem wirklich Chancengleichheit herrscht. Man muss nicht einmal tiefgläubig sein, um von Gott auf diese Weise eingesetzt zu werden. Das heißt aber nun nicht, dass Gott nichts damit zu tun hat. Denn er ist es, der in uns diesen Funken der Bereitschaft zum Selbstopfer entfacht, zu einem bestimmten Zeitpunkt, den er festsetzt und an dem ein Mensch aufhört, an sich selbst zu denken und nur noch die anderen im Blick hat.

Aber vielleicht stimmt diese letzte Aussage gar nicht. Denn ich glaube, dass Henry Smith sehr wohl auch an sein eigenes Leben gedacht hat, als er zitternd in dem eisigen Wasser hing; ich glaube, dass seine Gedanken in seiner letzten Stunde verzehrt waren von seinem eigenen Leben. Nur dass der Held daran denkt, sein eigenes Leben aufzugeben, statt es zu retten.

Der Selbsterhaltungstrieb ist stark und lässt sich anhand des einfachen Aktes veranschaulichen, dass man sich schützend die Hand vors Gesicht hält, wenn etwas zu nah an einen herankommt. Aber Heldenmut wird geboren, wenn der Selbsterhaltungstrieb auf das Mitgefühl trifft, wenn das Ich dem Wir von Angesicht zu Angesicht gegenübersteht und Letzteres vor Ersterem den Vorzug erhält.

Der Held oder die Heldin sorgt durch ihre/seine Entscheidung dafür, dass die vorwiegende Beschäftigung mit dem Ich und eigenen Belangen zu etwas wird, das der Vergangenheit angehört, zu einem Teil des ehemaligen Wesens. Der Held schiebt solche ebenso normalen wie verständlichen Überlegungen beiseite und denkt völlig anders – nämlich über sich selbst hinaus. Und der Schlüssel dabei ist, dass der Held die Chance hat, Ja oder Nein dazu zu sagen.

Henry Smith hat Ja gesagt. Und als ich beim Ansehen der Videobänder von der Rettungsaktion sah, wie er das Seil zum ersten Mal weitergab, da konnte mein Verstand sein Handeln als außergewöhnlich, aber noch so gerade eben normal einordnen. Er war einfach höflich. Frauen und Kinder zuerst. Aber dann muss es auch diesen Augenblick gegeben haben, in dem er zitternd mit schmerzenden Verletzungen von dem Absturz im Wasser lag und sein Körper langsam vor Kälte taub wurde, in dem er bewusst die Entscheidung traf, so weiterzumachen – koste es, was es wolle."

Doras Kehle war wie zugeschnürt und sie zwang sich zu schlucken. Sie holte tief Luft, um ihre zittrige Stimme wieder unter Kontrolle zu bekommen. „Als Henry sah, wie der Helikopter sich ein ums andere Mal von ihm entfernte, nachdem er das Seil immer wieder weitergegeben hatte, muss ihm klar gewesen sein, dass er den Tod wählte."

Jetzt kamen ihr die Tränen und Dora ließ ihnen freien Lauf. „Und als alle anderen weg waren und er den Hubschrauber in der Ferne verschwinden sah, und als er spürte, dass sein Körper am Ende war, da ist die Einsamkeit, die er wahrscheinlich erlebt hat, für mich unvorstellbar. Dennoch muss ich glauben, dass Gott ihn in diesen letzten Augenblicken getröstet hat. Irgendwie hat Gott Henry Smith das intensivste Gefühl der Befriedigung geschenkt, das ein Mensch überhaupt haben kann. Größere Liebe hat niemand als der, welcher sein Leben hingibt für seine Freunde. Denn das ist das Erkennungszeichen eines Helden – Liebe. Auch wenn Helden vielleicht nicht wissen, wie sie diese Liebe in ihrem Alltag richtig zeigen können, sagen sie Ja, wenn Gott ihnen die Chance dazu gibt. Sie entscheiden sich dafür, zu lieben.

Und deshalb sage ich Ihnen, Henry Smith, danke für diesen Akt der Liebe. Und dafür, dass Sie uns gezeigt haben und uns dazu herausgefordert haben, zu erkennen, dass vielleicht auch in uns ein Held schlummert, wenn wir bloß dazu Ja sagen."

Dora ließ die Blätter sinken. Sie sah in die Gesichter der Menschen, von denen sie umgeben war. Es weinten jetzt alle, sogar Anthony. Ellen Smith stand aus ihrem Sessel auf, kam auf sie zu, umarmte sie ganz fest und flüsterte ihr ein Dankeschön ins Ohr.

George fing an zu applaudieren. „Bravo!"

Dora schüttelte den Kopf und setzte sich. Sie wollte keinen Beifall. Ja, eigentlich wäre sie am liebsten ins Bad gegangen, um dort zu weinen.

Sonja kam auf sie zu. „Wann wird das in der Zeitung stehen?"

Dora schaute auf die Seiten. „Wahrscheinlich nie."

„Was meinen Sie mit nie?"

„Darauf würde sich mein Chef nicht einlassen. Bibelzitate sind nicht unbedingt seine Sache. Und auch nicht gerade Sache des *Chronicle*."

„Aber es muss unbedingt gedruckt werden", sagte Tina.

Dora schüttelte den Kopf. „Es musste geschrieben werden. Ich musste es schreiben. Ich bin einfach froh, dass Sie alle es gehört haben – und zustimmen. Das ist Lohn genug."

George reichte ihr ein Taschentuch. „Wenn ich so überlege, habe ich keinen Artikel von Ihnen über uns gelesen. Sie haben uns zwar interviewt, aber nichts geschrieben ..."

„Oh doch, hier drinnen habe ich sie geschrieben", sagte Dora und tippte sich mit dem Finger an den Kopf.

„Aber ich kann sie nicht wirklich schreiben – nicht zur Veröffentlichung."

„Warum denn nicht?", fragte Tina.

Dora sah zu Anthony hinüber. „Aus verschiedenen Gründen, aber im Wesentlichen, weil das meiste von dem, was ich geschrieben hätte, für den *Chronicle* zu fromm wäre."

„Sie haben uns nie nach Fakten gefragt", sagte Sonja. „Wieso eigentlich nicht?"

Dora atmete tief ein und gewann dadurch Zeit, sich eine Antwort zu überlegen. „Wahrscheinlich aus demselben Grund wie heute Abend. Keinem von Ihnen brannte die Frage, wieso es zu dem Absturz gekommen ist, als erstes unter den Nägeln. Vielleicht waren die normalen journalistischen Fragen ‚Wer-was-wo?' nicht so wichtig wie die Frage, wie Sie fünf auf den Absturz reagiert haben. Wie er Ihr Leben verändert hat." Sie blickte hinunter auf ihre Blätter. „Einigen von Ihnen habe ich es ja schon erzählt – ich hätte eigentlich auch in dem Flugzeug sein sollen, um zu meiner Mutter nach Phoenix zu fliegen, die operiert werden sollte. Dieser Eingriff war dann aber aus ebenso unerfindlichen wie wundersamen Gründen nicht mehr nötig. Deshalb hat Flug 1382 auch mein Leben verändert."

„Sie hätten auch ...?", fragte George.

Tina wiegelte mit einer Handbewegung das Thema ab. „Einen Augenblick noch. Lassen Sie uns noch einmal auf Ihr Schreiben zurückkommen. Sie sind eine gute Autorin", sagte sie. „Ich fände es großartig, wenn Sie meine Geschichte schreiben würden. Ich fände es wunderbar ..." Sie hielt mitten im Satz inne und ihre Blicke schossen im Raum umher, als ob sie versuchte, entlaufene Gedanken einzusammeln.

„Hey, ... warum schreiben Sie nicht wirklich über uns? Schreiben Sie doch ein Buch über uns alle, über unsere Erfahrungen vor, während und nach dem Absturz."

„Ein Buch?"

Sonja nickte begeistert. „Klar. Ich vertraue Ihnen. Ich habe Ihnen alle möglichen heiklen Informationen über mich gegeben und Sie gebeten, Sie nicht zu benutzen, und Sie haben sich daran gehalten. Und Sie haben mir sogar geholfen, ein paar Dinge in meinem Leben zu ordnen." Sie sah sich Unterstützung suchend im Raum um.

„Was meinen die anderen?"

„Ich bin dafür", antwortete George. Er nahm Mary bei der Hand. „Und was ist mit Ihnen? Es wäre doch eine Möglichkeit, Lou und Justin eine letzte Ehre zu erweisen."

Sie nagte an ihrer Lippe. „Ich weiß nicht so recht." Dann sah sie Dora an. „Sie haben mich nie interviewt. Warum eigentlich nicht?"

Dora wusste nicht so genau, ob Mary verletzt war oder sich ausgeschlossen fühlte. „Für mich war der Schmerz, den Sie zu ertragen hatten, unvorstellbar, und ich wollte mich in dieser Situation nicht aufdrängen."

„Aber vielleicht wäre es für mich ja auch eine Hilfe gewesen. Sonja hat das Gespräch mit Ihnen jedenfalls geholfen ..."

Dora trat an Marys Seite. „Es tut mir Leid. Vielleicht hätte ich Sie selbst fragen und die Entscheidung, ob Sie reden wollten oder nicht, Ihnen überlassen sollen."

Mary nickte und zuckte dann die Achseln.

George sprach sanft zu ihr. „Wären Sie denn bereit, mit Dora zu reden, wenn sie ein Buch über uns schreiben würde?"

Ein tiefer Atemzug – ein – aus. „Ich glaube schon. Irgendwann."

„Und auch ich werde reden", sagte Ellen. „Ich fände es ganz wunderbar, wenn es ein Buch gäbe, in dem Henrys Opfer Ehre erwiesen wird."

Alle waren für ein Buch. Außer ...

Alle Blicke waren auf Anthony gerichtet.

Er schnipste sich einen Fussel von seiner Hose. „Dora, Ms. Roberts, ich meine mich doch zu erinnern, dass Sie gesagt haben, Sie würden keinen Artikel über mich schreiben, weil ich ein arroganter, egoistischer Mann mit einer übersteigerten Meinung von sich selbst und seiner Stellung in der Welt sei."

George lachte. „Das haben Sie gesagt?"

Dora bedeckte ihr Gesicht mit einer Hand. „Ja, das habe ich gesagt."

„Leider", fuhr Anthony jetzt fort, „war ihre Meinung auch noch zutreffend."

Einen Augenblick lang herrschte verblüfftes Schweigen, dann folgte Gelächter. „Dann gehe ich also davon aus, dass Sie ebenfalls für Doras Buch sind?", schloss George.

„Es ist durchaus denkbar."

„Und dass Sie diese Charakterzüge nicht mehr haben wollen?", fragte Tina nach.

Sein Lächeln hatte etwas Verschmitztes.

„Ich arbeite daran."

George breitete die Arme aus. „Ich glaube, so geht es uns ja eigentlich allen. Wir arbeiten daran. Wir lernen, damit zu leben, dass wir zu den Lebenden gehören. Wir lernen und arbeiten daran, Ja zu sagen."

Ellen stand auf. „Wo wir gerade vom Ja-Sagen sprechen, noch bevor ich Doras Artikel gehört habe, aber jetzt, angespornt dadurch ..." Sie holte tief Luft und stand dann in voller 1,60 m Größe aufrecht da. „Ich hatte beschlossen, den Menschen von Henrys Opfer und von seinem Gehorsam gegenüber Gott zu erzählen – und sie zu eigenem, selbstlosem Handeln zu ermutigen, indem ich eine Stiftung gründe: Die Henry-Smith-Stiftung. Und das Motto dieser Stiftung wird lauten: ‚Den Helden in jedem von uns entdecken. Menschen in Not Rettungsseile reichen.'"

„Das gefällt mir", sagte Mary.

„Das wird Henrys Stimme sein." Sie wandte sich an George. „Und ich möchte, dass Sie, George, mit mir zusammen Vorträge halten und Zeugnis geben als einer der fünf Überlebenden."

„Aber Henry hat George doch gar nicht gerettet", warf Anthony ein. „Er ist der einzige von uns, den Ihr Mann nicht gerettet hat." Anthony erntete abfällige Blicke von allen anderen. „Aber es stimmt doch!"

George machte ihren Blicken mit einer Geste ein Ende. „Er hat mich zwar nicht aus dem Wasser gerettet, aber Henry Smith hat mich sehr wohl gerettet. Er hat mich vor mir selbst gerettet." Er schaute sich nervös in dem Zimmer um, mit einem besonderen Seitenblick auf Suzy. Dann straffte er die Schultern. „Ich war unterwegs nach Phoenix, um mich dort umzubringen."

Erschrockenes Luftholen war im Raum zu hören, aber George winkte ab. „Durch mein Gespräch mit Henry im Flugzeug, ... auch wenn ich es zu dem Zeitpunkt noch nicht zugeben konnte, weiß ich jetzt, dass Henry mir schon vor dem Absturz das Leben gerettet hat. Denn auch wenn wir Phoenix erreicht hätten, glaube ich nicht, dass ich meinen Plan wirklich in die Tat umgesetzt hätte – und zwar seinetwegen."

Mary legte eine Hand auf seinen Arm. „Genauso wie Sie versucht haben, mir das Leben wieder schmackhaft zu machen und mich zurückzuholen."

Er sah ihr direkt in die Augen: „Versucht?"

In ihrem Blick lag Trauer. „Ich habe noch einen langen Weg vor mir."

Tina hob eine Hand. „George ist die perfekte Person, um Ellen zu begleiten. Das passt."

„Sollte uns das etwa überraschen?", fragte Sonja.

„Dann nehme ich Ellens Angebot an", sagte George. Er legte einen Arm um Suzy und drückte ihre Schulter. „Und ich nehme an, ich habe noch einen weiteren Grund zum Weiterleben, nicht wahr? Ich glaube, das muss gefeiert werden. Lassen Sie uns essen."

EPILOG

„Ich will dich nicht verlassen und nicht von dir weichen."
HEBRÄER 13,5

George trocknete das Geschirr ab, das Ellen gespült hatte, und Suzy räumte alles weg. Es fühlte sich gut an, wieder einmal mit einer Frau zusammen in der Küche zu werkeln.

Der Abend war ein einziger Erfolg gewesen. Nach dem Essen stand George allein in der Nähe der Küche und hörte den Geschichten zu, die dort ausgetauscht wurden – während Dora sich ausführliche Notizen machte. Geschichten von Angst, Schmerz, Zweifeln und äußerstem Triumph. Er wusste nicht, ob diese Menschen auch noch miteinander in Kontakt bleiben würden, wenn Doras Buch einmal erschienen war, aber vielleicht kam es darauf auch gar nicht an. Worauf es ankam, war, dass ihr Leben miteinander in Berührung gekommen war. Für ganz kurze Zeit waren sich diese fünf Menschen in dem eisigen Wasser begegnet und durch Henry Smith war eine Verbindung zwischen ihnen hergestellt worden und durch den Gott, der ihn zur Hilfe geschickt hatte – ein Gott, den George besser würde kennen lernen müssen.

Ellen war gerade mit dem letzten Stück Geschirr fertig und trocknete sich die Hände ab. „Jetzt wo das hier erledigt ist, ... habe ich noch etwas für Sie, George." Sie ging ins Arbeitszimmer, holte ihre Handtasche und zog etwas daraus hervor. Dann streckte sie ihm eine geschlossene Hand entgegen. Er hielt seine Hand auf, um es entgegenzunehmen, und sie ließ eine goldene Uhr hineinfallen.

„Was ist denn das?"

„Ein kleines Geschenk. Von Henry."

Dann erkannte George die wasserdichte und stoßfeste Uhr mit vier Zeitzonen. Sie funktionierte noch. Als er sie das letzte Mal gesehen hatte, war sie noch an Henrys Handgelenk gewesen.

„Das kann ich unmöglich annehmen."

„Ich möchte, dass Sie sie bekommen. Seit ich hergekommen bin, um Henry nach Hause zu holen, trage ich sie in meiner Handtasche mit mir herum. Aber heute Abend, nach all dem, was Sie gesagt haben, nach all dem, wozu Sie sich bereit erklärt haben ..."

Sie schloss seine Finger um die Uhr. „Sie wird ein Zeichen unserer Partnerschaft sein. Der Partnerschaft zwischen uns dreien – zwischen uns Vieren, denn wir dürfen Gott nicht vergessen."

Er lächelte. „Nein, wir dürfen Gott nicht vergessen. Schließlich ist ‚dies der Weg; den sollst du gehen.'"

„Unseren Weg und seinen Weg."

George drückte Henrys Uhr fest an seine Brust. „Dazu sage ich Amen."

* * *

Wieder zu Hause angekommen, konnte Mary sich nicht dazu aufraffen, das Durcheinander aufzuräumen, das sie bei ihrem Ausbruch angerichtet hatte. Die Zerstörung im Wohnzimmer war ein Beweis für den Drahtseilakt zwischen Wahnsinn und geistiger Gesundheit, zwischen dem Schwelgen in ihrem Schmerz und dem Weitermachen.

Sie wusste, dass sie noch lange mit großer Vorsicht die einzelnen Augenblicke ihres Lebens durchlaufen würde. Sie wusste, dass sie George anrufen konnte, wenn sie ihn brauchte, und was das betraf, auch die anderen. Aber sie wollte nicht andere Menschen brauchen. Sie wollte niemandem zur Last fallen. Die Wahrheit war, dass sie nichts zu tun hatte ohne eine Familie, die versorgt werden musste.

Das Telefon läutete. Es war ihre Mutter. „Wie geht es dir, mein Kleines?"

Wie sie diese Frage hasste. Sie fand sie so schrecklich, weil sie dadurch gezwungen wurde zu lügen. „Mir geht es gut."

„Hast du schon die Danksagungen geschrieben? Tante Claudia hat mich angerufen und mich gefragt, ob du die Azalee bekommen hast, die sie geschickt hat."

Mary schaute hinüber in die Küche, wo sie sich erinnerte, irgendwo eine Schachtel mit praktischen Danksagungskarten gesehen zu haben, die vom Bestattungsunternehmen zur Verfügung gestellt worden waren. „Ich bin dabei."

„Braves Mädchen. Du warst in solchen Sachen immer gut. Brauchst du vielleicht Hilfe?"

„Nein!" Sie nahm etwas Heftigkeit aus ihrer Stimme. „Nein, ich komme schon zurecht, Mutter."

„Das weiß ich doch, Mary. Du bist eine starke Frau."

Komisch, ich fühle mich kein bisschen stark.

„Es gibt so viele Leute, die eine Danksagung bekommen müssen", sagte ihre Mutter. „Ich wünschte, wir könnten an all die Menschen von den Rettungsdiensten schreiben, die dir das Leben gerettet haben. Ich werde nie den Anblick der Helikopterleute vergessen, Floyd und Hugh, wie sie dich und Justin aus dem Wasser gezogen haben und ihr an dem Rettungsseil zwischen Himmel und Wasser hingt. Diese Männer haben ihr Leben aufs Spiel gesetzt für ..."

„Ihre Namen waren Floyd und Hugh?"

„Ja. Floyd Calbert und der Pilot heißt Hugh Johnson."

Warum habe ich noch nie nach ihren Namen gefragt? Sie schüttelte den Kopf, plötzlich von ihrer eigenen Nachlässigkeit abgestoßen. „Was stimmt mit mir nicht?"

„Wie bitte?"

Gedanken überfielen sie. Sie musste das Gespräch beenden. „Ich muss jetzt aufhören, Mutter. Ich habe zu tun."

„Aber Kleines ..."

Mary legte auf und starrte das Telefon an. Dann ihre eigene Hand am Hörer. Dann das Wohnzimmer, in dem der Tisch stand ...

„Ich habe mich nie bedankt."

Sie hastete in die Küche und griff nach dem Kasten mit den Danksagungskarten und dem Stift. Sie saß am Küchentisch, klappte den Deckel der Schachtel hoch und nahm eine Karte heraus. Sie klappte sie auf und starrte nur einen kurzen Augenblick auf das leere Feld. „Lieber Mr. Calbert. Ich habe es bisher versäumt, mich mit Ihnen in Verbindung zu setzen, um mich für Ihr mutiges Handeln zu bedanken ..."

Worte der Dankbarkeit kamen wie von selbst. Mary beendete eine Karte und fing sofort mit der nächsten an. Und dann schrieb sie noch eine und noch eine.

Zum ersten Mal seit dem Unfall fand Mary einen Grund, weiter zu machen:

Dankbarkeit.

Sie würde noch eine Schachtel Karten brauchen.

* * *

Anthony rief Lisa zu sich in sein Büro. Er war in ihrer Gegenwart noch nie zuvor nervös gewesen, aber er hatte ihr auch noch nie zuvor eine solche Frage gestellt.

Sie folgte ihm in den Raum. „Hat das nicht Zeit, Doktor? Mrs. Greene hat einen Termin für 13.30 Uhr und Sie wissen, wie ungehalten sie werden kann, wenn sie warten muss. Außerdem haben Sie einen Termin bei Ihrem Anwalt um ..." Sie hörte auf zu reden, als er die Tür hinter ihnen schloss. „Hey! Was ist denn jetzt los? Allein in Ihrem Büro? Bei geschlossener Tür? Die Leute werden reden – zumindest Candy wird ..."

„Könnten Sie bitte eine Minute still sein?" Er trat hinter seinen Schreibtisch und gab ihr zu verstehen, dass sie auf dem Besucherstuhl Platz nehmen sollte.

„Meine Güte, jetzt können Sie aber sicher sein, dass Sie mein Interesse geweckt haben."

„Endlich." Er nahm einen Stift in die Hand, merkte aber sogleich, dass er ihn gar nicht brauchte und legte ihn wieder weg. „Ich wollte mich bei Ihnen bedanken für alles, was Sie seit dem Absturz für mich getan haben. Dass Sie mich im Krankenhaus abgeholt und nach Hause gebracht haben, dass Sie mir Essen gekocht haben und zu mir nach Hause gekommen sind, als die Sache mit der Klage herauskam. Und dass Sie mit mir über ... Sachen geredet haben."

„Ist Sachen ein Fachwort, Doktor?"

„Sie wissen genau, was ich meine."

„Vielleicht." Sie schlug die Beine übereinander und lehnte sich ein wenig vor. „Aber warum sagen Sie nicht ganz klar, von welchen Sachen Sie eigentlich reden?"

Sie war einfach unerträglich. „Diese Sache mit Gott, okay?"

Sie lächelte. „Verstehe. Und gern geschehen. Aber würde es Ihnen etwas ausmachen, mir zu verraten, wie es an der besagten Front zur Zeit aussieht?"

Er grinste. Was sie konnte, konnte er schon lange. „An welcher Front?"

Sie stöhnte auf: „An der Gott-Front."

„Ach so." Er nickte. „Sagen wir doch einfach, dass ich inzwischen weiß, dass ich nicht er bin. Das ist doch schon mal ein guter Anfang, oder?"

„Ein hervorragender Anfang. Aber es kommt noch so viel mehr!"

Er nickte. Jetzt kam der schwierige Teil. „Das weiß ich. Und ehrlich gesagt habe ich keine Ahnung, wo ich anfangen soll. Und genau an der Stelle kommen Sie ins Spiel."

„Ich höre ..."

Sein Magen zog sich zusammen. *Das hier ist einfach lächerlich. Ich bin ihr Chef. Ich bin ihr überlegen.*

Aber nicht darin, ... darin nicht.

„Würden Sie sich mit mir treffen, Lisa? Mich vielleicht ... unterrichten?"

Ihr Lächeln war lächerlich glücklich. „Halleluja!"
„Hey, jetzt übertreiben Sie's mal nicht gleich."
Sie ging zur Tür. „Oh nein, Anthony. Jetzt kann mich nichts mehr aufhalten. Die Schleusen sind geöffnet."
„Oh nein!"
Sie öffnete die Tür mit einem Schwung und ging hinaus, laut das Halleluja aus Händels ‚Messias' singend. So laut, dass er es noch eine ganze Weile hören konnte, während sie den Flur entlangging. Und bevor er recht wusste, wie ihm geschah, bemerkte Anthony, dass er selbst mitsummte.

***

Anthony hatte heftiges Herzklopfen, als er die Nummer wählte. *Kann ich das überhaupt machen? Was ist, wenn Sie sich weigern? Was, wenn sie glauben, dass ich nur bluffe, damit sie ihre Klage fallen lassen? Was, wenn ...*
„Miller."
Anthony räusperte sich. „Ist da der Sohn von Belinda Miller?"
Die Stimme war plötzlich vorsichtig. „Ja. Wer ist denn da?"
„Hier ist Anthony Thorgood – bitte legen Sie nicht auf, ich bitte Sie."
„Sprechen Sie mit unserem Anwalt."
„Nein, nein, darum geht es gar nicht. Es geht um Ihren Sohn. Um Ronnie."
Einen Augenblick herrschte Schweigen. „Was ist mit ihm?"
„Ihre Mutter hat mir von seinem Blutschwamm erzählt. Ich bin plastischer Chirurg, und ich könnte das in Ordnung bringen, ihn entfernen."
„Das können wir uns nicht leisten ..."
„Ich würde das kostenlos machen."
Wieder Schweigen. „Wollen Sie damit der Klage entgehen? Was Sie meiner Mutter angetan haben ..."
„... war verabscheuungswürdig, das weiß ich. Und das Angebot gilt, egal, ob Sie mich verklagen oder nicht. Ich möchte es tun. Ich brauche es."
„Brauchen?"
Das würde jetzt wie ein unlauteres Vorgehen wirken. „Ich versuche, mein Leben zu ändern – zum Besseren. Ich versuche, meine zweite Chance gut zu nutzen."
„Meine Mutter hat keine zweite Chance bekommen."

Treffer. „Ich weiß, was Sie sagen wollen, Mr. Miller, aber ich kann das jetzt nicht mehr rückgängig machen. Ich kann das, was passiert ist, nicht mehr ändern."

Die Stimme des Mannes brach. „Ich weiß."

Anthony spürte, wie sich auch ihm die Kehle zuschnürte. Er räusperte sich. „Aber ich kann an der Zukunft Ihres Sohnes etwas ändern."

Der Mann schniefte und seufzte dann. „Ja, wahrscheinlich können Sie das."

„Sie wollen mich also Ronnie helfen lassen?"

„Ich wäre doch dumm, wenn ich das nicht täte, oder? Und wenn jemand eine zweite Chance im Leben verdient hat, dann mein Junge."

„Und ich werde tun, was ich kann, um sie ihm zu ermöglichen. Ich werde drei Flugtickets von Murfreesboro hierher buchen und Ihnen schicken lassen. Auch ein hübsches Zimmer in einem guten Hotel lasse ich Ihnen reservieren. Ist das für Sie annehmbar?"

Der Mann lachte. „Ja, das will ich wohl meinen."

„Gut. Wie wäre es mit morgen in einer Woche?"

„Ah, ... nur eine Woche?" Er lachte erneut. „Das wäre ganz toll."

„Gut, gut. Dann betrachten Sie es als bereits erledigt."

„Doktor?"

„Ja?"

„Vielleicht sind Sie doch gar kein so schlechter Kerl."

„Ich arbeite daran."

Als Anthony auflegte, strahlte er übers ganze Gesicht. Wie ging noch mal dieser Halleluja-Chorus?

* * *

„Die Krücken sind das gewisse Extra", sagte David. „Meinst du, man könnte sie vielleicht mit weißem Satin beziehen oder so?"

Tina warf ihm einen Blick zu. „Mein Gips wird lange vor der Hochzeit ab sein. Jetzt pass auf. Das Aussuchen eines Brautkleides ist eine ernsthafte Angelegenheit."

„Jawohl, meine Dame."

Tina drehte sich zu dem riesigen Spiegel und zupfte an der Spitze um den Ausschnitt. Sie wünschte, ihre Mutter wäre da, aber bei dem schlechten Gesundheitszustand ihres Vaters und den angespannten Finanzen würde die Hochzeit auf Tinas und Davids Konto gehen. Und obwohl Tina bereit war, bei der Trauung und auch bei der späteren Feier Abstriche zu machen, hatte sie sich eine weiße Spitzenrobe in den Kopf gesetzt, ein Cinderella-Gewand, durch das Aschenputtel in eine Prinzessin verwandelt wurde. Sie schaute auf das Preisschild. Es war ein Modell vom letzten Jahr und deshalb reduziert. Bei ihrem Buchhändlerinnengehalt war es waghalsig, aber gerade noch machbar.

Sie wandte sich David zu. „Gefällt dir das hier am besten?"
Er seufzte ausschweifend. „Du bist hinreißend."
„Wirklich?"
Sie hatte das ganz bestimmt nicht gefragt, um ihm ein weiteres Kompliment zu entlocken, aber die Tatsache, dass David aufstand und an ihre Seite trat ... die Tatsache, dass er ihr mit dem Handrücken über die Wange strich, die Tatsache, dass er sie mit seinem Blick umfing ...

„Für mich bist du die schönste Frau der Welt. Gott hat uns für immer und ewig zusammengebracht. Ich liebe dich, weißt du."

Sie konnte nur nicken. Sie wusste es, ... sie wusste es.

* * *

Sonja war mit dem Auspacken fertig. Es klopfte an ihrer Schlafzimmertür.

„Herein."

Eden Moore trat ein und schaute sich um. „Ziemlich gemütlich." Sie nahm ein geschnitztes Holzkästchen in die Hand. „Wie hübsch." Sie blickte auf. „Sind Sie so weit eingerichtet? Bereit für die Arbeit?"

„Sie machen doch Scherze, oder? Ich bin erst seit drei Stunden in der Stadt."

„In denen Sie sich in meinem Gästezimmer eingerichtet haben. Was wollen Sie mehr? Tee und Häppchen?"

„Ein Schluck Eistee wäre ehrlich gesagt gar nicht so schlecht."

Eden verließ das Zimmer und stand auf dem Flur. „Im Kühlschrank steht welcher. Auch Eiswürfel, wenn das Tiefkühlfach so freundlich war, welche zu produzieren. Aber machen Sie ihn sich so zurecht, dass Sie das Glas mitnehmen und unterwegs trinken können. Wir müssen ins Büro. Maria wartet dort schon auf Sie."

Sonja erinnerte sich an das Mädchen, das sie bei ihrem ersten Besuch kennen gelernt hatte – ihr erstes Beratungsopfer. „Wie geht es ihr denn?"

Eden legte gerade ihren zweiten Ohrring an. „Großartig. Sie hat sich entschieden, sich fürs College zu bewerben und möchte sich jetzt bei Ihnen bedanken."

Sonja hielt inne und ließ ihren leeren Koffer zuschnappen. „Wirklich?"

„Wirklich. Ich habe Ihnen doch gesagt, dass das genau das ist, was Sie tun sollen."

„Aber ich habe doch gar nicht ..."

„... geglaubt, was ich sage?" Es folgte eine wegwerfende Geste. „Ach, Unsinn. Das gibt es jetzt nicht mehr. Nun kommen Sie schon. Wir haben zu tun."

Das war Musik in ihren Ohren.

* * *

Floyd Calbert und Hugh Johnson machten einen Routinekontrollflug über dem Fluss. Es war alles ruhig, alles in Ordnung. Aber die Erinnerungen ...

Als sie die Absturzstelle hinter sich gelassen hatten, bemerkte Floyd, dass Hugh zurückblickte. Er wusste, dass sie beide das Gleiche dachten. „Ich muss jedes Mal daran denken, wenn wir die Stelle überfliegen."

Hugh nickte. „Ich auch."

„Ich bin froh, dass wir an dem Tag rausmussten – obwohl es gefährlich war und ich Angst hatte, und obwohl nicht alles so gelaufen ist, wie wir gehofft hatten."

„Ich auch."

Floyd dachte an den Brief in seiner Tasche. „Das hier hilft."

„Was ist es denn?"

„Eine Dankeschönkarte von Mrs. Cavanaugh." Plötzlich wurde ihm klar, dass Hugh sich vielleicht schlecht fühlen würde, wenn er keine ...

Hugh zog einen identischen Umschlag aus seiner Brusttasche hervor. „Ich habe auch eine bekommen."

Floyd war erleichtert. „Es hilft, nicht wahr?"

Hugh tätschelte seine Tasche. „Das kann man wohl sagen."

* * *

Dora saß an ihrem Computer. Obwohl sie immer noch bergeweise Recherche über den Absturz und die Rettungsaktion vor sich hatte, und immer noch unzählige Menschen interviewen musste, empfand sie das Bedürfnis, mit ihrem Buch zu beginnen.

Sie hatte keinen richtigen Plan, in welche Richtung sich das Projekt entwickeln würde. Würde es von den Fakten des Absturzes handeln? Vom Helden? Würde es ein Buch über die Überlebenden sein? Oder über die Personen, die neben ihnen gesessen hatten?

Das ist es. Der Platz neben mir – das perfekte Thema.

Aber der Anfang ... wie anfangen?
Und dann plötzlich wusste Dora es.
Sie legte ihre Hände auf die Tastatur und tippte die erste Zeile.
Ich will nicht fahren ...

*Sie sollten Gott suchen, ob sie ihn ertasten und finden könnten;
denn keinem von uns ist er fern. Denn in ihm leben wir,
bewegen wir uns und sind wir.*
APOSTELGESCHICHTE 17,27–28A

Liebe Leserin, lieber Leser,

wir leben in einer Zeit, in der Katastrophen in den Nachrichten gezeigt werden. Wir sind hautnah dabei und sehen Augenblick für Augenblick, was geschieht. Wir sind Augenzeugen von Tragödien und uns tut der Schrecken weh, den sie auslösen, aber wir greifen auch begierig nach den Heldentaten, die uns, wegen der Opfer, die dabei erbracht werden, verblüffen. Wenn man so etwas verfolgt und ansieht, dann führt das in aller Regel dazu, dass wir unseren Blick nach innen richten.

Wie würde ich in einer solchen Situation reagieren? Steckt in der Person, die neben mir sitzt, ein Held? Steckt in mir ein Held?

Ich habe auf meinen Reisen im Flugzeug neben vielen faszinierenden Menschen gesessen. Es ist interessant, wie man manchmal sofort einen Draht zueinander hat und dann wieder kaum ein Wort wechselt. Woran liegt das? Gehört es zum Plan Gottes, dass wir genau in dieser Konstellation nebeneinander sitzen? Wäre es nicht faszinierend, darauf eine Antwort zu bekommen? Zu begreifen, dass es sich dabei nicht nur um Zufall handelt?

Die Kombination einer Katastrophe und heldenhaften Verhaltens war der Anstoß für das Buch „Der Flug, der alles veränderte". Man setzt Leute neben Sitznachbarn, die Einfluss auf ihr Leben bekommen, dann lässt man sie abstürzen, kurz nachdem sie sich kennen gelernt haben. Und macht dann eine von diesen Personen zum Lebensretter und Helden – und diese Person weiß noch nicht einmal davon.

Ich hatte keine Ahnung, wie emotional anstrengend dieses Buch werden würde. Am Ende des Tages, an dem ich über den Absturz geschrieben hatte, am Ende des Tages, an dem ich die Rettungsaktion niederschrieb, und an dem Tag, als ich den Artikel über den Lebensretter verfasste, war ich nur noch ein Häufchen Elend. Mich ganz in die Charaktere hineinzuversetzen, wie sie die furchtbare Tragödie eines Flugzeugabsturzes erlebten, hat mich umgehauen, und es hat Fragen in mir ausgelöst, die ich jetzt gezwungen war, für mein eigenes Leben zu beantworten. Ich hoffe, dass zu den Fragen, die das Buch in Ihnen aufgeworfen hat, auch die folgenden gehören:

- Bin ich bereit für die Ewigkeit? Wenn ich heute sterben würde, wüsste ich dann, dass ich dann in Ewigkeit bei Gott bin?
- Bin ich in meinem Leben auf dem richtigen Weg oder zwinge ich Gott, etwas Drastisches zu tun, um meine Aufmerksamkeit zu bekommen?
- Steckt in mir ein Held? Würde ich mein Leben für das Leben eines mir völlig fremden Menschen aufgeben?

Niemand ist ein Held, solange ihm Gott nicht die Gelegenheit gibt, Ja dazu zu sagen. Helden werden nicht zu ihrem Handeln gezwungen, sondern sie entscheiden sich freiwillig dafür.

Was für eine spannende aber auch einschüchternde Tatsache, zu wissen, dass es ganz bei uns liegt.

Ein großes Thema in meinem Leben und in meinem Schreiben ist das Entdecken des Zweckes, den Gott für unser Leben vorgesehen hat und dann an den Punkt zu gelangen, sich ganz und gar auf ihn einzulassen – und zwar in allem. Uns wirklich bewusst dafür zu entscheiden, unser Leben so zu führen, wie Gott es will. Ich bin in verschiedenen Phasen immer wieder an solche Punkte gekommen und finde es äußerst spannend und begeisternd, Charaktere zu entwickeln, die ebenfalls auf unterschiedliche Weise und mit unterschiedlichem Ergebnis mit diesem Thema zu kämpfen haben. Ich habe festgestellt, dass der Weg genauso wichtig ist wie das Ziel. Schließlich hat Gott für uns alle ein gemeinsames Ziel – nämlich, dass wir ihn kennen lernen und ihm dienen. Aber die Einzelheiten, wie er das bewirkt und wie wir darauf reagieren, können faszinierend sein.

Ich hoffe, da stimmen Sie mir zu.

Ich wünsche Ihnen Gottes Segen für Ihren Weg,

Ihre
Nancy Moser